Sabine Hofmann

TRÜMMER LAND

ROMAN

atb aufbau taschenbuch

MIX
Papier aus verantwortungsvollen Quellen
FSC® C083411
www.fsc.org

ISBN 978-3-7466-3788-4

Aufbau Taschenbuch ist eine Marke
der Aufbau Verlag GmbH & Co. KG

1. Auflage 2021

Umschlaggestaltung www.buerosued.de, München
unter Verwendung eines Bildes von mauritius images/Photo 12/Alamy
Satz LVD GmbH, Berlin
Druck und Binden CPI books GmbH, Leck, Germany
Printed in Germany

www.aufbau-verlag.de

Sabine Hofmann

TRÜMMERLAND

aufbau taschenbuch

Sabine Hofmann wurde 1964 in Bochum geboren und studierte Romanistik und Germanistik. Gemeinsam mit Rosa Ribas schrieb sie drei Kriminalromane über die Nachkriegszeit in Spanien. Zurzeit fasziniert sie die Beschäftigung mit der deutschen Nachkriegszeit als Bodensatz ihrer Kindheitserinnerungen – der Geschichten und Erlebnisse von Eltern, Großeltern, die ihre eigene Kindheit prägten. Sie lebt mit Mann, Kind und Kater in Erbach im Odenwald.

Martha wohnt mit ihrer zwölfjährigen Tochter Hella und ihrer Einquartierung Edith, einer schillernden jungen Frau, in einem Bochumer Arbeiterviertel. In den Ruinen einer Zeche stößt Hella eines Abends auf einen Sterbenden. Sie drückt ihm die Augen zu und nimmt seinen Mantel an sich, in dem sie wenig später kostbare Bezugsscheine für Butter entdeckt. Martha und Edith beschließen, einen Butterhandel aufzuziehen, damit geraten die Frauen schnell in die Bredouille. Auf der einen Seite beginnen Mordermittlungen und die polizeiliche Schwarzmarktbekämpfung rückt ihnen gefährlich nahe, auf der anderen Seite geraten sie in das Visier von Schiebern und Kriegsverbrechern. Nachdem Edith nur knapp einer Polizeikontrolle entgangen ist, verkaufen die beiden Frauen die Butterscheine an den Schwarzmarktkönig Kasulke, um sich die heiße Ware vom Hals zu schaffen. Doch damit sind sie nicht aus dem Schneider. Denn bald darauf wird Hella bedroht, und Kasulke und dessen Gehilfe werden ermordet.

1

Freitag, 9. März 1946

Wenigstens ließ sich heute der Mond blicken. Fett, rund und silbern pappte er am Himmel über dem abgeknickten Gerüst des Förderturms und beleuchtete das Zechengelände. Das Förderrad hing schon seit dem ersten Bombenangriff auf halb acht, vor dem milchigen Himmel sah es aus wie ausgestanzt. Die oberen Fenster im Verwaltungsgebäude waren scharf geränderte, helle Löcher, weil Dach und Rückwand weg waren und der Mond direkt durch die Fensteröffnungen schien.

Der helle Schein war günstig. Das Trümmerfeld und der Pfad zwischen den Schuttbergen waren bestens zu sehen. Die Schatten dagegen waren kohlrabenschwarz. Das war auch günstig, so konnte ihn niemand entdecken, wie er da in seinem Versteck in der dicksten Schwärze hockte. Von dem Schuppen war auch nur noch die Hälfte übrig, aber in dem Winkel zwischen den letzten beiden Mauern war er für jeden unsichtbar, der den Pfad entlangkam.

Der Vollmond erinnerte ihn immer an das Zweimarkstück, das er von seinem Großvater zu jedem Geburtstag bekommen hatte. Früher, als er noch klein war. Ein silbriges Geldstück mit dem Bild eines alten pausbäckigen Mannes auf der Rückseite.

»Lass doch den Hindenburg, den ollen Döskopp, der hat uns den ganzen Schlamassel eingebrockt«, hatte die Großmutter jedes Mal geknurrt, wenn er das Geldstück drehte und wendete, damit es im Licht der Lampe blinkte. Dabei hatte sie das Gesicht in tausend Falten verzogen, dass es aussah wie ein Stück zerknülltes Butterbrotpapier, und gesagt, dass das Kroppzeug, das heute regierte, noch viel schlimmer wäre, und der Großvater hatte gesagt, dass sie still sein solle, wegen der Nachbarn.

Die Großeltern hatte es bei einem Luftangriff erwischt. Luftmine, Volltreffer. Aus die Maus. Nach der Entwarnung war er mit seiner Mutter und seiner Schwester aus dem Luftschutzkeller gekommen. Sie freuten sich, dass die Häuser in ihrer Straße alle noch standen. Aber das Viertel am Güterbahnhof, wo die Großeltern wohnten, hatte einiges abbekommen. »Die ham ihre Bomben auf die Bahngleise geschmissen«, erklärte ein Nachbar. »Is aber 'ne ganze Menge danebengegangen.«

Seine Mutter packte ihn und seine kleine Schwester, und sie liefen los, die Mutter vorneweg, Emil knapp neben ihr. Die Kleine zerrte sie an der Hand den ganzen Weg über hinter sich her. Sie hetzten in einem Affenzahn durch die Stadt, überall waren Leute unterwegs. Viele von ihnen rannten auch, weil sie nach jemandem suchten oder weg von den einstürzenden Häusern und den Feuern wollten, die an vielen Stellen noch loderten. In manchen Straßen sah es aus wie in einem Möbelgeschäft. Die Leute hatten Matratzen und Stühle aus ihren brennenden Häusern geholt und auf der Straße abgestellt. Ein älterer Mann saß im Schlafanzug in einem grünen Ohrensessel neben den Straßenbahnschienen in der Bongardstraße und schaute sich mit weit aufgerissenen Augen die kaputte Stadt an. »Kann doch allet nich' wahr sein«, murmelte er.

In der Rottstraße war das Gemisch aus Rauch und Mörtelstaub so dicht, dass das Atmen wehtat und sie kaum was sahen. Dafür war der Krach umso lauter. Das Martinshorn des Rettungswagens, Leute, die sich etwas zuriefen, eine alte Frau, die direkt neben ihnen irgendwas auf Polnisch betete. Zumindest hörte es sich so an wie ein Gebet, leiernd und immer wieder dasselbe.

Da, wo das Haus der Großeltern gestanden hatte, war nur noch ein Trümmerhaufen. Die vordere Seite des Hauses war weggerissen, Mauern und Balken waren hinuntergekracht, aber die Rückwand des Hauses stand noch. Im ersten Stock konnte er die Wohnzimmertapete mit den braun-beigen Blumen und sogar das Foto von Opas Fußballmannschaft sehen, als ein Windstoß für einen Augenblick den Staub und den Rauch wegblies.

Die Großeltern waren nicht aufzufinden. Die Mutter fragte die Nachbarn, laut und mit schriller Stimme, doch keiner hatte sie gesehen, weder im Luftschutzkeller noch auf der Straße. Schließlich war er es, der den Großvater fand. Nicht den ganzen Großvater. Nur einen seiner karierten Pantoffeln und die papierweißen Füße mit den blauen Adern. Sie guckten unter einem Haufen aus Dachpfannen, Backsteinen und Holz hervor und sahen in dem ganzen Durcheinander merkwürdig heil aus. Seine kleine Schwester steckte den Kopf in die Rockfalten seiner Mutter und heulte wie ein Schlosshund. Er kniete sich hin, um seinem Großvater den runtergefallenen Pantoffel über den Fuß zu ziehen. Seine Mutter fauchte ihn an: »Hör auf zu flennen, den braucht er jetzt nicht mehr, du Blödmann.«

Er war damals schon alt genug gewesen, um zu kapieren, dass Erwachsene wütend wurden, wenn sie nicht mehr weiterwussten.

Die Großeltern waren nun seit drei Jahren tot, und die Geldstücke, die früher so schön geblinkt hatten, waren kaum was wert. Auf dem Schwarzmarkt bekam man dafür nicht einmal eine Scheibe Brot. Er selbst war ein ganzes Stück größer geworden und fand, dass er mit seinen sechzehn Jahren jetzt auch erwachsen war.

Er zog die Decke, die er sich mitgebracht hatte, fester um sich. Langsam wurde es kalt.

Die Stelle, die er sich am Nachmittag ausgeguckt hatte, war wirklich nicht übel, nah bei dem Trampelpfad und weit entfernt von den unübersichtlichen Zechengebäuden mit ihren tiefen Schatten. Und er hatte im Blick, was ihn interessierte: den Pfad und vor allem den Eingang in den Luftschacht, den er vor zwei Wochen mit Büschen und Gestrüpp getarnt hatte.

Noch tat sich nichts, das Trümmerfeld lag still da. Er sah zu den

Zechengebäuden hinüber, wo der Pfad begann. Das größte, die Kohlenwäsche, hatte einen Volltreffer abbekommen. In der Mitte des Gebäudes klaffte ein breiter Riss, eine riesige Zacke, die jetzt hell vom Mondlicht war. Wenn er die Augen zusammenkniff, konnte er durch die Zacke hindurch die Umrisse des Stahlwerks auf der anderen Seite der Gleise sehen.

Auf dem Pfad bewegte sich jemand und kam in seine Richtung. Der nächtliche Besucher tappte im dunklen Schatten eines Schuttbergs und war kaum auszumachen. Erkennen konnte Emil ihn erst, als er wieder in einen der vom Mond beleuchteten Flecken gelangte. Es war einer von den beiden Männern, die ihm vor zwei Tagen nachgegangen waren. Ein großer Kerl, sicher fast einen Kopf größer als er selbst. Breite, kräftige Schultern, auch wenn sie ein bisschen nach vorn hingen. Kurz geschorene Haare. Auf dem Rücken trug er einen Rucksack.

Der Mann blieb stehen und begann sich langsam um die eigene Achse zu drehen, den Kopf nach vorne gestreckt, als wolle er sich nicht die geringste Kleinigkeit entgehen lassen. In der Hand hielt er eine Eisenstange.

Emil hielt unwillkürlich die Luft an und drückte sich an die Wand des Schuppens, auch wenn er sich im selben Augenblick sagte, dass er im Dunkeln so gut wie unsichtbar war.

Der Mann blickte jetzt in seine Richtung. Emil senkte die Lider, damit das Weiß seiner Augäpfel nicht in einem verirrten Lichtstrahl aufblitzte. Als er die Augen wieder öffnete, sah er, dass der Kerl sich erneut in Bewegung gesetzt hatte, Ziegelstaub knirschte unter seinen Schritten.

Dann tat er genau das, was Emil befürchtet hatte. Er steuerte auf den Schuppen zu. Dreh um, dachte Emil. Du hast dich geirrt. Es ist nicht hier. Doch das half nichts, natürlich nicht. Ganz im Gegenteil, der Mann kam schnurstracks auf ihn zu.

Ohne zu zögern, ging er an ihm vorbei. So nah, dass Emil sich nur ein bisschen hätte strecken müssen, um ihm ein Bein zu stellen. Er nahm Kurs auf den Einstieg zum Luftschacht und kniete sich dort nieder. Emil reckte sich, um zu sehen, was er tat. Der Mann schob das dürre Gestrüpp beiseite.

Es stimmte also. Sie hatten ihn doch beobachtet und den Einstieg gefunden.

Die gemauerte Öffnung lag nackt im Mondlicht, der Mann setzte sich auf den Mauerrand und schaute hinein. Dann langte er in seinen Rucksack und holte eine Taschenlampe hervor. Er leuchtete in den Schacht hinunter und schaltete das Licht wieder aus. Richtig, dachte Emil. Kein flackerndes Licht auf dem Gelände, sonst hast du bald die Bullen von der Schwarzmarktbekämpfung oder eine Patrouille der Militärpolizei am Hals. Der Mann hängte sich die Lampe um, schob seinen Körper über den Rand und verschwand im Schacht.

Wenn er irgendwas Schweres über den Eingang schieben würde, damit der Kerl dort ein für alle Mal auf Nimmerwiedersehen verschwand? Etwas Schweres, das den Schacht abdeckte. Klappe zu, Affe tot. Und er wäre ihn für immer los. Aus die Maus. Doch das war Unsinn. Bis er etwas gefunden hätte, um den Schacht dicht zu machen, und es auf die Öffnung gewuchtet hätte, wäre der Kerl längst herausgeklettert. Außerdem würde das sein Problem nicht wirklich lösen, weil der Mann im Schacht noch einen Kumpel hatte.

Emil stand auf und streckte sich. Im Grunde hatte er genug gesehen. Genug, um zu wissen, dass er richtiglag. Dummerweise richtiglag.

Er bewegte die starren Beine und sah hinüber zur Gussstahlfabrik. Aus ein paar Schloten kam Qualm, und den Lärm des Hammerwerks konnte er bis hierher hören. Seit Kurzem wurde dort wieder gearbeitet. Wer jahrelang da malochte, schlurfte jeden Abend todmüde nach Hause. Grau im Gesicht und im Kopf dumpf und taub, weil der Hammer im Kopf weiterdröhnte, und nach ein paar Jahren ging die Schwerhörigkeit nicht mehr weg. Aber nicht mit ihm. Er würde einen Teufel tun und da schuften wie blöd. Nicht mit ihm. Er hatte etwas anderes vor. Und das würde ihm der Kerl im Schacht nicht vermasseln. Er musste sich bloß etwas einfallen lassen.

Ein wenig später tauchte der Kopf des Mannes wieder über der Öffnung auf. Er kletterte hinaus. Wie Emil befürchtet hatte, trug er etwas. Etwas Schweres. Etwas, das ihm gehörte. Emil biss sich auf die Lippen, um nicht laut zu fluchen.

2

Dienstag, 12. März 1946

Vom Pfad aus war der Körper in der Senke nicht zu sehen. Hella hätte ihn auch nicht entdeckt, wenn sie nicht auf der Suche nach Trümmerholz auf dem Gelände der Zeche herumgeklettert und nah an den Rand des Bombentrichters herangekommen wäre.

Die Zeche war gleich beim ersten Angriff getroffen worden. Die meisten Gebäude waren zerstört, und es war gefährlich, sich dort zu bewegen. Weil immer noch etwas einstürzen konnte und weil sich merkwürdige Leute da herumtrieben. Gesocks, sagte Hellas Mutter. Zwielichtige Gestalten, sagte Edith. Aber wenn sie mutig war und sich geschickt anstellte, konnte sie aus den zerstörten Gebäuden mit ihren wackeligen Wänden und brüchigen Fußböden das eine oder andere herausholen. Sie musste nur vorsichtig genug über frei liegende Eisenträger und Rohre balancieren und aufpassen, wohin sie trat, damit sie keine bröseligen Mauerstücke oder kaputte Balken erwischte. Auch wenn es verboten war und ihre Mutter regelmäßig schimpfte, wenn sie ihre Funde zu Hause auf den Küchentisch legte. Schimpfte und sich dann doch freute über das Holz, die Kohlen oder ein Stück Teerpappe. Manchmal strich sie ihr schnell über die Zöpfe, um dann wieder in einem ihrer Kochtöpfe herumzurühren oder Gemüse zu schälen.

Was Hella fand, behielten sie, oder sie tauschten es ein, wenn sie es nicht brauchen konnten. Viel bekamen sie nicht dafür. Ein paar Steckrüben, zwei oder drei Hände voll Mehl. »Aber immerhin«, sagte ihre Mutter dazu. »Immerhin.«

Der Mann in dem Bombentrichter lag auf dem Rücken, das eine

Bein war merkwürdig nach außen verdreht, und der rechte Arm hing quer über der Brust. Die Füße ragten in die trübe Pfütze am Grund des Bombentrichters.

Hella blickte vom Rand der Mulde auf ihn hinab. Wahrscheinlich war er ausgeglitten und gefallen. Die dicken Leitungsrohre, die an manchen Stellen über das Gelände liefen, ließen sich prima als Wege benutzen. Es war weitaus einfacher, auf ihnen entlangzulaufen, die Arme zur Seite ausgestreckt wie ein Seiltänzer, als über die Schuttberge zu klettern. Allerdings waren sie auch tückisch. Bei Regen wurden sie rutschig. Gerade auf der anderen Seite des Kraters lag eine solche Rohrleitung.

Der Mann öffnete die Augen und versuchte den Kopf zu heben. Hella hatte das Gefühl, dass sein Blick wie der Lichtkegel eines Scheinwerfers direkt auf sie fiel. Sie drehte sich um, weil sie hoffte, dass er jemanden neben oder hinter ihr ansah. Doch dort war niemand. Sie war gemeint.

Er bewegte die Lippen. Was er sagte, konnte Hella nicht verstehen, doch seinem Gesichtsausdruck nach schien er sie um Hilfe zu bitten. Oder war das eine Falle? Vielleicht würde er ihr eins über den Kopf geben, sobald sie nah genug herangekommen wäre. Oder ihr etwas antun, wie die erwachsenen Frauen immer sagten und dabei die Stimme senkten. Doch das war Quatsch. Wenn er jemandem eine Falle stellen wollte, würde er sich nicht in einen Bombenkrater weitab vom Pfad legen und stundenlang darauf warten, dass irgendjemand vorbeikam, der auf seinen Trick hereinfiel.

Sicherheitshalber überprüfte sie, ob die mit Sand gefüllte Socke noch in ihrer Anoraktasche steckte. Sie betastete das gestrickte Gewebe und schob den Sand darin mit dem Daumen hin und her. Dann kletterte sie vorsichtig hinunter und hockte sich neben den Mann.

Ein dünner Faden Blut war aus seinem Mund gelaufen und hatte einen hellroten Strich auf das glatt rasierte Kinn gezeichnet. Der Mann fing wieder an zu sprechen, doch sie konnte nichts anderes als das stockende Röcheln hören, das Blasen aus trüber Spucke auf seine Lippen trieb. Hella beugte sich zu ihm hinab. Er schien sich anzustrengen. Die Lippen verzogen sich, aus seinem Mund kam ein Zischen. Hella neigte ihren Kopf so weit hinunter, dass ihr Ohr fast seinen Mund berührte und sie die schwachen Atemstöße an ihrer Ohrmuschel spürte. Warme, eilige Atemstöße. Aus dem Atmen wurde ein Gurgeln, und Hella hob den Kopf. Sie sah, dass die Blasen um seinen Mund herum mehr geworden waren. Er gurgelte noch einmal, dann hörte er auf zu atmen, und seine blauen Augen starrten in den Himmel über ihm.

Hella schluckte. Es war nicht das erste Mal, dass sie sah, wie jemand starb. Der Erste war einer von den Leuten aus dem Lager gewesen, die in ihrem Viertel Bomben entschärfen mussten. Es war ein älterer Mann, er hatte sich plötzlich an die Brust gegriffen und war in seinem gestreiften Anzug, der aussah wie ein Schlafanzug, zusammengesackt. Einer der Aufseher, die den Trupp aus dem Lager begleitet hatten, hatte versucht, ihn mit Schlägen und Tritten wieder zum Aufstehen zu bewegen, aber das hatte nicht geklappt. Der Mann war einfach liegen geblieben. Am Ende hatten seine Kollegen ihn hochgehoben und eilends weggetragen, während die beiden Aufseher die Passanten verscheuchten.

Die andere Tote war Tante Bertha gewesen. Sie hatte in der Wohnung über ihnen gewohnt und war die Schwester ihrer Großmutter. Tante Bertha war krank gewesen, und eines Morgens hatte sie tot im Bett gelegen. Hellas Mutter hatte der Tante die Augen geschlossen, das Kinn mit einem Tuch hochgebunden und sie gewaschen. »Der letzte Liebesdienst, weißt du«, hatte sie Hella erklärt.

Vermutlich sollte sie dem Mann jetzt zumindest die Augen zudrücken, dachte Hella, auch wenn sie ihn nicht kannte. Doch dafür würde sie ihn anfassen müssen.

Sie trat einen Schritt zurück und betrachtete ihn. Er schien nicht besonders alt zu sein, sein Gesicht war glatt, und bevor er den Trichter hinuntergerutscht war, mussten seine hellbraunen Haare ordentlich gekämmt gewesen sein.

Die Kleidung dagegen sah alles andere als ordentlich aus, das Hemd hing aus der Hose, die Sachen waren lehmverschmiert, es waren jedoch neue, gute Sachen. Sie waren noch nicht einmal geflickt, soweit sie sehen konnte.

Hella beugte sich zu ihm herab und lauschte. Sie hörte keine Atemgeräusche mehr, sein Brustkorb bewegte sich nicht, und selbst die Härchen in seinen Nasenlöchern standen still.

Sie richtete sich für einen Moment auf und blickte sich um. Sie sah die Ränder des Trichters, die Reste der Zechengebäude und was von dem Förderturm noch übrig geblieben war. Einen kurzen Moment dachte sie daran, Hilfe zu holen.

Neben dem Toten lag ein Mantel. Hella vermutete, dass er ihn ausgezogen hatte, weil es ihm zu warm geworden war. Der Mantel war aus einem weichen Stoff, beim genauen Hinschauen konnte sie die flaumigen Fasern entdecken, die da und dort aus dem Gewebe herausstachen. Sie streckte die Hand aus und berührte den Stoff. Er fühlte sich an, wie er aussah: weich, dicht und warm.

Der Mantel gehörte dem Toten, so viel war klar. Ihn mitzunehmen hieß, den Toten zu bestehlen. Andererseits brauchte der Mann den Mantel nicht mehr. Vermissen würde er ihn nicht.

Ihre Mutter könnte daraus einen Mantel oder eine Jacke für sie nähen. Der aus einer alten Zeltbahn geschneiderte Anorak war ihr an den Ärmeln schon längst zu kurz, und im Winter hatte sie trotz der zwei Wollpullover darunter gefroren.

Ob der Tote wohl ein Kind hatte? Oder eine Frau? Eine Frau, die den Mantel auch umnähen konnte. Oder eintauschen konnte. Hella warf einen Blick auf seine Hände. Keine Ringe. Keine Frau, keine Verlobte.

Sie selbst könnten den Mantel auch tauschen. Gegen irgendetwas zu essen. Etwas, was sie lange nicht mehr gehabt hatten. Mehl, das nicht dumpf und muffig roch oder in dem Würmer herumkrochen, die ihre Mutter heraussieben musste. Oder Kartoffeln. Gelbe Kartoffeln ohne die schwarz gefaulten Stellen, die man eigentlich nicht essen sollte, aber die sie doch aßen, weil sie Hunger hatten. Ganz viele Kartoffeln, dachte Hella, so viele, dass man erst einmal glaubte, es wären genug für immer.

Der Mantel lag zur Hälfte unter dem Mann. Sie müsste ihn etwas hochheben, um ihn mitnehmen zu können.

Sie sah dem Toten wieder ins Gesicht.

»Tausch«, sagte sie. »Ich schließe dir die Augen und falte dir die Hände, und du gibst mir deinen Mantel. Du brauchst ihn ja nicht mehr. Oder?«

Hella zog ihm mit dem Daumen die Lider über die Augäpfel, sie fühlten sich weich und warm an, wie ein Stück Fensterleder, das man lange in der Hand gehalten hat.

Dann packte sie den Mann an Schulter und Hüfte und rollte ihn auf die Seite. Sie bemühte sich, nicht besonders genau hinzuschauen. Die Wunde, die der Tote an der rechten Schläfe hatte, sah sie trotzdem. Er schien tatsächlich gefallen zu sein, hatte sich den Kopf angeschlagen und war anschließend wohl in den Bombentrichter gerutscht.

Sie ließ den Toten wieder auf seinen Rücken sinken, faltete ihm die Hände und rückte sie auf seiner Brust zurecht, bis sie in der Mitte lagen. Tausch ist Tausch.

Sie warf ihm noch einen prüfenden Blick zu, bevor sie ihren Anorak öffnete und sich den Mantel um den Leib wickelte. Wenn man etwas hatte, das gut und teuer war, sollte man es nicht unbedingt zeigen. Wenn man es zeigte, konnte es ziemlich schnell wieder futsch sein.

Die Knöpfe ließen sich kaum schließen. Diesmal war es ein Vorteil, dachte Hella, dass sie ziemlich dünn war, nix auf den Rippen hatte, wie ihre Mutter immer sagte.

Sie kletterte den Rand des Bombentrichters hoch. Oben angekommen, stieg sie auf die Eisenleitung und schaute noch einmal zurück auf den Toten, der mit seinen gefalteten Händen dalag wie das tote Schneewittchen im Sarg.

Ihr Blick fiel auf die Schuhe, die in der Pfütze lagen. Sie waren zwar triefnass, aber sie sahen neu aus. Neue Schuhe waren eine Seltenheit, kaum jemand besaß welche. Allerdings wäre es gegen die Abmachung. Von Schuhen war nicht die Rede gewesen. Tausch ist Tausch, dachte Hella und machte sich auf den Weg nach Hause.

3

Dienstag, 12. März 1946

Martha deckte den Tisch. Teller, Löffel. Ihr müder Kopf gab ihrem ebenso müden Körper Befehle. Brot. Brotmesser. Wo war das Brotmesser? In der Schublade, wo es hingehörte. Martha holte es hervor und kniff die Augen zusammen, um Maß zu nehmen. Dünne Scheiben, nicht zu dünn, sonst kriegte man sofort wieder Hunger. Einen halben Finger breit, nicht mehr und nicht weniger. Sie blickte auf ihren kleinen Finger, mit dem sie Maß genommen hatte. Der Nagel war rissig und die Haut rot, Staub und Schmutz hatten sich so tief in die Fingerrillen gegraben, dass sie auch mit Schrubben nicht mehr weggingen. Nicht gerade schön, dachte sie. Aber immerhin sorgten die Hände schon seit einigen Jahren für sie und Hella.

Heute hatte sie Glück gehabt. In der Bäckerei hatte es gerade eine Lieferung Brot gegeben, wie meistens am Dienstag. Die Schlange davor war noch nicht sehr lang gewesen, so dass die Gefahr, nach zwei Stunden Warterei leer auszugehen, nicht allzu groß war. Also hatte sie sich angestellt, eine gute Stunde in der Märzsonne gewartet, die Lebensmittelmarken über die Theke gereicht und einen halben Laib in Empfang genommen.

Sie hob das Brot hoch und schnupperte daran. Es roch nicht so wie früher, und es gab nicht nach, wenn man mit dem Handballen draufdrückte. Das lag daran, dass sie Maismehl in den Teig mischten, manchmal auch Sägespäne. Doch es war Brot, und sie konnte froh sein, dass sie es ergattert hatte.

Sie schnitt drei Scheiben ab und schlug den Rest in ein Tuch ein.

Eine Scheibe für jede, nicht mehr, und Brennnesselsuppe, um den Magen zu füllen.

Martha ließ sich auf einen der Küchenstühle sinken und legte die schmerzenden Füße auf einen anderen. Kaum saß sie, fielen ihr die Augen zu.

Einen Augenblick später schreckte sie hoch, weil ihr der Kopf in einer schweren Bewegung auf die Brust gesackt war. Im selben Moment hörte sie, dass eine Klinke heruntergedrückt wurde und die Tür zur Wohnküche sich hinter ihrem Rücken öffnete. Sie wandte sich um. Hella war nach Hause gekommen.

»Tag, Mama.«

Martha rieb sich die Augen und blickte ihre Tochter an. Das Kind sah aus wie eine kleine Tonne, der Anorak war kurz davor aufzuspringen.

»Guck mal, was ich gefunden habe.«

Das Mädchen nestelte an den Knöpfen seines Anoraks. Einer war verloren gegangen, und Edith, die bei solchen Sachen geschickt war, hatte eine Eichel mit Stoff überzogen und den abhandengekommenen Knopf ersetzt.

Hella wickelte sich ein Kleidungsstück ab, das sie um die Körpermitte geschlungen hatte.

»Der Stoff ist ganz weich. Weich und warm. Ich hab' mich fast totgeschwitzt.«

Das Kleidungsstück aus dunkelgrauem Wollstoff, das Hella nun ausbreitete und über die Rückenlehne eines Küchenstuhls legte, entpuppte sich als ein kurzer Herrenmantel.

»Wo hast du den denn her?«

»Gefunden. In den Trümmern. Auf dem Zechengelände.«

In den Trümmern lagen keine Kleidungsstücke herum. Außerdem hatte Hella auf dem Zechengelände nichts verloren.

»Ich hab' dir doch gesagt, dass du dich da nicht rumtreiben sollst.«

Martha hörte selbst, wie müde sie klang. Hella suchte in den Trümmern nach allem, was man verwerten konnte. Sie hatte es ihr tausendmal verboten, denn Plündern stand unter Strafe, zudem war es in den Ruinen gefährlich.

Andererseits erschien Hella oft mit einem brauchbaren Stück. Den Kochtopf mit der Delle, in dem jetzt die Suppe köchelte, hatte Hella angeschleppt. Und häufig kam sie mit Holz, das aus zerstörten Schuppen, Fensterrahmen oder Verschlägen stammte.

Hella verdrehte die Augen.

»Ja, ich weiß. Aber ich wollte Trümmerholz suchen, und Klara hat gesagt, dass kürzlich eine Wand abgesackt ist und man leichter an einen Schuppen kommt, wo noch was zu holen ist. Man muss nur mutig und geschickt sein.«

Martha verkniff sich den Hinweis darauf, dass absackende Wände genau das waren, was die Ruinen gefährlich machten. Stattdessen fragte sie: »Wo hast du den Mantel denn« – sie machte eine Pause – »gefunden?«

Hella kam nicht dazu zu antworten. Die Küchentür, die auch gleichzeitig ihre Wohnungstür war, öffnete sich. Edith kam. Sie warf Hella und Martha eine Kusshand zu, schnupperte und ging zum Herd.

»Oh, Brennnesselsuppe!«

Edith betrat jeden Raum, als wäre er eine Bühne. Martha, für die jeder Raum ein Ort war, an dem sie Dinge in Ordnung bringen musste – flicken, aufräumen, reparieren, sauber machen –, gingen Ediths Auftritte auf die Nerven, gleichzeitig gefielen sie ihr aber auch. Sie waren unnütz, leicht und ein hauchdünner Luxus, wie eine Seidenschleife, die man sich gebügelt ins Haar band, wo doch eine einfache Gummiflitsche ausreichte.

Noch im Mantel hob Edith den Topfdeckel hoch.

»Brennnesselsuppe. Gesund und nahrhaft.«

Edith sah wie meistens elegant aus. Unter ihrem Mantel, den sie nun aufknöpfte, kam ein Kleid hervor, genäht aus einem Posten Fallschirmseide, den sie wer weiß wo aufgetrieben hatte. Ihre Schuhe, die sie beim Hereinkommen achtlos neben der Küchentür abgestreift hatte, so dass der eine auf dem Spann des anderen balancierte, hatten schief gelaufene Absätze, doch sie glänzten dank einer Mischung aus Kohlenstaub und Getriebeöl, die sie anstelle von Schuhcreme verwendete. Auf ihren sorgfältig ondulierten Locken saß ein Hütchen, das so aussah, als wollte es jeden Moment herunterfallen. Dass es das nicht tat, lag an den Hutnadeln, die Edith gerade vor dem Spiegel herauszog.

Edith hatte im letzten Februar mit einem Papier des Wohnungsamtes vor ihrer Tür gestanden. Sie war Anfang 45 aus Ostpreußen gekommen und hatte nach Verwandten in Bochum gesucht. Was sie gefunden hatte, war ein zerbombtes Haus und ein geplünderter Keller. Keiner der Nachbarn hatte ihr sagen können, was aus ihren Leuten geworden war.

Martha hatte sehr gut gewusst, dass eine Wohnung wie ihre – bis auf ein paar zersprungene Fensterscheiben zum Hof hin heil, Wohnküche, ein Zimmer, eine Kammer, Toilette im Haus, aber einen halben Stock tiefer – in diesen Tagen für zwei Personen viel war und sie daher um eine Einquartierung nicht herumkommen würde. Das Wohnungsamt verteilte die Ausgebombten und die Flüchtlinge aus dem Osten auf Wohnungen in den noch übrig gebliebenen Häusern. Man konnte froh sein, wenn man mit den neuen Mitbewohnern halbwegs zurechtkam. Wenn sie keine Krankheiten einschleppten. Oder die halbe Nacht schrien, weil sie irgendetwas nicht vergessen konnten. Edith hatte keine Krankheiten, soweit sie sehen konnte, und sie schrie auch nicht in der Nacht.

Edith hatte damals in der Tür gestanden, ihr die Einweisung gezeigt, freundlich gelächelt und auf einen Sack zu ihren Füßen gedeutet. Ohne ihr Lächeln zu erwidern, war Martha beiseitegetreten, um sie hereinzulassen. Edith hatte den Sack in die Küche geschleppt. Sie hatte sich vor den Herd gekniet, ihre feinen Handschuhe ausgezogen und den Inhalt des Sacks in die Kohlenkiste geschüttet. Ein ganzer Schwung Eierkohlen war aus dem Sack gerumpelt und hatte die leere Kiste zur Hälfte gefüllt.

Anschließend hatte sie das Päckchen Zucker aus der Tasche gezogen, ein Viertelpfund Zucker. Martha hatte genickt, als ob sie noch etwas zu bestimmen gehabt hätte.

Seit etwas über einem Jahr wohnten sie jetzt zu dritt. Edith war in die Kammer gezogen, in der Hella geschlafen hatte, und Hella hatte sich im Ehebett ihrer Mutter einquartiert. Eine Seite stand leer, seit Karl eingezogen worden war. Karl hatte lange behauptet, dass er sicher nie an der Reihe sein würde. Kriegswichtiger Betrieb, schließlich machten sie Radsätze für Lokomotiven und Waggons, die dringend gebraucht wurden, Räder sollen rollen für den Sieg. 42 war er dann doch dran gewesen. Ostfront. Jetzt war er irgendwo in Russland, der letzte Feldpostbrief war im Februar 44 aus Odessa gekommen. Ob er noch lebte, wusste Martha nicht. Für gewöhnlich vermied sie es, darüber nachzudenken.

Im Laufe der Zeit fand sie heraus, dass sie es im Großen und Ganzen mit Edith nicht schlecht getroffen hatten. Sie beteiligte sich zuverlässig an den Kosten des Haushalts, sie war ruhig, las in den Büchern, die sie in ihrem Koffer mitgebracht hatte. Einen Teil ihrer Miete bezahlte sie in Lebensmitteln, die sie irgendwie organisierte.

Edith setzte den Topfdeckel wieder auf den Topf.

»Brennnesselsuppe! Lange nicht mehr gegessen!«

Hella lachte.

»Ja, wahnsinnig lange. Seit gestern Abend nicht mehr!«

Edith hob theatralisch die Hände zur Decke.

»Himmel, vierundzwanzig Stunden ohne Brennnesselsuppe!«

Sie hängte ihren Mantel an den Kleiderhaken der Tür und drehte sich schwungvoll wieder zu ihnen um.

»Was ist das? Habt ihr Besuch?«

Sie hatte den Herrenmantel entdeckt.

»Hella hat ihn mitgebracht. Aus den Trümmern.«

Noch während sie den Satz aussprach, fragte sich Martha wieder, woher Hella den Mantel hatte. Gestohlen? Eingetauscht? Hella hatte nichts zum Tauschen. Außer – Martha dachte kurz an die dreizehn-, vierzehnjährigen Mädchen, die sich am Bahnhof herumdrückten, die Lippen rot angemalt, Wimpern und Augenbrauen mit Kohle geschwärzt. Sie warf einen Blick auf Hella mit ihren geflochtenen Zöpfen und ihrem Strickpullover mit dem Norwegermuster. An Ärmel und Bund hatte sie noch einige Zentimeter mit einer andersfarbigen Wolle angestrickt, weil das Mädchen in die Höhe schoss und die zahnstocherdünnen Arme und Beine immer länger wurden.

»Ich habe ihn bei jemandem gefunden und ihn mitgenommen.«

»Du hast jemandem den Mantel weggenommen?«

Martha sah ihre zwölfjährige Tochter verblüfft an.

»Und er hat dich gewähren lassen?«

»Er konnte ja nichts mehr dagegen machen.«

Hella erzählte von dem Toten.

»Er ist wahrscheinlich gefallen und hat sich den Kopf aufgehauen. Er wollte mir noch was sagen, aber das habe ich nicht verstanden. Dann ist er gestorben.«

Das Kind sprach gelassen. Fast geschäftsmäßig, dachte Martha.

»Weißt du, ich habe den Mantel genommen und ihm dafür die Augen geschlossen. Und die Hände gefaltet. Ein Tausch. Er braucht den doch sowieso nicht mehr.«

Martha wischte sich erschöpft über die Stirn. Man nahm sich, was man brauchen konnte. Kochgeschirr aus einer ausgebombten Wohnung, ohne lange zu fragen, ob die Eigentümer eines Tages zurückkommen würden. Die Kartoffeln aus einem verlassenen Schrebergarten. Die Kaninchen, die den Bombenangriff überlebt hatten, bei dem ihre Besitzer gestorben waren. Man nahm seinen Anteil, wenn die Jungen hinter dem Gussstahlwerk auf die Waggons der Güterzüge kletterten und die Kohlen herabwarfen, damit andere Kinder sie aufsammeln konnten. Man nahm einem Dreijährigen, der allein auf den Stufen vor seinem Haus saß, jedoch nicht die halbe Brotscheibe mit Maggi und Margarine weg, auch wenn man größer und stärker war und Hunger hatte, und man klaute einer älteren Frau, die von einer Hamsterfahrt zurückkam, nicht den Rucksack mit ihren Einkäufen.

»Fühl doch mal, Mama.«

Hella fasste ihre Hand und fuhr mit einer knappen Streichelbewegung darüber, bevor sie sie auf den Stoff legte. Martha warf einen kurzen Blick auf Hellas Hand, ihre Finger hatten denselben Drall nach rechts wie ihre eigenen. Nur waren sie kleiner, weißer und zierlicher, so wie vieles an Hella eine kleinere und zierlichere Ausgabe von Martha war: die braunen Haare, das runde Gesicht, die gerade Nase.

Widerwillig befühlte Martha den Stoff. Schurwolle, Vorkriegsware. Die Sache mit dem Mantel gehörte in die erste Sparte, entschied sie, dem Toten tat es nicht weh. Sie seufzte.

Edith nahm ebenfalls ein Stück Stoff zwischen Daumen und Zeigefinger.

»Nicht schlecht. Darf ich?«

Edith hob den Mantel an den Schultern hoch und hielt ihn vor sich.

»Nicht gerade der allerneuste Schick, aber gute Qualität.«

Sie wandte sich an Martha.

»Vielleicht könntest du der Kleinen einen neuen daraus nähen. Zieh doch mal an, Hella.«

Hella schlüpfte in den Mantel und knöpfte ihn zu. Ihr Hals ragte aus dem dunklen Stoff hervor und sah noch magerer und blasser aus als sonst. Die Schulternähte hingen auf halbem Weg zwischen Schultern und Ellenbogen, ihre Hände verschwanden komplett in den langen Ärmeln, der Saum reichte ihr bis an die Waden. Wie eine große Krähe mit hängenden Flügeln stand sie in der Küche.

Edith sah Martha an.

»Oder du könntest ihn gegen etwas anderes eintauschen. Wahrscheinlich würde es für einen kleineren Mantel, der dem Mädchen passt, und noch etwas anderes reichen.«

»Kartoffeln. Ein ganzer Sack. Oder Eier«, rief Hella. »Oder Kaffee, Mama. Stell dir vor, richtigen Bohnenkaffee.«

Bohnenkaffee – Martha hatte plötzlich den Geruch von Kaffee in der Nase. Das Kind wusste genau, wo es bei seiner Mutter ansetzen musste. Trotzdem überhörte Martha Hellas Vorschläge, genauso wie sie die Stimme in ihrem Kopf überhörte, die nach dem Besitzer des Mantels fragte.

Sie griff mit beiden Händen an die Seitennähte des Mantels und zog den Stoff zur Seite, bis er spannte. Rechts und links von Hellas Taille war der Mantel an jeder Seite mindestens fünfundzwanzig Zentimeter zu weit.

»Eigentlich zu schade zum Umschneidern. Viel zu viel Abfall«, murmelte sie.

Sie ließ die Seitennähte los und hörte ein leises Knistern. Irritiert befühlte sie den Stoff an der Stelle, die eigentlich die Taille seines Trägers bedecken sollte und die bei Hella knapp oberhalb des Knies saß. Es knisterte wieder.

»Hier steckt was im Futter.«

»Vielleicht Geld!« Wieder Hella.

Geld. Für Geld konnte man kaum etwas kaufen. Es sei denn, es waren Dollar oder britische Pfund.

»Zieh aus, ich guck mal, wie ich am besten rankomme.«

Hella ließ den Mantel von ihren Schultern gleiten. Ohne das Kleidungsstück wirkte sie auf einmal noch viel magerer. Sie reichte ihn ihrer Mutter. Tatsächlich, an der linken Knopfleiste war das Futter mit groben Stichen angenäht worden. Martha holte eine Rasierklinge aus ihrem Nähkästchen, trennte die Naht vorsichtig auf und fuhr mit der Hand in das Futter.

Ihre Hand kam mit ein paar Blättern wieder zum Vorschein. Fünf gelbe, amtlich aussehende Formulare und ein Zettel, der offenbar aus einem Notizbuch herausgerissen war.

Martha faltete die gelben Blätter auseinander und las »Städtisches Wirtschaftsamt«.

Edith schaute ihr über die Schulter.

»Bezugsscheine. Jeder für einen Zentner Butter.«

Butter. Martha dachte an die Butterblöcke, die früher in der Lebensmittelabteilung des Kaufhauses Alsberg gelegen hatten, das später in Kortum umgetauft wurde, als seine jüdischen Besitzer es abgeben mussten. Riesige gelbe Blöcke, die ihr helleres Innenleben zeigten, wenn eine der Verkäuferinnen im weißen Kittel und mit weißem Häubchen das Messer mit der breiten Klinge und den beiden Griffen nahm und ein Stück von dem Block abschnitt, um es auf Pergamentpapier zu legen und zu wiegen. Gelbe Butter, die sich zu appetitlichen Spiralen krümmte, wenn man mit dem Messer über die Oberfläche des Blocks schabte.

»Ein ganzer Zentner Butter«, sagte sie leise. In den alten Kühlschrank würde eine solche Menge nicht passen, aber im Keller war es um diese Jahreszeit noch kalt genug, um die Butter zu lagern. Gut verpackt und gut versteckt, so dass sie vor Ratten und Dieben sicher war. Stapel von Butterpäckchen, mit denen sie kochen und braten könnte. Die sie weiterverkaufen oder gegen etwas anderes eintauschen könnte.

Martha rief sich zur Ordnung: Sie hatten keine Butter. Und waren meilenweit davon entfernt, welche zu bekommen, geschweige denn zu verkaufen oder einzutauschen.

Hella hatte die Scheine genommen und hielt sie wie einen Fächer in die Luft.

»Es sind fünf Stück. Fünf Zentner Butter. Was wir nicht selbst essen, könnten wir tauschen. Oder verhökern.«

»Zeig noch mal her.«

Martha streckte die Hand aus. Sie betrachtete die Scheine.

»Das ist was für Händler. Nicht für unsereins. Die Händler können damit am Großmarkt ihre Butter holen. Wir sind keine Händler.«

»Dann werden wir eben welche.«

»Außerdem ist es verboten.«

»Verboten, verboten.«

»Wir haben auch kein Geld. Wovon willst du denn die Butter bezahlen?«

Hellas Antwort kam prompt.

»Ganz einfach. Wir verkaufen den Mantel. Was meinst du, was bekommen wir dafür, Edith?«

»Schwer zu sagen. Es hängt davon ab, an welchen Kunden du gerätst.«

Martha warf Edith einen schnellen Blick zu. Sie wusste, dass Edith immer wieder Dinge aus ihrem alten Lederkoffer auf dem Schwarzmarkt verkaufte. Ab und zu verkaufte sie auch Zigaretten aus Quellen, über die Martha lieber nichts wissen wollte. Das war Ediths Sache, ohne das eine oder andre Schwarzmarktgeschäft war es sowieso schwer, über die Runden zu kommen. Aber ihr gefiel der Gedanke nicht, dass Hella von Ediths Geschäften wusste und sie sogar als Expertin in diesen Dingen zu betrachten schien. Hella dagegen ließ sich von ihrer vagen Antwort nicht den Wind aus den Segeln nehmen.

»Na gut, nehmen wir mal an, wir bekommen mindestens …«

Martha unterbrach sie: »Vergiss es. Und jetzt iss.«

Sie stellte den Topf auf den Tisch. »Aber wasch dir vorher die Hände.«

Sie begann, die Teller zu füllen, während Hella sich über dem Spülstein die Hände wusch.

Sie aßen, Hella schwieg, die ersten Löffel Brennnesselsuppe wanderten in ihren Mund. Doch dann legte sie wieder los.

»Also, wir verkaufen den Mantel. Davon kaufen wir erst mal einen Zentner Butter. Das Geld müsste reichen, wir müssen ja nicht den Schwarzmarktpreis bezahlen. Mama, was kostet Butter im Laden?«

Martha erklärte unwillig: »Ein Viertelpfund dreißig Pfennig. Meistens gibt's aber keine, und sie geben dir Margarine. Oder gar nichts.«

»Gut.«

Martha konnte sehen, wie das Kind die Rechenmaschine in seinem Kopf anwarf. Sie hoffte, dass das Mädchen mit seinem hellen Kopf eines Tages eine Lehre machen konnte. Was Kaufmännisches vielleicht. Dann könnte sie jeden Morgen adrett ins Büro marschieren und hätte ihr Auskommen, ohne sich die Knochen kaputtmachen zu müssen.

»Guck mal, der Händler schlägt wahrscheinlich das Doppelte auf den Einkaufspreis drauf. Also zahlt er für das Pfund sechzig Pfennig. Macht bei einem Zentner sechzig Mark. Sechzig Mark kriegen wir garantiert für den Mantel. Von dem Geld kaufen wir die Butter. Die verkaufen wir schwarz. Von dem Gewinn kaufen wir neue Butter, die verkaufen wir wieder. So verdienen wir ordentlich und können alles Mögliche zu essen kaufen. Das ist doch großartig.«

Ihre Augen leuchteten vor Begeisterung.

»Dann kaufen wir eine Nähmaschine. Du nähst Sachen, Mama. Für dich und mich und Edith. Und für die Nachbarschaft. Sie bezahlen natürlich. Vielleicht kannst du irgendwann einen Schneiderladen aufmachen und musst nicht mehr im Krankenhaus arbeiten.«

Martha musste lächeln. Einen Moment lang sah sie vor ihrem inneren Auge einen Laden mit einem feinen Schild. Schneiderei Martha Schrader. Aber das war alles Kokolores. Ein Hirngespinst.

Sie sagte barsch: »Hör auf! Viel zu riskant. Wenn sie uns erwischen, landen wir alle im Gefängnis.«

Hella war enttäuscht. Die nächsten Löffel Suppe verschwanden in aller Stille in ihrem Mund.

Edith schluckte den letzten Bissen ihres Brotes hinunter. Was ihr besser schmeckte, aß sie immer zuerst. Ihr Motto war: »Genieße, was du bekommen kannst. Jetzt und hier. Wer weiß, was als Nächstes passiert.« Martha hob sich lieber das Beste bis zum Schluss auf, weil sie fand, dass man sich die Dinge einteilen sollte.

Bevor Edith ihren Löffel in die Suppe tauchte, fragte sie Hella: »Hat dich eigentlich jemand bei dem Toten gesehen?«

»Ich glaub nicht. Der Trichter ist nicht gerade tief, aber er lag ganz unten. Man kann den Mann nur sehen, wenn man dicht am Rand vorbeigeht.«

Hoffentlich hat niemand das Kind dort beobachtet, dachte Martha. Das hätte gerade noch gefehlt, dass jemand der Kleinen wegen des Diebstahls auf die Schliche kam.

Hella fuhr mit ihrem Löffel in dem Teller herum, um auch die letzten Brennnesselblätter aufzulesen. Verstohlen musterte sie ihre Mutter aus den Augenwinkeln. Martha kannte die Art von Blick: Das Kind versuchte herauszufinden, ob der Moment günstig für einen weiteren Vorstoß in Sachen Bezugsscheine und Handelspläne war.

Er war auf keinen Fall günstig, dachte Martha. Sie wollte in Ruhe selbst über die Sache nachdenken, deshalb sagte sie energisch: »Schlag dir die Bezugsscheine aus dem Kopf. Ich will nichts mehr davon hören. Kein Wort. Verstanden?«

Sie nahm die gelben Blätter, ließ sie in einer Küchenschublade verschwinden und schloss sie mit einem leisen Knall.

* * *

Später, als Hella schon in Marthas Ehebett lag, saßen sie eine Weile am Küchentisch. Es gab noch eine Stunde elektrisches Licht, dann würde in ihrem Viertel der Strom abgeschaltet werden. Edith sah zu, wie Martha im Schein der Lampe über dem Tisch einen von Hellas Pullovern flickte. Was für eine trauliche Szene, dachte sie, wie ein altes Ehepaar sitzen wir hier. Man kennt sich, man weiß, was man am anderen schätzt und was man lediglich hinnimmt, man denkt nicht darüber nach, dass es anders sein könnte. Vermutlich würde sie nicht für alle Ewigkeit hier wohnen, doch darüber lohnte es sich im Augenblick nicht nachzudenken. Sie hatte sich daran gewöhnt, in einer Art Glaskugel zu leben, die nur aus Gegenwart bestand; Vergangenheit und Zukunft waren gerade mal ein paar blasse Schemen am Rand der Kugel. Was die Vergangenheit anging, so war ihr das sehr recht. Was die Zukunft betraf, im Grunde auch.

Inzwischen war es kühl in der Küche geworden. Martha trug Wollhandschuhe, deren Fingerspitzen sie abgeschnitten hatte, um in der Kälte besser arbeiten zu können. Edith beobachtete, wie sie stirnrunzelnd die Nadel durch das Gewebe stach. Martha brütete meist eine Zeit lang über einem Problem, dann tat sie ihre Überlegungen kund und war froh, mit jemandem darüber reden zu können. Dieser Jemand war in den letzten Monaten oft Edith gewesen. Auch das gehörte zu ihrer Notgemeinschaft: Martha breitete ihre Probleme aus, Edith hörte zu.

Martha schnitt den Faden mit klappernder Schere ab.

»Ich mach besser doch ’nen neuen Mantel draus. Herrenmäntel bringen auf dem Schwarzmarkt sowieso nichts ein. Die gibt’s ja vermutlich in rauen Mengen, oder?«

Herrenkleidung wurde tatsächlich oft verkauft, denn die vielen Witwen und auch manche, die nicht sicher waren, ob sie wirklich Witwen waren, räumten die Schränke in ihren Schlafzimmern aus und verkauften die Sachen. Falls sie noch Schränke und Schlafzimmer hatten.

Sie selbst, dachte Edith, gehörte zu einer anderen Sorte von Witwen, zu denen, die nicht einmal verheiratet gewesen waren. Robert war gleich zu Kriegsbeginn eingezogen worden, bei einem seiner Heimaturlaube hatten sie sich verlobt. Kurz nach dem Einmarsch in die Sowjetunion war er gefallen, für Führer, Volk und Vaterland. Die Geschichte mit Robert war auch nur eine blasse Erinnerung, ein dünner Schatten am Rande der Gegenwart. Im Gegensatz zu anderen Erinnerungen hatte die an Robert den Vorteil, dass sie ihr wie eine Passage aus einem Roman vorkam, den sie vor langer Zeit gelesen und dann zur Hälfte vergessen hatte. Diese Sorte von Erinnerung konnte sie einfach wie ein Buch zuklappen, und hopp, weg war sie. Andere Erinnerungen waren nicht so gefügig, sie kamen und gingen, wie es ihnen passte, und drängten sich in den ungünstigsten Momenten in den Vordergrund.

Sie antwortete auf Marthas Frage.

»Ich denke, du würdest den Mantel ohne Weiteres verkaufen können. Es gibt viele, die ihre Sachen bei den Bombenangriffen verloren haben.«

Martha nickte und kniff die Augen zusammen, um einen neuen Faden durch das Öhr der dicken Stopfnadel zu ziehen.

Was es auf jeden Fall gab, war ein Überangebot an Witwen. Viele schlugen sich durch, wie Martha, die in einem Krankenhaus eine Putzkolonne befehligte, doch gab es für manche andere Wege. »Leidgeprüfte 32-jährige Frau, unabhängig, ansehnlich, gebildet sucht zwecks späterer Heirat passenden Wirkungskreis in frauenlosem Hause, gern auch Geschäftshaushalt. Vornehme 3-Zimmerausstattung vorhanden.«

Was die Frau da anbot, hatte ganz offensichtlich an Wert verloren. Ansehnliche Frauen, wenngleich häufig etwas mager, gab es zuhauf, viel mehr als wohlhabende Geschäftsmänner, und sie boten ihre Ansehnlichkeit zu günstigen Preisen an. Was die vornehme 3-Zimmer-Ausstattung anging, so nutzten der gediegene Eichenschrank oder das glänzende Kirschholztischchen wenig, wenn man kein Dach über dem Kopf hatte.

Edith hatte die Annonce in der Zeitung gesehen, die es seit Neuestem wieder gab. Ihr fehlten acht Lebensjahre und die Wohnungsausstattung, doch davon abgesehen traf die Beschreibung auch auf sie zu. Allerdings wäre sie nie auf die Idee verfallen, eine solche Anzeige in die Zeitung zu setzen, um sich einen Geschäftsmann aufzuhalsen, der es als lohnendes Geschäft betrachtete, sich eine ansehnliche Frau nebst Wohnungseinrichtung ins Haus zu holen. Die Art von Tausch gefiel ihr überhaupt nicht, weil vermutlich bald vergessen sein würde, dass es sich um einen Tausch handelte, und im matten Glanz von Kirschholz und Eiche alles gediegen, gesetzt und wohlanständig aussehen würde.

Die Schublade des Küchentisches knarzte. Martha holte die gelben Scheine hervor und legte sie vor sich.

»Fünf Zentner Butter.«

Sie reihte die Scheine auf dem Küchentisch auf. »Ich weiß gar nicht mehr, wie Butter schmeckt.«

Edith spürte, wie sich der Geschmack nach schmelzender Butter in ihrem Mund breit machte. Martha schien es ähnlich zu gehen. Sie blickte versonnen auf die Scheine. Als sie merkte, dass Edith sie beobachtete, stand sie auf, schob laut ihren Stuhl zurück und faltete mit ruckhaften Bewegungen Hellas Pullover zusammen. Danach legte sie genauso ruckhaft die blassgelben Formulare aufeinander. Als ob die Verlockung kleiner werden würde, wenn die Scheine nicht mehr auf dem Tisch aufgereiht waren.

Edith lachte.

»Du siehst aus wie eine Katze, die um einen Milchtopf streicht. Oder besser gesagt: um ein Butterfass.«

»Red keinen Quatsch«, sagte Martha. Zwischen ihren Augenbrauen zeigte sich die tiefe Falte, die unfehlbar immer dort erschien, wenn sie sich ärgerte. Martha mochte es nicht, wenn sie zwischen zwei Dingen hin- und hergerissen war und sich nicht entscheiden konnte.

Edith selbst fand, dass die Butterscheine eine günstige Gelegenheit waren, und sie war unbedingt dafür, Gelegenheiten zu nutzen, wenn sie sich boten. Mit seinem Koffer auf den letzten Zug aufzuspringen, der die Stadt verließ, bevor die Rote Armee einrückte; einen Posten Ballonseide mitzunehmen, der herrenlos in einem verlassenen Armeelaster lag, ohne zu wissen, was sich damit anfangen ließ. Das

Glück beim Schopf packen, den griechischen Gott bei seiner Stirnlocke, bevor die Hand über den glatten Hinterkopf rutschte.

Fünf Zentner Butter. Wenn sie sie weiterverkauften, konnte das Ganze ein einträgliches Geschäft sein. Der Polizei gelang es längst nicht, jeden Schwarzmarkthändler zu fassen, häufig sorgten ein paar Schachteln Zigaretten oder ein Stück Speck dafür, dass der Polizist im entscheidenden Moment in eine andere Richtung schaute.

All das bei Martha ins Feld zu führen war jedoch zwecklos. Sie musste ihre Angelegenheiten selbst durchdenken, Schritt für Schritt, musste jeden Einwand selbst beiseiteräumen.

Jetzt wechselte Martha erst einmal das Thema.

»Guck mal, hier ist noch ein Zettel.«

Sie zog unter einem der Blätter ein Notizblatt aus dünnem, fast durchsichtigem Papier hervor und las es mit gerunzelter Stirn vor.

Edith kommentierte: »Zwei Namen mit Geburtsdaten und Adressen. Die eine am Moltkemarkt, die andere im Ehrenfeld.«

Martha legte das Blatt auf den Tisch und fügte hinzu: »Merkwürdig. Am Moltkemarkt liegt doch alles in Schutt und Asche.«

Edith warf einen Blick auf das Papierstück. »Vielleicht eine Kellerwohnung. Oder eine Hütte in den Ruinen«, sagte sie.

»Wahrscheinlich irgendwelche Kumpel von dem toten Kerl«, sagte Martha. Sie ließ ein Stopfei in einen Strumpf gleiten und schob es unter die durchlöcherte Stelle. Edith machte sich daran, eine ihrer Blusen auszubessern. Schweigend beugten sich beide über ihr Nähzeug.

Nach einer Weile fragte Edith: »Und?«

Martha sah auf.

»Was heißt hier ›und‹?«

»Was willst du mit den Scheinen machen?«

»Nichts.«

Sie schob die knisternden Papiere zusammen.

»Vielleicht kann man sie noch zum Feueranzünden nehmen.«

Sie stopfte das Bündel wieder mit einem Knall in die Küchenschublade. Edith verkniff sich die Bemerkung, dass sie das Papier zum Anzünden woanders sammelten.

Martha zog unwirsch die Nadel durch den Stoff. Thema erledigt.

4

Mittwoch, 13. März 1946

Dietrichs schob die Hände tief in die Manteltaschen, zog die Schultern hoch, bis sie fast seine Hutkrempe berührten, und krümmte sich nach vorn, um dem frischen Märzwind möglichst wenig Angriffsfläche zu bieten. Der Wind fegte durch die leeren Straßen, blies durch die Fensterlöcher der Ruinen und fing sich in den Winkeln einsam stehender Häuserwände.

Dietrichs ging ungern zu Fuß. Über fünf Fahrzeuge verfügte das Präsidium noch. Doch Treibstoff war knapp, und des Öfteren verschwand auf geheimnisvolle Weise das Benzin aus den Tanks der Polizeiwagen. Heute Morgen waren zwei Fahrzeuge bei einer Razzia im Einsatz, das dritte, ein Mercedes, musste repariert werden, das vierte hatte kaum noch Treibstoff.

Dasenbrock, ein alter Veteran des Ersten Weltkriegs, der sich um die Autos kümmerte, hatte Dietrichs erklärt, dass das fünfte und letzte in einem so desolaten Zustand war, dass es höchstwahrscheinlich liegen bleiben würde.

»Ehrlich, Herr Oberinspektor. Sie kriegen nur Ärger. Da laufen Sie lieber schnell rüber.«

Also hatte Dietrichs sich zu Fuß auf den Weg gemacht. Er lief an dem großen Gebäude vorbei, das einmal als Bergbaumuseum geplant gewesen war. In den letzten Kriegsjahren hatte man die unter der Erdoberfläche angelegten Schau-Stollen als Luftschutzkeller genutzt. Jetzt hielt die Nähe zum Polizeipräsidium Plünderer nicht davon ab, sich in dem halb fertigen Flügel mit Baumaterialien zu versorgen.

»Sie klauen das Zeug vor unseren Augen«, hatte gestern ein Kollege gesagt, als er aus dem Fenster geschaut hatte. »Früher hätte es das nicht gegeben.«

Dietrichs fand, dass Kollege Hackfeld mindestens in zweierlei Hinsicht falschlag: Die Plünderer agierten nicht vor ihren Augen, sondern im Schutze der Dunkelheit, vor Beginn der nächtlichen Ausgangssperre. Und was das Früher anging – nun, dazu hätte Dietrichs eine Menge sagen können, aber er hatte geschwiegen.

Während Dietrichs eine der Ausfallstraßen nach Norden überquerte, dachte er an den Anruf, der ihn am Morgen auf die Straße getrieben hatte. Ein Toter auf dem Gelände der Zeche Präsident. Vermutlich ein Unfall, hatte der Beamte vom Polizeirevier Hamme gesagt, jemand, der beim Plündern verunglückt war. Ganz sicher war sich der Schupo nicht gewesen. Deshalb hatte er im Präsidium angerufen und um die Hilfe der Kripo gebeten.

Farnow, der neue Polizeichef, den die Briten eingesetzt hatten und der nun nicht mehr Polizeipräsident, sondern Polizeidirektor hieß, hatte ihn daher zu sich zitiert.

Farnow war 33 aus politischen Gründen aus dem Polizeidienst entlassen worden, weil er das falsche Parteibuch hatte. Vier Jahre später war er wohl zu der Einschätzung gelangt, dass der Wind im Land sich nicht allzu bald drehen würde, und trat in die NSDAP ein. Höheren Ortes war seine Entscheidung gewürdigt worden, und er hatte einen Posten bei der Gewerbepolizei zugewiesen bekommen. Eine Stelle ohne Macht und Einfluss, auf dem Abstellgleis. Die Briten hatten ihn dann im letzten Mai zum Polizeichef gemacht.

»Kümmern Sie sich drum, Dietrichs«, hatte Farnow gesagt. »Falls mehr dahintersteckt, stellen Sie eine Mordkommission zusammen. Sie leiten in diesem Fall die Ermittlungen.«

Dietrichs war darüber nicht allzu erfreut. Inzwischen war er der dienstälteste und ranghöchste Beamte im 1. Kommissariat. Seine Strategie, sich aus allem rauszuhalten und sich nicht in die erste Reihe zu stellen, um laut »Hier!« zu rufen, hatte dazu geführt, dass er in den vergangenen zwölf Jahren bei der Kripo keine Karriere gemacht hatte. Darüber war er froh. Die Aufklärung von Verbrechen war unter den Nazis ein schwieriges Geschäft gewesen. Wenn man bei einer Ermittlung Stein für Stein umdrehte, konnte es passieren, dass man Dinge entdeckte, die man gar nicht entdecken wollte: einen Parteibonzen, der in irgendetwas verwickelt war, einen Toten, der auf das Konto der Gestapo ging, oder eine andere schmutzige Geschichte, deren Aufdeckung alles andere als erwünscht war. Da war es besser, vorsichtig zu sein, die Augen offen zu halten, damit man Schwierigkeiten und Fallen voraussah, und es tunlichst zu vermeiden, sich nach vorne zu drängen und »hurra«, »hier« und »Heil« zu schreien.

Dadurch galt er nach dem Krieg als unbelastet, und man hatte ihn befördert. Auf diese Weise hatte er bekommen, was er nie gewollt hatte: Er stand in vorderster Reihe. Und jetzt hatte er vielleicht einen Mord am Hals, der ihn in das Zentrum der Aufmerksamkeit katapultieren würde.

»Wen wollen Sie dabeihaben, falls sich tatsächlich herausstellt, dass der Mann getötet worden ist?«, hatte Farnow ihn gefragt.

Niemanden, hatte Dietrichs gedacht. Gesagt hatte er: »Runge.«

Runge war der zweite Mann bei den Gewaltdelikten, und eigentlich wäre es das Übliche gewesen, ihn mit ins Boot zu nehmen. Farnow sah bei Dietrichs Vorschlag jedoch aus, als hätte er in eine Zitrone gebissen. Dietrichs hatte nichts anderes erwartet. Runge hatte wie alle anderen Kripobeamten den Fragebogen der britischen Besatzer ausgefüllt, und Dietrichs hatte damit gerechnet, dass Runge, der immer den hundertprozentigen Nazi gegeben hatte, entlassen werden würde. Aber nein, Runge konnte bleiben. Dietrichs nahm an, dass er seine frühe Mitgliedschaft in der NSDAP – er war ein alter Kämpfer, der schon lange vor 33 eingetreten war – und seine Gefälligkeiten für die Gestapo wohlweislich verschwiegen hatte. Irgendjemand hatte mit seiner Unterschrift Runges Angaben bestätigt und ihm auf diese Art zu einem Persilschein verholfen. So ganz hatte es mit dem Reinwaschen aber nicht geklappt, in den Fluren wurde gemunkelt, dass Runge weiterhin »politisch problematisch« sei.

Farnow reagierte, wie Dietrichs gehofft hatte. Er blinzelte mit seinen hellen Wimpern und sagte: »Nein, keine gute Idee.«

Dietrichs hatte daraufgesetzt, dass der Polizeichef kein großes Interesse daran haben würde, Runge ins Scheinwerferlicht treten zu lassen, indem er ihn bei dieser Ermittlung einsetzte. Die nächste Bemerkung hatte er jedoch nicht vorausgesehen: »Wie wäre es mit Kleinert?«

»Kleinert«, hatte Dietrichs zögerlich wiederholt und seinen Chef fragend angeschaut.

»Ja, ich weiß, ihm fehlen die zwölf Jahre«, hatte Farnow gesagt

Dietrichs hatte genickt, auch wenn das mit den zwölf Jahren für ihn kein Grund war. Ihm war es am liebsten, wenn er allein losziehen konnte. Das bedeutete zwar mehr Lauferei, auf der anderen Seite konnte ihm niemand über die Schulter schauen oder Schwierigkeiten machen.

Farnow hatte mit den Fingern auf den Tisch getrommelt.

»Gut, ich denke darüber nach, noch wissen wir ja gar nicht, ob es tatsächlich ein Tötungsdelikt ist.«

Dietrichs hatte erfreut gedacht »Problem vertagt«, »jawohl« gesagt und das Büro des Polizeichefs verlassen. Vorerst also niemand, der ihm reinredete oder mit unsinnigen Ideen vorpreschte.

Er hatte dafür gesorgt, dass Jürgens von der Spurensicherung und dem Arzt, der für sie manchmal als Leichenbeschauer und Gerichtsmediziner arbeitete, Bescheid gegeben wurde, und sich auf den Weg nach Hamme gemacht.

Am Eingang zum Zechengelände stand ein junger Schupo, dünn, rothaarig, Anfang zwanzig. Dietrichs hatte den Eindruck, dass er die Hacken zusammenschlagen wollte, sich jedoch im letzten Moment zurückhielt. Markig sagte er: »Guten Morgen, Herr Oberinspektor. Wachtmeister Schulte, 4. Polizeirevier.«

Wachtmeister Schulte trug eine alte Wehrmachtsuniform, die blau eingefärbt worden war und dort, wo der Gürtel festgezurrt war, wellige Falten schlug. Um den Arm hatte er eine Binde mit der Aufschrift »M. R. Polizei« – Militärregierungspolizei. Er gehörte zu den Neuen, die man jetzt einstellte und die eine Art Express-Ausbildung bekamen.

Er nickte Schulte zu und folgte dessen rostig schimmerndem Schopf über das Zechengelände. Jürgens' Dienstfahrrad stand an eine Mauer gelehnt auf dem Hof der Zeche, der Mann von der Spurensicherung war also schon eingetroffen.

Schulte erstattete Bericht.

»Wir haben im Revier um sieben Uhr fünfunddreißig einen Anruf bekommen, ein Toter auf dem Gelände hier. Gefunden hat ihn die Frau dort, sie hat uns von einer Gaststätte aus angerufen.«

Ein paar Meter von ihnen entfernt stand eine ältere Frau mit einem Korb in der Hand.

»Ich hab' einen Blick auf den Toten geworfen, er liegt am Grund eines Bombenkraters. Dahinten.« Er zeigte auf eine Stelle zwanzig Meter hinter ihm. »Allerdings bin ich nicht runtergestiegen. Um die Spuren nicht zu zerstören.«

Schulte schien ein Lob zu erwarten, also nickte ihm Dietrichs zu.

»Möchten Sie mit ihr sprechen, Herr Oberinspektor?« Schulte deutete mit dem Kinn zu der Frau.

»Später.«

Dietrichs ging auf die Stelle zu, auf die der Schupo gewiesen hatte. Jürgens hatte schon seine Markierungsschilder aufgestellt und fotografierte nun aus allen möglichen Positionen den Leichnam, der am Grunde des Trichters lag.

Das konnte noch eine Weile dauern. In der Zwischenzeit konnte er mit der alten Frau sprechen.

Sie sah auf ihre Füße, als er sie ansprach. Ihre linke Fußspitze scharrte über den Boden. Dietrichs wunderte sich, dass sie überhaupt die Polizei gerufen hatte. Die meisten Leute machten einen großen Bogen um die Polizei. Sie hätte den Toten einfach liegen lassen und ihrer Wege gehen können. Dietrichs fragte sich, warum sie das nicht getan hatte.

Er bat sie halbwegs freundlich, zu erzählen, wie sie ihn gefunden hatte. Sie hob den Kopf und betrachtete ihn. Dietrichs wusste, wie er in der Regel wirkte. Mit seinem kugelrunden Schädel, den kurzen, borstigen Haaren, die inzwischen, da er Mitte vierzig war, an vielen Stellen eher grau als braun waren, den dunkelbraunen Augen und dem dank der Lebensmittelpakete seiner Tante aus dem Münsterland immer noch breiten, kräftigen Körper machte er keinen sonderlich schneidigen oder einschüchternden Eindruck. Das schien die Frau auch so zu sehen, sie fing an zu reden wie ein Wasserfall.

»Den da unten habe ich heute Morgen gefunden. Ich war Löwenzahn sammeln. Sie können sich gar nicht vorstellen, wat die Viecher alles wegfressen. Also, ich bin los, wie immer. Is ja gut, wenn du früh da bis. Heutzutage ist ja allet knapp, sogar der Löwenzahn.«

Sie holte Luft und fuhr fort: »Na ja, und dann hab ich den da unten gefunden. Ich hab sofort gewusst: Der is hin.«

»Von wo haben Sie ihn denn gesehen?«

»Von da drüben.«

Sie zeigte auf eine Stelle am Rand des Kraters.

»Und sind Sie zu ihm runter?«

»Wieso dat denn?«

Sie klang patzig, aus Redseligkeit war Frechheit geworden. Es war Zeit, die Weichen umzustellen. Dietrichs verwandelte sich von einem freundlichen Polizisten in den strengen Vertreter der Staatsmacht.

Leise und scharf sagte er: »Vielleicht wollten Sie ja sehen, ob Sie noch etwas für ihn tun konnten.«

Die Frau stutzte und sah ihn argwöhnisch an.

»Wat tun? Wat denn tun? Ich hab doch gesagt, dat der mausetot war.«

»Oder vielleicht wollten Sie etwas mitnehmen.« Immer noch leise.

»Wat mitnehmen? Wieso …« Die Frau begriff. »Hör'n Sie mal, seit mehr als 'ner Stunde steh ich mir hier die Beine innen Bauch …« Sie brach ab, als sie Dietrichs Blick bemerkte. Er starrte sie ausdruckslos an. Zeugen anzustarren war kräftesparend und effektiv. Die Leute versuchten, sich vorzustellen, was er dachte oder vorhatte, und häufig übertrafen ihre Spekulationen die Realität bei Weitem.

Der Gesichtsausdruck der Frau wechselte von Empörung zu Angst. Einschmeichelnd sagte sie: »Glauben Sie mir, Herr Oberkommissar, ich hab nix mitgenommen. Ehrlich nicht.«

Dietrich starrte sie noch einen Moment an, bevor er fragte: »Wann haben Sie den Toten gefunden?«

»Ich hab keine Uhr. Vielleicht so gegen sieben.«

Der Ton war gefügig. Sie berichtete, dass sie anschließend zu einer Kneipe in den ersten Häusern gegangen sei. Der Wirt hatte tatsächlich ein funktionierendes Telefon gehabt, und sie hatte auf dem nächsten Polizeirevier angerufen.

»Sind Sie jeden Morgen hier?«

»Jeden Morgen, den der Herrgott noch werden lässt.«

Dietrichs schoss die Frage durch den Kopf, ob sie wohl davon ausging, dass der Herrgott irgendwann beschließen würde, keine Tage mehr werden zu lassen. Er blickte über das Zechengelände, die wie Halme geknickten Eisenträger, die zerborstenen Rohre und die nur noch zur Hälfte stehenden Gebäude. Wenn man sich das alles so betrachtete, sah es tatsächlich so aus, als hätte sich der Herrgott ernsthaft überlegt, das mit dem Tage-werden-Lassen sein zu lassen.

Die Frau trat ungeduldig von einem Bein aufs andere. Dietrichs vermutete, dass sie es längst bereute, die Polizei gerufen zu haben.

»Wir sind noch nicht fertig«, sagte Dietrichs barsch.

Sie hielt inne.

»Haben Sie hier jemanden gesehen?«

Die Frau überlegte. Oder sie tat zumindest so, um ihm zu zeigen, dass sie sich Mühe gab.

»Nein. Hier nich. Auf dem Trampelpfad da drüben gehen morgens ein paar Leute zur Schicht. Aber hier kommt keiner lang. Nur die Blagen. Die turnen hier nachmittags immer rum.«

»Welche Blagen?«

»Die Blagen aus der Nachbarschaft. Sehen alle gleich aus. Zerlumpt und rotzfrech.«

Sie begann, mit den Füßen auf den Boden zu stampfen, um sie zu wärmen, und blickte zu der Trage, die an einer der Ziegelmauern lehnte.

»Wat machen Sie denn jetzt mit dem da? Sie nehmen den doch gleich mit, oder nich'?«

Dietrichs begriff endlich, warum sie sich die Mühe gemacht hatte, den Fund zu melden und die Polizei zu rufen. Es war die Leiche. Sie wollte keine Leiche in ihrem Revier haben. Keine Leiche, die tagelang in dem Krater lag und sie morgens beim Löwenzahnsuchen erwartete.

»Gestern Morgen, waren Sie da auch hier?«, fragte Dietrichs weiter.

Er konnte ihrem Gesicht ansehen, wie wenig sie von seiner Frage hielt. Sie riss sich jedoch zusammen und antwortete: »Ja.«

»Und gestern Morgen lag hier noch keiner, oder?«

»Natürlich nicht, dat hätte ich doch sonst gemeldet, Herr Hauptkommissar.«

Dietrichs verzichtete darauf, ihr zu erklären, dass er Oberinspektor war. Die Briten hatten im letzten Sommer die Amtsbezeichnungen geändert, dabei war der »Kommissar« weggefallen. Er selbst war vom Inspektor zum Oberinspektor geworden.

Dietrich winkte Schulte herbei, damit dieser ihre Personalien aufnahm. Er sah sich um. Jürgens hatte seine Arbeit beendet, er klappte das Stativ zusammen und machte sich daran, seine Markierungsschilder wieder einzusammeln und in seinem verbeulten Blechkoffer zu verstauen.

Dietrichs kletterte in den Bombentrichter hinab, um den Toten in

Augenschein zu nehmen. Der Mann hatte die Hände gefaltet. Verunglückt war er wohl kaum, es sei denn, er hätte sich in den letzten Momenten seines Lebens daran erinnert, dass ein ordentlicher Toter die Hände vor der Brust zu falten hat, und hätte sein Möglichstes dazu getan.

Dietrichs seufzte. Vermutlich hatte er jetzt seinen Mordfall am Hals und stand mit dem Tötungsdelikt da, wo er nicht hinwollte: in der ersten Reihe.

Er betrachtete den Boden um den toten Körper herum. Der Tote schien tatsächlich hinuntergerutscht oder gezogen worden zu sein, zumindest schienen die Erdspuren auf seiner Kleidung darauf hinzudeuten, ebenso die lehmigen Schlieren und Risse im Gras oberhalb des Körpers.

Dietrichs hockte sich neben ihn. Das Gesicht war feucht von dem Regen, der in der Nacht gefallen war. Was von seinem Körper zu sehen war, schien unversehrt zu sein, die Ratten hatten ihn offenbar in der vergangenen Nacht nicht gefunden.

Dietrichs schätzte ihn auf Mitte zwanzig. Der Mann trug eine dünne, dunkelblaue Strickjacke über einem weißen Hemd, seine Beine steckten in einer Hose, deren Bügelfalte trotz der Feuchtigkeit noch zu erkennen war.

Dietrichs umwickelte seine Hand mit einem Taschentuch und ließ sie in die feuchten Hosen- und Hemdtaschen des Toten gleiten. Er zog sie leer hervor. Erst als er den Toten anhob und in die Gesäßtasche langte, wurde er fündig. Mit spitzen Fingern fischte er ein blaugrünes Papier hervor. Es war einer dieser neuen Ausweise, die die Briten jetzt in ihrer Zone herausgeben ließen. Sie sollten die alten Kennkarten ersetzen, und sie hatten auch einen neuen Namen: Personalausweis.

Er faltete das Dokument auseinander. Zumindest hatte er nun einen Namen und eine Adresse. Heinrich Steinhoff, Baarestraße. Dietrichs richtete sich auf, steckte den Ausweis in eine Tüte und streckte sich. Er rief nach Jürgens.

»Und – was gefunden?«

Jürgens schüttelte den Kopf.

»Verdammter Regen. Trotzdem haben wir auf dem Gras noch ein paar Spuren, der Tote ist vermutlich hier runtergerutscht.«

»Oder geschleift worden?«

»Wäre möglich. Irgendjemand ist auch vor uns hier hinuntergeklettert.«

»Die alte Frau?«

»Glaub ich nicht. Von da, wo sie gestanden haben will, ist niemand in den Trichter runter.«

Jürgens zeigte auf Dietrichs Füße.

»Da, wo Sie stehen, hat auch jemand anderes gestanden. Das Gras war ziemlich matschig. Bevor Sie fragen, Schuhabdrücke haben wir nicht nehmen können.«

Dietrichs nickte. Jürgens war neu und redete viel.

»Und oben, um den Trichter herum?«

»Nichts, niente, wie der Italiener sagt. Nur die Fußspuren der alten Frau. Knobelbecher Größe dreiundvierzig, aber sie gehören ihr. Hab ich überprüft. Das heißt allerdings nicht, dass nicht jemand dort gewesen ist. Ist einfach alles nur aufgeweicht.«

Dietrichs bedankte sich und ging wieder in die Hocke. Er machte sich daran, die Leiche herumzudrehen. An der Schläfe des Kopfes hatte der Tote eine Verletzung.

Jürgens sagte: »Hiesken ist noch nicht da. Braucht wahrscheinlich etwas länger, ist ja auch nicht mehr der Jüngste.«

Als ob er auf sein Stichwort gewartet hätte, erschien am Rand des Bombentrichters ein älterer Mann im Anzug, dessen Hosenbeine von Fahrradklammern eng ans Bein gedrückt wurden. Dietrichs winkte ihn heran.

»Tut mir leid. Doktor, Sie müssen wohl zu uns herunterkommen.«

Der Arzt machte sich an den Abstieg, vorsichtig und quer zum Hang stakte er herunter. Als er bei ihnen angelangt war, drückte er Dietrichs seine Tasche in den Arm. Aus der Manteltasche angelte er ein Brillenetui und platzierte eine runde Brille mit Goldrand auf seiner Hakennase. Dann ging er in die Knie und betrachtete die Wunde am Hinterkopf.

»Haben die Herren schon einmal ohne mich angefangen?«

Hiesken wollte hofiert werden. Ärzte waren knapp. Sie waren froh, dass Hiesken für sie die Leichenschau übernahm und in der Regel mit brauchbaren Ergebnissen aufwartete. Also hofierte Dietrichs.

»Nein. Selbstverständlich haben wir auf Sie gewartet, Herr Doktor.«

Der Arzt warf ihm einen misstrauischen Blick zu, doch Dietrichs machte ein gleichgültiges Gesicht. Hiesken streifte ein Paar Gummihandschuhe über. Mit weißen Gummifingern betastete er die Wunde an der Schläfe.

»Schlag oder unglücklicher Sturz. Schwer zu sagen. Es liegt hier ja genug Zeug herum, an dem man sich den Kopf einschlagen kann.

»Oder mit dem man jemandem den Kopf einschlagen kann«, sagte Dietrichs.

»Nichts gefunden. Allerdings kann der Regen Blutspuren an einem Eisenträger oder Ähnlichem schon längst weggewaschen haben«, meldete Jürgens.

Hiesken drehte den Toten vorsichtig um. Er musterte ihn, sein Blick blieb am Mund des Toten hängen.

»Blutreste im linken Mundwinkel. Um zu sagen, ob die Verletzung am Kopf zum Tod geführt hat, müsste ich mir ihn genauer anschauen. Fremdeinwirkung ist nicht auszuschließen. Aber das haben Sie sich bei unserem betenden Freund sicher schon selbst gedacht.«

Hiesken stand auf.

»Den Rest schaue ich mir auf dem Untersuchungstisch an. Lassen Sie den Toten ins Augusta-Krankenhaus bringen.«

Sie verließen den Bombentrichter.

Dietrichs sah den Trägern zu, die die Leiche aus dem Trichter hinausbalancierten und sie im Heck eines Leichenwagens verstauten. Ihm fiel ein, dass ihn der Wagen mitnehmen und am Präsidium absetzen könnte, das würde ihm den Fußweg zurück sparen.

Neben ihm tauchte der Wachtmeister auf.

»Und?«

Dietrichs hob die Schultern, er wollte sich gerade umdrehen und gehen, als er die Erwartung im Gesicht des jungen Mannes registrierte. Er konnte jemanden brauchen, der sich im Viertel auskannte und ihm etwas Lauferei abnahm. Er knurrte: »Sie hatten recht. Es war richtig, uns zu rufen.«

Die Mundwinkel des Wachtmeisters zogen sich für einen Augenblick zu einem zufriedenen Grinsen nach oben. Dann hatte er sich wieder unter Kontrolle und sagte knapp: »Verstehe.« Zögernd fügte er hinzu: »Und jetzt?«

»Ermitteln wir.«

Dietrichs betrachtete den Mann noch einmal. Ehrgeizig. Und willig. Er tippte ihm mit Zeige- und Mittelfinger auf die Schulter. »Und damit sind auch Sie gemeint.«

Die Ohren des Jungen färbten sich rot.

»Befragen Sie die Anwohner um das Zechengelände herum. Ob sie heute Morgen oder gestern Abend etwas gesehen haben, ob jemand den Toten kennt, wer in der Regel auf dem Gelände hier unterwegs ist. Ihren Bericht möchte ich noch heute Nachmittag.«

Wieder war der Junge kurz davor, die Hacken zusammenzuschlagen. Dietrichs winkte ab und verabschiedete sich mit einem Nicken.

Er hörte, wie eine Wagentür zuschlug. Aus den Augenwinkeln registrierte er den erleichterten Gesichtsdruck der Frau, als der Leichenwagen ansprang. Er fuhr mit Steinhoffs Leiche davon, ohne auf ihn zu warten.

Dietrichs hob resigniert die Schultern und machte sich zu Fuß auf den Weg ins Präsidium.

5

Dienstag, 12. März 1946

»So, Frollein, fast wieder wie neu.«

Joseph Witulla hustete und reichte Edith den Schuh. Sie hatte ihn am Vortag, nach ihrem Gespräch mit Martha, noch bei Witulla vorbeigebracht, und der alte Mann hatte versprochen, ihn bis zum nächsten Tag zu reparieren.

Edith beäugte den Schuh. Witulla hatte die Innensohle gelöst und einen Nagel durch Sohle und Absatz getrieben. Allerdings war der Absatz etwas schief geraten.

»Ganz gerade ist er nicht«, bemerkte sie.

Witulla begutachtete sein Werk. Sein linkes Auge bewegte sich, das rechte blieb starr. Witulla hatte vor zwanzig Jahren bei einem Unfall auf der Zeche Carolinenglück das rechte Auge verloren. »Die verdammte Eisenkette is zurückgeschnalzt und hat Matsch aus meinem Auge gemacht. Seitdem hab ich dat da«, hatte er Edith irgendwann erklärt und auf das Glasauge mit der seegrünen Iris gedeutet.

Jetzt neigte er den Kopf und gab zu: »Bissken schepp isser ja.«

Er versetzt dem Absatz einen kleinen Schlag mit seinem Schusterhammer. Edith nahm den Schuh wieder entgegen, der Absatz saß gerade. Sie wunderte sich, wie präzise Witulla trotz seines Glasauges den Schlag bemessen hatte.

»Jetzt isset gut«, sagte er zufrieden.

Edith tat noch einmal so, als würde sie sich von der Qualität seiner Arbeit überzeugen, dann nickte sie.

»In Ordnung.«

»Wat heißt in Ordnung? Erste Sahne, sach ich mal.«

Gleich würde Witulla seinen Preis nennen, und der würde saftig sein.

»Zwei Amerikanische.«

Edith hatte keine. Alles was sie noch hatte, waren zwei Schachteln Binford.

»Für eine einfache Reparatur? Das kommt mir übertrieben vor.«

Witulla hustete wieder. Steinstaublunge. »Kriegst du, wenn du jahrzehntelang den Kohlenstaub unter Tage einatmest«, hatte er ihr einmal erklärt. »Geht auch nicht mehr weg.«

»Frollein, die Schuhe sind wie neu. Ich sach sogar: besser als neu.«

Edith betrachtete den schwarzen Schuh in ihrer Hand. Sie hatte ihn vor einer Ewigkeit in Berlin gekauft, feines Kalbsleder, ein kleiner viereckiger Absatz, der sich inzwischen immer wieder löste. Mit den Schuhen war sie glücklich über das Pflaster der Hauptstadt getrottet, hatte sich gefreut, fern von zu Hause zu sein. Jetzt waren es ihre einzigen guten Schuhe.

»Von neu kann sicher nicht die Rede sein«, sagte sie.

»Sag ich ja. Besser als neu. So 'ne Qualität kriegen Sie jetzt nich mehr.«

Da hatte er recht. Neue Schuhe gab es so gut wie gar nicht, höchstens aus irgendeinem Ledererersatz, der sich bei Regen auflöste.

Edith lachte.

»Das stimmt. Aber Ihr Verdienst ist das wohl nicht.«

Witulla grinste.

»Nö. Aber ohne Absatz nutzen Ihnen die Schuhe mal rein gar nix.«

»Herr Witulla, ich kann Sie doch nur für Ihre Arbeit bezahlen. Eine Englische«, ließ sie ein Angebot folgen.

»Frollein, Sie zahlen für den Nutzen. Und der is groß. Jetzt können Sie nämlich wieder rumlaufen, mit Ihre schönen Schuhe.«

Witulla wischte sich die Hände an seiner Lederschürze ab. Edith stand vor ihm in seiner Einzimmerwohnung im Erdgeschoss. Es war die ungünstigste Wohnung im Haus, gleich neben der breiten Einfahrt zum Hof, zwei Außenwände und damit noch kälter als die von Martha Schrader im zweiten Stock, die mittendrin lag und nach hinten zum Hof hinausging. Witulla musste jeden Wagen hören, der über das lückenhafte Kopfsteinpflaster holperte, und bekam auch noch weniger Licht.

»Zwei Amerikanische«, wiederholte er.

Edith setzte ihm auseinander, dass auch ihre Gehfähigkeit etwas war, das er ihr nicht in Rechnung stellen konnte.

Witulla folgte ernsthaft nickend ihren Ausführungen.

»Ja, wenn dat so is«, sagte er, kratzte sich am Kopf und blinzelte.

»Ich denke schon.« Edith strahlte ihn an. Es war nicht das erste Mal, dass sie miteinander verhandelten. Witulla machte es Spaß, mit ihr zu feilschen.

»Ich könnte Ihnen zwei Englische geben«, bot sie an. Es war eigentlich zu viel, und die Zigaretten in ihrer Schachtel wurden immer weniger. Wann sie wieder neue ergattern konnte, stand in den Sternen. Ihre Quelle war versiegt. Auf der anderen Seite würden ihre Schuhe noch oft kaputtgehen.

Witulla tat so, als müsse er sich die Sache überlegen.

»Einverstanden«, willigte er nach angemessenem Zögern ein. »Weil Sie es sind, Frollein.«

Edith zog zwei Zigaretten aus der Schachtel, bezahlte und stieg die Treppen zu Marthas Wohnung hoch. Sie hatte das Gefühl, dass Witulla ihr nachsah, mit seinem seegrünen Glasauge und dem anderen, das bloß blassgrün war.

Oben in der Wohnküche saß Martha am Tisch und schälte Kartoffeln. Die blassen Schalen ringelten sich um ihre Finger und fielen in die Blechschüssel vor ihr.

»Ich hab zwei Stunden angestanden. Hat sich aber gelohnt.« Martha hielt eine weißliche Kartoffel in die Höhe und legte sie zu den anderen auf das mickrige Häuflein.

Edith verstaute ihre Schuhe und setzte sich zu Martha. Sie erzählte von Witullas Preisgestaltung. Martha schien ihr nur mit halbem Ohr zuzuhören. Edith hörte auf zu reden.

Martha sagte in die Stille: »Wir wären schön dumm, wenn wir die Butterscheine nicht irgendwie benutzen.«

Edith horchte auf. Das »Wir« tauchte immer mal wieder auf, seit sie bei den beiden wohnte. Zuerst hatten sie begonnen, sich beim Wasserholen abzuwechseln und für »uns« die Eimer von dem Hydranten an der Ecke herangeschleppt, dann hatten sie Lebensmittel geteilt und Martha hatte für »uns« gekocht. Das Holz und die anderen Dinge, die Hella aus den Trümmern heranschleppte, waren ebenfalls für »uns« gewesen, genauso wie manches, was Edith eingetauscht hatte. Allerdings schienen sie bei dem Wir eine neue Stufe erreicht zu haben. Es ging nicht mehr um Wasser oder Trümmerholz, sondern um Schwarzmarktgeschäfte mit obskuren Bezugsscheinen.

»Wenn sie uns erwischen, kommst du ins Gefängnis, wie du gestern deiner Tochter erklärt hast. Ich ebenfalls. Bei den Mengen könnte es gut sein, dass wir dort auch sehr lange bleiben.«

Martha nickte grimmig. Edith wusste, was sie dachte: Was soll dann aus Hella werden, wenn ich nicht mehr für sie sorgen kann? Edith wartete ab.

Martha reckte das Kinn vor und sagte: »Das Kind ist so dünn wie ein Strich in der Landschaft.«

Zwar gab es seit Neustem eine Schulspeisung für die Kinder. Seit einer Woche marschierte Hella mit einem Henkelmann in die Schule, in dem sie die Suppe oder den Eintopf in Empfang nahm. Was die Lebensmittelkarten betraf, so waren sie jedoch inzwischen bei elfhundert Kalorien pro Tag angelangt, zu wenig für einen Erwachsenen und viel zu wenig für eine Heranwachsende.

Martha fuhr fort: »Wir bräuchten einen Lebensmittelhändler. Der müsste die Ware für uns am Großmarkt holen. Wir teilen mit dem und verkaufen unseren Anteil schwarz weiter.«

Edith sah zu, dass sie nicht allzu offensichtlich lächelte. Martha war bei der Planung ein gutes Stück weit gekommen. Die Scheine waren offenbar als günstige Gelegenheit eingestuft worden.

Edith entschloss sich, etwas beizusteuern, und bemerkte: »Nicht am Großmarkt. Ich glaube, Milchprodukte gibt der Milchhof an die Kleinverteiler ab.«

»Woher weißt du das denn?«

»Ich habe vor einiger Zeit gehört, dass sich die Milchhändlerin über die schlechte Straßenbahnverbindung beklagt hat. Die Linie fährt allerdings wieder.«

»Also am Milchhof. Aber ich kenne keinen Lebensmittelhändler. Ich mein', einen Lebensmittelhändler, mit dem ich mich auf so was einlassen würde.«

Edith schlug vor: »Warum nicht die Lohmann mit ihrem Milchladen? Vielleicht würde sie Halbpart machen.«

»Halbe-halbe mit der Lohmann? Kommt überhaupt nicht infrage. Da kann ich ja gleich zum Polizeipräsidium gehen. Den Kowalski von nebenan hat sie angezeigt, weil er Radio London gehört hat. Dabei hat sie genau gewusst, was die mit ihm machen werden.«

Frau Kowalski wohnte mit ihren beiden Kindern in der nächsten Wohnung auf der Etage. Edith war aufgefallen, dass sie jedes Mal mit eisigem Schweigen an der Milchhändlerin vorbeiging, wenn diese sie mit einer Stimme grüßte, die sich vor falscher Munterkeit fast zu überschlagen schien. Eine Denunziantin. Edith spürte einen sauren Geschmack im Mund und verzog das Gesicht.

Martha holte einen der Scheine aus der Schublade und betrachtete ihn.

»Ein Stempel und eine Unterschrift sind drauf. Wahrscheinlich müssen wir nur noch einen Namen eintragen.«

Sie legte den Schein auf den Tisch. Nachdem sie eine Zeit lang schweigend gebrütet hatte, bemerkte sie: »Die Butter unter die Leute zu bringen ist nicht schwierig. Wir gehen natürlich nicht damit auf dem Schwarzmarkt hausieren. Sondern wir verkaufen sie schön an

Leute, die wir kennen. Nachbarinnen. An meine Kolleginnen, deine Kolleginnen.«

Edith gingen zwei Dinge gleichzeitig durch den Kopf: Sie stellte fest, dass die Idee gut war. Die Frauen würden sie nicht anzeigen, wenn sie die Butterquelle weiternutzen wollten. Und das Wir war nicht umsonst: Martha brauchte sie, um die Ware zu vertreiben, und vermutlich nicht nur dafür.

Martha fuhr fort: »Kleine Portionen, die du nicht groß durch die Gegend schleppen musst. Wir nehmen sie in die Arbeit mit und verkaufen sie da. Dann sagen wir, dass bald Nachschub kommt. Damit die Kundinnen wissen: In der nächsten Woche gibt's wieder ein Viertelpfund.«

Kundinnen. Martha sah sich offensichtlich schon als Geschäftsfrau. Doch dann schüttelte sie ärgerlich den Kopf. »Das ist alles Kokolores. Wir haben von der Butter noch kein einziges Gramm.«

Sie fing an, ihre Kartoffeln zu zerschneiden. Nachdem die letzte Kartoffelhälfte in dem Kochtopf verschwunden war, fragte sie: »Wie wohl die Butter am Milchhof verteilt wird? Meinst du, man muss irgendwas vorzeigen? Einen Ausweis?«

»Wahrscheinlich. Wieso?«

»Aber genau weißt du es nicht?«

»Nein. Woher auch? Ich bin keine Milchhändlerin. Ich kenne auch niemanden, den man fragen könnte.«

»Es wär das Beste, sich die Sache mal anzuschauen. Anschauen kostet nix.«

Anschauen konnte sehr wohl etwas kosten, dachte Edith. Wenn man Dinge sah, die man nicht sehen sollte. Oder die man auf keinen Fall sehen wollte und doch sehen musste. Das wusste Martha genauso gut wie sie. Sie ahnte, worauf das Gespräch hinauslaufen würde. Doch vorerst war Martha an einem anderen Punkt angelangt.

»Ich weiß noch nicht, wie wir die Butter bezahlen können. Den Mantel will ich nicht verkaufen.«

Als Edith fragend die Augenbrauen hob, erklärte sie: »Ich will nicht, dass irgendjemand Hella mit diesem Toten in Verbindung bringt, weil er den Mantel wiedererkennt.«

Nach kurzem Zögern fügte sie hinzu: »Ob sie ihn wohl schon gefunden haben?«

»Das glaube ich nicht. Im Dunkeln ist er nicht zu sehen. Und wer weiß, wann jemand an diesem Krater vorbeikommt.«

»Am besten wär' natürlich ...« Martha stockte. Wenn der Tote erst spät gefunden würde, vollendete Edith in Gedanken den Satz. Damit es lange dauerte, bis jemand begann, nach den Scheinen zu suchen. Edith dachte an den Toten in den Ruinen, der offen dalag, Wind, Wetter und den Ratten preisgegeben. Marthas Gedanken gingen in eine andere Richtung.

»Wir könnten vielleicht irgendwo Geld leihen.«

Geld zu leihen war schwierig. Zu einer Bank konnten sie kaum gehen, und die Schwarzmarkthändler verlangten genauso wie die Banken Sicherheiten und vor allem Wucherzinsen.

Edith sagte leichthin: »Oder wir bitten die zukünftigen Kunden um einen Vorschuss.«

Martha galt im Viertel als zuverlässig, wahrscheinlich würden sich nicht wenige Frauen finden lassen, die ihr Geld mit der Aussicht auf ein halbes Pfund Butter anvertrauen würden.

Martha schien die Idee zu gefallen.

»Wir fangen am besten klein an. Erst mal nur einen halben Zentner. Aber vorher müssen wir rauskriegen, ob sie uns überhaupt am Milchhof die Butter geben.«

Sie trat ans Fenster und blickte durch das einzige Viereck, das noch eine heile Glasscheibe enthielt und nicht mit einem Pappstück geschlossen war, in den dunklen Himmel.

»Schon wieder Regen«, sagte sie.

Sie kam zurück zum Tisch und fixierte Edith. Wie ein Zahnarzt, der mit einer Zange auf einen Patienten zukommt und es auf die Backenzähne abgesehen hat, dachte Edith. Sie ahnte, was Martha als Nächstes sagen würde.

»Am besten solltest *du* gehen.« Martha sprach schnell und laut.

In ihrem Gesicht hielten sich Entschlossenheit und Scham die Waage. Sie hatte eine Entscheidung getroffen und schämte sich für diese Entscheidung. Die Scham würde allerdings, wie Edith wusste, der Entschlossenheit keinen Abbruch tun.

Am Milchhof Erkundigungen einzuziehen war vermutlich ungefährlich, doch es war der erste Schritt, der zu weiteren führen würde: die Scheine dort einzureichen, die Butter zu holen, als Händlerin in Erscheinung zu treten. Was in der Folge geschehen würde, war klar. Martha würde verlangen, dass sie auch die nächsten Schritte in Angriff nehmen sollte. Weil du dich ja schon auskennst.

Ruhig und langsam sagte Edith: »Du möchtest, dass ich hingehe, damit es so aussieht, als hättet ihr, du und Hella, nichts damit zu tun. Für den Fall, dass es Schwierigkeiten gibt.«

In der Küche war es still, selbst die Geräusche aus den Nachbarwohnungen hatten einen Moment ausgesetzt. Martha begann mit einem Lappen an der Tischplatte herumzureiben, als wollte sie einen hartnäckigen Fleck entfernen. Dann hob sie den Blick und sah Edith in die Augen: »Ja, richtig. Wegen Hella.«

Sie schützt ihr Kind und schickt mich, um die Kastanien aus dem Feuer zu holen, dachte Edith. Das Wir hatte seinen Preis.

Einen Moment lang fühlte sie einen schmerzhaften Stich. Niemand versuchte sie zu schützen, niemand war darauf bedacht, für sie zu sorgen. Sie wischte den Gedanken beiseite. Schließlich war sie kein Kind mehr und konnte für sich selbst sorgen.

Es war eine Gelegenheit, die ihnen vor die Füße gefallen war. Und eine Gelegenheit sollte man nicht ungenutzt vorübergehen lassen. Auch ihr käme ein schwunghafter Butterhandel gelegen.

»Und?«, fragte Martha. »Was ist?«

Zumindest hat sie den Anstand, dachte Edith, mir keine große Rede darüber zu halten, dass Kinder unsere Zukunft sind, Mutterliebe das höchste aller Gefühle und ich schon aus moralischer Verantwortung gehen müsste.

Edith wartete noch einen Moment, bis sie fragte: »Wie viel?«

6

Mittwoch, 13. März 1946

Im Flur roch es nach Kohl. Kein Wunder, es war fast Mittag. Dietrichs ließ die Haustür mit dem schmiedeeisernen Gitter hinter sich zufallen und folgte dem Mann ins Wohnzimmer. Die Steinhoffs wohnten in einem der Beamtenhäuser der Siedlung Stahlhausen. Geräumiger und weniger schlicht als die Arbeiterhäuser waren sie für die leitenden Angestellten des Stahlwerks bestimmt. Wenn die Familie Steinhoff in so einem Haus wohnte, war sie bessergestellt. Oder sie war es zumindest gewesen.

»Nehmen Sie Platz. Ich hole meine Frau.«

Friedrich Steinhoff zeigte auf einen Stuhl an dem blank polierten Nussbaumtisch in der Mitte des Zimmers. Er verließ den Raum, und Dietrichs hörte, wie er im Flur »Mutter« rief. Dietrichs blickte sich in dem Zimmer um. Zwei der Fenster waren gesprungen und mit Holzbrettern vernagelt, so dass der Raum im Dämmerlicht lag. Um den Tisch standen sechs Stühle, an der linken Wand machte sich eine riesige Anrichte breit, hinter den Glastüren glänzten Tellerstapel und Reihen von Gläsern. Eine Uhr tickte. Als Dietrichs sich nach dem Geräusch umwandte, sah er eine hohe Standuhr aus dunklem Holz in einer Ecke.

Auf einer Kommode standen einige Fotos in versilberten Rahmen. Dietrichs trat heran. Ein Hochzeitsfoto, auf dem Friedrich Steinhoff an die fünfundzwanzig Jahre jünger war und ernst neben einer dunkelblonden Frau in die Kamera blickte. Fotos von drei jungen Männern in Uniform: ein Leutnant des Heeres in Feldgrau und ein Flieger mit dem Rang eines Unteroffiziers. Bei dem Fliegerfoto war über die rechte obere Ecke ein schwarzes Band gespannt. Auf dem dritten Foto war der Tote von der Zeche zu sehen. Auch er in Uniform, Heer, Pionier, vermutete Dietrichs. Sicher war er sich nicht, Dietrichs war nicht Soldat gewesen, von seinem Jahrgang war nur knapp die Hälfte eingezogen worden. Ein viertes Foto zeigte einen Jungen vor einer Tafel: »Mein erster Schultag, 13. 4. 1944.« Der jüngste Sohn, ein Nachkömmling.

Dietrichs drehte sich um, als er Steinhoff hereinkommen hörte.

»Meine Frau Else.«

Steinhoff legte der Frau die Hand auf die Schulter und schob sie ein Stück weiter ins Zimmer. Sie trat an den Tisch und umklammerte die Lehne des Stuhls, der der Tür am nächsten stand.

»Der Oberinspektor ist wegen Heinrich da«, erklärte Steinhoff ihr.

Die Frau begrüßte ihn, ohne sich von der Stelle zu bewegen.

»Heinrich ist heute Nacht nicht nach Hause gekommen«, sagte sie.

»Kommt das häufig vor?«

Dietrichs fragte lieber jetzt. Wer weiß, ob die Frau ihm antworten würde, wenn sie erfahren hatte, dass noch einer ihrer Söhne gestorben war.

Die Frau schüttelte den Kopf.

»Wissen Sie, wo er war?«

»Warum fragen Sie danach?«

Die Stimme der Frau war eine Oktave höher geklettert. Der Mann sagte begütigend: »Wir sollten uns setzen.«

Frau Steinhoff ignorierte ihren Mann und blieb hinter ihrem Stuhl stehen, Steinhoff insistierte nicht und ließ sich unbeholfen am Esstisch neben ihr nieder.

Dietrichs setzte sich dem Paar gegenüber. Er hatte die Erfahrung gemacht, dass eine knappe, formelle Mitteilung für ihn das Einfachste war und die Hinterbliebenen auch nicht unglücklicher machte, als wenn er sich anstrengte und nach besonderen Worten suchte. Unglücklich waren sie sowieso.

»Ich muss Ihnen eine traurige Nachricht überbringen. Ihr Sohn ist heute Morgen tot auf dem Gelände der Zeche Präsident aufgefunden worden.«

Die Frau hielt sich an der Stuhllehne fest. Ihre mageren Hände erinnerten Dietrichs an Hühnerkrallen, die sich an die Sitzstangen in einem Käfig klammerten. Ihr hagerer Körper schwankte. Ihr Mann stand auf und löste vorsichtig ihre Hände von der Stuhllehne. Mit seiner Hilfe setzte sie sich.

Dietrichs holte seinen Notizblock hervor. Beide sahen ihn an. Schicksalsergeben. Die blassen Lippen der Frau öffneten sich ein paar Mal, ohne dass Dietrich einen Ton hören konnte. Dann sagte sie: »Ein guter Junge. Er war so ein guter Junge. Warum er?«

Der Mann fügte im Tonfall einer Erklärung hinzu: »Unser Ältester ist gefallen, und von Richard haben wir lange nichts mehr gehört, er ist in Russland, in Gefangenschaft.«

Die Frau sagte abermals: »Ein guter Junge.« Sie verzog keine Miene und sprach wie ein Automat, die Augen auf einen Punkt irgendwo in der Ferne gerichtet.

»Wann haben Sie ihn zum letzten Mal gesehen?«

»Gestern Morgen. Um neun. Er ist dann zur Arbeit.«

Es war der Mann, der antwortete.

Dietrichs fragte nach der Arbeit und bekam zur Antwort: »Er arbeitet für einen Geschäftsmann. Geht ihm zur Hand.«

Er ließ den Bleistift über den Seiten schweben und fragte: »Der Name?«

»Ich weiß es nicht. Er wollte es uns nicht sagen. Es wäre seine Sache, sagte er. Er fand, es war Zeit, dass er eigene Wege ging.«

»Wissen Sie irgendetwas über seine Arbeit?«, wandte Dietrichs sich an die Frau.

»Ein Geschäftsmann. Jemand, der begriffen hat, was die Stunde geschlagen hat, sagt Heinrich immer.«

»Was hat er damit gemeint?«

Ihr Mann antwortete für sie.

»Den Blick nach vorn richten. Nicht an der Vergangenheit kleben. So was in der Art.« Steinhoff hob die Schultern und sah aus, als ob ihm derartige Überlegungen fremd waren. Dietrichs dachte kurz daran, dass es schön für jemanden war, wenn er derart sicher war, wie es weiterging. Er selbst hätte von sich nie behauptet, dass er wüsste, was die Stunde geschlagen hat, dass jetzt eine neue Zeit kommt und so weiter. Viel zu viele hohle Phrasen für seinen Geschmack.

»Und Sie haben sich nie gefragt, was er da tut?«

Steinhoff blickte ihm in die Augen.

»Dazu hatten wir keinen Grund. Es ist gut, wenn ein junger Mann sich selbstständig macht. Eigene Wege geht.«

Eigene Wege. Vermutlich krumme Wege, dachte Dietrichs. Die meisten Geschäfte, die man derzeit machen konnte, waren Geschäfte am Rande der Legalität. Die Legalität hatte heute einen breiten Rand, auf dem sich viele tummelten.

Die Frau schaltete sich ein, als ob sie seine Gedanken gelesen hätte.

»Er tut sicherlich nichts Schlechtes.«

»Er tat, meinst du.«

Kaum hatte er es ausgesprochen, bereute der Mann offenbar, dass er sie verbessert hatte, denn er senkte den Blick und schaute auf die Tischplatte.

»Er war fleißig. Fleißig und anständig. Warum er?«, ließ sich Else Steinhoff wieder vernehmen. Sie schien aus ihrer Starre zu erwachen.

»Und so begabt. Eine Zierde für die gesamte Gruppe, hat schon sein Scharführer gesagt. Mit Feuereifer dabei. Mit Glut für die heilige Sache. So soll sie sein, unsere Jugend, genau so, wie Ihr Junge, hat Riemenschneider einmal zu mir gesagt.«

Steinhoff warf seiner Frau einen warnenden Blick zu. Riemenschneider war in Bochum Kreisleiter der Partei gewesen.

»Ein guter Junge. Und wie schneidig er immer ausgesehen hat. Der geborene Anführer. Er konnte die anderen mitreißen.«

»Hör auf, Else, das möchte der Oberinspektor bestimmt nicht hören.«

Da hatte er recht, einerseits. Dietrichs mochte keine Fanatiker. Er hielt nichts von Feuereifer und von der Glut für eine heilige Sache. »Und wenn es eine gute Sache ist?«, hatte Emma ihn einmal gefragt. »Für die du brennst?« Er hatte ihr geantwortet, dass Glut und Brennen und der ganze Feuerkram einem den Blick trübe. Sie hatte ihn angeschaut, als ob sie noch etwas sagen wollte, es sich dann aber anders überlegt hätte.

Dietrichs wischte den Gedanken beiseite. Er sollte sich auf den Fall konzentrieren.

Vielleicht war der junge Mann politisch aktiv, mit seinem Feuereifer, den die Mutter so sehr pries. Die Briten waren immer noch hinter Werwolf-Gruppen her, die in der Besatzungszone Sabotage betrieben und für Morde an sogenannten Verrätern verantwortlich waren. Vor einem Jahr hatten sie angeblich in Aachen den von den Amerikanern eingesetzten Bürgermeister umgebracht. Er würde einen Höllenärger bekommen, wenn später herauskam, dass er irgendeinen Hinweis in diese Richtung übersehen hatte.

Deshalb fragte er: »Wie gut kennen Sie denn den ehemaligen Kreisleiter?«

Der Mann sagte schnell: »Nicht besonders gut. So wie ihn jeder hier kennt. Man hat ihn bei seinen Reden und Kundgebungen gesehen.«

Die Frau schaute ihn irritiert an. Er signalisierte ihr mit einer Handbewegung, dass sie das Thema nicht weiterverfolgen sollte. An Dietrichs gewandt sagte er: »Nun ist er ja ohnehin von der Bildfläche verschwunden.«

So konnte man das auch ausdrücken, dachte Dietrichs. Die Briten hatten den Kreisleiter in Staumühle interniert.

»Und der Feuereifer für die Sache – glühte der immer noch bei Ihrem Sohn?«

»Nein. Sehen Sie sich doch um, was uns die sogenannte große Sache gebracht hat. Heinrich hat genauso gedacht.«

Steinhoff sprach im Brustton der Überzeugung.

»Was hat er denn in den letzten Jahren gemacht?«

»Anfang vierundvierzig ist er eingezogen worden. Westfront. Da ist er dann beim Ami in Kriegsgefangenschaft geraten. Im letzten Herbst ist er aus Bad Kreuznach zurückgekommen.«

Wenn er tatsächlich in dem Kriegsgefangenenlager in Bad Kreuznach gewesen und entlassen worden war, hatten die Amerikaner überprüft, ob er zur Waffen-SS gehört hatte, ob er auf einer Liste der gesuchten Kriegsverbrecher stand oder ob etwas anderes gegen ihn vorlag. Offenbar hatten sie nichts gefunden, sonst hätten sie ihn nicht auf freien Fuß gesetzt.

»Fleißig und anständig«, sagte die Frau mit einer Stimme wie Papierknistern.

»Ich habe gedacht, dass wenigstens er mir bleibt«, flüsterte sie. »Jetzt ist nur noch Rudi da.« Der Junge auf dem Einschulungsfoto.

Die Frau hörte auf, ihre Lippen zu bewegen, sie starrte Dietrichs an, als würde sie ihn erst jetzt wahrnehmen, und fragte: »Wie ist er denn gestorben?«

»Das wissen wir noch nicht.«

»Hat man ihn …? Ich meine, Sie wären sonst wahrscheinlich nicht hier und würden Ihre Fragen stellen.«

»Das kann ich Ihnen zu diesem Zeitpunkt nicht sagen. Ich möchte Sie bitten, mir noch ein paar Fragen zu beantworten.«

Dietrichs erfuhr, dass sich Heinrich immer mal mit einem Freund aus seinem Bataillon getroffen hatte, ansonsten war er viel aus gewesen, mit wem wussten sie nicht. Er fragte noch einmal nach Heinrichs Arbeit für den Geschäftsmann. Die besten Geschäfte konnte man zurzeit am Schwarzmarkt machen, dachte Dietrichs und nahm sich vor, bei den Kollegen von der Wirtschaftskriminalität nachzufragen.

»Wissen Sie, Heinrich war ein ganz besonderer Junge. Immer voller Ideen, voller Pläne.«

Steinhoff legte seiner Frau die Hand auf den Unterarm.

»Die anderen Jungen hörten auf ihn. Weil er sie in seinen Bann schlug.«

Worüber redete sie? Über den Jungen? Oder über den erwachsenen Heinrich?

»Gibt es denn jemanden, den er in Bann geschlagen hat? Ich meine, eine Gruppe, deren Anführer er ist?«

»Ich weiß nicht. Er ist nicht viel zu Hause. Bestimmt gibt's die.«

»Lass gut sein, Else.«

Else Steinhoff nickte und starrte auf die Tischplatte vor ihr.

Dietrichs hakte nach, ohne Erfolg.

Er ließ noch einmal den Blick durch das Wohnzimmer wandern, die polierten Möbel mit den Spitzendeckchen, die akkurat ausgerichteten Fotos, das glänzende Geschirr. Die gute Stube, in die die Bewohner jederzeit Besucher führen konnten, ohne befürchten zu müssen, dass ein schmutziges Tischtuch oder eine herumliegende Socke einen schlechten Eindruck machen konnte. Picobello trotz der vernagelten Fenster und der Risse in den Wänden.

Er wandte sich an den Mann: »Wenn Ihr Sohn irgendetwas Illegales gemacht hat, hängen wir es nicht an die große Glocke. Uns geht es darum, herauszufinden, warum er gestorben ist.«

Steinhoff seufzte, er hatte sich offenbar entschieden, seine schmutzige Socke zu zeigen. »Er arbeitete für einen Händler. Er machte für ihn den Papierkram und besorgte auch alles an Ersatzteilen, was sich auftreiben lässt. Allerdings wohl nicht immer ganz gesetzestreu. Manchmal waren es Kompensationsgeschäfte, aber ich glaube, manchmal ist er einfach für den Mann auf dem Schwarzmarkt einkaufen gegangen. So sind die Zeiten.«

»Der Name.«

»Es tut mir leid, Herr Oberinspektor. Damit kann ich wirklich nicht dienen. Wenn ich es könnte, nichts lieber als das.«

Er sah ihn von unten herauf an. Dietrichs musste an einen Dackel denken. Er setzte nach, obgleich er das Gefühl hatte, dass Steinhoff tatsächlich nichts wusste.

»Wir brauchen den Namen.«

»Er hat ihn uns nie gesagt. Der Junge hat gut verdient. Hat für Kost und Logis bezahlt. Und er hat sich den Mantel gekauft.«

»Was für einen Mantel?«

Der Tote hatte keinen Mantel getragen, obwohl der März kalt war.

»Einen Mantel aus Schurwolle. Vorkriegsware. Hat ihn wahrscheinlich ein hübsches Sümmchen gekostet.«

Else Steinhoff sagte leise: »Er legte immer viel Wert auf sein Aussehen. Den Scheitel scharf gezogen, das letzte Härchen musste sitzen. Immer wie aus dem Ei gepellt.«

Dietrichs versuchte, noch eine Reihe von Dingen herauszufinden – Heinrichs Frauenbekanntschaften, seine Freunde, seine Stimmung, seine Zukunftspläne, was er auf dem Zechengelände zu suchen gehabt hatte –, die beiden konnten ihm jedoch nicht mehr viel sagen. Dietrichs bat sie, ihm Heinrichs Zimmer zu zeigen. Bei der Durchsuchung des Raumes, den Steinhoff offenbar mit seinem jüngeren Bruder teilte, fand er seinen Wehrpass und seine Entlassungspapiere aus Bad Kreuznach. Ansonsten nichts, was ihm weiterhelfen konnte.

* * *

Als Dietrichs am Nachmittag in sein Büro kam, hatte ihm Adelheid Beckmann Hieskens Bericht auf den Tisch gelegt. Von Beckmann selbst war nichts zu sehen. Seine Sekretärin verschwand manchmal, wenn irgendwo eine Lieferung mit Nahrungsmitteln eintraf. Wenn sie mit dem Anstehen bis Dienstschluss wartete, gab es häufig nichts mehr. Also ließ sie bei derartigen Gelegenheiten Schreibmaschine und Dienstzimmer im Stich und stellte sich vor einem der Läden in der Umgebung in die lange Warteschlange. Dietrichs sah darüber hinweg.

Er zog den eng beschriebenen Bogen aus dem Umschlag. Der Arzt berichtete über Blutergüsse an der rechten Schulter, am rechten Arm und in der linken Kniekehle, die von einem Sturz aus geringer Höhe oder auch vom Zerren des Toten über das unebene Gelände herrühren konnten. Zum Tod habe allerdings eine Kopfverletzung an der Schläfe geführt. Hiesken sprach von einer Verletzung durch einen stumpfen Gegenstand, die zu einem Schädelbruch und einer Blutung im Gehirn geführt habe. Dann ließ er sich über die Bereiche des Gehirns aus, die betroffen waren. Ob die Wunde von einem Schlag oder einem Fall auf einen Stein, ein hervorstehendes Eisenrohr oder einem anderen harten Gegenstand herrühre, sei nicht zu entscheiden, schrieb er. Der Todeszeitpunkt lag seiner Ansicht nach mindestens dreizehn bis achtzehn Stunden vor der Fundzeit.

Dietrichs las den Bericht noch einmal, um sicherzugehen, dass er alles verstanden hatte. Tatsächlich hatte er etwas übersehen. Der Mann konnte mit seiner Schädelverletzung noch eine Zeit lang gelebt haben, der Zeitraum, den der Arzt angab, war großzügig bemessen: drei Stunden.

Dietrichs rechnete. Der Mann war zwischen fünfzehn und zwanzig Uhr des Vortages gestorben, seine Verletzungen konnte er sich zwischen zwölf und spätestens zwanzig Uhr zugezogen haben. Dietrichs fluchte. Das war eine verflixt lange Zeitspanne.

Es klopfte an seiner Bürotür. Wachtmeister Schulte schob seinen roten Schopf schüchtern durch die Tür. Dietrichs winkte ihn herein.

»Ich habe den Bericht fertig. Ich habe gedacht, ich bringe ihn persönlich vorbei, damit es schneller geht, Herr Oberinspektor.«

Dietrichs unterdrückte ein Grinsen. Der Junge war ehrgeizig. Das war einerseits gut, denn er würde sich ins Zeug legen und ihm einige Arbeit abnehmen. Andererseits neigten die Ehrgeizigen immer dazu, Staub aufzuwirbeln. Dinge ins Rollen zu bringen, die besser nicht ins

Rollen gebracht werden sollten. Dietrichs dachte daran, dass Farnow angeordnet hatte, er solle eine Mordkommission zusammenstellen, sobald der Verdacht auf Fremdeinwirkung bestehe. Morgen, dachte Dietrichs. Nicht jetzt. Morgen konnte er sich damit herumschlagen. Bis dahin konnte er Schulte noch ein bisschen beschäftigen. Ersatz, mit der heißen Nadel gestrickt, aber nicht unbedingt das Schlechteste.

Dietrichs zeigte auf den Stuhl vor seinem Tisch: »Dann legen Sie mal los.«

Schulte zückte seinen Bericht und begann vorzulesen. Dietrichs unterbrach ihn.

»Erzählen Sie mir das Wichtigste.«

Schulte berichtete, dass ein Trampelpfad über das Gelände führte, der von den Leuten aus dem Viertel als Abkürzung benutzt wurde. Sobald er jedoch danach gefragt hatte, wer dort an dem Tag, bevor sie die Leiche gefunden hatten, unterwegs gewesen war, hatten alle gemauert. Schulte hatte im Viertel niemanden gefunden, der zugegeben hatte, an dem Dienstag dort auf dem Zechengelände gewesen zu sein.

»Wir können von Glück sagen, dass die Alte mit ihrem Löwenzahn sich gemeldet hat«, bemerkte er.

Dietrichs erinnerte sich wieder an den erleichterten Blick der Frau, als der Tote in den Leichenwagen verfrachtet worden war. Sie wollte Ordnung in ihrem Revier. Dietrichs behielt den Gedanken für sich und brummte nur zustimmend. Anschließend erklärte er Schulte, dass der Tote irgendwann im Laufe des Tages seine tödlichen Verletzungen erhalten hatte.

»Also bei Tageslicht«, murmelte Schulte.

»Es wäre schön, wenn wir Zeugen finden würden. Irgendwo in Ihrem Viertel müssen doch welche aufzutreiben sein.«

»Die Leute sammeln dort Trümmerholz, Eisen und alles, was sich noch irgendwie verwerten lässt. Wahrscheinlich hat deshalb auch keiner Lust, mit uns zu reden. Weil er irgendetwas Verbotenes dort getan hat.«

Der Wachtmeister hatte recht. Schulte redete weiter: »Erlauben Sie mir eine Bemerkung?«

Dietrichs forderte ihn mit einer Handbewegung zum Sprechen auf.

»Diese Sache mit den gefalteten Händen – was ist das für ein Mörder, der seinem Opfer die Hände faltet? Ich meine, dem Täter kann es doch nur recht sein, wenn es aussieht wie ein Unfall. Als ich die Hände sah, war mir vollkommen klar, dass ich die Kripo rufen musste.«

Dietrichs dachte kurz wieder an Farnow und seine Anweisung. Morgen ist auch noch ein Tag.

Zu Schulte sagte er streng: »Ich hoffe, dass Sie uns auch gerufen hätten, wenn die Sache mit den Händen nicht gewesen wäre.«

»Selbstverständlich. Ich meine nur, diese Hände sind so auffällig. Fast schon überdeutlich. Vielleicht war es ein Wahnsinniger. Der jemanden getötet hat und dann seine Tat sofort bereut.«

Ein Wahnsinniger, ein Irrer. Das hatte ihm gerade noch gefehlt. Wahnsinnige gab es zurzeit tatsächlich zuhauf. Soldaten, die mit einem Granatsplitter im Kopf aus dem Krieg zurückgekehrt waren. Menschen, die stundenlang unter den Trümmern begraben waren und danach »seltsam geworden waren«, wie ihre Verwandten in blanker Untertreibung sagten. Vor ein paar Wochen war er zu einer Familie gerufen worden. Der Vater, ein Kriegsheimkehrer, wollte die Frau und die beiden Kinder mit einem Vorschlaghammer erschlagen. Gemeinsam hatten der älteste Sohn und die Frau dem Mann den Hammer entwunden, während Nachbarn die Polizei gerufen hatten. Als sie in die Wohnung kamen, hatte der Mann heulend wie ein Häuflein Elend auf einem Stuhl gehockt und immer wieder gemurmelt: »Es tut mir so leid.« Die Frau hatte ihnen erklärt, dass ihr Alfred wieder einen seiner Anfälle gehabt hatte. Resigniert hatte sie mit den Schultern gezuckt. »Seitdem er zurück ist, ist er nicht mehr derselbe. Ist einfach seltsam geworden.«

Schulte schien jedoch etwas anderes im Kopf zu haben, denn er sagte: »Ein Wahnsinniger, der immer nach demselben Muster tötet. Wie Jack the Ripper. Oder dieser Kerl in Hannover.«

Dietrichs schnalzte missbilligend mit der Zunge.

»Schulte, wir haben bislang einen Toten. Einen einzigen. Wo soll denn da ein Muster sein? Außerdem ist es möglich, dass er die Hände selbst gefaltet hat, er hat nach seinen Verletzungen noch eine Weile gelebt.«

Er behielt für sich, dass er überprüfen würde, ob es in den letzten Wochen in den anderen Polizeikreisen Leichenfunde gegeben hatte, bei denen die Toten gefaltete Hände hatten.

Schulte sah unzufrieden aus, aber er sagte nichts. Dietrichs wechselte das Thema.

»Schulte, bestellen Sie für morgen noch einmal die Löwenzahnsammlerin ins Präsidium. Morgen um zwölf.«

Die Leute hatten Angst vor dem Präsidium in der Uhlandstraße. Die Zellen des Polizeigefängnisses waren berüchtigt. Auch die Gestapo hatte ihre Gefangenen dort festgehalten, bis sie in die Villa in der Bergstraße gezogen war.

Manche Menschen waren auf der Hut, wenn sie ins Präsidium kamen. Vor lauter Angst, sich zu verraten, bekamen sie kaum den Mund auf. Andere konnten es gar nicht abwarten, alles Mögliche hervorzusprudeln, sobald sich die Türen des Haupteingangs hinter ihnen geschlossen hatten. Emma hatte einmal bemerkt, dass die Eingangshalle mit ihren grün-blau schillernden Keramikfliesen, den Ornamenten an den Säulen und dem riesigen Lüster ein trügerisches Tor war, das sich trotz aller Schönheit letztendlich zur Hölle öffnete. »Lasst, die ihr eintretet, alle Hoffnung fahren.« Er hatte erwidert, dass es nicht immer so gewesen war, vor zwanzig Jahren, als der Bau neu war, hieß es, dass die Polizei den Bürgern dienen solle.

Dietrichs spürte die Enttäuschung wie einen feinen Stich. Warum erinnerte er sich an ihre Worte genauer als an ihr Gesicht, ihre Bewegungen oder ihren Geruch?

Eins stand jedenfalls fest: Das Präsidium war häufig das Richtige, wenn man Leute zum Reden bringen wollte, auch wenn die Fliesen gerissen waren und der riesige Leuchter in der Mitte sich halb aus seiner Deckenverankerung gelöst hatte, als zwanzig Meter vom Gebäude entfernt eine Bombe eingeschlagen war. Da er seit zwei Jahren nicht heruntergekracht war, ging man allerseits davon aus, dass er noch weiter halten würde.

»Wäre das alles, Herr Oberinspektor?«, fragte Schulte.

Dietrichs nickte, und Schulte ging.

* * *

Kremnitz, der für die Schwarzmarktbekämpfung zuständig war, war nicht in seinem Büro. Seine Sekretärin erklärte Dietrichs, dass er ihn vermutlich im Dezernat für Eigentumsdelikte finden würde. »Eine kleine Feier«, fügte sie augenzwinkernd hinzu.

Dietrichs machte sich auf den Weg. Schon von Weitem hörte er die Männer lachen, dann setzte die Stimme von Kremnitz ein, der offenbar seine Erzählung wieder aufnahm: »Da holt sie die Polizei, weil ihr fünfundsechzig Flaschen Essig aus dem Schlafzimmer geklaut wurden. Und ihr fällt das Gesicht runter, als auf einmal die Wirtschaftspolizei bei ihr auf der Matte steht. Sie steht vor mir, die Lockenwickler auf dem Kopf, plinkert mich mit ihren blauen Äuglein an. ›Was Recht ist, muss Recht bleiben. Ich bin bestohlen worden!‹ ›Was wollen Sie denn mit fünfundsechzig Flaschen Essig?‹, frage ich. ›So viele Gurken können Sie gar nicht einmachen!‹. ›Ham Sie 'ne Ahnung‹, sagt sie da, rotzfrech. ›Hausdurchsuchung‹, sage ich und halte ihr den Wisch unter die Nase.«

Kremnitz machte eine Kunstpause. Dietrichs betrat den Raum, lehnte sich an die Wand neben der Tür und wartete. Sollte Kremnitz in aller Ruhe seine Pointe setzen. Danach würde er gut gelaunt sein, und das konnte ihm nur von Nutzen sein.

»Treffer, sag' ich euch. Im Keller haben wir dann die Sachen gefunden. Erbsen in Dosen, 'ne Ladung Wollstrümpfe aus Wehrmachtsbeständen. Kein Wunder, dass unsre Jungs sich beim Iwan Frostbeulen geholt haben, wenn die hier das Zeugs gehortet haben. Das reinste Warenlager. Treffer und versenkt!«

Die Männer lachten. Als das Lachen verebbt war, sagte Dietrichs: »Kremnitz, ich brauche dich für einen Moment.«

Hackfeld hob einladend die Flasche »Willst du auch einen?«

Hackfelds Schwiegervater brannte schwarz, was das Zeug hielt, sein Kartoffelschnaps war Legende. Dietrichs wusste, dass Hackfeld ihn auch unter den Kollegen verschob.

»Wenn der Oberinspektor mit uns trinken will«, sagte Runge. Er gab einem Schnapspinnchen einen kräftigen Stoß, so dass es wie ein Eishockey-Puck auf Dietrichs zusauste. Oder wie eine Kanonenkugel, dachte Dietrichs. Er fing das Glas auf, bevor es über die Tischkante stürzte, stellte es auf den Tisch zurück und lehnte ab.

Hackfeld setzte die Flasche wieder ab.

»Hackfelds Opa ist erste Klasse. Da verpassen Sie echt was.«

Die eifrige Stimme von Jürgens, dem Mann von der Spurensicherung. Er legte sich wie immer ins Zeug, weil er neu war und dazugehören wollte.

Jürgens fing sich einen strafenden Blick von Hackfeld ein. Jürgens kannte die Regeln noch nicht. Eine davon lautete, Dietrichs erstens in Ruhe und zweitens außen vor zu lassen. Er war derjenige, der befördert worden war, von dem es hieß, dass er bei der neuen Leitung gut angeschrieben sei. Ein Außenseiter, vielleicht sogar ein Nestbeschmutzer, aber nun, da die Neuen das Sagen hatten, musste man sich gut mit ihm stellen.

Lamprecht, Hackfelds zweiter Mann, unterbrach die Stille.

»Wenn Dietrichs nicht will, nehm' ich gern noch einen. Man darf ja nichts umkommen lassen.« Er fügte hinzu: »Da werden unsere Freunde von der Wirtschaftspolizei mal wieder ein Auge zudrücken müssen.«

Die Kollegen lachten. Sattes Männerlachen. Waren sie nicht alle beste Kumpel? Kollegen? Kameraden? Nur Kleinert saß still am Tischende, den Mund verzogen und die Arme vor der Brust verschränkt.

»Nicht nur eins. Die Hühneraugen am besten gleich dazu.«

Das kam von Jürgens, der, ermutigt vom allgemeinen Gelächter, versuchte seinen Fauxpas wiedergutzumachen. Die Männer lachten gutmütig über seine Bemerkung, und Jürgens sah fast lächerlich glücklich aus.

»Wie gut, dass Stratmann nicht da ist«, sagte Lamprecht. Stratmann arbeitete in der Abteilung für Wirtschaftskriminalität, die für die Verfolgung der Schwarzmarkthändler und Schieber zuständig war, und er hatte vor zwei Monaten bei einem anderen Fest einen Wutanfall bekommen. Mit knallrotem Kopf hatte er gesagt: »Wir rennen uns die Hacken ab, um diese verdammten Schieber zu packen, und ihr sauft hier Schwarzgebrannten.«

Seitdem sahen sie zu, dass Stratmann nicht dabei war, wenn es etwas zu feiern gab. Kremnitz dagegen luden sie ein. Er galt als umgänglich, er hatte, wie Hackfeld sagte, ein gewisses Augenmaß.

Nun setzte Hackfeld zu einer Geschichte an.

»Und dann vor drei Monaten die Sache mit der Leiche.«

Kremnitz ging dazwischen. »War 'n Beerdigungsinstitut, das wir schon länger auf dem Kieker hatten.«

Dietrichs wusste, dass es nicht stimmte, sie waren zufällig darauf gestoßen, weil Stratmann die Oma seiner Frau beerdigen lassen wollte.

Hackfeld erzählte weiter: »Diebstahl und Schwarzmarkt. Kremnitz und ich mit unseren Leuten hin. Wir sehen, die schieben den Sarg ins Auto. Wir halten sie auf. ›Bitte öffnen Sie den Kofferraum‹, sag' ich. Macht der Mann auch. ›Bitte auch den Sarg‹, sag' ich. Macht er. 'n Toter drin, nicht mehr taufrisch. Ich sag' zu Stratmann: ›Guck mal drunter nach.‹«

Kunstpause. Hackfeld ahmte Kremnitz nach.

»Stratmann, der kennt ja nix. Er packt zu, greift die Leiche an den Füßen. Ganz gelb waren die schon, wie Hühnerfüße« – die Männer lachten auf – »und hebt sie hoch. Und was sag ich euch: darunter zwei Lagen Luckys, dicht an dicht. Wir haben den Sarg beschlagnahmt, die Leiche haben wir ihnen dagelassen. Gab ein bisschen Gezeter.«

»Zupacken kann er ja, der Stratmann.« Wieder Lamprecht.

»Ja, aber ansonsten führt er sich fast so schlimm auf wie diese Nazi-Jäger.«

Die Stimme von Runge, einen Moment lang war nichts mehr zu hören. Dann sagte Kleinert scharf: »Was meinst du damit?«

Kleinert war in der SPD gewesen und hatte 33 gehen müssen.

»Nichts Spezielles.« Runge wiegelte ab.

Kleinert ließ nicht locker.

»Ist doch richtig, dass sie zur Rechenschaft gezogen werden. Da hocken sie jetzt in Nürnberg und sind so klein mit Hut.«

»Ja, klar. Gehört sich auch so, dass die Nazi-Bonzen dran sind. Aber unsereinen können sie doch in Ruhe lassen«, sagte Jürgens. Er wagte sich aus der Deckung. Erfolgreich, wie es schien, denn Dietrichs hörte zustimmendes Gemurmel. »Wir mussten doch«, brummelte Hackfeld.

Dann sagte niemand mehr etwas. Dietrichs wusste warum. Die Briten hatten für das Frühjahr eine erneute Überprüfung angekündigt, bei der es darum gehen sollte, wer von den Beamten durch seine Mitgliedschaft in einer NS-Organisation belastet war.

Lamprecht sagte in die Stille: »Manche habe sie auch nicht genommen. Weil sie Stinkmauken hatten oder so.«

Lamprecht kam immer mit einer launigen Bemerkung um die Ecke, wenn es heikel wurde.

Lachen brandete wieder auf. Es ging um die Dienstgradangleichung. Die Angehörigen der Polizei konnten einen Antrag auf Aufnahme in die SS stellen, ihr Dienstgrad wurde zu einem SS-Grad, das Gehalt stieg und die Aussicht auf eine Beförderung auch. Dietrichs hatte keinen Antrag gestellt und gehofft, dass niemand ihn bemerken würde. Tatsächlich hatten sie ihn übersehen. Nur einmal hatte ihn sein Vorgesetzter darauf angesprochen, er hatte daraufhin gemurmelt: »Ich glaube nicht, dass ich den hohen Anforderungen genügen kann.«

Von müssen konnte also keine Rede sein. Man musste wollen.

»Und Kleinert nicht, weil er ein Sozi ist.« Runge lachte hämisch.

»Ihr wolltet dabei sein. Ihr –«

»Halt die Klappe, Kleinert. Es wollte ja nicht jeder Fabrikhallen bewachen wie du.«

Wieder Runge.

Kremnitz sagte versöhnlich: »Ist gut, Leute. Schwamm drüber. Ist ja alles vorbei.«

Runge erwiderte: »Du hast gut reden. Aber dein Junge, das war ja so ein Hundertfünfzig-Prozentiger, wenn ich mich recht erinnere. Oder?«

»Red kein dummes Zeug.« Kremnitz ärgerte sich.

Runge schien noch etwas sagen zu wollen, doch dann überlegte er es sich augenscheinlich anders und klappte den Mund wieder zu.

»Lass uns gehen.« Kremnitz stand auf und zeigte mit dem Kinn auf Dietrichs. »Ich werde gebraucht.« Er sah lachend in die Runde und strich sich mit einer eitlen Bewegung über die Haare, in denen sich die ersten grauen Strähnen abzeichneten. Sie verließen den Raum.

* * *

»Also?« Kremnitz setzte sich auf seinen Schreibtisch und ließ ein Bein herabbaumeln.

»Steinhoff, Heinrich. Habt ihr etwas über ihn?«

Kremnitz schloss die Augen und dachte nach. Dietrichs wartete geduldig. Kremnitz war nicht nur stolz auf seine guten Kontakte in Sachen Schwarzmarkt, sondern auch auf sein gutes Gedächtnis. Dietrichs fand, dass es nicht so herausragend war, wie Kremnitz immer durchblicken ließ, oft jedoch förderte es nützliche Dinge zutage. Namen, Straftaten, Verbindungen. Je besser seine Laune war, desto besser wurde sein Erinnerungsvermögen.

Kremnitz öffnete die blauen Augen.

»Sagt mir nichts. Mal schauen, was Stratmanns Karteikasten zu bieten hat.«

Als er Dietrichs erstaunten Blick bemerkte, erklärte er: »Stratmann legt für alle Namen, auf die wir irgendwann in Verbindung mit Schwarzmarkt stoßen, eine Karteikarte an. Auch über die, von denen wir keine Akte haben.«

Dietrichs verstand. Die Namen, die nebenbei fielen, Bekannte, Verwandte, Geliebte, die erwähnt wurden, Zeugen, Vermieter, Geschäftsbesitzer, auf die sie bei ihren Ermittlungen stießen.

Er ging zu einem Schrank, zog eine Schublade mit Karteikarten hervor und begann im hinteren Teil zu suchen. »Spachmann, Strietzel und Szepanski – kein Steinhoff dabei.«

Er nickte zufrieden.

»Hab ich mir fast gedacht. Wär auch seltsam gewesen, wenn da was drin gewesen wäre, das sich nicht in meinem Kopf findet.«

Dietrichs seufzte. Nichts. Blieb die Frage nach Steinhoffs Freunden.

7

Donnerstag, 14. März 1946

Endlich kam die Straßenbahn. Die Menschen standen dicht gedrängt, das war selbst durch die beschlagenen Fenster zu sehen. Edith kletterte die Stufen hoch und wurde von denen, die nach ihr einstiegen, in die Masse der Fahrgäste gedrückt. Übernächtigte Gesichter, graue Haut, rot geränderte Augen, die meisten von ihnen auf dem Weg zur Frühschicht. Die Schaffnerin schaute von ihrem erhöhten Sitz müde zu ihr herüber, Edith hielt ihre Wochenkarte hoch und blickte dann über die Schulter eines fadenscheinigen Wintermantels in die Morgendämmerung draußen. Sie würde sich beim Milchhof etwas umschauen, um herauszufinden, ob sie dort auf die Scheine Butter bekommen würden. Vielleicht war es ja ganz einfach, vielleicht reichten der Bezugsschein und ein Ausweis, und sie würden in den nächsten Tagen einen Zentner Butter abholen können. Eine günstige Gelegenheit. Derzeit konnten sie es sich nicht leisten, günstige Gelegenheiten verstreichen zu lassen.

Als die Bahn nach dem dritten Halt wieder anfuhr, verlor Edith für einen Moment das Gleichgewicht, sie schwankte und erblickte in der Menge einen kurz getrimmten grauen Haarschopf über einem ausrasierten, faltigen Nacken. Ihr Gesicht wurde gegen eine Drillichjacke gepresst, und da war er wieder, der Hinterkopf ihres Vaters, die Nackenhaut in Wülsten von dem Seil um seinen Hals nach oben geschoben. Die Menge wogte wieder zurück, das Bild verschwand; stattdessen schaute Edith in der trüben Helligkeit der Bahn in das Gesicht des Jackenbesitzers, bevor sie den Blick abwandte und wie alle anderen in der Bahn ins Nirgendwo starrte.

Sie entdeckte eine schmale Lücke, die sich zwischen den vielen anderen Händen an einer Haltestange auftat, und zwängte ihre Hand hinein. So würde sie nicht mehr fallen. Keine Stürze mehr, keine Erinnerungen mehr. Sie hielt sich fest, bis sie nach ein paar weiteren Haltestellen am Ziel war.

Draußen atmete sie aus, schüttelte sich und breitete kurz die Arme aus, in der Hoffnung, dass der Wind den Geruch nach Schweiß, saurem Atem und ungewaschenen Körpern aus ihrem Mantel blies.

Sie machte sich auf den Weg zum Milchhof. Nach einem kurzen Fußmarsch stand sie vor dem großen Backsteinbau, der unversehrt schien. An der Rampe zwischen den beiden Seitenflügeln parkte eine Reihe von Fahrzeugen, daneben stand ein Pferd, die schweren Hüftknochen zeichneten sich unter dem stumpfen Fell ab. Ein paar Karren, mehr Karren als Pferde, vermutlich würden sich später ihre Besitzer selbst ins Geschirr legen. Irgendein Glückspilz hatte einen kleinen Laster, doch die meisten Fahrzeuge waren Handwagen.

Auf der Rampe hockte ein Junge in einem viel zu großen Blaumann. Eine Frau mit einem roten Kopftuch überholte Edith mit eiligen Schritten, ihr leerer Handwagen rumpelte hinter ihr her über das Pflaster. Sie stellte ihn ab, ging zu dem Jungen und drückte ihm etwas in die Hand. Edith begriff: Sie hatte ihm ein Geldstück gegeben, damit der Junge ihren Karren bewachte. Wenn sie ihn einfach stehen ließe, hätte er sicher in Windeseile einen neuen Besitzer.

Die Frau hastete die Treppen zu dem Gebäude hinauf. Edith folgte ihr, sie nahm an, dass die Frau Ware abholen wollte. Hinter der Tür lag eine Eingangshalle. Edith roch frische Milch, der Geruch kam aus einem Raum zu ihrer Linken, durch die offen stehende Tür schimmerten silbrige Metallkessel.

Doch die Frau mit dem roten Kopftuch wandte sich nach rechts, mit großen Schritten durchmaß sie einen Korridor und verschwand durch eine Flügeltür. Edith folgte ihr und stand in einem großen Raum, fast einer Halle.

Eine Menschentraube drängte sich vor einem Schalter an der hinteren Wand. Die meisten der Wartenden waren Frauen. Sie redeten miteinander, so dass der Raum von einem gedämpften Gemurmel gefüllt war, aus dem manchmal ein spitzes Lachen oder ein bellender Husten stach. Einige hielten die gleichen blassgelben Scheine in der Hand, die auch gestern auf Marthas Küchentisch gelegen hatten und von denen nun einer in ihrer Handtasche steckte. Wahrscheinlich würde sie keine Schwierigkeiten haben, mit den Frauen zu sprechen. »Ich bin für meine Cousine hier. Sie hat mir nicht viel erklären können, weil sie krank ist. Könnten Sie mir vielleicht sagen …« Etwas in der Art. So würde sie möglicherweise schon herausfinden, wie die Dinge hier vonstattengingen.

Die Frau mit dem roten Kopftuch war auf die Wartenden zugehastet und versuchte, sich nach vorne zu schieben.

»Heh, nich vordrängeln.«

Eine große, hagere Frau drehte sich zu der im roten Kopftuch um und sah sie von oben herab an.

»Wieso? Ich drängel' nich vor.«

»Na, das wüsste ich aber.«

»Natürlich, wie immer!«, rief eine Dritte.

»Und jetzt lügt sie auch noch!«

»Hören Sie mal, das ist doch …!«

Die Frau mit dem roten Kopftuch kam nicht mehr dazu zu sagen, was es war, denn sie wurde von einer tiefen Stimme unterbrochen, die »Ruhe« brüllte.

Ein Mann in einem weißen Kittel war durch die Flügeltüren getreten und hinkte herein. Sein linkes Bein bewegte sich wie ein Glockenklöppel zwischen zwei Krücken, als er zu einer Tür neben dem Schalter humpelte. Die Hand an der Türklinke rief er: »Aufstellen. Alle der Reihe nach. Vorher gebe ich keine Ware aus.«

»Ist ja gut, Hermann«, murmelte eine der Milchhändlerinnen. »Brauchst dich nicht aufzuführen wie ein Blockwart.«

Der Mann hatte es gehört, er drehte sich um und warf ihr einen zornigen Blick zu. Manche Frauen grinsten, und in erstaunlich kurzer Zeit hatte sich eine Schlange vor dem Schalter gebildet, die meisten Frauen standen allein an, einige zu zweit. Hier und dort waren wieder Gespräche zu hören.

Edith stellte sich ans Ende der Schlange. Vor ihr stand eine hochgewachsene Blondine. Edith sprach sie an: »Entschuldigen Sie, ich bin zum ersten Mal hier …«

Die Blondine sagte gedehnt: »Jaa.« Ihr Blick ging jedoch in eine andere Richtung, zu einer jungen Frau mit krausem rötlichem Haar, die ratlos mitten im Raum stehen geblieben war; die Handtasche hielt sie wie ein Schutzschild mit beiden Händen vor den Bauch. Ihr galt im Moment die gesamte Aufmerksamkeit.

»Was is denn mit dir los? Weißt du nicht wohin?«

Die Stimme klang verschnupft, aber freundlich, sie gehörte einer Frau in den Dreißigern, die sich jetzt ein blau-weiß gestreiftes Herrentaschentuch vor die Nase hielt und leise trompetend hineinschnäuzte.

»Ich soll hier Milch für meine Schwester holen. Für ihren Säugling.«

Wieder ein Schnäuzen, dann gab die verschnupfte Stimme Antwort.

»Säuglingsmilch gibt's hier nicht. Hier gibt's nur die Zuteilungen für Kleinverteiler.«

Die große Blondine, mit der Edith hatte reden wollen, mischte sich in das Gespräch.

»Hat sie selber keine? Na ja, kein Wunder bei den Zuteilungen. Die Tommies lassen uns ja am ausgestreckten Arm verhungern. Ich sag ja immer, der Führer …«

… hätte das nie zugelassen, vollendete Edith in Gedanken den Satz. Sie kannte die Litanei zur Genüge. Wenn der Führer davon wüsste, würde er es nicht erlauben. Der Führer wird das Ruder noch herumreißen. Der Führer lässt eine Wunderwaffe bauen.

Die Frau mit der Erkältung dreht sich zu der Blonden um. Sie steckte ihr Taschentuch weg, zog die Nase hoch und sagte: »Wer hat uns denn den ganzen Schlamassel eingebrockt, wenn nich dein bekloppter Führer?«

Die Blonde stemmte die Hände in die Hüften und wollte sich offenbar über die Hartherzigkeit der Tommies und die Weitsicht des Führers auslassen. Bevor sie dazu kam, schaltete sich eine Dritte ein und goss Öl auf die Wogen.

»Hört auf! Lenchen, du bist gleich dran, und Hermann da vorne guckt auch schon ganz fuchtig.«

Der Mann im weißen Kittel hatte sich hinter dem Schalter niedergelassen und den unteren Teil des Fensters hochgeschoben, das ihn von den im Saal Wartenden trennte. Tatsächlich machte er hinter der Scheibe den Hals lang und versuchte, an den ersten Frauen in der Schlange vorbeizusehen.

»Ruhe dahinten«, schrie er. »Sonst komm ich euch da rüber.«

»Jawoll, Hermann, komm nur. Da freuen wir uns richtig drauf«, rief eine dunkle Frauenstimme und löste damit leises Gekicher aus.

»Was ist denn da los?«, fragte er.

»Ich möchte Säuglingsmilch holen«, sagte die junge Frau laut. Sie ging ein paar Schritte auf den Schalter zu, bis der Mann dahinter sie sehen konnte.

»Bin ich nich für zuständig«, rief der Mann zurück.

Die junge Frau zuckte resigniert mit den Schultern und schickte sich an, den Raum zu verlassen.

Eine der Frauen sagte zu ihr: »Frag mal drüben im Verarbeitungsraum. Ausgabe von Säuglingsmilch ist später, um zehn. Du brauchst einen Bezugsschein.«

Die junge Frau ging, und der Mann im Kittel wandte sich der ersten Frau in der Schlange zu.

»Zehn Kilo Butter und dreißig Liter Milch«, hörte Edith eine heisere Frauenstimme sagen.

»Butter ist da, aber nur fünf Kilo. Und wir haben nur Magermilch. Kannst zwanzig Liter haben.«

Die Frau sagte laut: »Diese verdammten Bauern kippen Wasser bis zum Geht-nicht-mehr in ihre Milch. Was sind das bloß …«

»Ja oder nein?«, unterbrach sie der Angestellte.

»Ja«, knurrte die Frauenstimme.

Als die Frau den Schalter verließ, hatte sie ein hellgrünes Formular in der Hand. Edith nahm an, dass es sich um eine Art Quittung handelte und sie damit die Ware abholen konnte.

Sie blickte auf die Frauen in der Schlange vor ihr. Jetzt stand die nächste vor dem Schalter und reichte dem Angestellten ihre Papiere. An der Wand neben dem Schalter lehnte ein auffällig attraktiver Mann mit einer Schiebermütze. Er erinnerte sie an Willy Fritsch, wie er in »Die Drei von der Tankstelle« ausgesehen hatte: die große Nase, dunkle, nach hinten gesträhnte Haare, braune Augen und kräftige Augenbrauen. Ob seine Zähne so weiß und makellos waren wie die des Schauspielers, konnte sie nicht sehen, denn im Gegensatz zu Fritsch lächelte er nicht charmant, sondern stand mit vor der Brust verschränkten Armen neben dem Schalter. Vielleicht kontrollierte er den Angestellten. Oder er wollte sichergehen, dass seine Frau nicht betrogen wurde.

Wenn die Schlange noch ein wenig weiter vorgerückt wäre, könnte sie sehen, welche Papiere die Frauen vorzeigten. Sie hatte einen der Bezugsscheine eingesteckt, in der vagen Annahme, ihn vielleicht mit den anderen vergleichen zu können. Bevor sie selbst an der Reihe war, würde sie einfach so tun, als ob sie ihre Scheine vergessen hätte und aus der Schlange heraustreten.

In ihrem Rücken hörte sie ein trockenes Klicken und kurz darauf das Geräusch von Metall, das auf Metall schabte. Wie die anderen Frauen drehte Edith sich um. Die beiden Flügel der Tür hatten sich geschlossen, ein Schupo mit schwarz glänzendem Tschako hatte einen Riegel vorgeschoben und rüttelte noch einmal an der Klinke. Die Prüfung fiel zu seiner Zufriedenheit aus, denn er nickte einem Kollegen zu, der sich auf der rechten Seite der Tür postiert hatte, und stellte sich selbst auf die linke.

Ein dunkelhaariger, hochgewachsener Mann in einem hellen Staubmantel kam auf die Warteschlange zu, einen jüngeren Beamten ebenfalls in Zivil und einen Schupo in Uniform im Schlepptau.

»Wirtschaftspolizei – keiner verlässt den Raum.«

Die Frauen begannen zu murren.

»Kontrolle von Ausweisen und Bezugsscheinen«, kündigte der jüngere Mann mit etwas fisteliger Stimme an. Er verschwand mit dem Schupo in dem Raum hinter dem Schalter. Einen Augenblick später erschienen die beiden mit einem Tisch und zwei Stühlen und stellten sie in der Wartehalle auf. Die beiden Polizisten in Zivil ließen sich darauf nieder.

»Hier anstellen und Ausweise vorzeigen.«

Der jüngere der beiden Polizisten in Zivil hatte es offenbar übernommen, die Befehle zu verkünden.

Das Protestgemurmel der Frauen wurde lauter. »Dat darf doch nicht wahr sein.« »Ich steh mir schon seit einer Stunde die Beine innen Bauch, und jetzt kommen auch noch die.« »Sehen wir etwa aus wie Schieber?«

»Ruhe. Alle ordentlich der Reihe nach.«

Die lauten Proteste verebbten, und unter leisem Murren änderte die Warteschlange ihre Richtung. Die Ersten traten vom Schalter weg zu dem Tisch, an dem die Polizisten saßen, so dass der vordere Teil der Schlange sich träge im Raum bewegte wie eine müde Kobra. Was immer auch passiert, Schlange stehen können wir, dachte Edith, als sie sich ebenfalls umwandte und ihren Platz in der Reihe behielt. Hinter ihr stand inzwischen eine drahtige, dunkelhaarige Frau in ihrem Alter.

Edith reckte den Hals, um zu sehen, was die Polizisten an dem Tisch taten. Der Jüngere legte einen Koffer auf den Tisch, aus dem er eine Mappe, eine Lupe und Schreibzeug zutage förderte.

Sie riefen die erste Frau herbei und befahlen ihr, Ausweispapiere und Bezugsscheine vorzuzeigen. Der Jüngere ließ seine Lupe über ihnen schweben und beugte sich vor, sein Kopf glitt nach rechts und links, als er das Papier in Augenschein nahm. Danach richtete er sich auf, flüsterte dem Dunkelhaarigen eine Bemerkung zu, schlug die Mappe auf, suchte etwas und widmete sich wieder dem Schein vor ihm. Edith wurde heiß. Sie suchten nach Fälschungen. Fälschungen standen derzeit hoch im Kurs. Auf dem Schwarzmarkt bekam man alles Mögliche angeboten: gefälschte Lebensmittelkarten, gefälschte Ausweise, gefälschte Persilscheine.

Der Beamte hatte seine Untersuchung abgeschlossen, er gab der Milchhändlerin den Schein zurück und bedeutete ihr mit einer Handbewegung, dass er fertig mit ihr war. Die Frau, eine ältere Matrone mit einem blauen, über der Stirn verknoteten Kopftuch, steuerte auf den Angestellten in seinem Schalter zu, die gelben Bezugsscheine in der Hand.

Mochte der Himmel wissen, was mit dem Schein in ihrer Tasche los war. Vielleicht war es eine plumpe Fälschung, die die Polizisten auf den ersten Blick erkennen würden. Vorzeigen konnte Edith ihn auf keinen Fall.

Durch das gedämpfte Gemurmel der Frauen hörte sie den Beamten wieder sagen: »Ausweis, Gewerbekarte, Bezugsscheine.«

Mit dem Ersten und dem Letzten konnte sie dienen, eine Gewerbekarte hatte sie nicht.

»Ich muss sie zu Hause vergessen haben.«

Die Stimme war schrill und gehörte einer blonden Frau in einem Kaninchenpelzmantel, der schon bessere Tage gesehen hatte.

»Den Personalausweis bitte«, sagte der jüngere Polizist mit übertriebener Geduld, als ob er es schon an die hundert Mal gesagt hätte.

»Der ist – ich weiß auch nicht, wo.«

»Das hilft uns nicht weiter. Sie könnten ja die Gewerbekarte und Bezugsscheine gestohlen haben.«

»Das ist doch Minchen Herrmann. Sie hat ihren Milchladen in der Hattinger Straße.«

Die verschnupfte Stimme der Frau, die vorhin die Rothaarige angesprochen hatte.

»Sie muss sich ausweisen. Sonst könnte ja jeder kommen. Außerdem geht Sie das nichts an.«

Edith sah von hinten, wie Minchen Herrmann ihre Tasche von der Schulter nahm und anfing, sie vor den Augen der Polizisten zu leeren. Was auf dem Tisch landete, konnte sie nicht sehen, sie sah nur die eckigen Bewegungen ihrer Ellenbogen und hörte Rascheln, Knistern und das Klirren eines Schlüsselbundes. Minchen Herrmann drehte schließlich die Tasche um und schüttelte sie aus. Ihren Ausweis fand sie offenbar nicht, Edith hörte sie verzweifelt sagen: »Irgendwo muss er doch sein.«

Inzwischen waren die Gespräche verstummt, so dass die Stimme des Polizisten im ganzen Raum zu hören war.

»Packen Sie Ihren Kram wieder ein. Wir wollen das alles gar nicht sehen.«

»Irgendwo muss mein Ausweis doch sein.«

»Wir nehmen Sie mit, wenn Sie ihn nicht finden.«

»Da ist er ja. In meiner Jackentasche.« Die Milchhändlerin hielt ihm den Ausweis triumphierend entgegen. »Sehen Sie.«

»Herzlichen Glückwunsch«, brummte der ältere Kripobeamte. »Sie halten den ganzen Laden auf. Packen Sie alles wieder ein, aber dalli.«

Edith linste unauffällig zur Tür hinüber. Wenn sie jetzt versuchte hinauszugehen, würde sie bloß die Aufmerksamkeit der Polizisten auf sich ziehen, und an den beiden Schupos käme sie ohnehin nicht vorbei.

Als die nächste Frau die Scheine auf den Tisch legte, frage der Polizist: »Sind das alle?«

»Ja, sicher«, antwortete die Frau erstaunt.

»Taschenkontrolle«, sagte der Beamte.

»Meine Tasche geht Sie gar nichts an, junger Mann.«

»Aufmachen. Vorzeigen.«

Eine ältere Frau nestelte umständlich den Verschluss ihrer Tasche auf, der Polizist blickte hinein und schob seine Hände in die Tasche. Er zog ihre Besitztümer hervor, schließlich sagte er: »Einpacken. Die Nächste.«

Edith schaute sich um, die Lider halb gesenkt. Die Frauen waren unruhig geworden. Die mit dem roten Kopftuch trat ungeduldig von einem Fuß auf den anderen, eine andere ließ den Verschluss ihrer Handtasche unaufhörlich aufspringen und zuschnappen. Sie redeten wieder leise und schauten immer wieder beunruhigt nach vorn zum Tisch. Edith drehte sich um, ihr Blick traf auf ein Paar schwarz glänzender Augen. Mauseaugen, dachte sie unwillkürlich. Sie gehörten der drahtigen Frau hinter ihr. Edith lächelte knapp und schaute dann weg.

Die beiden Polizeibeamten kontrollierten weiterhin die Ausweise und die blassgelben Scheine. Die Schlange rückte vor.

Edith biss auf die Innenseite ihrer Wange. Verflixt, warum hatte sie den Schein nur eingesteckt? Weil sich vielleicht eine günstige Gelegenheit ergab, die sie sich zu Hause nicht näher ausgemalt hatte. Weil sie gerüstet sein wollte, um die Gelegenheit beim Schopf zu packen. Was sich jetzt ergeben hatte, war das glatte Gegenteil einer günstigen Gelegenheit. Wer konnte wissen, was mit dem Schein los war. Wenn er gefälscht war, würde sie größte Schwierigkeiten bekommen.

Ihre Hand glitt in ihre Manteltasche und zerrte an dem Taschenfutter, damit das Loch, das sie eigentlich gestern hatte flicken wollen, größer wurde. Anschließend öffnete sie ihre Handtasche, wühlte ein wenig darin herum und holte am Ende ihr Taschentuch hervor. Ein schönes und vor allem großes Herrentaschentuch, das sie zusammengeknäult in ihrer Hand hielt. Sie tupfte sich damit die Nase ab und steckte es dann in ihre Manteltasche. Hoffentlich hatte niemand das gelbe Papier darin aufblitzen sehen.

Ihre Hand fühlte Stoff und Papier und schob den Bezugsschein tief in das Mantelfutter. In einem ähnlichen Versteck hatte der Schein schon einmal gesteckt. Glücklicherweise war er wegen der Papierknappheit fast so dünn wie Zigarettenpapier und bot ihren Fingern kaum Widerstand.

»Bleib schön, wo du bist«, murmelte sie unhörbar. Die Reihe rückte vor.

Jetzt musste sie sich nur noch etwas ausdenken, was sie den Polizisten sagen würde, wenn sie nach ihren Papieren fragten. Sie atmete tief durch.

Als sie wieder einen Schritt nach vorne machte, spürte sie, wie jemand von hinten ganz nah an sie herantrat, sie fühlte die Wärme eines fremden Atems an ihrem Ohr.

»Zwanzig. Und ich sage niemandem, was du in deiner rechten Manteltasche hast.«

Edith machte einen beiläufigen Schritt zur Seite und blickte in die blanken Mauseaugen der Frau hinter ihr.

Zweiunddreißig Mark siebzig steckten in ihrem Portemonnaie, sie hatte immer einiges an Bargeld dabei, für den Fall, dass sie auf ein gutes Angebot stieß, eine frische Lieferung in einem Laden, einen günstigen Kauf auf dem Schwarzmarkt.

»Zwanzig. Und du hilfst mir hier raus«, flüsterte Edith.

Die Frau signalisierte Einverständnis, indem sie das Kinn langsam senkte, und schob sich vor, so dass sie fast neben Edith stand.

Einen Moment später schob sie ihre geöffnete Hand zu Edith hinüber.

Edith fischte diskret zwei Zehner aus ihrem Portemonnaie und legte sie ihr auf den Handteller. Hoffentlich war das nun wirklich eine günstige Gelegenheit.

8

Donnerstag, 14. März 1946

Der Junge saß auf den Stufen des Hauses in der Baarestraße. Sein Gesicht konnte Dietrichs nicht erkennen, er blickte auf einen schnurgerade gezogenen Scheitel und auf ein Paar vorgebeugte Schultern in einem sauberen Wollpullover mit Zopfmuster. Der Junge hielt den Kopf gesenkt, seine Aufmerksamkeit galt einem Diabolo, den er zwischen seinen zerschrammten Knien hin- und hersurren ließ. Rudi Steinhoff, der Junge auf dem Einschulungsfoto, das vierte und jüngste Kind der Steinhoffs. Mit ihm hatte er ohnehin reden wollen.

Rudi hob den Kopf, als er das Quietschen des Gartentors hörte. Die hölzerne Spule schlug eine Kapriole und landete anschließend in seiner Hand.

»Guten Tag«, sagte er und ließ die Holzspule wieder über die Schnur laufen.

Dietrichs grüßte zurück.

»Wenn Sie zu meinen Eltern wollen, die sind nicht da.«

»Wo sind sie denn?«

Dietrichs frohlockte. Er erwischte den Jungen ohne seine Eltern, ohne jemanden, der das Kind mit einem letzten warnenden Blick oder einer mahnenden Bemerkung in die Befragung schickte.

Rudi blickte unsicher zu ihm hoch. Dietrichs vermutete, dass seine Eltern ihm eingeschärft hatten, nicht mit Fremden zu reden. Daher sagte er: »Ich bin von der Polizei.«

Im Blick des Jungen hielten sich nun Neugier und Vorsicht die Waage. Die Neugier siegte nach einer kurzen Weile.

»Haben Sie auch einen Revolver?«

»Nein. Ich habe eine Pistole.«

Seit drei Wochen. Die Alliierten hatten alle Dienstwaffen eingezogen und die Schutzpolizisten mit Schlagstöcken ausgerüstet. Erst nach und nach erhielten die Beamten der Kripo wieder Dienstwaffen. Dietrich hatte einen Antrag gestellt, und vor drei Wochen hatte er genauso wie seine Kollegen seine Walther PPK wieder zurückbekommen.

»Darf ich sie mal sehen?«

»Nein. Du hast meine Frage noch nicht beantwortet. Wo sind deine Eltern?«

»Beim Bestatter. Wegen meinem Bruder.«

»Und warum bist du nicht in der Schule?«

»Unsere Klasse hatte diese Woche nachmittags Unterricht.«

Da viele Schulgebäude zerstört waren und auch Lehrer knapp waren, wurde an den Schulen in Schichten unterrichtet.

Der Junge blickte Dietrichs ins Gesicht, das Diabolo drehte sich weiter auf der Schnur.

»Sind Sie wegen Heinrich hier?«

»Ja.«

Dietrichs lehnte sich an das schmiedeeiserne Geländer des Beamtenhauses und holte sein Notizbuch hervor. Bei manchen Zeugen half es, wenn er sein Notizbuch zückte. Sie fühlten sich wichtig, wenn ihre Aussagen aufgeschrieben wurden, andere schüchterte es ein, und das war ebenfalls praktisch.

»Ich heiße Rudi, das heißt Rudolf. Rudolf Steinhoff.«

»Wann hast du ihn denn zum letzten Mal gesehen, deinen Bruder?«

Der Junge sagte beflissen: »Am Montagabend. Ich habe ihm eine Falle gebaut.«

»Eine Falle?«, fragte Dietrichs überrascht.

Der Junge wurde rot.

»Ich hab' eine Schnur über den Flur gespannt. Damit er drüberstolpert, wenn er nach Hause kommt. Das Ende der Schnur habe ich an eine Konservenbüchse gebunden. Und dann eine ganze Pyramide von leeren Konservenbüchsen aufgebaut. Er sollte über die Schnur stolpern und damit die unterste Konservenbüchse wegziehen.«

Er lächelte schwach.

»Das hat auch geklappt. Die Pyramide ist eingestürzt, und es hat doll gescheppert. Er hat sich ganz schön erschreckt.«

»Warum hast du das gemacht?«

Rudis Hand schloss sich um das Diabolo. Er sagte leise: »Weil ich ihm einen Streich spielen wollte.«

»Einen Streich. Damit deine Eltern schimpfen, weil Heinrich spät nach Hause kommt und dabei noch viel Lärm macht?«

»Nein. Heinrich konnte machen, was er wollte. Seitdem er Geld und manchmal auch was zu essen bringt. Aber er war sauer, weil er wegen unserer Einquartierung mit mir das Zimmer teilen musste.«

Dietrichs fragte ihn noch einmal nach dem Abend.

»Er ist zu mir ins Zimmer gekommen. Er war richtig stinkig. Er hat sich auf mich gestürzt und mich geschüttelt. Dann hat er mich losgelassen und mich nur noch ausgeschimpft. Ich wär ein Oberhirni, hat er gesagt.«

Der Junge brach ab. Er kickte ein paar Kiesel weg. Mit Schmackes und ziemlich wütend, dachte Dietrichs. Er hoffte, dass der Junge nicht anfing zu weinen. Kinder zu trösten war nichts, worin er besonders viel Übung hatte.

»Kennst du die Freunde von deinem Bruder?«

»Dafür bist du viel zu klein.« Rudi äffte zornig den Tonfall seines Bruders nach. »Sagt er. Hat er gesagt. Er ist mit ihnen ausgegangen.«

Der Junge schluckte.

»Manchmal hat er erzählt, dass sie viel Spaß miteinander haben und gute Freunde etwas Tolles sind.«

»Was für Spaß?«

Dietrichs überlegte, dass Sabotage und Attentate in einer Werwolfgruppe nicht gerade unter die Kategorie Spaß fielen und Steinhoff seinem kleinen Bruder sicher nichts davon erzählt hatte, falls er an solchen Dingen beteiligt war. Trotzdem blätterte er eine Seite in seinem Notizbuch um und sah den Jungen erwartungsvoll an, bereit die neue Information sofort zu notieren.

»Das hat er nicht so genau gesagt. Nur, dass er gute Freunde hat und er sich auf sie verlassen kann. Besonders auf Paul.«

»Paul – und weiter?«

Dietrichs machte sich eine Notiz. Den Namen konnte er sich auch so merken, aber Rudi schien hochzufrieden zu sein, dass er sich den Namen notierte.

»Paul. Mehr weiß ich nicht«, sagte er bedauernd.

Paul. Wunderbar. Zwar lebten nur noch halb so viel Menschen in der Stadt wie vor dem Krieg; einen Paul zu suchen würde allerdings wie die Jagd nach der berühmten Stecknadel im Heuhaufen sein.

Dietrichs wechselte das Thema und fragte nach Steinhoffs Arbeit. Rudi konnte ihm nicht mehr sagen als Steinhoffs Vater.

»Jedenfalls hat er gutes Geld verdient.«

Der Junge zögerte einen Moment. Dietrichs sah ihn abwartend an, der Stift schwebte über den Seiten des Notizbuchs und signalisierte, dass auch die nächste Information es vielleicht wert war, in sein Buch aufgenommen zu werden.

»Und er wollte noch mehr verdienen.«

»Woher weißt du das?«

Die Wangen des Jungen färbten sich wieder rot.

»Ich habe ihn belauscht«, sagte er leise.

»Was hast du gehört? Vielleicht hilft es uns, herauszubekommen, wie dein Bruder gestorben ist.«

»Na ja, dass er jetzt eine richtig große Sache am Wickel hat.«

»Was für eine Sache?«

»Das hat er nicht gesagt.«

»Mit wem hat er denn gesprochen?«

Der Junge schwieg. Dietrichs wartete einen Moment, dann klopfte er ungeduldig mit seinem Notizbuch auf das schmiedeeiserne Geländer.

»Wie wäre es, wenn du mir mal die ganze Geschichte erzählst und ich dir nicht ständig die Würmer aus der Nase ziehen muss?«

Rudi zog die Schultern hoch, als ob er sich schützen wollte, und begann zu reden:

»Letzte Woche. Am Sonntagabend. Er hat spät mit Paul in der Küche gesessen. Normalerweise geht er mit seinen Freunden immer aus. Die Eltern waren schon im Bett. Mutter hat noch geschimpft, weil er so spät Besuch hat, aber nicht viel. Seitdem Heinrich Geld nach Hause bringt, trauen sie sich nicht, etwas zu sagen.«

Er blickte einen Moment auf seine Füße, bewegte die Zehen in den aufgeschnittenen Schuhen und redete dann weiter.

»Und da haben sie auch über die große Sache gesprochen. Ein richtig großes Ding.«

»Was für ein Ding? «, fragte Dietrichs noch einmal. Vergeblich, der Junge schien nicht mehr darüber zu wissen.

»Wie sieht denn dieser Paul aus?«

»Das weiß ich nicht. Ich hab' ihn noch nie gesehen. Auch an dem Abend nicht. Ich hab' ihn nur gehört. Ich bin dann hoch, weil Heinrich aus der Küche kam und ich nicht wollte, dass er mich beim Lauschen erwischt.«

»Du hast gesagt, dass Heinrich normalerweise keine Freunde mit nach Hause bringt. Wo trifft er sich denn gewöhnlich mit seinen Freunden?«

»In einer Kellerkneipe im Blaubuchsenviertel. Mutti will nicht, dass er da hingeht. Nur Gesocks treibt sich da rum, sagt sie.«

Vor dem Krieg gab es in dem Viertel um den Moltkemarkt viele Gaststätten, in denen die Arbeiter der Stahlwerke sich nach Feierabend amüsierten. Jetzt hatten einige Kneipenwirte ihre Etablissements in den Kellerräumen der ausgebrannten Häuser eingerichtet und hatten eine beschränkte Lizenz für den Ausschank alkoholischer Getränke.

»Weißt du, welche es ist?«

»Früher hieß sie ›Der Stiefel.‹«

Dietrichs kannte das Lokal. Es war eines der größten und beliebtesten in dem Arbeiterviertel gewesen.

»Hast du sonst noch etwas gehört?«

Der Junge schüttelte den Kopf.

»Gut. Das war's.«

Der Junge schien froh zu sein, als Dietrichs sich von dem Treppengeländer löste und über den mit Ziegeln gepflasterten Weg zum Tor ging. Als er das Gartentor hinter sich schloss, hörte er in seinem Rücken wieder das feine Schnurren des Diabolos.

9

Donnerstag, 14. März 1946

»Zwanzig Mark. Ich glaub', mich laust der Affe.«

Martha ließ die Teller vom Abendbrot scheppernd in die Spülschüssel gleiten. Edith war bei ihrer Erzählung gerade an der Stelle angelangt, an der die Polizisten den Raum verschlossen hatten und sie sich mit der Frau hinter ihr auf zwanzig Mark einigte. Zehn Mark Verlust für sie, zehn Mark Verlust für Martha, da sie Halbpart ausgemacht hatten.

Wenn Martha wütend war, hörte man es unweigerlich. Jetzt griff sie nach der Spülbürste und bearbeitete zornig die Teller, Borsten schrubbten über Porzellan. Nötig war es nicht, denn die Teller waren so gut wie sauber, wenn sie im Spülbecken landeten. Keine Fettschlieren, keine Soßenränder, alle drei ließen sie kaum eine Spur auf ihren Tellern. Hella hatte ihren ablecken wollen, das hatte Martha jedoch verboten. Jetzt hatte sie sich ins Schlafzimmer zurückgezogen, um in Ruhe Schulaufgaben zu erledigen. »Schulaufgaben« war ein Stichwort, bei dem Martha fast alles abnickte. Hella sollte lernen und es irgendwann einmal besser haben. Sie hatte Hella ziehen lassen und nicht darauf bestanden, dass sie noch bei der Hausarbeit half.

»Was hat sie denn dafür getan, für die zwanzig Mark?«

Edith blies den Rauch ihrer Zigarette durch die Nase und schlug die Beine übereinander. Mit halb geschlossenen Augen betrachtete sie Martha und wiederholte die Frage: »Was sie für das Geld getan hat? An der passenden Stelle geschwiegen, an der passenden Stelle geredet.«

»Wir hätten die Finger davonlassen sollen. Sie hätten dich fast geschnappt.«

Martha traktierte inzwischen das Besteck. Wassertropfen flogen, als sie die Löffel in ihrer Faust schüttelte.

Edith sagte geduldig: »Aber ich bin nicht erwischt worden. Man könnte sogar sagen, die zwanzig Reichsmark waren gut angelegt. Sozusagen eine erste Investition.«

Sie musste sich ein Grinsen verkneifen, als sie Marthas Grimasse sah. Martha war alles andere als begeistert. Aber es gab keinen Grund zu klagen. Sie war davongekommen, mit heiler Haut davongekommen. Wieder einmal. Am besten war es zu lachen. Irgendwann hatte sie sich angewöhnt, so zu tun als ob. Die Dinge leichtzunehmen. Über die Angst zu spotten. Und dabei zu hoffen, dass die leichtfertigen Kommentare, die wegwerfenden Gesten und das Lachen von außen nach innen drangen und den harten Klumpen in ihrer Brust lockerten.

Sie erzählte weiter: »Wir haben zusammen in der Reihe gewartet, die Frau und ich. Ich habe nur gehofft, dass sie mich nicht reinlegt. Schließlich hätte sie ja einfach das Geld einstecken und mich trotzdem verraten können.«

Edith zog an ihrer Zigarette.

»Dann standen wir vor den Beamten. Ein älterer Dunkelhaariger und ein junger Blonder mit einer Fistelstimme. Der mit der Fistelstimme war besonders eifrig. Er hat zackig nach den Scheinen gegriffen und mit seiner Lupe hantiert. Die Frau hatte drei Bezugsscheine. Fistelstimme hat sie alle kontrolliert, Buchstabe für Buchstabe. Er hat nichts gefunden, was er beanstanden konnte, worüber er etwas enttäuscht schien. Nachdem er der Frau die Scheine zurückgegeben hat, war ich an der Reihe.«

Edith wartete darauf, dass Martha sich umdrehte. Sie hatte nicht vor, ihre Worte an Marthas wütenden Rücken zu verschwenden. Martha wandte sich um.

»Er hat dich angeguckt und dir prompt einen Heiratsantrag gemacht«, brummte sie.

»Ja, tatsächlich. Wie bist du nur darauf gekommen? Jetzt hast du mir die Pointe vermasselt. Ich habe mir allerdings etwas Bedenkzeit ausgebeten.«

Martha runzelte die Stirn.

»Hör auf, mich zu verkohlen.«

Edith grinste.

»Kein Heiratsantrag. Er war im Übrigen gar nicht mein Fall. Zu groß, zu dünn, zu blond.«

»Und die Stimme war wohl auch nicht so doll.« Martha verzog kurz die Mundwinkel, Lächeln konnte man das noch nicht nennen.

»Richtig.«

Edith nahm den Faden ihrer Erzählung wieder auf.

»Die Frau hat behauptet, ich sei ihre Schwägerin. ›Das ist die Frau von meinem Bruder. Sie hilft mir mit der Ware.‹ Der Polizist wollte lediglich meinen Ausweis sehen. Damit konnte ich dienen, meine Kennkarte hatte ich ja dabei. Er hat sie kontrolliert und sich dabei etwas in die Brust geworfen. Streng hat er mich ermahnt, eine neue zu beantragen. Es gibt jetzt eine andere Art von Ausweisen.«

»Und das war's?«

»Fast. Er wollte noch einen Blick in meine Tasche werfen. Ich klappe sie auf, er schaut rein und er findet« – Edith schnipste wie ein Zauberkünstler mit den Fingern – »nichts. Anschließend habe ich der Frau geholfen, die Ware abzuholen, wie eine brave Schwägerin das tut. Wir haben Butter und Milch in ihrem Handwagen verstaut und sind losgezogen.«

Die Frau hatte den Griff der Deichsel in die Hand genommen und mit viel Kraft gezogen, bis sich der Wagen holpernd auf dem lückenhaften Kopfsteinpflaster in Bewegung gesetzt hatte. Edith hatte ihr geholfen und den Bollerwagen geschoben, damit die eisenbeschlagenen Räder des Bollerwagens besser über den unebenen Hof rollten. Als der Milchhof hinter ihnen lag, ließ sie los und ging neben der Frau. Sie begann ein Gespräch.

»Diese Kontrollen … werden sie täglich durchgeführt?«

Die Frau warf ihr unter ihren dunklen Locken einen scharfen Blick zu.

»Antworten sind im Preis nicht inbegriffen.«

Edith entgegnete: »Immerhin habe ich dir geholfen, den Karren über das Pflaster zu bekommen.«

Die Frau schien kurz zu überlegen, dann hielt sie an, trat einen Schritt zur Seite und deutete wortlos auf das Griffstück rechts der Deichselstange. Edith fasste zu und gemeinsam zogen sie den Karren weiter.

Nach ein paar Metern fragte Edith: »Also, wie ist das mit den Kontrollen?«

»Wir hatten schon seit Wochen keine mehr. Erst heute wieder. Da hat denen vielleicht jemand einen Tipp gegeben.«

Edith betrachtete die Frau von der Seite.

»Ich hätte eventuell etwas für dich.«

Die Frau strebte unbeirrt weiter.

»Einen Vorschlag.«

»Lass hören.«

»Nicht hier, nicht auf der Straße.«

Sie lenkten den Wagen auf die Christ-König-Kirche zu. Das Gebäude war zur Hälfte zerstört, durch das Gerippe des Dachstuhls zeigte sich der wolkige Morgenhimmel. Die vordere Fassade mit den drei Portalen stand größtenteils noch. Die Frau ließ ihren Handwagen vor den Stufen stehen, stieg mit flinken Schritten hinauf und setzte sich zwischen die Säulen auf die steinerne Türschwelle. Den Handwagen zog sie zu sich, so dass sie den Griff fassen konnte, sobald sie aufstand.

»Hast du Angst, dass ich mich mit deinem Wagen davonmache?«

Die andere überhörte ihre Frage und streckte die Beine aus.

»Also, lass hören«, sagte sie, den Rücken an die Türlaibung gelehnt.

Edith setzte sich neben sie und nestelte den Schein aus ihrem Mantelfutter. Sie strich ihn glatt, bevor sie ihn der Frau reichte. Die hielt ihn hoch, betrachtete ihn mit zugekniffenen Augen und wendete ihn. Dann gab sie ihn Edith zurück.

»Den möchte ich nicht allzu lange in der Hand haben. Wo hast du den her?«

»Gefunden.«

Die andere schnaubte verächtlich.

»Hör auf, mich zu veräppeln. Im Grunde ist es mir egal, wo du den herhast. Ich will nix damit zu tun haben.«

Sie stand auf und klopfte sich den Staub von ihrem Mantel. Edith blieb sitzen und schirmte ihre Augen mit der Hand ab, um das Gesicht der anderen in der Sonne besser zu sehen.

»Warum? Weil es eine Fälschung ist?«

Die Dunkelhaarige verzog den Mund. »Ganz im Gegenteil.«

Sie nahm den Griff ihres Handkarrens. Edith stand ebenfalls auf und machte Anstalten, wieder nach der Deichsel zu greifen.

»Lass«, sagte die Frau und schob ihre Hand weg. Sie lehnte sich vor, um den Wagen anzuziehen. Doch bevor sie sich in Marsch setzte, drehte sie sich zu Edith um.

»Hör zu, ich geb' dir 'nen Rat. Kostenlos. Vergiss den Schein. Das ist nicht unsere Gewichtsklasse. Meine nicht. Und deine ganz bestimmt nicht. So wie du dich im Milchhof angestellt hast.«

Sie zog an und bewegte ihren Karren vorwärts, ohne sich noch einmal zu Edith umzudrehen.

Edith hatte zu Ende erzählt. Sie fügte hinzu: »Sie hat mich einfach stehen lassen. Ich dachte, wir hätten vielleicht eine Milchhändlerin gefunden, die gegen Beteiligung für uns die Bezugsscheine eingelöst hätte.«

Martha zog ihren linken Mundwinkel nach unten, so dass sich zwei missmutige Kommas in ihre Wange gruben.

»Ist vielleicht besser so«, bemerkte sie. »Eine Erpresserin hätte uns gerade noch gefehlt.«

»Auf der anderen Seite hat sie mir geholfen. Unsere Auswahl an Händlerinnen ist ja nicht sehr üppig.«

Entweder hätten die Händlerinnen Angst, oder sie würden sie denunzieren. Oder beides zugleich, dachte Edith.

Marthas Ärger war zu einem großen Teil verflogen. Friedfertig sagte sie: »Letztlich ist es gut, dass du sie gefragt hast. So wissen wir wenigstens ein bisschen mehr über die Scheine. Dass sie nicht ganz koscher sind.«

Sie räumte nachdenklich Besteck und Geschirr weg. Als alles verstaut war und sich in der Küche Ruhe ausbreitete, hängte Martha den Spüllappen über die Stange am Kohlenherd und ließ sich auf einen Küchenstuhl sinken.

Edith wartete einen Moment, bis sie heiter sagte: »Was machen wir jetzt mit den Scheinen? Verbrennen?«

Martha zeigte ihr einen Vogel. Also nicht verbrennen.

»Du hast den Schein noch, oder?«, fragte Martha.

Statt einer Antwort legte Edith ihn auf den Tisch.

»Das Gegenteil von einer Fälschung ist echt«, sagte Martha und betrachtete den Schein.

Sie fügte hinzu: »Zum Milchhof können wir nicht. Selbst wenn die Polizei an dem Tag keine Jagd auf Schwarzhändler macht, kriegen wir nichts für unsere Scheine. Weil wir keine Gewerbekarte haben.«

»Und selbst wenn wir eine hätten – diese Milchhändlerin hat auf den Schein gestarrt, als wäre ihr der Teufel persönlich erschienen. Sie ist keine von der ängstlichen Sorte. Misstrauisch, aber nicht ängstlich.«

»Was ihr wohl einen Schrecken eingejagt hat?«

Edith zuckte mit den Schultern.

»Nicht meine Gewichtsklasse, hat sie gesagt.« Dass sie anschließend hinzugefügt hatte: »und deine ganz bestimmt nicht«, erwähnte sie nicht.

Was immer es auch mit den Scheinen auf sich hatte, sie hatte wenig Lust, noch einmal zum Milchhof zu spazieren und ihr Glück zu versuchen. Sie war davongekommen, doch das bedeutete nicht, dass sie beim nächsten Mal genauso viel Glück hatte. Nach kurzem Überlegen sagte sie: »Ich wüsste jemanden, der in der Klasse boxt.«

Martha verstand sofort.

»Du meinst Kasulke.«

Kasulke hatte eine Kohlenhandlung in einem Hinterhof in der Dorstener Straße. Er handelte nicht nur mit Kohlen, sondern mit allem, was sich kaufen oder verkaufen ließ, und hatte den Ruf, sich mit krummen Geschäften aller Art auszukennen.

Edith war im vergangenen Winter zweimal bei ihm gewesen. Beim ersten Mal hatte sie Schmuck gegen Kohle getauscht. Eine geschlagene halbe Stunde hatte sie mit ihm um den Smaragdring ihrer Mutter geschachert. Ihre Mutter hatte den Ring blitzen lassen, wenn sie mit den anderen Frauen der kleinstädtischen Honoratioren beim Kaffee saß und ganz »Frau Apotheker« war, angekommen am Ziel ihrer Wünsche. Sie hatte das gemacht, was sie »eine gute Partie« nannte, gehörte zu dem, was sie »gute Gesellschaft« nannte, und hatte sich dasselbe für Edith gewünscht. Sie hatte sie auf das neusprachliche Mädchengymnasium der Kreisstadt geschickt, damit sie Schliff bekam, wie sie sich ausdrückte. Schliff hieß, auf Englisch und Französisch parlieren zu können, Kochen, Sticken und Singen zu lernen. Damit hätte es nach den Vorstellungen ihrer Mutter auch sein Bewenden haben können, Edith allerdings hatte andere Wünsche gehabt. Sie hatte von einem Studium geträumt. »Lass das Kind doch gehen«, hatte ihr Vater gesagt, großzügig und verständnisvoll. Schließlich hatte er sie überzeugt, herausgekommen war am Ende ein Studium der modernen Fremdsprachen in Berlin. Vier Semester Großstadt. Doch dann hatte die Krankheit ihrer Mutter sie wieder zurückgetrieben. Sie kann ohne dich nicht, hatte ihr Vater hilflos am Telefon gepoltert, und ihre Mutter hatte sie mit ihrer zittrigen Krankenstimme angefleht. Also hatte sie ihre Sachen gepackt und war zurückgekommen, zu ihrer klagenden Mutter und ihrem ohnmächtig schimpfenden Vater, und war geblieben, bis dann wirklich alles zu Ende war. Inzwischen war »abgebrochen« das richtige Wort, um über ihr Studium zu reden, denn es sah nicht so aus, als würde sie es jemals wieder aufnehmen.

Der Ring hatte sie über die nächsten sechs Wochen gebracht, sie hatte Kohle geliefert, Martha hatte dafür Essen besorgt.

Beim zweiten Mal hatte Kasulke ihr ein Medikament verschafft, da hatte sie Zigaretten gehabt und damit bezahlen können. Später hatte sie festgestellt, dass das Fläschchen aus Beständen der amerikanischen Armee stammte, und sich gedacht, dass Kasulkes Beziehungen in alle Richtungen reichten.

Kasulke war teuer, doch halbwegs korrekt, nach allem, was man im Viertel hörte. Edith nahm an, dass Verlässlichkeit zu seinem Geschäftsmodell gehörte. Lief es allerdings nicht so, wie Kasulke es sich vorstellte oder wie er es mit einem ausgemacht hatte, konnte er ausgesprochen ungemütlich werden.

»Er wird dich beim Preis über den Tisch ziehen«, brummelte Martha.

»Mag sein. Aber hast du eine bessere Idee?«

Martha überlegte einen Moment, dann gab sie zu: »Nein.«

»Gut«, sagte Edith leichthin. »Dann benutzen wir die Scheine nicht zum Feueranzünden, sondern reden mit Kasulke.«

Edith hob den Kopf. Ihr war, als ob sie leise Schritte hinter der Tür zum Schlafzimmer gehört hatte.

10

Donnerstag, 14. März 1946

Die Waggons schlingerten gefährlich, als der Zug um die Kurve bog. Doch die Räder verließen ihre Spur nicht, der Zug blieb auf den Schienen und nahm Kurs auf den kleinstädtischen Bahnhof, vorbei an einer Gruppe winkender Kinder, die hinter einer Schranke warteten, und einer Weide mit drei schwarzbunten Kühen. Das Bahnhofsgebäude war hell verputzt. Die Uhr zeigte Viertel nach sieben an, auf dem baumgesäumten Bahnhofsvorplatz warteten drei Taxen und ein Dienstmann in blauer Uniform.

Dietrichs drehte den Reglerknopf des Transformators ein winziges Stück in den Minusbereich, so dass der Zug gerade vor dem Bahnhofsgebäude zum Stehen kam. Das nächste Mal würde er vor der Kurve noch ein wenig mit der Geschwindigkeit heruntergehen.

Er sah auf die zwei mal zwei Meter große Platte mit der Eisenbahn. Eine ganze Landschaft breitete sich dort aus, Hügel, die er aus Pappmaschee geformt und mit gesiebtem Sand und fein gehäckseltem Heu bestreut hatte. Die Pflanzen darauf waren aus trockenem Moos, eine etwas wilde Buschlandschaft.

Zwei Bahnhöfe, ein Dorf und eine Kleinstadt mit sechs Straßenzügen, sogar ein Rathaus war dabei, alles in hübschem Fachwerk mit schwarzen Balken, die Fächer dazwischen weiß getüncht. Drei Triebwagen hatte er. Alles Vorkriegsware.

Dietrichs nahm die Lokomotive, die gerade in den Bahnhof eingefahren war, von den Gleisen und drehte sie um, so dass sie ihm ihre Unterseite zeigte. Mit einem weichen Bürstenpinsel entfernte er Staub- und Schmutzreste zwischen Rädern, Achse und Boden.

Er schaltete die Straßenbeleuchtung ein, schließlich war es draußen auch schon seit längerer Zeit dunkel. Gleich würde er weiter an dem Tunnel bauen. Seit Emma nicht mehr da war, gab es niemanden mehr, der sich darüber beschwerte, dass er sich so viel mit seiner Eisenbahn beschäftigte. Also konnte er jeden Tag nach Feierabend seine Landschaften bauen und seine Wagen pflegen. Einen Triebwagen hatte er auf dem Schwarzmarkt gegen Lebensmittel eingetauscht, aber in letzter Zeit hatte er sich hauptsächlich auf den Bau von Tunneln und Bergen verlegt und probierte immer mal wieder eine neue Streckenführung aus. Oder er sah einfach zu, wie der Zug durch die von ihm geschaffene Welt fuhr. Eine Welt aus Draht und Pappmaschee und eine Bevölkerung aus Elastolin-Figuren, dachte Dietrichs.

Die Figuren ließen sich brav aufstellen; in steifen Posen warteten sie auf Bahnsteigen und vor Schranken, sie standen plaudernd vor dem Fachwerk-Rathaus oder schlenderten auf eines der Häuser zu. Es gab sogar ein Liebespaar, das er vor einem Moosgebüsch platziert hatte.

»Lass sie doch mal ein paar Verbrechen begehen«, hatte Emma früher gesagt. »Oder noch besser, stell sie alle zusammen und lass sie Heil Hitler brüllen. Oder bau mal ein Arbeitslager auf, es gibt bestimmt Figuren, denen du ein paar Blockstreifen auf den Anzug malen kannst.«

Er hatte gewusst, was sie damit sagen wollte, und er hatte gewusst, dass sie damit recht hatte. Wenn sie so redete, hatte er meist die Tür hinter sich zugezogen und seine Züge noch ein paar Runden fahren lassen. Manchmal hatte er auch die Züge Züge sein lassen und sich zu ihr gesetzt, und sie hatten geredet. Über das, was sie in der Zeitung gelesen hatte und was ihr in der Regel gar nicht gefiel, über das, was sie am Tag gehört oder gesehen hatte und was ihr auch nicht gefiel. Am Anfang hatte er gesagt: »Der Spuk ist sicher bald vorbei.« Später hatte er das nicht mehr gesagt, weil der Spuk kein Spuk war und auch keine Anstalten machte, bald vorbei zu sein. Jetzt war es vorbei, doch Emma war nicht mehr da.

Das Lämpchen auf dem Transformator erlosch. Stromsperre in seinem Viertel. Acht Uhr also.

Dietrichs war nicht müde, er würde im Schein seiner Karbidlampe noch ein wenig an dem Tunnel werkeln. Das Gewölbe aus Pappmaschee stand schon, jetzt ging es nur noch darum, den Tunnel erdbraun und vielleicht etwas grünlich anzumalen, um später getrocknetes Gras daraufzukleben.

Er dachte an die Steinhoffs. Eltern, die angeblich nichts von ihrem Sohn zu wissen schienen. Nichts über seine Arbeit, nichts über seine Freunde, nichts über seine Sorgen. Er hatte den Eindruck, dass sie tatsächlich nichts wussten. Die einzige Spur, die er hatte, war die Kneipe am Moltkemarkt.

Er versetzte einem kleinen Hügel den letzten Pinselstrich und ging zu Bett.

11

Freitag, 15. März 1946

Es war Kasulkes Frau, die Edith am Freitagmorgen das Hoftor öffnete. Sie war groß und hager, ihre Haare waren auf Lockenwickler gedreht und steckten unter einem Kopftuch. Sie musterte Edith von oben bis unten und taxierte die Schuhe mit dem Absatz, die Seidenstrümpfe, das Kostüm und die Handtasche. Wahrscheinlich wusste sie genau, was jedes Teil auf dem Schwarzmarkt wert war. Als sie sich zur Seite wandte, um sie in den Hof zu lassen, blinkte an ihrem mageren Hals unter ihrem Kittel eine schwere Goldkette auf. Frau Kasulke hielt offenbar nichts davon, ihren Reichtum auszustellen, doch schien sie ihn gerne bei sich zu tragen.

Sie durchquerten die Einfahrt und kamen auf den Hinterhof, auf dem Kasulke wahrscheinlich früher seine Kohlen aufbewahrt hatte, als es noch Kohlen in solchen Mengen gab, dass man sie auf einem Hof häufen konnte. Bretterzäune unterteilten den hinteren Teil des Hofs in kleine Gevierte. Die Bretter waren schwarz vom Kohlenstaub, und auf dem gepflasterten Boden hatte der Regen die dunklen Spuren nicht wegspülen können. Ein schmächtiges Kohlenhäuflein lag in einem der Gevierte in der Ecke.

Frau Kasulke stieß die Tür zu einer Baracke auf.

Kasulke saß in einem Korbsessel hinter einem Schreibtisch. Mit seinen über dem dicken Bauch gefalteten Händen erinnerte er Edith an einen Buddha. Ein solcher Bauch war mit einer Zuteilung von elfhundert Kalorien pro Tag auf legale Weise nicht zu halten. Kasulke, sagte der Bauch, verfügte über andere Quellen, und diese flossen reichlich.

Er begrüßte sie, als ob er geradezu erfreut wäre, sie zu sehen, und deutete einladend auf den Stuhl vor seinem Schreibtisch. Auf dem Schreibtisch stand allerhand Krimskrams, ein Einmachglas, in dem er Orden aller Art gesammelt hatte – Edith konnte zwei Mutterkreuze, eine Nahkampfspange und ein Eisernes Kreuz ausmachen. Für ihre Besitzer hatte das Blech offenbar nicht mehr viel Wert, und sie hatten es bei Kasulke eingetauscht. Edith fand, dass das von Realitätssinn zeugte.

Kasulke hatte ihren Blick bemerkt. »Verkauft sich gut. Manche von den Engländern sind total wild drauf.«

In einem anderen Einmachglas lagen Kohlenstücke, schwarz und glänzend, die Bruchkanten schimmerten kristallen und sahen scharf aus. Edith sah ein anderes Glas vor sich, in der Apotheke in Allenstein, aus denen die schmalen und geschickten Apothekerhände ihres Vaters Blockmalz-Stücke fischten. »Hier, lutsch sie, damit der Husten verschwindet.« Sie hatte jedes Mal, wenn er ihr zwei oder drei klebrige Brocken in die Hände legte, noch einmal kräftig gehustet, um klarzustellen, dass sie das Blockmalz wirklich brauchte, und die Brocken anschließend langsam gelutscht. Sie schüttelte den Kopf, damit die Erinnerung verschwand.

»Was kann ich für dich tun, Mädchen?«

Kasulke war erst in den Vierzigern, aber titulierte alle Frauen, die das Großmutteralter noch nicht erreicht hatten, als Mädchen.

Edith stellte ihre Handtasche auf die Knie. Sie wusste, dass Kasulke sie gnadenlos herunterhandeln würde, wenn er sie für dumm oder schwach oder beides hielt. Daher hoffte sie, dass sie selbstbewusst klang, als sie sagte: »Kasulke, es ist andersherum. Ich denke, ich kann etwas für dich tun.«

»Aha.«

Kasulke schürzte die vollen Lippen, legte die Stirn in Wellenlinien und sah sie mit seinen braunen Augen erstaunt an. Ein Sinnbild der Ungläubigkeit, dachte Edith. Wie ein gnädiger Herrscher, der einem etwas unbedarften Untertanen einen Gefallen tat, sagte er: »Na gut, lass hören, Mädchen.«

Sie ließ den Schnappverschluss ihrer Handtasche aufspringen, fächerte wie ein Taschenspieler die fünf gelben Scheine auf und legte sie vor Kasulke auf die Tischplatte. Kasulke hatte Interesse an den Scheinen und nicht nur ein bisschen, auch wenn er sich alle Mühe gab, es sich nicht anmerken zu lassen. Aber Edith hatte den Funken in seinen Augen gesehen, Kasulke war geradezu elektrisiert.

Er schob die Lippen vor und zauberte einen gleichgültigen Ausdruck auf sein Gesicht. Behäbig legte er einen seiner rundlichen, schwarz behaarten Finger auf einen Schein und zog ihn mit hörbarem Ausatmen zu sich.

»Wo hast du die her?«, fragte er gelangweilt.

»Kann ich dir nicht sagen, Kasulke. Geschäftsgeheimnis.«

»Sieh mal an. Geschäftsgeheimnis«, murmelte er und zog die Augenbrauen hoch.

»Bezugsscheine für Butter. Was soll ich damit? Ich hab' 'ne Kohlenhandlung. Keinen Milchladen.«

»Vielleicht hast du ja Freunde, die damit etwas anfangen können.«

»Freunde«, sagte er gedankenverloren und schaute auf die gegenüberliegende Wand. Edith hatte gesehen, dass dort lediglich ein Eisenbahner-Kalender aus dem Jahr 1943 hing.

Kasulke hatte das Blatt für die letzte Dezemberwoche einfach hängen lassen und hatte offenbar nun schon seit mehr als zwei Jahren eine Gruppe von Eisenbahnern vor Augen, die an nicht gerade üppig gedeckten Tischen neben einem spillerigen Tannenbaum Weihnachten feierten.

»Freunde kann man in diesen schweren Zeiten gut brauchen.«

»Das is wohl richtig, Mädchen. Aber weißt du, ich habe keinen blassen Schimmer, ob ich meinen Freunden in diesen schweren Zeiten, wie du so schön sagst, mit diesen Papieren helfen kann.«

Jetzt war Edith an der Reihe, die Augenbrauen hochzuziehen und ihrerseits so verblüfft zu schauen, wie sie konnte.

»Du willst ihnen nicht mit fünf Zentnern Butter eine Freude machen?«

Kasulke klopfte mit seinem Finger auf den gelben Schein vor ihm.

»Du hast bestimmt bemerkt, dass es Blankoformulare sind.«

Das hatte sie in der Tat.

»Sicher. Da kann dein Freund seinen Namen eintragen lassen.«

»Falsch, Mädchen. Die Namen werden auf dem Amt eingetragen, wenn die Kleinverteiler die Lebensmittelmarken ihrer Kunden abgeben.«

Kasulke fing an zu leiern. »Schön langsam schreibt sie der Beamte rein, mit Namen, Datum, Unterschrift. Und Stempel.«

Der Kohlenhändler schlug mit der Hand auf den Tisch, als würde er einen Stempel unter ein Dokument setzen.

Edith gab sich Mühe, nicht zusammenzuzucken.

Kasulke bemerkte: »Stempel sind hier übrigens schon drauf.«

»Das weiß ich, Kasulke. Das macht die Sache weitaus einfacher. Da brauchen sich deine Freunde nicht um einen Stempel zu bemühen.«

Ungerührt fügte sie hinzu: »Das hat natürlich seinen Preis.«

Kasulke wuchtete seinen Körper in dem Korbsessel nach vorne.

»Woher hast du die Scheine?«

»Das kann ich dir wirklich nicht sagen.«

Kasulke sagte jovial: »Hör auf mit dem Kappes. Das sind Scheine, die irgendjemand im Wirtschaftsamt geklaut hat. Die kannst du nicht einfach auf dem Schwarzmarkt unters Volk bringen. Das ist 'ne gut organisierte Kiste, Mädchen. Ne richtig gut organisierte Kiste.«

Das war es also. Daher hatte die drahtige Milchhändlerin gesagt: das Gegenteil einer Fälschung. Echte Scheine, die ein korrupter Beamte abzweigte. Das war tatsächlich eine andere Gewichtsklasse. Die ganze Sache klang nach einer Schieberbande. Könige des Schwarzmarkts, keine kleinen Bauern. Könige fackelten nicht lange, wenn ihnen ein kleiner Bauer in die Quere kam. Ein kleiner Bauer wie sie oder Martha. Oder die Frau vom Milchhof. Deshalb hatte sie mit den Scheinen nichts zu tun haben wollen.

Edith zwang sich zu einem unbesorgten Lächeln.

Kasulke wiegte besorgt den Kopf hin und her und betrachtete sie unter halb geschlossenen Lidern.

»Menschenskind. Das sind keine netten Leute, die so etwas machen. Echt nicht. Ich könnte mir vorstellen, dass sie scharf drauf sind, ihre Bezugsscheine wiederzukriegen. Sie werden sich ärgern, wenn sie sie nicht wieder in die Finger bekommen. Richtig ärgern, verstehste?«

Die Falten auf seiner Stirn signalisierten Betrübnis angesichts des Schicksals, das Edith nun erwartete.

Er wollte ohne Zweifel den Preis drücken. Auf der anderen Seite hatte er recht: Das Ganze war mindestens zwei Nummern zu groß für sie.

»Gestern Morgen hat die Polizei in den Trümmern einen Toten gefunden. Schlimme Zeiten.«

Edith erschrak. Warum brachte er auf einmal den Toten ins Spiel? Wusste er etwas über den Mann in den Ruinen und die Scheine? Oder war das reine Rhetorik – schlimme Zeiten, gefährliche Sache –, damit sie Angst bekam und ihm die Scheine günstig überließ?

Edith biss sich auf die Innenseite der Wange. Der Schmerz war spitz und vertraut, er half ihr, sich auf ihrem Stuhl zurückzulehnen und gelassen zu sagen: »Wenn ihnen die Sache so wichtig ist, zahlen sie sicher einen guten Preis dafür.«

»Bist ein mutiges Mädchen.«

Kasulke lächelte sie an, einer seiner Eckzähne war aus Gold und funkelte kurz im Licht der Deckenlampe.

»Aber Mut kann gefährlich sein. Und dösig. Total dösig.«

Dann verschwand der joviale Ton. Kasulke sprach leise und artikuliert.

»Noch mal: Wo hast du die Scheine her?«

Das Lächeln war aus seinem Gesicht verschwunden. Er hatte die Muskeln angespannt und erinnerte Edith an den riesigen, fetten Kater daheim in Masuren, der sich trotz seiner Größe und seines Umfangs mit unglaublicher Schnelligkeit auf Mäuse und selbst Ratten stürzte. Wer hier die Maus war, war klar. Aber das hieß noch lange nicht, dass sie sich fressen lassen würde.

Sie starrte zurück und wartete einige Augenblicke, als ob sie sich zu einer Antwort durchringen müsste. Eine Antwort, die so aussah, als hätte sie sie Überwindung gekostet und die deshalb glaubwürdig schien. Schließlich sagte sie: »Sie steckten im Futter eines Mantels.«

Kasulke hob seinen massigen Kopf und blies die Luft durch die Nase aus. Seine Nasenflügel vibrierten. Der Mann war gespannt wie ein Flitzebogen.

Edith sagte unbeeindruckt: »Den Mantel habe ich vom Schwarzmarkt, ich habe ihn gestern Abend an der Marienkirche gekauft.«

»Was für ein Mantel?« Leise und schnell.

»Ein grauer Herrenmantel. Ich will ihn mir umschneidern.«

»Wer hat ihn dir verkauft?« Immer noch leise und schnell. Gefährlich leise und schnell.

»Ich weiß es nicht.« Sanft fügte sie hinzu: »Wir haben keine Adressen ausgetauscht. Er wusste sicher nicht, dass die Scheine in dem Mantel steckten.«

»Wie sah der Verkäufer aus?«

»Warum willst du das wissen?«

»Wie sah er aus?«

»Ein Mann, Kriegsheimkehrer. Ich habe sein Gesicht nicht gut sehen können, er hatte seine Mütze ziemlich weit ins Gesicht gezogen. Das Einzige, was ich von ihm sehen konnte, waren seine zittrigen Hände.«

Kasulke kniff die Augen zusammen, bis sie nur noch zwei kleine Schlitze waren, und fixierte sie. Glaubte er ihr? Die Lüge müsste eigentlich halten, der Mann, den sie soeben erfunden hatte, war eine

Allerweltsgestalt, ein ehemaliger Soldat mit einem Tremor, er hätte den Mantel ebenso gut wie Hella finden und ihn dann auf dem Schwarzmarkt verkaufen können.

Sie zwang sich, ruhig zu bleiben, und wartete darauf, dass Kasulke ihre Worte in Zweifel zog. Wie er sich dabei gebärden würde, wollte sie lieber nicht wissen. Aber Kasulke schien beschlossen zu haben, ihr zu glauben. Oder zumindest so zu tun als ob, denn er wechselte das Thema.

»War noch was in dem Mantel?«

Edith holte den Notizzettel aus ihrer Handtasche, der bei den Bezugsscheinen gelegen hatte, hervor. Sie las den ersten Namen vor.

»Wie viele stehen noch drauf? Sehr lang kann die Liste nicht sein.«

Das Papier war so dünn, dass Kasulke vermutlich der Rückseite ansehen konnte, wie viel davon beschrieben war.

»Einer.«

»Lass sehen.«

Sie reichte ihm das Papier, und er las mit gefurchter Stirn.

»Namen und Adressen. Ist vielleicht wichtig. Sollten wir ihnen auch zurückgeben.«

Kasulke ließ sich in seinen Korbsessel sinken. Der Frage- und Antwortteil war vorüber, er schien sich mit ihren Antworten zufriedenzugeben.

Edith holte ihr Zigarettenetui hervor und steckte sich eine Binford zwischen die Lippen, die letzte. Kasulke zog ein Päckchen Zündhölzer aus seiner Hosentasche und gab ihr Feuer. Seine Bewegungen waren erstaunlich flink. Sie nahm einen tiefen Zug und blies den Rauch langsam aus.

»Gut, Kasulke. Dann lass uns über einen Finderlohn reden.«

»Ein Finderlohn. In Ordnung.«

»Mit Finderlohn meine ich, dass mir niemand hinterherschnüffelt. Dass die richtigen Leute wissen, dass ich eine ehrliche Finderin bin.«

Kasulke grinste zufrieden.

»Klar, Mädchen. Brauchst keine Angst haben. Ich tu', was ich kann. Zwei Schachteln.«

Edith zwang sich zu einem Lachen.

»Kasulke, das ist ein Scherz, oder?«

»Ganz und gar nicht, die Ware ist heiß.«

Heiß war sie für sie und Martha, Kasulke hatte jedoch alle möglichen Kontakte. Wahrscheinlich wusste er genau, welcher Schieber Bezugsscheine vermisste, und hatte vor, ihm einen Gefallen zu tun oder sich die Scheine bezahlen zu lassen.

»Butter. Du bekommst Bezugsscheine, mit denen deine Freunde sich fünf Zentner holen können, und ich bekomme zwanzig Kilo Butter.«

»Mädchen, hör auf zu träumen.«

»Ich träume keineswegs.« Edith zeigte auf die Scheine. »Die hier sind so real wie dein großer Zeh.«

»Was weißt du über meinen großen Zeh? Drei Kilo.«

»Du bist derjenige, der hier träumt. Fünfzehn Kilo und eine Stange Amis.«

»Ganz schön happig.«

Schließlich einigten sie sich und Edith verstaute vier Schachteln Lucky Strike in ihrer Tasche. Außerdem versprach ihr Kasulke zehn Kilo Butter.

»Und damit ist die Sache erledigt, Kasulke. Niemand stellt mir dumme Fragen.«

»Klar, Mädchen. Du gehst am besten mit deinen Zigaretten durch die Hintertür. Vorne stehen vielleicht unsere Freunde und Helfer.«

Edith erinnerte sich daran, dass ein Mann mit einer Zeitung auf der gegenüberliegenden Seite der Straße an einen Baum gelehnt gestanden hatte. Sie hatte sich darüber gewundert, dass der Mann an einem so zugigen und auch nicht allzu bequemen Ort las.

Er wuchtete sich aus dem Sessel und begleitete sie über den Hof zu einer Eisentür in der hinteren Hofwand. Edith schlüpfte hinaus. Sie war zufrieden. Sie hatte bekommen, was sie bekommen konnte: Sie war die Scheine los, und das zu einem passablen Preis.

Nachdem sie ein paar Meter gegangen war, drehte sie sich um und sah, dass Kasulke ihr nachblickte.

* * *

Kasulke gefiel, was er sah. Ediths rundes Hinterteil unter einem engen Rock, die Schuhe mit dem kleinen Absatz, mit denen sie gekonnt über das rissige Pflaster schritt, die Handtasche, die von ihrem linken Arm herabhing und im Rhythmus ihrer Schritte hin und her schwang.

Aber noch mehr gefiel ihm, was sie ihm gebracht hatte. Was hieß: gefiel? Heilfroh war er, dass sie zu ihm gekommen war. Wenn er es recht bedachte, hatte er es günstig bekommen.

12

Freitag, 15. März 1946

Hella ging von der Schule zurück. Der Weg war lang und eintönig, deshalb spielte sie eines ihrer Spiele. Diesmal ging es darum, rückwärtszugehen und sich dabei so wenig wie möglich umzudrehen. Der frei geräumte Weg auf der Fahrbahn war schmal und holperig. Sie musste höllisch aufpassen, damit sie sich an alle Stellen erinnerte, an denen große Lücken im Pflaster klafften oder Schutthaufen ein Ausweichmanöver erforderlich machten. Außerdem spitzte sie die Ohren, um zu hören, ob ihr jemand entgegenkam. Ein schneller Blick über die Schulter war in Ausnahmefällen erlaubt, die Regel lautete jedoch, dass jeder Blick sie einen Minuspunkt kostete. Wenn sie mit weniger als drei Minuspunkten an ihr Ziel kam, hatte sie gewonnen.

Die Märzsonne schien ihr von der Seite auf den Kopf. Hella amüsierte sich damit, ihrem Schatten zuzusehen, der wie ein Storch vorsichtig ein Bein nach dem anderen aufsetzte. Ab und an warf sie einen Blick auf die zerborstenen Hauswände am Straßenrand und versicherte sich, wie weit sie schon gekommen war. Die Schule war schon längst hinter einer Wegbiegung verschwunden. Zwar dauerte der Nachhauseweg auf diese Weise länger, aber der Vorteil war, dass sie nicht daran denken musste, wie weit es noch war, wie schwer der Tornister und wie durstig und müde sie selbst war. Sie brauchte sich nicht zu beeilen, zu Hause wartete niemand auf sie; ihre Mutter hatte Frühschicht und kam erst am Nachmittag zurück.

Bis zur übernächsten Ecke musste sie noch rückwärtsgehen. Danach konnte sie die nächste Disziplin in Angriff nehmen.

Der Hochbunker an der Zechenstraße tauchte auf ihrer linken Seite auf. Zuerst die Ecke, an der Kante war ein metergroßes Stück Beton herausgebrochen. Dann schob sich die Wand mit den vielen Kraterlöchern in ihr Blickfeld. Noch ein paar Schritte und sie hatte den Bunker passiert. Die Backsteinfassade eines zerbombten Hauses erschien. Eine Aufschrift informierte alle Vorübergehenden, dass die Familien Ostmeier, Becker und Schroer im Keller des Schützenhofs untergekommen waren. Jetzt musste sie in die Seitenstraße einbiegen. Ein Trümmerhaufen an der Straßenecke machte den Durchgang eng. Hella biss sich auf die Zunge, um sich besser zu konzentrieren, und bog um die Ecke. Geschafft. Die Sonne im Rücken machte sie ein paar Schritte in die Seitenstraße.

Das Erste, was sie von ihnen sah, waren die Schatten. Ein großer und breiter Schatten und ein zweiter, der trotz der Mütze auf dem Kopf ein Stück kürzer und etwas schmaler war.

Hella stoppte und drehte sich eilig um. Zwei Männer standen auf der Fahrbahn. Vielleicht wollten die beiden sich in der Märzsonne aufwärmen. Oder sie hatten sich die stille Straße für ein Geschäft ausgesucht.

Hella war es peinlich, dass die beiden sie bei ihrem kindischen Spiel ertappt hatten, und sie versuchte, so schnell wie möglich und ohne großes Gerede an ihnen vorbeizukommen. Als sie sich rechts an dem Kleineren vorbeidrängen wollte, klappte er den Arm wie eine Schranke aus.

»Nicht so eilig, junges Frollein.«

Hella blieb notgedrungen stehen. Der Größere von beiden erinnerte sie mit seinem massigen Körper, dem dicken Hals und dem kleinen Kopf an einen Bären. Zu ihren Füßen stand ein proppenvoller Rucksack. Beide musterten sie, der Bär aus grünen Augen, der Kleine aus wässerig blauen.

Ihr fielen die Geschichten ein. Geschichten von Männern, die Kindern Bonbons anboten – »Willste Klümpkes? Dann komm schön mal mit dem Onkel mit.« – und sie in die Trümmer lockten. Dort stellten sie Sachen mit den Kindern an, über die die Erwachsenen nur tuschelten und dabei bedeutungsvoll mit den Augen rollten.

Sie bückte sich, um unter dem Arm hindurchzutauchen und wegzurennen. Doch der Kleine stellte sich ihr in den Weg.

»Schön hiergeblieben.«

Hella blickte sich um. Auf beiden Seiten der Straße standen nur noch ein paar übrig gebliebene Fassaden. Etwas weiter entfernt ragte ein einzelnes Haus aus den Trümmern wie ein übrig gebliebener Zahn in einem kaputten Gebiss, von dort war keine Hilfe zu erwarten. Die Leute arbeiteten tagsüber; falls sie Nachtschicht gehabt hatten, würden sie jetzt schlafen. Sie dachte an die mit Sand gefüllte Wollsocke in ihrer Tasche, aber die würde ihr vermutlich bei den beiden nicht viel nutzen.

Der Größere sagte: »Lauf nicht weg. Wir würden gerne etwas mit dir besprechen.«

Er sprach fein und gepflegt, mit einer tiefen, ruhigen Stimme. Wie Doktor Kellermann, bevor er ihr das kleine Messer mit der Pockenimpfung in die Haut am Oberarm gerammt hatte. »Du brauchst keine Angst zu haben. Nur ein kleiner Piekser.«

Der Große sagte: »Du brauchst keine Angst zu haben. Wir wollen dich nur ein paar Dinge fragen.«

Der Kleine nickte und schob sich die Mütze in den Nacken. Seine rechte Hand hatte er in die Hosentasche gesteckt, die linke hielt er hinter seinem Rücken. Als er beim Sprechen den Mund öffnete, sah Hella zwei Reihen von kleinen, fast quadratischen Zähnen.

»Wir ham dich gesehen«, sagte er.

»Ach ja?«

Hella hörte, wie zittrig ihre eigene Stimme klang. Zittrig und ängstlich. Vielleicht sollte sie besser nichts mehr sagen.

»Als du etwas gefunden hast«, fügte der Bär hinzu.

Wovon redeten sie? Sie fand immer etwas. Da ihr nichts Besseres einfiel, echote sie: »Gefunden?«

Ihre Stimme war immer noch dünn wie ein Bindfaden. Hella ärgerte sich. Wer zeigt, dass er Angst hat, hat schon verloren. Das war so bei den Prügeleien auf der Straße, auf dem Schulhof und sogar in der Klasse bei den Lehrern.

»Man kann viel finden, wenn man will. Trümmerholz.«

Hella brach ab, weil ihr einfiel, dass es verboten war, Dinge aus den Ruinen mitzunehmen. Da ihre Stimme jedoch besser geklungen hatte, holte sie Luft und fuhr fort:

»Bucheckern, Huflattich, Löwenzahn. Kann man alles gebrauchen.«

»Bucheckern, Huflattich, Löwenzahn – was soll das denn werden? Ratschläge aus Tante Hildes Haushaltsecke?«

Der Kleine fing sich einen strafenden Blick des Bären ein.

»Lassen Sie das Kind. Die Kleine fürchtet sich doch schon jetzt.« Er wandte sich an Hella. »Es ist ganz einfach. Du sagst uns, was wir wissen möchten, und dann kannst du gehen. »

Von wegen Aufwärmen in der Märzsonne. Von wegen Geschäftemachen. Die beiden standen dort, weil sie auf sie gewartet hatten. Hella wurde flau. Wenn es jedoch nur um ein paar Fragen ging, war sie die beiden wahrscheinlich in fünf Minuten los.

»Was soll ich Ihnen sagen?«, fragte sie

Der Kleine machte einen Schritt auf sie zu, und Hella roch den Mief von Kohl, Zigaretten und Schweiß.

»Na, was haste gefunden? Es ist schön warm, kostet 'ne Menge Geld und is aus einem ganz edlen Stöffchen – na, was mein' ich wohl?«

Er rieb Daumen und Zeigefinger gegeneinander, als ob er Stoff befühlen wollte.

Den Mantel. Aber das war Unsinn. Ihr konntet mich doch gar nicht sehen, dachte Hella. Sie schluckte den Satz hinunter und sagte stattdessen: »Meine Bettdecke?«

Ihre Stimme klang jetzt fest und klar, aber die beiden fanden die Antwort nicht besonders witzig.

Der Bär sagte geduldig: »Nicht deine Bettdecke. Das Ganze hier ist kein Ratespiel. Wir sprechen von dem Mantel, den du dem Mann in den Trümmern fortgenommen hast.«

Also doch. Hella spürte, wie ihr Magen zusammenzuckte wie ein verschrecktes Tier. Woher wussten sie davon? Wenn sie sie tatsächlich gesehen hatten, dann höchstens aus der Ferne. Das Beste war, sich doof zu stellen. Sollten sie glauben, dass sie das falsche Mädchen erwischt hatten.

»Ich weiß nicht, wovon Sie sprechen.«

»Tatsächlich nicht? Das wundert mich. Denk doch mal nach.«

»Wirklich nicht. Was für ein Mantel?«

Der Bär wiegte bedächtig den Kopf hin und her, als ob er etwas fürchterlich traurig finden würde. Dann blickte er zu dem Kleinen hinüber und machte eine rasche Bewegung mit dem Kinn.

Der Kleine war schnell. Er packte Hella am Kragen.

»Schluss mit den Fisimatenten! Du sagst uns jetzt sofort, was wir wissen wollen, sonst …«

Er schob sein Gesicht so nah vor ihres, dass ihre Nasen sich fast berührten und sie seinen Atem riechen konnte. Hella atmete flach durch den Mund, um nicht den Geruch nach Kohl, Schweiß und Tabak in die Nase zu bekommen. Sie schwieg.

»Willst du uns verscheißern?«, ranzte er sie an und stieß sie von sich.

Hella wäre fast gefallen. Als sie wieder fest auf dem Boden stand, schüttelte sie wortlos den Kopf und versuchte, den Kloß in ihrem Hals hinunterzuschlucken. Auch die beiden Männer waren still. In der Ferne war der Lärm der Fabrik und das Pfeifen eines Zuges zu hören.

»Also, spuck's aus«, sagte der Kleine schließlich.

»Es tut mir leid. Ich weiß wirklich nicht, wovon Sie reden. Wahrscheinlich haben Sie mich verwechselt. Ich meine, viele Mädchen sehen aus der Ferne aus wie ich.«

Der Große nickte langsam, als würde er sich ihre Worte durch den Kopf gehen lassen. Vielleicht glaubte er ihr ja und ließ sie gehen.

Er streckte die rechte Hand aus. Die Fingernägel waren schmutzig, aber die Hände sahen weich und zart aus.

»Nicht viele Mädchen haben einen blauen Anorak wie du.«

Hella wich zurück. Nicht weit genug. Die Hand griff nach einem ihrer Zöpfe.

»Und sie haben auch nicht so schöne Zöpfe.«

Der Mann legte sich den Zopf auf den Handteller, mit dem Zeigefinger der anderen Hand strich er darüber. Der Zopf glänzte in der Sonne, die einzelnen Stränge schimmerten hellbraun und ein bisschen golden.

»Schöne Haare. Du solltest wirklich gut auf sie aufpassen.«

Die Hand schloss sich um den Zopf. Er hielt ihn fest und zog. Hella hatte das Gefühl, dass im nächsten Moment ihre Kopfhaut reißen würde. Dem Mann war die Kraft, mit der er zog, nicht anzusehen. Er stand einfach nur da, ihren Zopf in seiner Faust. Als sie dachte, dass sie gleich losheulen würde, hörte er auf und legte ihr den Zopf sacht über die Schulter.

Vielleicht hätte sie sich noch weiter dumm stellen können, wenn die Stimme nicht so sanft und die Worte nicht zugleich so gemein und so gefährlich geklungen hätten. Hella stieß das Erste hervor, was ihr in den Sinn kam.

»Ich habe ihn doch nicht mehr. Das heißt, Mutter hat ihn umgeschneidert.«

Der Bär nickte zufrieden.

»Das verstehe ich. Meine Schwester schneidert auch alles um. Unseretwegen kannst du den Mantel ruhig behalten.«

»Mädchen, das woll'n wir gar nicht wissen.«

Der Kleine war ihm ins Wort gefallen und wurde mit einem vernichtenden Blick bedacht. Er schaute den Großen empört an, trat jedoch einen Schritt zurück. Der Bär schnalzte unzufrieden mit der Zunge.

»Ungeduldig und unbeherrscht, so ist er, mein Freund. Man weiß nicht, was er als Nächstes tun wird.«

»Was wollen Sie denn wissen?«, fragte Hella.

Der Kleine sagte: »Was –«

Der Große unterbrach ihn.

»Ich denke, das weißt du genau.«

Die Butterbezugsscheine. Es ging um die Butterbezugsscheine. Ihre Träume von gelber Herrlichkeit. Sie durfte nicht darüber reden. Ihre Mutter und Edith hatten nicht mit ihr über Kasulke gesprochen, sie wusste trotzdem Bescheid, weil sie gelauscht hatte. Als sie ihre Mutter noch einmal nach den Scheinen gefragt hatte, hatte diese nur unwillig den Kopf geschüttelt.

»Meinen Sie …«, sagte sie langsam.

Die beiden sahen sie erwartungsvoll an. Hella merkte, dass ihre Angst kleiner wurde. Klein genug, um wieder klar denken zu können, groß genug, um wachsam zu bleiben.

»Meinen Sie die Sache mit der Butter?«

Die beiden wechselten einen Blick.

»Weiter!«, befahl ihr der Kleine.

»Mutter hat ihn mir angepasst, den Mantel. Damit sie weiß, wie sie ihn kleiner machen muss. Er war ja viel zu groß.«

Sie hielt einen Moment inne, um Zeit zu schinden.

»Der Mantel war richtig schön warm und weich. Beste Qualität, hat Mutter gesagt.«

Der Kleine runzelte die Stirn. Er würde sicher bald die Geduld verlieren. Deshalb sagte sie schnell: »Und da haben wir gehört, dass es knisterte. Nicht in den Taschen, sondern im Futter. Wir haben das Futter aufgetrennt, und dann haben wir sie gesehen. Die Papiere.«

Hella machte wieder eine Pause und sah sie an. So wie die Lehrerin in der ersten Klasse immer eine Pause gemacht hatte, wenn sie beim Vorlesen beim spannendsten Teil einer Geschichte angekommen war.

Die Klasse war in diesen Momenten stets mucksmäuschenstill gewesen und hatte gelauscht. Ihre beiden Zuhörer allerdings waren weit entfernt davon, mucksmäuschenstill zu lauschen. Der Kleine sagte pampig:

»Quatsch keine Opern. Was für Papiere?«

Er machte einen Schritt auf sie zu. Hella wich zurück und sagte: »Bezugsscheine. Für Butter. Für viel Butter.«

Die beiden Männer warfen sich wieder einen Blick zu.

»Wie viel?«

»Fünf Zentner.«

»Was habt ihr damit gemacht?«

Jetzt bewegte sie sich auf gefährlichem Terrain. Über Kasulke durfte sie keinesfalls etwas sagen. Über ihn erzählte man sich im Viertel die dollsten Geschichten. Er hätte einen riesigen Bunker unter seinem Haus, mit vielen Lebensmitteln, einer Küche und sogar mit einem Badezimmer. Außerdem sei er unfassbar reich, er habe viele Truhen mit Schmuck und Goldstücken in seinem Keller stehen. Und wenn man ihn verriet, bekam man tierischen Ärger. Hansi, eines von den Nachbarkindern, war sogar davon überzeugt, dass Kasulke der Kohlenklau war, der die unartigen Kinder in einen Sack stopfte und wegbrachte. »Siehst du«, hatte Hansi einmal gesagt, »man sucht ihn schon mit Plakaten.« Der Kohlenklau auf den Plakaten war natürlich kein richtiger Mensch, sondern es ging nur darum, dass sie Strom und Kohlen für den Krieg sparten. Hansi hatte sich geweigert, das zu verstehen, auch wenn ein anderes Kind gesagt hatte: »Du bist so blöd, du kommst bestimmt nach Hadamar in den Backofen. So wie die Sophie.« Sophie war ein kleines Mädchen aus der Nachbarschaft gewesen, mit komisch schräg stehenden Augen und einem platten Gesicht, das alle Spiele immer als Letzte kapiert hatte. Irgendwann war sie nicht mehr da gewesen, später hieß es, sie wäre im Krankenhaus gestorben.

Hella sagte vorsichtig: »Wir haben sie nicht mehr.«

Schlechte Antwort. Der Bär verzog wieder bedauernd das Gesicht, als ob er furchtbar traurig über das wäre, was als Nächstes passieren würde. Das Nächste wäre, dass er den Kleinen auf sie hetzte oder dass er sie selbst packte. Hella sah die Straße hinauf. Niemand in Sicht. Noch immer standen sie zu dritt in der Mittagssonne.

»Wir haben sie verkauft.«

»An wen?«

»An den Kohlenklau. Ich meine« – Hella schluckte – »an einen Kohlenhändler.«

Der Kleine nahm die Wehrmachtsmütze ab und strich sich über die Stirn. Seine Haare waren länger als die des Bären und standen ihm jetzt struppig vom Kopf.

»Du meinst doch nicht etwa den in der Dorstener Straße?«

Hella nickte. Sie dachte: Gesagt habe ich es nicht, aber das war kindisch. Sie hatten es erraten, weil sie gesagt hatte, was sie gesagt hatte.

»Kann ich jetzt gehen?«

»Nö. Wir sind noch längst nicht fertig«, sagte der Kleine.

Er setzte die Mütze wieder auf.

Ein Pfiff zerschnitt die Stille. Die beiden Männer hoben den Kopf und spähten über die Trümmerfelder. Ein Junge flitzte vorbei wie ein geölter Blitz. »Polente. Gleich isse da.«

Der Kleine packte Hellas Arm und quetschte ihn fast zu Brei. Hella biss sich auf die Lippe, um nicht vor Schmerz aufzuschreien.

Der andere zupfte ihn am Ärmel.

»Wir sollten uns besser aus dem Staub machen.«

Der Kleine ließ sie los und schnappte sich den Rucksack. Er fuhr mit den Armen unter die Riemen und hievte sich den Rucksack auf den Rücken. Es klirrte. Glas, das aneinanderstieß. Als die beiden in den Trümmern verschwanden, hörte Hella immer noch das Klirren.

Sie atmete tief durch und sah neugierig in die Richtung, aus der der Junge gekommen war. Sie erwartete, jeden Moment eine Fußstreife oder ein Polizistengespann auf Rädern um die Ecke biegen zu sehen. Doch die Straße lag genauso still und grau da wie vorher.

»He, du.«

Die Stimme erklang dicht hinter ihrem Rücken.

Hella fuhr herum.

13

Freitag, 15. März 1946

Vor ihr stand ein Junge. Er war ein ganzes Stück größer als sie, Hella schätzte ihn auf fünfzehn oder sechzehn. Er hatte helle blonde Haare, über der rechten Stirnseite war ein Wirbel, dort standen die Haare wie ein trockenes gelbes Grasbüschel vom Kopf. Seine Jacke hatte er ausgezogen und über die Schulter geworfen, den gekrümmten Zeigefinger wie einen Enterhaken durch den Aufhänger gesteckt.

Er grinste sie an und pustete mit vorgeschobener Unterlippe nach oben, die Haare über seiner Stirn tanzten im Luftstrom.

»Hallo.«

Hella betrachtete ihn. Es war derselbe Junge, der kurz zuvor an ihnen vorbeigerannt war und sie vor der Polizei gewarnt hatte. Vor einer Polizei, die sich immer noch nicht blicken ließ.

»Sie haben sich verdünnisiert«, stellte der Junge fest.

Hella nickte. Die beiden waren durch den halben Torbogen einer Einfahrt in den Trümmern verschwunden.

»Wo bleibt denn die Polizei?«

Der Junge lachte.

»Die Polente? Die wird nicht kommen.«

Hella wollte erst fragen, wieso, doch dann kapierte sie es: Er hatte die beiden reingelegt.

»Warum hast du das gemacht?«

»Was gemacht?«

»Behauptet, dass die Polizei im Anmarsch ist, und sie damit verscheucht.«

Der Junge schob seine Hände in die Hosentaschen, seine Schultern hoben sich und zeichneten sich spitz unter dem nicht allzu sauberen Hemd ab.

»Nur so. Aus Spaß.«

»Hoffentlich kriegst du keinen Ärger mit ihnen.«

Er machte eine wegwerfende Handbewegung und kramte einen Tabakbeutel aus der Hosentasche. Seine Hose war so weit, dass er sie mit einem stramm gezurrten Gürtel vor dem Runterrutschen bewahren musste.

Mit flinken Bewegungen drehte er sich eine Zigarette und machte Anstalten, sie sich zwischen die Lippen zu klemmen, aber auf halbem Weg unterbrach er die Bewegung. Er streckte den Arm aus und hielt ihr die Zigarette entgegen.

»Willst du? Ich dreh' mir 'ne neue.«

Hella lehnte ab. Der Junge steckte sie sich in den Mundwinkel und zündete sie an.

Sie dachte an die beiden Männer. Hoffentlich lief sie ihnen nie wieder in die Arme. Morgen würde sie auf jeden Fall einen anderen Schulweg nehmen.

»Und was, wenn du die Männer wieder triffst?«, fragte sie den Jungen.

Er nahm die Zigarette aus dem Mund und hielt sie mit Daumen und Zeigefinger in der hohlen Hand.

»Dann werde ich ihnen sagen, dass ich wirklich zwei Polizisten gesehen habe. Schließlich ist es doch besser, einmal zu viel zu warnen als einmal zu wenig. Oder?«

Er riss die Augen mit gespielter Unschuld auf. Hella stellte fest, wie lang und blond seine Wimpern waren. Der Junge sah sie an und lachte wie jemand, der sich über einen gelungenen Streich freute.

Hella spürte, wie ihre Angst sich in Luft auflöste. Der Kleine mit seinem stinkenden Atem und der Bär mit seiner fiesen Freundlichkeit waren von einem Schuljungen verjagt worden. Wenn man mutig war und geschickt und gute Ideen hatte, konnte man sich selbst helfen.

Hella wusste gut, dass es nicht immer stimmte. Aber manchmal eben doch, dachte sie.

»Wie heißt du?«, fragte der Junge.

Hella sagte es ihm und fragte nach seinem Namen.

»Emil«, bekam sie zur Antwort.

»Wo wohnst du?«

Emil hob den Arm und wedelte vage nach links.

»Da drüben. Soll ich dich nach Hause begleiten?«

Er klang wie ein Kavalier aus einem der Filme, die sie mit ihrer Mutter im Hammer Kino gesehen hatte, bevor es zerbombt wurde. In den Filmen zierten sich die Frauen, bevor sie Ja sagten. Warum, hatte Hella nie richtig verstanden, zumal sie die Kavaliere anschließend heftig anhimmelten. Was sie selbst anging, war sie froh, nach der Begegnung mit den beiden Kerlen nicht alleine gehen zu müssen, also sagte sie schnell Ja, auch wenn der Junge sie sicher nicht gegen zwei ausgewachsene Männer verteidigen konnte.

Sie liefen nebeneinanderher, Emil die Zigarette im Mundwinkel.

»Was wollten die beiden eigentlich von dir?«, fragte er.

»Wie kommst du auf die Idee, dass sie was von mir wollten?«, fragte sie zurück.

»Ich hab' gesehen, wie sie mit dir geredet haben. Nach 'nem netten Gespräch sah das nicht gerade aus.«

Hella war einen Moment lang verblüfft. Die Straße war leer gewesen, vielleicht hatte er irgendwo in den Trümmern gestanden.

Der Junge nahm einen letzten Zug aus seiner Zigarette und schnippte sie lässig in hohem Bogen fort. Jetzt sah er wirklich aus wie ein Kinoheld. Die Zigarette beschrieb eine steile Kurve, bevor sie auf einem Steinhaufen landete.

Seine Frage hing noch in der Luft. Was hatten die beiden Männer von ihr gewollt? Über einen Toten in den Trümmern sprechen. Darüber, dass sie ihm den Mantel gestohlen hatte. Das war keine Geschichte, die sie ihm auf die Nase binden wollte. Hella senkte den Kopf und tat so, als ob sie vollauf damit beschäftigt wäre, die Lücken im Pflaster zu umgehen.

Der Junge fragte nicht noch einmal, sondern stieß einen kleinen Stein mit der Fußspitze an. Der Stein landete ein Stück vor ihnen auf der Straße und kullerte ein paar Meter weiter. Hella kickte ihn vorwärts, bevor er zum Liegen kam.

Kickend und schweigend legten sie den Weg bis zur nächsten Straßenecke zurück. Nur das Scharren ihre Füße auf der trockenen Fahrbahn, wenn sie hinter dem Stein herliefen oder abrupt stehen blieben, war in der Mittagsstille zu hören. Schließlich rollte der Stein auf eine Gulliöffnung zu und verschwand in dem schwarzen Gitter.

Hella brach das Schweigen.

»Sag mal, wo wohnst du eigentlich?«

»In der Innenstadt. Hab' ich doch schon gesagt.«

»Steht euer Haus noch?«

»Nur der Keller. Und der Schuppen im Hof. Vater und ich schlafen da, im Keller ist unser ganzes Zeugs. Was noch übrig ist.«

»Und deine Mutter?« Hella fiel ein, dass es die Mutter vielleicht gar nicht mehr gab. Sie fügte vorsichtig hinzu: »Lebt sie noch?«

Der Junge lächelte flüchtig.

»Ja, tut sie. Sie ist mit meiner Schwester im Sauerland bei Verwandten. Vater muss hier arbeiten.«

Hella verstand. Wer konnte, hatte die Stadt nach den ersten Bombenangriffen verlassen, war zu Verwandten aufs Land gegangen. Ihre Mutter war geblieben, weil sie Geld verdienen musste.

»Und du? Gehst du noch zur Schule?«

Die Schule hatte im letzten Herbst wieder begonnen.

Der Junge schob verächtlich die Unterlippe vor.

»Zur Schule? Ich? Nein.«

»Was machst du dann?«

»So dies und das. Komm, ich zeig dir was.«

Er bog in die nächste Seitenstraße ab und kletterte auf ein Mäuerchen. Er sagte von oben: »Komm mit, es wird dir gefallen.«

Emil lief auf der Mauer entlang. Im hinteren Teil des Grundstücks wurde sie immer höher, da die Bombe vor allem den vorderen Teil des Hauses weggerissen hatte.

Hella folgte ihm. Sie stellte zwei Dinge fest: Manche der Mauersteine waren locker, und Emil wusste, welche. Also sah sie zu, dass sie dicht hinter ihm blieb und ihre Füße genau dahin setzte, wo er hergelaufen war.

Emil bog ab und nahm die nächste Mauer, die noch ein Stückchen weiter in die Höhe führte. Hella zwang sich, nicht nach unten zu schauen. Nach einigem Zickzack waren sie im vierten Stock des Hauses angelangt. Wo sie standen, musste einmal eine Küche gewesen sein. Der Fußboden war blau-weiß gefliest, und an der einzigen Wand, die der Raum noch hatte, hing ein Spülstein. Emil setzte sich auf die Kante, dahin, wo die Außenwand nach unten abgebrochen war, und ließ die Beine über den Mauerrand baumeln.

»Setz dich und guck dir das an.«

Der Ausblick war nicht schlecht. Sie sahen über die zerstörten Straßen hinweg zu den Bahngleisen und zum Gussstahlwerk hinüber. Die Schlote zeigten wie strenge Zeigefinger in den Himmel. Einer der vier Hochöfen war in Betrieb, aus einem Kühlturm quoll weißer Dampf und vermischte sich mit den Wolken. Viele der Hallen waren kaputt, aber seit dem letzten Herbst wurde dort wieder gearbeitet.

Als Hella den Kopf nach links drehte, konnte sie bis in die Innenstadt sehen. Bis dorthin erstreckte sich ein Trümmerfeld. Mauern, Stahlträger, Schuttberge. Der schwarze Turm der Christuskirche. Daneben das Rathaus, ein dicker quadratischer Klotz mit einer ebenfalls quadratischen Lücke in der Mitte. Dahinter der Turm der Schlegelbrauerei, höher als alles um ihn herum.

Zehn Meter unter ihnen lag die Straße. Hella sah hinunter und rutschte ein Stück von der Kante zurück.

Emil machte eine weit ausholende Gebärde, als gehöre ihm die gesamte zerbombte Stadt.

»Ist das nicht großartig?«

Er hatte recht. Der Platz war großartig. Sie konnten alles sehen, aber kaum jemand würde hier hinauffinden. Eine Art Adlerhorst.

Hella schloss die Augen und spürte die Märzsonne auf ihrem Gesicht. Auf dem Dachfirst eines Nachbarhauses kreischten Krähen.

»Sag mal, kennst du die Männer eigentlich?«, fragte Emil.

Hella öffnete die Augen wieder.

»Nein. Ich habe sie vorher nie gesehen. Und du? Kennst du sie?«

Die hellen Augenbrauen des Jungen zogen sich einen Moment lang über der Nasenwurzel zusammen.

»Nicht richtig. Sie haben mir etwas gestohlen.«

»Warum gehst du nicht zur Polizei?«

Der Junge lachte bitter.

»Die kann mir auch nicht helfen.«

»Was haben sie dir denn gestohlen?«

»Das kann ich dir nicht sagen.« Er zuckte mit den Schultern. »Tut mir leid.«

Er lächelte sie an, als ob es ihm wirklich leidtäte.

»Beide sind miese Kerle«, fügte er hinzu.

Das waren sie. Hella blickte wieder über die Stadt. Irgendwo da unten liefen sie herum. Ganz weit rechts konnte sie das Zechengelände ausmachen, wo sie den Toten gefunden hatte und die beiden sie beobachtet hatten. Von wo aus hatten sie sie gesehen? Es musste eine Stelle wie diese gewesen sein, ein hochgelegener Platz, von dem aus sie in den Trichter hatten hineinblicken können. Der einzige Ort, der infrage kam, war ein Raum im zweiten oder dritten Stock des kaputten Verwaltungsgebäudes.

Emil zog seinen Tabak aus der Hosentasche und fing an, sich eine neue Zigarette zu drehen.

»Geh ihnen aus dem Weg. Ein Mädchen wie du sollte mit ihnen nichts zu tun haben.«

Hella ärgerte sich. Er redete, als wäre er längst erwachsen und sie ein dummes kleines Ding.

»Meinst du, ich habe mich darum gerissen, ihre Bekanntschaft zu machen?«

»Nee. Sah wenigstens nicht so aus. Es sah aus, als ob du Angst hättest.«

Das stimmte.

Hella blickte wieder Richtung Innenstadt. Dahinter lag der weitläufige Bau des Bergmannsheils. Dort arbeitete ihre Mutter. Sie sorgte als Chefin einer Putzkolonne dafür, dass die Räume sauber waren. Hella erschrak. Bald würde ihre Mutter nach Hause kommen. Dann kam die Kontrolle: War der Abwasch erledigt? Die Einkäufe? Die Wäsche abgenommen? Die Schulaufgaben gemacht? Wehe, wenn nicht. Bei der Hausarbeit kannte ihre Mutter keinen Spaß, aber sobald es um die Schule ging, konnte sie stinksauer werden. Sie baute sich dann vor ihr auf, mit blitzenden Augen, die grau-blonden Haare standen in die Luft, wie elektrisiert, und ein Donnerwetter brach aus ihr hervor. Bei dem Donnerwetter ging es immer darum, dass man sich anstrengen musste, wenn man etwas werden wollte, dass sie sich krummlegte, damit Hella es einmal besser hätte, damit sie nicht den ganzen Tag in einer Fabrik schuften musste, wo man sich die Hände kaputt machte und den Rücken, sondern vielleicht aufs Büro gehen konnte, in sauberen Kleidern.

Hella stand auf.

»Ich muss nach Hause.«

»Klar. Aber guck vorher noch mal da rüber.«

Er führte sie zu der gegenüberliegenden Küchenwand, in der sich ein Fenster nach Südosten öffnete.

»Da, der Stadtpark.«

Hella sah den Park mit seinen kahlen Bäumen und dem Gondelteich in der Ferne liegen.

Emil zeigte auf eines der klotzigen Häuser am Rand des Parks.

»Guck, die Villen stehen immer noch. Eine Tante war früher in so einer in Stellung. Wir haben sie manchmal abgeholt, nach der Arbeit. Mit fünf Leuten haben die in so 'ner Riesenbude gewohnt, kannst du dir kaum vorstellen. Mit richtigen Badezimmern. Das Wasser kommt da kalt und warm aus dem Hahn, so wie du es haben willst.«

Wenn bei Hella gebadet wurde, holten sie die Volksbadewanne aus ihrer Halterung, in der sie die Woche über hochkant an der Wand lehnte, machten Wasser auf dem Herd heiß und füllten die Wanne damit. Glücklicherweise floss seit einigen Wochen das Wasser wieder aus dem Hahn in der Küche, und sie mussten nicht mehr zum Hydranten an der nächsten Straßenecke laufen.

Hella riss ihren Blick los.

»Tut mir leid. Ich hab's wirklich eilig.«

Der Junge sah immer noch aus dem Fenster. Wenn er nicht mitkam, würde sie den Weg auch allein finden. Doch er drehte sich um und ging voraus. Sie kletterten wieder über aufgerissene Mauern und angekohlte Holzbalken hinunter. Unten auf der Straße beharrte Emil darauf, sie bis zu dem Lebensmittelgeschäft zu begleiten, wo sie Eipulver und Mehl besorgen sollte.

Als die Schlange vor dem Geschäft zu sehen war, blieb Hella stehen.

»Besser, du gehst jetzt.«

Hella war nicht erpicht darauf, dass eine ihrer Nachbarinnen ihrer Mutter erzählte, dass sie mit einem Jungen unterwegs gewesen war. Ihre Mutter hatte dafür Worte wie »frühreif«, »sich rumtreiben« und »Flausen im Kopf«.

»Bis bald mal«, sagte er und verschwand.

14

Freitag, 15. März 1946

Die vierte Adresse. Dietrichs schob den Hut aus der Stirn, legte den Kopf in den Nacken und ließ seinen Blick an der Hausfront hochwandern. Eine schwärzliche Backsteinfassade wie bei den anderen Mietskasernen in der Straße, die um die Jahrhundertwende für Bergleute und Stahlarbeiter gebaut worden waren. Von dem Haus Nummer 11 war die Fassade das Einzige, was noch zu stehen schien. Hinter den Fensteröffnungen im Erdgeschoss türmten sich die Schuttberge, die Fenster der beiden oberen Stockwerke gaben unverstellt den Blick auf den blanken Märzhimmel frei, das Tor hingegen machte den Eindruck, dass es noch benutzt wurde. Dietrichs schlug dagegen und lauschte dem dunklen Hall.

Schulte war gestern Nachmittag, nachdem sie die Löwenzahnsammlerin noch einmal befragt hatten, auf jemanden gestoßen, der reden wollte. Eine Milchhändlerin. Er hatte sie unverzüglich mit ins Präsidium gebracht.

»Sie war richtig scharf darauf, ihre Aussage zu machen. Schon unterwegs hat sie mich vollgequatscht.«

Dietrichs hatte beim Anblick der Frau gleich an ein Milchbrötchen gedacht, ein Gesicht wie heller, weicher Teig, in dem zwei rosinenbraune Augen staken und ihn erwartungsvoll ansahen. Sie hatte ihnen die Namen von Kindern genannt, die häufig auf dem Gelände der Zeche unterwegs waren.

»Die Blagen turnen da rum und sacken alles ein, was nich niet- und nagelfest ist.«

Sie hatte hin und her überlegt, an einem ihrer wulstigen Ohrläppchen gezogen und dann losgelegt.

»So ’ne Kleine mit ’ner Rotznase, vielleicht sieben oder acht. Ihr Bruder nennt sie Suse, wenn sie mit ihren Milchkannen bei mir im Laden Schlange stehen. Sind Ausgebombte und wohnen in den Nissenhütten. Der Bruder heißt Fritz. Ganz sauber is der nicht, sag ich Ihnen. Wenn der bei mir im Laden ist, halt’ ich die Döppen auf und pass auf wie ’n Luchs.«

Sie hatte einen Moment Luft geholt, dann war es weitergegangen.

»So ’ne dünne, blonde, Klara. Peter und Barbara Jankowiak, das sind zwei ganz wilde, das Mädchen ist ’n Luder, aber ich will ja nichts gesagt haben. Sie wissen schon. Kein Wunder, das sind Polacken, da guck’ ich von vorneherein, dass die mir keine langen Finger machen. Dann dieser Emil. Immer freundlich, immer zuvorkommend. Aber das heißt ja gar nix. Mit allen Wassern gewaschen ist der.«

Am Ende hatten sie eine Liste mit den Namen von elf Kindern und Jugendlichen zusammen, von denen die Milchhändlerin behauptete, sie trieben sich auf dem Gelände herum. Nun klapperten sie sie an diesem Freitagnachmittag alle ab.

Die Milchhändlerin, die Gertrud Lohmann hieß, hatte Schulte am Ende des Gesprächs die Namen der Kinder vorlesen lassen. Zweimal hatte sie Schulte korrigiert, weil er einen Namen falsch notiert hatte. Bei »Emil Vogelsang«, vor dessen Haus Dietrichs nun stand, hatte sie nichts zu korrigieren gehabt.

Dietrichs war bereits in zwei Kellerwohnungen und der Nissenhütte gewesen, einer Notunterkunft aus gewölbtem Wellblech. Er hatte mit den Kindern geredet. Barbara war eine magere Vierzehnjährige, die ihm unwirsch geantwortet hatte, Peter ein verschüchterter Zehnjähriger mit unstetem Blick und einem vor Hunger aufgetriebenen Bauch. Er hatte kaum ein Wort aus ihm herausbekommen. Fritz hatte mit ihm gesprochen, als wäre er schon seit mindestens zehn Jahren geachtetes Mitglied der Zunft der Einbrecher und Hehler. Klara, eine blasse Zwölfjährige, hatte an ihren Nägeln gekaut und immer auf einen Punkt rechts von seiner Schulter geblickt.

Die Ausbeute war alles in allem mickerig gewesen. Die Kinder waren nicht so auskunftsfreudig wie Steinhoffs kleiner Bruder in dem Beamtenhaus mit seinem scharf gezogenen Scheitel und dem sauberen Pullover mit dem Zopfmuster.

Keines von ihnen wollte an dem betreffenden Nachmittag etwas gesehen haben. Die älteren Kinder hatten durchweg behauptet, dass sie gar nicht dort gewesen waren, nur Suse, eine dünne Sechsjährige, hatte ausgesagt, dort gespielt zu haben, allerdings am Anfang des Geländes und weit weg von dem Bombentrichter, in dem der Tote gelegen hatte. Die blasse, blonde Klara hatte er mit einer Mischung aus Freundlichkeit und Druck dazu gebracht, ihm noch einen weiteren Namen zu nennen. Ein Mädchen, das er nach seinem Besuch hier aufsuchen wollte.

Nun war erst einmal Emil an der Reihe. Über den Jungen gab es eine Polizeiakte, die Kollegen von der Wirtschaftspolizei hatten ihn einmal auf dem Schwarzmarkt erwischt, als er Schnaps verkaufte, aber sie hatten ihn nach einem Verweis und der Androhung, dass beim nächsten Mal Jugendarrest fällig wäre, wieder laufen lassen.

Die Stadt war voll von Jugendlichen, die ihre Eltern auf die eine oder andere Weise verloren hatten. Sie schlugen sich mit Diebstahl und Schwarzmarkthandel durch, bildeten Banden. An der Grenze zu den Niederlanden wickelten Jugendliche einen guten Teil des Schmuggels ab. Sie alle in Haft zu nehmen war ein Ding der Unmöglichkeit.

Hinter dem Tor rührte sich nichts, doch auf der gegenüberliegenden Straßenseite öffnete sich ein Fenster. Ein richtiges Fenster, stellte Dietrichs fest, hinter dem offenbar ein richtiges Zimmer lag, in dem Menschen lebten. Einer dieser Menschen legte nun ein dickes Kissen und einen mächtigen Busen auf die Fensterbank und rief zu Dietrichs hinunter: »He, Sie da unten!«

Das Licht der Märzsonne fiel durch eine Lücke in den Trümmern auf die Straße und blendete ihn. Dietrichs überschattete seine Augen mit der Hand. Die Frau hatte sich augenscheinlich gerade die Haare aufgedreht, auf ihrem Kopf lag Lockenwickler an Lockenwickler. Von oben tönte es über die Ruinen: »Dat können Sie vergessen. Der olle Vogelsang hört Sie garantiert nicht. Wenn der im Stahlwerk Nachtschicht hat, schläft der bis in die Puppen. Schwerhörig isser außerdem.«

Dietrichs rief der Frau zu: »Ich suche seinen Sohn.«

In seinem Rücken hörte er ein Geräusch. Als ob jemand beim Klettern über einen Schuttberg ein paar Steine lostreten würde. Er drehte sich rasch um, doch die Fensteröffnungen gähnten ihn leer an.

Er wandte sich wieder der Frau zu. Sie zog eine Haarnadel aus einem der Wickler und kratzte sich damit an der Kopfhaut. »Ah, den suchen Sie«, sagte sie.

Miene und Ton zeigten wenig Begeisterung. Sie hob einen Finger und deutete nach rechts.

»Gehen Sie mal durch den Gang zwei Häuser weiter und dann links, dann kommen Sie von hinten an das Haus ran.«

Dietrichs tippte sich zum Dank mit zwei Fingern an seinen Hut und machte sich auf den Weg. Tatsächlich führte ein Durchgang zwischen Ziegelmauern zu einem Pfad, der hinter den Höfen verlief. Bevor er abbog, drehte er sich noch einmal nach der Frau um und stellte fest, dass sie immer noch aus dem Fenster sah, die gekreuzten Arme auf die Fensterbank gestützt und den Oberkörper weit nach vorne gelehnt.

Neben ihm schepperte es. Eine Schaufel war umgefallen, die irgendjemand in dem schmalen Gang abgestellt hatte. Er nahm sie bei dem hölzernen Griff und stellte sie wieder auf. Plötzlich hatte er wieder den Geruch in der Nase. Er erinnerte sich an den Vormittag im Stadtpark, als er mit den anderen gegraben hatte. Dietrichs stellte die Schaufel wieder an die Mauer und ging weiter. Erinnerung und Geruch verschwanden.

Kurze Zeit später stand er vor einer rauchschwarzen Ziegelmauer, dahinter musste der Hinterhof von Vogelsangs Haus liegen. Dietrichs spähte durch eine Mauerlücke, die sich einen guten Meter über dem Fußboden auftat und sich nach oben verbreiterte.

Durch den Spalt sah er die Backsteinfassade von der anderen Seite, davor den immensen Schutthaufen, den er schon durch die Fenster des Erdgeschosses gesehen hatte. Zu ihm hin, auf der Fläche mit den Gartenparzellen der früheren Hausbewohner, erstreckten sich frisch gehackte Beete. Die einzige menschliche Behausung auf dem Grundstück schien ein Geräteschuppen auf der rechten Seite zu sein. Aus dem Schornstein kräuselte sich Rauch.

Wahrscheinlich lebten Vater und Sohn Vogelsang in der vier mal drei Meter großen Bude.

Die Lücke in der Mauer war groß genug, um ihn durchzulassen. Gerade groß genug und ein Stück über dem Erdboden. Dietrichs seufzte, setzte seinen rechten Fuß auf einen Mauervorsprung und kletterte so weit hoch, bis er seinen Körper durch den Mauerspalt zwängen konnte. Beim Hinunterspringen auf der anderen Seite vertrat er sich den Fuß und fluchte. Solche Klettereien waren eher etwas für Schulte, der immerhin zwanzig Jahre jünger war.

Auf sein Rufen kam ein Mann Ende vierzig aus dem Schuppen. Sein zerzaustes Haar stand nach allen Seiten ab, über den grauen Schlafanzug hatte er eine Strickjacke gezogen. Er blinzelte in dem hellen Licht des Hofes und rieb sich die Augen.

»Kann man nich mal in Ruhe ausschlafen?«

Er sprach lauter, als es eigentlich nötig gewesen wäre. Dietrichs fiel ein, was die Nachbarin über Vogelsangs Schwerhörigkeit gesagt hatte, und bemühte sich klar und deutlich zu sprechen.

»Herr Vogelsang?«

»Ja«, sagte der Mann müde.

»Dietrichs, Kriminalpolizei. Ich suche Ihren Sohn Emil.«

»Hat der Bengel schon wieder was ausgefressen?« Müde und resigniert.

»Nein. Ich möchte mit ihm sprechen, weil er etwas gesehen haben könnte, was uns weiterhilft.«

»Aha.« Vogelsang rieb sich wieder die Augen. Die Lider waren rot, entzündet und wimpernlos. Versengt von der Hitze des Hochofens, nahm Dietrichs an.

Vogelsang brüllte den Namen seines Sohnes. Eine Katze, die sich auf der Hofmauer gesonnt hatte, sprang erschrocken auf und stob davon.

Als Vogelsangs Gebrüll verhallt war, nahm Dietrichs die Geräusche der Nachbarschaft deutlicher wahr, als ob die Donnerstimme des Mannes sich wie ein dicker Teppich über alles andere gelegt hätte und jetzt, nachdem sie verklungen war, Stimmen und Lärm klar zu hören waren. Aus dem Nachbarhaus kam das Klirren von Tellern und Töpfen und das Geräusch einer Toilettenspülung, hinter der Mauer pfiff jemand »Davon geht die Welt nicht unter«, und ein Mann und eine Frau zankten sich lautstark zwei oder drei Häuser weiter. Was Dietrichs jedoch nicht hörte, waren Schritte oder Türenklappen, etwas, das auf das Herannahen von Emil hindeutete.

Vogelsang rieb sich den Nacken.

»Weit kann er nich sein. Vorhin hat er noch Feuer im Herd gemacht.«

Dietrichs fiel die Bewegung in der Fensterhöhle ein. Der Junge hatte mit Sicherheit sein Klopfen gehört, hinuntergeschaut und sich davon gemacht, als er Dietrichs auf der Straße bemerkt hatte.

Vogelsang brüllte wieder: »Emil!«

In derselben Lautstärke, dachte Dietrichs, mit der er wahrscheinlich gegen die Geräusche in seiner Werkhalle, den fauchenden Hochofen, das Rattern der Seilzüge und was dort sonst noch Lärm machen mochte, anbrüllte.

»Hör auf, hier so rumzuschreien, Vogelsang.«

Ein Gesicht linste über die Mauer, die Vogelsangs Hof vom Hinterhof des Nachbarhauses trennte. Der Mann musste auf einer Leiter, einer Kiste oder irgendetwas anderem stehen, denn die Mauer war mindestens zwei Meter hoch.

»Verzieh dich, Banasiak. Kümmer dich um deine Karnickel und lass mich in Ruhe.«

Dietrichs wandte sich an den älteren Mann, von dem nur das zerfurchte Gesicht und die blaue Arbeitermütze zu sehen war.

»Haben Sie den Jungen gesehen?«

Der Mann betrachtete Dietrichs. Dietrichs wusste, was er sah: einen Mann mittleren Alters mit Hut und in Anzug und Wollmantel, der ganz sicher nicht in dieses Viertel gehörte.

»Wer sind Sie?«, fragte der Nachbar von der Mauer herab.

»Kripo«, sagte Vogelsang, bevor Dietrichs antworten konnte.

Der Mann schüttelte bedauernd den Kopf.

»Tut mir leid, ich habe nichts gesehen, Herr Oberkommissar.«

Die Leute griffen blind in einen Topf mit Amtsbezeichnungen und hofften, dass sie die richtige erwischten. Oder zumindest eine, bei der sich der Angesprochene nicht beleidigt fühlte und sie, zufrieden über den gezollten Respekt, in Ruhe ließ. Als er weitersprach, war dem Mann noch eine Steigerung eingefallen.

»Herr Kriminalhauptoberkommissar, ich muss wieder nach meinen Kaninchen schauen, wenn Sie erlauben. Tut mir leid.«

Das Gesicht verschwand hinter der Mauer.

»Mir auch«, murmelte Dietrichs. Der Junge hatte sich aus dem Staub gemacht, doch selbst wenn der Nachbar ihm gesagt hätte, in welche Richtung er verschwunden war, hätte Dietrichs ihn in dem Gewirr der Hinterhöfe, Mauern und Ruinen nicht finden können.

Er wandte sich an Vogelsang

»Sagen Sie ihm, dass er sich Montag um zehn im Präsidium melden soll.«

Vogelsang verzog das Gesicht. Er zögerte, bis er schließlich mürrisch »Is gut« sagte.

Dietrichs entgegnete schneidend: »Sehen Sie zu, dass er tatsächlich bei uns erscheint.«

Mit dem müden Vogelsang ging eine merkwürdige Verwandlung vonstatten. Der Mann reckte sich, die Schultern streckten sich, der Brustkorb richtet sich auf, das Kinn hob sich. Die Füße in den Boden gestemmt, jeder Zoll ein mächtiger und gestrenger Vater, sagte Vogelsang entschieden und noch lauter, als er ohnehin sprach: »Hören Sie, wenn ich Ihnen sage, der Junge kommt, dann kommt der. Wenn er nicht spurt, kriegt er eins mit dem Gürtel übergebraten.«

Als habe ihn seine Donnerstimme selbst überzeugt, nickte Vogelsang noch einmal bekräftigend.

Dietrichs zweifelte nicht daran, dass Vogelsang seinen Jungen schlug, wenn er nicht parierte oder er ihn bei etwas Verbotenem erwischte. Woran er allerdings zweifelte, war, dass der Vater ihn allzu häufig erwischte.

Er dachte daran, was Kremnitz gesagt hatte, als er ihm die Akte des Jungen gegeben hatte: »Glatt wie ein Aal ist der Kerl. Wir können ihm nicht viel nachweisen.« Er konnte sich gut vorstellen, dass Emil genauso wendig und glatt seinem Vater entwischte. Wie er im Übrigen auch ihm entwischt war.

Neugierig fragte Dietrichs: »Was macht er eigentlich? Geht er in die Schule?«

»Nein. Hilft in der Trümmer-Sortieranlage am Moltkemarkt und bringt gutes Geld nach Hause.«

Worte voll von väterlichem Stolz. Ein richtiger Malocher, sein Sohn, stand mit anderen am Band und sortierte die Trümmerstücke. Ziegelsteine, Mörtelbrocken, Dachpfannen.

»Ist doch nichts dagegen zu sagen, oder?«

Der letzte Satz hatte einen drohenden Unterton. Dietrichs zuckte mit den Achseln und schwieg. Natürlich war dagegen nichts zu sagen.

Vogelsang blickte ihn aus seinen rot geränderten, wimpernlosen Augen an und fügte hinzu: »War es das?«

Als Dietrichs bejahte, drehte er sich wortlos um und stapfte mit langsamen, etwas steifen Schritten auf den Schuppen zu. Die Schultern hingen wieder herab, der Oberkörper war wieder vornübergebeugt. Das Aufbäumen und der Trotz des Mannes waren nicht von langer Dauer gewesen.

Dietrichs seufzte. Den Weg hätte er sich sparen können. Er warf einen Blick auf den Spalt in der Mauer. Er verspürte nicht die allergeringste Lust zu einer erneuten Kletterpartie. Er holte tief Luft und brüllte, so laut er konnte: »He, Vogelsang!« Seine Stimme kam, was die Lautstärke anging, nicht an die Vogelsangs heran, aber sie reichte aus, damit der schwerhörige Arbeiter sich umdrehte.

»He, Vogelsang, lassen Sie mich vorne raus. Durchs Tor.«

15

Freitag, 15. März 1946

Als Hella nach Hause kam, saß Edith in einem ihrer feinen Unterhemden mit den dünnen Trägern in der Küche am Tisch, den Kopf über eine Schüssel gebeugt. Ihr nackter rechter Arm hielt einen Krug und goss Wasser über ihre eingeseiften Haare. Das Nass rann ihr am Hals hinab, nahm den hellen Schaum mit und sammelte sich in der Schüssel.

»Bist du es, Hella?«, kam es hinter dem Haarvorhang her.

Hella bejahte und fragte: »Soll ich dir helfen?«

»Wenn du willst.«

Hella legte ihren Tornister in die Ecke und nahm Edith den Krug ab. Sie suchte in dem blonden Haar nach Seifenresten, ließ Wasser darüberlaufen und sah zu, wie es in die Schüssel hinabfloss.

Zum Glück war Edith da. Manchmal ging sie nachts aus und kam erst am nächsten Tag wieder. Wohin sie ging, sagte sie nicht, und ihre Mutter hatte Hella verboten, danach zu fragen. Edith war da, und noch besser: Edith war allein. Ihre Mutter würde erst in einer guten Stunde von der Schicht kommen. Mit Edith zu reden war leichter als mit ihrer Mutter. Edith hörte zu, doch regte sie sich nicht gleich auf, so wie ihre Mutter. In diesem Fall, fürchtete Hella, würde es noch schlimmer werden: Martha würde es mit der Angst zu tun bekommen. Hella hasste es, wenn ihre Mutter Angst bekam, ihre Mutter, die normalerweise für alles eine Lösung fand, die Ärmel aufkrempelte und die Sache – was immer es auch war – in Angriff nahm.

Wenn sie Angst bekam, tat sie zwar immer noch so, als wüsste sie genau, was zu tun war, aber ihr Mund wurde zu einem Strich und ihre

Stimme sprang nach oben und wurde richtig fiepsig. Sobald sie meinte, dass Hella nicht hinschaute, schossen ihre Pupillen nach rechts und links, wie bei einem verstörten Kaninchen. Mit der fiepsigen Stimme hatte sie Hella bei den Luftangriffen in den Keller gescheucht, dort hatte sie sie jedes Mal, wenn die Decke bebte, so fest an sich gedrückt, dass Hella fast keine Luft mehr bekam.

Hella sah auf Ediths Nacken hinab und zog mit gespreizten Fingern Furchen durch das von der Feuchtigkeit dunkle Haar, um festzustellen, ob sie wirklich alle Seifenreste fortgespült hatte.

Und dann ging es auch noch um die Polizei. Das machte es noch schlimmer. Sie dachte an die Nacht, in der Kowalski abgeholt worden war. Erst hatten ihre Mutter und sie nachts um vier gehört, wie der Wagen vor ihrem Haus hielt und die Wagentüren zugeschlagen wurden, darauf die schweren Schritte von zwei Männern auf der Treppe, am anderen Ende des Flurs leises Türenklappen und aufgeregte Stimmen. Ein harter Schlag an Kowalskis Wohnungstür, laute Rufe, das Splittern von Holz. Ihre Mutter saß aufrecht im Bett, die Knie an die Brust gezogen. Wegen der Verdunklung hatte sie sie kaum sehen können, doch sie hatte gespürt, dass der Körper ihrer Mutter starr wie ein Brett war. Als Hella gewispert hatte: »Was tun sie da?«, hatte ihre Mutter geflüstert: »Sie holen Kowalski.« »Wer?« Die Mutter hatte keine Antwort gegeben, und Hella hatte weitergefragt. »Aber dürfen die das denn?« »Die dürfen alles«, hatte ihre Mutter gesagt. Wenig später hatten sie gehört, wie die Männer wieder den Flur entlangstapften, diesmal waren außer ihren Schritten noch die eines dritten Fußpaares zu hören, das mehr über die Holzdielen schlörrte, als dass es ging. Kurz vor dem Treppenabsatz ertönte Kowalskis Stimme: »Mach dir keine Sorgen, Maria, bin bald wieder da.« Daraufhin rief einer der Männer: »Halts Maul, Scheißkommunist.« Es folgten ein Schlag und ein unterdrückter Schmerzensschrei.

»Wir können doch der Polizei Bescheid sagen. Damit sie Kowalski beschützt«, hatte sie damals gesagt. »Frag einen Schutzmann, wenn du in Not bist«, sagte das Fräulein in der Volksschule immer wieder. »Wenn du Angst hast, wenn du dich verlaufen hast, wenn dich jemand bedroht, frag einen Schutzmann.« Ihre Mutter schien die Sache jedoch anders zu sehen, denn sie hatte nur geknurrt: »Die sind von der Polizei.«

Dann hatte Hella gespürt, wie ihre Mutter im Dunkeln den Kopf geschüttelt hatte, und sie hatte gemurmelt: »Diese verdammten Drecksschweine.« Zu Hella hatte sie gesagt: »Schlaf!« Sie selber hatte nicht geschlafen. Hella hatte gehört, wie sie sich im Bett gewälzt hatte und zweimal aufgestanden war, um sich aus der Küche etwas Wasser zu holen. Am Morgen war ihr Mund wieder ein dünner Strich gewesen. Bevor sie zur Arbeit ging, war sie nicht wie sonst schnurstracks die Treppe hinuntergehastet, sondern war den Flur entlanggehuscht, hatte leise bei den Kowalskis geklopft und mit Frau Kowalski getuschelt. Hella hatte durch den Türspalt gesehen, wie sie der Kowalski auf den Arm geklopft hatte und wieder über den Flur zurückgeschlichen war. Als sie Hella hinter der geöffneten Wohnungstür gesehen hatte, war sie fuchsteufelswild geworden. Sie war noch einmal in die Wohnung zurückgekommen und hatte sie angezischt. »Was machst du da? Bist du völlig meschugge? Halt dich da raus!« Danach hatte sie noch ein paar Dinge gesagt, die ihr am Abend leidgetan hatten.

Erst später, als viele der anderen Frauen in der Nachbarschaft Maria Kowalski schnitten, hatte Hella begriffen, was mit ihrer Mutter los war. Sie hatte Angst. Angst, weil Kowalski geholt worden war, Angst, weil alle sich im Haus argwöhnisch beäugten, Angst, weil irgendjemand den Polizisten von der Gestapo Bescheid gesagt haben musste. Hella hatte noch einmal nach Kowalski gefragt. Statt einer Antwort hatte sie nur ein wütendes »Halt einfach den Mund« geerntet.

Mit Edith zu sprechen war einfacher. Edith beantwortete Fragen, manchmal wich sie aus, aber sie wurde nicht zornig, sondern wechselte einfach das Thema, wenn sie über etwas nicht reden wollte. Sicher, auch Edith bekam es manchmal mit der Angst zu tun, doch das war längst nicht so entsetzlich wie bei ihrer Mutter.

»Gib mir mal das Handtuch.«

Hella reichte ihr das rosafarbene Frotteetuch, das neben ihr auf dem Tisch bereitlag. Edith schlang es sich um den Kopf, drückte ihre Haare darin aus, kreuzte die Enden vor der Stirn und steckte sie im Nacken fest, so dass das Handtuch am Ende wie ein rosa Turban auf ihrem Kopf thronte.

Edith schlüpfte in ihre Bluse und warf ihr einen fragenden Blick zu, nachdem sie den letzten Knopf geschlossen hatte. Hella sagte nichts, und Edith machte sich schweigend daran, in dem warmen Seifenwasser ihre Strümpfe zu waschen. Hella hatte den Verdacht, dass Edith genau wusste, dass sie Anlauf nahm, um ihr etwas zu erzählen.

Vorsichtig ließ Edith ihre Strümpfe in das Wasser gleiten und bewegte sie hin und her. Es waren diese durchsichtigen Nylonstrümpfe, die nur noch auf dem Schwarzmarkt zu bekommen waren. Nach einer kleinen Weile fischte Edith sie aus der Schüssel, legte sie auf ein Handtuch und rollte es fest zusammen, um das Wasser aus den Strümpfen herauszudrücken. Sie hatte Hella einmal erklärt, dass man so verhinderte, mit einem Fingernagel oder der aufgerauten Haut einer Fingerkuppe eine Laufmasche hineinzureißen. Hella sah zu, wie Edith das Handtuch drückte und knetete. Schließlich sagte sie: »Zwei Männer haben mir aufgelauert.«

Edith hielt in der Bewegung inne. Ihr Gesicht war einen Augenblick leer vor Entsetzen, wie eine blank gewischte Tafel, dann hatte sie sich wieder im Griff. Sie versuchte, ihren Schrecken zu verbergen, aber Hella bemerkte sehr wohl, dass Ediths Blick über ihr Gesicht und ihre Kleidung fuhr.

»Haben sie dir etwas getan?«, fragte sie.

Nein, sie hatten ihr nicht wirklich wehgetan, und sie hatten ihr auch nichts angetan, wie die Frauen aus dem Viertel sagten, wenn es darum ging, was Männer mit jungen Mädchen anstellten.

»Das nicht. Sie haben mir Angst gemacht. Sie haben mich auf dem Zechengelände gesehen. Mit dem Toten. Als ich den Mantel mitgenommen habe.«

Das schien Edith nicht weniger schlimm zu finden, zumindest hatte sie den angestrengt unbeteiligten Ausdruck von jemandem, der sich partout nichts anmerken lassen will.

»Was wollten sie von dir?«, fragte sie.

Hella berichtete von ihrer Begegnung mit den beiden Männern und wie sie ihnen entkommen war.

»Ich habe ihnen schließlich von den Scheinen erzählt. Ich konnte nicht anders.«

Hella blickte besorgt in Ediths Gesicht. Edith sagte nicht »Um Gottes willen«, »Hast du eigentlich nur Stroh im Kopf?«, »Bist du völlig verrückt geworden?« – all diese Dinge, die ihre Mutter zu ihr sagte, wenn sie sich aufregte. Edith biss sich einmal auf die Unterlippe und schien nachzudenken.

»Gut. Du hast ihnen offenbar gesagt, was sie wissen wollten. Also dürften sie dich nun in Ruhe lassen.«

»Aber sie haben mich beim Stehlen beobachtet.«

Edith lächelte unter ihrem rosa Turban hervor.

»Ich glaube, das ist kein Problem. Hast du nicht erzählt, dass sie fortgerannt sind, weil sie dachten, die Polizei käme? Das klingt mir nicht so, als würden sie ins nächste Revier spazieren wollen, um dich wegen Diebstahls anzuzeigen.«

Sie hatte recht. Und sie war gut, richtig gut, wenn es darum ging, Heiterkeit und Ruhe vorzutäuschen. Hella hörte den falschen Ton trotzdem.

»Warum hast du dann trotzdem Angst?«, fragte sie.

»Wieso meinst du, dass ich Angst habe?«, fragte Edith zurück.

»Ich bin kein Kind mehr. Ich bin nicht dumm. Meinst du, ich merke nicht, dass du einen Mordsschrecken bekommen hast?«

Edith rollte das Handtuch auseinander und zog vorsichtig die Strümpfe glatt.

Ihr Blick war nun ernst, aus ihrer Stimme war alle Munterkeit verschwunden, und sie hörte sich normal an. Wie sie zu einem Erwachsenen reden würde. Auch darin war Edith richtig gut, den richtigen Ton zu finden, zu ahnen, was der andere hören wollte.

»Ich habe mich erschreckt, weil ich davon ausgegangen bin, dass wir von den Butterschiebern nichts mehr zu befürchten haben. Kasulke hat versprochen, alles zu klären.«

Sie hängte die Strümpfe über dem Ofen auf und zupfte sie auseinander, damit sie trocknen konnten.

»Ich habe ihnen gesagt, dass Kasulke die Scheine hat. Ich habe euch belauscht. Vielleicht wird er sauer, wenn er mitkriegt, dass ich seinen Namen verraten habe«, sagte Hella vorsichtig.

Edith drehte sich zu ihr um und schien erleichtert zu sein.

»Hast du ihnen tatsächlich gesagt, dass Kasulke die Scheine hat?«

Edith setzte sich und sah nun wirklich beruhigt aus.

»Das ist gut, das ist wirklich gut.«

»Wieso?« Hella war bass erstaunt. Warum sollte das gut sein? Dann begriff sie. Es ging gar nicht darum, dass sie gelauscht und dann auch noch weitererzählt hatte, was sie gehört hatte. Sie brauchte die Erklärung nicht, die Edith jetzt lieferte: »Die Männer wissen jetzt, dass die Scheine bei Kasulke sind und können sich an ihn wenden. Das Ganze ist nicht mehr unsere Angelegenheit, sondern …«

Weiter kam sie nicht, weil jemand an der Tür klopfte. Eigentlich hätte es gereicht, »Herein!« zu rufen, und der Gast hätte die Klinke heruntergedrückt und die Tür selbst geöffnet. Hella war jedoch froh, dass Edith aufstand und die Tür einen Spaltbreit aufzog.

»Ja, bitte?«, sagte sie.

Niemand im Viertel sagte »Ja, bitte«. Nur Edith mit ihrer Erziehung zur feinen Dame.

»Kriminalpolizei. Ich möchte mit Hella Schrader sprechen.«

Hellas Herz machte einen Satz. Es war so weit. Jetzt würden sie sie mitnehmen, so wie sie Kowalski mitgenommen hatten. Sie dachte kurz daran, aus dem Fenster zu klettern und sich über den Hof davonzumachen, doch ein braunes Auge lugte durch den Spalt und richtete sich wie ein Suchscheinwerfer auf sie. Sie hörte Edith sagen: »Können Sie sich ausweisen?«

Wie schaffte Edith es nur, dass ihre Stimme so kühl und gelassen klang? Als würde sie in der Straßenbahn die Fahrkarten kontrollieren und stünde nicht mit ihrem rosa Frotteeturban auf dem Kopf in Marthas Wohnungstür. Aber schließlich hatte sie ja keinen Mantel gestohlen und würde nicht gleich verhaftet und mitgenommen werden.

Tatsächlich hielt der Polizist Edith einen Ausweis hin. Sie warf einen Blick darauf, zog die Tür auf und sagte: »Kommen Sie herein, Herr Oberinspektor.«

Ein Mann schob sich in die Küche und nahm seinen Hut ab. Die Haare auf seinem runden Schädel waren raspelkurz geschnitten, das Gesicht war ebenfalls rund und hätte gemütlich, vielleicht sogar freundlich ausgesehen, wenn sie nicht gewusst hätte, dass der Mann Polizist war.

Er ließ sich auf einen der Küchenstühle fallen, auf den Platz, an dem sonst immer ihre Mutter saß. Umständlich zog er ein Notizbuch aus der Tasche und förderte einen schon ziemlich kurzen Bleistift zutage, beides legte er im Schneckentempo auf den Tisch, schlug das Notizbuch auf, rückte sich auf dem Stuhl zurecht und griff nach dem Bleistift.

Er sagte: »Du bist also Hella Schrader.«

Hella sagte Ja. Sie machte den Hals lang und spähte in sein Notizbuch, dort standen ihr Name und die Adresse.

Der Polizist hatte ihren Blick offenbar bemerkt, denn er nickte leicht. Siehst du, wir wissen alles, schien das Nicken zu sagen.

Edith setzte sich zu ihnen an den Tisch.

»Wer sind Sie? Die Mutter wahrscheinlich nicht.«

»Ich bin hier einquartiert. Hellas Mutter hat Spätschicht.«

Edith nannte ihren Namen, und der Polizist schrieb ihn auf. Sein Bleistift kratzte auf den Seiten des Notizbuchs. Es erinnerte sie an das Buch vom Nikolaus, der früher mit Knecht Ruprecht zu den Kindern gekommen war. Wenn man das Jahr über artig war, bekam man ein paar Nüsse und eine Apfelsine geschenkt; war man böse gewesen, stopfte Knecht Ruprecht einen in seinen Sack und man wurde mitgenommen. Mitgenommen wie Herr Kowalski, dachte Hella und spürte einen Stich im Magen. Der Nikolaus hatte ein Buch, aus dem er die Untaten aller Kinder mit strenger Stimme vorlas. Bei ihr hieß es, dass sie manchmal ein Rechenpäckchen bei den Hausaufgaben wegließ und im letzten Monat zweimal das Geschirr nicht gespült hatte. Sie war als Sechsjährige entsetzt, dass ein fremder Mann so viel über sie wusste.

Später hatte sie herausgefunden, dass der Nikolaus der Onkel des Nachbarsmädchens war. Was er über sie und ihre Vergehen wusste, wusste er von ihrer Mutter, die ihm auch die Nüsse und die Apfelsine gegeben hatte. Dieser Polizist hier mit seinem runden Schädel war zwar kein Nikolaus, doch was in seinem Buch stand, musste er irgendwoher haben. Er konnte nur wissen, was ihm jemand gesagt hatte. Die beiden Männer hatten ihm sicher nichts gesteckt. Edith hatte recht: So, wie sie vor der Polizei weggerannt waren, machten sie nicht den Eindruck, als ob sie irgendeinem Kommissar oder Inspektor von ihr erzählen würden.

Der Mann lehnte sich auf Marthas Küchenstuhl zurück, den Stift immer noch in der Hand.

»Wann warst du das letzte Mal auf dem Zechengelände?«

Hella überlegte. Sie würde dem Mann auf keinen Fall erzählen, dass sie den Toten gefunden hatte, denn dann würde sie auch zugeben müssen, dass sie den Mantel mitgenommen hatte. Wahrscheinlich hatte sie am Dienstag irgendjemand auf dem Gelände gesehen und dem Polizisten davon berichtet. Deshalb sagte sie: »Am Dienstag. Am Nachmittag.«

Aus den Augenwinkeln sah sie, dass Edith langsam die Lider senkte und ihr signalisierte, dass sie recht daran tat, so viel wie möglich bei der Wahrheit zu bleiben. Je mehr man log, umso eher wurde man erwischt. Am besten man änderte an der Wahrheit nur so viel, wie gerade nötig war.

»Wann?«

»So zwischen halb fünf und halb sechs.« Das war nicht nur nah bei der Wahrheit, das war die Wahrheit.

»Und wo warst du da genau?«

Hella beschrieb ihm ihren Weg durch die Trümmer, aber sie verlegte ihn weiter Richtung Bahngleise, weg von dem Krater mit dem Toten.

»Hast du da etwas Außergewöhnliches gesehen?«

»Nein«, sagte sie nach einer kleinen Weile. Einer plötzlichen Eingebung folgend fragte sie:

»Was meinen Sie mit außergewöhnlich?«

Der Mann nickte wie ihr Mathelehrer bei einer Frage, die er klug fand.

»Hast du jemanden dort gesehen?«

Nein, sie hatte niemanden auf dem Gelände gesehen. Nur die beiden Kerle waren dort gewesen und hatten sie beobachtet, gesehen hatte sie sie jedoch nicht. Wahrheitsgemäß sagte sie: »Nein, niemanden.«

»Kennst du noch andere Kinder, die manchmal auf dem Zechengelände spielen?«

Damit du sie auch mit deinem Buch besuchen und ihnen Fragen stellen kannst. Ohne zu überlegen, sagte Hella: »Nein.«

Der Polizist legte sein Notizbuch auf den Tisch und beugte sich vor. Er sagte nur ein Wort: »Klara.« Dann lehnte er sich zurück, stupste seinen Bleistift auf den Tisch und sagte: »Du lügst.«

»Herr Oberinspektor«, schaltete sich Edith ein, »ich glaube, das Kind hat Ihre Frage falsch …«

Er unterbrach sie. »Nein, das glaube ich nicht.«

Edith verstummte. Hella ärgerte sich über sich selbst. Wie dumm sie war! Sie hatte an einer Stelle gelogen, an der er ihr leicht auf die

Schliche kommen konnte. Dass sie häufig mit Klara unterwegs war, wussten viele in der Nachbarschaft und konnten es ihm erzählt haben. Vielleicht war es Klara sogar selbst gewesen, weil sie sich nichts dabei gedacht hatte. Das mit Klara hätte auf hundert Arten in sein Buch kommen können.

»Was du gerade gemacht hast, ist eine Falschaussage. Du weißt wahrscheinlich, dass man dafür ins Gefängnis kommen kann.« Er erklärte es ihr freundlich, als ginge es um schriftliches Addieren. Seine Freundlichkeit konnte er sich an den Hut stecken. Sie war von der Sorte: Ich kann auch anders, heute tätschle ich dir den Kopf, morgen schlage ich zu. Oder ich nehme dich mit.

»Nicht, wenn man zwölf Jahre alt ist«, meldete sich Edith zu Wort. »Könnten Sie uns vielleicht sagen, weshalb Sie hier sind? Worum geht es eigentlich?«

Der Polizist überhörte die Fragen und fixierte sie. Wahrscheinlich überlegte er sich, wie er ihr weiter Angst machen konnte.

»Nachher wirst du mir zeigen, wo du am Dienstag unterwegs warst.«

Was er dann sagte, ging an sie und an Edith.

»Wir haben auf dem Zechengelände einen Toten gefunden. Wir gehen davon aus, dass ihn jemand getötet hat. Um den Täter zu finden, sind wir auf die Mithilfe der Bürger angewiesen.«

Hella wurde flau. Diesmal war es nicht der Polizist, der sie ängstigte, sondern der Gedanke an den Toten. Sie war so sicher gewesen, dass er ausgerutscht war und sich den Kopf angeschlagen hatte. Dass er in den Trümmern verunglückt war. Und nun kam dieser Polizist daher und sagte, dass er umgebracht worden war.

»Was weißt du darüber?«

Ohne nachzudenken, sagte sie: »Nichts.«

Der Polizist betrachtete sie, als ob er mit seinen braunen Augen geradewegs durch ihre Stirn in ihren Kopf sehen wollte. Einen Moment lang glaubte sie, er würde sehen, was sie sah: den Toten im Bombentrichter, sie selbst, wie sie den Mann auf die Seite wälzte und den Mantel unter ihm hervorzog. Ihn stahl. Sie riss sich zusammen. Er konnte nicht in ihren Schädel sehen. Nicht durch ihre Haut und durch den weißen Schädelknochen schon gar nicht. Sie war dankbar, als sie Edith sagen hörte: »Herr Oberinspektor?«

Der Blick des Polizisten verharrte noch einen Moment auf ihrem Gesicht, bevor er sich löste und zu Edith hinüberglitt. Edith war etwas blass geworden, doch das fiel kaum auf. Dass sie einen ziemlich großen Schreck bekommen hatte, sah Hella nur daran, dass sie die Haut ihrer linken Wange eingesogen hatte und darauf herumbiss. Das war ihr Trick, um mit Angst und Anspannung fertigzuwerden.

»Ich sollte Sie gewiss nicht danach fragen, aber weiß man schon, wer das getan hat?«

»Da haben Sie vollkommen recht. Es ist nicht an Ihnen, mir derartige Fragen zu stellen. Waren Sie auf dem Zechengelände unterwegs?« Die Frage klang so, als würde der Polizist über das Wetter reden.

»Nein.« Edith antwortete im selben Wetter-Tonfall.

Er zog ein Foto aus einer Tasche und schob es Hella zu. Der Tote aus dem Bombentrichter sah sie an. Als er gestorben war, hatte er in den Himmel geschaut, aber auf dem Foto wirkte es so, als ob er ihr mit seinen weit aufgerissenen Augen direkt ins Gesicht blickte.

»Hast du den Mann schon einmal gesehen?«

»Nein, ich glaube nicht.«

»Und Sie?«

Edith nahm das Foto auf.

»Darf ich?«

Sie ging zum Fenster und hielt es ins Licht. Sie wendete es hin und her, der Inspektor sah ihr ausdruckslos zu. Wollte sie so tun, als gäbe sie sich alle erdenkliche Mühe, um dem Inspektor zu helfen? Oder interessierte sie sich tatsächlich für den toten Mann auf dem Bild? Sie reichte das Bild zurück.

»Tut mir leid. Ich habe ihn noch nie gesehen.«

Er nickte und steckte wortlos das Foto ein. Er wandte sich wieder an sie. Hella wappnete sich. Wer weiß, was er jetzt fragen würde. Sicher würde er sie noch einmal nach dem Toten fragen. Aber was er fragte, klang weit harmloser, auch wenn der Ton herrisch war und keinen Widerspruch duldete.

»Los, du zeigst mir jetzt, wo du am Dienstag warst.«

Edith stand auf und ging in ihre Kammer. Einen Augenblick später stand sie wieder vor ihnen, statt des Turbans einen Wollschal um den Kopf geschlungen. Der Polizist schien nichts dagegen zu haben, dass sie mitkam. Zu dritt verließen sie die Wohnung.

Hella führte sie zu dem Gelände oberhalb der Gleise und zeigte dem Inspektor verschiedene Stellen, an denen sie manches Stück Trümmerholz gefunden hatte. Manchmal wählte sie die schwierigsten Wege, der Inspektor schnaufte, wenn er über zerborstene Leitungen und aufgerissene Schienen klettern musste.

Nach einer halben Stunde waren sie fertig. Hella war zufrieden mit sich. Sie hatte kaum gezögert, und der Polizist hatte nichts gesagt. Er war nur still hinter ihr hergeklettert, hatte sich umgesehen, um herauszufinden, was man von dem Gelände von dem jeweiligen Punkt aus sehen konnte.

Jetzt drehte er sich um und ließ wieder seinen Blick über das Terrain schweifen. Hella sah, was er sah: die Eisenbahnbrücke, auf der eine Kindertraube stand und sich vom Dampf der darunter herfahrenden Lokomotive einhüllen ließ.

»Waren die Kinder am Dienstag auch da?«, fragte er.

»Ich weiß es nicht. Vielleicht.« Natürlich waren sie da gewesen. Sie waren immer da. Oft sprang einer von den Größeren in die offenen Kohlenwaggons und warf so viele Kohlen hinunter, wie er kriegen konnte. Aber das musste der Inspektor nicht wissen.

»Sie müssten dich eigentlich gesehen haben, oder?«, fragte er.

»Ja«, sagte Hella.

»Falls sie hergeschaut haben«, meldete sich Edith zu Wort. »Und nicht nur Augen für die Züge und die Kohlenwaggons gehabt haben.«

»Ich kann mich nicht erinnern, Sie gefragt oder um eine Einschätzung gebeten zu haben.«

»Dann gebe ich sie Ihnen gratis.«

Edith setzte ihr schönstes Lächeln auf. Der Polizist blickte Edith an, jetzt guckte er so, wie die meisten Männer guckten, wenn sie Edith sahen. Streng sagte er: »Gehen Sie nicht zu weit.«

Edith nickte und ließ das Lächeln einen kurzen Moment auf ihrem Gesicht stehen.

»Dürfen wir gehen, Herr Oberinspektor?«

Ihre Frage klang ehrerbietig, aber Hella hatte den Eindruck, dass sie sich insgeheim über den Polizisten lustig machte. Er schien denselben Verdacht zu haben, denn er warf Edith einen argwöhnischen Blick zu. Edith riss ihre blauen Augen weit auf und lächelte ihn wieder an.

»Ja.« Er fügte hinzu: »Sie hören noch mal von mir.«

Dann ging er. Er steuerte auf die Brücke zu, doch die Kinder flitzten davon, als sie ihn kommen sahen.

16

Freitag, 15. März 1946

Das alte Wirtshausschild, ein blank gewichster schwarzer Stiefel, hatte offensichtlich den Krieg nicht überstanden. Um es zu ersetzen, hatte jemand unbeholfen einen Stiefel auf den grauschwarzen Putz über der Tür gemalt, und für den Fall, dass der Betrachter das etwas unförmige Gebilde nicht sofort erkennen konnte, hatte derselbe Jemand mit großen weißen Buchstaben »Zum Stiefel« darübergeschrieben. Steinhoffs Stammlokal.

Doch nicht nur das Schild fehlte, auch ansonsten hatte die Gaststätte wenig mit dem Vergnügungslokal gemein, das der Stiefel früher einmal gewesen war. Am westlichen Ende des Moltkemarkts standen die Häusermauern wie Kulissen aus Pappmaschee um den mächtigen Hochbunker herum, ein unversehrter Koloss von vier Stockwerken Höhe.

Früher hatte die Kneipe das gesamte Erdgeschoss eingenommen. Das tat sie in gewisser Weise immer noch, obwohl es genau betrachtet kein Erdgeschoss mehr gab. Von dem Haus waren lediglich die Fassade und ein Teil der linken Außenwand übrig geblieben. Der Besitzer hatte im Hof den Schutt wegräumen und eine Baracke aus rohen Brettern direkt an die noch stehenden Wände ansetzen lassen, so dass Dietrichs nun, als er die Tür passierte, auf die Holzplanken eines Schankraumes trat. Der Raum war allerdings nur halb so groß wie vor dem Krieg.

Der Stiefel war ein Vergnügungsetablissement ersten Ranges gewesen. »Kommen Se', gucken Se, hier erleben Se wat!«, hatten früher die Ausrufer vor dem Lokal gerufen, auch wenn die Reklame gar nicht nötig war, da die Leute am Wochenende ohnehin in Scharen hineinströmten, um zu trinken, zu feiern und den Darbietungen auf der grob gezimmerten Bühne zu folgen. Dort hatten die Elsbeth-Schwestern ihre pummligen Beine in die Luft geworfen und unter dem Gejohle der Zuschauer zotige Lieder gesungen. Ein starker August oder ein Eisenhans hatten dicke Metallstangen verbogen. Die größte Attraktion jedoch waren die Damenringkämpfe gewesen, kräftige Frauen in engen Trikots wälzten sich auf der Ringmatte, nahmen einander in den Schwitzkasten oder drückten sich gegen die Seile der auf der Bühne aufgebauten Ringarena. Sie hatten klingende Namen wie die »Schwarze Kobra« oder »Penthesilea«, eine nannte sich »Der Stier von Westphalen«. Die Zuschauer wetteten auf Sieg oder Niederlage und feuerten ihre Favoritin mit lauten Rufen an.

Dietrichs fiel der Hungerkünstler wieder ein, der hier einmal drei oder vier Wochen in einer Art Käfig auf einem Podest gelebt hatte und gegen Eintritt besichtigt werden konnte. Die Leute hatten ihm Mettwürste, Brötchen und saure Gurken durch die Stäbe gereicht und gerufen: »Komm, Jupp. Iss doch mal 'nen bissken.« Doch der Mann hatte schweigend in seinem Käfig inmitten des verräucherten Lokals gesessen, über die Menge hinweggestarrt und jedes Mal erhaben und mit leiser Verachtung für die schreiende Masse den Kopf von den angebotenen Gaben weggedreht. Daraufhin schoben sich die Leute Mettwürste und saure Gurken selbst in den Mund. Der eine oder andere hatte mampfend gesagt: »Allet bloß Lug und Trug. Sobald wir weg sind, haut der rein wie 'n Scheunendrescher.«

Aber die Zeiten hatten sich geändert, dachte Dietrichs. Ein Hungerkünstler würde im Moment wohl kaum jemanden hinter dem Ofen hervorlocken. Die Leute würden ihre Mettwürstchen und sauren Gurken selbst essen, falls sie welche hatten.

Er blickte sich um. Vielleicht fünfzehn Gäste saßen an den Tischen und der Theke, vor sich Gläser mit einer trüben Flüssigkeit. Nichts im Vergleich zu den Massen, die sich früher hier gedrängt hatten.

An diesem Freitagabend bestand die Belustigung aus einem beinamputierten Akkordeonspieler im Rollstuhl. Er sang: »Davon geht die Welt nicht unter« und griff dazu in die Tasten. Die Stimme klang dünn in dem fast leeren Raum, der Rhythmus war ein wenig schleppend. An die muntere Beschwörung, dass die Welt nicht untergehen könne, weil sie ja noch gebraucht werde, schien der invalide Sänger selbst nicht ganz zu glauben.

Ernst, der Wirt, stand groß und dürr hinter dem Zapfhahn. Er hatte Dietrichs erkannt und hielt einladend ein Pilsglas in die Höhe.

An einem Tisch unweit des Tresens saßen sechs aufgetakelte Frauen. Sie hatten ganz offensichtlich versucht, das Beste aus ihren Kleiderschränken und aus sich selbst herauszuholen. Die Haare hochgesteckt, um den blanken Nacken zu zeigen, die Augenbrauen mit Kohle nachgezogen, Lippen und Wangen rot gefärbt. Kleider aus der Vorkriegszeit oder irgendetwas Zusammengeschneidertes, Hauptsache eng anliegend, Hauptsache, sie zeigten so viel, wie eben ging. Was an Kurven da war, wurde so gut wie möglich in Szene gesetzt.

Sie hatten Dietrichs beim Eintreten bemerkt und linsten in seine Richtung, während sie sich streckten, die Köpfe in den Nacken warfen und laut lachten. Vermutlich hielten sie ihn für einen neuen Kunden, bis Ernst hinter seinem Zapfhahn einschritt. Er fuhr einmal mit der flachen Hand waagerecht durch die Luft. Das Lachen hörte auf, die Frauen sackten in sich zusammen, wandten sich ihren Gläsern zu und redeten wieder so gedämpft, wie sie bei Dietrichs Eintritt gesprochen hatten.

Dietrichs Blick blieb an einer von ihnen hängen, die mit rundem Rücken dasaß. Ihr knochiger Nacken erinnerte ihn mit seinen vorstehenden Wirbeln an Emma. Emma, die sich über ein Buch beugte, eins von den Büchern, in die sie sich in den letzten Jahren verkrochen hatte, als sie kaum noch das Haus verließ. Das Gesicht nicht zu sehen, nur eine Reihe von Wirbeln, zarte Erhebungen unter heller Haut, die aus dem Kragen ihrer Bluse emporstiegen. Einen Augenblick lang hatte er den Eindruck, den Geruch flaumiger Nackenhaare über warmer Haut wieder zu riechen. Er hielt die Luft an, damit die Illusion nicht verschwand. Dann rief er sich zur Ordnung. Emma war tot.

Er nahm Kurs auf Ernst und dessen Theke. Im Stiefel ging Schwarzgebrannter über den Tresen, vermutlich schenkte Ernst auch gegen Zigaretten und Besatzerwährung aus. Alles nicht legal, das war jedoch nicht Dietrichs Angelegenheit. Er wollte herausbekommen, mit wem Steinhoff hier gewesen war.

»Bierchen, Herr Kommissar?«, fragte Ernst, während er das Glas noch einmal polierte. Dietrichs nickte. Ein Bier für ihn, nachdem er den gesamten Nachmittag Jugendliche befragt hatte und am Ende in den Ruinen herumgeklettert war, geführt von dieser Hella und ihrer Einquartierung, mit dieser Frau, die mit ihren Manieren und ihrer Redeweise so überhaupt nicht in dieses Viertel passte. Dort öffnete niemand der Polizei die Tür und sagte: »Ja, bitte?«

Herausgekommen war dabei nicht viel: Niemand hatte etwas gesehen, was vielleicht daran lag, dass das Gelände tatsächlich unübersichtlich war, vielleicht aber auch daran, dass niemand etwas gesehen haben wollte. In den Arbeitervierteln rund um die Stahlwerke redeten die meisten nicht mit der Polizei, wenn sie es vermeiden konnten.

Ernst ließ das Glas volllaufen und schob es über den Tresen.

Dietrichs probierte. Es schmeckte furchtbar.

»Tut mir leid, Herr Kommissar. Brauverbot der britischen Militärregierung. Ist Ersatzbier.«

Ein hagerer Mittdreißiger mit einer schwarzen Augenklappe, der nicht weit von Dietrichs an der Theke stand, wandte sich ihnen zu und sagte laut: »Nich mal den Suff gönnen die Tommies uns.«

Dietrichs überhörte die Bemerkung und schob sein Glas über den Tresen zu Ernst zurück. Ernst leerte es in die Spüle, tauchte unter seinen Tresen ab und förderte eine Bierflasche zutage. Er stellte sie vor Dietrichs auf die Theke.

»Restbestände«, sagte er. Das war eine glatte Lüge, so lange hielt kein Bier.

»Na guck mal einer an«, kommentierte der Thekensteher. »Für mich haste nie so 'n schönet Pülleken. Für mich haste immer nur die Plörre aus deinem Zapfhahn.«

»Zisch ab«, sagte Ernst, ohne die Miene zu verziehen. »Sonst kriegst du hier gar nix mehr.«

Der Mann mit der Augenklappe trollte sich.

Ernst wollte sich mit der Polizei gutstellen. Dietrichs ignorierte die Flasche auf der Theke und angelte das Foto des toten Steinhoff aus der Tasche.

»Der hier gehörte zu euren Stammgästen.«

Ernst kramte eine Brille unter der Theke hervor, deren Bügel mit Leukoplast am Gestell befestigt war, und betrachtete das Foto.

»Is' wahr. Er kommt so zweimal die Woche, meistens donnerstags und samstags.«

Der Wirt warf wieder einen Blick auf das Foto. »Jetzt kommt er wohl nicht mehr.«

Dietrichs fragte nach Freunden von Steinhoff, doch statt einer Antwort schob sich der Wirt die Brille auf die Stirn und winkte eine Frau in den Dreißigern heran, die ein paar Meter weiter hinter der Theke stand und mit einem nicht allzu sauberen Lappen ein Glas auswischte. Ihre Haare waren blond gefärbt und über der Stirn zu einer immensen Tolle aufgedreht. Die Tolle wippte leicht, als sie die mageren Hüften schwenkend herankam. Sie stellte das Glas hinter dem Wirt in ein Regal, versenkte den Lappen unter der Theke und verzog die rot geschminkten Lippen zu einem professionellen Lächeln.

»Hedi, der Kommissar hier hat ein paar Fragen. Die wirst du ihm schön beantworten.«

Der Wirt gab der Frau einen Klaps auf die Schulter und widmete sich einem Gast, der ungeduldig mit dem Glas auf den Tresen schlug.

Ernst war ein Muster an Kooperationsbereitschaft, was Dietrichs nicht wunderte. Der Wirt war nicht das, was man gemeinhin unter einem gesetzestreuen Bürger verstand, er verkaufte Schwarzmarktware, und die Frauen, die hier saßen und ihre Reize anboten, waren ganz sicher nicht angemeldet. Wahrscheinlich wollte er mit seiner freundlichen Unterstützung verhindern, dass Dietrichs und seine Kollegen seine Geschäfte allzu genau unter die Lupe nahmen.

Seine Angestellte war nicht ganz so freundlich und entgegenkommend wie ihr Chef. Sobald sie gehört hatte, dass Dietrichs Polizist war, stellte die Frau Lächeln und kokette Pose ein und fragte mit einer Mischung aus mäßigem Interesse und Argwohn: »Was gibt's?«

Dietrichs zeigte ihr das Foto.

»Dat is Hein«, sagte sie.

»Hein?«

»Eigentlich heißt er Heinrich, aber wir ham ihn Hein genannt. Fand er irgendwie besser. Der Kunde is König, also hieß er Hein.«

Sie schaute noch einmal auf das Foto.

»Meine Herren. Der glotzt ja in den Himmel, als wär' er die heilige Theresa persönlich.«

Dann begriff sie. »Ach, du liebe Güte!« Sie schluckte. »Armer Kerl.«

Sie lugte zu ihrem Chef hinüber. Der musste irgendeine ermunternde Geste gemacht haben, denn ohne dass Dietrichs gefragt hatte, sagte sie: »Meistens kam er zweimal die Woche, manchmal auch öfter. Kann sich ja nicht jeder leisten.«

»Hein konnte aber?«

»Sieht so aus. Immer seine drei oder vier Bier getrunken, 'n paar Kurze dazu. Gerne in Gesellschaft. Hat die anderen öfter eingeladen. So nach dem Motto: Man muss die Feste feiern, wie sie fallen. Hurra, wir leben noch. Gar nicht mal so blöd, wenn Se mich fragen.«

Sie fügte hinzu: »Mit dem Trinkgeld war er auch nich kniepig. War überhaupt 'n ganz Netter.«

Steinhoff bekam immer mehr Konturen. Lebensfroh, gesellig, für hiesige Verhältnisse wohlhabend.

Dietrichs fragte nach Steinhoffs Begleitern.

»Meistens hat er sich mit einem Kumpel getroffen. So 'n großer Dünner, etwas älter als er. Ansonsten wechselnde Belegschaft. War halt beliebt, der Hein.«

Saufrunden. Das hörte sich nicht nach etwas Politischem an, die Arbeiterkneipe war sicherlich auch nicht die beste Lokalität für konspirative Treffen irgendwelcher Werwolfgruppen. Die Gefahr, dass ein paar Kommunisten oder Sozis am Nebentisch saßen und sie auffliegen ließen, war zu groß.

Trotzdem fragte er: »Ging's um was Politisches?«

Die Frau schüttelte den Kopf. »Nicht bei denen. Meistens ham sie getrunken und gelacht. Ernsthaft geredet hat er nur mit einem, diesem Paul.«

Das hatte der kleine Bruder auch gesagt. Paul – keine Abkürzung, keine Verniedlichung. Dietrichs' Vornamen kürzte auch niemand ab, genau genommen nannte ihn noch nicht einmal jemand bei seinem Vornamen.

»Wie heißt er denn weiter, der Paul?«

Hedi zuckte mit den Schultern. »Wir fragen die Leute hier nicht nach ihren Nachnamen.«

Sie hatte Paul in den letzten Tagen nicht gesehen. Seit Mittwoch sei er nicht mehr hier gewesen. Seit sie die Leiche gefunden hatten.

»Sie sagen uns Bescheid, wenn er hier wiederauftaucht. Wissen Sie sonst noch etwas über diesen Paul?«

»Er hat 'n steifes Bein. Kriegsverletzung.«

»Wissen Sie, wo er wohnt?«

»Keine Ahnung. Wahrscheinlich nicht hier im Viertel.«

Paul und ein steifes Bein. Da konnten sie lange suchen. Er wollte zur nächsten Frage ansetzen, aber die Frau kam ihm zuvor.

»Er is' n kleiner Klugscheißer. Er rechnet dreimal nach, damit er ja nicht zu viel bezahlt. Ein richtiger Sesselfurzer eben.«

»Ein Sesselfurzer? Arbeitet er auf einem Amt?«

Sie schlug sich mit der Hand vor den Mund. Wahrscheinlich war ihr eingefallen, dass Dietrichs auch ein Beamter war.

»Ja, Hein hat ihn 'n paarmal damit aufgezogen.«

»Welches Amt?«

Sie schien wirklich nachzudenken, die kohlegeschwärzten Wimpern senkten sich, sie blickte auf das Holz der Theke vor ihr, die Haartolle glänzte reglos im Licht der Birne über dem Tresen.

»Tut mir leid. Weiß ich nich'.«

Die Haartolle wippte. Dietrichs bedankte sich, die Frau ging wieder zum anderen Ende der Theke, wo sich inzwischen drei Arbeiter in blauem Drillich eingefunden hatten.

Er schob die Daumen unter den Bügelverschluss, die Flasche öffnete sich mit einem satten Plopp. Ernst hob den Kopf, als er das Geräusch hörte, und nickte zufrieden.

Dietrichs trank nachdenklich sein Bier, richtiges Bier. Paul von einem Amt. Paul mit einem steifen Bein. Er war ein Stückchen weiter.

Eine Viertelstunde später stand Ernst vor ihm und griff nach der leeren Flasche.

»Noch eine?«

Dietrichs lehnte ab und legte das Geld auf den Tresen. Ernst schob die weißlichen Münzen zurück.

»Geht aufs Haus, Kommissar.«

»Darf ich nicht«, erwiderte Dietrichs und ließ das Geld auf dem Tresen liegen.

»Der Mann hier war oft mit einem Kumpel in Ihrer Kneipe. Sorgen Sie dafür, dass ich angerufen werde, wenn dieser Kumpel hier noch mal auftaucht. Hedi weiß, wen ich meine.«

Ernst nickte. »Geht klar, Kommissar.«

Gäste an die Polizei zu verpfeifen war nicht gerade geschäftsfördernd. Daher war sich Dietrichs keineswegs sicher, dass der Wirt ihm tatsächlich Bescheid geben würde. Er sagte deshalb: »Falls ich herausfinden sollte, dass der Mann hier war und ihr nichts gesagt habt, drehen meine Kollegen von der Wirtschaftspolizei in diesem Laden jeden Stein um.«

»Geht klar, Kommissar.«

Der Akkordeonspieler war inzwischen bei »La Paloma« angelangt und schmetterte mit fester Stimme »Einmal muss es vorbei sein« durch die Holzbaracke.

Dietrichs machte sich auf den Heimweg.

17

Samstag, 16. März 1946

»Hier, für euch.«

Elli Kasulke legte das in Pergamentpapier eingeschlagene Paket auf den Tisch.

»Vier Kilo, wie abgemacht. Die erste Lieferung.«

Kasulke hielt sich an die Vereinbarung. Martha betrachtete die Frau in ihrer Küche, die sie anstrahlte wie ein Honigkuchenpferd.

Elisabeth Kasulke, geborene Neumann, hatte sich nicht schlecht gehalten. Sie war hager, das war sie immer gewesen, doch ihr knochiges, sommersprossiges Gesicht hatte kaum Falten bekommen. Die Haare unter dem Topfhut mit der Schleife an der Seite hatten denselben messingfarbenen Ton wie vor zwanzig Jahren. Eine Goldkette lag unter dem Kragen ihrer frisch gebügelten Bluse, das Kostüm sah neu und recht teuer aus. Keine Frage, Elli brachte nicht einfach Butter vorbei, Elli kam auf Besuch.

Martha wog den Block in ihren Händen. Früher hatte Elli Neumann oft gelogen, schon in der Volksschule, in die sie beide vor langer Zeit gegangen waren. Keine großen Lügen, immer nur ein bisschen beschuppt. Beim Murmelspielen, wenn sie sich mit jemandem ein Tütchen Brause teilte oder wenn sie sich ein zweites Stück Kuchen an Kaisers Geburtstag unter den Nagel reißen wollte. War sie ertappt worden, hatte Elli sorglos alle Vorwürfe vom Tisch gewischt und mit breitem Grinsen gesagt: »Hab ein bisschen geflunkert.« Doch das war lange her, aus Elli Neumann war Elli Kasulke geworden, die eine Goldkette trug und ein teures Kostüm und mit Kasulke verheiratet war. Vor der Hochzeit hatte es Gerede gegeben. »Kasulke, ein Polacke«, obwohl Elli immer wieder gesagt hatte, dass er kein Pole wäre, sondern ein Masure. Mit der Zeit hatte das Gerede aufgehört, vor allem, als Kasulke mit seinen Geschäften Erfolg hatte. Erst mit den Kohlen, dann mit alldem anderen.

Es war alles andere als sicher, dass Elli es nun ganz genau nahm und es wirklich vier Kilo waren, wenn sie sagte, es seien vier. Deshalb holte Martha ihre Küchenwaage hervor, schob die Metallschieber an der Skala in die richtige Position und legte die Butter auf die Waagschale. Der Anzeiger hielt zitternd genau auf dem Messstrich. Vier Kilo, tatsächlich.

Elli Kasulke zupfte sich eine ihrer ondulierten Locken unter dem Hut zurecht.

»Und? Geht deine Waage richtig?«

»Deine Waage stimmt«, gab Martha trocken zurück. »Vier Kilo. Danke.«

Elli schien wegen ihres Misstrauens nicht beleidigt zu sein. Friedfertig fragte sie: »Sonst keiner da bei euch?«

»Doch, Hella ist drüben und liest.«

Das Kind hatte sich mit einem Buch ins Bett verzogen, ungewöhnlich für einen Samstagnachmittag. Aber besser, als wenn sie sich draußen herumtrieb. Besonders jetzt. Hella hatte ihr etwas von einem Polizisten erzählt, der sie besucht hatte, um sie zu fragen, ob sie etwas auf dem Zechengelände gesehen hätte. Das mit dem Polizisten hatte ihr gar nicht gefallen, auch wenn Hella gesagt hatte: »Keine Sorge, Mama, er fragt alle. Nicht nur mich.« Noch weniger gefallen hatte ihr, dass die Polizei den Fall genauer untersuchte, weil der Mann wahrscheinlich getötet worden war.

Sie schlug die Butter in ein feuchtes Tuch ein und ging ins Schlafzimmer, um sie dort in einer Holzkiste auf der Fensterbank zu verstauen. Und jetzt tauchte hier auch noch Elli Kasulke auf. So, wie Elli hier hereinspaziert kam, hatte sie sicher vor, sich hier eine Zeit lang häuslich niederzulassen.

Genauso war es. Als sie zurück in die Küche kam, hatte Elli ein Päckchen vor sich liegen.

»Lust auf 'n Käffchen?«

Papier raschelte, Elli öffnete die Tüte und in der Küche breitete sich ein Duft aus, den Martha schon lange nicht mehr gerochen hatte. Echter Bohnenkaffee. Ihre Nasenflügel weiteten sich und sogen den Duft ein. Doch statt die Kaffeemühle hervorzuholen, setzte sie sich an den Tisch, stemmte die Ellenbogen auf die Tischplatte und faltete die Hände unter dem Kinn.

»Was willst du?«

»Mit dir Kaffee trinken. Ein bisschen reden. Wenn du Lust hast.«

Freundliches Lächeln und ein offener Blick, die Unschuld in Person. Martha ließ sich nicht beirren. Die Kasulkes verschenkten nichts. Wenn Elli Kasulke hier aufkreuzte, mit einem Päckchen Bohnenkaffee in der Tasche und auf die Unschuld in Person machte, war Vorsicht geboten.

»Worüber willst du denn reden?«

Elli lächelte weiter. »Typisch Martha. Immer direktemang«, sagte sie. Sie nickte bedächtig, als hätte sie gerade länger überlegt und dann eine Entscheidung getroffen. Sie beugte sich vertraulich vor und fragte: »Sag mal, die Butterscheine, wo habt ihr die eigentlich her?«

Elli ließ wirklich nichts anbrennen.

»Deswegen bist du gekommen?«

»Hauptsächlich wegen der Butter.«

»Das mit dem Mantel hat Edith deinem Mann doch schon erzählt.«

»Nicht so genau.«

Wieder ein Lächeln. Erzähl mir etwas, sei so nett, sagte das Lächeln.

Martha entgegnete: »Hör auf. Kasulke hat dich geschickt, damit du mich aushorchst.«

Elli strahlte sie an, wie damals, wenn Martha sie beim Flunkern ertappt hatte. Martha schoss der Gedanke durch den Kopf, dass die Male, bei denen sie Elli erwischt hatte, nur die Spitze des Eisbergs gewesen waren und sie sie wahrscheinlich viel häufiger übers Ohr gehauen hatte. Sie klang auch wie früher, als sie mit entwaffnender Offenheit sagte: »So isses. Erich hat mich geschickt. Also, was weißt du darüber?«

»Nichts«, sagte Martha entschieden. Elli war gekommen, um herauszufinden, woher die Scheine stammten. Aber das würde sie ihr auf keinen Fall erzählen, denn dann müsste sie die ganze Geschichte von Hella und dem Toten ausbreiten, und Hella hineinzuziehen war das Letzte, was sie tun würde.

»Schade.« Das Lächeln blieb. Falls es Elli etwas ausmachte, dass ihre Mission gescheitert war, zeigte sie es nicht.

»Dann können wir jetzt zum gemütlichen Teil übergehen. Kochst du uns 'nen Kaffee?«

Martha blieb auf der Hut. Von wegen Mission gescheitert. Elli würde keine Ruhe geben und weiter versuchen, sie auszufragen. Andererseits war es nicht gut, Krach mit den Kasulkes zu haben. Also setzte sie Wasser auf und holte ihre Mühle hervor.

Während sie die Kurbel drehte, fing Elli an, ihr gestenreich den neusten Klatsch aus der Nachbarschaft zu erzählen. Wer gestorben war, wessen Mann wieder aus der Kriegsgefangenschaft zurückgekommen war. Martha hörte nur mit halbem Ohr zu, bis Elli von der Ältesten von Nowotniks erzählte. Das Mädchen bekam ein Kind, wahrscheinlich von einem der Briten, der wollte aber nichts mehr von ihr wissen. Martha kannte das Mädchen, ein hübsches rothaariges Ding. Sie dachte an Hella, Hella war mit ihren zwölf noch zu jung für derartige Geschichten. Noch zu jung, aber vermutlich nicht mehr lange.

»Und jetzt?«

»Tja, sie wird's wohl zur Welt bringen. Wegmachen lassen geht nicht. Das kann sie sich nicht leisten. Ich mein', es sich gescheit wegmachen zu lassen. Von einem Arzt.«

Martha wusste, was sie sagen wollte. Die Frauenärzte ließen sich die

Abtreibungen teuer bezahlen, falls sie überhaupt welche vornahmen. Bei den Engelmacherinnen hatte es in der letzten Zeit eine Reihe von Blutvergiftungen gegeben, vermutlich, weil die Frauen schwach und halb krank zu ihnen kamen.

Elli hatte es inzwischen nicht mehr mit der Kleinen von Nowotniks und war beim nächsten Thema angelangt.

»Hast du schon gehört? Der Kruse, der Bestatter in der Dorstener, hat 'ne dolle Idee gehabt.«

Ohne auf Marthas Antwort zu warten, fuhr sie fort: »Der hatte Leihsärge im Angebot. Weil das Holz doch so knapp is. Du mietest dir quasi den Sarg. Bei der Beerdigung sieht alles piekfein aus. Picobello. Anständiger Sarg mit ordentlichen Beschlägen. Dann kommt dein Sarg in die Grube, auch piekfein. Sargträger mit weißen Handschuhen. Blumen drauf, Schäufelken Erde hinterher, herzlich Beileid und fertig.«

Elli begleitete ihre Rede mit Gesten, sie tat so, als ob sie Blumen auf den Sarg werfen und die Erde hinterherschaufeln würde. Sie fuhr fort: »Sobald die Trauergäste weg sind, kommt Kruse mit seinen Leuten. Die packen den Toten in 'nen Stoffsack. Den Sarg holen sie raus. Für die nächste Beerdigung.«

Martha dachte, dass die Idee nicht schlecht war. Wenn schon die Lebenden kaum Holz zum Feuern hatten, woher sollte dann das Holz für die Särge der Toten kommen?

Martha fürchtete einen Moment, dass Elli nun anfangen würde, über den Toten in den Ruinen zu reden, der seit zwei Tagen Thema in allen Warteschlangen war. Aber stattdessen sagte sie: »Das Gesundheitsamt hat es spitzbekommen und Kruse die Sache verboten. Gesundheitsgefährdend wär' das, hamse gesagt. Jetzt macht er's heimlich.«

Martha hörte schweigend zu, doch das schien Elli nicht zu stören, wie es sie früher auch nicht gestört hatte, wenn sie das große Wort schwang und alle anderen zuhörten, ein bisschen amüsiert über ihren Redeschwall und dankbar, weil Elli für Unterhaltung sorgte. Jetzt sagte sie: »Die Winkelmann vermisst ihren immer noch.«

Martha hörte sich sagen: »Wieso, der Winkelmann ist doch gar nicht eingezogen worden? Der war doch uk. Hat er wenigstens behauptet.«

Er sei unabkömmlich, weil er als Blockwart immer von Tür zu Tür gehen musste. Jeden Eintopfsonntag die fünfzig Pfennige fürs Winterhilfswerk einsammeln, Beiträge einkassieren, nach dem Rechten sehen. »Ordnung muss sein.«

»Nee, der war auch nicht in Kriegsgefangenschaft. Der hat sich abgesetzt.«

Sie kicherte.

»Erst hat der sich im Kohlenkeller versteckt, als die Amis einmarschiert sind, dann ist er verschwunden. Bis jetzt ist er auch nicht wiederaufgetaucht. Die Winkelmann erzählt jedem, der es hören will, dass ihr Oller immer noch weg ist.«

Elli Kasulke deutete mit Daumen und Zeigefinger der linken Hand eine kurze Spanne an.

»Sie sagt, er war so 'n kleines Würstchen. Sie kann sich gar nicht vorstellen, dass die Tommies ihm großartig was tun wollen.«

Elli kicherte wieder.

»Gut, dass der Winkelmann das nicht hört. Der hat sich ja immer für 'nen ganz Wichtigen gehalten.«

Ein kleines Würstchen. Das war er. Aber das kleine Würstchen hatte viel weitergetragen, wer nicht flaggte, wer nicht richtig verdunkelte. »Tut mir leid, das muss ich melden.« Martha war sich sicher, dass er manches still und heimlich gemeldet hatte, ohne Ankündigung, ohne »Tut mir leid, das muss ich melden«. Winkelmann hatte dafür gesorgt, dass Heinz Kowalski im KZ gelandet war, weil er Radio London gehört hatte. Winkelmann und die Lohmann.

Als Elli mitbekam, dass sie nicht mit ihr lachte, hörte sie mit dem Lachen auf.

Martha sagte: »Kleines Würstchen hin oder her, manch einen hat er ins KZ gebracht.«

Elli Kasulke sah aus, als hätte sie in eine Zitrone gebissen. »Ach, die Politik. Lass uns von was anderem reden.«

Sie griff nach der Kaffeekanne. Martha dachte: Wir haben im Grunde genommen gar nicht damit angefangen, mit der Politik. Sie nahm ihr die Kanne aus der Hand und schenkte ein.

»Wie geht es euch?«, fragte Elli.

Elli Kasulke hatte sich seit Jahren nicht dafür interessiert, wie es ihr ging.

»Gut.«

»Und deiner Tochter?«

»Auch gut.«

»Und mit eurer Einquartierung habt ihr ja auch Glück gehabt.«

Elli Kasulke nickte zufrieden in ihre Kaffeetasse, als wollte sie kundtun, dass sie sich mit Martha freute. Sie fügte hinzu: »Arbeitet sie immer noch bei der Straßenbahngesellschaft?«

Jetzt ging es also los. Klatsch und Tratsch aus der Nachbarschaft waren abgehakt, Elli fing wieder an zu bohren. Von Edith bis zu den Butterscheinen war es nicht weit.

»Ja, das tut sie«, sagte Martha vorsichtig.

»Eine hübsche Frau. Und immer so proper.«

Edith und ihr Aussehen waren ein beliebtes Thema in der Nachbarschaft. Die meisten Gespräche über Edith in der Nachbarschaft fingen so an: »wie hübsch, »wie schön«. In den ganzen »hübsch« und »schön« steckte Missbilligung, denn die Männer im Viertel guckten Edith nach, um nicht zu sagen, sie bekamen Stielaugen, wenn sie an ihnen vorbeiging.

Elli sagte: »Wie aus dem Ei gepellt. Ist ja heute nicht so einfach, so auszusehen.«

Auch das gehörte zum Reden über Edith. Vom Aussehen ging es dann schnell zu Ediths Aufmachung, zu ihren feinen Sachen, den schicken Hütchen, dem glänzenden Kleid und den Nylonstrümpfen, die wortreich gelobt wurden.

Was Elli dann sagte, kannte Martha ebenfalls: »Dass die sich das leisten kann.« Normalerweise blieb es bei solchen Anspielungen, aber Elli wurde deutlicher: »Na ja, es hat seine Vorteile, wenn man jung und hübsch ist.«

»Was willst du damit sagen?«

Martha war ärgerlich. Edith lebte unter ihrem Dach. Edith war in Ordnung. Was Edith außerhalb ihrer Wohnung tat, ging nur sie selbst etwas an. Ganz bestimmt nicht Elli Kasulke, die an ihrem Küchentisch thronte und meinte, dass der mitgebrachte Bohnenkaffee ihr das Recht gäbe, schlecht über Edith zu reden.

»Edith kann tun und lassen, was sie will, ohne dass du dir darüber das Maul zerreißt«, sagte sie.

Elli spitzte die Lippen und nahm einen Schluck Kaffee.

»Ich habe doch gar nichts gesagt. Was hast du denn verstanden, Martha?«

Dann ließ sie die Tasse sinken und blickte Martha ins Gesicht, ihre hellbraunen Augen erinnerten Martha plötzlich an eine schlammige Pfütze.

»Weißt du, was sie für Geschäfte macht? Mit wem sie zusammenarbeitet? Wie sie an das Geld für ihre feinen Strümpfe kommt?«

Elli redete ganz ruhig mit ihr, als hätte sie es mit einer Geisteskranken zu tun.

Martha wusste nicht genau, wie Edith an ihre Strümpfe und all das andere kam, sie hatte da ihre Vermutungen. Was sie jedoch mit Sicherheit wusste, war, dass Edith nicht mit einer Bande von Butterschiebern unter einer Decke steckte. Glaubte Elli Kasulke wirklich, dass Edith zu einer Schieberbande gehörte, weil sie Kasulke die Butterscheine verkauft hatte?

Sie holte tief Luft und beschloss, den Spieß umzudrehen und Elli ein paar Fragen zu stellen. Im selben ruhigen Ton wie Elli fragte sie: »Woher hat Kasulke eigentlich die Butter?«

»Warum willst du das wissen?«

»Reine Neugier.«

»Kann ich dir nicht sagen. Wahrscheinlich vom Milchhof.«

»Ist das nicht gefährlich? Die Butterscheine waren ja nicht ganz koscher.«

Elli warf ihr einen schiefen Blick zu. Du weißt, wer Kasulke ist, und du weißt, was er tut, sagte der Blick. Also frag nicht so blöd!

Sie fing an, in ihrem Kaffee herumzurühren, und starrte in die Tasse, als ob der Kaffeestrudel, den sie mit ihrem wilden Rühren hervorrief, sie mehr als alles andere interessierte. Dann fixierte sie Martha wieder mit ihren braunen Pfützenaugen.

»Woher hat Edith die Scheine?«

»Zum hundertsten Mal: Edith hat sie in einem Mantel gefunden, den sie auf dem Schwarzmarkt gekauft hat.«

»Zeig mir den doch mal.«

»Nein!«

Was dachte sich diese Frau? Dass sie anfangen würde, in Ediths Schrank herumzukramen, um ihr den Mantel zu präsentieren? Sie spürte, wie Wut in ihr aufkam. Hinter der Wut wisperte eine leise Stimme, dass es nicht schlecht war, wenn Elli Edith in Verdacht hatte, denn dann käme sie nicht auf Hella. Aber das war falsch und ungerecht. Die Wut wurde größer.

»Es reicht«, sagte sie erbost. »Ich kann dir nichts anderes sagen.«

»Warum regst du dich so auf?«

»Weil du mir nicht glaubst. Ich kann dir nichts anderes sagen. Da kannst du mich tausendmal fragen.«

»Sag lieber, du willst nicht.«

»Elli Kasulke, du stellst mir immer wieder dieselben Fragen, wie 'n bekloppter Papagei. Du kriegst keine andere Antwort von mir.«

Auf Ellis Hals zeigten sich rote Flecken.

»Jetzt kapier's doch endlich. Die Sache ist gefährlich. Hör auf mit der Lügerei und sag mir die Wahrheit!«

»Du marschierst hier rein und meinst, du könntest mich mit deinem dämlichen Bohnenkaffee dazu bringen, dir irgendetwas zu erzählen, was du unbedingt hören willst. Für wie blöd hältst du mich eigentlich?«

»Für ziemlich blöd, wenn du meinst, dass du die Sache auf eigene Faust regeln kannst. Die Chose ist drei Nummern zu groß für euch!«

Damit hatte Elli nicht unrecht, aber das würde sie ihr ganz bestimmt nicht unter die Nase reiben.

»Wir haben Kasulke die Scheine gegeben. Was will er denn jetzt noch?«

»Wissen, woher der Mantel kommt!«

Martha wusste, dass es sinnlos war. Trotzdem gab sie Elli die einzige Antwort, die sie geben konnte. »Vom Schwarzmarkt. Edith hat ihn dort gekauft. Warum gibt Kasulke nicht endlich Ruhe?«

»Weil er sich nicht gerne veräppeln lässt!«

Sie stand auf und griff nach ihrer Tasche. Ihre Locken wippten zornig.

»Vielleicht veräppelt Edith dich ja genauso. Dich konnte man ja schon früher einfach hinters Licht führen.«

Martha stand auf. Die rote Wut hatte die Oberhand. Sie schnappte sich das Kaffeepäckchen, knüllte das Papier zusammen und drückte es Elli in die Hand.

»Da, nimm mit und verschwinde!«

Elli verstaute den Kaffee in ihrer Tasche und ging zur Tür. Im Hinausgehen sagte sie:

»Dann kümmert sich Erich eben selbst darum.«

Die Tür fiel krachend ins Schloss.

Martha ließ sich auf den Stuhl sinken. Die Wut verflog. Großartig. Das hatte sie wunderbar hingekriegt. Sie hatte es sich mit dem größten Schwarzmarkthändler des Viertels verscherzt.

18

Sonntag, 17. März 1946

Die Buchstaben vor ihren Augen machten, was sie wollten. Sie tanzten herum, und wenn sie sie streng fixierte, standen sie in der Reihe wie bestellt und nicht abgeholt, in beiden Fällen weigerten sie sich, irgendeinen Sinn zu ergeben: kleine standhafte Zinnsoldaten, die leider nichts anderes waren als Striche und Bögen, weit davon entfernt, eine andere Welt auftauchen zu lassen, in der sie für eine Weile verschwinden konnte. Edith ärgerte sich. Normalerweise war auf Flaubert Verlass. Ins 19. Jahrhundert verschwinden, in das Seelenleben dieser unglücklichen Figuren, in deren ganz spezielles Unglück. Heute klappte es nicht.

Stattdessen kam eines der Bilder wieder. Der Hinterkopf ihres Vaters. Die Falten im Nacken von dem Seil um seinen Hals hochgeschoben. Der massige Körper, der wie ein Sack von dem Balken im Keller seiner Apotheke herunterhing. Er hatte sich aufgehängt, weil das Tausendjährige Reich, an das er mit Inbrunst geglaubt hatte, ihm um die Ohren geflogen war. »Ich bleibe hier«, hatte er gesagt, als sie den Koffer gepackt hatte. Eine halbe Stunde später hatte sie ihn gefunden.

Georg Marheinecke, alter Kämpfer, niedrige Mitgliedsnummer. Ihre Mutter hatte es als Marotte abgetan. »Das ist Politik, Kind«, pflegte sie zu sagen, wenn ihr Vater sich in seine braune SA-Uniform warf und zu einem der Aufmärsche ging. »Das ist Männersache. Sie machen das einfach gerne. Das Singen, die Sprüche.« Die Sprüche hatte der Vater auch zu Hause am Esstisch geklopft. Von der Schande des Versailler Vertrags, die besonders Ostpreußen getroffen hatte. »Polnischer Korridor – zum Schämen ist das«, hatte er immer gerufen und mit dem Messer auf den Küchentisch geklopft. Im Herbst 39 hieß es dann: »Damit hat der Führer glücklicherweise Schluss gemacht.« Andachtsvoll hatte er der bellenden Stimme aus dem Volksempfänger gelauscht. Edith hatte ihm zugehört und irgendwann im Laufe der Jahre gewusst, dass es falsch war, was da aus dem Volksempfänger kam, falsch, was ihr Vater da sagte. Falsche Worte, falsche Ansichten, falsche Meinungen. Aber auch das war falsch gewesen, denn es waren nicht nur Worte, Ansichten und Meinungen. Und sie war blind gewesen, blind wie ein Maulwurf.

Sie war dankbar, als Martha rief: »Ich hab' Kaffee. Möchtest du?«

Das war etwas Neues. Kaffee gab es so gut wie nie. Er kostete auf dem Schwarzmarkt ein Vermögen.

Kurze Zeit später konnte sie feststellen, dass tatsächlich Kaffee in Marthas besten Tassen dampfte. Er war zwar so dünn, dass Edith die Blümchen am Boden der Tasse sehen konnte. Doch es war echter Bohnenkaffee. Dazu servierte Martha Brotscheiben, hauchdünn mit Butter – echter Butter – bestrichen und mit Zucker bestreut. Das Ganze kam einem sonntäglichen Kaffeetrinken ziemlich nahe, auch wenn das Kaffeepulver zum zweiten Mal aufgebrüht war. »Aus Kaffeeprütt«, erklärte Martha. Die Herkunft von Kaffee und Butter war bald geklärt: Martha berichtete, dass Elli Kasulke am Vorabend da gewesen war.

»Auf Besuch – so hat sie wenigstens getan. Fein angezogen, mit Hut und frisch gelegten Haaren. Hat die erste Ladung Butter gebracht und Bohnenkaffee. Als ob mich ihr blöder Kaffee dazu bringen würde, irgendwas auszuplaudern. Ich hab' ihr das Päckchen in die Hand gedrückt. Konnte sie gleich wieder mitnehmen.«

Edith musste über Marthas Kasuistik lächeln. Sie hatte ein Päckchen Kaffee mit großer Geste zurückgewiesen, aber es war nicht ehrenrührig, Elli Kasulkes Kaffee noch einmal aufzubrühen.

»Stell dir vor, sie wollte sogar den Mantel sehen! Ich hab' natürlich Nein gesagt.«

Natürlich, denn der Mantel lag bei Marthas Nähsachen und war dabei, sich in einen Mantel für Hella zu verwandeln.

»Ich hab' ihr gesagt, was du auch Kasulke erzählst hast: Du hast den Mantel vom Schwarzmarkt. Sie hat mir nicht geglaubt. Wir hatten uns heftig in der Wolle. Sie war auf hundertachtzig, als sie weg ist. Ich hab' sie quasi rausgeschmissen!«

Edith biss in ihr Brot und kaute. Butter und Zucker, himmlische Köstlichkeit, teuer und gefährlich erkauft. Gefährlicher, als sie gedacht hatten. Kasulke gab sich nicht mit ihrer Geschichte zufrieden, sondern schickte seine Frau, um Martha auszuforschen. Die Geschichte mit dem Mantel war in der Tat dünn, so dünn wie der Kaffee in der Tasse. Kein Wunder, dass Elli Kasulke sie nicht geglaubt hatte. Das Beunruhigende daran war, dass Kasulke nicht lockerließ und brennend daran interessiert war, die Wahrheit über die Herkunft der Scheine herauszufinden.

»Hat sie gesagt, warum Kasulke das wissen will?«

»Nein. Sie ist zum Ausfragen gekommen. Nicht zum Erzählen.«

Für Kasulkes Interesse konnte es viele Gründe geben. Möglicherweise wollte er einfach nur wissen, was vor sich ging. Wie die Butterscheine in ihre Hände gelangt waren. Oder er wollte die Quelle weiter für sich selbst nutzen.

Sie sagte laut: »Vielleicht möchte er sich in das Geschäft einklinken und wissen, wie er an weitere Scheine kommen kann.«

Martha schnitt eine Grimasse.

»Das hätte sie mir doch sagen können.«

»Kasulkes Geschäftspläne wird sie bestimmt nicht ausplaudern.«

»Ich werde ihr garantiert nicht erzählen, dass Hella den Mantel angeschleppt hat. Ich zieh das Kind auf keinen Fall da rein. Es reicht schon, dass dieser Polizist hier war.«

Sie reckte das Kinn vor.

»Da beißt sie bei mir auf Granit.«

Sie blickte Edith fest an. Die stille Botschaft war eindeutig. Bei dir wird sie auch auf Granit beißen. Wenn Kasulke oder seine Frau dich fragen, sagst du nichts von Hella.

Deshalb saß sie also hier und bekam Kaffee und Zuckerbrote vorgesetzt. Martha wollte etwas von ihr.

Edith legte den Kopf schief und betrachtete Martha, die sie anstarrte, mit einem Blick, der so hart wie der Granit war, auf den die Kasulkes beißen sollten. Martha im Kampf für ihr Kind. Steinharte Blicke und Zuckerbrote waren in diesem Fall allerdings überflüssig. Edith hatte keinen Anlass, einem von den Kasulkes irgendetwas von Hellas Fund und ihrer Verbindung zu dem Toten zu erzählen.

Sie nahm den letzten Bissen von dem Zuckerbrot.

»Natürlich werde ich Kasulke nichts sagen.«

Martha nickte, ihr Gesicht wurde weicher, und sie goss ihr noch einen weiteren Kaffee ein.

Edith trank und dachte nach, während sie das Kaffeearoma genoss. Das Bild aus der Vergangenheit war verflogen, und sie war wieder in der Gegenwart.

Wie hießen die Meerungeheuer aus der Odyssee? Skylla und Charybdis. Ein gefräßiges Monster und ein mächtiger Strudel. Zwischen beiden musste der geplagte Odysseus hindurchsegeln. Bei ihnen sah es nicht viel anders aus. Auf der einen Seite waren die beiden Männer, die hinter Hella her gewesen waren, auf der anderen Seite die Polizei, die im Viertel herumschnüffelte. Jetzt rückten ihnen auch noch die Kasulkes auf den Pelz: Ungeheuer Nummer drei hatte seinen Auftritt und bedrängte sie.

Wer wohl den Toten tatsächlich auf dem Gewissen hatte? Die beiden Männer? Falls sie ihn tatsächlich umgebracht hatten, warum hatten sie die Butterscheine nicht mitgenommen? Weil sie sie nicht gefunden hatten? Weil sie gestört worden waren?

Wie dem auch sei – glücklicherweise waren die Butterscheine bei

Kasulke gelandet, und das Mädchen hatte den beiden davon erzählt. Sie konnten also bei Kasulke weiter nach den Scheinen suchen. Skylla konnte sich mit Ungeheuer Nummer drei auseinandersetzen.

Edith nahm den letzten Schluck aus ihrer Tasse.

19

Montag, 18. März 1946

Als Dietrichs am Montagmorgen in sein Büro kam, sprang ihm sogleich das helle Quadrat auf seinem Schreibtisch in die Augen. Einer der Notizzettel, die Adelheid Beckmann herstellte, indem sie beschriebenes Papier zerschnitt und die Rückseite verwendete. Die in untadeligen, leicht nach links geneigten Buchstaben niedergeschriebene Nachricht setzte Dietrichs darüber in Kenntnis, dass er sich um neun Uhr dreißig im Büro des Public Safety Officer einzufinden habe. Beckmann selbst war nicht da, vermutlich stand sie wieder irgendwo für Lebensmittel an.

Dietrichs kannte den britischen Offizier kaum, der sich um die Neuorganisation der Polizei in der Stadt kümmern sollte. Der ihnen vor die Nase gesetzt worden war, wie einige der Kollegen nicht müde wurden zu betonen. Der immerhin ein Kripomann war, wie andere dem entgegenhielten, und wen hätte man denn früher vor der Nase sitzen gehabt, bitte schön?

Dietrichs legte die Notiz zurück auf den Tisch. Er knüllte die Nachricht zusammen und warf sie in den Papierkorb. Er hatte schon damit gerechnet, von dem britischen Polizeioffizier zum Rapport zitiert zu werden. Sie hatten es mit einem Tötungsdelikt zu tun, und nun ging es darum zu zeigen, dass die Polizei in der Besatzungszone funktionstüchtig war. Dietrichs seufzte. Er hatte dabei das Vergnügen, in der ersten Reihe zu stehen. Schlimmer noch: in der ersten Reihe zu stehen und keine nennenswerten Ergebnisse vorweisen zu können. Ein Toter mit gefalteten Händen auf einem Trümmergelände und Anwohner, die alle nichts gesehen hatten, nichts gehört hatten, nichts sagen wollten.

Als Dietrichs in dem lichten Treppenhaus die Stufen zu Gibbsons Dienstzimmer hinaufstieg, sah er Runge mit einem Stapel Akten unter dem Arm die Eingangshalle durchqueren. Runge lief geradewegs unter dem Lüster durch, während er selbst stets einen Bogen um die schwere, ziemlich schief an der Decke hängende Lampe machte. Runge legte einen Zahn zu, als er ihn bemerkte, und holte ihn in der zweiten Etage ein. Der Flurfunk hatte offenbar bestens funktioniert, denn Runge schien genau zu wissen, wohin Dietrichs unterwegs war. Zwischen zusammengebissenen Zähnen zischte er: »Jetzt kannst du dem Tommy ja persönlich in den Arsch kriechen!«

»Hab ich nicht nötig«, gab Dietrichs zurück und dachte: Im Gegensatz zu dir.

Runge sah der erneuten Überprüfung der Beamten in diesem Frühjahr nervös und nörgelnd entgegen. Vermutlich nahm er an, dass es ihm und seiner Personalakte ganz guttun würde, wenn er einen Erfolg in einem wichtigen Fall vorzuweisen hatte, damit seine sehr lange NSDAP-Mitgliedschaft und seine Gefälligkeiten für die Gestapo in Vergessenheit gerieten. Mürrisch sagte er: »Du hättest mich ruhig bei den Ermittlungen mit ins Boot nehmen können.«

»Warum sollte ich, Runge?«, antwortete Dietrichs. Er verschwieg, dass es Farnow gewesen war, der Runge abgelehnt hatte, weil der Polizeichef keinen politisch belasteten Beamten ins Rampenlicht stellen wollte.

»Weil wir Kollegen sind«, entgegnete Runge.

Weil wir Kollegen sind. Weil man seinen Kollegen nicht verrät. Kollegialität wurde immer dann beschworen, wenn jemand sich einen Vorteil versprach oder wenn es darum ging, etwas zu decken oder zu verheimlichen. Doch auch das sagte er nicht laut.

»Nein, Runge«, sagte er und ließ ihn stehen.

Der britische Offizier hatte das Büro des Polizeipräsidenten bezogen, das leer gestanden hatte, seit der letzte Amtsinhaber sich beim Einmarsch der Amerikaner abgesetzt hatte. Der Raum war karg,

Gibbson hatte alles abgehängt und abgenommen, was an den vorherigen Besitzer erinnerte, und selbst bis auf ein Bild des englischen Königs nichts hinzugefügt.

Er trug die hellbraune Felduniform der britischen Armee, die zwei Sterne auf seinen Schulterklappen wiesen ihn als Captain aus. Der britische Offizier hielt sich üblicherweise aus dem Alltagsgeschäft heraus. Als er im Sommer seine Stelle antrat, hatte er den Beamten eine kurze Rede gehalten. Er hatte erklärt, dass seine Aufgabe darin bestehe, in der Stadt eine effiziente Polizei aufzubauen. Diese solle sich vor allem dem Dienst am Bürger widmen – an der Stelle hatte Hackfeld, der neben Dietrichs gesessen hatte, geräuschvoll durch die Nase geschnaubt – und durch mustergültiges Verhalten Vorbild eines guten Staatsbürgers sein. Aus diesem Grunde gehe es auch darum, alle nationalsozialistischen Elemente aus dem Polizeidienst zu entfernen. Die Kollegen hatten alle mit steinernen Gesichtern dagesessen. In der Tat hatten sich ihre Reihen schon gelichtet, diejenigen, die bei der Gestapo gewesen waren, hatten, wenn sie sich nicht gleich nach Kriegsende davongemacht hatten, ihre Entlassungspapiere bekommen.

Gibbson sprach Deutsch, er hatte einen starken Akzent, aber man konnte ihn verstehen. Seinen Wortschatz schien er bei Schiller und Goethe gelernt zu haben, denn am Anfang verwendete er Ausdrücke wie »darben« oder »mir deucht«. Irgendjemand, wahrscheinlich Farnow, musste ihm dann gesagt haben, dass man heute nicht mehr so redete.

Der britische Offizier musste in Dietrichs Alter sein, vielleicht sogar etwas jünger, auch wenn sein blonder Haaransatz schon weit die Stirn hinaufgerutscht war und sich tiefe Falten von der Nase zu den Mundwinkeln herabzogen. Sein hageres, längliches Gesicht erinnerte an das Gesicht einer mittelalterlichen Heiligenfigur aus Holz.

Gibbson begrüßte ihn und deutete mit einer Handbewegung auf den Stuhl vor seinem Schreibtisch. Als Dietrichs Platz genommen hatte, forderte ihn Gibbson mit einer Knappheit auf, die jedem preußischen Offizier zur Ehre gereicht hätte, ihn über seine Ermittlungen ins Bild zu setzen.

Dietrichs legte die Ermittlungsakte auf den Tisch und begann zu sprechen. Er berichtete über den Fund der Leiche auf dem Trümmerfeld, über die Zeugen, die keine waren, weil sie nichts gesehen haben wollten, über Hieskens Obduktionsergebnisse.

»Gefaltete Hände?«

»Ja, so.« Dietrichs nahm an, der Brite hätte den Ausdruck nicht verstanden, verflocht die Finger und hielt seine verschränkten Hände über den Schreibtisch.

Unwirsch sagte Gibbson: »Geben Sie sich keine Mühe. Ich verstehe schon.«

Dietrichs ließ die Hände sinken und kam sich dumm vor. Er erklärte dem Offizier, dass die gefalteten Hände Anlass für die Ermittlung gewesen waren, sie jedoch keine nennenswerte Spur darstellten.

»Haben Sie überprüft, ob es ähnliche Todesfälle in der letzten Zeit gegeben hat?«

Ja, hatte er und keine gefunden.

Dietrichs fuhr fort und fasste zusammen, was die Befragungen, die er und Schulte durchgeführt hatten, ergeben hatten. Dann berichtete er von seinem Besuch im »Stiefel«.

»Wir sind auf der Suche nach diesem Paul. Meine Sekretärin telefoniert gerade die Ämter ab, um herauszufinden, ob es einen Beamten gibt, auf den die Beschreibung der Kellnerin zutrifft. Am Samstag war dort niemand zu erreichen.«

Als er fertig war, sagte Gibbson: »Das ist nicht viel.«

Der Brite hatte recht. Was sollte er beschönigen?

»Nein. Das ist nicht viel.«

»Was schlagen Sie vor?«

»Wir werden diesen Paul befragen, sobald wir ihn gefunden haben.

Außerdem habe ich für heute Morgen noch einen Zeugen einbestellt, um ihm auf den Zahn zu fühlen.«

»Auf den Zahn fühlen?«

»Das habe ich nicht wörtlich gemeint.«

Dietrichs ärgerte sich über seine Formulierung.

»Ich meine, ich werde ihn nachdrücklich befragen.«

»Nachdrücklich befragen«, wiederholte Gibbson. Die Mundwinkel des britischen Offiziers senkten sich. Wollte ihm der Engländer Gestapomethoden unterstellen? Dietrichs verzog keine Miene.

Gibbson fügte hinzu: »Ich werde heute bei den Verhören zugegen sein. Für wann haben Sie den Zeugen geladen?«

»Er kommt in einer Stunde. Verhörraum drei.«

Gibbson streckte die Hand aus. Dietrichs begriff erst im letzten Augenblick, dass der Brite ihm nicht die Hand schütteln wollte, sondern wortlos um die Akte bat. Er reichte sie ihm und wartete, während Gibbson in den Papieren blätterte.

Der britische Offizier klappte die Mappe nach einer Weile zu und gab sie Dietrichs zurück.

»Das war's«, sagte er, bevor er sich wieder den Papieren auf seinem Schreibtisch zuwandte. Dietrichs war entlassen.

20

Montag, 18. März 1946

Der Platz, den sie sich ausgesucht hatte, lag günstig. Ein kleines Mäuerchen, Überrest eines Treppenaufgangs, direkt gegenüber dem Portal des roten Backsteinbaus, in dem die Straßenbahngesellschaft ihre Verwaltung und Edith ihre Stelle hatte. Die Wiemelhauser Straße war breit, vor dem Verwaltungsgebäude verliefen Straßenbahnschienen, über zwei Fahrspuren rumpelte ab und an ein Karren oder ein Auto, aber sie war sicher, dass sie Edith sehen würde, sobald sie herauskam und in einem der fünf gemauerten Bögen vor dem Eingang erschien. Die Bögen sahen ein bisschen aus wie aus *Tausend und eine Nacht,* allerdings aus rauchschwarzen Klinkersteinen und überhaupt nicht bunt wie auf den Abbildungen im Märchenbuch aus der Leihbücherei.

Edith arbeitete in einem der Büros. Jedes Mal, wenn die Rede auf Edith und ihre Arbeit kam, wies ihre Mutter darauf darin, dass Edith die Stelle nur bekommen hatte, weil sie etwas gelernt hatte. Sie sprach Englisch, und zwar so gut, dass sie ihren Kollegen erklären konnte, was in den Anweisungen der Engländer stand. »Lern was, dann wirst du was«, hatte ihre Mutter bemerkt. Dann brauchst du nicht so malochen wie ich, sagte sie nicht, aber das war auch nicht nötig.

Edith hatte nicht den Eindruck gemacht, als ob sie mit ihrer Mutter einer Meinung wäre. Sie hatte nur skeptisch eine ihrer gezupften Augenbrauen hochgezogen.

Hella schaute wieder auf die Uhr an dem roten Türmchen an der linken Seite des breiten Gebäudes. Nicht mehr lange, und Edith würde da sein. Sie könnte mit ihr reden. Edith würde vielleicht etwas einfallen. Immer wenn sie mit Edith redete, wurden die Dinge einfacher.

Edith hörte zu, sie überlegte, fragte, gab den einen oder anderen Hinweis, und am Ende gab es eine Lösung. Selbst wenn Edith nicht die zündende Idee hatte, hatte Hella das Gefühl, dass sie Ordnung in ihre Gedanken gebracht hatte. Obwohl Edith zugegebenermaßen bei dem letzten Gespräch falschgelegen hatte.

»Sie können sich an Kasulke wenden. Das Ganze ist nicht mehr unsere Angelegenheit«, hatte sie gesagt, als Hella ihr von den Männern erzählt hatte.

Von wegen. Die Männer hatten sich nicht an Kasulke gewandt. Oder falls sie es doch getan hatten, war die Sache anders ausgegangen, als Edith angenommen hatte.

Dieses Mal war sie nicht in sie hineingelaufen, dieses Mal waren sie von hinten gekommen und hatten sie eingeholt.

Hella hatte sich auf dem Rückweg von der Schule beeilt und eine Abkürzung durch die Trümmer genommen. Vor der Metzgerei hatten die beiden sie jedoch erwischt. Eine schwere Hand hatte sich auf ihre Schulter gelegt, Hella drehte sich um und blickte in ein Paar wässrig blauer Augen.

»Was für 'ne Überraschung. So sieht man sich wieder.«

Der Kleine bleckte die grauen Zähne und grinste sie an, der größere der beiden stand neben ihm und sah ausdruckslos auf sie herab.

Hella roch wieder den Geruch nach Kohl, Zigaretten und Schweiß. Heute kam noch eine süßliche Schnapsfahne hinzu. Sie wand sich unter der mageren Hand hervor.

»Komm, wir quatschen ein bisschen.«

Der Kleine zeigte auf das überwucherte Terrain neben dem Hochbunker. Hella schüttelte den Kopf.

»Nein. Dahin geh' ich nicht.«

Die Straße war diesmal nicht leer, viele Leute waren an diesem Mittag unterwegs, um in den Geschäften Besorgungen zu machen. Der Kleine warf dem Bären einen fragenden Blick zu, und als dieser kurz das Kinn senkte, sagte er: »Na gut, setzen wir uns.«

Er ließ sich auf einer Treppe nieder, die zu einem Hauseingang führte, und klopfte einladend auf den Platz neben sich. Hella setzte sich vorsichtig und sah zu, dass sie ihn nicht berührte.

»Komm, rück ein wenig zur Seite, damit ich auch Platz habe.«

Die Stimme des Bären klang wieder tief und freundlich, als er sich ebenfalls auf die Stufen fallen ließ und sie in Richtung des Kleinen drückte, so dass Hella zwischen beiden eingezwängt auf der Treppe saß.

»Tag, Hellachen.«

Eine Frau blieb vor ihnen stehen. Frau Harkort, eine Kollegin ihrer Mutter. Auf ihrem Rücken hing ein halb gefüllter Rucksack, ihre Füße steckten in festen Schuhen. Hella nahm an, dass sie auf dem Weg zum Bahnhof war, um zum Hamstern aufs Land zu fahren.

»Frau Harkort«, setzte Hella an.

»Alles in Ordnung, Kind? Wer ist das denn?«

Bevor Hella etwas sagen konnte, sagte der Kleine: »Ich bin ihr Onkel.«

»Onkel? Ich dachte, Martha hat keine Geschwister.«

»Wir sind von der anderen Seite«, erklärte ihr der Kleine.

Frau Harkort sah auf die Herrenarmbanduhr an ihrem Arm, die wahrscheinlich am Abend in der Schublade eines Münsterländer Bauern verschwinden würde. Ihr Blick wanderte wieder zu den beiden Männern. Hella war klar, dass ihr nicht gefiel, was sie sah, dennoch sagte sie: »Tschüss, Hellachen. Ich muss weiter, mein Zug fährt gleich.«

Sie winkte noch einmal und hastete Richtung Bahnhof. Der Kleine winkte zurück.

»So, jetzt, wo wir wieder so nett unter uns sind, erzählst du mir mal ein bisschen. Unter uns Pastorentöchtern.«

Der Kleine kicherte über seine Formulierung.

»Was soll ich denn erzählen?«

»Jetzt stell dich nicht dümmer an, als du bist.«

Der Kleine sprach schneller, ein paar Speicheltropfen sprühten Hella ins Gesicht.

Sie musste wohl sehr ängstlich aussehen, denn der Bär sagte: »Beruhige dich, wir wollen lediglich wissen, was unser gemeinsamer Freund zu dir gesagt hat, bevor er starb.«

Hella überlegte einen Moment. »Nichts.«

Die beiden wechselten einen Blick.

»Nichts. Das ist ein bisschen wenig, weißt du. Denk nach!«

Der Bär sprach ruhig und beherrscht. Dabei legte er ihr die Hand auf das Knie. Hella versuchte von ihm abzurücken, doch auf der anderen Seite saß der Kleine, der keinen Zentimeter wich. Ganz im Gegenteil, er war ihr noch ein Stück auf die Pelle gerückt. Sie versuchte vergebens aufzustehen, die Hand des Bären hielt ihr Knie wie ein Schraubstock.

»Er hat tatsächlich nichts gesagt. Er wollte etwas sagen, aber er konnte es nicht mehr.«

Hella sah ihn wieder vor sich, den Blick zum Himmel, die aufgesprungenen Lippen, die sich bewegt hatten, ohne dass ein Ton zu hören war.

»Weißt du«, sagte der Bär leise. »Wir finden dich. Wir finden dich immer. So wie heute.«

»Genau«, schaltete sich der Kleine ein. »Zack, sind wir da.«

Der Bär brachte ihn mit einer Handbewegung zum Schweigen.

»Also, was weißt du?«

»Ich habe nichts gehört. Wirklich.«

Der Bär verstärkte den Druck seiner Pranke.

»Streng deinen Kopf an. So ein Knie ist eine komplizierte Angelegenheit. Muskeln, Bänder, Sehnen, Knochen. Wunderbar in ihrem Zusammenspiel, jedoch auch leicht zu zerstören.«

Seine Finger bohrten sich in ihre Kniekehle, drückten dort irgendetwas auseinander. Sie biss vor Schmerz die Zähne aufeinander. Wenn sie jetzt um Hilfe rief, würde sicher jemand kommen.

»Es hat keinen Sinn zu schreien. Du solltest nicht einmal daran denken«, sagte der Bär sanft.

Er bewegte seine Finger und schaute zufrieden, als Hella das Gesicht verzog, während er das Gefüge von Haut, Bändern und Sehnen in ihrer Kniekehle auseinanderschob. Der Kleine grinste sie an. Irgendetwas musste sie ihnen sagen, damit der Schmerz nachließ.

»Hören Sie zu, im Mantel ...«

Der Kleine fiel ihr ins Wort.

»Der Mantel interessiert uns nicht.«

»Lass sie reden.«

»Ach, sie quasselt uns nur die Ohren voll.«

Der Bär behandelte ihn wie Luft und wandte sich an Hella: »Erzähl. Was war in dem Mantel?«

Der Druck der Hand wurde ein wenig schwächer.

»In seiner Tasche hatte er ...«

»Ja.« Der Bär schaute gelangweilt nach vorn.

»Einen Zettel.«

»Einen Zettel. Schau an.«

»Ja, einen Zettel mit Namen. Er war ins Futter eingenäht.«

Der Bär machte eine rasche Bewegung mit dem Kopf.

»Ins Futter eingenäht? Was stand denn drauf, Hellachen?«

Er hatte den Kosenamen von Frau Harkort aufgeschnappt, als er ihn jetzt aussprach, klang er wie etwas Ekelhaftes.

»Ich weiß nicht, ich hab's vergessen. Namen.«

»Was für Namen?«

»Ich weiß nicht mehr.«

»Ich weiß nicht, ich weiß nicht – was weißt du überhaupt?«

Der Kleine äffte sie nach und wurde dabei so laut, dass einer der Passanten, ein junger Mann, der sich auf zwei aus Latten zusammengezimmerten Krücken über die Straße schleppte, sich umdrehte.

Der Bär begann wieder, mit seinen Fingern in ihrer Kniekehle herumzuwühlen. Leise sagte er: »Ich habe es langsam satt.«

»Ich weiß die Namen wirklich nicht mehr. Zwei waren es. Mit Adressen.«

Hella dachte fieberhaft nach, aber ihr Kopf war leer. Sie wusste, dass sie ihr später wieder einfallen würden, doch jetzt lagen sie gut versteckt irgendwo in einer Ecke ihres Schädels.

»Ich … ich kann mich nicht mehr erinnern. Geburtsdaten waren auch dabei. »

»Wo sind sie jetzt?«

»Wir haben sie verkauft, glaube ich. An Kasulke.«

Der Bär überlegte, dann sagte er: »Wir treffen uns morgen hier wieder, und du wirst mir mitteilen, was der Mann dir noch gesagt hat und wie diese Adressen und Geburtsdaten lauten.«

»Genau.« Der Kleine nickte eifrig. Der Bär ignorierte ihn.

»Falls du morgen nicht hier sein solltest, finden wir dich. Und dann …« Seine Finger bohrten sich unter ihre Kniescheibe. Hella musste sich auf die Lippen beißen, um nicht laut aufzuschreien.

Der Kleine hatte noch einmal »Genau« gesagt und dann hinzugefügt: »Bis morgen weißt du es. Streng deinen Grips an.«

Daraufhin hatten sie sich getrollt, der Kleine hatte ihr noch einen Schlag mit der flachen Hand auf den Hinterkopf gegeben.

Sie hatte ihren Grips nicht großartig anstrengen müssen. Moormann und Mahlke. Kaum waren die Männer verschwunden, waren die Namen wieder da. Alfons Mahlke, Sedanstraße 23, Fritz Moormann, Stoltzestraße 12. Die Sedanstraße war im Griesenbuch, im Blaubuchsenviertel rund um den Moltkemarkt, den Weg dorthin kannte sie. Eine Freundin ihrer Mutter lebte da, und sie hatten vor ein paar Wochen dort Speck geholt, den sie gegen ein paar von Ediths Zigaretten eingetauscht hatten. Wo die Stoltzestraße war, wusste sie nicht.

Hella trommelte mit den Hacken gegen die Mauer. Langsam könnte Edith wirklich kommen. Sie hatte um halb zwei Schluss. Ein ganzer Schwung von Frauen, die alle aussahen wie Bürofräulein, Hüte statt

Kopftüchern und Mäntel, die zumindest irgendwann einmal schick gewesen waren, kam aus dem Gebäude. Edith war nicht dabei.

Nun stand der Minutenzeiger schon fast auf Viertel vor. Eine Straßenbahn ruckelte über die Gleise und bog quietschend in die Einfahrt zu den Depots ein. Ein Auto hielt vor dem Gebäude.

Vielleicht redete Edith noch mit einer Kollegin. Der Gedanke an Edith, die sich munter unterhielt, während sie hier draußen wartete, machte sie einen Augenblick wütend. Doch dann fiel ihr ein, dass Edith ja gar nicht wusste, dass sie wartete.

Kurz nachdem die Schwingtüren des Depots sich hinter der Bahn geschlossen hatten, tauchte Edith endlich auf. Sie stand einen Moment lang im mittleren der fünf Bögen, bevor sie die Stufen hinabstieg. Hella hatte den Eindruck, dass sie im Gehen kurz zu ihr hinübersah. Sie winkte und rief, aber in dem Augenblick kam wieder eine Straßenbahn angezuckelt und ihr Rufen ging im Lärm der abbremsenden Bahn unter. Die Bahn hielt, Fahrgäste stiegen aus. Die Waggons versperrten Hella die Sicht auf den Eingang.

Als die Straßenbahn davongefahren war, sah sie Edith. Sie unterhielt sich mit einem Mann mit einer Schiebermütze und stieg mit ihm in ein Auto. Hella winkte wieder und rief, aber der Wagen setzte sich in Bewegung und bog in die Oskar-Hoffmann-Straße ein.

Edith war weg. Wer der Mann wohl gewesen war? Einer, mit dem sie nächtelang wegblieb? Da konnte sie lange warten, bis Edith wiederauftauchte. Sie war auf sich allein gestellt, dachte Hella. Also musste sie sich eben selbst um die Sache kümmern.

21

Montag, 18. März 1946

Der junge Mann hinkte, als er in den Vernehmungsraum kam. Sein rechtes Bein war steif, doch bewegte er sich behände mit seinem Gehstock und bugsierte seinen Körper geschickt auf den Stuhl vor Dietrichs Tisch.

»Darf ich?«, fragte er, und als der Oberinspektor nickte, schob er sein lahmes Bein wie eine Latte unter den Tisch.

Es war nicht schwierig gewesen, Paul Overdieck zu finden. Von den vier Pauls, die auf den verschiedenen Bochumer Ämtern arbeiteten, hatte nur einer ein steifes Bein.

Overdieck blickte besorgt auf den britischen Offizier, der in seiner Uniform rechts an der Wand saß. Heute Vormittag, als sie diesen Jungen, Emil Vogelsang, befragt hatten, hatte der Brite still dabeigesessen und keine Miene verzogen. Der Junge hatte nichts gesagt, was sie weiterbrachte. Ja, manchmal sei er auf dem Gelände unterwegs gewesen, Löwenzahn suchen, nicht jedoch an dem betreffenden Dienstag. Nein, mit Schwarzmarktgeschäften habe er nichts zu tun, ehrlich nicht. Dietrichs hatte ihn daran erinnert, dass er den Kollegen von der Schwarzmarktbekämpfung wohlbekannt sei, daraufhin hatte der Junge gesagt, dass man ihm nichts nachweisen könne. Dietrichs fand zwar, dass allein die Tatsache, dass der Junge das Wort ›nachweisen‹ benutzte, ein schlechtes Licht auf ihn warf, sie hatten ihn dennoch laufen lassen müssen. Der Brite hatte nichts fragen wollen und nach der Vernehmung schweigend den Raum verlassen. Wenn Overdieck Gibbsons Gegenwart störte, störte sie Dietrichs selbst noch viel mehr.

»Ihren Ausweis, bitte!«

Overdieck fingerte umständlich nach seiner Brieftasche und reichte Dietrichs einen von den neuen Personalausweisen.

Dietrichs las die Daten vor, damit Adelheid Beckmann sie notieren konnte. Sie saß an einem Tischchen neben ihm und stenografierte mit. Ihre Haare und ihre Haut waren grau, fast so grau wie die Wände des Präsidiums. Das Grau im Gesicht rührte von ihrer Müdigkeit her, sie schlief kaum, denn ihr kriegsversehrter Sohn schrie fast jede Nacht, weil er irgendwelche Albträume hatte und gegen drei oder vier kerzengerade im Bett saß und meinte, er sei immer noch in irgendeinem Panzerverhau an der Ostfront. Dietrichs hatte gehört, wie sie einer der anderen Sekretärinnen in der Kantine davon erzählt hatte.

Die Müdigkeit hinderte sie nicht daran, bei den Verhören schweigend jedes Detail korrekt aufzunehmen und anschließend das Gespräch in ein tadelloses Protokoll zu verwandeln.

Beckmanns Bleistift eilte über den Stenoblock.

Laut Ausweis war Overdieck dreiundzwanzig. Er sah jedoch älter aus. Das mochte an seinen schmalen, etwas hängenden Schultern liegen und vielleicht auch an seinem Gesicht, dessen hohe Stirn durch beachtliche Geheimratsecken noch vergrößert wurde. Obwohl er krankgemeldet war und sie ihn nicht im Amt, sondern zu Hause abgeholt hatten, war er sorgfältig rasiert, und aus dem Ausschnitt seines Pullunders schaute ein frisch gebügeltes Hemd hervor. Dietrich unterdrückte den Impuls, mit der Hand über seine eigenen Wangen zu fahren, um den Zustand der Rasur zu überprüfen. Der Mann hatte etwas Musterschülerhaftes, das ihn reizte. Daher sagte er schroffer, als er eigentlich vorgehabt hatte: »Heinrich Steinhoff. Woher kennen Sie ihn?«

Overdieck wiegte den Kopf und sagte langsam: »Deshalb also. Wegen Steinhoff bin ich hier.«

Dietrichs korrigierte seinen Eindruck: ein Musterschüler, aber einer, der vorzeitig gealtert war, denn er sprach bedächtig wie ein älterer Mann.

»Wir sind zusammen in die Schule gegangen, ich war zwei Klassen höher. Im Krieg sind wir im selben Bataillon gelandet. Nach dem Krieg haben wir uns hier wiedergetroffen. Es waren ja nicht mehr viele von uns übrig.«

Er sah Dietrichs mit leisem Vorwurf an. Von Dietrichs' Jahrgang war nur knapp die Hälfte der Männer eingezogen worden, und er war als Kripobeamter gar nicht mehr dran gewesen.

Overdieck war redselig. Dietrichs wartete ab, was Overdieck als Nächstes sagen würde.

»Steinhoff ist der Tote auf der Zeche, nicht wahr?«, kam es von der anderen Seite des Tisches.

»Wie kommen Sie darauf?«

»Ich habe die Meldung in der Zeitung gesehen. Außerdem sprechen die Dinge sich hier schnell rum. Wissen Sie schon, wer …«

Overdieck brach ab, und Dietrichs tat, als habe er die Frage nicht gehört: »Wann haben Sie Steinhoff zum letzten Mal gesehen?«

Overdieck sagte nach kurzem Überlegen: »Am vorletzten Freitag. Wir haben im ›Stiefel‹ ein Bier getrunken, wie öfter.«

»Worüber haben Sie mit Steinhoff gesprochen?«

»Über dies und das. Wo man Bier herbekommt. Über die Lebensmittelrationen. Die politische Lage.«

Freundlich und zuvorkommend. Und nichtssagend.

»Hat Steinhoff über seine Arbeit geredet?«

»Nein. An dem Abend nicht. Auch sonst hat er nicht viel darüber gesprochen.«

»Was wissen Sie denn über seine Arbeit?«

»Wie gesagt, nicht viel. Er arbeitet für einen Geschäftsmann und verdient nicht schlecht.«

Dietrichs fragte nach gemeinsamen Bekannten, Overdieck wiederholte, was auch die Kellnerin im »Stiefel« gesagt hatte. Kneipenbekanntschaften, man trank, redete und trennte sich dann wieder. Overdieck nannte ein paar Vornamen, die Dietrichs notierte.

»Frauen?«, fragte Dietrichs.

»Er hatte wohl eine Freundin, mit der er ausging. Das Mädchen ist 44 bei dem Novemberangriff umgekommen.«

»Wie häufig haben Sie sich gesehen?«

»Einmal die Woche vielleicht.«

»Immer im ›Stiefel‹?«

»Ja.« Nach kurzem Zögern schickte er hinterher: »Das heißt, meistens. Einmal waren wir bei ihm zu Hause. Vor gut zwei Wochen.«

Dietrichs fragte sich, ob das Zögern bedeutete, dass Overdieck gerade eingefallen war, dass es möglicherweise Zeugen für seinen Besuch bei Steinhoff zu Hause gab. Vielleicht war es auch nur Overdiecks bedächtige Art.

»Wobei ging es bei dem Gespräch?«

»Um dasselbe wie immer. Heinrich hatte Flaschenbier aufgetrieben. Das haben wir dann bei ihm zu Hause getrunken.«

»Geht es ein bisschen genauer? Worüber haben Sie gesprochen?«

»Über alles Mögliche. Über das Bier, das schmeckte wie aus der Vorkriegszeit. Über Fußball, jetzt geht es ja wieder los. Und Heinrich hat die Geschichte von diesem Fotografen aus dem Münsterland erzählt.«

»Welchem Fotografen?«

»Dieser Kerl, der die Gutsherren im Münsterland übers Ohr gehauen hat. Der mit den Fotos von Hitlers Sohn.«

Ein kurzes, trockenes Auflachen kam von der rechten Seite. Es klang fast wie ein Husten.

»Unbelehrbar«, murmelte Gibbson.

Gibbson schien sich ebenso wie Dietrichs an die Geschichte zu erinnern. Anfang des Jahres hatte ein arbeitsloser Fotograf die großen Gutshöfe im Münsterland abgeklappert, in der Brieftasche ein Foto von Eva Braun. Auf dem Arm hatte Hitlers Geliebte einen kräftigen Säugling. Ursprünglich hatte die Frau auf dem Bild einen Blumenstrauß gehalten, doch der Fotograf hatte das Foto eines Babys hineinmontiert. Er hatte allen versichert, dass es sich bei dem Baby um Hitlers Sohn handele, der heimlich im Bayrischen Wald großgezogen werde, und um Spenden für seine Erziehung gebeten. Letztlich hatte die britische Militärpolizei den Mann festgesetzt, weil sie glaubte, dass er Spenden für eine Sabotageorganisation sammelte, die das Dritte Reich wieder errichten wollte. Der Fotograf hatte allerdings mit den Nazis nichts am Hut gehabt, ihm war es allein um das Geld gegangen. Das war reichlich geflossen und nicht nur Geld. Die Gutsherren hatten sich nicht lumpen lassen und Wertbeständiges gespendet. Ringe, Silberlöffel, Münzen. Schließlich galt es, für Hitlers Sohn zu sorgen.

»Hat Steinhoff etwas Ähnliches vorgehabt?«

»Geld für Hitlers Sohn zu sammeln? Nein, auf keinen Fall.« Overdieck schüttelte energisch den Kopf. »Ihm hat die Geschichte einfach gefallen, er fand den Einfall gelungen und hat darüber gelacht.« Er fügte hinzu: »Obwohl es natürlich Betrug war.«

Und obwohl die Spender bereit waren, für so einen Schwachsinn zu spenden, dachte Dietrichs. Hitlers Sohn.

»Hatte Steinhoff vor, tatsächlich für eine Sabotagegruppe zu sammeln?«, fragte Gibbson.

»Nein, nein. Zumindest nicht, dass ich wüsste«, sagte Overdieck eilig. »Wenn dem so wäre, hätte er es mir sicher nicht gesagt. Tut mir leid.«

»Was hatte er denn vor?«, fragte Dietrichs. »Welche Pläne hatte er?«

»Pläne?« Overdieck fuhr sich mit der Hand über die Geheimratsecken und strich seine Haare zurück. »Was für Pläne?«

Dietrichs antwortete nicht und machte sich einen Vermerk in sein Notizbuch. Steinhoffs kleiner Bruder hatte deutlich gesagt, dass Steinhoff mit seinem Freund Paul über ein großes Ding gesprochen habe, das ihm mehr Geld bringen würde. Overdieck log.

»Für wen hat Steinhoff gearbeitet?«

Overdieck veränderte seine Sitzposition, sein steifes Bein schabte über den Linoleumboden des Büros. Er sah auf seine Hände. Seine

Fingernägel waren sauber, rosig und hatten weiße Halbmonde. Solche Hände mussten ihn in dieser Stadt, in der der Staub aus den Trümmern sich über alles legte, einige Mühe kosten.

»Er hat es mir nie gesagt. Tut mir leid.« Overdieck lächelte entschuldigend. Er hatte es sich offensichtlich in der Position des hilfsbereiten Zeugen bequem eingerichtet. Dietrichs fand, dass es Zeit für einen Wechsel war.

Brüsk fragte er: »Wo waren Sie am Dienstag?«

Overdieck blinzelte überrascht, als er sich von der Rolle des freundlich befragten Zeugen in die eines Verdächtigten katapultiert sah. Dietrichs registrierte aus den Augenwinkeln, dass Gibbson sich interessiert vorbeugte.

»Arbeiten. Von neun bis sechs. Danach war ich zu Hause.« Er fügte hinzu: »Die Frage stellen Sie wahrscheinlich jedem.«

»Nicht unbedingt. In Ihrem Fall gibt es handfeste Gründe dafür.«

»Welche Gründe?«

»Sie lügen mich an, was Steinhoffs Pläne angeht. Das bringt mich zum Nachdenken. Und da wären wir wieder bei den Gründen: Vielleicht haben Sie ja gute Gründe, mich anzulügen.«

Dietrichs beobachtete Overdieck. Das Gesicht des jungen Mannes blieb reglos wie das eines mittelmäßigen Pokerspielers, der sich bemüht, jeden Muskel unter Kontrolle zu haben, dem die Anstrengung jedoch anzumerken ist. Overdieck holte tief Luft. Dietrichs ließ ihm keine Zeit zu einer Entgegnung.

»Sie haben sich auf dem Zechengelände mit ihm verabredet, es kam zum Streit, und Sie haben ihn erschlagen.«

»Nein, das habe ich nicht.«

Overdieck rang um Worte. »Ich war am Dienstag auf dem Amt. Arbeiten.«

»Irgendwann macht auch ein Amt mal zu. Danach haben Sie sich mit ihm auf der Zeche getroffen.«

Overdieck verlor die Fassung.

»Das ist doch völliger Humbug!« Er schüttelte vehement den Kopf. »Völlig an den Haaren herbeigezogen. Warum sollte ich Heinrich umbringen?«

»Wo waren Sie denn?«

»Ich bin nach Hause gegangen.«

»Und haben einen kleinen Umweg über die Zeche gemacht und sich mit Steinhoff auf dem Zechengelände getroffen.«

»Nein. Warum sollte ich mich mit ihm in den Ruinen treffen?«

»Das frage ich Sie!«

»Hören Sie! Auf der Zeche treibt sich eine Menge Gesindel rum. Jugendliche, die nach Metall suchen, was weiß ich. Flüchtlinge aus dem Osten. Wahrscheinlich war es einer von denen.«

»Hat Steinhoff jemanden erwähnt?«

Overdieck schloss die Augen, er überlegte. Oder tat so, als ob er überlegen würde, dachte Dietrichs.

»Nein.« Die Augen wurden wieder geöffnet. »Nein, er hat niemanden erwähnt. Vielleicht wusste er ja vorher nicht, dass ihn einer von denen umbringen würde. Ich meine, es kann ja jemand völlig Fremdes gewesen sein.«

Overdiecks Bein schabte wieder über den Boden.

Damit hatte Overdieck nicht unrecht, aber das würde er ihm nicht auf die Nase binden.

»Dafür gibt es keine Anhaltspunkte. Bleiben nur noch Sie.« Die Argumentation war aus der Luft gegriffen, doch jetzt ging es nicht darum, einen Preis für Logik zu gewinnen, sondern Overdieck einzuschüchtern.

Dessen Augenlider flatterten.

»Hören Sie …«

Overdiecks Gesicht war einen Moment lang qualvoll verzogen. Wenn die Polizei einen erst einmal im Visier hat, war es schwierig, sie davon zu überzeugen, dass man unschuldig war. Das hatten die Menschen in den letzten Jahren gelernt. Das sollte nicht so sein, doch manchmal war es nützlich, wenn die Befragten das glaubten. Overdieck jedenfalls schien es zu glauben, denn er fuhr fort, seine Unschuld zu beteuern. Allerdings versuchte er es nicht mehr mit Argumenten, sondern flehte um Verständnis.

»Hören Sie zu, ich habe Steinhoff nicht getötet. Das müssen Sie mir glauben.«

Dietrichs sagte kühl: »Warum sollte ich?«

Dann sagte er: »In dem Gespräch, das Sie mit Steinhoff geführt haben, ging es darum, dass Steinhoff irgendetwas plante.«

Overdieck blinzelte wieder und schüttelte erneut den Kopf.

Dietrichs schlug mit der flachen Hand auf den Tisch und sagte laut: »Hören Sie auf, mir Geschichten aufzutischen, wenn Sie wollen, dass ich Ihnen glaube.«

Dietrichs wechselte Tonart und Lautstärke. Mit freundlicher Sachlichkeit, als ob er Overdieck eine helfende Hand anbieten wollte, sagte er: »Sie haben mit Steinhoff über ein Vorhaben gesprochen, und ich will wissen, worum es dabei ging. Also …«

Overdieck wollte schon wieder den Kopf schütteln, doch schien ihm plötzlich etwas klar zu werden: »Steinhoffs kleiner Bruder. Er hat uns belauscht und sich irgendetwas zusammengereimt. Steinhoff hat eine Bemerkung gemacht, als er ein Geräusch im Flur gehört hat.«

»Was hatte Steinhoff vor?«

Diesmal bekam er eine Antwort.

»Gut, hören Sie. Heinrich hat eine Sache erwähnt, mit der er viel verdienen könnte. Er hat mir zugeprostet, wir haben auf die Zukunft getrunken, wie wir das immer getan haben. Egal, wie sie später aussah, die Zukunft. Dann hat er gesagt: ›Wünsch mir Glück, Paul. Damit die Sache, die ich am Laufen habe, auch richtig klappt.‹ Natürlich habe ich ihm Glück gewünscht.«

Das war nichtssagend. Dietrichs sorgte dafür, dass seine Skepsis ihm deutlich am Gesicht abzulesen war. Overdieck schob eine Erklärung nach.

»Ich wollte es Ihnen nicht erzählen, weil ich den Eindruck hatte, dass Heinrich in krumme Geschäfte verwickelt ist.« Er fügte hinzu: »Mit Leuten, die keinen Spaß verstehen.«

»Worum ging es dabei?«

»Um Schwarzhandel. Er hat für einen Schieber gearbeitet.« Er fügte hinzu: »Es wäre gut, wenn Sie nicht sagen würden, dass Sie das von mir haben.«

»Hat er auch einen Namen, dieser Schieber?«

Overdieck holte Luft. »Es ist ein Kohlenhändler, der nicht nur mit Kohlen handelt. Steinhoff hat für ihn Botengänge erledigt. Transport delikater Ware. Sie wissen schon, was ich meine.«

»Den Namen des Kohlehändlers.«

»Ich weiß ihn nicht. Er hat eine Kohlenhandlung in der Dorstener Straße. Den Namen hat Heinrich nie erwähnt.«

Die Dorstener Straße war eine der Ausfallstraßen nach Norden, und sie war ziemlich lang, die Zahl der Kohlenhändler dort dürfte jedoch überschaubar sein. Dietrichs schaute zu Gibbson hinüber.

»Möchten Sie noch eine Frage stellen?«

Der britische Offizier verneinte. Ohne ein Wort zu sagen, erhob sich Dietrichs und öffnete die Tür. Er ließ Gibbson, der ebenfalls aufgestanden war, den Vortritt.

»Und ich – was ist mit mir?«, rief Overdieck, als Dietrichs die Tür hinter sich zuzog.

Sie gingen ein paar Schritte den Flur entlang. Dietrichs wartete auf eine Frage des Briten. Doch der schwieg. Im Grunde können wir immer weiter hier herumwandern, dachte Dietrichs. Das Präsidium war um zwei kleinere Höfe in der Mitte angelegt, und die Flure führten in allen Etagen rund um die Höfe herum. So dass sie ewig im Kreis laufen könnten, falls Gibbson nichts sagte.

Gibbson fragte: »Und?«

»Wir überprüfen die Geschichte mit dem Kohlenhändler. Möglicherweise hat Overdieck recht. Steinhoffs Vater hat auch von einem Geschäftsmann gesprochen.«

Steinhoffs Vater hatte ziemlich herumgedruckst, ehe er sich dazu bequemte, zu sagen, dass sein Sohn bei einem Geschäftsmann arbeitete. Ein Schwarzmarktgeschäfte treibender Kohlenhändler.

Der Brite bemerkte, ohne dass sich ein Muskel in seinem Gesicht bewegte: »Möglicherweise eine Auseinandersetzung zwischen Schiebern.«

Dietrichs stimmte zu. »Vielleicht hat jemand ihn getötet, weil er es auf die Ware abgesehen hatte, die Steinhoff transportierte. Oder er ist einer anderen Bande ins Gehege gekommen.«

Der Brite nickte. »Ins Gehege gekommen.«

Er schien den Ausdruck im Mund hin und her zu wenden und ihn dann seinem Gedächtnis einzuverleiben.

»Was halten Sie von Overdiecks Aussagen?«, fragte er dann.

Dietrichs unterdrückte einen Seufzer. Gibbson fühlte ihm auf den Zahn.

»Er wollte ganz offensichtlich nicht über Steinhoffs Geschäfte reden«, antwortete er.

Der Brite nickte wortlos, Dietrichs wartete. Er fiel nicht auf dieses Schweigen herein, das lediglich dazu diente, dass der andere irgendwann weitersprach, um die Stille zu füllen. Dafür benutzte er es selbst zu häufig.

Schließlich fragte Gibbson: »Welchen Grund hat er Ihrer Ansicht nach dafür?«

Dietrichs zuckte mit den Schultern.

»Wahrscheinlich hatte er einfach nur Angst. Schieber mögen es nicht, wenn sie an die Polizei verraten werden.«

»Mag sein.«

Mehr sagte der Brite nicht, und auch sein Statuengesicht verzog sich nicht, aber Dietrichs verstand. Der Brite wollte etwas hören.

Dietrichs hasste es, wenn er das Gefühl hatte, sich beweisen zu müssen. Hervorzutreten, um zu zeigen, was er konnte. Wie ein Pfau die Federn zu präsentieren. Oder wie ein Pferd sein Gebiss. Da er nun schon einmal in diesem Fall steckte, würde es ihm allerdings das Leben erleichtern, wenn dieser Brite ihn für einen halbwegs fähigen Polizisten hielt. Also zeigte er seine Federn. Beziehungsweise sein Gebiss.

»Vielleicht gab es auch Krach zwischen diesem Schieber und ihm. Overdieck hat gesagt, Steinhoff wollte mehr Geld verdienen. Das kann auch heißen, dass er auf eigene Rechnung gearbeitet hat, und das hat seinem Chef nicht gefallen.«

Der Brite sah ihn aufmerksam an und verzog die Mundwinkel. »Vielleicht war es auch Overdieck. Wie Sie in der Befragung angedeutet haben.«

»Angedeutet« war eindeutig eine Verharmlosung.

»Ich überprüfe seine Aussagen über seinen Tagesablauf an dem betreffenden Dienstag«, sagte Dietrichs.

»Nun gut«, sagte Gibbson. »Sie erstatten mir morgen Bericht. Ich möchte über Ihre nächsten Schritte informiert werden. Ob ich bei weiteren Befragungen dabei sein werde, werde ich Ihnen von Fall zu Fall mitteilen. Außerdem werden Sie nicht mehr allein arbeiten. Ich werde dafür sorgen, dass der Polizeichef Ihnen einen Kollegen zur Seite stellt.«

Das hatte ihm gerade noch gefehlt.

22

Montag, 18. März 1946

In der Stoltzestraße standen die meisten Häuser noch. Frei stehende Häuser inmitten großer Gärten, die ganz bestimmt auch Badezimmer mit fließendem Wasser hatten, und zur Toilette musste man nicht eine halbe Treppe hinabsteigen. Häuser für feine Leute.

Herauszufinden, wo die Stoltzestraße war, war kein Problem gewesen. Der zweite Passant, den sie gefragt hatte, hatte ihr den Weg beschrieben.

In den Gärten gab es kaum noch Bäume, zwischen brauner Erde und schwarzem Gestrüpp stachen überall die hellen Kreise hervor, die zeigten, wo ein Baum abgeholzt worden war. Aber auch das war vielleicht ein Vorteil: Die Menschen hier brauchten ihr Feuerholz nicht in den Trümmern zu suchen, sie holten es sich aus ihrem eigenen Garten. Hella hörte die Vögel. Vielleicht lebten hier mehr, wegen der Sträucher. Oder sie hörte sie, weil es hier keine anderen Geräusche gab, nicht das Rattern der Güterzüge, kein Kindergeschrei.

Die Nummer 12 hatte sie bald gefunden. Jedoch gab es kein Haus mehr, nur noch einen eisernen Gartenzaun mit einem Törchen, das zwischen zwei gemauerten Säulen hing. An der einen war die Hausnummer angebracht und darunter ein Türschild. Der ovale Rahmen mit dem verschnörkelten Rand, auf dem eigentlich der Name der Bewohner prangen sollte, war leer und starrte sie wie ein blindes Auge an.

Hella spähte durch die Gitterstäbe. Von dem Haus war nicht mehr viel übrig, nur noch eine Mauer. Vielleicht wohnte dieser Moormann trotzdem dort, in einer Kellerwohnung oder in der Gartenhütte. Daher drückte sie die Klinke hinunter.

»He, was machst du da?«

Der Mann, der auf der gegenüberliegenden Straßenseite seinen Garten umgegraben hatte, hatte sich aufgerichtet. Auf den Griff des Spatens gelehnt blickte er zu ihr hinüber.

»Entschuldigung. Ich suche jemanden. Franz Moormann. Kennen Sie ihn?«

Hella ging einige Schritte auf ihn zu.

»Du wohnst aber nicht hier in der Gegend.« Er musterte sie missbilligend. »Oder haben sie doch hier irgendwo Flüchtlinge einquartiert? Obwohl – ist ja eigentlich Zuzugsstopp.«

Was das mit den Flüchtlingen anging, konnte sie ihn beruhigen.

»Nein, wir sind keine Flüchtlinge. Ich wohne in Hamme. Schon seit ich auf der Welt bin.«

Die Missbilligung blieb, der Mann verzog abschätzig den Mund.

»Hamme. Na, das ist ja ein ganz erstklassiges Viertel. Und jetzt strolchst du hier rum, um rauszufinden, ob was zu holen ist.«

Wenn ich vorhätte, etwas zu stehlen, würde ich es dir sicher nicht unter die Nase reiben, dachte Hella. Sie wiederholte: »Ich suche Franz Moormann. Er soll in Nummer zwölf wohnen.«

Wieder bekam sie keine Antwort. Stattdessen sagte der Mann: »Hier treibt sich einiges Gesindel herum. Letzte Woche haben sie mir die Setzkartoffeln aus dem Garten geklaut. Sind über den Zaun gestiegen und haben sie ausgebuddelt. Setzkartoffeln. Ausgebuddelt.«

»Ich will hier nichts stehlen und auch keine Kartoffeln ausbuddeln.«

Sie kam zum dritten Mal auf ihr Anliegen zurück. »Herr Moormann – wohnt der in Nummer zwölf?«

Endlich ging er auf ihre Frage ein,

»Nie gehört. In der Zwölf wohnt niemand.«

»Und Moormann sagt Ihnen gar nichts? Ich suche ihn nämlich, weil er in derselben Kompanie wie mein Vater war.«

Die Geschichte mit der Kompanie hatte sie sich unterwegs zurechtgelegt, für den Fall, dass jemand fragen sollte, was sie von Moormann oder Mahlke wollte. Einen Angehörigen zu suchen war vollkommen unverfänglich. Leute suchten ständig nacheinander. Abends im Radio, das sie manchmal mit Frau Kowalski hörten, brachten sie ellenlange Suchmeldungen. Wenn die Züge mit den Kriegsheimkehrern am Bahnhof eintrafen, standen dort massenweise Leute mit Schildern um den Hals mit den Namen von Vermissten darauf, in der Hoffnung, dass einer der Heimkehrer vielleicht etwas über sie wusste.

»Da bist du so ganz alleine unterwegs?«

Der Mann war zum Zaun gekommen und betrachtete sie von Neuem. In seinem Blick lag etwas anderes, das Hella noch weniger gefiel als die Missbilligung, die er vorher an den Tag gelegt hatte. Er wurde richtiggehend redselig, stützte sich auf den Zaun und fing an zu erzählen.

»Früher wohnten in dem Haus die Sterns. Die sind dreiundvierzig mit Sack und Pack weg. Ab in den Osten. Mit den Zügen. Später hat Dr. Wiedhold ihr Haus günstig gekauft. Für 'nen Appel und 'n Ei. Hat ihm aber nichts genützt. Das Haus ist bald darauf getroffen worden. Na ja. Kurz bevor die Amis eingerückt sind, ist er dann auch weg. Mit Sack und Pack.«

Er zuckte mit den Schultern. »Na ja, so war es eben.«

Sein Gerede von »für'n Appel und 'n Ei« hatte ihn womöglich auf die Idee gebracht, jedenfalls lehnte er sich über den Gartenzaun und sagte freundlich: »Möchtest du vielleicht einen Apfel? Ich habe im Keller noch Lageräpfel.«

Einen Apfel. Süß. Saftig. Was zu essen.

»Komm mit, dann kannst du dir den schönsten aussuchen.«

»Nein, danke.«

Die Mahnung ihrer Mutter, sie solle von Fremden kein Essen annehmen, kam ihr in den Sinn. »Egal, wie hungrig du bist.« Den Ausschlag gaben jedoch die Blicke des Mannes, der sie immer wieder von oben bis unten beäugte. Garantiert würde sie nicht mit ihm in einen Keller runtersteigen.

Trotzdem stellte sie noch eine Frage: »Und was ist jetzt mit dem Haus?«

Sie bekam keine Antwort

»Bist du sicher, dass du keinen Apfel willst?«

Er lächelte sie an. Sie lehnte erneut ab.

»Oder etwas anderes?«

Hella schüttelte den Kopf und trat drei Schritte vom Zaun zurück.

»Nein, danke. Ich muss dann mal weiter.«

Sie drehte sich um und ging. Von hier bis zur Sedanstraße war es noch ein gutes Stück. Sie würde laufen müssen, da keine Straßenbahn dorthin fuhr.

Auf jeden Fall konnte es nicht schaden, wenn sie sich die Adresse anschaute. Vielleicht würde sie auf diese Weise herausfinden, warum sie den Männern so wichtig war. Was sie mit ihrem Wissen anfangen wollte, wusste sie nicht, doch etwas zu wissen konnte nie schaden. Was sollte sie auch sonst tun? Zur Polizei gehen und zugeben, dass sie den Mantel gestohlen hatte? Dass sie den Polizisten belogen hatte, der sie gestern besucht hatte? Dass ihre Mutter und Edith die Butterscheine an Kasulke verkauft hatten? Sie würden nicht lange fackeln und sie mitnehmen, wie sie Kowalski mitgenommen hatten. Keine Frage. Sie einsperren. Sie sah sich in einer Zelle sitzen, bei Wasser und Brot. Ihre Mutter käme und brächte ihr schimpfend was zu essen. Schimpfend und – viel schlimmer – heimlich heulend. Die Polizei kam nicht infrage. Sie würde den Männern einfach sagen, was sie wissen wollten. Wenn sie Glück hätte, käme bei ihrer Suche noch etwas heraus, was ihr irgendwie von Nutzen sein konnte. All das war viel besser, als zu Hause herumzusitzen und sich vor ihnen zu fürchten. Vielleicht gab die nächste Adresse mehr her.

Sie marschierte zügig und hatte nach einer Weile das Viertel um den Moltkemarkt erreicht. Hier gab es keine Gärten, keine Villen, keine kunstvollen Klingelknöpfe. Die meisten der Mietskasernen waren zerstört, viele Häuserblocks waren nur noch ein Trümmerfeld.

Nach der Sedanstraße musste sie nicht lange suchen, jemand hatte den Straßennamen in ein an der Ecke liegendes Mauerstück eingeritzt. Wo die Nummer 23 war, war allerdings schwer zu sagen, denn der ganze Block stand nicht mehr. Nach einigem Suchen fand sie das Haus Nummer 17, jemand hatte die Hausnummer und die Namen der Bewohner auf die Überreste der Fassade gepinselt.

Hella zählte von der 17 an ab. Drei Häuser weiter musste die 23 sein, dort türmten sich schwarzes Mauerwerk, verbrannte Balken und zerbrochene graue Steine.

Was hinter dem Schuttberg lag, war von der Straße aus nicht zu sehen. Hella machte sich daran, über die rechte Flanke zu klettern. Vielleicht wohnte auf der anderen Seite noch jemand, die Leute gruben sich Höhlen in die Schuttberge oder wohnten in Kellern, die unversehrt unter den zerstörten Häusern lagen.

Auf der Spitze des Schuttberges angekommen, hielt Hella nach qualmenden Ofenrohren Ausschau, die aus der Trümmerlandschaft ragten und anzeigten, dass jemand unter den Ruinen wohnte.

Von Ofenrohren keine Spur, aber in dem schwarzgrauen Schutt bewegte sich etwas. Ein Mann. Hella hätte ihn fast übersehen, da seine Kleidung und sein Gesicht dieselbe graue Farbe hatten wie der Staub und die Steine um ihn herum. Als er näher kam, zeigte sich, dass der Mann eine alte Uniformjacke trug, um die Taille hatte er einen Strick geknotet. Auf dem Kopf saß eine Fellmütze. Rechts und links baumelten zwei Kaninchenschwänze von der Mütze herab und verdeckten seine Ohren. Auch das Fell war grau.

Ohne in ihre Richtung zu schauen, steuerte er auf einen Schutthügel links von ihr zu und erklomm ihn. Beim Hinaufklettern schwangen die beiden Fellbüschel an seiner Mütze bei jeder Bewegung hin und her.

Vielleicht wusste er etwas über Alfons Mahlke, dachte Hella. Jetzt war er oben angekommen. Er tastete mit den Füßen über den Boden, als ob er einen geeigneten Platz suchen würde, und stellte sich schließlich mit gespreizten Beinen hin. Was er wohl vorhatte? Hielt er auch nach etwas Ausschau, so wie sie?

Doch was er als Nächstes tat, sah nicht danach aus. Er streckte die Arme seitlich aus, die Handflächen nach oben gerichtet, den Kopf legte er in den Nacken. So stand er einen Augenblick da. Mit seiner starren Körperhaltung wirkte er wie ein seltsames Denkmal.

Einen Augenblick später begann er zu schreien, seine raue Stimme gellte über die Ruinen. Was er rief, konnte sie nicht verstehen, weil er in einer fremden Sprache redete. Er schien den Himmel anzuschreien. Zuerst hörte es sich an, als würde er ein Gedicht hinausrufen, weil die Worte irgendwie gleichmäßig, in einem Rhythmus aus seinem Mund kamen. Manchmal wurde er leiser und hielt für einen Moment inne, als ob er zwischendurch nachdenken würde, dann hob sich seine Stimme wieder, als ob seine Überlegungen ihn wütender machen würden. Eine ganze Weile schrie er so in den späten Nachmittag hinein.

Hella vermutete, dass es einer von denen war, die nicht mehr richtig im Kopf waren, seit sie aus dem Krieg zurückgekommen waren. Wie der bekloppte Jupp, der drei Häuser weiter von ihr wohnte. Alle paar Nächte brüllte er: »Alarm! Kampfstellung!«, so laut, dass man es im ganzen Häuserblock hörte. Die ersten Male war er auf die Straße hinausgerannt, seine Mutter hatte ihn mithilfe der Nachbarn ins Haus zurückzerren müssen. In den nächsten Nächten hatte sie die Tür verschlossen und den Schlüssel versteckt. So einer war der Mann sicherlich auch. Ein Verrückter, der seinen Verstand im Krieg gelassen hatte.

Nach einer Weile tauchte auf einem anderen Hügel ein weiterer Mensch auf, ein kleiner blauer Fleck auf der Spitze eines entfernteren Schutthügels. Der Punkt bewegte sich den Schutthügel hinunter und kam näher. Bald konnte sie erkennen, dass der Punkt ein Mädchen in einem blauen Mantel war, ein wenig kleiner als sie selbst. Es umklammerte mit beiden Armen eine Tasche vor seiner Brust.

Der Mann schien die Kleine ebenfalls bemerkt zu haben, jedenfalls hörte er auf zu rufen, kletterte von seinem Schuttberg herunter und ging zielstrebig auf sie zu. Als sie sich trafen, hörte Hella ihn fragen: »Hast du mir etwas mitgebracht?«

Der grollende Zorn war aus seiner Stimme verschwunden, er klang mürrisch, aber nicht unbedingt verrückt. Die Kleine nickte.

»Dann komm mit«, sagte er.

Er drehte sich um und stakte mit steifen Schritten voran. Das Mädchen presste die Tasche an ihre Brust und flüsterte ihr etwas zu, bevor sie ihm folgte. Bald waren sie nicht mehr zu sehen, und das Trümmerfeld lag wieder verlassen da.

Die beiden waren die Einzigen, die Hella in den letzten zwanzig Minuten hier gesehen hatte. Wenn sie etwas wissen wollte, blieb ihr nichts anderes übrig, als einen von ihnen zu fragen.

Sie beeilte sich, ihnen nachzugehen, und einen Augenblick später fand sie die Stelle, an der die zwei verschwunden waren. Eine alte Haustür lag auf der Erde und deckte offensichtlich einen Kellereingang ab. Wahrscheinlich wohnte der Mann mit der Fellmütze darin.

Hella hockte sich hin und klopfte, wie man eben an eine Haustür klopft, doch es rührte sich nichts. Sie dachte daran, die Tür einfach wegzuschieben und hinunterzusteigen, aber vermutlich wäre der Mann nicht sonderlich begeistert, wenn sie ohne große Umstände in seine Wohnung hineinspazierte.

Er hatte die Kleine behandelt wie jemanden, der auf Besuch kommt. Den man irgendwo hinführt, wo man selber zu Hause ist. Und wenn das Mädchen ihn nur besuchte, kam sie möglicherweise bald wieder heraus, und Hella konnte mit ihm sprechen. Falls nicht, würde sie sich etwas anderes einfallen lassen müssen. Sie beschloss, eine Weile zu warten, und setzte sich auf einen Mauerrest.

Bislang war der Mann der Einzige, der an dieser Adresse wohnte. Ob er wohl Alfons Mahlke war?

Lange musste sie nicht warten. Nach einer Viertelstunde öffnete sich die Tür, und das Mädchen kam blinzelnd ans Tageslicht. Die Tasche trug sie nicht mehr vor der Brust, sie hing ihr von der Schulter hinunter. Hella wartete ab, bis sie sich ein paar Meter von der Tür entfernt hatte, dann rief sie: »Du, warte mal.«

Die dünnen, zu Affenschaukeln geflochtenen Zöpfe der Kleinen wippten, als sie sich nach ihr umdrehte.

»Dich habe ich noch nie hier gesehen«, sagte sie.

»Ich wohne auch nicht hier. Ich suche hier bloß jemanden. Alfons Mahlke.«

»Kenn ich nicht.«

Die Kleine schob den zu langen Ärmel ihres Mantels zurück und begann, mit ihren schmutzigen Fingernägeln an ihrer linken Hand herumzuschaben. Die Haut zwischen den Fingern und auf dem Handrücken war rot und aufgekratzt, an manchen Stellen hatte sich schon wieder eine Kruste gebildet. Eine der verschorften Stellen fing an zu bluten, als die Kleine sie mit ihren Fingernägeln traktierte. Sie hatte die Krätze. Den kleinen Tierchen unter der Haut war beizukommen, wenn man die Hände in Essigwasser badete.

»Wie heißt denn der Mann, bei dem du gerade warst?«

Das Mädchen schluckte, als ob es gleich losweinen wollte.

»Das ist der Kaninchenmann.«

Sie unterbrach ihr Kratzen und schlug sich die Hand vor den Mund.

»Ich darf dir eigentlich gar nichts erzählen.«

»Wieso nicht?«

»Frag nicht so blöd. Weil meine Mutter es verboten hat. Wir sollen nicht darüber reden.«

»Hat er auch einen richtigen Namen.«

»Klar. Jeder hat einen richtigen Namen.«

»Weißt du ihn?«

Die Kleine schüttelte den Kopf.

»Ich muss jetzt gehen.« Sie rückte den Riemen auf ihrer Schulter zurecht und schob die Hand unter die Tasche. Sie schien froh zu sein, dass Hella sie ohne Weiteres vorbeiließ.

»Versuchs mal mit Essigwasser für deine Hand. Das hilft«, sagte Hella, als die Kleine sich an ihr vorbeischob.

Sie blickte ihr einen Moment lang nach, wie sie über das Trümmerfeld lief, wegen des Gewichts ein wenig zur Seite geneigt, der blaue Mantel schlug um ihre Beine. Was wohl in der Tasche war, die das Mädchen nun eher nachlässig über der Schulter trug?

Hinter ihrem Rücken hörte sie ein Knirschen. Der Kaninchenmann bewegte die Tür und kam aus seinem Keller. Die Tierschwänze an seiner Fellmütze schlenkerten hin und her, als er die Mütze geraderückte.

Er rief ihr zu: »He, du, was stehst du hier rum und hältst Maulaffen feil?« Er kam auf sie zu.

Zum Weglaufen war es etwas spät. Außerdem konnte sie ihn nach Mahlke fragen.

Als er vor ihr stand, sah Hella, dass er noch relativ jung war, auch wenn seine Wangen ziemlich hohl waren und eine scharfe Falte die Stelle zwischen seinen Augen kerbte. Sein ganzes Gesicht war mit feinen, roten Punkten gesprenkelt, und sein linkes Auge zuckte unentwegt.

»Oder hast du mir auch was mitgebracht? Ich seh' aber nix.«

»Nein.«

Was sollte sie ihm mitgebracht haben? Etwas Großes, Schweres wie das kleine Mädchen im blauen Mantel?

Unwirsch sagte der Mann: »Nicht? Dann frage ich mich, was du hier zu suchen hast.«

»Ich suche jemanden, der hier wohnen soll. Alfons Mahlke. In der Dreiundzwanzig.«

»Mahlke?«

Der Mann wandte den Blick dem Himmel zu, als ob er dort die Antwort auf seine Frage finden würde. Hella fürchtete schon, dass er wieder anfangen würde, den Kopf in den Nacken zu legen und zu schreien.

Doch das tat er nicht. Mit ganz normaler Stimme wandte er sich an sie: »Hier gibt es keinen Mahlke. Wie kommst du darauf, dass er hier wohnt?«

Sie tischte ihm dieselbe Geschichte von ihrem Vater auf, die sie schon dem Mann in der Stoltzestraße erzählt hatte.

»Dein Vater. Im Krieg. Noch nicht zurückgekommen«, echote der Mann und blickte durch sie hindurch, als ob er hinter ihrem Kopf irgendetwas sehen würde, was in Wirklichkeit gar nicht da war und das ihm trotzdem überhaupt nicht gefiel. Hella gab sich Mühe, sein zuckendes linkes Auge zu übersehen.

»Wo war er denn? Auch im Osten?«

»Ich glaube schon«, sagte Hella. »Ostfront.« Das sagte ihre Mutter wenigstens immer, wenn sie nach dem Vater gefragt wurde. Hella erinnerte sich kaum noch an ihren Vater, sie war fünf, als er eingezogen worden war. Zu Hause sprachen sie kaum über ihn, er war einfach weg, und inzwischen wusste Hella auch gar nicht mehr, ob sie sich wirklich wünschte, dass er zurückkam. Sie konnte sich irgendwie kaum vorstellen, dass er wieder bei ihnen einzog. Das fing schon bei dem Platz in der Wohnung an. Edith würde ausziehen müssen, wenn er zurückkehrte.

»Im Osten. Soso«, sagte der Mann. »Sie haben alle erschossen. Zwei Tage lang. Zigtausende dann in die Schlucht geworfen. Alle aufeinander.«

Der Mann richtete seinen Blick wieder auf ihr Gesicht.

»Am besten verschwindest du jetzt. Dein Mahlke ist nicht hier.«

Plötzlich veränderte sich sein Gesichtsausdruck erneut. Er grinste und zeigte dabei zwei Reihen brauner Zähne.

»Oder soll ich dir auch die Haut abziehen?«

Er lachte wie jemand, der fand, dass er einen guten Witz gemacht hatte. Einen von diesen Witzen, die Erwachsene mit Kindern machen, und sich darüber freuen, wenn sie ihnen gehörig Angst einjagen. Aber der hier machte womöglich keine Witze. Sie machte sich besser aus dem Staub.

Die ersten Schritte ging sie rückwärts, dann drehte sie sich um und rannte los. Mit Erleichterung stellte sie fest, dass der Mann ihr nicht nachlief. Als sie den Eindruck hatte, dass sie weit genug von ihm entfernt war, wandte sie sich um und sah ihn in den Trümmern stehen, die Fäuste hoch erhoben. Er schüttelte die rechte Faust in ihre Richtung und rief: »Ich zieh dir die Haut ab.«

Hella machte, dass sie wegkam.

23

Montag, 18. März 1946

Sie hatte den Mann schon einmal gesehen, im Milchhof, als er mit seiner Schiebermütze neben dem Schalter gelehnt und das Treiben der Milchhändlerinnen beobachtet hatte. Er ähnelte tatsächlich Willi Fritsch, allerdings sah er aus der Nähe nicht ganz so gut aus wie der Schauspieler. Ihm fehlte Fritschs hübsche Glattheit, die Tausenden von Kinobesucherinnen versprach, dass er mit ihnen, mit ihnen ganz allein, in den Himmel hineintanzen werde. So übellaunig, wie er sie ansah, wollte er sicher auch nicht tanzen.

»Fräulein Marheinecke?«, fragte er

»Wer sind Sie?«, fragte Edith zurück.

Statt einer Antwort bekam sie zu hören: »Kommen Sie bitte mit.«

Polizei, auch wenn er nicht so aussah wie ein Polizist. Der Typ hatte dagestanden und die Milchhändlerinnen überwacht. Und jetzt verhaftete er sie.

»Kann ich Ihren Ausweis sehen?«, fragte sie, auch wenn das sicher nicht viel ändern würde.

»Ausweis? Wat für'n Ausweis?«, fragte der Willi-Fritsch-Verschnitt.

»Sind Sie nicht von der Polizei?«

»Ich?« Er lachte lustlos und zeigte seine Zähne, die nicht so porzellanweiß und glänzend wie die des Schauspielers waren. »So weit kommt's noch. Ich – 'n Bulle.«

»Wer oder was sind Sie dann?«, fragte Edith.

»Steigen Sie ein!« Am Straßenrand stand ein nicht ganz sauberer Volkswagen. »Kasulke will Sie sehen. Jetzt.«

»Warum?«

Er sagte etwas, doch das konnte Edith nicht verstehen, weil gerade eine Bahn vor ihnen abbremste. Als das Quietschen verklungen war, sagte er: »Kommen Sie also mit.«

Kasulke also. Am besten brachte sie die Sache gleich hinter sich.

»Gut«, sagte sie leichthin. »Wenn es so wichtig ist.«

Er öffnete ihr die Tür. Edith nahm auf dem Beifahrersitz Platz, und wenig später standen sie vor Kasulkes Kohlenhandlung. An einem der Fenster hob sich eine Gardine, gerade lange genug, damit jemand drinnen sich versichern konnte, wer vor dem Tor stand. Einen Augenblick später glitt ein Riegel knarzend zurück, der eine Torflügel öffnete sich. Kasulke höchstselbst sperrte ihnen auf. Er wirkte müde, die Ringe unter seinen Augen waren fast violett, und seine Schultern hingen nach vorn. Aber seine Müdigkeit hielt ihn nicht davon ab, Edith anzugrinsen.

»Hereinspaziert, Mädchen. Schön, dass du mich besuchen kommst.«

Für seinen Adlatus gab es ein Nicken, das Willkommen und Abschied zugleich war, denn mit einer knappen Kinnbewegung bedeutete der Kohlenhändler ihm, dass er nicht mehr gebraucht wurde.

Kasulke strahlte sie an und legte ihr kurz die Hand auf die Schulter, als sei ihr Besuch das Beste, was ihm heute passierte. Nachdem sie die Schwelle überquert hatte, drehte er sich um, schob den eisernen Riegel vor und sicherte ihn mit einem Schloss.

»Sicher ist sicher«, sagte er.

Niemand konnte ohne Weiteres hinein. Und niemand konnte ohne Weiteres hinaus, dachte Edith, bevor sie ihm zu der Baracke im Hof folgte.

Kasulke nahm ihr dort den Mantel ab, bedachte ihre Figur mit einem wohlgefälligen Blick und hängte den Mantel an einen einsamen Wandhaken neben dem Kalender, auf dem die Eisenbahner immer noch Weihnachten 1943 feierten. Mit einer großzügigen Geste, die eines Schlossherren würdig gewesen wäre, wies er auf den Stuhl vor seinem Schreibtisch. »Etwas zum Aufwärmen? Für von innen?«

Ohne auf eine Antwort zu warten, zog Kasulke eine Flasche aus dem Schreibtisch und schenkte ein.

»Ist 'n ganz milder.«

Kasulke benahm sich wie ein Geschäftsmann, der vor einer wichtigen Unterredung für gute Stimmung sorgen wollte.

»Trink«, sagte er. Edith nippte damenhaft. Für das, was nun folgen würde, brauchte sie einen klaren Kopf.

Der Schnaps war köstlich. Sie spürte ein feines Brennen an ihrer Oberlippe, und fruchtiges Birnenaroma füllte ihren Mund. Kasulke quittierte ihren überraschten Gesichtsausdruck mit einem wohlwollenden Nicken. Kaum hatte sie das Glas abgesetzt, füllte er nach. Dann kam er zur Sache.

»Wo hast du den Mantel noch mal her, sagst du?«

»Das habe ich dir doch schon erzählt.«

»Erzähl's mir noch mal.«

Kasulke lächelte. Es war vermutlich sein schönstes Lächeln. Sein Gesicht legte sich in freundliche Falten, seine vollen Lippen zogen sich in die Länge, und seine Augen bekamen einen warmen Glanz. Herzlich sagte er: »Bitte!« Wenn sie es nicht besser gewusst hätte, hätte Edith sofort geglaubt, dass es sich für ihn um eine Herzensangelegenheit handelte. Ein Onkel, der seine Lieblingsnichte darum bittet, ihm das Lied vorzusingen, das er so gerne hörte. Aber hier nahmen die Leute keine Gesangsstunden, und sie sangen einander keine Lieder vor. Und Kasulkes Bitten schlug man besser nicht aus.

Sie lieferte ihm dieselbe Version wie bei ihrem ersten Besuch: der Kauf des Mantels auf dem Schwarzmarkt, der zittrige Kriegsheimkehrer, der Fund der Butterscheine im Mantelfutter.

Kasulke hörte sich alles an, die Hände über dem dicken Bauch gefaltet, das Gesicht in nachdenkliche Falten gelegt. Ein Sinnbild der Geduld.

Als sie geendet hatte, wartete er einen Augenblick, dann sagte er leise: »Und jetzt würde ich gerne die Wahrheit wissen.«

Edith biss sich auf die Innenseite der Wange und sagte kühl: »Die hast du gerade gehört.«

Er wiegte bedenklich den Kopf.

»Du krückst mich an, Mädchen. Das mag ich gar nich.«

Er hatte natürlich recht. Sie log wie gedruckt. Aber sie hatte nicht vor, ihm unter die Nase zu reiben, dass sie, Hella oder Martha etwas mit dem Toten auf dem Zechengelände zu tun hatten. Sie trug den Krieg ins gegnerische Lager.

»Nein, ich habe dir gesagt, wie es war. Da wir gerade über die Wahrheit reden: Du hast mir zugesagt, dass bei der Sache mit den Butterscheinen alles erledigt ist. Dass uns die Schieber oder wer auch immer in Frieden lassen.«

Kasulkes gedehntes »Ja« kam zögernd und desinteressiert.

»Wir hatten Ärger mit zwei Männern, die nach den Scheinen und den Namen gefragt haben.«

»Ehrlich?«

Kasulke hatte sich ein wenig vorgebeugt, den Hals gestreckt, doch als er merkte, dass Edith ihn beobachtete, sank er wieder in seinen Korbsessel und ließ sein Schnapsglas in der Hand rotieren.

»Was denn für Männer?«, sagte er gelangweilt.

Edith beschrieb die beiden, den Kleinen mit der Wehrmachtsmütze, den blauen Augen und den grauen Zähnen, den Großen mit seinem massigen Körper und dem kräftigen Hals, der ruhigen Stimme und der gepflegten Aussprache. Dass Hella ihn mit einem Bären verglichen hatte, unterschlug sie. Was das Alter betraf, sagte sie aufs Geradewohl: »Der eine Mitte dreißig, der andere wohl in den Vierzigern.« Hella hatte davon gesprochen, dass der Große alt war, weil einige seiner Haare schon grau waren.

»Wo haste sie gesehen?«

»Ich habe sie nicht selbst gesehen. Sie haben Hella Schrader aufgelauert.«

»Die Kleine von der Schrader. Wieso hängt die da mit drin?«

»Ich wohne bei ihnen. Sie war dabei, als ich die Scheine in dem Mantel gefunden habe.«

Kasulke drehte noch immer das Schnapsglas in seiner Hand, als ob ihn die Sache nichts anginge.

»Hör zu, Kasulke. Ich habe dir die Scheine gegeben, und du wolltest die Sache wieder ins Lot bringen. Den entsprechenden Leuten sagen, dass ich eine ehrliche Finderin bin. Es heißt doch, dass du Vereinbarungen immer einhältst.«

Kasulke verzog spöttisch das Gesicht.

»Immer, immer – was heißt schon ›immer‹, Mädchen? Sach' mal, wo lebst du eigentlich? Mach doch mal die Augen auf.«

Kasulke hatte recht. Draußen lag eine zerbombte Stadt, ein Reich, das tausend Jahre halten sollte, hatte es gerade einmal auf zwölf geschafft, und sie saß hier und versuchte, einen Schwarzmarkthändler auf sein Wort festzunageln.

»Kasulke, es war ein Teil der Abmachung. Oder gibt es da Schwierigkeiten?«

Edith machte eine Pause, damit Kasulke sich alles vorstellen konnte, was das Wort Schwierigkeiten enthielt. Sie wurde genauer: »Die beiden werden doch auf dich hören?«

Oder hast du dein Revier nicht mehr im Griff? Bist du so schwach, dass du sie nicht mehr einhalten kannst, unsere Abmachung? Sind die beiden Kerle da draußen vielleicht sogar eine Bedrohung für dich?

»Keine Bange«, sagte Kasulke. »Sicher hör'n die auf mich.«

Er lehnte sich in seinem Korbsessel nach hinten und blickte versonnen zur Decke, die Hände im Nacken verschränkt. Die Augen weiterhin zur Decke gerichtet sagte er: »Ich habe mich 'n bissken umgehört, weißt du. An dem Tag, an dem du den Mantel gekauft haben willst, hat niemand an der Marienkirche einen Kriegsheimkehrer gesehen, der einen Herrenmantel angeboten hat.«

»Nun, es ist ja kein richtiger Markt, auf dem die Verkäufer ihre Ware für alle sichtbar auslegen. Wahrscheinlich haben ihn deine Leute einfach nicht gesehen.«

»Man munkelt, der Tote hätte keinen Mantel und auch keine Jacke angehabt. Bissken ungewöhnlich für die Jahreszeit.«

Kasulke lächelte, seine Zähne schimmerten.

Edith schluckte. Wieso kam er auf die Idee, dass die Butterscheine aus dem Mantel des Toten stammten? Herrenmäntel gab es in dieser Stadt zuhauf, die Butterscheine konnten theoretisch von überall kommen. Woher wusste er davon?

Sie entgegnete: »Vielleicht hat der Kriegsheimkehrer dem Toten den Mantel gestohlen. Der Mann war in den Trümmern unterwegs, sieht die Leiche und nimmt den Mantel mit. Danach verhökert er ihn, und er landet bei mir. Oder: Der Mann hat ihn getötet. Und ich habe dem Mörder den Mantel abgekauft.«

Kasulke schlug mit der flachen Hand auf den Tisch. Die Gläser sprangen auf der Tischplatte, und der Birnenschnaps schwappte heraus.

»Erzähl keinen Stuss! Wir spielen hier nicht heiteres Rätselraten!«

Edith betrachtete die Lache vor sich auf dem Tisch. Kasulkes Gebrüll dröhnte in ihren Ohren. Ohne weiter zu überlegen, sagte sie: »Schade um den Schnaps.«

Kasulke richtete sich auf und atmete tief ein, seine Nasenflügel vibrierten. Edith machte sich auf einen Wutanfall gefasst. Aber Kasulke sagte nur leise: »Zum letzten Mal: Wo hast du den Mantel her?«

»Gekauft. Auf dem Schwarzmarkt.« Genauso leise.

Jetzt brüllte Kasulke.

»Hör auf, mich zu verscheißern. Das haben schon ganz andere probiert, und ich sach' dir: Es ist ihnen richtig schlecht bekommen.«

Er stemmte sich hoch, und mit wenigen flinken Schritten war er um den Tisch herum. Sie schaffte es gerade noch, ihren Stuhl zurückzuschieben und aufzustehen, ehe er vor ihr stand.

»Zum allerletzten Mal: Wo hast du diesen bekloppten Mantel her?«

Er packte ihre Schultern. Selbst wenn sie gewollt hätte, hätte Edith nicht antworten können. Sie spürte seine Hände auf ihrer Schulter, und ihr Körper wurde unwillkürlich zu einem leblosen Ding, mit dem jemand anders machte, was er wollte, ohne dass sie etwas dagegen unternehmen konnte. Sie sah sich wieder an der Wand einer Scheune stehen, irgendwo auf dem Weg von Ostpreußen hierher. Vor ihr der Soldat in der grauen Wehrmachtsuniform, das Gesicht zu einer Grimasse verzogen, sein betrunkener Atem in ihrem Gesicht, sein Körper drängte sie an die Wand, sie selbst starr vor Angst und Ekel. Ein Verrückter, der ein paar Tage mit ihnen nach Westen gezogen war, tagsüber vor sich hin murmelte und sich am Abend betrank. Er war weggesackt, weil Hilda, eine kräftige Arbeiterin, die mit ihr unterwegs war, unversehens in der Scheune aufgetaucht war und ihm mit einer Kasserolle eins über den Kopf gegeben hatte.

Kasulke begann, sie zu schütteln. Ihr Kopf flog vor und zurück, ihre Arme hingen herab, und ihre Knie drohten wegzusacken, eine mit Stroh gefüllte Schlenkerpuppe war sie.

Edith riss sich zusammen. Wehr dich! Heute hilft dir keiner. Sie hob die rechte Hand und versuchte, Kasulke mit dem Handballen einen Schlag auf die Nase zu verpassen. Doch der Platz zum Ausholen war zu knapp, außerdem drehte Kasulke den Kopf zur Seite, so dass sie nur seine Wange traf.

Kasulke versetzte ihr eine Ohrfeige, dann stieß er sie mit aller Kraft in Richtung des Stuhls von sich, ihre linke Schulter knallte gegen die Schreibtischkante.

»Woher?«

Er stand vor ihr und sah auf sie herab, die Hand zu einem neuen Schlag erhoben.

Sie richtete sich auf und rieb sich die schmerzende Schulter. Riegel und Schloss am Hoftor fielen ihr wieder ein. Keiner rein, keiner raus. Vermutlich hatte er von Anfang an daran gedacht, ihr keinen Fluchtweg zu lassen. Im Moment konnte noch nicht einmal die Rede davon sein, dass sie es auf den Hof hinaus oder auch nur bis zur Zimmertür schaffte.

Sie holte tief Luft, strich sich die Haare aus dem Gesicht und gab nach.

»Setz dich, Kasulke, ich erzähle es dir.«

24

Montag, 18. März 1946

Kremnitz, Inspektor des Amtes für Wirtschaftskriminalität, klappte die Akte zu.

»Drei Blättchen. Tut mir leid, Dietrichs.«

Kremnitz hob seine rundliche Hand und hielt Daumen und Zeigefinger so dicht übereinander, dass sie sich fast berührten, um zu zeigen, wie mickrig die Ausbeute war.

Dietrichs streckte den Arm aus.

Kremnitz schob die dünne Mappe über den Tisch. Es war nicht schwer gewesen, herauszufinden, wen Overdieck mit dem Kohlenhändler in der Dorstener Straße meinte: Es gab nur einen einzigen. Deshalb saß Dietrichs bei Kremnitz: Bevor er mit Kasulke sprach, wollte er wissen, was gegen ihn vorlag. Die Akte gab tatsächlich nicht viel her. Kasulke war im vergangenen Sommer angezeigt worden. Er sollte Milchpulver verschoben haben, jedoch war das Verfahren eingestellt worden.

»Wir konnten ihm bislang nichts nachweisen.«

Kremnitz strich sich über seine dunklen Haare. »Irgendwann kriegen wir ihn. Nur eine Frage der Zeit.«

Genau das ist die Frage, dachte Dietrichs. Wie viel Zeit wird das dauern? Aber er sagte nichts.

»Was wisst ihr sonst noch über Kasulke?«, fragte Dietrichs.

Stratmann, Kremnitz' Assistent, den die Kollegen vom Einbruch nicht mehr einluden, weil er sich mit seinem Geschimpfe über die Schwarzbrenner unbeliebt gemacht hatte, mischte sich ein. Mit seinem schmalen, hellen Kopf, dem dünnen Hals und den blassblauen, eng beieinanderstehenden Augen erinnerte er Dietrichs immer an einen Hering. Einen wendigen, lebhaften Hering.

»Wir können in der Kartei nachschauen«, schlug er mit seiner hohen, etwas gepressten Stimme vor und legte zwei Aktenordner ab, die er gerade in ein Regal verstauen wollte. Er ging hinüber zu dem Karteikartenschrank und hatte schon das erste Schubfach aufgezogen.

Kremnitz war von Stratmanns Eifer nicht sonderlich angetan. Er sagte schneidend: »Nicht jetzt, Stratmann.«

Stratmann sagte: »Jawohl, Herr Inspektor« und schien im letzten Moment ein Hackenzusammenschlagen zu unterdrücken. Mit hochrotem Kopf wandte er sich wieder dem Aktenregal zu und räumte zwei Ordner hinein. Den letzten zwängte er mit einem so heftigen Stoß in die Lücke, dass das gesamte Regal bedenklich wackelte.

Stratmanns Karteikarten waren also nicht gefragt, Kremnitz wollte auf das Archiv in seinem Kopf zugreifen. Und zwar ohne Stratmann, dachte Dietrichs amüsiert, als er Kremnitz sagen hörte: »Ehe ich's vergesse, geh doch bitte zu Jürgens und hol die Fotos.«

Stratmann klappte den Mund auf, augenscheinlich wollte er gegen seine Degradierung zum Büroboten protestieren. Kremnitz kam ihm zuvor.

»Die Idel ist heute krank und kann nicht gehen.«

Stratmanns Adamsapfel hüpfte dreimal empört auf und ab, dann zog er ab. Dietrichs dachte daran, dass er demnächst auch einen Mann an seiner Seite haben würde, der ihm zugeordnet war. Wer wusste schon, wen Farnow für ihn aussuchte.

Als Stratmann die Tür hinter sich zugezogen hatte, fragte Kremnitz: »Weshalb interessiert ihr euch für ihn?«

»Er hat mit unserem Fall zu tun.«

»Was du nicht sagst.«

»Heinrich Steinhoff hat für Kasulke gearbeitet.«

»Ach.« Kremnitz' Neugier war geweckt. »Ist ja 'nen Ding. Woher wisst ihr das?«

»Ein Zeuge. Steinhoff hat Kasulke angeblich bei seinen Schwarzmarktgeschäften geholfen, er hat Ware transportiert und Botengänge übernommen.«

»Wie heißt der Zeuge? Einer von unseren Kunden?«

»Paul Overdieck.«

»Overdieck«, murmelte Kremnitz. Er schloss die Augen und schien wieder in seinem Gedächtnis zu kramen.

Schließlich öffnete er die Augen wieder und sagte: »Nein, nichts.« Er lächelte Dietrichs bedauernd zu.

»Und Kasulke?«, erinnerte Dietrichs ihn an seine ursprüngliche Frage.

»Ach ja. Wir vermuten, dass Kasulke Molkereiprodukte verschiebt. Butter, Milchpulver. Aber er geht uns immer wieder durch die Lappen. Kürzlich haben wir einen Tipp bekommen. Gefälschte Bezugsscheine, damit wollte er am Milchhof Butter beziehen. Wir sind da aufgelaufen und haben eine Razzia gemacht.«

Kremnitz stöhnte theatralisch.

»Überprüf du mal zwanzig, dreißig Milchhändlerinnen, die alle stinkwütend sind, weil sie ihre Milch in den Laden karren wollen. Ein Heidenspaß, sag ich dir. Dazu völlig für die Katz'. Ich fürchte, Kasulke hat sich in der Zeit anderweitig seine Butter verschafft. Zumindest hat einer unserer Informanten gesagt, er hätte welche verkauft.«

»Was weißt du über Kasulkes Leute?«

»Er hat einen Mann, der schon länger für ihn arbeitet. Hans Pöhler. Der hat auch am Milchhof herumgelungert, als wir am Donnerstag da aufmarschiert sind.«

»Hat Kasulke Konkurrenten?«

»Klar hat er die. Im Butterhandel gibt's ordentlich was zu verdienen. Allerdings haben die im Moment das Terrain unter sich aufgeteilt.«

Dietrichs seufzte.

»Ich hör mich bei unseren Informanten um.«

Kremnitz strahlte ihn an und zeigte seine weißen Zähne. »Mach ich gern für dich.«

»Gut«, sagte Dietrichs kurz angebunden. »Mach das und sag mir Bescheid, sobald du was weißt.« Er wechselte das Thema: »Unser Zeuge hat von einem großen Geschäft gesprochen.«

»Butterhandel ist nicht schlecht. Vielleicht …«

Kremnitz brach ab. Eine seiner Kunstpausen. Dietrichs wartete ungeduldig.

»In letzter Zeit ist da Alkohol auf dem Markt. Hochprozentiger Schnaps, Vorkriegsqualität. Er taucht hier und da in Kneipen auf. Wir haben allerdings noch nicht herausgefunden, woher er kommt und wer ihn verschiebt.«

Alkohol. Dort steckte vermutlich mehr Geld drin als in Lebensmitteln. Kleinere Mengen, leichter zu transportieren, weniger Aufwand, höhere Gewinnmargen.

»Und? Kasulke hat damit zu tun?«

Kremnitz hob die Hände, die Handteller nach oben gerichtet, und drehte sie in einem Schwung nach außen, wie ein Zauberkünstler nach der Vorführung eines Tricks.

»Vielleicht viel. Vielleicht gar nichts.«

Steinhoffs kleiner Bruder hatte von Plänen gesprochen. Von einem großen Geschäft. Ein großes Ding. Wenn es tatsächlich um ein Geschäft gegangen war, das Steinhoff hinter Kasulkes Rücken machen wollte, dürfte Kasulke davon alles andere als entzückt gewesen sein. So wenig entzückt, dass er Steinhoff umbrachte? Oder umbringen ließ? Das klang eher nach New York oder Chicago als nach einer westfälischen Industriestadt. Wie dem auch sei – er musste dringend mit diesem Kasulke reden.

Dietrichs stand auf.

»Danke für deine Hilfe, Kremnitz.«

Kremnitz grinste ihn an. »Denk dran, eine Hand wäscht die andere.«

»Was meinst du damit?«

»Jetzt brauchst du mich, irgendwann brauch' ich dich.«

Kremnitz dachte also auch, dass er auf dem aufsteigenden Ast war und es nützlich war, wenn man ihm einen Gefallen schuldete. Wofür auch immer. Und er hatte Stratmann fortgeschickt, damit der von dieser Wie-du-mir-so-ich-dir-Geschichte nichts mitbekam.

»Hast du irgendwas Bestimmtes im Kopf?«

Kremnitz' Mundwinkel zuckten.

»Nein, wie kommst du darauf? Wie gesagt: Eine Hand wäscht die andere.«

Dietrichs sah ihn scharf an.

»Hör zu, Kremnitz. Wenn du irgendwas weißt, hast du es mir zu sagen. Egal, was es ist.«

Kremnitz war verpflichtet, Informationen an ihn weiterzuleiten. Allerdings konnte er das so oder so tun. Präzise, prompt und erschöpfend. Oder eben nicht.

Kremnitz kicherte.

»Falls jemand weiß, dass ich es weiß. Oder?«

25

Montag, 18. März 1946

»Dann habe ich ihm gesagt, wie wir an die Scheine gekommen sind.«

Martha war alles andere als begeistert. Daran war jetzt nichts mehr zu ändern. Stocksteif, das Geschirrtuch über die Schulter geworfen, mit dem sie bei Ediths Ankunft noch das Geschirr vom Abendbrot abgetrocknet hatte, saß sie am Küchentisch. Gepresst sagte sie: »Musste das sein?«

»Ja. Es ging nicht anders.«

Edith hörte selbst, wie flach ihre Stimme klang. Flach und monoton.

»Hat er dich geschlagen?« Ein scharfer Blick suchte ihr Gesicht und ihren Körper ab.

»Nein«, sagte Edith wahrheitsgetreu. »Das nicht.«

»Was dann?«

Edith zuckte mit den Schultern, die linke beschwerte sich mit einem leisen Stechen. Sie verzog das Gesicht. Über Angst, Schmerzen oder Demütigungen zu reden lohnte sich nicht. Es war besser, sie zu vergessen, denn sonst kamen sie bloß zurück wie die Wiedergänger und taten noch einmal weh.

»Wir hatten sozusagen eine Aussprache.«

»Aussprache«, knurrte Martha. »Davon tut dir jetzt die Schulter weh.«

Edith überging die Bemerkung.

Nachdem Kasulke sie auf den Stuhl gestoßen hatte, hatte sie ihm die Geschichte erzählt. Kasulke hatte sich alles kommentarlos angehört. Anschließend hatte er sie des Langen und Breiten nach den beiden

Männern ausgefragt, sie hatte ihm so gut geantwortet, wie sie konnte. Dreimal hatte er nachgefragt, ob der Sterbende noch etwas gesagt hatte.

Nachdem Kasulke ihre Geschichte gehört hatte, war sein Zorn wie weggeblasen gewesen. Er hatte sich in Pose geworfen, die braunen Augen weit aufgerissen, und mit einem vertrauenheischenden Hundeblick hatte er versprochen: »Ich bring' sie zur Räson. Da kannste dich drauf verlassen.«

Es hatte nur noch gefehlt, dass er sich die Hand aufs Herz gelegt hätte. Stattdessen hatte er mit Inbrunst gesagt: »Dat is so sicher wie dat Amen in der Kirche.«

Edith hatte in diesem Moment ihre schmerzende linke Schulter gespürt und das Gelenk mit der Rechten gerieben. Kasulkes Blick war ihrer Hand gefolgt, und er hatte noch einmal gesagt: »Ich kümmer' mich drum.«

Edith glaubte ihm. Nicht weil sie davon überzeugt war, dass Kasulke sich plötzlich in einen uneigennützigen Beschützer von Witwen und Waisen verwandelt hatte, sondern weil sie davon ausging, dass er seine eigenen Gründe für dieses Kümmern hatte.

Sie sagte zu Martha: »Kasulke hat es nicht gefallen, dass die Männer Hella bedroht haben.«

Martha fuhr hoch.

»Welche Männer?«

Großartig, sie war geradewegs in einen ausgewachsenen Fettnapf marschiert. Hella hatte ihrer Mutter offenbar nichts von den beiden Männern gesagt. Also tat sie es jetzt.

»Was wollten sie von dem Kind?«

Marthas Stimme war hell und hoch vor Angst. Sie hatte das Geschirrtuch von der Schulter genommen; ihre roten, kräftigen Hände wrangen den Stoff.

»Die Butterscheine vermutlich.«

»Hella hat mir nichts davon gesagt. Und du auch nicht.« In die Angst mischte sich Anklage.

Nein, das hatte sie nicht. Die Kleine hatte sie darum gebeten, die Angelegenheit für sich zu behalten. Das hatte sie getan. Um Martha zu beruhigen, sagte sie: »Kasulke hat versprochen, sich um die beiden zu kümmern.«

»Kasulke! Dem trau ich keine fünf Meter weit über den Weg. Warum hast du mir nichts erzählt?«

»Weil es Hellas Sache ist, dir davon zu erzählen, nicht meine.«

»Edith! Sie ist zwölf! Und ich bin ihre Mutter!«

Marthas Stimme überschlug sich.

Hella war zwölf, und sie tat vermutlich eine Menge Dinge, von denen Martha nichts wusste. Martha ahnte es vermutlich, aber sie sah darüber hinweg, nahm die Kohlen, die irgendwie von den Kohlewaggons ihren Weg in Hellas Beutel gefunden hatten, nahm das Trümmerholz, das Hella auf mehr oder weniger halsbrecherische Weise beschafft hatte.

»Was hättest du denn tun wollen?«

»Mir Hilfe holen, das Kind im Haus behalten – was weiß ich.«

Genau, dachte Edith, was weiß ich. Es gab viele Möglichkeiten, alle hatten einen Haken.

Das schien Martha auch klar zu werden, während sie mit vorgerecktem Kinn an ihrem Küchentisch saß und die Wand anstarrte. Die Polizei schied aus, da sie bei der Polizei die gesamte Geschichte des Funds und des Diebstahls aufs Tapet bringen müsste. Mit »Hilfe holen« sah es ebenfalls schlecht aus – bei wem hätte sie sich Hilfe holen sollen? Bei Witulla aus dem Erdgeschoss mit seinem Glasauge und seinem Schusterhammer? Bei Maria Kowalski und ihren drei Kindern? Sie konnte Hella nicht für immer und ewig in der Wohnung festhalten. Außerdem war die Zweieinhalb-Zimmer-Wohnung alles andere als eine Festung.

Langsam und ruhig sagte Edith: »Von allen Möglichkeiten ist Kasulke die beste. Sie stören ihn bei seinen Geschäften oder machen ihm sogar Konkurrenz. Daher wird er dafür sorgen, dass sie aus dem Viertel verschwinden.«

Martha schien ihr nicht zuzuhören. Mit gesenktem Blick murmelte sie der Tischplatte zu: »Warum haben wir uns bloß darauf eingelassen?«

Sie hob den Kopf und nahm Edith ins Visier.

»Das kann doch nicht wahr sein! Da rennen zwei Kerle rum und lauern dem Kind auf, und du erzählst mir nix davon. Dann schmierst du auch noch Kasulke die ganze Geschichte aufs Butterbrot!«

Martha war laut geworden. Angst und Hilflosigkeit hatten sich in Wut verwandelt, und sie hielt nach dem erstbesten Gegenstand Ausschau, an dem sie ihre Wut ablassen konnte. Der erstbeste Gegenstand saß an ihrem Küchentisch.

»Ich habe es ihm nicht aufs Butterbrot geschmiert, wie du so nett sagst, ich war nicht freiwillig bei ihm«, sagte Edith kühl.

»Du hast es ihm erzählt. Statt mir vielleicht mal zu sagen, dass zwei Kerle hinter meinem Kind her sind.«

Ediths Schulter schmerzte, sie war müde, sehnsüchtig dachte sie an ihr Bett in der Kammer. Ein Streit mit Martha war das Letzte, was sie jetzt brauchte.

Ungeduldig sagte sie: »Es ist nicht meine Aufgabe, auf dein Kind aufzupassen.«

»Nein? Und wenn diese verdammten Kerle sie ins Gebüsch zerren? Ihr was antun? Sie umbringen?«

Marthas Stimme stieg mit jedem Satz an, sie funkelte sie wie eine zornige Muttergöttin an.

Edith stand auf und schob ihren Stuhl zurück.

»Hör auf! Es ist nicht meine Schuld, dass die beiden Hella aufgelauert haben. Es ist auch nicht meine Schuld, dass deine Tochter nicht mit dir darüber geredet hat.«

Sie hatte die Stimme gehoben. Ihr war warm vor Zorn.

Martha senkte die Stirn wie ein Stier, der gleich zum Angriff übergehen wollte. Edith ließ sie nicht zu Wort kommen: »Ich habe es satt. Was denkst du dir eigentlich? Du hast dich auf den Handel mit den

Butterscheinen eingelassen, du wolltest, dass ich zum Milchhof gehe, du wolltest, dass ich zu Kasulke gehe. Jetzt bekommst du kalte Füße und suchst dir eine Schuldige. Ohne mich. Ich stehe nicht zur Verfügung.«

Dann schlug sie die Tür der Kammer hinter sich zu.

26

Dienstag, 19. März 1946

Als Dietrichs am Dienstagmorgen in sein Vorzimmer kam, war der Platz hinter Beckmanns Schreibtisch leer, doch die Hülle der Schreibmaschine war entfernt, und in der Walze steckte ein zur Hälfte vollgeschriebenes Blatt Papier. Beckmann stand wahrscheinlich in einer Schlange für Lebensmittel an. Das ging in Ordnung. Sie hatte das Zimmer offen gelassen, das passierte ihr manchmal, übernächtigt, wie sie war. Das ging nicht in Ordnung. Der erste Besucher hatte auch gleich die Gelegenheit genutzt: Kleinert wartete auf ihn, mit dem Hintern auf der Kante von Adelheid Beckmanns Schreibtisch blickte er ihm entgegen.

»Farnow hat mich angewiesen, mich bei dir zu melden. Ich soll dich bei der Ermittlung unterstützen.«

Da war er, sein neuer Partner. Es war eine Frage der Zeit gewesen, bis seine Alleingänge auffielen und er jemanden zugewiesen bekam. Von allen Übeln war Kleinert das geringste. Noch lieber wäre ihm gewesen, wenn er ohne einen Partner hätte weiterarbeiten können. Aber das war pure Illusion. Auf der anderen Seite hätte er gestern Abend durchaus Hilfe gebrauchen können. Kasulke war nicht zu Hause gewesen, seine Frau hatte schließlich mürrisch gesagt: »Der kippt sich vermutlich einen hinter die Binde« und so hatte er die Arbeiterkneipen in der Gussstahlstraße abgeklappert. Er hatte sich durch den Dunst von Fusel und Zigarettenrauch geschoben und Wirte, Kellner und Gäste befragt. Er war auf Misstrauen, Angst und Schweigen gestoßen, aber Kasulke ließ sich nicht blicken. Vielleicht hatte er auch davon Wind bekommen.

Mit einer ungnädigen Kopfbewegung winkte er Kleinert in sein Büro hinüber. Falls Kleinert mit einem freundlicheren Empfang gerechnet hatte, ließ er es sich nicht anmerken. Er folgte ihm zu seinem Schreibtisch und ließ sich auf den Stuhl davor sinken. Kleinert war nicht viel jünger als er, vielleicht drei oder vier Jahre. Da hörten die Gemeinsamkeiten auch schon auf. Kleinert erinnerte ihn immer an ein Stück aufgewickelten Draht: kräftig, biegsam und hartnäckig, ständig unter Spannung und nicht so leicht kaputtzukriegen, ein sehniger, zäher Körper und dünne, aber kräftige Arme und Beine. Selbst die krausen Locken, die an den Schläfen schon grau wurden, sahen gegen Mittag, wenn die Brillantine ihren Kampf verloren gab, aus wie Drahtspiralen, die sich da und dort vom Kopf abhoben.

Dietrichs streckte die Hand nach den Ermittlungsakten aus. Und stutzte. Jemand hatte die Aktenmappe in der Hand gehabt, nachdem er sie gestern Abend auf dem Tisch abgelegt hatte. Normalerweise legte er aktuelle Akten immer an einen fast waagerechten Kratzer in der Linoleumabdeckung auf der rechten Schreibtischseite. Das war verschroben, und Emma hätte ihn ausgelacht, aber ihm gefiel der Gedanke, dass die Dinge auf diese Weise eine geheime Ordnung hatten, die nur er kannte. Außerdem war es gut, Bescheid zu wissen, wenn sich jemand an seinen Papieren zu schaffen gemacht hatte.

»Hast du dich schon mal schlaugemacht?«, fragte er missmutig und griff nach der Mappe. Auch Kleinert hatte an seinem Schreibtisch nichts zu suchen.

»Nein. Hätte ich das tun sollen?«

Kleinert blickte irritiert auf die braune Aktenmappe. Dietrichs fiel wieder ein, was die Kollegen über Kleinert sagten: Ihm fehlen die zwölf Jahre. Kleinert wehrte sich, indem er erklärte, dass er wohl nichts verpasst habe, was sich der Mühe lohne, trotzdem versuchte er ständig wieder unter Beweis zu stellen, dass er ein guter Polizist war.

»Nein.«

Dietrichs ließ die Mappe auf die Tischplatte fallen, wo sie mit einem weichen Klatschen landete. Er erklärte Kleinert, was die Ermittlungen ergeben hatten und was als Nächstes anstand: Sie waren immer noch auf der Suche nach Kasulke und mussten Overdiecks Aussagen überprüfen.

»Ich gehe zu Overdiecks Mutter, du überprüfst, wann er das Amt verlassen hat.«

»Klar, mach ich. Danach könnte ich bei Kasulkes vorbeigehen. Vielleicht ist Kasulke ja inzwischen wiederaufgetaucht. Kann ja durchaus sein, dass wir ihn überall suchen, er aber quietschfidel zu Hause sitzt.«

Dietrichs stimmte zu. Das wäre seine nächste Anordnung gewesen. Dietrichs überlegte, ob Kleinert lieber Vorschläge machte, als Anweisungen entgegenzunehmen. Oder ob er einfach gern redete. Im Grunde war das egal, solange Kleinert sich dabei auf das Nächstliegende beschränkte und nicht mit aberwitzigen Ideen voranpreschte.

Letzteres schien er heute zumindest nicht vorzuhaben. Er stand auf und sagte lediglich: »Ich geh dann mal. Erst zum Amt, dann zu Kasulkes.«

Er verschwand. Dietrichs machte sich auf den Weg zu Overdiecks Haus.

* * *

Paul Overdieck wohnte am Kaiserring, einer der Straßen um den Stadtpark herum, in einem der besten Wohnviertel der Stadt. Die Villen hatten wenig bei den Bombardements abbekommen, sie standen da wie eh und je, mit ihren Fachwerktürmchen und ihrem Zuckerbäckerstuck, als ob sie mit ihrer feinen Machart vergessen lassen wollten, woher das Geld stammte, mit dem sie gebaut worden waren: aus harter, dreckiger Arbeit in den Stahlwerken und Zechen.

Jetzt hing vor manchen der Union Jack, dort waren britische Offiziere einquartiert, in der Bergstraße 141 war ihr Casino untergebracht.

In einer der Villen, nicht weit davon, in der Bergstraße 76, hatte die Gestapo ihr Quartier gehabt.

Vor nicht ganz einem Jahr, kurz vor dem Einmarsch der Amerikaner, hatten sie sich um ihre Keller gekümmert. Im Polizeipräsidium hieß es, dass die Kollegen von der Gestapo in den frühen Morgenstunden Gefangene aus den Zellen holten und wegbrachten. Wohin wusste niemand. Wenn die Gestapo etwas im Morgengrauen erledigte, war es besser, nicht danach zu fragen. Dietrichs hatte auch nicht gefragt. Doch knapp vier Wochen später hatte er es genau gewusst. Die Amerikaner hatten das Massengrab im Stadtpark entdeckt und einen kleinen Trupp von Männern zusammengestellt. »Mitkommen«, hatten sie zu Dietrichs und ein paar Hilfspolizisten gesagt und sie zu der Stelle unter den Büschen nicht weit vom Eingang und dem Gondelteich dirigiert. Die vier Meter hohen Bronzesoldaten, die im Sommer 35 mit großem Brimborium neben dem Stadtparkteich aufgestellt worden waren, hatten ihnen zugesehen. Die amerikanischen Soldaten drückten jedem von ihnen einen Spaten oder eine Schaufel in die Hand. »Grabt«, hatte der amerikanische Unteroffizier unter seinem Helm hervorgeschrien, die Maschinenpistole im Anschlag. »Grabt tiefer.« Das gegurgelte R hörte sich an wie Donnergrollen.

Sie gruben. Nach kurzer Zeit banden sie sich Tücher oder ein Hemd vor die Nase, wegen des Geruchs. Schließlich fanden sie die Toten.

Der amerikanische Soldat stand daneben und brüllte immer wieder mit seinem Akzent: »Seht es euch an. Das habt ihr getan.«

Dietrichs hatte hingesehen. Was hätte er denn auch sonst tun sollen? Zwanzig Tote, die Hände mit Stacheldraht zusammengebunden. Ausschließlich Männer, Gefangene der Gestapo, ein Arbeiter im Blaumann, zwei Anzugträger. Die übrigen in Hemd und Hose. Einschusswunden in der Stirn, im Gesicht, in der Brust. An die Wand gestellt, würde er sagen.

Er hatte keinen der Männer erschossen. Er hatte es nur geahnt. Hatte in der zweiten oder dritten Reihe gestanden und es geahnt. Den Keller räumen. Von wegen: Keller räumen. Sie hatten die Gefangenen ohne Verfahren, ohne Urteil erschossen. Auf Befehl von oben. Damit sie später nichts sagen konnten. Keinen verraten konnten. Den Keller räumen. Aber es war nicht sein Keller gewesen, sondern der der Gestapo.

Wer die Leute erschossen hatte, ahnte er ebenfalls. Kollegen von der Gestapo. Mehr oder weniger Bekannte, mit einem hatte er die Ausbildung gemacht. Sie waren kurz danach verschwunden.

Dietrichs schüttelte den Kopf. Das Ganze war vorbei. Die Toten waren auf dem Stadtfriedhof am Freigrafendamm begraben. Die Gestapo gab es nicht mehr.

Wer dabei gewesen war, durfte nicht mehr im Polizeidienst arbeiten, die meisten waren nach dem Einsatz der Amerikaner erst einmal abgetaucht. Aus, vorbei.

Dietrichs schaute sich um und fand das Haus. Overdieck wohnte ebenfalls in einer Villa, einem kastenförmigen, zweistöckigen Gebäude, das hinter dichten Rhododendronbüschen etwas abseits von der Straße lag.

Die Fassade war von Efeu überwuchert. Overdiecks Name stand mit dem einer Frau auf einem Stück Pappe, jemand hatte es hinter ein angelaufenes Messingschild gezwängt, das verkündete, dass in dem Haus Dr. Tenberge mit Familie lebte. Dietrichs betätigte den Türklopfer, ebenfalls aus fleckigem Messing. Nach einem Augenblick hörte er das Klappern harter Absätze auf dem Steinboden, und eine hochgewachsene Frau mit mausgrauem Haar und einem schlichten dunklen Kleid öffnete die Tür so weit, wie es die Kette zwischen Rahmen und Türblatt erlaubte.

»Ja, bitte?«

Dietrichs fragte nach Paul Overdieck.

Die Frau schüttelte wortlos den Kopf und wollte die Tür wieder schließen.

Dietrichs zückte seinen Ausweis. Der Ausweis brachte die Frau dazu, eine Lesebrille aus einer Tasche ihres Kleides zu nesteln und den Ausweis zu inspizieren. Dann öffnete sie die Tür.

Dietrichs betrat den hellen Eingangsbereich der Villa. Eine Halle erstreckte sich über zwei Etagen nach oben, auf ihrer rechten Seite eine Treppe in den ersten Stock. Ein Oberlicht im Dach erhellte den hohen Raum, es brachte den dunklen Holzboden zum Glänzen und fiel auf zwei geschwungene Sesselchen und ein kastanienrot schimmerndes Tischchen, auf dem ein Telefon stand.

Kein schlechter Wohnort für einen Beamten des Einwohnermeldeamts, dachte Dietrichs.

Dietrichs sagte: »Ich möchte mit seiner Mutter sprechen.«

»Das bin ich«, sagte die Frau. Sie stand einen Moment lang unentschlossen in der Halle und winkte ihn zu einer Tür auf der rückwärtigen Seite der Halle. Im Vorbeigehen erhaschte Dietrichs einen Blick auf ein Esszimmer mit einer langen Tafel, Tisch und Stühle waren mit weißen Tüchern verhangen, über dem Tisch hing ein riesiges Ölgemälde, auf dem zwei tote Fasane, ein aufgehängter Hase und Unmengen an Obst offenbar den Appetit der Betrachter anregen sollten.

Emma hätte es sicher genau gewusst, dachte Dietrichs, so etwas stand in den Büchern, die sie las und die sie überhaupt nicht mehr aufhörte zu lesen. Sich regelrecht in ihre Bücher verkroch, seit sie ihre Stelle in der Schule gekündigt hatte, weil sie es dort nicht mehr aushielt. »Kinder dürfen sich wie Barbaren betragen. Es ist völlig in Ordnung, wenn irgendwelche Jungen kleinere Kinder drangsalieren, weil sie Juden sind. Mit Beschimpfungen, mit Drohungen, mit Prügel. In der Schule, im Klassenraum, unter dem Beifall der Kolleginnen.« Sie hatte argumentiert, appelliert, aber nur zu hören bekommen, dass sich das Problem bald auf andere Art lösen würde, weil die Judenblagen bestimmt demnächst auf eine andere Schule gehen würden. Zwei Jahre später hatte sie gekündigt, man hatte ihr gesagt, es sei gut, dass sie sich nun den Pflichten der deutschen Frau am heimischen Herd widme. Hausfrauenexil hatte sie ihre Existenzweise genannt, erst ironisch, später dann so abfällig, dass Dietrichs einen Schreck bekommen hatte. Um den heimischen Herd hatte sie sich eher mittelmäßig gekümmert, sie hatte gelesen, zusammengeborgte Bücher, und sich allmählich in ein wandelndes Lexikon verwandelt.

Die Frau führte ihn durch die Tür in die Küche und bat ihn, am Küchentisch Platz zu nehmen. Ihre nächste Bemerkung bestätigte, was Dietrichs vermutet hatte.

»Ich bin hier die Haushälterin«, erklärte sie.

Die Küche hielt sie offenbar nicht nur für einen angemessenen Ort für sich selbst, auch die Anwesenheit eines Kriminalbeamten, eines Oberinspektors immerhin, schien keinen Aufenthalt in den Räumen der Herrschaft zu rechtfertigen.

Sie legte die gefalteten Hände auf die Tischplatte und wartete darauf, dass er zu sprechen begann. Dietrichs fragte sie nach ihrem Sohn, seinem Tagesablauf in der vergangenen Woche. Sie bestätigte seine Angaben für den Dienstag, an dem Heinrich Steinhoff gestorben war. Overdieck sei gegen halb sieben nach Hause gekommen und habe mit ihr zusammen gegessen. Am Abend sei er zu Hause geblieben. Erst am nächsten Tag sei er wieder zur Arbeit gegangen und am späten Nachmittag nach Hause gekommen.

»Dann ist er krank geworden«, sagte sie. »Kein Wunder, bei der Ernährungslage.«

Sie warf einen erschrockenen Blick auf Dietrichs.

»Na ja, nichts für ungut. Ich will nichts gesagt haben«, fügte sie eilfertig hinzu, offenbar bestrebt, den Eindruck zu verwischen, sie wolle vor einem Vertreter der Ordnungsmacht Kritik an den Zuständen üben.

»Hat noch jemand außer Ihnen Ihren Sohn nach Hause kommen sehen?«

Ein leises Nein.

»Ich würde gerne mit den anderen Bewohnern des Hauses sprechen«, sagte Dietrichs.

»Die sind nicht da. Im Moment nicht.«

»Wann kommen sie wieder?«

»Das kann ich Ihnen leider nicht sagen.«

Dietrichs fielen die mit Tüchern verhangenen Stühle und der Tisch im Esszimmer wieder ein.

»Hier wohnt sonst niemand«, sagte er.

»Doch. Sie sind im Moment nur nicht hier.«

In der Stadt fehlten Tausende von Wohnungen, und die Villa stand leer. Dietrichs war es ein Rätsel, wie die Tenberges um Einquartierungen herumgekommen waren.

»Ihnen ist klar, dass Sie freien Wohnraum zu melden haben, oder?«

»Ja, natürlich.«

Dietrichs fragte nach Steinhoff. Angeblich kannte sie ihn nicht, und auch das Foto sagte ihr nichts.

»Hat Ihr Sohn mit Ihnen über Zukunftspläne geredet, wollte er sich verändern?«

»Paul? Nein, davon hat er nichts gesagt.«

Dietrichs hakte noch einmal nach.

»Nein. Aber …« Sie unterbrach sich.

»Was?«, sagte er barsch.

»Er hat Angst. Er geht kaum noch aus dem Haus.«

Wovor Overdieck Angst hatte, konnte sie ihm nicht sagen.

»Meinen Sie, er erzählt mir das? Er macht alles mit sich aus. Als ich ihn gestern gefragt habe, hat er gesagt: ›Zerbrich dir nicht den Kopf, Mutti, es wird alles gut.‹ Wer's glaubt, wird selig, hab ich mir gedacht. Gesagt hab ich nichts, er hätte es mir sowieso nicht erzählt.«

Sie bewegte die Hände in ihrem Schoss.

»Könnte ich jetzt wieder … Ich habe viel zu tun.«

»Bringen Sie mich zu Ihrem Sohn.«

* * *

Wenig später klopfte Frau Overdieck an eine der Türen, die von dem langen Flur im Dachgeschoss abgingen. Die Dienstbotenzimmer, nahm Dietrichs an. Er war ihr durch die Eingangshalle der Villa über die Treppe in den ersten Stock gefolgt, dort waren sie durch eine unauffällige Tür gegangen. Hier hörten Pracht und Herrlichkeit auf, eine bescheidene Holztreppe führte nach oben, die sie bis ins Dachgeschoss hochgestiegen waren.

»Du solltest doch niemanden zu mir lassen«, kam es anklagend von drinnen.

Sie öffnete vorsichtig die Tür. Paul Overdieck saß in Hemdsärmeln an einem Tisch, eine Zeitung in der Hand, und schaute besorgt auf. Als er Dietrichs erkannte, machte sich Erleichterung in seinem Gesicht breit. Overdieck bot ihm mit einer einladenden Geste einen Stuhl auf der anderen Seite des Tisches an.

Das Zimmer war klein, es gab Platz für ein Bett, sorgfältig mit einer Tagesdecke abgedeckt, vollgestopfte Bücherregale und direkt neben der Tür einen Kleiderschrank, das Türblatt war daran gestoßen, als Dietrichs die Tür geöffnet hatte. Das Mansardenfenster ging auf den Stadtpark hinaus. Die Stelle, an der sie die Toten aus dem Gestapokeller vergraben hatten, war von hier aus nicht zu sehen.

Dietrichs wandte Fenster und Stadtpark brüsk den Rücken zu und setzte sich zu Overdieck an den Tisch.

»Allzu krank sehen Sie mir nicht aus.«

»Ich bin es aber. Das Bein macht wieder Mucken.«

Er klopfte leicht auf den Oberschenkel seines steifen Beines.

»Bei Wetterumschwüngen schmerzt es so sehr, dass ich kaum laufen kann.«

Gestern war Overdieck elegant in den Vernehmungsraum gehumpelt, nach Schmerzen hatte das Ganze nicht ausgesehen, einen Wetterumschwung hatte es nicht gegeben.

»Praktisch, wenn man nicht zur Arbeit gehen möchte. Was haben Sie mit Steinhoff besprochen, als Sie bei ihm waren?«

»Das habe ich Ihnen gestern schon gesagt.«

»Noch mal«, sagte Dietrichs knapp.

Overdieck wiederholte alles, allerdings weniger beflissen als am Vortag.

»Wie lange sind Sie schon nicht zur Arbeit gegangen?«

Unwillig sagte Overdieck: »Seit letzten Donnerstag.«

Am Mittwochmorgen hatten sie Steinhoffs Leiche gefunden, seit dem Tag darauf ließ sich Overdieck nicht mehr auf seinem Amt blicken.

»Seit Sie von Steinhoffs Tod erfahren haben, verkriechen Sie sich hier. Wovor haben Sie Angst?«

»Ich habe keine Angst. Warum sollte ich?«

Overdieck brachte ein schiefes Lächeln zustande. »Wenn Sie Steinhoffs Chef nicht verraten, dass Sie den Tipp von mir haben, brauche ich keine Angst zu haben.«

Deswegen machte er sich sicher keine Sorgen, denn das Gespräch mit der Polizei lag gerade einen Tag zurück, während sich Overdieck schon seit fast einer Woche auf sein Zimmer zurückgezogen hatte. Falls er sich vor Kasulke fürchtete, hatte er andere Gründe als die Tatsache, dass er ihnen Steinhoffs Brötchengeber verraten hatte.

Dietrichs fing an zu bohren. Er stellte ihm in Aussicht, den Mörder von Steinhoff mit seiner Hilfe zu finden, so dass er nichts mehr befürchten müsse. Als das nichts fruchtete, drohte er. Damit, ihn und seine Mutter beim Wohnungsamt anzuzeigen. Damit, sein Schweigen als Schuldbekenntnis zu werten.

Overdieck blinzelte nur einmal und reagierte ansonsten wie eine Maschine. Gebetsmühlenhaft wiederholte er: »Das ist alles. Ich weiß nicht, was Sie von mir wollen.«

Sämtliche Beflissenheit, alles Bemühen, den hilfsbereiten Zeugen zu geben, war verschwunden. Overdieck hatte sich in ein Schneckenhaus zurückgezogen.

»Also wollen Sie für immer in dieser Mansarde sitzen bleiben?«

Overdieck zuckte nur mit den Schultern und sah aus dem Fenster.

27

Dienstag, 19. März 1946

Die Warteschlange vor der Bäckerei zog sich um den halben Häuserblock. Martha hatte die Handtasche mit den Lebensmittelkarten unter den Arm geklemmt. Sie reckte den Hals, um die Wartezeit vor der Bäckerei abzuschätzen. Fünf Warteplätze vor ihr stand Maria Kowalski, dürr wie ein Vogelgerippe, neben ihr ihr Jüngster, die Hand in ihre Manteltasche gesteckt und fest an ihr Bein geschmiegt. Martha überschlug die Wartezeit, eine knappe Stunde schätzte sie. Vorausgesetzt, es gab keine Verzögerung bei der Ausgabe, weil plötzlich kein Brot mehr da war. Normalerweise wartete sie einfach. Davon, dass man ständig nach vorne schielte und hoffte, dass es voranging, wurde die Warterei auch nicht weniger.

Heute war es anders. Sie hatte es eilig, nach Hause zu kommen. Wegen Hella. Am Abend hatte sie sie wegen der beiden Männer zur Rede gestellt, das Mädchen hatte alles erzählt – oder zumindest behauptet, sie habe alles erzählt. »Ehrlich, Mama.«

Martha presste die Kiefer aufeinander, als sie an die beiden Männer dachte. Hella hatte sie ihr beschrieben. Ein Kleiner mit einer Wehrmachtsmütze, ein großer, der aussah wie ein Bär. Martha hatte ihr eine Standpauke gehalten, und das Mädchen hatte versprochen, ihr nichts mehr zu verheimlichen. »Versprochen, Mama.« Ganz hatte sie nicht daran geglaubt, aber immerhin hatte es sie beruhigt.

Am Morgen war Hella mit glasigen Augen wach geworden, die Stirn heiß wie ein Backofen. Also hatte sie ihr eingeschärft, im Bett zu bleiben und niemanden in die Wohnung zu lassen. Im Bett war das Mädchen sicherer als auf der Straße. Wenn sie Glück hatten, war es nur ein bisschen Fieber, eine Grippe. Wenn sie Pech hatten, hatte sie sich etwas Schlimmeres eingefangen. In der Stadt grassierte der Typhus, das Gesundheitsamt hatte Merkzettel herausgegeben, und seit Wochen redete Martha sich die Lippen fusselig, Hella sollte nur abgekochtes Wasser trinken und sich vor dem Essen die Hände waschen. Doch sie erwischte sie immer wieder, wie sie Wasser aus dem Hahn trank.

Die Schlange rückte ein Stück vor. Anscheinend verlief der Brotverkauf zügig.

Wenn Karl da gewesen wäre, wäre er mit ein paar Kumpeln losgezogen, und sie hätten sich die Kerle vorgeknöpft. »Wir verpassen ihnen eine Abreibung«, hätte Karl verkündet. Sie sah ihn wieder vor sich. Blauäugig, breitschultrig, ein gutes Stück größer als sie, ein selbstsicheres Lachen im Gesicht. Karl setzte auf seine Muskeln. Auf seine kräftigen Arme, die ihn ernährten. »Mich und dich und das Kind«, hatte er gesagt, als Hella auf die Welt gekommen war. Die Arme und der Rest von Karl hatten sie tatsächlich ernährt. Ihn und sie und das Kind. Karl schuftete in der Gussstahlfabrik und hatte gut zu tun. Stahl wurde gebraucht, der Bochumer Verein konnte sich vor Aufträgen kaum retten. »Klar, der braucht deine Radachsen für seinen Krieg, kein Wunder, dass ihr Sonderschichten fahrt«, hatte Kowalski gesagt. Doch Karl hatte sich über das gute Geld gefreut, das er nach Hause gebracht hatte, bis sie ihn eingezogen.

Karl war nicht da und konnte ihr nicht helfen, also brauchte sie auch nicht darüber nachzudenken, ob er mit seiner Abreibung erfolgreich gewesen wäre. Karl überschätzte gerne seine Kraft. Sicher, seine Arme waren auch nach zehn Jahren im Hammerwerk kräftig. Sie dachte kurz daran, wie er sie an guten Tagen immer hochgehoben, angestrahlt und durch die Küche gewirbelt hatte. Aber sein Gehör ließ nach. Am Ende machten die Stahlwerke die Leute doch kaputt. Die Stahlarbeiter hatten keine Steinstaublungen wie die Bergleute, aber sie waren wegen des Lärms häufig fast taub, dem einen oder anderen geriet ein Körperteil in eine Maschine.

Martha grüßte eine Nachbarin, die an ihr vorbeikam und sich weit hinten in der Schlange einreihte. Mit müden Schritten rückten die Wartenden wieder vor.

Karl war nicht da. Karl konnte ihr nicht helfen. Darüber nachzudenken war genauso sinnlos wie darüber zu grübeln, ob er überhaupt jemals wieder nach Hause zurückkehrte.

Weiter kam sie nicht in ihren Überlegungen, denn Gisela Herold lief über den Bürgersteig auf die Warteschlange zu.

Gisela Herold wusste etwas. Das sah man ihrem Gesicht und ihrem Körper an, das Doppelkinn gegen den Hals gedrückt, die hellen Augen geradeaus gerichtet und den Schritt so verlangsamt, dass sich ihr breiter Körper wie ein gewichtiges Fass die Straße entlangschob. Die Herold war bekannt für ihre Verlautbarungen. Vor dem Krieg hatte sie immer gewusst, wen es erwischt hatte; wenn es in einer der Zechen einen Unfall gegeben hatte, dann hatte sie gewusst, wer gefallen war, und ab 43, wer ausgebombt und wer bei den Bombardierungen gestorben war. Jetzt blieb sie zwei Plätze vor Martha bei einer Frau mit einem blau-weiß getupften Kopftuch stehen.

»Habt ihr schon gehört?«

Die Köpfe hinter der Blau-weiß-Getupften reckten sich, die Köpfe vor ihr wandten sich nach hinten. Manche schnell, andere etwas langsamer.

Nur der von Maria Kowalski drehte sich weg.

»Habt ihr schon gehört?«, wiederholte Gisela Herold.

Jemand tat ihr den Gefallen und fragte: »Was denn?«, obwohl alle wussten, dass sie vor Mitteilungsbedürfnis platzte.

»Es gibt es etwas Neues von der Leiche auf dem Zechengelände.«

Sie ließ ihre Augen über die Warteschlange gleiten, und als sie sicher war, dass alle ihr zuhörten, sagte sie: »Ein hohes Tier«, sagte sie. »Jemand von ganz oben.«

»Wer denn? Eisenhower? Oder General Montgomery?«

Die spöttische Stimme gehörte einem Mann im Blaumann, der zwei Plätze hinter Martha stand.

»Quatsch! Von früher von ganz oben.«

»Von früher von ganz oben. Die sitzen doch alle in Nürnberg! Oder ham sich umgebracht.« Wieder der Mann im Blaumann.

»Nicht alle«, verkündete Gisela Herold.

»Stattdessen liegen sie bei uns in Bochum in ’nem Bombentrichter. Na, ich weiß nicht«, sagte eine dünne Frau skeptisch.

»Genau deshalb«, sagte die Herold. »Damit rechnet nämlich keiner, dass die bei uns sind. Genau deshalb is der hier.«

»Woher weißte das denn?«, fragte jemand.

Gisela Herold machte ein geheimnisvolles Gesicht. »Das kann ich euch nicht sagen.«

Maria Kowalski drehte sich um.

»Wahrscheinlich ist dir der Adolf im Schlaf erschienen und hat es dir persönlich mitgeteilt«, sagte sie bissig. Von Gisela Herold hieß es, dass sie ein großes Bild des Führers im Schlafzimmer hängen hatte. »Der Führer ist immer dabei! Ob das ihrem Alten wohl gefällt?«, hatte Maria Kowalski manchmal gewitzelt, bevor ihr Mann abgeholt worden war. Danach hatte sie aufgehört, Witze zu machen. Von der Herold hieß es, dass sie ihr Hitlerbild im Frühjahr in ihrem Hinterhof verbrannt hatte.

In der Warteschlange war verhaltenes Lachen zu hören.

Gisela Herold erklärte würdevoll: »Ihr habt ja keine Ahnung.«

Ein hohes Tier mit Butterscheinen in der Tasche? Das Ganze klang an den Haaren herbeigezogen. Trotzdem sagte Martha halblaut: »Stimmt das wirklich?« Gisela Herold wandte sich zu ihr um. Sie beugte sich zu ihr und tuschelte: »Klar. Das weiß ich von meinem Cousin. Der hat kürzlich im Präsidium die Rohrleitungen repariert und gehört, dass der britische Oberpolizist sich persönlich damit beschäftigt. Da steckt bestimmt was Großes dahinter, hat er gemeint.«

Martha erschrak, als sie das von dem britischen Oberpolizisten hörte. Sie glaubte nicht, dass es sich um irgendeinen hohen Nazi-Funktionär handelte, doch es gefiel ihr nicht, dass sich anscheinend nun die Briten in die Untersuchung mischten. Das gab dem Ganzen einen noch bedeutenderen Anstrich, was wiederum hieß, dass sie besonders genau nachforschen und ihnen irgendwann auf die Schliche kommen würden.

Sie quittierte Gisela Herolds Wort mit einem gewichtigen Nicken und erntete ein freundliches Lächeln.

»Ihr werdet sehen, ich hab' recht«, trompetete die Herold und stellte sich ans Ende der Schlange, die jetzt wieder ein Stück nach vorne rückte.

Britischer Oberpolizist, das hatte ihr gerade noch gefehlt. Ein britischer Oberpolizist und die zwei Kerle.

»Kasulke kümmert sich drum«, hatte Edith gesagt. Kasulke hatte versprochen, sich um die beiden zu kümmern. In der Regel hielt Kasulke seine Versprechen, in der Regel bedeutete natürlich auch: nicht immer. Er hielt sie so weit, dass es im Viertel hieß: »Auf den Kasulke kannst du dich verlassen.« Edith behauptete, dass es Kasulke gut in den Kram passen würde, sich um die beiden zu kümmern. Das hatte Hand und Fuß. Kasulke würde sich kümmern. Dafür sorgen, dass seine Schwarzmarktkonkurrenten oder was immer die beiden waren, das Mädchen in Ruhe ließen. Wie immer das aussah. Wahrscheinlich gab es auch eine Art Abreibung und dann die Drohung, sich zu verziehen, sich nicht mehr hier blicken zu lassen. Eine Abreibung und ein Machtwort, oder nur eins von beiden. Egal, Hauptsache, Hella war die beiden los.

Martha machte zwei Schritte nach vorn.

Wie man es drehte und wendete, dieses Sichkümmern hatte sie Edith zu verdanken. Edith hatte mit Kasulke geredet, sie hatte ihm von Hella und den beiden Männern erzählt und offenbar so, dass Kasulke sich bemüßigt gefühlt hatte, zu erklären, dass er sich der Sache annehmen würde.

Martha schämte sich, als sie an ihren Streit dachte. Im Grunde konnte keine Rede davon sein, dass Edith sie im Stich ließ. Edith hatte getan, was sie konnte. »Kasulke kümmert sich drum.«

28

Mittwoch, 20. März 1946

Der Mittwoch begann für Dietrichs noch schlechter, als der Dienstag aufgehört hatte. Sie waren keinen Schritt weitergekommen. Kasulke war und blieb verschwunden, Overdieck hatte ein Alibi für die Tatzeit. Kleinert hatte mit Overdiecks Kollegen im Meldeamt gesprochen, und der Beamte im Einwohnermeldeamt hatte Overdiecks Aussage bestätigt: Overdieck hatte das Amt tatsächlich um sechs verlassen. Sein Bericht bei Gibbson hatte ihm wenig Freude gemacht.

Nun stand er um halb sieben morgens müde und hungrig in der feuchten Kühle eines Schrebergartens. Noch dazu in Gesellschaft. Kleinert bibberte neben ihm und rauchte. Zum Glück tat er das schweigend, wahrscheinlich war es selbst für Kleinerts reges Mundwerk zu früh. Stumm sah er zu der qualmenden Brandstelle hinüber.

Ein Feuerwehrmann kam mit knirschenden Schritten über den Kiesweg zu ihnen. Sein Gesicht war dunkel vom Ruß, die Augäpfel leuchteten darin weiß in der heraufziehenden Morgendämmerung.

»Mein erster Brandtoter seit einem Jahr«, sagte er zu Dietrichs, als er vor ihnen stand. Dann schnellte er herum.

»He, du Döskopp, pass auf, dass du den Schlauch ordentlich aufwickelst«, ranzte er einen jungen Feuerwehrmann an, der schräg hinter ihm einen langen, vielfach geflickten Schlauch aufrollte.

Der junge Mann, fast noch ein Junge, zuckte zusammen, spulte die letzten Meter wieder ab und begann, den Schlauch erneut aufzurollen. Die Flickstellen strich er nun sorgfältig glatt.

»Mannomann, wenn man nicht alles selber macht. Ich sag' immer:

Wenn alle die kleinen Dinge richtig machen, kann auch bei den großen nichts schiefgehen.«

Dietrichs verkniff sich einen Kommentar. Wenn jeder seine Pflicht erfüllte, ordentlich seine Akten führte oder ordentlich seine Schläuche aufrollte und jeden Samstag das Treppenhaus putzte, führte das nicht notwendigerweise zu etwas Gutem. Das hatten sie in den letzten Jahren ganz deutlich gesehen. Dietrichs schielte zu Kleinert und rechnete mit einem Kommentar, doch zu seiner Erleichterung hielt Kleinert den Mund.

Nolte war trotz seiner fragwürdigen Lebensweisheiten ein guter Brandmeister und hilfsbereit, vorausgesetzt, man packte ihn richtig an. Dietrichs kannte ihn aus den Einsätzen nach den ersten Luftangriffen, bei denen der Oberbrandmeister ihn gerufen hatte, wenn die Feuerwehr nach ihren Löscharbeiten Tote gefunden hatte. Später, als die Zahl der Toten nach jedem Angriff in die Hunderte ging, hatte die Kripo nicht mehr jede Leiche in Augenschein nehmen können, Dietrichs und Nolte waren sich weniger häufig begegnet.

Dietrichs deutete auf die Überreste des Schrebergartenhäuschens. »Und, Oberbrandmeister, können Sie mir schon etwas sagen?«

Nolte grinste breit. Er mochte es, wenn man ihn so nannte. Ende der dreißiger Jahre war die städtische Berufsfeuerwehr Teil der Ordnungspolizei geworden, damit war sie letztendlich Berlin, genauer gesagt, Himmler und dem Reichssicherheitshauptamt unterstellt gewesen. Offiziere und Mannschaften erhielten Polizeidienstgrade. Nolte musste seine blaue Uniform gegen eine grüne umtauschen, was ihn maßlos geärgert hatte, genauso wie es ihn geärgert hatte, dass aus dem Oberbrandmeister ein Bezirksleutnant geworden war. Dietrichs hatte ihn weiter mit seinem alten Dienstgrad bei der Feuerwehr angesprochen und sich damit seine Sympathien gesichert. Nolte bei guter Laune zu halten war wichtig, denn einen Brandsachverständigen hatten sie bei der Kripo nicht mehr. Ein Kollege hatte in den zwanziger Jahren in Berlin einige Lehrgänge zur Brandursachenforschung gemacht, allerdings war er nach 33 aus politischen Gründen entlassen wurden. So waren sie bei Bränden auf Nolte angewiesen, der zwar keine kriminaltechnischen Lehrgänge besucht hatte, mit seiner Erfahrung lag er jedoch meist richtig.

Nolte wischte sich mit der Hand über die schwarzgraue Stirn. Seine grüne Uniform hatte er sofort nach Kriegsende wieder blau einfärben lassen. Für das polizeigrüne Feuerwehrauto ließ sich hingegen kein Lack auftreiben.

»Einer von den Nachbarn hat den Brand entdeckt, so gegen vier. Hat ziemlich gedauert, bis er ein Telefon gefunden hat, bei uns hat es um vier Uhr siebzehn geklingelt. Acht Minuten später waren wir vor Ort. Die Hütte stand in Flammen, als wir kamen. Vollbrand. Wir haben gelöscht, aber von der Laube konnten wir nichts mehr retten. Seh'n Sie ja.«

Dietrichs blickte auf den Haufen aus verkohlten Balken, Brettern und schwarzen Eisenteilen, aus dem immer noch Qualm aufstieg.

»Als wir näher rankonnten, haben wir eure Kunden entdeckt. Zwei Stück. Ich zeig' sie Ihnen.«

Sie gingen ein paar Schritte auf die verbrannte Hütte zu. Aus den Überresten ragten die schwarzen Arme und Beine eines menschlichen Körpers aus den Überresten, der Tote lag auf dem Rücken, die angewinkelten Arme erinnerten Dietrichs an einen Boxer, der auf den nächsten Schlag des Gegners lauerte. Die Muskelfasern wurden durch die Hitze verkürzt. »Wie bei einem Kotelett in der Pfanne«, hatte ihm Hiesken einmal erklärt, als sie eine Familie fanden, nachdem das Haus von einer Brandbombe getroffen worden war. Alle hatten sie einen leicht gekrümmten Rumpf gehabt, bei allen standen Arme und Beine in die Luft, Waden und Unterarme im rechten Winkel abgeknickt.

»Nummer zwei.«

Nolte zeigte auf einen schwarzen Arm, der unter einem Stück Wellblech hervorschaute. Dietrichs versuchte mehr zu erkennen, der Qualm aus der Brandstelle hinderte ihn jedoch daran. Zwei Tote.

Er fragte: »Können Sie uns schon etwas zur Brandursache sagen?«

Nolte blickte ihn mit der Nachsicht des Spezialisten an, der sich mit einem Laien abgeben muss.

»Nein. Dafür ist es noch zu früh. »

Er holte zu einer längeren Erläuterung aus.

»Könnte alles Mögliche gewesen sei. Die berühmte brennende Zigarre. Rutscht den Leuten aus den Fingern, glimmt vor sich hin, und zehn Minuten später brennt es lichterloh. Oder 'n paar auf dem Herd vergessene Bratkartoffeln. Fett in der Pfanne, das Feuer fängt. Obwohl – Fett für in die Pfanne gibt's ja heutzutage nicht mehr viel. Oder ein Kabelbrand. Die Leute hier zapfen überall Strom ab.«

Dietrichs hatte die Leitungen gesehen, die die Bewohner der Anlage gezogen hatten und mit denen sie Strom aus den Straßenleitungen in ihre Schrebergartenhütten leiteten.

Nolte schüttelte missbilligend den Kopf.

»Da wird nich gescheit isoliert, irgendwann gibt's dann 'nen hübschen kleinen Kabelbrand. Aber das wissen Sie ja alles, Oberinspektor.«

Nolte ignorierte Kleinert, der sich prompt zu Wort meldete.

»Oder jemand hat das Feuer gelegt.«

Nolte ließ Luft durch die geschlossenen Lippen strömen, seine Unterlippe vibrierte.

»Theoretisch möglich. Um das sagen zu können, müsste ich mir die Pampe genauer ansehen.«

Er zeigte auf die schwarze Masse aus Löschwasser und Asche, in der die Toten lagen. Dietrichs konnte dort ausgeglühte Metallteile ausmachen.

Kleinert wurde offenbar wach, denn er fragte weiter: »Nehmen wir mal an, es war ein Feuer, das irgendwo in der Hütte ausgebrochen ist. Hätten sie da nicht durch die Hitze oder das Knistern wach werden müssen und sich nach draußen retten können?«

Nolte sah ihn verächtlich an.

»Nein.«

Kleinert ließ sich nicht abwimmeln.

»Wieso nicht?«

»Rauchvergiftung.«

»Wird man da nicht vorher wach?«, fragte Kleinert weiter. Er schob ein »Herr Oberbrandmeister« hinterher, das Nolte offenbar gefiel, denn er bequemte sich zu einer längeren Erklärung.

»Nicht unbedingt. Hängt von der Rauchentwicklung ab. Die wieder hängt davon ab, wo das Feuer ausgebrochen ist. Und was zuerst gebrannt hat. Kann gut sein, dass sie beide geschlafen haben, tief und selig. Sie atmen den giftigen Rauch und werden ohnmächtig. Mit Rauslaufen ist dann nix mehr.«

»Wir benötigen eine Untersuchung der Brandstelle«, sagte Dietrichs.

Nolte sah an ihm vorbei, als ob er nichts gehört hätte. Du hast mir nichts zu sagen, bedeutete das. Dietrichs seufzte innerlich und fügte hinzu: »Ich werde die Erstellung eines Gutachtens beantragen, Oberbrandmeister.«

Nolte nickte. »Wird allerdings etwas dauern. Jetzt kommen wir sowieso nicht an die Brandstelle.«

»Wie lange?«, fragte Dietrichs.

»Heute Mittag können wir ran. Dann könnt ihr auch eure Kunden abtransportieren lassen.«

Falls es denn Kunden für sie waren. Wahrscheinlich war es irgendein Zufall gewesen, die brennende Zigarette, aus dem Ölofen auslaufende Flüssigkeit oder ein Kabelbrand, dann waren die beiden eingeschlafen und hatten den Ausbruch des Feuers nicht bemerkt. Eine kleine Stimme in seinem Hinterkopf wisperte: »Hoffentlich ist es so gewesen.«

Weitere Mordfälle brauchte er nun wirklich nicht. Es war noch nicht einmal eine Woche her, dass sie Steinhoff gefunden hatten, und keine Lösung in Sicht.

»Wieso meinen Sie eigentlich, dass es Kunden für uns sind?«

Kleinert, der nicht lockerließ.

»Um die Toten müsst ihr euch kümmern, oder nicht?«

»Ich meine, gibt es einen Grund …«

Nolte wandte sich ab und ließ Kleinert ins Leere sprechen.

Dietrichs ärgerte sich. Der Feuerwehrmann hatte keinen Anlaß, sich wie eine Primadonna zu benehmen. Er sagte scharf: »Wir erwarten dann Ihren Bericht, Oberbrandmeister. Möglichst schnell, um im Fall von Brandstiftung oder eines Tötungsdelikts mit gebotener Eile reagieren zu können.«

»Selbstverständlich«, sagte Nolte markig. Er reagierte auf den Befehlston wie eine Maschine, die ansprang, sobald man auf den Knopf drückte.

Dietrich blickte sich um. Ein Wachtmeister befragte am Eingang des Schrebergartengrundstücks zwei Männer und eine Frau. Schulterzucken und Kopfschütteln. Das sah nicht nach einer erfolgreichen Befragung aus.

Eigentlich sollte Jürgens schon längst hier sein, um seine Fotos zu machen. Ein Schupo hatte ihm bereits seinen Untersuchungskoffer aus dem Präsidium hierhergebracht.

Jürgens tauchte just in dem Moment auf dem Kiesweg auf, als Nolte zu seinen Männern in das Feuerwehrauto sprang und mit ihnen abrückte. Er entschuldigte sich wortreich für sein Zuspätkommen.

Dietrichs sah dem Wachtmeister entgegen, der gerade sein Gespräch mit den Nachbarn beendet hatte und nun auf sie zukam.

»Einer der beiden Männer hat um vier die Laube brennen sehen. Er ist wach geworden, weil er mal rausmusste. Er hat den Vereinsvorsitzenden rausgeklingelt, der hier im Vereinsheim wohnt, seit er ausgebombt worden ist. Der hat dann die Feuerwehr gerufen.«

»Hat er jemanden auf dem Grundstück gesehen? Oder etwas gehört?«

»Nein. Der Nachbar sagt, dass er geschlafen hat wie ein Stein. Ich glaub', er hatte ganz schön einen geladen. Hat zumindest gerochen wie ein Lappen, mit dem man eine ganze Kneipe aufgewischt hat.«

»Und die anderen beiden?«

»Nichts, Herr Oberinspektor. Sie haben beide geschlafen und sind erst wach geworden, als die Feuerwehr angerückt ist.«

Jürgens holte die Kamera hervor und machte sich daran, die Brandstelle zu fotografieren.

Auch die Nachbarn nahm er auf, die aus der Entfernung das Treiben der Polizei beobachteten.

Inzwischen war es hell geworden, und Dietrichs konnte die Anlage überblicken. Kieswege, gleichmäßige Parzellen. Viele der Beete waren frisch umgegraben, die Erde fein zerkrümelt, bereit für die nächste Aussaat, andere waren von Unkraut überwuchert. Aus manchen der Hütten stieg Rauch in den Morgenhimmel.

Dietrichs bat Kleinert, die Nachbarn in den umliegenden Lauben zu befragen, und stapfte dann über die feuchten Kieswege der Kleingartenanlage zum Vereinsheim, einem lang gestreckten Bau.

Er musste nicht einmal klopfen. Die Tür wurde sofort geöffnet, als ob er erwartet worden wäre. Ein kleiner, gebückter Mann zwischen sechzig und siebzig stand vor ihm, Dietrichs konnte auf seinen haarlosen Schädel hinuntersehen. Was dort fehlte, machten die buschigen und immer noch dunklen Augenbrauen wett.

Dietrichs zückte seine Marke und nannte seinen Namen.

Ohne ein Wort zu sagen, führte der Mann Dietrichs durch einen düsteren Raum, in dem Dietrichs die Umrisse aufgestapelter Stühle und ein paar hochkant angelehnte Tische ausmachen konnte, in ein kleines Büro. Dort baute er sich hinter einem Schreibtisch auf und stellte sich vor.

»Jupp Grusemann, ich bin der Vereinsvorsitzende.«

Vermutlich hielt er das Büro für den passenden Rahmen, um seinen Namen und seine Funktion zu nennen. Er bat Dietrichs, vor einem wackeligen Schreibtisch Platz zu nehmen. Dietrichs ließ sich vorsichtig auf dem ebenfalls wackligen Stuhl nieder.

»Die Möbel sind nicht mehr die allerneusten«, sagte Grusemann entschuldigend.

Dietrichs fragte nach dem Besitzer der Parzelle.

»Der Pächter hat vor einigen Jahren gewechselt.«

Er überlegte einen Augenblick.

»Der Neue dürfte sie 38 gepachtet haben. Wir hatten in dem Jahr einige Wechsel. Wir durften nämlich nur noch an deutsche Volksgenossen verpachten, verstehen Sie? Sehen tun wir den neuen Pächter so gut wie nie. Das ist eigentlich nicht der Sinn der Sache in einem Schrebergartenverein. Der Neue kommt meistens nachts. Mit einer Frau. Nicht immer mit derselben. Oft hamse in der Hütte übernachtet. War ja eigentlich nicht erlaubt, laut Verordnung. Jetzt hält sich ja eh keiner mehr dran.«

Dietrichs fragte nach dem Namen des Pächters. Grusemann sah ihn erstaunt an.

»Ernst Weise. Hab ich das nicht schon längst gesagt?«

»Nein, haben Sie nicht. Und bevor Sie meinen, Sie hätten mir auch das schon alles gesagt, nennen Sie mir bitte auch Wohnadresse, Geburtsdatum, Personenstand und was sonst noch in Ihrem Register steht.«

Das Männchen stand eifrig auf und zog einen schmalen Aktenordner aus dem Regal.

»Wir mussten die Akten im letzten Frühjahr abgeben, Befehl von oben. Sie haben alle möglichen Unterlagen eingesammelt.«

In der letzten Märzwoche waren sowohl im Präsidium in der Uhlandstraße als auch im Rathaus kräftig Akten verbrannt worden. Einen Moment lang war Dietrichs verblüfft, dass selbst die Akten des Kleingartenvereins eingezogen worden waren, dann dachte er: Gründlichkeit kennt keine Grenzen.

Grusemann öffnete eine Mappe.

»Harry hat eine Liste angelegt. Sozusagen inoffiziell. Ich meine, man will ja wissen, wer wo seine Parzelle hat und ob er auch regelmäßig bezahlt.«

»Wer ist Harry?«

Grusemann sagte eilig, als ob es ihm leidtäte, die Erklärung nicht früher abgeliefert zu haben: »Harry Blomsten. Eigentlich heißt er Herbert. Er war hier Vereinsführer. Bei den Bombenangriffen im November 44 hat es ihn erwischt. Er hat den Splitter einer Schaufensterscheibe in den Hals gekriegt. Sie kennen das ja, bei der Brandhitze sind die einfach zersprungen.«

Grusemanns Zeigefinger glitt über die Liste. Stockte. Rutschte nach oben und fuhr wieder die Seite hinab. Er blickte auf und sagte konsterniert: »Hier steht kein Ernst Weise.«

Als er Dietrichs Blick bemerkte, beeilte er sich hinzuzufügen: »Hier steht ein ganz anderer Name für die Parzelle 124. Erich Kasulke.«

29

Mittwoch, 20. März 1946

Die Decke im Schlafzimmer war von Rissen durchzogen. Sie erinnerte Hella an eine alte Landkarte; die langen Risse waren Flüsse, die dunklen Flecken, die sich hier und da ausbreiteten, Seen oder Meere, Binnenmeere, wie das Schwarze Meer. Von dort war die letzte Feldpostkarte ihres Vaters gekommen. Die einzelnen schwarzen Punkte könnten Städte sein, dachte Hella, wenige Städte in einem riesigen Gebiet voller Flüsse, Seen und Sümpfe.

Hella fuhr mit dem Blick einen Riss entlang, der sich von der Mitte der Decke bis in das Dunkel über dem Kleiderschrank zog. Sie reiste auf einem Fluss, rechts und links wechselten sich Grasland und Gebirge ab. Ein kühler Wind blies, er strich über ihre heißen Wangen, unter ihr floss das Wasser schnell dahin und schäumte weiß an den Stromschnellen auf. Auf halbem Weg zwischen Kleiderschrank und Deckenmitte machte der Fluss eine scharfe Kurve. Hella warf das Steuerrad herum und sorgte dafür, dass das Schiff nicht an einem der Felsen am linken Ufer zerschellte. Wasser spritzte ihr ins Gesicht. Sie leckte die Tropfen ab. Im selben Moment fiel ihr ein, dass ihre Mutter ihr verboten hatte, Wasser zu trinken, das nicht abgekocht war. Doch das galt bestimmt nur für das Wasser in der Regentonne im Hof oder aus den Hydranten. Nicht für das Flusswasser, das nun von ihrem Gesicht abperlte. Ihre Zunge fuhr wieder über die Lippen.

Auf einem Hügel am Ufer stand der Kaninchenmann, Gesicht und Hände zum Himmel gerichtet, die Kaninchenschwänze trieb der Wind zur Seite. Diesmal schrie er nicht, er sang. Ein fremdartiges Lied mit lang gezogenen Tönen. In einer langen Reihe schritten viele Mädchen auf ihn zu, jede drückte eine große Tasche an ihre Brust. Die Taschen beulten an immer anderen Stellen aus, als ob sich etwas in ihnen bewegte, die Mädchen flüsterten ihnen etwas zu. Der Mann sang, ohne sich weiter um die Mädchen zu kümmern.

Der Fluss machte abermals eine Biegung, und Hella hörte ein Geräusch, rhythmisches Getrappel. Vermutlich eine Horde Büffel, die durch das Grasland zu ihrer Linken stapfte, vielleicht auch Indianer auf ihren Pferden, die neben dem Fluss herritten und bald ihre Pfeile gegen sie und das Boot schicken würden. Gab es irgendwo Waffen? Sie tastete nach dem mit Sand gefüllten Strumpf, bis ihr einfiel, dass sie ja ihren Schlafanzug anhatte und nicht den Anorak, in dessen rechter Tasche die Socke steckte.

Sie warf ihren Kopf auf dem Kissen in die andere Richtung. Fluss, Felsen und Indianer verschwanden, das Geräusch blieb.

Es kam vom Fenster her. Das Brett vor dem Fenster knarzte, jemand schien daran zu zerren. Vor dem Schlafzimmerfenster tauchte ein Kopf auf, zuerst sah Hella lediglich die Wehrmachtsmütze, es folgten ein Paar dünne Augenbrauen und die wässrig blauen Augen. Einen Augenblick später erschien der gesamte Oberkörper, der Kleine stemmte sich hoch, die Hände auf das wacklige Fensterbrett gestützt. Sein Kopf drehte sich zur Seite, dann blickte er wieder in ihre Richtung und bleckte die Zähne. Hella sah die kleinen Zähne und das rosa-graue Zahnfleisch. Er hob die rechte Hand und schlug mit dem Knöchel ans Fenster.

Sie regte sich nicht unter ihrem Federbett und hoffte, dass sie mit dem Gebirge aus Decken und Kopfkissen verschmolz. Noch einmal holte die Hand aus, diesmal nicht zu einem Klopfen, sondern zu einem Schlag. Hella wartete auf das Splittern des Glases. Das Schlafzimmerfenster war das einzige Fenster, dessen Scheiben allesamt heil geblieben waren. Sie dachte daran, wie ihre Mutter sich aufregen würde. Das letzte Fenster, bei gutem Wetter fiel morgens die Sonne hinein. Nun müsste sie es auch mit Pappe zukleben.

Die Faust traf auf das Glas, und die Splitter fielen in einem hellglänzenden, glitzernden Schwall zu Boden. Hella schrie. Laut und lange, bis sie wach wurde, weil ihr der Hals vom Schreien wehtat.

Sie blinzelte und sah zum Fenster hinüber. Alle Scheiben in dem hölzernen Rahmen waren ganz. Auf dem Nachttisch stand immer noch das Wasserglas. Ihre Mutter hatte es dort hingestellt, bevor sie zur Arbeit gegangen war. Sie setzte sich auf, trank in kleinen Schlucken und schaute wieder zum Fenster. Von dem Kleinen keine Spur. Hella stand auf und öffnete die Fensterflügel. Der Hof unter ihr war leer.

Ob die beiden wohl tatsächlich zu ihr hochklettern konnten? Aber woher sollten sie wissen, welches Fenster das richtige war? Und dass sie krank im Bett lag, statt in die Schule zu gehen?

Am Montagabend hatte sie sich heiß und müde gefühlt. Ihre Mutter hatte sich darüber gewundert, dass sie nichts essen wollte. Sie hatte ihre Stirn gefühlt, grimmig genickt und sie postwendend ins Bett geschickt. Im Rausgehen hatte sie noch gehört, wie sie zu Edith etwas über eine Typhusepidemie gesagt hatte.

Jetzt blieb Hella schon den zweiten Tag zu Hause, weil es ihr nicht besser ging, mit der strikten Anweisung, das Bett nicht zu verlassen.

Wenigstens blieb ihr auf diese Weise die Schule erspart. Nicht nur wegen der Rechenstunden von Herrn Klein, der aus dem vorletzten Krieg mit einer verkrüppelten Hand zurückgekehrt war und in der anderen einen Rohrstock hielt, mit dem er in seinen schlechten Momenten auf alles einschlug, was ihm in die Quere kam. Nicht zur Schule zu müssen bedeutete vor allem, das Haus nicht zu verlassen und so nicht dem Kleinen und dem Bären begegnen zu müssen. Ihre Mutter hatte sie zusammengestaucht, weil sie ihr nichts von den beiden erzählt hatte. Ihre Mutter war so zornig gewesen, dass sie ihr vorsichtshalber die zweite Begegnung verschwiegen hatte. Edith hatte sie auch nichts davon gesagt, denn ihre Mutter hatte Bescheid gewusst, weil Edith es ihr verraten hatte. Stattdessen hatte sie ihrer Mutter versprochen, ihr nichts Wichtiges zu verheimlichen. Was im Grunde keine Lüge war, weil es sich auf die Zukunft bezog.

Wer konnte wissen, was den Männern als Nächstes einfiel. Ihre Mutter hatte ihr zwar gesagt, dass Kasulke sich um alles kümmern würde, dass er dafür sorgen würde, dass die Männer sie in Ruhe ließen. Das hatte sie mindestens dreimal gesagt. »Edith hat mit ihm gesprochen. Er hat sie vor dem Straßenbahndepot von einem seiner Leute abholen lassen.«

Die Adressen konnte sie den beiden nun sagen, doch was der Sterbende am Schluss gesagt hatte, wusste sie immer noch nicht. Wenn du mir den Namen sagst, kannst du dein Kind behalten. Rumpelstilzchen hatte zwar von der Müllerstochter abgelassen und sich zu Tode geärgert, als die am Ende doch noch den Namen kannte. Die beiden sahen jedoch nicht so aus, als wollten sie mit dem Fuß auf den Boden stampfen und rufen: »Das hat dir der Teufel gesagt!« und sich anschließend selbst entzweireißen. Hella kicherte, als sie sich die beiden als Rumpelstilzchen vorstellte.

Sie hatte das Gefühl, dass ihre Gedanken unordentliche Schlieren zogen. Was wirklich war und was ausgedacht, was stimmte und was falsch war, vermischte sich zu einem wirren Strudel. Sie schlief ein.

Wenig später weckte sie ein Klopfen. Knöchel auf Holz, kein Stampfen auf Grasland, kein Wummern auf Glas.

Edith konnte es nicht sein, Edith kam erst am Nachmittag nach Hause. Also zog Hella die Bettdecke über den Kopf, aber das Klopfen hörte nicht auf. Sie schlüpfte aus dem Bett und schlich zur Tür. Ihre Mutter hatte ihr eingeschärft, die Wohnung von innen abzuschließen, bevor sie zur Arbeit gegangen war. »Lass keinen Fremden herein.«

Vielleicht war es eine von Mutters Butterkundinnen, die vor der Tür stand, und sie würde einen Höllenärger bekommen, wenn sie sie nicht hineinließ. Sie schob vorsichtig die blecherne Scheibe vor dem Türspion beiseite und blickte durch das kleine Loch. Vor der Tür stand

Emil, der Junge, der mit seinen Polizeirufen die beiden Kerle vertrieben hatte.

Er grinste, als ob er gemerkt hätte, dass jemand durch den Spion sah.

»Bist du allein gekommen?«, fragte Hella durch die Tür und biss sich auf die Zunge. Jetzt konnte sie nicht mehr so tun, als sei niemand zu Hause.

»Ja, bin ich«, antwortete er. »Ich will mit dir reden.«

Lass keine Fremden in die Wohnung. Aber im Grunde genommen war er kein Fremder. Er hatte ihr vor ein paar Tagen geholfen.

Sie drehte den Schlüssel um. Sie warf einen Blick in den Flur, bevor sie die Tür hinter ihm schloss. Niemand war hinaufgekommen.

»Ich habe nach der Schule auf dich gewartet. Da du nicht gekommen bist, habe ich gedacht, ich besuche dich.«

Er stellte einen Rucksack auf einen ihrer Küchenstühle und zog eine kleine Glasflasche mit einer durchsichtigen Flüssigkeit hervor.

»Da, für dich.«

Er schob sie ihr über den Tisch.

»Nimm mal 'n Schluck. Ist gut gegen Fieber. Mein Opa hat immer gesagt, es brennt dir alles aus. Bazillen, Fußpilz, schlechte Laune.«

Hella ließ den Bügelverschluss aufschnappen und schnupperte. Aus der Flasche roch es beißend.

»Kannst du ruhig probieren.«

Hella schüttelte den Kopf. Ein Nachbar hatte ihr vor zwei Jahren einen Schluck in einer dunklen Ecke des Luftschutzkellers aufgezwungen und sie anschließend gegen die feuchtkalte Wand des Gangs gedrängt. Sie hatte gehustet wie blöd, ihre Mutter war dazugekommen, hatte den Nachbarn von ihr weggezerrt und so lange auf ihn eingeschrien, bis er sich schleunigst aus dem Staub machte. Das Zeug aus der Flasche, die er ihr in den Mund geschoben hatte, hatte ihr die Tränen in die Augen getrieben, und japsend hatte sie Luft geholt. Eine solche Vorstellung würde sie heute bestimmt nicht liefern.

»Wenn du ihn selbst nicht trinken willst, verkauf' ihn auf dem Schwarzmarkt.«

Hella saß auf ihrem Stuhl, die Knie hochgezogen und die Füße auf die Sitzfläche gestellt, damit sie auf dem kalten Boden nicht froren, die Pyjamajacke fest um sich gezogen.

»Möchtest du ein Glas Wasser?«

Ohne ihre Antwort abzuwarten, ging er zum Küchenschrank, holte zwei Gläser hervor und füllte sie am Hahn über dem Spülbecken.

»Schön habt ihr's hier.«

Hella sah sich in der Küche um. Mit Pappe vernagelte Fensteröffnungen. Ein tiefer Spalt tat sich in der Wand zum Nachbarhaus auf, aber ansonsten war fast alles heil geblieben. Er setzte sich zu ihr an den Tisch.

»Sag mal, hast du die zwei Männer wiedergesehen?«

»Ja. Sie haben mich noch einmal gefunden und mit mir geredet.«

»Wann?«

»Am Montagmorgen. Warum interessiert dich das so?«

»Sie sind mir bei einem Geschäft in die Quere gekommen. Ich will wissen, ob sie noch in der Gegend sind und was sie machen. Was wollten die eigentlich von dir?«

Die Frage hatte er ihr schon einmal gestellt, vor ein paar Tagen, als sie weit oben in der Küche der zerbombten Wohnung gesessen hatten und über die Stadt schauten. Damals hatte sie ihm nichts erzählt. Wer erzählt schon, dass er einem Toten den Mantel fortgenommen hat? Ihn eingetauscht hat, korrigierte sie sich. Er selbst schleppte Schwarzgebrannten durch die Gegend. Sie merkte, dass ihre Gedanken wieder in alle Richtungen davonflossen, und kniff sich in den Arm. Der Schmerz war deutlich und klar, wie ein scharf umrissener Felsen, der das Wasser eines Flusses teilt. Tausch. Er wollte etwas von ihr wissen. Und sie? Sie wollte wissen, was er mit den Männern zu tun hatte. Sie sagte: »Tausch. Du erzählst mir, bei welchen Geschäften sie dich gestört haben, und ich erzähle dir, was sie wissen wollten.«

»Und du fängst an«, sagte sie schnell, als sie sah, dass er einverstanden war.

»Ich handle mit Schnaps.«

Das war keine großartige Enthüllung. Um das zu wissen, reichte es, die Flasche auf dem Tisch anzuschauen.

»Sie sind mir irgendwann mal nachgegangen und haben mein Lager entdeckt. Und jetzt bedienen sie sich.« Er blies sich eine blonde Strähne aus der Stirn. »Zur Polizei kann ich deswegen ja wohl kaum gehen.«

»Warum willst du wissen, wieso sie hinter mir her sind?«

»Weil ich rauskriegen will, was die sonst noch treiben. Außer mir meinen Schnaps zu klauen. Ob sie mit jemandem zusammenarbeiten.«

»Vielleicht war der Tote ihr Komplize.«

»Mag sein. Jetzt bist du dran.«

Hella begann zu erzählen. Sie erzählte alles, nur das mit den gefalteten Händen ließ sie aus, weil sie nicht wollte, dass Emil sie für kindisch hielt.

Emil hatte das linke Bein hochgezogen und den Fuß auf die Stuhlkante gestemmt. Den Oberschenkel zur Brust gezogen und das Kinn aufs Knie gestützt, hörte er ihr zu.

Er schaute sie nachdenklich an, doch einen Augenblick später merkte sie, dass er durch sie hindurchsah, auf irgendeinen Punkt, der hinter ihr in der Ferne lag, noch hinter der Küchentapete mit den kleinen Blumensträußchen in ihrem Rücken.

»Was meinst du, was hat das wohl mit den Adressen auf sich?«, fragte sie.

»Hast du wirklich nicht verstanden, was der Mann gesagt hat, bevor er den Löffel abgegeben hat?«

»Nein.« Ungeduldig fügte sie hinzu: »Aber warum sind sie so erpicht auf die Adressen?«

»Keine Ahnung.«

»Vielleicht haben sie dort etwas versteckt. Oder die Adressen sind ein Treffpunkt. Was denkst du?«

»Kann sein.«

Hella kniff die Augen zusammen. Kann sein. Auch keine richtige Antwort. Emil schien schon wieder durch die Blümchen der Küchentapete hindurch ins Nirgendwo zu schauen. Er stand auf und füllte wieder ihr Wasserglas.

»Hier. Wenn man Fieber hat, muss man viel Wasser trinken.«

Hella drückte das Glas an ihre Wange. Es war glatt und kühl. Sie nahm einen Schluck, ohne es hinunterzuschlucken, und fuhr mit der Zunge im Mund herum.

Emil sagte: »Du hast ja jetzt, was sie wollen. Die lassen dich sicher in Ruhe, sobald du ihnen die Adressen gesagt hast.«

Hella dachte an die Hand an ihrem Knie, an die Finger, die sich in das weiche Fleisch in ihrer Kniekehle gebohrt hatte.

»Ich weiß nicht. Nach einfach in Ruhe lassen sehen die nicht aus.«

»Wieso nicht? Sobald die haben, was sie wollen, verdünnisieren die sich. Garantiert.«

Vielleicht hatte er recht. Vielleicht hatte es sich wirklich damit: Sie gab ihnen, was sie haben wollten, und sie hatten keinen Grund mehr, ihr aufzulauern.

»Was hat der Mann denn am Schluss gesagt? Hast du wirklich nichts verstanden?«

Sie erinnerte sich wieder an den Sterbenden, die roten Spuckeblasen auf seinen Lippen, den stockenden Atem an ihrem Ohr.

»Nein. Er hat nur noch geröchelt.«

Sie schwieg.

»Dann denk dir doch einfach etwas aus und sag es ihnen. Damit sie zufrieden sind. Mutti, zum Beispiel.«

»Mutti?«, sagte Hella verwirrt. Das Bild des Toten wollte einfach nicht verschwinden. Die Augen in den Himmel gerichtet, bis sie sie ihm geschlossen hatte.

»Na klar. Mutti. Sein letztes Wort. Oder Opa.«

»Wieso Opa?«

»Warum nicht? Jemand, der ihm hilft. Nach dem er ruft, wenn er stirbt.«

Irgendetwas in der Art könnte sie tatsächlich sagen, dachte Hella. So hätte sie etwas zum Tauschen.

Emil prustete los. »Besenstiel wird er bestimmt nicht gesagt haben.«

Sie verzog den Mund zu einem Lächeln. Das Bild des Toten wurde blasser. Sie dachten sich noch ein paar weitere letzte Worte aus. Schließlich lachte Hella, bis ihr der Bauch wehtat. Der Tote und die Männer waren auf einmal nur noch Gestalten aus einer Bildergeschichte, bunt und angenehm papiernen.

Nach einer Weile stellte Emil sein Glas auf den Tisch. Er hievte seinen Rucksack auf den Rücken. Zwei Flaschen stießen gegeneinander, Hella hörte das leise Klirren.

»Pass gut auf dich auf.«

30

Mittwoch, 20. März 1946

»Das ist ein mieser Trick. Ein hundsgemeiner Bullentrick.«

Die Stimme sprang in die Höhe, überschlug sich und brach ab. Elisabeth Kasulke nahm den goldenen Ring von Dietrichs' Handteller, legte ihn auf ihre eigene Handfläche und betrachtete ihn einen Moment lang. Dann ballte sie die Faust darum. So saß sie eine Weile da, die Faust auf den Esstisch gelegt, die Lider gesenkt, die Zähne in die Unterlippe gegraben. Schließlich öffnete sie die Augen und fragte: »Wo haben Sie den her?«

»Wie ich schon sagte, wir haben ihn in der abgebrannten Schrebergartenhütte Ihres Mannes gefunden.«

»Natürlich könnte er auch gestohlen sein. Oder Ihr Mann hat ihn verschenkt.«

Kleinert sekundierte, freundlich und sanft.

Die Frau schüttelte den Kopf. Ihre Locken, die Dietrichs an auf Spulen gerollten Messingdraht erinnerten, wippten.

»Nein. Erich hätte ihn sich nicht wegnehmen lassen. Er hätte ihn auch nie verhökert.«

Sie öffnete die Hand, nahm den Ring zwischen Daumen und Zeigefinger und hielt ihn ans Licht, so dass sie die Gravur in seinem Inneren betrachten konnte. »Elisabeth und Erich, 10. April 1935«, stand da. Dietrichs hatte es gelesen, nachdem er dem Toten den Ring vom Finger gezogen hatte. Das Gesicht war nicht mehr zu erkennen, eine endgültige Identifizierung würden sie mithilfe der Zahnarztunterlagen vornehmen müssen, falls es noch welche gab.

Dietrichs dachte kurz an seinen eigenen Ehering, der in seiner

Nachttischschublade lag, zusammen mit Emmas. »Emma und Bernhard, 13. Dezember 1930.« Ein glasklarer Dezembertag, Emma hatte mit ihrer blassen Haut unter dem Schleier wie durchsichtig ausgesehen. Durchsichtig und wunderschön. Das war sie bis zum Schluss. Dietrichs dachte an ihre letzten Monate. Sie hatte den Frontverlauf eifrig verfolgt, einen Atlas auf den Knien und hatte gemurmelt: »Bald ist es vorbei. Bald ist es vorbei.« Dass es dann vorbei war, hatte sie nicht mehr erlebt.

Kleinert, der auf dem Küchensofa unter der gestickten Verkündigung über das Gold der Morgenstunde saß, fragte: »Können Sie sich vorstellen, was Ihr Mann im Schrebergarten wollte?«

»Haben Sie nur eine Leiche gefunden?«, fragte sie tonlos zurück.

»Wieso?«

»Weil er manchmal da übernachtet hat. Zu zweit.«

Die Frau hatte inzwischen ihre Faust mit dem Ring in die Kitteltasche gesteckt.

»Mit wem?«

»Mit wem wohl? Mit einem seiner Flittchen.«

Auf Kleinerts Gesicht zeichnete sich Mitleid für die Witwe ab, die er nun nach den Seitensprüngen ihres Mannes befragte. Gegen Mitleid war nichts einzuwenden, dachte Dietrichs, allerdings war es ungünstig, es undosiert und unverhüllt zu zeigen. Aber Kleinert machte seine Sache nicht schlecht. Er sagte behutsam: »Der zweite Tote, den wir in der Laube gefunden haben, ist ebenfalls ein Mann. Haben Sie eine Ahnung, wer es sein könnte?«

Über Elisabeth Kasulkes Gesicht zogen in raschem Wechsel verschiedene Ausdrücke. Dietrichs meinte Erleichterung, Verwirrung, plötzliches Begreifen und am Ende Angst darin zu erkennen.

»Hans ist heute Morgen nicht zur Arbeit erschienen. Hans Töhler. Er geht meinem Mann in der Kohlenhandlung zur Hand, so 'n Hübscher, sieht aus wie Willy Fritsch.«

Dann schien ihr einzufallen, dass von seinem Aussehen nicht mehr viel übrig sein mochte, denn sie senkte betreten den Blick.

Kleinert ließ sich den vollständigen Namen und die Adresse des Mannes geben.

Die nächsten Fragen beantwortete Elisabeth Kasulke knapp. Sie hatte ihren Mann am Montag zum letzten Mal gesehen. Nein, sie wisse nicht, was er im Schrebergarten gewollt habe. Ja doch, ihr Mann sei in den letzten Tagen etwas besorgt gewesen, warum wisse sie jedoch nicht. Ja, Heinrich Steinhoff habe für ihren Mann gearbeitet. Nein, was für eine Arbeit das sei, wisse sie nicht. Und von Schiebereien wisse sie auch nichts, sie bekomme ihre Lebensmittelkarten, wie jeder andere auch, mehr habe sie dazu nicht zu sagen. Auseinandersetzungen unter Schwarzmarkthändlern? Nein, auch davon wisse sie gar nichts.

Dietrichs schaltete sich ein: »Frau Kasulke, wir sind nicht die Wirtschaftspolizei. Wir versuchen herauszubekommen, warum diese drei Menschen gestorben sind. Wenn Sie etwas wissen, sind Sie verpflichtet, es uns zu sagen.«

Hiesken hatte die Untersuchung der Leichen noch nicht abgeschlossen. Dietrichs ging jedoch davon aus, dass Kasulke und auch dieser Hans nicht durch einen Brandunfall ums Leben gekommen waren.

»Mein Mann hat Kohle verkauft. Gibt zwar kaum welche, geht ja alles als Reparation nach England oder Frankreich. Wir haben uns gerade so durchgeschlagen.«

»Ich rede nicht von Kohle. Der Kohlenhandel mag seine Tücken haben, im Allgemeinen gibt es aber dort selten Tote.«

Elli Kasulke wandte ihm ihr leeres Gesicht zu.

»Kasulke hat mit mir nicht übers Geschäft geredet.«

»Ihr Mann ist tot. Heinrich Steinhoff, der für ihn gearbeitet hat, ist tot. Und ein weiterer Mann, der ebenfalls für Ihren Mann gearbeitet hat, vermutlich ebenfalls.«

Elli Kasulke starrte ihn immer noch reglos an und schwieg.

Dietrichs fragte noch einmal: »Die Schwarzmarktgeschäfte Ihres

Mannes. Gab es da in der letzten Zeit Schwierigkeiten? Ärger mit anderen?«

»Was für Schwarzmarktgeschäfte?«

»Heinrich war für Ihren Mann unterwegs. Er hat für ihn schwarze Ware transportiert. Dafür gibt es Zeugen.«

Sie zuckte mit den Schultern.

»Vielleicht hatte Heinrich selber etwas laufen. Heinrich war so'n Ehrgeiziger.«

»Heinrich ist nicht der Einzige, der getötet wurde. Es können nicht nur Heinrichs Geschäfte sein.« Er fügte hinzu: »Und entschuldigen Sie – vielleicht sind Sie die Nächste.«

Sie zuckte mit keiner Wimper.

»Warum sollte ich?«

Dietrich schielte kurz zur Seite. Kleinert saß ruhig neben ihm und machte sich schweigend Notizen. Er wandte sich wieder an Elli Kasulke.

»Richtig. Sie wissen ja nichts. Hoffentlich weiß das auch derjenige, der Ihren Mann getötet hat.«

Sie verzog keine Miene.

»Hören Sie«, sagte er ruhig. »Wenn wir denjenigen erwischen, der Ihren Mann getötet hat, ziehen wir ihn aus dem Verkehr.«

Elisabeth Kasulke holte ihre Hand aus ihrer Kitteltasche und öffnete sie, der Ring blinkte im Sonnenlicht. Sie steckte ihn an ihren Daumen und drehte ihn. Erst in die eine Richtung, dann in die andere. Als Dietrichs dachte, sie würde weiter schweigen, machte sie den Mund auf und sagte: »Edith. Edith Marheinecke.«

»Wer soll das sein?«

Kaum hatte Dietrichs die Frage ausgesprochen, fiel es ihm wieder ein. Er hatte vor einigen Tagen mit ihr gesprochen, als er die Kinder befragt hatte.

»Die Einquartierung von den Schraders. Vor 'n paar Tagen hat sie Erich was verkauft.«

»Woher wissen Sie das?«, fragte Kleinert und blickte interessiert auf.

»Von Martha Schrader.«

»Nicht von Ihrem Mann?«, fragte Dietrichs.

»Nein. Ich sag' doch: Mit mir hat er über Geschäfte nicht geredet.« Ein vorwurfsvoller Blick traf Dietrichs. Sie wandte sich an Kleinert.

»Erich war neben der Spur, seit sie bei ihm war.«

Edith Marheinecke war eine attraktive Frau. Elli Kasulke musste ihm den Gedanken wohl am Gesicht abgelesen haben, sie sagte: »Nich, was Sie denken. Er hat sich Sorgen gemacht. Also habe ich mir auch Sorgen gemacht. Ich bin zu Martha Schrader. Die Marheinecke war nicht da, aber ich hab' mit der Schrader gesprochen. Die Marheinecke ist irgendwie an Heinrichs Mantel gekommen.«

»An den Mantel von Heinrich Steinhoff?«

Der Tote hatte trotz der Märzkälte keinen Mantel getragen. Der Teil der Geschichte konnte stimmen.

»Ja. Im Mantel steckten Bezugsscheine für Butter. Die hat die Marheinecke Erich andrehen wollen.«

Die Kasulke war zäh. Sie hatte den Schock über den Tod ihres Mannes scheinbar weggesteckt und reagierte jetzt kühl und überlegt.

»Woher hatte Heinrich die Butterscheine?«, fragte Dietrichs.

»Keine Ahnung, was er für Geschäfte gemacht hat.«

»Erzählen Sie uns doch keine Märchen. Kasulke hat schwarzgehandelt, und Heinrich hat für ihn gearbeitet«, sagte Dietrichs.

Sie zuckte mit den Schultern. Ihre Lippen verzogen sich zu einem dünnen Lächeln.

»Das mit dem Schwarzhandel konnten sie ihm nie beweisen.«

»Wie ist Edith Marheinecke an den Mantel gekommen?«, fragte Dietrichs.

Elli Kasulke schob den Ring über ihren rechten Ringfinger, um ihn über ihrem eigenen Ehering zu tragen, wie es viele Witwen taten.

»Das müssen Sie sie selbst fragen. Sprechen Sie mit Edith Marheinecke.«

31

Mittwoch, 20. März 1946

Die Luft im Schacht war feucht und kalt, und die Eisensprossen in der Wand noch kälter. Eisig. Emils Finger wurden erst klamm, dann steif. Dazu waren die Sprossen auch noch nass. Er musste höllisch aufpassen, damit er nicht abrutschte. Nach unten guckte er besser auch nicht. Da gab es nur schwarze Leere, auch wenn er mit der Lampe, die um seinen Hals hing, hinunterleuchtete. Irgendwo da unten stand Grubenwasser, das wusste er, weil er mal einen Stein runtergeworfen hatte und der mit lautem Platschen im Wasser gelandet war.

Emil kletterte. Der Zugang zum ersten Stollen war nicht mehr weit, er spürte schon den Luftzug. Bald musste die lockere Sprosse kommen. Tatsächlich, da war sie. Er setzte vorsichtig den Fuß darauf, spürte, wie sie in ihrer Verankerung hin und her wackelte, als er etwas Gewicht darauf gab, und machte einen großen Schritt, um die nächste zu erwischen. Jetzt noch ein Stück, dann kam die gemauerte Stollenöffnung. Er stieg hinein und fühlte wieder festen Boden unter den Füßen. Natürlich würde er das keinem Menschen erzählen, ums Verrecken nicht, aber er war jedes Mal froh, wenn er nach der Tour durch den Schacht im Stollen stand.

Er nahm die Grubenlampe ab. Das Licht war schon ziemlich funzelig, bald war neues Petroleum fällig.

An den Wänden liefen braunrote Spuren runter. Die Eisenstempel, die die hölzerne Decke des Stollens stützten, rosteten in der feuchten Luft hier unten wie blöd, und das Wasser verteilte den Rost auf den Wänden.

Er folgte dem Gang einige Meter nach rechts. Seit es die Zeche bei den Bombardierungen erwischt hatte, baute hier keiner mehr Kohle ab. Aber trotzdem hatten sie die Stollen weiter genutzt: In denen zur Gussstahlfabrik hin war angeblich im letzten Kriegsjahr eine Wunderwaffe produziert worden. Gesehen hatte die allerdings niemand. Er hatte mal versucht, in Richtung Gussstahlwerk zu laufen, aber die Zugänge dahin waren mit dicken Stahltüren gesichert.

Er hatte den halb verschütteten Einstieg in den Luftschacht mehr oder weniger per Zufall entdeckt. In Keller und Schächte guckte er immer. Sie lohnten sich meistens. Nach den Bombennächten hatte er sich in den Kellern Lebensmittel besorgt. Einmal waren es zwei Dutzend Gläser mit eingelegten Pflaumen gewesen. Sie hatten einen Luftangriff überstanden, den keiner der Bewohner des Hauses überlebt hatte. Er erinnerte sich lange an den Geschmack des süßen Pflaumensafts an seinem Finger, nachdem er ihn in das Einmachglas getunkt hatte, um herauszufinden, was drin war. Das Schlimmste war die eingeschlossene Familie gewesen. Heißes Löschwasser war durch die Decke gelaufen und hatte sie verbrüht. Ihre Haut war weiß und glibberig wie bei einem Suppenhuhn gewesen, die Münder aufgerissen und die Augäpfel von einer milchig blauen Schicht überzogen.

Der Schacht hier dagegen war die Krönung. Sein persönlicher Hauptgewinn. Das war er wenigstens gewesen.

Emil ging den Gang entlang, nach fünfundzwanzig Metern weitete er sich zu einer größeren Kammer. Die Holzkisten waren an der Wand aufgestapelt. Seine Holzkisten. Viele Holzkisten. Neunundvierzig waren es am Anfang. Beim letzten Mal waren es vier weniger gewesen. Diesmal fehlten wieder zwei. Auf dem Boden lagen Kistenholz und ein wenig Holzwolle. Sie hatten die zwei Kisten aufgebrochen und die Überreste liegen lassen. Nachlässig, aber die Nachlässigkeit konnten die sich locker leisten. Im Gegensatz zu ihm.

Er hob ein paar Kisten herunter und arbeitete sich zur untersten am rechten Rand vor. Er zog sie vor und holte das Stemmeisen aus seiner Jackentasche. Vorsichtig löste er zwei Kistenbretter, gerade so viele, dass er mit der Hand in die Holzwolle greifen konnte. Er zog alle zwölf Flaschen raus, schön vorsichtig, eine nach der anderen, und verstaute sie in seinem Rucksack. Die Holzwolle stopfte er dazu. Er hatte nicht vor, mit einem Rucksack durch die Gegend zu wandern, aus dem es verheißungsvoll klirrte.

Die Kistenbretter kamen an ihren alten Platz. Er drückte die Nägel wieder in ihre Löcher, schob die Kiste zurück und stapelte die anderen darüber. Sah aus wie vorher. Es war besser, wenn sie nicht mitbekamen, dass er sich weiterhin versorgte, wenn die Luft rein war.

Zwei Stunden lang hatte er den Eingang beobachtet, bis er sicher war, dass sie nicht unten waren, und war hinuntergeklettert. Aber das war keine Dauerlösung, heimlich runterklettern und seinen Schnaps rausholen.

Bis auf das erste Mal, vor elf Tagen, als er den Großen beobachtet hatte, waren sie zu zweit erschienen. Der eine blieb oben, der andere stieg in den Luftschacht und kam mit einem proppenvollen Rucksack wieder zurück.

Emil hievte sich seinen eigenen Rucksack auf den Rücken. Er war nicht gerade leicht und machte ihn langsam und schwerfällig. Er war gerade dabei, den zweiten Trageriemen festzuzurren, als er das Geräusch aus dem Schacht hörte. Schuhsohlen auf Eisensprossen. Großartig, er bekam Besuch. Emil löschte die Lampe. Jetzt war es stockfinster, aber das machte ihm nichts aus. Er war vorbereitet. Er tastete sich an der Wand entlang. Das hatte er bei seinem ersten heimlichen Besuch geübt. Den Rückzug proben, solange der Ernstfall noch nicht da war. Sieben Schritte im Dunklen geradeaus, danach machte der Gang einen Knick nach rechts, weitere sieben Schritte. Wenn sie mit ihrer Laterne im Raum mit den Kisten herumleuchteten, konnten sie ihn nicht sehen.

Schön vorsichtig den Rucksack abstellen. Er beglückwünschte sich für die Holzwolle, sah zu, dass er der feuchten Wand mit ihren Rinnsalen nicht zu nahe kam, und lauschte. Er hörte das Tröpfeln des Wassers an den Wänden und Schritte im Stollen. Ein Lichtschein huschte über die Wand nahe bei der Kammer. Eine Kiste wurde heruntergehoben und abgestellt. Dann splitterte Holz. Rascheln von Holzwolle und Glasklirren. Wahrscheinlich hatte der andere einfach die oberste Kiste gegriffen, sie aufgebrochen und räumte sie nun aus. Hinterher ließ er bestimmt die Kistenbretter vor dem Regal liegen, ohne seine Spuren zu verbergen. Genau dasselbe hätte er auch gemacht, wenn ihm die beiden nicht in die Quere gekommen wären.

Der Mann packte pfeifend die Flaschen ein und scherte sich nicht darum, dass Glas gegen Glas stieß. Er pfiff. Lili Marleen. Es war also der kleinere von beiden, immer pfiff er das Lied. Emil legte die Finger um das kühle Metall seines Stemmeisens. Eigentlich war es bloß eine Eisenstange, die er an einer Seite platt geklopft hatte. Er könnte sich anschleichen und ihm eins über den Kopf geben. Einen gut gezielten Schlag, voll auf die Zwölf. Aus die Maus. Leider blieb dann noch einer übrig. Er könnte natürlich hier unten abwarten, bis der andere runterkam, um nach seinem Kumpel zu gucken. Der andere würde jedoch auf der Hut sein. Und er war groß und kräftig, um einiges größer und kräftiger als Emil.

Emil schätzte die Flaschenmenge auf zwanzig. Zwanzig Flaschen, die eigentlich ihm gehörten, weil er den Zugang über den Luftschacht gefunden hatte. Leider hatten ihn die beiden Kerle gesehen, als er an einem Abend hinuntergestiegen war. Dann hatten sie auch noch vor Kurzem einem Dritten das Lager gezeigt.

Emil verlagerte sein Gewicht von einem Bein auf das andere. Dabei stieß er an einen Stein, der klackernd ein kleines Stück weit rollte. Es wurde still bis auf die Tropfen, die von den Wänden perlten und in den kleinen Pfützen am Boden aufschlugen. Der andere hielt in seiner Arbeit inne, das Pfeifen hörte auf. Sicher lauschte er genauso wie er selbst. »Es war eine Ratte«, murmelte Emil unhörbar. »Denk: ›Es war eine Ratte.‹«

Er hielt das Stemmeisen fest und hob den Arm. Sollte der Mann auf die Idee kommen, in diesen Gang einzubiegen, konnte er sich wenigstens wehren.

Zu Emils Erleichterung setzte das Pfeifen wieder ein, der Mann machte in der Mitte des Refrains weiter, wo er aufgehört hatte. Emil ließ den Arm sinken.

Endlich hörte der Mann auf herumzuhantieren und ging. Erst als er das dumpfe Geräusch der Schuhe auf den Eisensprossen hörte, bewegte Emil sich und streckte seine steifen Muskeln. Er gab ihnen eine Viertelstunde, dann würde er herausklettern.

Wenn er die Männer los wäre, könnten die Kisten hier noch eine Ewigkeit lagern. Er könnte seinen Kundenkreis ausbauen. Nicht nur auf dem Schwarzmarkt einzelne Flaschen verkaufen. Er könnte an die Wirte der Kellerkneipen herantreten, die scharf auf Alkohol für ihre unsäglichen Mischungen waren.

Dann hatte er eine Idee. Dafür brauchte er Hella Schrader.

32

Donnerstag, 21. März 1946

Dietrichs stieg wieder die ausgetretenen Stufen in den zweiten Stock hoch, vorbei an der Toilette auf dem Treppenabsatz, die vermutlich von allen Bewohnern der beiden Stockwerke benutzt wurde. Durch den Türspalt drang ein scharfer Geruch, der sich mit den anderen Gerüchen des Treppenhauses vermischte. Es roch nach Rübensuppe, obwohl es zum Mittagessen noch zwei Stunden waren, nach Feuchtigkeit und vor allem nach Menschen, nach vielen Menschen auf engem Raum.

Diesmal hatte er ein Polizeiauto ergattert, und er war zu seiner Freude wieder allein unterwegs. Kleinert war bei Pöhlers Verlobten, um ihr die Nachricht von dessen Tod zu überbringen und ihr ein paar Fragen zu stellen. Vielleicht wusste die Frau ja etwas und hielt mit ihrem Wissen nicht so hinter dem Berg wie Elli Kasulke. Kasulkes Witwe gab Informationen nur häppchenweise und, wie Dietrichs argwöhnte, zielgenau. Wegen einer solchen Information war er hier und stapfte die Treppen hoch. »Fragen Sie Edith Marheinecke«, hatte die Kasulke gestern gesagt.

Er war im zweiten Stock angelangt und legte seine Hand auf den runden, ziemlich zerkratzten Holzknauf am Ende des Treppengeländers. Eine Billardkugel. Das war er: eine Billardkugel, der Elli Kasulke einen Stoß versetzt hatte, so dass sie nun brav zur Wohnung der Schraders hinaufrollte.

Er knöpfte sich den Mantel auf, vom Hinaufsteigen war ihm warm geworden.

* * *

Martha goss heißes Wasser über ein paar Melissenblätter. Sie würde sich den Magen mit Tee füllen, damit sie nach der Nachtschicht nicht mit leerem Bauch ins Bett musste. Vermutlich würde sich ihr Hunger nicht ganz austricksen lassen, aber immerhin besser als nichts.

Das mit dem Zubettgehen wurde nichts, es klopfte an der Tür. Ein Mann in Hut, Anzug und aufgeknöpftem Mantel stand im halbdunklen Flur und sagte etwas kurzatmig:

»Dietrichs, Kriminalpolizei.«

Martha wurde es heiß vor Schreck. Am liebsten hätte sie dem Polizisten die Tür vor der Nase zugeschlagen, doch der hatte die flache Hand auf das Türblatt gelegt und drückte sanft dagegen.

»Darf ich hereinkommen?«

Sie fragen höflich, und wenn du sie nicht reinlässt, treten sie dir die Tür ein. Da war es besser, sie gleich reinzulassen. Martha machte einen Schritt beiseite und zog die Tür vollends auf, der Polizeibeamte trat ein und baute sich wie ein massiges Denkmal in ihrer Wohnküche auf, den Hut in der Hand.

»Edith Marheinecke. Ist sie da?«

Martha atmete auf. Er suchte nach Edith. Nicht nach Hella. Vielleicht hatte sein Besuch gar nichts mit dem Toten und den Butterscheinen zu tun, vielleicht ging es um etwas anderes. Etwas, das nur Edith betraf. Martha war erleichtert und schämte sich dafür.

»Nein, sie ist nicht da.«

Statt sich nun schnurstracks umzudrehen und aus ihrer Wohnung zu verschwinden, ließ sich der Inspektor an ihrem Küchentisch nieder. Er nahm sie mit rosinenbraunen Augen ins Visier und sagte: »Wie lange kennen Sie Frau Marheinecke schon?«

»Seit einem Jahr.«

Er fing an, sie über Edith auszufragen. Zu wem sie Kontakt habe. Womit sie ihr Geld verdiene. Wie ihre Tage aussähen. Martha beantwortete die Fragen vage und halbwegs wahrheitsgetreu. Sie sprach nicht über Ediths nächtliche Abwesenheit und die Zigaretten, die sie manchmal anbrachte. Was wollte dieser Polizist? Als sie dachte, er sei fertig und würde sich trollen, sagte er: »Sie hat offenbar einen Mantel gefunden, der dem Toten auf dem Zechengelände gehörte.«

Wieder dieser verdammte Mantel!

»Was wissen Sie darüber?«

Das war eigentlich nicht die Frage. Viel wichtiger war, was dieser Kripomann darüber wusste. Woher hatte er die Geschichte mit dem Mantel? Edith war sicherlich nicht damit hausieren gegangen. Die Geschichte kannte nur eine Handvoll Menschen: Edith, Hella und sie, die beiden Kerle, die Hella aufgelauert hatten, und die Kasulkes. Die Männer schieden aus, sie kannten Ediths Namen nicht, also musste es einer der Kasulkes gewesen sein. Sie tippte auf Elli.

Um Zeit zu gewinnen, fragte sie: »Was für ein Mantel?«

»Ein Herrenmantel.«

Er sah nicht so aus, als ob er ihr ihre Ahnungslosigkeit abkaufen würde. Trotzdem sagte sie: »Ich weiß nichts von einem Mantel.«

Der Polizist hieb mit der Faust auf den Tisch, der Deckel auf ihrer Teekanne schepperte.

»Hören Sie auf, mich zu veräppeln. Edith Marheinecke macht irgendwelche Schwarzmarktgeschäfte, und Sie hängen auch mit drin.«

Martha wurde flau. Er würde sie wegen der Buttergeschäfte drankriegen. Was hatte sie Hella erklärt, als sie mit dem Mantel angerückt war? Dafür kommst du ins Gefängnis! Die Kasulkes schienen mit ihren Hinweisen ganze Arbeit geleistet zu haben. Warum sie das getan hatten, war ihr allerdings ein Rätsel.

»Ihre Schwarzmarktgeschäfte sind mir egal.« Der Polizist hatte wieder die Tonlage gewechselt, von laut und pampig auf sachlich und ruhig.

»Ich will wissen, wer für den Toten auf dem Zechengelände verantwortlich ist. Des Weiteren für den Tod von Kasulke. Wir haben ihn gestern in seiner Laube gefunden.« Er machte eine Pause. »Verbrannt.«

Ihre Küche einschließlich Herd und Spülstein fing an, sich um sie zu drehen. Jemand flüsterte mit einer Stimme wie ein Reibeisen: »Kasulke.« Das war sie.

Sie spürte Mitleid. Mitleid mit dem verbrannten Kasulke. Mitleid mit Elli – trotz allem –, die nun alleine dastand. Und Entsetzen. Kasulke hatte versprochen, Hella vor den beiden Männern zu beschützen. »Ich kümmer' mich drum«, hatte er Edith gesagt. Mit Kümmern war jetzt nichts mehr. Kasulke war vermutlich nur noch ein Häufchen Asche und konnte sich um gar nichts mehr kümmern.

Die beiden Männer aber waren noch draußen unterwegs. Unterwegs und wahrscheinlich auf der Suche nach Hella. Hella war wieder gesund und in der Schule. In gut zwei Stunden war der Unterricht vorbei. Hella würde zurücklaufen, ganz allein, durch die Trümmerfelder und über die leeren Straßen. Selbst wenn die beiden Männer sie heute nicht fanden, würden sie sie eben morgen oder übermorgen finden.

»Also, woher kommt der Mantel?«

Die Stimme des Polizisten klang nun sanft und drängend.

Martha holte tief Luft, so wie man tief Luft holt, bevor man irgendwo runterspringt. Sie sagte: »Ich war es. Ich habe den Mantel gefunden.«

Der Polizist musterte sie überrascht.

Deshalb wiederholte sie: »Ich habe den Mantel gefunden.«

Anschließend berichtete sie, was Hella ihr erzählt hatte, doch statt »Hella« sagte sie immer »ich«.

»Der Mann hat noch gelebt, als ich ihn gefunden habe. Den Mantel hab' ich genommen, als er tot war.«

Sie wurde rot, als sie das mit dem Mantel sagte. Aber im Grunde war es egal, was er von ihr hielt, Hauptsache, er glaubte ihr. Auf mehr kam es nicht an.

»Herr Oberinspektor«, sagte Martha entschlossen. »Erlauben Sie, es gibt noch etwas, was Sie wissen sollten.«

Der Blick des Polizisten war auf sie gerichtet, sie hatte seine Aufmerksamkeit. Gut.

»Ich bin bedroht worden. Von zwei Männern. Sie haben gesehen, dass ich den Mantel mitgenommen hab'. Einen Tag später haben sie mich auf der Straße abgepasst. Ich sollte ihnen sagen, ob der Tote noch was gesagt hat und was auf dem Zettel mit den Adressen stand.«

»Welche Adressen?«

Martha erklärte ihm, was sie über die Adressen wusste.

»Sie haben gesagt, dass sie Hella was antun, wenn ich ihnen die Adressen nicht sage. Ein paar Tage später haben sie tatsächlich das Mädchen auf dem Schulweg abgefangen.«

Martha beschrieb ihm die Männer, so gut sie konnte.

»Warum sind Sie nicht früher zu uns gekommen?«

»Ich hab' mich nicht getraut. Schließlich hatte ich ja den Mantel weggenommen. Hören Sie, die beiden können sich jetzt Hella schnappen.«

Sie hörte selbst, wie laut und schrill die Angst ihre Stimme machte, und zwang sich, ruhiger zu sprechen.

»Herr Oberinspektor, vielleicht warten sie schon auf meine Tochter. Bitte, Sie müssen etwas unternehmen.«

»Muss ich? Nachdem Sie es nicht für nötig gehalten haben, uns zu sagen, dass Sie den Toten gefunden haben? Nachdem Sie angefangen haben, die Besitztümer des Toten zu verschachern?«

Wahrscheinlich hätte sie sich beherrschen können, wenn nicht leiser Spott in seiner Stimme gelegen hätte. Sie fuhr ihn an: »Da draußen laufen zwei Kerle rum und sind hinter meiner Tochter her. Und Sie hocken hier und lassen das zu.«

Stocksteif und unbeweglich thronte er in ihrer Küche, am liebsten hätte sie ihn geschüttelt. Allerdings würde sie damit nicht weiterkommen. Er musste ihr helfen, das tat er sicher nicht, wenn sie ihn anschrie.

Der Polizist sagte leise: »So, meinen Sie! Vielleicht waren auch Sie, Frau Schrader, diejenige, die Steinhoff umgebracht hat, um an den Mantel zu kommen.«

Er betrachtete sie. Sie erschrak. Überlegte er jetzt ernsthaft, ob sie den Toten auf dem Gewissen hatte?

»Ich habe ihn nicht umgebracht.«

»Ich frage mich, warum Sie uns nicht schon längst von den beiden Männern erzählt haben, wenn sie eine so große Bedrohung waren.«

Martha zuckte die Schultern. Weil sie sich auf Kasulke verlassen hatte. Weil sie der Polizei nicht über den Weg traute. Aber das sagte sie jetzt besser nicht.

Der Inspektor neigte seinen runden Schädel mit den kurzen Haaren und beugte sich vor.

»Haben Sie dem Toten die Hände gefaltet?«

»Nein.« Martha erinnerte sich an Hellas Erzählung. »Ja, doch. Ich wollte ihm einen letzten Dienst erweisen. Weil ich doch den Mantel genommen habe.«

Sie wurde wieder rot. Es klang unwahrscheinlich dämlich, so dämlich wie Zwölfjährige manchmal sind.

»Was haben Sie in den Trümmern gemacht?«

»Ich hab' Löwenzahn gesucht.«

Ihr war noch gerade rechtzeitig eingefallen, dass das Plündern von Trümmergrundstücken verboten war. Obwohl das vermutlich egal war, da dieser Inspektor sie nun verdächtigte, den Mann erschlagen zu haben.

Er stand auf. »Kommen Sie! Ich muss Sie mit aufs Präsidium nehmen.«

»Nein, das geht nicht. Ich muss nach Hella schauen, wenn Sie es schon nicht tun.«

»Ziehen Sie sich an und kommen Sie mit!«

* * *

Martha Schrader hatte ihre Kittelschürze ausgezogen und sich einen Mantel übergeworfen. Dietrichs betrachtete sie von der Seite, während sie nebeneinander über den Flur gingen. Sie hatte das Kinn hochgereckt und die Augen geradeaus gerichtet. Die Türen, die sich einen Spaltbreit öffneten und Gewisper in den Flur dringen ließen, würdigte sie keines Blickes. Sie hielt ihren vierschrötigen Körper aufrecht und schritt würdevoll den Flur entlang und die Stufen hinunter, vorbei an der Toilette, deren Tür immer noch offen stand.

Die Treppen waren so schmal, dass Dietrichs hinter ihr ging, seine Hand glitt über den abgewetzten Handlauf des Treppengeländers. Er dachte an ihre Hände. Rot, rau und kräftig. Arbeiterhände, die zupacken konnten, ein Eisenstück greifen oder einen Stein oder ein Stück Trümmerholz. Was Hieskens Angaben über den Todeszeitpunkt anging, hätte sie ihn durchaus erschlagen haben können, halb sechs lag in der Zeitspanne, die der Arzt genannt hatte. Allerdings konnte er sich nicht vorstellen, dass die Frau, auch wenn sie kräftig war, sich auf Heinrich Steinhoff gestürzt und ihn niedergeschlagen hatte. Aber vielleicht war er gefallen, hatte sich verletzt, und sie hatte ihm nur den letzten Schlag versetzt, um an den Mantel zu kommen.

Doch warum sollte sie ihm davon ohne Not erzählen? Sie hatte gewissermaßen aus freien Stücken von dem Toten geredet. Außerdem gab es da noch die beiden Toten aus der Laube. Kasulke und ein weiterer von Kasulkes Leuten. Die beiden waren nun sicher nicht Martha Schraders Kragenweite. Möglicherweise gingen die Brandtoten auf das Konto von jemand anderem. Wie er es auch drehte und wendete, diese Martha Schrader steckte irgendwie mit drin, und deshalb konnte es nicht schaden, sie mit aufs Präsidium zu nehmen.

Seine Hand strich über eine Kugel. Auch im Erdgeschoss endete der Handlauf wieder in einem runden Knauf. Rund wie eine Billardkugel. Elli Kasulke hatte ihn auf diese Spur gesetzt. Weil sie sicher war, dass die Frauen etwas mit Steinhoffs Tod zu tun hatten? Um von den Schwarzmarktgeschäften ihres Mannes abzulenken? Weil sie Edith Marheinecke, aus was für Gründen auch immer, Schwierigkeiten machen wollte?

Billardkugeln hatten die Eigenschaft, gegen die Bande zu prallen, die Richtung zu ändern, andere Kugeln anzustoßen, die vielleicht in einem Loch versanken, bis sie ausliefen und auf dem grünen Tuch liegen blieben. Nicht wie seine Züge, die immer die gleichen Wege nahmen. Elli Kasulke schickte ihn zu Edith Marheinecke, dort traf er auf Martha Schrader. Die kam mit einer Geschichte mit zwei Bösewichtern um die Ecke, die zum allerersten Mal in Erscheinung traten. Wahrscheinlich ein Ablenkungsmanöver.

Er führte Martha Schrader zu dem Polizeiwagen, den er nicht weit vom Haus abgestellt hatte. Mit Martha Schrader hatte er eine Verdächtige. Im Grunde genommen eine perfekte Verdächtige, dachte er. Ohne Wissen, wie sie sich verteidigen sollte, ohne Beziehungen, die ihr helfen würden. Er hörte Emmas spöttisches Lachen. »Eine Verdächtige ganz nach Wunsch.«

Aber anscheinend war die Zeit der perfekten Verdächtigen vorbei. Was nicht das Allerschlechteste war. Emma hätte es sicher gefallen.

33

Donnerstag, 21. März 1946

»Da bist du ja.«

Der Kleine stellte sich ihr in den Weg und verzog die Lippen zu einer Art Lächeln, das seine grauen Zähne freilegte. Hella hatte wieder ihren üblichen Schulweg genommen, Kasulke hatte ja versprochen, sich um die beiden zu kümmern. Trotzdem hatte sie sich immer wieder umgedreht und den Hals verrenkt, um sicher zu sein, dass sie ihr nicht folgten.

Aber sie waren ihr nicht gefolgt. Sie hatten auf sie gewartet. Als sie an einem Hoftor vorbeiging, schob sich der Kleine heraus und pflanzte sich vor ihr auf. Die Hand in die Hosentasche gesteckt, blinzelte er in das helle Mittagslicht. Der Große trat neben ihn und blickte freundlich auf sie herab.

»Ich weiß die Namen«, sagte Hella hastig. Vielleicht hatte sie ja Glück, und die beiden gaben sich damit zufrieden. Und ließen sie gehen.

»Tatsächlich? Wie schön. Lass uns da rübergehen. Wir setzen uns gemütlich hin, und ich schreibe sie auf.«

Der Bär lächelte. »Da rüber« bedeutete in das Trümmerfeld auf der rechten Seite. Da würde sie mit ihnen ganz bestimmt nicht hingehen. In den Ruinen half ihr keine Menschenseele.

»Nicht nötig. Ich habe sie schon aufgeschrieben. Hier.«

Sie langte in die Tasche ihres Kleiderrocks, dort hatte sie einen Zettel mit den Namen verstaut und mit einer Sicherheitsnadel befestigt, damit das Papier auf keinen Fall verloren ging. Sie stach sich in den Finger, als sie die Sicherheitsnadel aufspringen ließ. Mit Mittelfinger und Daumen griff sie das Papier und achtete darauf, es nicht mit dem blutigen Zeigefinger anzufassen. Endlich hatte sie den Zettel hervorgenestelt und hielt ihn den beiden hin.

Der Größere las und murmelte: »Der Halunke. Was er damit wohl vorhatte?«

Hella steckte die Hand wieder in ihre Tasche und griff nach der offenen Sicherheitsnadel.

»Bist du sicher, dass es genau diese Namen sind?«, sagte der Bär zu ihr.

Hella nickte. Und noch einmal, als er fragte, ob alles andere auch stimme.

»Kann ich jetzt gehen?«

»Einen Augenblick, noch nicht.«

Mit einer trägen, fließenden Bewegung griff der Bär ihren linken Arm. Sie sah das Trümmerfeld rechts vor sich. Ziegelhaufen, ein paar Grundmauern, Berge aus Schutt, verkohltem Holz und Staub. Und sie sah, wie der Kleine etwas in seiner Tasche fester packte.

Sie versuchte sich loszureißen, aber der Griff des Mannes drückte wie eine Schraubzwinge ihren Arm zusammen.

»Ruhig, ganz ruhig.« Die Stimme des Großen war sanft und tief und erinnerte sie wieder an einen Doktor. »Gleich ist es vorbei, nur ein kleiner Pieks«, ging es dann weiter. Von wegen. Nicht mit ihr.

Hella packte die offene Sicherheitsnadel mit der rechten Hand und hieb sie ihm in den rechten Arm. Dann trat sie ihn so fest, wie sie konnte, vors Schienbein und schrie.

Der Bär lockerte seinen Griff, sie wand sich unter seiner Hand, doch ihren Arm bekam sie nicht frei. Er fluchte und fuhr den Kleinen an: »Was stehst du rum wie ein Ölgötze? Hilf mir! Wir bringen sie da rüber.«

Hella schrie weiter. Der Kleine trat hinter sie und legte ihr die Hand auf den offenen Mund. Hella schmeckte Tabak, Schweiß und etwas Undefinierbares. Sie schlug ihre Zähne in einen Finger und presste die Kiefer mit aller Kraft zusammen. Der Kleine brüllte und versuchte, seine Hand frei zu bekommen. Der Bär versetzte ihr mit der freien Hand eine so heftige Ohrfeige, dass sie nur deshalb nicht auf den Boden flog, weil seine Hand immer noch ihren Oberarm hielt. Er ranzte den Kleinen an, er solle endlich mal zupacken.

Während sie sich krümmte und wand, sah sie, dass sich auf der Straße, hinter dem Rücken des Bären, etwas bewegte. Drei Männer auf Fahrrädern kamen auf sie zu, zwei von ihnen trugen Polizeiuniformen, der dritte war in Zivil.

»Polizei!«, rief sie.

»Du glaubst doch nicht im Ernst, dass wir noch mal darauf reinfallen.«

Der Kleine packte ihren anderen Oberarm, und gemeinsam versuchten die beiden, sie in die Trümmer zu zerren.

Die drei Radfahrer hatten sich über die gesamte Breite der Straße verteilt, ihre Reifen sprangen auf dem löcherigen Pflaster auf und ab, die Metallteile der Räder schepperten. Die Männer bekamen davon nichts mit, sie waren damit beschäftigt, die schreiende Hella in Richtung des Trümmerfeldes zu schleifen.

Erst als die Radfahrer ihre Räder aufs Pflaster warfen, blickten die beiden sich um. Doch da packte schon ein Radler, einer von den uniformierten Schupos, den Kleinen und drehte ihm den Arm auf den Rücken. Die beiden anderen stürzten sich auf Hella und den Bären. Hella hörte hinter sich ein Martinshorn und die Motorgeräusche eines heranbrausenden Autos.

Der Bär ließ ihren Arm los, packte sie dafür bei den Schultern und stieß sie mit aller Kraft von sich. Sie taumelte und verlor das Gleichgewicht. Einen Wimpernschlag später roch sie den Geruch von Kernseife und spürte den rauen Stoff einer Uniformjacke an ihrer Wange. Der Bär hatte sie wie ein Wurfgeschoss einem der Polizisten entgegengeschleudert. Der Mann hatte instinktiv die Arme geöffnet und sie aufgefangen.

Der Bär nutzte die Sekunden, die ihm sein Befreiungsschlag schenkte. Dem anderen Polizisten, der nach ihm greifen wollte, gab er einen Faustschlag in die Mitte der Brust, und während der Beamte nach Luft schnappte, rannte er auf das Trümmerfeld zu. Der Polizist, ein Beamter in Zivil, folgte ihm, sobald er zu Atem gekommen war. Doch der Bär war bald hinter halb eingestürzten Hauswänden verschwunden. Der Schupo in Uniform ließ Hella stehen und stürmte ihm hinterher, einen Schuttberg hinauf. Dort spähte er, die Hand flach über die Augen gelegt wie ein Indianer, über die Ruinen und verschwand.

Der Wagen stoppte nahe bei Hella und dem Polizisten, der den fluchenden Kleinen festhielt. Vier Männer stiegen eilig aus. Ein großer Schwarzhaariger rief: »Stratmann, du kümmerst dich um den da. Ehring, Sie und der Kollege von der Schutzpolizei nehmen die Räder. Schneiden Sie dem Flüchtigen den Weg ab.«

Ehring und der Schupo eilten zu den Fahrädern, schwangen sich in den Sattel und sausten scheppernd und klirrend davon.

Der Polizist, den der Schwarzhaarige Stratmann genannt hatte, ein dünner Kerl mit einem schmalen Gesicht und dicht beieinanderstehenden Augen, übernahm den Kleinen. Er packte ihn, und jedes Mal, wenn der Kleine versuchte, sich loszureißen, zog der Polizist den auf den Rücken gedrehten Arm noch ein Stück höher, bis der Kleine wieder aufschrie.

Der Schwarzhaarige befahl: »Bring ihn zum Wagen, Stratmann.«

Der Polizist gehorchte. Nachdem er dem Kleinen den Arm noch einmal kräftig hochgerissen hatte, legte er ihm Handschellen an und führte ihn zum Auto. Er stieß ihn hinein und setzte sich neben ihn.

Der dritte Mann, ein Beamter in Zivil, nahm den Rucksack des Kleinen in Augenschein. Er versuchte ihn mit Schwung hochzuheben, aber der vollgestopfte Rucksack war so schwer, dass er ihn wieder sinken ließ und neu ansetzen musste.

Er teilte dem Dunkelhaarigen mit: »Ich habe die Ware. Hat ganz ordentlich Gewicht.«

»Umso besser. Bring sie her. Wir nehmen sie mit.«

Der Dunkelhaarige sah zufrieden aus.

Sie waren alle beschäftigt. Niemand achtete auf sie. Hella rückte ihren Tornister auf den Schultern zurecht. Zeit, sich auf den Weg nach Hause zu machen. Weg von hier, weg von dem Kleinen, weg von den Polizisten.

Nachdem sie die ersten drei Schritte gegangen war, rief eine Stimme: »Wo willst du denn hin, junges Fräulein?«

Die Stimme musste sie meinen. Ein anderes junges Fräulein war weit und breit nicht in Sicht. Trotzdem lief sie weiter.

»Halt! Hiergeblieben.«

Hella blieb stehen und blickte über ihre Schulter. Es war der Dunkelhaarige, der sie gerufen hatte.

»Meine Mutter wartet mit dem Essen. Sie macht sich Sorgen, wenn ich nicht komme.«

»Da muss sie noch ein bisschen länger warten. Du kommst mit uns.«

Hella dachte daran fortzulaufen, ihre Beine fühlten sich jedoch an wie Wackelpeter. Mit ein paar Schritten war der Polizist bei ihr.

»Du kommst mit uns, hab' ich gesagt.«

»Warum?«

»Darum.« Etwas freundlicher fügte er hinzu: »Du bist eine Zeugin. Wir wollen hören, was du über die Männer weißt.«

Hella erschrak. »Ich weiß nichts. Sie waren auf einmal da und …«

»Genau das wollen wir zu Protokoll nehmen. Auf dem Präsidium.«

Er nahm ihren Arm und führte sie zu dem Polizeiauto. Er öffnete die Beifahrertür.

»Setz dich«, sagte er. Als ob ihm plötzlich eingefallen wäre, dass sie ein Kind war und man Kindern auf einfache Art eine Freude machen konnte, sagte er mit gespielter Begeisterung: »Du darfst Polizeiauto fahren. Großartig, oder?«

Hella sah ihn verächtlich an. Das war alles andere als toll, auch wenn sie noch nie Auto gefahren war. Aber schließlich war sie kein beschränkter Junge, der sich Automarken merkte und sich wahrscheinlich vor Entzücken nicht zu lassen wusste, wenn ihn jemand in ein Polizeiauto bugsierte. Sie ließ sich auf den Beifahrersitz fallen und wandte sich um. Der Kleine saß schräg hinter ihr, er hatte das Gesicht abgewandt, seine Wehrmachtsmütze hatte er irgendwo draußen verloren. Hella blickte auf einen Hinterkopf mit struppigem, dunklem Haar.

»Der tut dir nichts mehr, Mädchen«, sagte der dünne Polizist, der neben ihm saß. »Der wird eine Weile hinter Schloss und Riegel verschwinden.«

Sie fuhren los.

34

Donnerstag, 21. März 1946

»Wenn das kein erfolgreicher Fischzug war!«

Kremnitz' Stimme dröhnte den Treppenschacht hinunter, während Dietrichs die Treppen vom Polizeigefängnis zurück zu seinem Büro hinaufstapfte. Kremnitz tönte weiter von seinem Erfolg, Dietrichs hörte nur mit halbem Ohr zu und dachte an Martha Schrader und ihre Tochter. Die Sache mit den Männern und den Adressen klang an den Haaren herbeigezogen. Böse Männer, die aus dem Nichts auftauchten und hinter einem Zettel mit Adressen her waren. Ein Großer, Kräftiger mit dunklem Haar und ein Kleiner mit einer Wehrmachtsmütze und grauen, fast quadratischen Zähnen. Angelogen zu werden gehörte zu seinem Beruf. Manche Lügner überschlugen sich regelrecht dabei, Details zu erfinden, Details, die keinen anderen Sinn hatten, als ihre Aussage glaubhaft zu machen. Da wurde ein Anzug bis auf den letzten Knopf beschrieben, ein Raum, in dem sie nie gewesen waren, bis auf das Barometer an der Wand penibel geschildert, und am Ende stellte sich heraus, dass alles geschickte Lüge und fantasievolle Ausschmückung waren, allein dazu bestimmt, die Zuhörer hinters Licht zu führen. Außerdem hatte die Schrader gesprochen wie jemand, der eine erfundene Geschichte wiedergibt und keine Fehler machen will. Langsam und zögerlich.

Die Schrader war jedoch bei ihrer Aussage geblieben. Er hatte sie schließlich in eine der Zellen bringen lassen, um sie später noch einmal zu befragen. Sie hatte erst lauthals protestiert, dann hatte sie sich gefügt und ihn immer wieder angefleht, ihr Kind zu beschützen, es von der Schule in einem Polizeiwagen abholen zu lassen. Er hatte dem entgegengehalten, dass die Männer das Mädchen längst hätten töten können, falls sie das vorgehabt hätten.

Trotzdem hatte er im Hammer Revier angerufen, um dafür zu sorgen, dass der Schulweg der Kleinen überwacht wurde. Schulte, der rothaarige Wachtmeister, hatte zugesagt, dass er sich sofort auf den Weg machen würde.

»Fünfzehn Flaschen hochprozentiger Alkohol!«

Kremnitz lehnte am Treppengeländer und fuhr sich mit der Hand über die Haare, Dietrichs war knapp unter ihm und sah, wie die Hand den Hinterkopf verließ und wieder nach vorne schnellte, um rhythmisch seine Worte zu begleiten.

»Das ist doch mal ein Erfolg!«

Eine Stimme fragte beflissen: »Wer ist euch denn da ins Netz gegangen?«

Jürgens, mit seinem ständigen Eifer dazuzugehören, rollte Kremnitz den roten Teppich aus, damit er seine Geschichte erzählen konnte.

»Zwei Schwarzmarkthändler, die fünfundneunzigprozentigen Alkohol im Gepäck hatten. Einen von ihnen haben wir festgenommen.«

Dietrichs konnte Kremnitz' Gesichtsausdruck nicht sehen, doch er konnte ihn sich vorstellen: Stolz, der von gespielter Bescheidenheit gerade noch in Zaum gehalten wurde.

»Glückwunsch«, sagte Jürgens, wieder beflissen.

»Der eine ist uns leider entwischt«, ließ Stratmann sich vernehmen, fiepsig und missgelaunt. »Ist in Windeseile in den Trümmern verschwunden.«

Dietrichs nahm die letzten Stufen und ärgerte sich. Er hatte inzwischen drei Tote aus dem Schwarzmarktmilieu. Kremnitz hatte Anweisung, ihn unverzüglich zu informieren, sobald sich auf dem Schwarzmarkt etwas tat, das in Verbindung mit den Tötungsdelikten stehen konnte, stattdessen hielt er im Treppenhaus Hof und verkündete seine

Erfolge einem dankbaren Publikum von Beamten, die mit seinem Fall überhaupt nichts zu tun hatten.

Jürgens betätigte sich wieder als Stichwortgeber: »Wie habt ihr sie denn gefunden?«

»Na ja, wir haben ein gutes Netz von Beziehungen«, ließ Kremnitz sich vernehmen. »Wir haben einen Tipp bekommen.«

»Einen anonymen Tipp«, fügte Stratmann sauertöpfisch hinzu. Er war wieder dabei, Kremnitz' glanzvolle Erzählung mit nicht ganz so glanzvollen Anmerkungen zu versehen.

Jürgens bemerkte ihn.

»Guten Morgen, Dietrichs«, rief er von oben. Genauso beflissen, wie er Kremnitz angesprochen hatte, stellte Dietrichs fest. Das hieß wohl, dass Jürgens ihn für den kommenden Mann hielt, mindestens genauso wichtig wie Kremnitz mit seinen ewigen Geschichten. Kremnitz drehte sich langsam um.

»Gut, dass du kommst, ich habe eventuell etwas für dich.«

»Schön, dass ich jetzt davon erfahre«, knurrte er. Er war auf dem Treppenabsatz angelangt.

»Tut mir leid, ich wollte dir sofort Bescheid sagen, aber ich konnte dich nicht erreichen.«

Kremnitz stieß sich vom Geländer ab. Jürgens, Stratmann und Hackfeld machten Platz, um ihn durchzulassen, mit drei langen Schritten war Kremnitz an seiner Seite. Er wartete nicht ab, bis sie in Dietrichs' Büro angelangt waren, sondern sagte sofort: »Es geht um Schnaps, nicht um Butterschiebereien. Die beiden haben eine Zwölfjährige belästigt, dabei haben wir sie erwischt. Sie hatten einen Rucksack voll mit Schnaps dabei. In der Nähe der Feldsieper Schule.«

Dietrichs blieb stehen und starrte Kremnitz an. Die Schrader hatte doch nicht gelogen.

Kremnitz redete weiter: »Als wir beim Einpacken waren, ist ein Schupo vom Hammer Revier aufgetaucht. Er sagte, er sollte ein Auge auf das Mädchen haben. Hättest du ihm gesagt.«

»Stimmt«, bestätigte er dann. »Wo sind die Männer jetzt?«

»Der eine ist unten, in einer der Zellen. Der andere ist uns entwischt. Wieso?«

Dietrichs ignorierte die Frage.

»Und das Mädchen?«

»Auf dem Weg nach Hause. Sie ist vor ein paar Minuten gegangen.«

»Hol sie zurück.«

Kremnitz klappte den Mund auf, um etwas zu fragen, doch dann schien er es sich anders zu überlegen, drehte sich um und brüllte den Gang entlang: »Stratmann!«

* * *

»Meine Mutter wartet zu Hause auf mich. Sie macht sich bestimmt Sorgen, wenn ich nicht bald komme.«

Dietrichs betrachtete das Mädchen. Zwei braune Zöpfe, von denen einer begann, sich aufzulösen, hingen ihr über die Schultern. Den Anorak hatte sie im Präsidium anbehalten. Dietrichs konnte es ihr nicht verdenken, die Räume wurden kaum beheizt. Ein flaschengrünes Augenpaar richtete sich auf ihn.

Dietrichs warf einen Blick auf den stummen Beobachter rechts neben sich. Vor der Befragung des Mädchens hatte er Gibbson Bescheid gesagt. Der Brite hat ihm mitgeteilt, dass er dabei sein wollte.

»Was wollten die beiden Männer von dir?«

»Ich weiß es nicht.«

»Hast du nicht meinem Kollegen gesagt, dass sie …« Dietrichs suchte nach einer Formulierung. »… dir zu nahetreten wollten?«

Das Gesicht des Mädchens zeigte keinen Ausdruck.

»Ja. Es ging alles so schnell, und dann waren schon die Polizisten da.«

Kremnitz' Leute. Woher sie auch immer gekommen waren.

»Haben sie mit dir über den Toten in der Zeche geredet?«

»Nein.«

»Es war nicht das erste Mal, dass sie mit dir gesprochen haben.«

Das Mädchen schwieg. Dietrichs seufzte. Er erklärte ihr, dass sie Bescheid wussten, über die Butterscheine, den Mantel, die Männer. Der Gesichtsausdruck des Mädchens blieb unverändert, nur als er davon sprach, dass ihre Mutter den Toten gefunden hatte, zogen sich ihre Augenbrauen zusammen.

»Du siehst, wir sind bestens im Bilde.«

Einen Wimpernschlag lang hoben sich die Mundwinkel des Mädchens spöttisch. Von wegen, ihr seid im Bilde. Dietrichs begriff. Die Schrader hatte in einem Punkt doch gelogen.

»Du warst diejenige, die den Mantel gefunden und mitgenommen hat. Deine Mutter hat die ganze Geschichte nur erzählt, um dich zu schützen.«

Ihr Plan war allerdings nicht aufgegangen. Schulte, den er losgeschickt hatte, war zu spät gekommen. Dass das Mädchen jetzt verschreckt, aber gesund vor ihnen saß, lag lediglich daran, dass Kremnitz und seine Männer die Schwarzmarkthändler verhaftet hatten. Dass Kremnitz' Leute zur rechten Zeit am richtigen Ort gewesen waren, war Zufall. Ein sonderbarer Zufall, wenn er es recht bedachte.

Hella Schrader fragte: »Was passiert jetzt mit den Männern?«

»Falls sie Steinhoff getötet haben, werden sie bestraft.«

Das Mädchen schaute auf die Hände in ihrem Schoß. Dann richtete sie ihren Blick auf Dietrichs Gesicht und begann zu reden. Sie berichtete, dass sie den sterbenden Steinhoff gefunden hatte, danach war sie den beiden dreimal begegnet. Sie hatten wissen wollen, was aus den Butterscheinen geworden war, hatten sie gefragt, was der Tote ihr gesagt hatte, und waren scharf auf die Adressen gewesen.

»Welche Adressen?«, fragte Dietrichs.

»Alfons Mahlke, Sedanstraße 23, Fritz Moormann, Stoltzestraße 12«, ratterte sie herunter.

»Sagen die Namen dir etwas?«

»Nein.«

Das Mädchen machte das leise triumphierende Gesicht, das Leute aufsetzen, wenn sie zufrieden sind, eine Frage wahrheitsgemäß beantworten zu können, und sich darüber freuen, nicht nach etwas anderem gefragt worden zu sein. Dietrichs setzte nach.

»Aber du kennst die Adressen, oder?«

»Ich war dort. In der Stoltzestraße 12 steht kein Haus mehr. In der Sedanstraße gibt es auch nur noch Trümmer. Unter den Trümmern wohnt einer. Der Kaninchenmann. Ich hab ihn gesehen.«

Gibbson bewegte sich auf seinem Stuhl, das Holz knarzte.

Hella Schrader fügte würdevoll hinzu: »Natürlich heißt er nicht wirklich so. Er wird bloß so genannt. Wie er tatsächlich heißt, weiß ich nicht.«

Sie erzählte ihm davon, dass er auf Hügel kletterte, um Gedichte aufzusagen, von dem kleinen Mädchen, das ihn besucht hatte, und davon, dass er in einer Kellerwohnung verbotene Dinge tat. Was für Dinge, konnte sie ihm nicht sagen.

»Es ist etwas, worüber man nicht spricht. Das kleine Mädchen wollte darüber nicht reden.«

»Wie lange war denn die Kleine bei ihm?«

»Vielleicht eine Viertelstunde. Ich habe keine Uhr.«

»Hat die Kleine gesagt, was er in der Wohnung gemacht hat?«

»Nein. Hab' ich doch schon gesagt. Sie durfte nicht darüber reden.«

Dietrichs überlegte. Möglicherweise handelte es sich um eine Bande von Schwarzhändlern, vielleicht gehörte dieser Kaninchenmann dazu, war eine Anlaufstelle. Vielleicht handelten sie nicht nur mit Schnaps und Butter, sondern auch mit Kindern. Die Kollegen vom Sittendezernat hatten es immer wieder mit Fällen von Kinderprostitution zu tun. Die Leute verkauften, was sie hatten, um zu überleben. Wenn es sein musste, auch ihre eigenen Kinder. Hohläugige und verstörte kleine Geschöpfe, die entweder redeten, als wären sie zwanzig Jahre älter, als sie tatsächlich waren, oder sie sagten nichts mehr, waren stumm wie die Fische.

Wer weiß, worauf das Mädchen da gestoßen war. Vielleicht hatten die beiden beschlossen, sie zu töten, weil sie ihnen zu viel herumschnüffelte.

»Hast du diesem Kaninchenmann gesagt, wen du suchst?«

»Ja. Aber er wusste nichts von Alfons Mahlke.«

Oder er hatte ihr nichts sagen wollen, sondern stattdessen den beiden Männern Bescheid gegeben.

»Warum hast du nichts von dem Toten auf dem Zechengelände erzählt, als ich bei euch war?«

Die flaschengrünen Augen blickten wieder nach unten. Dietrichs ahnte die Antwort. Angst vor der Polizei, Angst, sich selbst zu belasten.

»Wir sollten das Mädchen nicht unterschätzen.«

Dietrichs war verblüfft. Es war das erste Mal, dass Gibbson sich in eine Befragung einmischte.

»Ich denke, es hätte sich auch alles ganz anders zutragen können.«

Zutragen, dachte Dietrichs und kontrollierte sein Gesicht. Gibbson mochte es nicht, wenn er das Gefühl hatte, dass jemand sich über sein Deutsch mokierte. Gibbson redete weiter:

»Wir sollten keine Möglichkeit außer Acht lassen. Die junge Dame hier, die den Toten bestohlen hat, hat vielleicht auch seinen Tod herbeigeführt. Stellen wir uns vor, Steinhoff wäre ausgerutscht, auf einem dieser Rohre, und er wäre hinabgefallen. Sie wäre vorbeigekommen und hätte ihn bestehlen wollen. Um zu verhindern, dass er sich wehrte, hätte sie ihm einen Schlag auf den Kopf versetzt. Mit einem Stein oder etwas Ähnlichem.«

Theoretisch eine Möglichkeit. Dasselbe hatte Dietrichs ihrer Mutter unterstellt.

»Nein. Das habe ich nicht getan.«

Ihre Stimme stieg an. Gibbson ignorierte sie.

»Oder sie hätte noch …« Er schien ein Wort zu suchen. »… beherzter gehandelt. Hätte ihn von dem Rohr hinabgestoßen. Ihm einen

Schlag in die Kniekehle oder aufs Knie verpasst, und er hätte das Gleichgewicht verloren und wäre hinabgestürzt. Der Rest wäre wiederum mit einem Stein oder etwas Ähnlichem zu erledigen gewesen.«

Der Brite wandte sich nun direkt dem Mädchen zu, das ihn mit weit geöffneten Augen anstarrte.

»Oder mit dem Gegenstand, den du da in der Tasche hast. Hole ihn hervor und zeige ihn uns.«

Widerstrebend griff das Mädchen in die rechte, ausgebeulte Tasche ihres Anoraks und legte einen länglichen Gegenstand aus Stoff auf den Tisch. Eine gestrickte Socke aus rotmelierter Wolle, deren Spitze mit irgendetwas gefüllt war.

Dietrichs zog die Socke zu sich herüber und befühlte sie. Die Füllung musste aus Sand bestehen, ein Knoten in der Socke sorgte dafür, dass sie in der Spitze blieb. Er wog sie in der Hand. Ein selbst gebauter Totschläger. Er reichte ihn Gibbson hinüber.

»Nein. Er war dabei zu sterben, als ich kam.«

Gibbson hielt die Socke auf der flachen ausgestreckten Hand und beäugte sie, bevor er wieder das Mädchen fixierte und sagte: »Eventuell hast du ihm dabei geholfen. Das wäre doch auch möglich, nicht wahr?«

»Nein!« Jetzt schrie das Mädchen fast.

»Das werden wir herausfinden«, sagte Gibbson sachlich.

Er lehnte sich zurück und nickte Dietrichs zu. Dietrichs verstand, dass er die Zügel wieder in die Hand nehmen sollte. Gibbson hatte seinen Part beendet.

Dietrichs streckte die Hand aus und nahm die Socke in Empfang. Dann klappte er sein Notizbuch zu.

»Wir fahren zu den Adressen. Und du kommst mit und zeigst mir, wo der Kaninchenmann wohnt.«

Auf die Art und Weise behielt er das Mädchen im Auge. Nach Gibbsons Anschuldigungen konnte er es schlecht nach Hause schicken, und er konnte der Sache mit dem Kaninchenmann nachgehen.

Mit dem Schwarzmarkthändler, den Kremnitz geschnappt hatte, konnte er später noch sprechen, der saß sicher in einer der Zellen im Polizeigefängnis.

Er sah zu Gibbson herüber. Er rechnete damit, dass der Brite Einspruch erhob. Doch der sagte nur: »Ich erwarte Ihren Bericht. Nehmen Sie jemanden mit.«

Dann schaute Gibbson wieder mit dem unbeteiligten Blick einer Statue geradeaus.

35

Donnerstag, 21. März 1946

Das Auto verließ den Hof des Polizeipräsidiums, fuhr am Stadtpark vorbei, unter der Bahnunterführung hindurch und nahm den Weg durch die Kortumstraße.

Hella saß auf der Rückbank, vor sich hatte sie Dietrichs. Auf dem Beifahrersitz saß ein zweiter Polizist, ebenfalls mit Anzug und Hut. Dietrichs redete nicht viel mit ihm, einmal hatte er seinen Namen genannt: Kleinert. Dieser Kleinert versuchte ein paar Mal, sich mit Dietrichs zu unterhalten. Dietrichs gab nur einsilbige Antworten, so dass der andere es bald wieder aufgab.

Zum Kaninchenmann fuhren sie also. Darauf hätte Hella gut verzichten können, aber es war immer noch besser als das Präsidium. Hoffentlich würden sie sie danach gehen lassen. Als ob sie den Mann erschlagen hätte. So ein Blödsinn. Sie hätte es allerdings tun können, als sie ihn im Trichter fand, hilflos wie er war. Hatte sie aber nicht. Er war von ganz allein gestorben. Aber das mussten sie ihr glauben. Das tat dieser Engländer offenbar nicht. Am liebsten hätte sie losgeheult. Vielleicht steckte man sie am Ende doch noch ins Gefängnis. Heulen half nichts. Was half, war die Angst runterzuschlucken und die Zähne zusammenzubeißen. Reiß dich zusammen, pass auf, was du sagst.

Das Auto fuhr durch die zerstörten Straßen, der Motor summte gleichmäßig. Hella wurde müde. Sie schaute schläfrig durch die Scheiben auf ihrer Seite: Hausruinen glitten an ihnen vorbei, leere Fensterhöhlen, schwarzes Mauerwerk. Trümmerfelder, Leute, alle mit schnellem Schritt und großen Taschen unterwegs. Vor den wenigen Geschäften ballten sich Menschentrauben.

Sie sah, was sie kannte, aber es schien zu einer anderen Welt zu gehören, die sie nur aus der Ferne betrachtete. Wie bei einem Film, der vor einem abläuft, mit dem man jedoch gar nichts zu tun hat. Sie fühlte das Leder der Sitzfläche unter ihrer Hand, roch Benzin und irgendein Reinigungsmittel und überlegte vage, ob sich dieses Kinogefühl auch einstellte, wenn man reich war und jeden Tag Auto fahren konnte. Über dem Gedanken fielen ihr fast die Augen zu.

»Zuerst ins Ehrenfeld«, hörte sie Dietrichs sagen. Hella riss die Augen auf und kniff sich in den Arm, um wieder wach zu werden.

Sie schaute nach draußen, jetzt fuhren sie gerade am Hauptbahnhof vorbei, der nur noch aus Mauerresten bestand. Trotzdem drängten sich auch hier die Leute mit Taschen und Rucksäcken. Eine Gruppe von Jungen mit Handwagen stand davor. Hella wusste, dass sie den Hamsterern anboten, ihnen ihre Beute gegen ein paar Lebensmittel nach Hause zu fahren. Ihr hatte die Mutter diese Art des Geldverdienens verboten. »Komm mir bloß nicht auf die Idee, mit irgendeinem von denen nach Hause zu gehen.«

»Da, der Handelshof. Oder besser gesagt: was davon übrig ist.« Kleinert hatte ihr den Kopf zugewandt. Das Gebäude lag hinter ihnen, ein helles, hohes Haus, das die gesamte Front zwischen zwei Straßen einnahm. Die rechte Seite war heruntergebrochen, die großen Rundfenster im ersten Stock waren nur noch Löcher.

Da Dietrichs so wortkarg war, schien Kleinert sie als Gesprächspartnerin auserkoren zu haben. Hella wusste nicht, was sie antworten sollte, also sagte sie einfach höflich: »Ja.« Für den Mann auf dem Beifahrersitz war das offenbar genug, denn er drehte sich noch ein wenig zu ihr um und sagte: »Das war früher ein richtiger Prachtbau. In den Straßen dahinter lagen, quasi wie in einem Dreieck, die teuersten Geschäfte der Stadt. Aber jetzt: alles hinüber.«

Allzu traurig schien er das nicht zu finden.

Dietrichs fuhr weiter, die Königsallee hinauf.

»Dahinten die Knappschaft.« Er zeigte in eine Seitenstraße.

Das hatte ihr gerade noch gefehlt, eine Kombination aus Polizist und Lehrer. Wenigstens stellte er keine Fragen. »Ein Versicherung für Bergleute. Im Großen und Ganzen nichts Schlechtes. Zeche und Bergmann zahlen jeden Monat eine Summe ein. Wenn der Bergmann krank wird, bezahlt die Knappschaft den Arzt, die Arznei oder das Krankenhaus.«

»Oder das Holzbein«, sagte Hella.

»Oder das Holzbein«, wiederholte Kleinert.

Er drehte sich noch etwas um, dass sie nun sein ganzes Gesicht sehen konnte. »Ist das etwas Gutes oder etwas Schlechtes?« Jetzt ging es also doch noch los mit den Fragen. Natürlich etwas Gutes, dachte Hella. Wenn du ein Holzbein brauchst, ist es gut, wenn du es nicht selbst bezahlen musst, denn ein gutes Holzbein ist wahrscheinlich teuer. Wenn du aber dein Bein verlierst, weil in der Zeche der Berg runterkommt, ist ein neues Holzbein vielleicht das Allermindeste, was sie dir geben müssen. Oder ein Glasauge, wie bei Witulla, dem eine Eisenkette ins Auge geschnalzt war. Doch sie sagte nichts.

Dietrichs knurrte ärgerlich. Kleinert drehte sich nach vorn und sagte: »Du bist zu weit gefahren.«

Sie waren inzwischen fast am Südpark. Dietrichs wendete, das Auto holperte wieder stadteinwärts.

»Nur dieser verdammte Löwe steht noch«, kommentierte Kleinert, als auf der rechten Seite ein gemauerter Sockel mit einem riesigen Löwen darauf auftauchte. »Der Überzahl erlegen, im Geiste unbesiegt, steht da drauf. So ein Quatsch. Haben sie nach dem vorletzten Krieg hingeschrieben. Der ging auch verloren. Von wegen: der Überzahl erlegen. Falsche Planung, systematisches Verheizen als Kanonenfutter.«

»Guck mit nach dem Weg, ich will nicht den ganzen Tag hier rumfahren.«

Ein paar Augenblicke später bogen sie nach rechts ab, und sie fuhren wieder durch die ruhigen Straßen mit ihren kahlen Gärten und hielten vor dem Gartenzaun der Nummer 12. Der Garten lag genauso still da wie vor drei Tagen, als sie zum ersten Mal dort gewesen war.

Die beiden Polizisten stiegen aus. Zu Hella sagte Dietrichs, als sie versuchte, die hintere Wagentür zu öffnen: »Du bleibst, wo du bist.«

Kleinert drückte die Klinke herunter, ohne dass das Tor aufsprang. Dietrichs sagte etwas zu Kleinert, hören konnte sie es nicht. Sie sah den beiden zu wie bei einem Stummfilm. Dietrichs deutete auf den Zaun, der andere zögerte kurz und schwang sich über das Eisengitter. Er verschwand hinter einem dichten, immergrünen Busch mit glänzenden Blättern, vermutlich drehte er im Garten eine Runde. Dietrichs stand am Eingang und wartete, den Hut in den Nacken geschoben.

Der Nachbar, der ihr bei ihrem ersten Besuch einen Apfel angeboten hatte, tauchte auf und lief von rechts ins Bild. Mit wedelnden Armen stiefelte er auf Dietrichs zu und redete auf ihn ein. Dietrichs zückte eine Art Plakette und hielt sie ihm unter die Nase, worauf der Nachbar Haltung annahm, als wäre Dietrichs ein Offizier.

Dietrichs steckte die Plakette wieder ein und zog sein Notizbuch und einen Bleistift aus der Manteltasche. Hella versuchte, die Scheibe herunterzukurbeln, doch irgendetwas klemmte, und das Glas blieb oben.

Dietrichs' Lippen bewegten sich, anscheinend stellte er dem Mann Fragen. Der Mann antwortete, Dietrichs machte sich Notizen. Schließlich klappte er sein Notizbuch zu und redete mit strengem Gesicht auf den Nachbarn ein. Der Mann nickte dreimal und trat ab. Die ersten Schritte ging er rückwärts, als wollte er dem Polizisten nicht den Rücken zukehren, dann drehte er sich um und verschwand von der Bildfläche. Kurz danach erschien Kleinert wieder. Er redete mit Dietrichs, beim Sprechen schüttelte er mehrmals den Kopf. Die beiden kamen zum Auto zurück.

Dietrichs ließ den Wagen an. »Fahren wir in die Sedanstraße.«

Als sie dort angekommen waren, stieg Dietrichs aus und riss die hintere Wagentür mit einem Ruck auf. »Raus mit dir.«

Hella fand die Stelle, an der einmal das Haus mit der Nummer 23 gestanden hatte, auf Anhieb, sie erklomm die Flanke des Schutthaufens.

Die beiden Polizisten folgten ihr, der Ältere fluchte einmal, als lose Steine und Mörtelbrocken unter seinen Füßen ins Rutschen gerieten.

Die in den Boden eingelassene Klappe war geschlossen. Kleinert hob sie an und legte den Zugang frei. Vor ihnen tat sich eine dunkle Öffnung auf, ein paar Stufen führten nach unten. Dietrichs hielt sich ein Taschentuch vor die Nase. Hella wich einen Schritt zurück, Kleinert ebenfalls, auch wenn es ihm sofort peinlich zu sein schien.

Der Geruch war grässlich. Süßlich und fade. Hella kannte ihn. So hatte es in den Tagen nach den Bombenangriffen aus manchen Kellern gerochen, wenn dort Leute verschüttet gewesen waren.

»Polizei! Kommen Sie raus!«, rief Dietrichs ins Dunkle.

Die beiden Polizisten blickten sich an. Keiner von beiden schien Lust zu haben, in die dunkle Höhle hinabzusteigen. Sie riefen noch einmal. Immer noch keine Antwort.

»Gehen wir runter«, sagte Dietrichs. Kleinert zog eine Stablampe aus der Manteltasche.

Zu Hella sagte Dietrichs: »Du nicht. Du setzt dich da drüben hin, hinter den Mauerrest. Rühr dich nicht vom Fleck.«

Sie war heilfroh, nicht mit ihnen in die Kellerwohnung zu müssen. Wer wusste, was sie dort finden würden. Vielleicht den toten Alfons Mahlke, den der Kaninchenmann schon seit Tagen dort aufbewahrte.

Die beiden stiegen hinab. Hella setzte sich auf die Steine. Wenn sie jetzt verschwand? Das war kein Problem. Bis die beiden wieder aus dem Loch aufgetaucht waren, war sie über alle Berge. Andererseits wussten die Polizisten, wo sie wohnte. Das hieß, sie dürfte sich zu Hause nicht mehr blicken lassen. Vielleicht nur für ein paar Tage, bis sie kapiert hatten, dass sie es nicht war. Hella stand auf.

»Was machst du denn hier?« Der Kaninchenmann kam auf sie zu. Er trug wieder seine Fellmütze, die Kaninchenschwänze schwangen leicht hin und her, während er sprach.

Sein Auge zuckte.

»Dich kenn ich doch.«

»Ja, ich habe jemanden gesucht. Meinen Vater.«

»Und jetzt? Was hast du jetzt vor?«

Nichts, wollte Hella schon entgegnen, aber sie ließ es bleiben, als sie an dem Mann hochsah. Der Mann fuhr sich mit der Zunge über die blassen Lippen. Er nuschelte: »Ein verirrtes Schaf. Doch über das eine, über das verlorene Schaf ist die Freude am größten. Das mag der Herr am liebsten.«

Was redete er da? Welcher Herr? Sein Herr? Oder war er selbst der Herr? Ihr fiel wieder ein, wie er hinter ihr hergeschrien hatte: Soll ich dir auch die Haut abziehen?

Er verzog angewidert das Gesicht. »Aber so ist es nicht. Die Freude über das verlorene Schaf. Alles Quatsch, sag' ich dir. Das verlorene Schaf ist und bleibt verloren. Das will der Herr nicht mehr.«

Er griff nach ihrer Schulter und wandte den Blick zum Himmel. Wieder begann er, in einer unbekannten Sprache zu reden, und wieder hörte es sich an, als würde er ein Gedicht aufsagen.

»He, Sie!« Dietrichs' Stimme. »Lassen Sie das Mädchen los.«

Der Mann sagte noch ein paar Worte, anscheinend wollte er sein Gedicht zu Ende bringen. Dann wandte er sich an Dietrichs. »Ich krümme ihr kein Haar.«

»Kommen Sie her! Wir haben ein paar Fragen an Sie.«

Der Mann ging zu ihnen und bemerkte die offen stehende Tür.

»Was soll das? Das ist meine Wohnung!«

»Und dort gehen Sie einer illegalen Tätigkeit nach.«

Dietrichs hielt ihm die Marke hin. »Ausweispapiere.«

Der Mann fingerte ein kleines graues Heft aus seiner Jackentasche.

»Kennkarte oder Personalausweis, der Wehrpass genügt nicht«, verlangte Dietrichs.

»Hab ich nicht. Krieg auch keine Lebensmittelmarken.«

Dietrichs griff nach dem Wehrpass und schlug ihn auf. Er studierte das Dokument. Beim Blättern glitt eine Art Papierschlange aus dem Heft, sie bestand aus vielen einzelnen aneinandergeklebten Blättern.

»Die Einsätze. Es waren so viele, da mussten sie ankleben«, kommentierte der Mann. »Kiew, Bialstok, dann der Balkan, Lazarett und kurz vor Schluss die Westfront.«

Dietrichs klappte den Wehrpass wieder zu und reichte ihn dem Kaninchenmann zurück. »Was Sie da in Ihrem Keller treiben, ist verboten, Herr Dücker.«

Herr Dücker, nicht Herr Mahlke.

»Was soll ich denn machen? Der Mensch muss essen.«

Sein Blick verdüsterte sich: »Außerdem habe ich viel Schlimmeres gesehen. Gesehen und getan. Im Osten. Das kann sich niemand vorstellen. Das war die Hölle. Und wir die Teufel. Sie haben sich in der Schlucht gestapelt. Erschossen! Männer, Frauen und Kinder. Tausende.«

Der Mann war eindeutig verrückt, dachte Hella.

Kleinert runzelte die Stirn. Er sah aus, als ob er etwas sagen wollte, doch Dietrichs kam ihm zuvor: »Sagt Ihnen der Name Alfons Mahlke etwas?«

»Nie gehört. Wer soll das sein?«

»Er soll hier wohnen.«

»Hier wohnt niemand außer mir.«

Dietrichs fragte weiter: ob er vielleicht zu den früheren Bewohnern des Hauses gehört habe, ob jemand regelmäßig hier vorbeikomme, ob er etwas beobachtete habe, was auf Schieberei hindeute.

Der Mann sagte nur, dass hier früher kein Mahlke gewohnt hatte, in der ganzen Straße nicht, und es komme auch niemand vorbei, den er nicht kenne. Nein, Schieber habe er hier auch nicht gesehen.

* * *

Als sie wieder im Auto saßen, sagte Kleinert: »Meine Güte! Kaninchen. Der arme Kerl. Er hat die ganzen Felle im Keller gehortet. Sehr sauber hat er das Fleisch nicht entfernt.«

Deshalb stank es aus dem Keller so, dachte Hella, Blut von den Schlachtungen, Felle, an denen das Fleisch langsam verweste.

»Schwarzschlachterei«, murmelte Dietrichs.

Kleinert blickte ihn von der Seite an. Als Dietrichs sagte: »Nicht unsere Sache«, nickte er.

Das Mädchen hatte ihm also ein Kaninchen gebracht, das er für sie und ihre Familie geschlachtet hatte. Hella erinnerte sich an ihr Gesicht. Sie hatte die Tasche umklammert und nicht allzu glücklich ausgesehen, vielleicht hatte sie nicht gewollt, dass er das Tier tötete. Auf der anderen Seite hatten sie so etwas zu essen.

»Und dann das Gerede über Leichen im Osten.«

Dietrichs zuckte mit den Schultern und sagte leise: »Auch nicht unsere Sache.« Er fügte hinzu: »Er hatte einen Splitter im Kopf, stand in seinem Wehrpass.«

Kleinert schwieg. Dann sagte er: »Er hat einen Psalter gesungen. De profundis clamavi, domine.«

»Du kennst Psalter, Kleinert? Auf Latein?«

Warum er so überrascht klang, konnte sich Hella nicht erklären.

»Ich habe eine ordentliche katholische Erziehung genossen. Mein Vater hatte es mit Marx, meine Mutter mit der Jungfrau Maria.«

»Hör aus der Tiefe mein Flehen, Herr«, sagte Dietrichs und legte einen anderen Gang ein.

Das hatte der Kaninchenmann also gerufen. Kein Gedicht. Ein Gebet.

Dietrichs sagte: »Ich setz' dich am Präsidium ab, Kleinert. Dann bringe ich die Kleine nach Hause.«

Nach Hause. Endlich. Sie wurde nicht verhaftet, nicht in eine Zelle gesteckt. Hella ließ sich in den Sitz sinken, fast fielen ihr die Augen zu.

36

Donnerstag, 21. März 1946

Edith stand in Marthas Wohnküche am Bügelbrett. Aus den Nachbarwohnungen waren die üblichen Geräusche zu hören, nur ein paar Meter entfernt, denn die Wohnungen waren klein und die Wände dünn. Edith hatte sich an den steten Fluss von Geräuschen gewöhnt, der einfach nur bedeutete, dass das Leben weiterging. Unten das Husten aus Witullas Steinstaublunge und das Klopfen seines Schusterhammers, rechts das Geschimpfe von Maria Kowalski, die ihre Kinder zurechtwies, die Spülung der Toilette einen halben Stock tiefer. In der Wohnung selbst war es still, nur ab und zu hörte sie, wie Martha sich in ihrem Bett herumwälzte.

Martha war vor einer Dreiviertelstunde nach Hause gekommen und erschöpft auf einen Küchenstuhl gesunken, die Beine in den dicken Wollstrümpfen von sich gestreckt, zu müde, um viel zu reden. Sie hatte ihr nur ein paar Stichwörter hingeworfen: »Verhör auf der Polizei«, »Hella ist noch da« und »Ich glaube, alles ist noch einmal gutgegangen«. Den letzten Satz hatte sie zweimal wiederholt. Danach war ihr das Kinn auf die Brust gesackt, und als sie hochschreckte, weil ihr Kopf nach vorn fiel, hatte sie ihn ein weiteres Mal wiederholt. Edith hatte ihr erklärt, dass sie genauso gut im Bett auf Hellas Rückkehr warten konnte, das hatte Martha eingesehen und war im Schlafzimmer verschwunden.

Ihr Butterhandel hatte ihnen ein paar Kohlen verschafft, die im Herd vor sich hin glommen und die Wohnküche heizten. Edith nutzte die Gelegenheit und ließ Marthas Bügeleisen auf dem Herd heiß werden.

Sie sprenkelte ihre Bluse, ein Überbleibsel aus ihrem alten Leben, mit Wasser, hob das Eisen von der Herdplatte und ließ es über den Stoff gleiten. Der Geruch von heißem Stoff und Wasserdampf stieg ihr in die Nase.

Edith gefiel es zu bügeln. Die Spitze des Eisens glitt wie ein Schiffsbug über die zerknitterte Seide und hinterließ eine schmale Bahn schimmernden Gewebes. Sie setzte das Eisen erneut an, die Bahn wurde breiter. Was zerknittert gewesen war, wurde glatt. Von zerknittert zu glatt, von benutzt zu neu, von beschädigt zu heil.

Die reinste Hexerei, dachte Edith amüsiert. Und so einfach zu bewerkstelligen. Die Bluse war dabei, sich wieder in eine schimmernde Hülle zu verwandeln.

Das Bügeleisen fuhr über den linken Ärmel. Die Spitze formte die feinen Raffungen an der Schulter, die dafür sorgten, dass sich der Ärmel großzügig über dem Oberarm bauschte und Fülle vorgab, wo längst knochige Magerkeit herrschte.

Blusen und Kleider gaben freundlicherweise etwas von ihrem Schimmer ab, wenn man sie trug. An guten Tagen hatte das Schimmern die angenehme Eigenschaft, von außen nach innen zu dringen. Sie fühlte sich leichter und fröhlicher, was das Leben in mancherlei Hinsicht einfacher machte. Ein Handel auf dem Schwarzmarkt, eine Nacht in einer Kellerbar, das simple Überleben gingen leichter von der Hand. An schlechten Tagen hielten sie die Kleider schlicht aufrecht. Ein gut gebügelter Kragen, damit der Kopf oben blieb, ein Kleid, damit sie wusste, wo der eigene Körper anfing und wo er aufhörte, ein paar fest geschnürte Schuhe, damit die Füße weitergingen.

Ein Hoch auf das Bügeln, vermutlich hatte es eine Ode verdient.

Sie nahm die Bluse hoch und fuhr mit einem Kleiderbügel in sie hinein. Der dünne blaue Stoff bauschte sich, als sie sie durch die Luft schwenkte. Eine Hülle, in der fast jemand zu stecken schien. Sie hängte den Bügel an eine Stuhllehne. Jetzt war ein Rock an der Reihe. Wollstoff, fein und teuer, auch ein Stück aus ihrem alten Leben. Eine weitere Hülle, die Form verlieh, modellierte, was sie verbarg. Das Eisen glitt über den Stoff.

Und was steckte unter der Hülle? Ein gestrandetes Selbst, das nicht recht wusste wohin. Die Menschen um sie herum wussten, was sie wollten. Martha wollte Hella großziehen, von dem heftigen Wunsch getrieben, dass das Mädchen es einmal besser haben sollte als sie. Hella wollte erwachsen werden, ihre Kräfte ausprobieren, ihre eigenen Wege gehen. Und sie selbst?

Edith zuckte mit den Schultern. »Ich weiß es nicht«, sagte sie zum Bügeleisen. Sie überlebte, nahm, was der Tag anspülte, griff zu, wenn sich eine Gelegenheit bot, genoss die guten Momente und wusste allenfalls, was sie nicht wollte: stumpf voranzutrotten, ohne nach rechts und links zu schauen, aufzuhören zu denken und zu fühlen.

Sie schnitt dem Bügeleisen eine Grimasse und bügelte weiter. Leere Hüllen. Die Leere war im Grunde überall. Unbewohnte Trümmergrundstücke, leere Hausruinen, hohl wie ein kranker Zahn. Ausgebrannte Fabrikhallen in den Industrieanlagen. Adressen, an denen keiner mehr wohnte. Irgendetwas regte sich in ihrem Hinterkopf. Ein dünner, mickriger Gedanke, er hatte nichts mit ihr und ihren Befindlichkeiten zu tun, sondern mit den Adressen, die sie im Mantelfutter des Toten gefunden hatten.

Ihr fiel ein, was Hella ihr über ihre Expedition erzählt hatte. Ein Trümmerfeld in der Sedanstraße, ein bis auf die Grundmauern zerbombtes Haus in der Stoltzestraße. Hella konnte von Glück sagen, dass sie keinen Mahlke und keinen Moormann dort angetroffen hatte, denn wenn die beiden Herren in irgendwelche Schwarzmarktgeschäfte verwickelt waren oder auf andere Weise etwas mit dem Toten zu tun hatten, dürften sie über Hellas Nachforschungen nicht allzu erfreut sein. Doch das war nicht der Gedanke, der in ihrem Hinterkopf beharrlich rumorte und so tat, als lieferte er eine wunderbare Lösung für ein Problem, wenn man ihm nur angemessen Raum gäbe.

Sie fuhr noch ein letztes Mal mit dem Eisen über den Saum, dann stellte sie das Bügeleisen ab und nahm den Rock hoch. Das Kleidungsstück fiel glatt und gerade.

Eine Hülle, wisperte der Gedanke. Sie wendete den Rock und arbeitete weiter.

Ein Name, eine Adresse, ein Geburtsdatum. Leere Hüllen, in die jemand hineinschlüpfen konnte und zu jemand anderen wurde. Sie richtete sich auf. Das war es.

Die beiden Namen mit den Adressen und den Geburtsdaten waren leere Hüllen, aufgereiht wie Anzüge auf einer Kleiderstange, die nur darauf warteten, ihrem Besitzer eine Form zu geben. Eine Hülle, die er bequem überziehen und darin eine neue Rolle spielen konnte.

Damit wäre auch klar, warum niemand etwas über Mahlke oder Moormann wusste oder sie gesehen hatte. Es gab keinen Mahlke und keinen Moormann.

Sie riss das Eisen hoch, nahm den Rock vom Brett und legte ihn über eine Stuhllehne.

Die Tür zum Flur ging hinter ihrem Rücken auf. Hella stand im Türrahmen. Der eine Zopf hing ihr halb aufgelöst über die Brust, der andere verschwand hinter ihrer Schulter. Das Mädchen sah müde aus. Genauso müde fiel auch ihr »Hallo, Edith« aus.

Hinter ihr stand der Inspektor von der Kripo, tippte zur Begrüßung an seinen Hut und erklärte, dass er Hella nach Hause bringe, nachdem sie als Zeugin im Präsidium ausgesagt habe.

»Danke«, sagte Edith, »das ist sehr freundlich von Ihnen.«

Die höfliche Floskel entlockte Hella ein schwaches Grinsen, sie schlüpfte behände an ihr vorbei in die Wohnküche, offenbar erpicht darauf, aus der Reichweite des Polizisten zu gelangen.

Einen Augenblick stand Edith unentschlossen da, dann bat sie den Polizisten herein. Sie erntete von Hella einen unfreundlichen Blick. Warum lässt du den rein?, sagte der Blick. Warum sagst du nicht: »Das ist sehr freundlich von Ihnen, vielen Dank für die Mühe und auf Wiedersehen?«

Die Antwort war einfach: Der Mann war eine Gelegenheit. Und die würde sie nutzen.

Der Oberinspektor zögerte einen Moment, dann trat er ein.

Edith rechnete nicht mit einer Antwort, trotzdem fragte sie ihn: »Haben Sie etwas gefunden, das Sie weitergebracht hat?«

»Das kann ich Ihnen leider nicht sagen.«

Hella hatte sich unterdessen Edith, das Bügelbrett und den Küchentisch zwischen sich und den Polizisten gebracht, indem sie sich auf die Küchenbank gesetzt hatte. Sie sagte: »Wir waren an beiden Grundstücken und haben niemanden gefunden. Nur den Kaninchenmann, der schwarzschlachtet.«

Anschließend machte sich Hella auf der Küchenbank klein, weil ihr vermutlich eingefallen war, dass sie besser daran tat, sich möglichst unauffällig zu verhalten, damit der Inspektor sie vergaß.

Edith warf einen Blick auf die Bluse an der Stuhllehne. Leere Hülle. Wer in diesen Tagen eine neue Hülle brauchte, konnte aus gutem Grund nicht mehr in seiner alten Hülle leben.

Vor ihrem inneren Auge erschien die Leiche des jungen Soldaten, sie hing an einem Baum am Feldrand, aufgeknüpft von zwei Feldjägern. Jemand hatte die Feldjäger auf seine Spur gebracht. Doch das war eine andere Geschichte, jetzt ging es nicht darum, jemanden bei der Polizei anzuschwärzen, der das falsche Radioprogramm gehört hatte oder vor einem verlorenen Krieg davonlief.

Warum da jemand eine neue Hülle brauchte, konnte der Inspektor herausfinden. Falls er wollte. Sie würde ihm die Gelegenheit dazu geben. Möglicherweise brachte er Licht in die Geschehnisse auf der Zeche, möglicherweise erwischte er jemanden, der es verdient hatte. Möglicherweise machte er ihr Schwierigkeiten, weil er sie missverstand oder ihr etwas anhängen wollte. Aber strategisches Kalkül nützte hier nicht viel, dazu gab es zu viele »möglicherweise«. Da half es nur, zu handeln und zu sehen, was sich daraus ergab.

Deshalb sagte sie: »Vielleicht sind diese Namen und die Adressen im Niemandsland ja leere Hüllen, die dazu bestimmt sind, dass jemand in sie hineinschlüpft.«

»Was meinen Sie damit?«

»Ein neues Gewand, in das jemand sich kleidet und zu jemand anderem wird«, erklärte sie freundlich. Kein guter Einstieg, seinem Gesicht war deutlich abzulesen, dass er nicht verstand, worauf sie hinauswollte. Aber besser als zu sagen: »Ich habe über die Adressen nachgedacht und bin zu folgendem Schluss gekommen.« Das lief ohne Frage auf eine Kränkung männlicher Eitelkeit hinaus, gegen die grundsätzlich nichts einzuwenden war, die aber in diesem Fall kontraproduktiv wäre.

Immer noch freundlich lächelnd lieferte sie eine Erklärung nach: »Eine neue Identität sozusagen.«

»Wie kommen Sie darauf?«, fragte er mürrisch.

Sie hob die Bluse am Bügel hoch und sagte: »So wie ein Kleidungsstück.«

Der Stoff floss und glänzte durch die Bewegung. Edith fragte sich, ob sie nicht übertrieb, wie sie ihre blaugraue Seidenbluse in der Wohnküche einer Mietskaserne schwenkte und einem Kripobeamten etwas über Hüllen, Gewänder und ihre metaphorische Bedeutung erklärte.

Der Körper des Polizisten straffte sich, seiner ganzen Haltung war der Unmut anzusehen, mit dem er ihre Erklärung zur Kenntnis nahm. Er war kurz davor, seinem Ärger Luft zu machen. Auch Wut war kontraproduktiv. Sie hängte rasch die Bluse wieder über den Stuhl.

Dietrichs fragte unwirsch: »Wissen Sie etwas über die Namen und Adressen? Etwas, was Sie …« Die Pause klang drohend. »… vergessen haben, mir mitzuteilen? In diesem Fall wäre ich dankbar, wenn Sie es mir ohne Gerede über Blusen, leere Hüllen oder Ähnliches sagen würden.«

Sie sagte vorsichtig: »Ich weiß nichts über die Namen und die Adressen. Lediglich, dass sie im Mantelfutter des Toten steckten, doch das ist Ihnen ja bereits bekannt.«

»In der Tat«, knurrte er. »Allerdings erst seit Kurzem. Weil Sie es nicht für nötig gehalten haben, mir davon zu erzählen. Also hören Sie auf mit den Mätzchen und erklären Sie mir, was Sie wissen.«

»Ich weiß nichts Genaues. Ich habe mich nur gefragt, ob es diese Personen überhaupt gibt. Niemand hat sie gesehen, niemand hat von ihnen gehört.«

Der Polizist streckte sich und sah auf sie herab, den Hut in der Hand.

»Ich würde gerne wissen, warum Sie mir plötzlich mit dieser Theorie kommen, Fräulein Marheinecke.«

»Es war ein Gedanke, ein Einfall. Mehr nicht.«

Erklärungen und Rechtfertigungen würden die Sache nur noch schlimmer machen, weil sie wie Schuldbekenntnisse klingen würden, daher sagte Edith nichts mehr.

»Erst verschweigen Sie wichtige Informationen, jetzt fangen Sie angeblich an, sich über Dinge den Kopf zu zerbrechen, die Angelegenheit der Polizei sind.«

Hella ließ sich von der Küchenbank vernehmen: »Aber Edith will nur helfen. Das ist doch ein Hinweis aus der Bevölkerung.«

Der Polizist wandte sich an Hella.

»Darunter verstehen wir etwas anderes: dass die Leute uns sagen, was sie gesehen haben. Dass sie uns mitteilen, wenn sie einen Toten gefunden haben, beispielsweise. Keine Ideen, die ihnen plötzlich im Kopf herumspuken.«

Hella war offenbar aufgegangen, dass sie sich mit ihrer Bemerkung wieder in das Blickfeld des Polizisten katapultiert hatte, und rutschte fast unter den Tisch.

Der Kripobeamte wandte seine Aufmerksamkeit Edith zu.

»Möglicherweise wollen Sie uns mit Ihren einfallsreichen Eingebungen in die Irre führen. Uns erzählen, dass es die beiden nicht gibt, um zu verhindern, dass wir weiter nach ihnen suchen.«

Edith schwieg. Jegliche Beteuerung ihres guten Willens war fehl am

Platz. Er würde nur weiterhin denken, dass sie ihn manipulieren wollte. Dieser kugelköpfige Polizist musste selbst zu dem Schluss kommen, dass sie ihm einfach einen Hinweis gegeben hatte.

Schließlich sagte der Inspektor: »Sie halten sich bitte zu unserer Verfügung. Das betrifft dich …« Sein Finger stach in die Luft und zeigte zunächst auf Hella. »… Sie und Frau Schrader.«

»Selbstverständlich, Herr Oberinspektor«, antwortete Edith.

Er zögerte einen Moment, als ob er noch etwas sagen wollte, dann verabschiedete er sich und ließ sie allein.

37

Donnerstag, 21. März 1946

Dietrichs lenkte das Auto, einen Mercedes 170, zurück zum Präsidium. Er genoss es, allein im Wagen zu sitzen, die Gänge in das butterweiche Getriebe einzulegen und das gleichmäßige Schnurren des Motors zu hören. Jetzt war der Mann an der Reihe, der Kremnitz ins Netz gegangen war. Er saß in einer der Zellen im Polizeigefängnis, verfügbar und bereit für eine Befragung. Dietrichs gefiel der Gedanke. Nach all dem Stochern im Nebel, den nichtssagenden Antworten, die er im Viertel erhalten hatte, den fruchtlosen Verhören, den Halbwahrheiten der drei Frauen, der Suche nach den obskuren Adressen und der obskuren Idee von der Marheinecke endlich ein handfester Verdächtiger. Was Hella anging, so glaubte er kaum, dass sie den gestürzten Steinhoff erschlagen hatte, wie Gibbson in den Raum gestellt hatte. Hiesken sollte herausfinden, ob die sandgefüllte Socke als Tatwaffe infrage kam. Vermutlich nicht, da sich die Socke vermutlich beim Aufprall verformte, doch Genaueres würde der Arzt ihm sagen können.

Bevor er den Schwarzhändler verhörte, wollte er mit Kremnitz sprechen. Der Chef der Schwarzmarktbekämpfung erschien ziemlich prompt in Dietrichs Büro, ganz Triumph und Siegerlächeln.

»Fünfzehn Flaschen reiner Alkohol, das ist doch mal ein Fund.«

Dietrichs nickte, das hatte er schon mal gehört. Fette Beute, ohne Zweifel, aber Kremnitz' Selbstbeweihräucherung ging ihm langsam auf die Nerven.

»Und?«, fragte Dietrichs ungeduldig. »Einer eurer bekannten Kunden?«

Das Siegerlächeln verschwand.

»Nein. Wir kennen ihn nicht. Er scheint auch zu keiner der Schiebergruppen hier zu gehören. Walter Grewe, keine Ausweispapiere, kein fester Wohnort. Er gibt an, mal hier, mal dort zu schlafen. Einer von den Vagabunden.«

Davon gab es derzeit zuhauf. Flüchtlinge aus dem Osten, entlassene Wehrmachtssoldaten, Fremdarbeiter, KZ-Häftlinge, alle hatten die Nazis oder der Krieg oder beides irgendwohin, weitab von ihrer Heimat, verschlagen. Manche ließen sich registrieren, übernachteten in den Notunterkünften und bekamen ihre Lebensmittelkarten, andere zogen umher, lebten von der Hand in den Mund, bettelten, stahlen oder handelten auf dem Schwarzmarkt.

»Die Flaschen gehören seinem Freund, sagt er.« Kremnitz zog skeptisch den linken Mundwinkel nach oben. »Das ist der, der geflohen ist. Auf die Antwort hätte ich fast mit Stratmann gewettet.«

Er fuhr fort: »Wir haben bei einer Razzia in einer Bar mal eine Flasche sichergestellt, die aus derselben Quelle stammen könnte. Hochprozentiger Alkohol, Weizenbrand. Das Zeug ist Gold wert, weil du es wunderbar verlängern kannst. Was er da in dem Rucksack hat, kannst du auf dem Schwarzmarkt für zweitausend Reichsmark verhökern. Oder gegen etwas eintauschen, was reeller ist als die olle Reichsmark.«

»Ein richtig großes Ding«, sagte Dietrichs nachdenklich. Das war also möglicherweise das große Geschäft, von dem Steinhoff gesprochen hatte. Handel mit hochwertigem Alkohol.

»Wenn du so willst, ja«, sagte Kremnitz. »Ich möchte wissen, woher sie das Zeug haben. Das sind, wie gesagt, nicht die ersten Flaschen, die im Umlauf sind. Eigentlich nicht dumm: Du fängst klein an, suchst dir deine Kunden, sondierst unauffällig das Terrain.«

Er hob den Kopf und grinste. Das Siegerlächeln war zurückgekehrt. »Aber nicht unauffällig genug, zumindest nicht für uns.«

»Für andere Interessenten offenbar auch nicht«, sagte Dietrichs trocken.

Steinhoff, Kasulke und Pöhler waren tot. Möglicherweise, weil sie irgendwie Wind von diesem wunderbaren Geschäft bekommen und versucht hatten, sich einen Anteil zu sichern.

Dietrichs fragte: »Wisst ihr, woher die erste Flasche stammt, die ihr gefunden habt?«

»Nein, der Wirt hat behauptet, sein Onkel hätte sie schwarzgebrannt. Haben wir nicht geglaubt, konnten wir jedoch nicht widerlegen. Wir sind der Sache auch nicht weiter nachgegangen, die Flasche war eine von vielen Schwarzmarktwaren, die der gute Mann in seinem Keller gehortet hatte.«

»Hat Kasulke mit Alkohol gehandelt?«

»Kasulke hat mit allem Möglichen gehandelt. Sicher auch mit Schnaps. Aber ob er an diesem Geschäft beteiligt war, weiß ich nicht. Noch nicht.«

Dietrichs sagte: »Kann sein, dass er sein Stück von dem einträglichen Kuchen haben wollte. Oder es war ursprünglich sein Kuchen, und die beiden haben ihn ihm abgejagt.«

»Ich tippe auf Ersteres. Wenn Kasulke in größerem Stil Alkohol verhökert hätte, hätten wir es mitgekriegt. Wir konnten Kasulke nicht drankriegen, doch wir wissen so in etwa, was er getrieben hat. Das verraten uns ein paar Singvögelchen.«

»Dann sag doch deinen Singvögelchen …«

Bevor er ausreden konnte, sagte Kremnitz: »Ich habe meine Singvögelchen schon auf die Schnapsgeschichte angesetzt. Mal sehen, was sie mir zwitschern.«

»Was habt ihr aus Grewe herausbekommen?«, fragte Dietrichs.

»Nicht viel mehr, als ich dir schon gesagt habe. Seinen Namen. Die Schnapsflaschen gehören natürlich seinem Kumpel, sagte er, er weiß gar nichts über sie, die übliche Leier. Ich würde gern dabei sein, wenn du mit ihm sprichst.«

»Meinetwegen.«

* * *

Der Mann, der vor ihm saß, sah müde und heruntergekommen aus: Bartstoppeln, Gesicht und Kleidung nicht allzu sauber, die Wehrmachtsjacke, von der er alle Abzeichen entfernt hatte, hatte einem größeren Menschen als ihm gehört und hing schlaff um seinen mageren Körper.

Dietrichs musterte ihn ausgiebig. Da sitzt du nun und gehörst mir, sagte sein Blick. Grewe starrte unverdrossen zurück. Kremnitz hatte sich neben Dietrichs zurückgelehnt und überließ ihm das Feld. Beckmann verschmolz wieder mit der grauen Wand, den Stenoblock gezückt. Kleinert und Gibbson beobachteten das Verhör durch den Einwegspiegel.

Dietrich ließ sich von dem Mann die Personalien nennen. Walter Grewe, geboren am 13. Juli 1913 in Bochum-Gerthe, ohne festen Wohnsitz.

»Ich hab' hier meine Verwandten gesucht, wollte gucken, ob ich bei denen wohnen kann. War aber keiner mehr da. Ich bin trotzdem geblieben. Jetzt schlag ich mich so durch.«

»Womit schlagen Sie sich denn so durch?«

»Ich helf' mal hier, mal da. Wenn einer zwei gesunde Hände hat und keine Angst vor der Arbeit, dann geht das irgendwie.«

Er hob wie zum Beweis seine Hände hoch.

»Wo haben Sie in letzter Zeit gearbeitet?«

Grewe antwortete willig, wenngleich vage: Aushilfsarbeiten im Süden der Stadt, Enttrümmern in der Oskar-Hoffmann-Straße, Melkarbeiten auf einem Bauernhof am Ruhrufer. Dietrichs unterdrückte einen Seufzer. Er würde die Angaben nachprüfen lassen, er vermutete, dass sie zu einem guten Teil falsch waren. Grewe lief garantiert nicht in halb Bochum herum und enttrümmerte Grundstücke oder molk Kühe in Stiepel. Grewe machte etwas anderes: Er schleppte Schnaps in einem Rucksack durch die Gegend und lauerte Hella Schrader auf.

Dietrichs fragte nach seinem Kumpan. Er habe ihn in den Trümmern getroffen. Lindemann heiße er.

»Was wollten Sie von Hella Schrader?«

»Genau genommen wollten wir nichts von ihr. Sondern sie wollte was von uns.«

»Ach«, sagte Dietrichs ungläubig.

»Sie wollte uns was verkaufen.«

Dietrichs hob die Brauen. Grewe sollte mitbekommen, dass er ihm die Geschichte nicht abnahm.

»Nähgarn«, sagte Grewe ungerührt. »Hatte sie in ihrer Tasche, wahrscheinlich von ihrer Mutter geklaut. Jetzt vertickt sie es, um sich ein paar Groschen zu verdienen.«

Grewe lächelte wieder treuherzig. »Wahrscheinlich hat sie gedacht, dass sie mit uns ins Geschäft kommt. Meine Klamotten sind ja kaputt genug.«

Er zeigte zum Beweis den fadenscheinigen Ellenbogen seiner Wehrmachtsjacke vor.

»Wir wollten ihr aber nichts abkaufen. Wir haben ihr das gerade klargemacht, da hat sie sich an mich gedrängt, ich weiß nicht warum, vielleicht wollte sie ...«

Grewe brach ab, als bringe er das Ungeheuerliche nicht über die Lippen.

»Darüber rede ich lieber nicht. Dann kamen schon Ihre Leute. Irgendwie hat das Mädchen Angst bekommen und sich an uns geklammert.«

Dietrichs wechselte das Thema. »Was wissen Sie über den Toten auf der Zeche Präsident?«

»Was für ein Toter?«

»Heinrich Steinhoff. Für dessen letzte Worte Sie sich so interessiert haben.«

»Kenn' ich nicht«, sagte Grewe. »Keine Ahnung, wie Sie darauf kommen.«

Dann beugte er sich vor.

»Hat Ihnen das die Göre erzählt? Wissen Sie, die sind heutzutage mit allen Wassern gewaschen. Die lügen das Blaue vom Himmel runter. Große, runde Unschuldsaugen, aber sie ham es faustdick hinter den Ohren.«

Dietrichs frohlockte. Grewe hatte gerade indirekt die Geschichte des Mädchens bestätigt, indem er etwas leugnete, was Dietrichs gar nicht behauptet hatte: Dass die beiden Hella Schrader nach dem Toten und seinen letzten Worten gefragt hatten. Ohne sich seine Zufriedenheit anmerken zu lassen, fragte Dietrichs nach seinen Aktivitäten am 12. März, dem Tag, an dem Steinhoff erschlagen worden war.

»Weiß ich nicht, da muss ich erst mal überlegen.«

Grewe überlegte.

»Unterwegs, ich bin durch die Stadt gelaufen, hab nach Arbeit gesucht. Hab aber nix gefunden.«

Dietrichs schob ihm einen Block zu.

»Wo genau waren Sie? Schreiben Sie es auf.«

Grewe notierte etwas auf dem Block. »Gartenarbeiten in der Königsallee.«

»Geht es nicht genauer? Ort? Uhrzeit?«

»Den ganzen Tag. Wo, weiß ich nicht mehr genau.« Er schrieb »10–18 Uhr« dazu.

Nachmittags war er auf dem Zechengelände gewesen, andernfalls hätten die beiden das Mädchen nicht bei dem Toten sehen können.

»Ich hab' mir nichts zuschulden kommen lassen«, sagte Grewe und verschränkte die Arme über der Brust.

Kremnitz schaltete sich ein und wollte wissen, was sie mit den Flaschen vorhatten, an wen sie sie verkaufen wollten, ob es noch mehr gab, ob sie Kasulke kannten. Er bekam nicht mehr aus Grewe heraus, als dass Lindemann vorgehabt hatte, den Schnaps an ein paar Kneipen zu verkaufen.

Dietrichs fragte nach den Namen auf dem Zettel im Mantelfutter.

»Mahlke? Moormann? Nie gehört.«

Grewe lachte freudlos.

»Ist das wieder so eine Geschichte von diesem Mädchen? Sie sollten sich von der keinen Bären aufbinden lassen.«

»Richtig, Grewe, das hat sie uns gesagt. Ich frage mich, warum Sie so prompt darauf gekommen sind. Also, warum haben Sie das Mädchen nach den Adressen gefragt?«

Diesmal stieß Dietrichs Grewe mit der Nase auf seinen Lapsus. Es war an der Zeit, Grewe klarzumachen, dass er ihn durchschaute. Sonst würden sie die halbe Nacht hier sitzen, und Grewe würde ihnen mit treuherzigem Blick eine Lüge nach der anderen servieren.

»Sie drehen mir das Wort im Mund um, Herr Kommissar. Jetzt sage ich gar nichts mehr.«

Grewe änderte tatsächlich seine Strategie. Er schwieg. Und dabei blieb er, die Arme vor der Brust verschränkt, die Zähne in die Unterlippe vergraben, als ob er verhindern wollte, dass ihm auch nur ein einziges Wort herausrutschte.

* * *

Nachdem Grewe wieder in seine Zelle zurückgebracht worden war, fragte Kremnitz: »Was hat es mit den Adressen auf sich?«

Dietrichs erklärte, dass Hella Schrader einen Zettel im Mantel gefunden hatte, sie jedoch an den entsprechenden Orten niemanden angetroffen hätten. Er sah wieder die Marheinecke in der Wohnküche der Arbeiterwohnung stehen, das glänzende Gewebe ihrer graublauen Bluse flatterte in der Luft.

Hüllen, leere Hüllen. Doch das sagte er Kremnitz nicht. Er hatte nicht die geringste Lust, sich mit irgendwelchen Spekulationen zum Gespött zu machen, bevor er überprüft hatte, ob die Marheinecke recht hatte oder ob es eine Finte von ihr war, mit der sie irgendetwas verbergen wollte.

»Kremnitz, wieso wart ihr eigentlich im richtigen Moment an Ort und Stelle?«

»Wir haben einen anonymen Tipp bekommen. Einen Anruf. Stratmann hat ihn entgegengenommen. Ein Mädchen mit langen braunen Zöpfen würde uns zu wichtigen Schwarzmarkthändlern führen. Wir sollten ihren Schulweg überwachen.«

Kremnitz fügte hinzu: »Haben wir natürlich gemacht. Kinder oder Jugendliche sind oft in solche Sachen verwickelt, weil sie klein und flink sind.«

»Wisst ihr irgendetwas über den Anrufer?«

»Stratmann hat gesagt, dass es vermutlich ein Mann war, der seine Stimme verstellt hat. Ganz heiser und unnatürlich tief hat er gesprochen, sagt Stratmann.«

Die Schrader hatte gewollt, dass sie den Schulweg überwachen, nachdem sie erfahren hatte, dass Kasulke tot war. Aber sie konnte nicht der Anrufer gewesen sein, sie hatte dazu keine Gelegenheit gehabt. Sie hatte einen anderen Weg gewählt, um ihrem Kind zu helfen, und hatte versucht, ihn dazu zu bringen, es vor Grewe und Lindemann zu beschützen. Tatsächlich hatte er Entsprechendes in die Wege geleitet, allerdings etwas zu zögerlich. Kremnitz mit seinem Eifer, jeden Schwarzmarkthändler dingfest zu machen, hatte viel schneller reagiert und das Mädchen gerettet, dachte Dietrichs unbehaglich. Ein Ruhmesblatt hatte er sich nicht damit verdient.

Dietrichs rieb sich die Schläfen. Was den Fall anging, waren sie ein Stück weiter. Sie hatten einen mutmaßlichen Täter und wussten, dass es höchstwahrscheinlich um den Handel mit dem Alkohol ging. Sie konnten davon ausgehen, dass die Geschichte von Hella Schrader stimmte. Die Richtung war klar, jetzt ging es darum, Beweise zu finden und den Verlauf zu rekonstruieren. Grewe würde sicherlich nicht lange schweigen, aber sie kamen endlich voran.

38

Freitag, 22. März 1946

Am Freitagmorgen zeigte sich, dass Dietrichs' Optimismus fehl am Platz gewesen war. Grewe hatte eine Nacht in der Zelle hinter sich gebracht und war anscheinend zu dem Schluss gekommen, dass er am besten gar nichts mehr sagte. Er war stumm wie ein Fisch. Kein Geschimpfe mehr, keine Lügen mehr, keine Anschuldigungen in Bezug auf das Mädchen. Auf die Weise kam er nicht aus der Untersuchungshaft, andererseits belastete er sich auch nicht. Dietrichs befragte ihn zwei Stunden lang, aber Grewe schwieg beharrlich. Schließlich ließ Dietrichs ihn in die Zelle zurückbringen, irgendwann würde er mit einer neuen Geschichte kommen, die sie Stück für Stück demontieren würden.

Dietrichs beschloss, der Sache mit den Namen und Adressen auf den Grund zu gehen, die Grewe und Lindemann so wichtig waren, dass sie Hella Schrader immer wieder bedrängt hatten. Unter den angegebenen Adressen hatten sie niemanden gefunden. Also würde er überprüfen, ob die Personen überhaupt gemeldet waren. Ob es sie überhaupt gab, was die Marheinecke ja bezweifelt hatte.

Die erste Überraschung erlebte er, als er konstatierte, dass sie im selben Meldeamtsbezirk angemeldet waren. Aber es kam noch besser.

Dietrichs pfiff leise, als er feststellte, dass er in den letzten Tagen schon einmal etwas mit diesem Meldeamt zu tun gehabt hatte: Beckmann war dort fündig geworden, als sie den Beamten mit dem steifen Bein gesucht hatten. Paul Overdieck arbeitete in diesem Meldeamt.

Als Dietrichs das Meldeamt betrat, war von Paul Overdieck nichts zu sehen. Hinter der Theke, die den Besucherbereich von den Arbeitsplätzen der Beamten abtrennte, standen zwei Schreibtische vis-à-vis. Der eine von ihnen war leer, an dem anderen saß ein Beamter, der gerade aus einem Karussell von Stempeln einen auswählte und ihn in ein Stempelkissen drückte. Auf Dietrichs Begrüßung reagierte er nicht. Er drehte sich erst um, als Dietrichs mit seiner Marke auf die Holztheke klopfte und sagte: »Kriminalpolizei.«

»Ah, schon wieder?« Der Beamte war alles andere als begeistert. »War doch schon einer da.«

Dietrichs wusste, wen er meinte. Kleinert, der Overdiecks Alibi überprüft hatte. Kleinert hatte am Morgen angerufen: Verdacht auf Typhus. »Ich darf nicht«, hatte er gesagt. Und da hatte er recht. Die Krankheit breitete sich in der Stadt aus, und das Gesundheitsamt hatte strikte Quarantänevorschriften erlassen. Also war Dietrichs wieder allein unterwegs.

Als der Beamte von seinem Schreibtisch aufstand, sah Dietrichs, dass ihm der linke Unterarm fehlte. Der Mann hatte den leeren Ärmel genommen, ihn hochgerollt und mit einer Sicherheitsnadel das Ende da befestigt, wo der Ärmel noch den Stumpf bedeckte.

Er schlurfte auf die Theke zu. Dietrichs bat ihn, ihm die Meldekarten der beiden Personen herauszusuchen. Ohne ein Wort zu sagen, bückte der Beamte sich und tauchte hinter der Theke ab. Mit einem Papierstück und einem Bleistiftstummel kam er wieder an die Oberfläche zurück.

»Wie waren die Namen noch?«

Dietrichs buchstabierte sie und nannte ihm die Adressen. Der Mann notierte alles und feuchtete vor jedem neuen Wort den Bleistift an.

»Ich muss erst mal überprüfen, ob die Adressen überhaupt zu unserem Bereich gehören.«

»Das tun sie, Herr …«

»Poschke.«

»Das tun sie, Herr Poschke. Jetzt holen Sie mir mal die Meldekarten von diesen beiden hier.«

Poschke sagte: »Jawohl« und blieb an der Theke stehen. Dietrichs hatte Verständnis dafür, dass jemand langsam war und die Dinge mit Bedacht erledigte. Es waren die Schnellen und die Eifrigen, die das meiste Unheil anrichteten. Doch dieser Mann war nicht nur langsam, sondern hatte die Trägheit eines nassen Sandsacks. Deshalb sagte er: »Etwas zügig.«

Poschke schlurfte ein bisschen schneller zu einem der Schränke und schob das Rollo aus Holzlamellen hoch, das den Schank verschloss. Ratternd glitt es in die Höhe und gab den Blick auf zahlreiche Karteikästen frei. Mit leisem Ächzen ging er in die Knie und zog einen der Kästen in der untersten Reihe hervor.

»Mahlke, Mahlke, Mahlke.«

Poschke murmelte vor sich hin, während sein rechter Zeigefinger, bedeckt von einem genoppten Fingerling, durch die gelben Karten glitt.

»Mahlke!« Dieses Mal stand hinter dem Namen ein Ausrufezeichen.

Er zog die Karte hervor, richtete sich auf und klemmte sie unter den Stumpf seines linken Arms.

»Und Moormann ist nicht weit.«

Er ging wieder in die Hocke, zog den übernächsten Karteikasten in der Reihe auf, suchte und fand. Er kehrte zu der Theke zurück.

»Bearbeitet hat den Buchstaben mein Kollege. Die beiden sind hier ordnungsgemäß gemeldet.«

Er legte die Karten vor Dietrichs auf die hölzerne Theke.

Dietrichs verglich die Angaben mit den Notizen auf dem Papierstück. Name, Anschrift, Geburtsdatum – alle Daten stimmten überein, bei Mahlke wie bei Moormann. Bei Moormann war noch ein Doktortitel hinzugefügt. Von wegen leere Hüllen, dachte Dietrichs. Zwei ordnungsgemäß gemeldete Bürger. Wahrscheinlich hatten sie in den Häusern gewohnt, die Meldedaten lagen einige Jahre zurück, und benutzten einfach noch ihre alten Adressen, obwohl sie inzwischen irgendwo anders untergekommen waren.

»Wo ist denn Ihr Kollege?«

»Immer noch krankgemeldet. Schon seit letztem Donnerstag.«

Der Beamte hatte keine Hemmungen, seinem Ärger über Overdiecks Fortbleiben Luft zu machen.

»Gerade jetzt.«

»Wieso gerade jetzt?«, fragte Dietrichs, während er die Karten zusammenschob.

»Weil wir die neuen Kennkarten rausgeben. Ich meine, Kennkarten heißen die nun nicht mehr, sondern Personalausweise.«

Dietrichs erinnerte sich an den blaugrünen Ausweis, den er Steinhoff aus der Tasche gezogen hatte. Er selbst hatte noch keinen beantragt, weil er sich darauf verließ, dass sein Dienstausweis ausreichte.

»Wird alles mal wieder umgenamst. Straßen, Leute, Häuser – alles. Als ob das Leben nicht sowieso schon kompliziert wäre.«

Anklagend blickte Poschke zur Decke und dann zu Dietrichs. Dietrichs begriff, dass auch er mit seinen Fragen zu diesem komplizierten Leben gehörte.

Poschke nahm eine der beiden Karten.

»Der hier hat auch einen neuen Ausweis beantragt. Overdieck hat einen entsprechenden Vermerk auf die Karte gemacht. Der andere auch.«

Poschke deutete mit dem Finger auf einen handschriftlichen Eintrag. Das klang nun interessant. Ob der Mann erst vor Kurzem hier gewesen war?

»Wie kommen die Leute an ihre neuen Ausweise?«

»Sie werden hier vorstellig, mit ihrer alten Kennkarte, sie füllen ein Formular aus, wir reichen es weiter, und zwei Wochen später können sie den neuen Ausweis abholen.«

Dietrichs betrachtete die Datumseinträge, auf beiden Karten war der letzte Mittwoch vermerkt, der Tag, an dem sie Steinhoffs Leiche gefunden hatten.

»Haben Sie die beiden gesehen?«

Der Mann dachte nach.

»Kann sein, kann aber auch nicht sein. Wir haben normalerweise viel Betrieb hier. Wie kann ich da wissen, wer von Overdiecks Antragstellern am letzten Mittwoch Mahlke oder Moormann hieß?«

Das war nicht von der Hand zu weisen. Vermutlich hatte Poschke sie gesehen, ohne ihre Namen zu erfahren.

»Wenn es Anträge gibt, gibt es doch bestimmt einen Durchschlag.«

»Sicher, Herr Kommissar.«

Dietrichs verzichtete darauf, ihm mitzuteilen, dass er ebenfalls umgenamst worden war, wie der Mann gesagt hatte, und nun Oberinspektor hieß.

»Dann bringen Sie mir die Durchschläge.«

Der Mann setzte sich in Bewegung und kam mit einer Akte im Arm wieder. Dietrichs hatte den Eindruck, dass er schneller ging.

Er legte die Akte vor Dietrichs auf die Theke und blätterte, wieder murmelte er die Namen, bis er »Mahlke« fand. Er drehte den Ordner, damit Dietrichs lesen konnte, was auf dem dünnen Durchschlagspapier stand. Ein Antrag mit Unterschrift. Dasselbe auch bei Moormann, stellte Poschke kurze Zeit später fest.

»Schade, dass Sie sich nicht an die beiden erinnern.«

Poschke war gekränkt und verteidigte sich.

»Ich hab' mich um meine eigenen Fälle gekümmert, verstehen Sie? Die Leute kommen hier mit allen möglichen Papieren an. Wehrpässe, Ausweise vom Roten Kreuz. Da muss man genau hinsehen. Einer war gestern mit seiner Konfirmationsurkunde da, weil er alles bei dem Pfingstangriff verloren hat. Nur die Konfirmationsurkunde nicht. Auf ›Glaube, Liebe, Hoffnung, diese drei …‹ kann ich doch keinen Personalausweis ausstellen. Trotz allem sind wir immer noch eine Behörde.«

Poschke hatte sich in Fahrt geredet.

»Die Leute sollten ja alle ihre Papiere immer in der Nottasche dabeihaben. Wasserfest eingepackt, rein in die Nottasche und in den Luftschutzkeller damit.«

Dietrichs dachte an Emma, deren Nottasche immer steinschwer gewesen war, weil sie mindestens fünf Bücher retten wollte. Ob sie ihre Papiere dazugepackt hatte, wusste er nicht. Er würde es auch nicht mehr herausfinden, denn ihre Tasche war vermutlich mit ihr in dem Luftschutzkeller verschüttet worden und nicht mehr aufzufinden gewesen.

Er richtete sein Augenmerk wieder auf Poschke.

»Und wer alle Papiere verloren hat?«

»Schwierig. Keine Papiere, kein neuer Ausweis. Keine Lebensmittelkarten. Keinen Schein für die Wohnungseinweisung.«

»Also, wenn jemand kommt, um einen neuen Personalausweis zu beantragen, lassen Sie sich irgendein Dokument zeigen.«

Poschke nickte. »Was machen Sie mit den alten Ausweisen?«, fragte Dietrichs. Er hätte gerne gewusst, womit die beiden sich ausgewiesen hatte.

»Wir ziehen sie ein, wenn wir die neuen ausgeben. Ordnung muss sein.«

Er musste dringend mit Overdieck reden. Overdieck hatte die beiden gesehen, und er hatte gewusst, dass sie Mahlke und Moormann hießen. Falsch, dachte Dietrichs. Overdieck hatte lediglich zwei Männer gesehen, die Personalausweise auf den Namen Mahlke und Moormann beantragt hatten. Möglicherweise lag die Marheinecke mit ihrem Leere-Hüllen-Gerede richtig. Und wenn dem so war, musste er noch dringender mit Overdieck reden. Dann steckte der bis über beide Ohren in dieser Geschichte.

39

Freitag, 22. März 1946

»Hilf mir mal!«

Martha drückte das Fenster nach oben, um es aus den Scharnieren zu heben. Der Fensterflügel überragte sie um ein gutes Stück und schwankte bedrohlich. Edith griff zu, gemeinsam legten sie den Fensterflügel auf den Tisch.

»Ich habe Dachpappe bekommen. Ordentlich geteert. Eigentlich wollte ich sie schon längst drannageln. Aber dann stand gestern dieser Polizist auf der Matte.«

Helles Morgenlicht flutete durch die Fensteröffnung in die Küche. Der Polizist war weg, sie hatte ihre Befragung auf dem Präsidium hinter sich, und Martha tat das Nächste, was getan werden musste: Sie reparierte ihr Fenster.

»Noch ein Schauer, und uns steht die Plörre in der Küche.«

Sie rupfte das aufgeweichte Kartonstück heraus, das die Scheibe unten rechts im Küchenfenster ersetzt hatte.

»Ich hab' Nägel bekommen. Von einer Butterkundin.«

Martha öffnete die Hand, auf der ein gutes Dutzend Dachpappennägel lagen, zwei davon etwas schief.

»Die muss ich noch gerade kloppen«, verkündete Martha und schritt mit einem kleinen Hammer zur Tat. Tatsächlich brauchte sie nur zwei gut gezielte Schläge, und die Nagelstifte verloren ihren Drall nach rechts.

»Gerade wie eine Eins«, kommentierte sie.

»Halt fest!«

Edith drückte die geteerte Pappe auf den Fensterrahmen und achtete darauf, Martha und ihrem Hammer nicht zu nahe zu kommen. Martha trieb die Nägel durch die geteerte Pappe in das Holz des Rahmens. Als der letzte Nagel an der Reihe war, sagte sie: »Elli Kasulke ist ein Rabenaas« und schlug zu.

»Uns die Polizei auf den Hals zu hetzen.«

Sie holte wieder aus, der Nagel bekam eins auf den Kopf.

Martha richtete sich auf. »Ihr hab' ich zu verdanken, dass dieser Kripobeamte gestern hier aufgekreuzt ist. Und mich mitgenommen hat. Rabenaas.« Ein letzter Schlag, und der Nagel verschwand im Holz.

Dann griff sie nach dem Rahmen und sagte: »Hilf mal.« Gemeinsam trugen sie den Flügel zur Fensteröffnung und balancierten ihn so lange, bis Stift und Buchse der Scharniere ineinanderglitten.

»Fertig.«

Martha schloss das Fenster mit einem energischen Knall.

»Ich hab' auf dem Präsidium gehockt, als die Kerle Hella erwischt haben«, sagte sie.

Elli Kasulke konnte man eine Menge nachsagen, aber für den Überfall auf Hella war sie nun nicht verantwortlich.

»Wenn Elli den Polizisten nicht hierhergeschickt hätte, hättest du zu Hause gesessen und Hella auch nicht helfen können. Du hast ihn doch dazu überredet, den Schulweg von Hella überwachen zu lassen. Deshalb war die Polizei zur richtigen Zeit zur Stelle.«

»Ich glaube, das waren andere. Hella sagt, sie wären eigentlich nur hinter dem Rucksack her gewesen, den die Männer dabeihatten.«

Martha holte eine Schüssel aus dem Küchenschrank und schnappte sich ein Schälmesser. Sie fing an, ein paar dünne Möhren zu schaben.

»Der Kerl, der hier war, hat keinen Finger krummgemacht. Aber was willst du von denen schon erwarten? Du kannst froh sein, wenn sie dich in Ruhe lassen.«

Dass der Polizist sie zu Unrecht verdächtigt hatte, fand sie weniger schlimm als den Verrat von Elli Kasulke, denn von der Polizei erhoffte sie sich ohnehin nichts. Sie schabte schweigend und konzentriert, als wären die vier Möhren das Wichtigste auf der Welt. Edith ahnte, was nun folgen würde. Martha grübelte über einem Problem. Anschließend würde sie ihr erklären, was ihr im Kopf herumging, und sie würde nicken, schweigen, ermuntern.

Als die Möhren blass orange, sauber und nackt auf dem Schneidebrett lagen, sagte Martha:

»Der Polizist hat mir erklärt, dass wir uns wegen der beiden Männer keine Sorgen mehr machen müssten. Den einen hätten sie verhaftet, der andere hätte höchstwahrscheinlich die Stadt verlassen. Selbst wenn er noch hier wäre, hätte er keinen Grund, hinter Hella her zu sein.«

Martha hatte getan, was sie konnte. Sie hatte sie an diesem Vormittag auf dem Schulweg begleitet und ihrer Tochter eingeschärft, auf keinen Fall allein in den Trümmern herumzulaufen. Ob sich Hella daran hielt, war äußerst fraglich. Allerdings hatte der Kripobeamte vermutlich recht: Warum sollte der übrig gebliebene Mann noch einmal Hella auflauern? Er konnte tatsächlich davon ausgehen, dass das Mädchen bei der Polizei längst gesagt hatte, was sie über die beiden wusste.

Martha nickte, als Edith ihr sagte, was ihr durch den Kopf ging.

»Das habe ich mir in etwa auch gedacht«, sagte sie erleichtert.

Dann zeigte sich wieder die steile Falte auf ihrer Stirn. Martha hatte noch weitere Sorgen.

»Meinst du, wir bekommen wegen den Butterscheinen noch mal Ärger mit der Polizei?«

»Das hängt vermutlich davon ab, ob der Kripomann der Sache nachgeht. Er ist ja eigentlich nicht dafür zuständig.«

Das hatte nichts zu bedeuten. Nach ihrer Erfahrung waren Beamte oft für irgendetwas nicht zuständig, wie dieser Verwalter im Milchhof, der der jungen Frau auf der Suche nach Milch für Säuglinge noch nicht einmal den Weg weisen wollte. Doch das hieß nicht, dass es umgekehrt genauso funktionierte: dass jemand, der nicht zuständig war, eine Sache auf sich beruhen ließ. Ganz im Gegenteil. Nachrichten wurden in Behörden weitergereicht, Listen wurden geführt, Karteikästen säuberlich auf dem neusten Stand gehalten. Das war zumindest vor nicht allzu langer Zeit so gewesen. Informationen wurden aufgenommen und weitergeleitet.

Sie dachte an ihren Vater, der auf dem Klavier Schumann-Lieder spielte, ihr aus den Märchen der Romantik vorgelesen hatte, sie in sein Labor mit den schimmernden Glasgefäßen mitgenommen hatte, damit sie ihm beim Pillendrehen zusah. Das Labor war ihre Sache nicht gewesen, eher die Bibliothek mit den in Leder gebundenen Bänden. Aber das war nur die eine Seite gewesen. Die Szene stand ihr wieder vor Augen. Sie saß im Hinterzimmer der Apotheke und schrieb Bestellungen, auch wenn es in den letzten Kriegsmonaten keine Medikamente für die Zivilbevölkerung mehr gab. Durch die Tür zum Vorderraum konnte sie ihren Vater sehen, den Kopf und Oberkörper weit über die Verkaufstheke geschoben, damit er besser hören konnte, was ihm der Mann auf der anderen Seite der Theke flüsternd erzählte. Zuerst hatte sie geglaubt, es ginge um irgendein Männerleiden, über das der Kunde nicht laut reden wollte. Doch dann war ein Name gefallen, und sie hatte begriffen, dass das Gespräch sich nicht um eine peinliche Krankheit drehte. »Er ist zwar erst siebzehn, aber recht ist das nicht, oder?«, sagte der Mann. Ihr Vater bemühte sich, dem Kunden zu erklären, dass es wirklich nicht recht war, auch wenn der Junge erst siebzehn war. »Wenn er eingezogen ist, dann soll er auch kämpfen. Da kann er nicht kneifen. Dienst ist Dienst«, erklärte er in demselben freundlichen Tonfall, in dem er sonst seinen Kunden erläuterte, dass sie nicht zu viel von den Abführpillen nehmen sollten. »Wo kämen wir denn sonst hin?« Daraufhin versprach er dem Kunden, sich der Sache anzunehmen.

Marthas Stimme holte sie ins Hier und Jetzt zurück.

»Dieser Polizist hat sich nicht für den Butterhandel interessiert«, bemerkte Martha. »Zumindest nicht dafür, was wir mit der Butter gemacht haben.«

In kleine Stücke geschnitten, abgewogen, fein säuberlich in Päckchen eingeschlagen, verkauft oder eingetauscht. Gegen Brot, ein Stück Seife, gegen ein paar Dachpappennägel. Der letzte Teil der Lieferung lag noch auf der Fensterbank von Marthas Schlafzimmer und wartete darauf, zerlegt zu werden. Dann war wohl Schluss mit dem Butterhandel. Sie müssten wieder etwas anderes finden.

»Ihm ging es immer nur um den Toten. Was für Geschäfte er mit Kasulke gemacht hat.« Sie seufzte. »Hoffentlich kriegen sie uns wegen der Butter nicht dran.«

Edith wechselte das Thema. »Was wollen wir denn mit der Butter machen, die wir noch haben? Wollen wir sie behalten?«

»Gute Butter wegschmeißen? Kommt überhaupt nicht infrage!«

Edith musste sich ein Grinsen verbeißen, als sie die Empörung in Marthas Stimme hörte. Natürlich warf man keine gute Butter weg. Natürlich sah man zu, dass es irgendwie weiterging.

»Dann warten wir einfach ab und hoffen, dass uns dieser Kripomann vergisst, oder?«

Martha sah sie an. Sie brauchte ihre Zustimmung und ein paar beruhigende Worte, um sich weniger Sorgen zu machen. Das kostete nichts, egal, ob sie selbst daran glaubte oder nicht. Edith glaubte nicht daran. Der Kripomann würde sie sicherlich nicht vergessen. Doch es nutzte nicht viel, sich im Vorneherein den Kopf zu zerbrechen. Die Dinge kamen einfach, und man machte das Beste daraus.

»Ja. Vielleicht haben wir ja Glück«, sagte Edith. »Schließlich sind wir ja ganz kleine Fische.«

So richtig überzeugend klang das nicht, fand Edith, aber Martha nickte.

40

Freitag, 22. März 1946

»Paul, da will dich jemand sprechen.«

Overdiecks Mutter klopfte an die Tür des Mansardenzimmers. Wie bei seinem letzten Besuch saß Overdieck am Tisch. Dietrichs setzte sich zu ihm.

Overdieck sah auf den ersten Blick aus wie immer. Sauber und sorgfältig angezogen, wieder in einem frisch gebügelten Hemd und einem Pullunder. Allerdings wirkte er erschöpfter als beim letzten Mal. Die Tage in seiner Mansarde fingen offenbar an, ihn zu zermürben.

»Haben Sie Steinhoffs Mörder fassen können?«, fragte er hoffnungsvoll, sobald seine Mutter den Raum verlassen hatte.

»Nein.« Die Hoffnung verschwand aus Overdiecks Gesicht.

»Wir haben zwei weitere Tote. Erich Kasulke, der Schwarzmarkthändler, für den Ihr Freund Steinhoff gearbeitet hat. Und vermutlich einer seiner Männer. Wir haben sie in einer Schrebergartenlaube gefunden.«

»Tatsächlich?«

Overdiecks Stimme klang müde und gleichgültig, aber der Schreck stand ihm ins Gesicht geschrieben.

»Wir gehen davon aus, dass sie jemand getötet und anschließend die Laube in Brand gesetzt hat. Beide Körper sind verbrannt, so dass sie kaum zu identifizieren sind.«

Dietrichs machte eine Pause. Sollte sich Overdieck in aller Ruhe und Ausführlichkeit die verkohlten Leichen vorstellen. Overdieck sagte erst einmal nichts. Schließlich fragte er: »Wissen Sie, wer es war?«

»Nein.«

Overdieck saß starr in seinem Stuhl und fixierte die Tischplatte.

»Was wissen Sie über Mahlke und Moormann?«, fragte Dietrichs.

»Sagt mir nichts.« Die Antwort kam wie aus der Pistole geschossen. Viel zu schnell, um wahr zu sein.

»Overdieck, wie wäre es, wenn Sie mal das Versteckspielen lassen und mir die ganze Geschichte erzählen?«

»Welche Geschichte?«

Overdieck schaffte es, einen Ausdruck gekränkter Unschuld auf sein Gesicht zu zaubern. Was hinter der gekränkten Unschuld lag, war unschwer zu erkennen: Angst. Seit Steinhoff tot war, verkroch Overdieck sich in seiner Mansarde. Anders als bei ihrem letzten Gespräch ahnte Dietrichs jedoch, wovor Overdieck sich fürchtete. Angst war ein hervorragender Hebel, um Menschen zum Reden zu bringen. Diesen Hebel würde er jetzt ansetzen.

Dietrichs stand auf und ging zur Tür.

»Wie Sie wollen.«

Mit der Hand auf der Klinke fügte Dietrichs hinzu: »Es ist nur eine Frage der Zeit, bis die Leute, die Sie mit falschen Ausweisen beliefern, Sie hier finden werden.«

Dietrichs hatte sich schon zum Gehen abgewendet und drehte Overdieck den Rücken zu. Er wartete. Overdieck war reif, es war nur noch eine Frage von Augenblicken. Schließlich hörte er hinter seinem Rücken einen tiefen Seufzer. Overdieck gab auf.

»Entschuldigen Sie, Herr Oberinspektor. Bitte setzen Sie sich doch wieder.«

Dietrichs wandte lediglich den Kopf und ließ die Hand an der Klinke.

»Hängt davon ab, was Sie mir zu erzählen haben.«

»Kommen Sie bitte und hören Sie zu.« Overdiecks Stimme klang fast flehentlich.

Dietrichs ging zaudernd, als sei er gar nicht sicher, dass es sich zu bleiben lohnte, zu dem Stuhl zurück und ließ sich mit einem leisen Stöhnen darauf fallen.

»Also, was war das für ein Geschäft, das Sie mit Kasulke aufgezogen haben?«

Paul Overdieck war irritiert.

»Nein, nicht mit Kasulke. Nur Heinrich und ich. Heinrich ist auf die Idee gekommen.«

Eine große Sache, wie Steinhoffs kleiner Bruder gesagt hatte.

»Was hatte denn Kasulke damit zu tun?«

»Nichts. Heinrich hat für ihn falsche Bezugsscheine transportiert. Butterbezugsscheine.«

Overdieck wusste doch eine ganze Menge und rückte nun damit heraus.

»Woher kamen die Scheine?«

Die Antwort kam prompt: »Von einem Beamten im Ernährungs- und Wirtschaftsamt.«

Eine Information, für die Kremnitz ihm dankbar sein würde. Dietrichs machte sich eine Notiz.

»Und Steinhoffs und Ihr Geschäft?«

»Irgendwann kam er mit der Idee, dass wir richtig was verdienen könnten. Steinhoff hatte immer gute Ideen. Er nannte das Unternehmergeist.«

Was hatte die Mutter gesagt? Die geborene Führernatur. Er konnte andere mitreißen. Bei Overdieck war ihm das offenbar gelungen.

»Für ihn keine Botengänge mehr. Für mich kein Amt, keine Papiere und kein Poschke mit seiner ewigen Nörgelei mehr. Ein eigenes Geschäft, wir zwei als Partner. Man muss nur etwas wagen.«

Dietrichs betrachtete Overdieck. Der junge Mann kam ihm vor wie ein eifriger Schuljunge, der von einem Geschäft in einer Trümmerlandschaft träumte. Dieses Mal schien er die Wahrheit zu sagen.

»Was für ein Geschäft?«

»Alkohol. Es gibt irgendwo auf dem Gelände der Zeche Präsident einen Stollen mit Alkoholvorräten. Ein Schnapsfabrikant hat da seinen Alkohol im Krieg gelagert. Bombensicher sozusagen.«

Vermutlich der Schnaps, den Grewe dabeigehabt hatte.

»Steinhoff und ich, wir hätten zusammen das Geschäft aufgezogen. Den Schnaps an Kneipen verkauft. Mit dem Gewinn selbst eine Wirtschaft aufgemacht. Ein paar Frauen zum Bedienen und so eingestellt. Wir hätten günstige Preise gehabt, denn wir hätten den Alkohol ja nicht zukaufen müssen. Günstige Preise, aber nicht übermäßig billig. Wer weiß, vielleicht hätte es bald für eine zweite Kneipe gereicht. Und dann für noch eine und noch eine. Eine ganze Kette.«

Bei der Erinnerung an den Gedanken strahlte Overdieck.

Schummrige Kellerkneipen in Ruinen, eine nach der anderen, die nächste von den Gewinnen der vorausgehenden finanziert. Dietrichs war verblüfft. Ihm ging ein derartiger Geschäftssinn ab.

Overdieck lächelte wehmütig. »Schnaps wird ja immer getrunken.«

»Wer hat Ihnen denn so ein großartiges Geschäft angeboten?«

»Zwei Männer. Die beiden hatten irgendwie den Eingang gefunden und wollten uns das Lager im Gegenzug für die Papiere überlassen. Steinhoff hat den einen von ihnen über einen Bekannten kennengelernt.«

Dietrichs dachte an die Beschreibung der Trinkrunden im »Stiefel«. Steinhoff war beliebt und gesellig gewesen.

»Wie sollte das Ganze laufen?«

»Steinhoff hatte vor, sich mit ihnen am Dienstagnachmittag auf dem Gelände zu treffen. Sie wollten ihm den Eingang zu dem Schnapslager zeigen, und er sollte ihnen erklären, wie sie an neue Ausweise kommen.«

»Wozu brauchten sie die Ausweise?«

»Lesen Sie keine Zeitung? Und meinen Sie, die beiden hätten mir das unter die Nase gerieben? Ich wollte es auch gar nicht so genau wissen.«

Die Angst stand Overdieck wieder ins Gesicht geschrieben.

»Und für die Ausweise waren Sie zuständig.«

»Ja. Hören Sie, Herr Oberinspektor. Könnte die Sache vielleicht unter uns bleiben? Meine Beteiligung ist nicht so ganz ...«

Er ließ den Satz im Raum hängen und sah Dietrichs aus blassblauen Augen verständnisheischend an. Waren sie jetzt nicht auf derselben Seite, jetzt, da er sich entschlossen hatte, die Wahrheit zu sagen? Nein, waren sie nicht, dachte Dietrichs.

»Gesetzeskonform, meinen Sie. Kommt drauf an, was Sie mir erzählen.«

»Na ja, viel habe ich mir nicht zuschulden kommen lassen. Versprechen Sie mir doch einfach, dass ich straffrei bleibe.«

Dieser Overdieck hatte vielleicht Nerven. Er hatte sie nach Strich und Faden belogen, und was ihn jetzt zu seiner Aussage trieb, war die nackte Angst vor den beiden Männern.

Mürrisch sagte er: »Das kann ich nicht, weil ich weder Richter noch Staatsanwalt bin. Erzählen Sie mir, was Sie mit Steinhoff geplant haben.«

»Ich habe neue Meldekarten ausgestellt, auf zwei neue Namen. Im Keller lagen noch alte Karten herum, schon ein bisschen vergilbt. Ich habe sie ausgefüllt.« Er lächelte schwach. »Und damit zwei neue Existenzen geschaffen. Quasi aus dem Nichts. Mit etwas Tinte und zwei Meldekarten.«

Dietrichs horchte auf. Ihm ging ein Vers durch den Kopf, aus irgendeinem von Emmas Gedichten. »Hier sitz ich, forme Menschen.«

»Sie haben neue Existenzen geschaffen? Wie ging das denn?«

»Im Grunde ganz einfach. Als 38 die Kennkarten eingeführt wurden, haben die Leute auf der Meldestelle ihre Anträge gestellt. Die Beamten haben sich die Geburtsurkunde vorlegen lassen, das Ganze mit den Meldeunterlagen abgeglichen und an die Passbehörde weitergeleitet. Die Kennkarten wurden ausgestellt, ein Doppel blieb in der Passstelle. Aber dort sind ja alle Papiere verbrannt.«

Das stimmte. Die Karteien der Passstelle waren im April 45 vernichtet worden. Auf Befehl des Führers, hieß es.

»Also bleiben nur noch die Unterlagen der Meldestellen in den Stadtteilen. Unsere Meldekarten, die sagen, dass jemand zwischen 38 und 45 eine Kennkarte bekommen hat. Und wenn es eine Meldekarte gibt, gibt es auch einen Menschen dazu. So einfach geht das.«

Overdieck schien seine Angst vergessen zu haben, er hatte sogar ein bisschen Farbe angenommen.

»Zwei Existenzen. Die darauf warten, dass jemand sich ihrer annimmt. In sie hineinschlüpft wie in einen neuen Anzug.«

Er lächelte versonnen.

Dasselbe hatte die Marheinecke auch gesagt, sie hatte über Kleidungsstücke und hineinschlüpfen geredet. Was diese Existenzen jedoch taten, wenn mal jemand in sie hineingeschlüpft war, darauf hatte Overdieck allerdings keinen Einfluss. Da konnte er bis in alle Ewigkeit dasitzen und sich einbilden, er schaffe Existenzen. Hier sitz ich, forme Menschen.

Trocken bemerkte Dietrichs: »Leider nicht ganz ungefährlich.«

Dann sagte er: »Die Namen waren Mahlke und Moormann.«

»Ja. Mahlke und Moormann.«

Overdieck klang dumpf, offenbar gefiel es ihm nicht, von den Erinnerungen an seine Schöpfertaten wieder in die Realität zurückzukehren.

»Der Plan war, dass Heinrich den Männern die Namen und Adressen gibt und sie danach zu mir ins Amt kommen, um einen dieser neuen sogenannten Personalausweise zu beantragen. Sie sagen ihren Namen, ich ziehe die Meldekarten. In Bochum gemeldete Personen. Ich schaue mir ihre alten Ausweise an.«

»Sie werden doch keine Ausweise mit den neuen Namen haben.«

»Vielleicht ja. Eine stümperhafte Fälschung vom Schwarzmarkt. Vielleicht nein. Ein alter Ausweis mit einem verwischten Namen.«

Nach kurzem Zögern fuhr er fort: »Am letzten Mittwoch waren sie tatsächlich da, erst der eine, dann der andere. Ein kleiner Nervöser und ein großer Kerl mit guten Manieren. Beide mit einer dilettantischen Fälschung. Irgendeine gestohlene Kennkarte, die sie notdürftig verändert haben. Mit der Rasierklinge den Namen ausgekratzt, einen neuen draufgesetzt, die Tinte verwischt. Aber selbst wenn sie mit einer Karte aus der Leihbücherei aufmarschiert wären, hätte ich den Antrag weitergeleitet.«

Overdieck seufzte.

»In zwei Wochen sind die neuen Ausweise da. Echte Personalausweise der britischen Zone, graugrün und mit hübschen Spiralen darauf.«

Die neuen Ausweise zierte eine Umrandung mit einem schwarzblauen Muster, der Schriftzug »Britische Zone« war von einem großen und zwei kleinen Kreisen umgeben, die ihrerseits wieder ein kompliziertes Muster aus Kreisbögen aufwiesen, das einem Fälscher Schwierigkeiten bereiten sollte.

»Und Ihr Kollege hat nichts gemerkt?«

»Poschke? Nein. Sie haben mit ihm gesprochen, oder?«

Dietrichs antwortete nicht.

»Haben Sie sicher. Na, egal. Wenn alles glattgegangen wäre, hätte Poschke nie etwas mitbekommen. Die Namen mit M werden von mir bearbeitet, und die Karteikästen sind ganz unten, da schaut er nie rein. Und selbst wenn.«

Dietrichs erinnerte sich daran, wie Poschke sich ächzend gebückt hatte und nur unter Mühen die unteren Karteikästen aufgezogen hatte. Tatsächlich war ihm an den Meldekarten nichts aufgefallen.

»Wieso haben Sie den beiden eigentlich die Ausweise ausgestellt? Zu dem Zeitpunkt war Steinhoff ja schon tot.«

»Das wusste ich nicht. Wir hatten zwar verabredet, dass er mich anruft, wenn alles gelaufen sein würde. Weil das Telefonnetz ohnehin nicht richtig funktioniert, habe ich angenommen, dass sein Anruf nicht durchgekommen ist, und die Anträge weitergeleitet. Das Geschäft sollte ja laufen. Später habe ich dann gehofft, sie lassen mich in Ruhe, wenn alles seinen geregelten Gang geht und sie die Ausweise bekommen.«

Düster sagte er: »Doch danach sieht es ja nicht aus. Steinhoff ist tot, und jetzt hat es auch diesen Schwarzmarkthändler erwischt.«

»Und Heinrich? Was sollte er tun?«, fragte Dietrichs.

»Er sollte den beiden Männern die Namen, die Adressen und so weiter bringen, damit sie in der Meldestelle den richtigen Antrag stellen können. Geplant war, wie gesagt, dass sie ihm das Schnapslager zeigen.«

Dietrichs dachte an den Notizzettel mit den beiden Adressen in Steinhoffs Manteltasche.

»Warum hat Steinhoff eine Abschrift der Namen und Adressen behalten?«

Overdieck blickte überrascht auf.

»Hat er das? Wieso?«

»Ein Zettel mit den Adressen wurde in Steinhoffs Manteltasche gefunden.«

Und war nun wahrscheinlich mit Kasulke verbrannt, fügte Dietrichs in Gedanken hinzu.

»Davon weiß ich nichts. Was er wohl mit den Adressen wollte?«

Dietrichs schwieg.

Overdieck überlegte, dann schien ihm ein Licht aufzugehen. Er blickte aus dem Fenster in die Ferne und nickte sich selbst entschlossen zu. Dietrichs merkte, dass Overdieck ihm wieder entglitt. Scharf sagte er: »Was wollte er damit?«

»Ich weiß es nicht genau.« Er sprach wieder in seinem bedächtigen Tonfall. »Sich Sicherheit verschaffen, vielleicht. Es ist ja gefährlich, über die neuen Identitäten Bescheid zu wissen, oder? Zumindest ist irgendetwas schiefgegangen. Furchtbar schiefgegangen.«

Das konnte man wohl sagen. Heinrich Steinhoffs Plan vom großen Geschäft war furchtbar schiefgegangen.

41

Nacht von Samstag auf Sonntag, 23./24. März 1946

Das war jetzt schon die zweite Nacht, die er sich auf dem Zechengelände um die Ohren schlug. Samstagabend. Früher hieß das ein oder zwei Bier für ihn, ein Glas Wein für Emma. Doch das war lange vorbei, und so war es Dietrichs egal, dass er am Samstag in einem halb verfallenen Schuppen saß. Ansonsten hätte er den Abend ohnehin mit seiner Eisenbahn verbracht, Wochenende hin, Wochenende her. Dietrichs sah auf das Gerüst des Förderturms, es war nach einem Bombenangriff eingeknickt wie ein Bündel Strohhalme. Das Förderrad war aus seiner Halterung gesprungen und hing auf halber Höhe, nur noch gehalten von dem Förderseil. Irgendwann hatte er mal kurz daran gedacht, für seine Eisenbahn eine Zechenanlage nachzubauen, mit Förderturm, Abraumhalde und Gleisanlagen, doch hatte er den Gedanken schnell verworfen. Es reichte, wenn er Schlote, Halden und Fördertürme in natura sah, da brauchte er sie nicht noch auf seiner Platte. Ein paar schwarzbunte Kühe, grünes Gras und ein sauberer Kleinstadtbahnhof waren ihm weitaus lieber.

Er verkroch sich tiefer in seinen Mantel. Zwischen den übrig gebliebenen Wänden des Schuppens war er quasi unsichtbar, aber er hatte einen guten Überblick. Kremnitz hatte ein gutes Stück entfernt von ihm Stellung bezogen und beobachtete den Einstieg in den Luftschacht von der anderen Seite. Stratmann dagegen war nahe bei den Zechengebäuden positioniert. Wer immer über den Pfad zu dem Luftschacht ging, musste an ihm vorbei.

Vielleicht hatten sie ja in dieser Nacht mehr Glück, und sein Plan ging auf. Grewe mauerte weiter beharrlich, auch wenn Overdieck ihn ohne Zögern als einen der beiden Männer identifiziert hatte, die im Meldeamt einen neuen Ausweis beantragt hatten. »Das ist er. Auf jeden Fall. Sind Sie sicher, dass er mich durch die Scheibe nicht sehen kann?« Dietrichs hatte ihn beruhigt und ihm erklärt, dass niemand ihn in dem abgedunkelten Raum sehen könne. Bei dem anschließenden Verhör hatte Grewe nur die Lippen eingezogen und aufeinandergepresst. Er war stumm wie ein Fisch geblieben.

Nach Grewes geflüchtetem Kumpel wurde gefahndet. Sie überwachten die Bahnhöfe; in der britischen Zone hatten alle Polizeireviere seine Beschreibung. Bislang ohne Erfolg. Einen Treffer hatten sie allerdings gelandet, und deshalb saß er jetzt hier. Sie hatten das Schnapslager gefunden, das Grewe und sein Kumpan Steinhoff im Tausch gegen die Ausweise angeboten hatten. Genauer gesagt, Stratmann hatte es gefunden. Wie ein Spürhund war er über das Gelände geschnürt, den Kopf mit dem langen Hals nach vorne gereckt, bis er plötzlich stehen geblieben war. Er hatte an einer Stelle zwischen den Schutthaufen eine ganze Menge Gestrüpp zur Seite gezerrt, und darunter war ein gemauerter Einstieg zu den Stollen aufgetaucht. Stratmann war sofort hinuntergeklettert. Dietrichs war ihm gefolgt, und sie hatten beachtliche Schnapsvorräte gefunden. Kremnitz war hellauf begeistert. Über vierzig Kisten mit hochprozentigem Alkohol. Ein solches Lager ließ man nicht ohne Weiteres im Stich. Dietrichs hatte Kremnitz erklärt, dass der Besitzer des Lagers möglicherweise wiederauftauchen würde, sie müssten nur auf ihn warten.

Und genau das taten sie jetzt. Dietrichs starrte weiter in das Dunkel hinaus. Das Gelände wurde nur von dem Licht des Stahlwerks auf der anderen Seite der Gleise etwas erhellt, und manchmal, wenn die Wolken sich wegschoben, kam noch ein bisschen Mondlicht hinzu. Was an dem Nachmittag auf dem Zechengelände passiert war, wussten sie nur zum Teil. Steinhoff hatte die beiden Männer getroffen. Bei dem Treffen musste Steinhoff ihnen die Adressen übergeben haben, sonst wären Grewe und Lindemann nicht am folgenden Morgen auf der

Meldestelle aufgekreuzt, um die Ausweise zu beantragen. Ob die beiden Steinhoff im Gegenzug das Lager gezeigt hatten, war hingegen unklar. Genauso wie das, was danach geschehen war. Später, gegen halb sechs, hatte Hella Schrader den sterbenden Steinhoff gefunden, und Grewe und sein Kumpan hatten sie beobachtet. Dazwischen klaffte eine Lücke.

Den beiden musste daran gelegen sein, dass möglichst wenige Leute von ihrer neuen Identität wussten. Das mochte Steinhoffs Tod erklären. Aus demselben Grund waren sie vermutlich hinter dem Mädchen her und wollten unbedingt wissen, was der sterbende Steinhoff als Letztes gesagt hatte und ob die Adressen in Steinhoffs Mantel vielleicht einen Hinweis auf ihre neue Identität lieferten.

Aber was hatte Kasulke mit alldem zu tun? An dem Handel mit den Adressen war er nicht beteiligt. Steinhoff hatte für ihn nur die Butterscheine transportiert. Möglicherweise wollte er an dem lukrativen Schnapshandel mitverdienen.

Wer brauchte falsche Ausweise? »Lesen Sie keine Zeitung?«, hatte Overdieck gefragt. Natürlich las er Zeitungen. Doch um zu wissen, was Overdieck meinte, war es nicht nötig, die Zeitung zu lesen. Es reichte aus, Radio zu hören, wo immer wieder über Prozesse berichtet wurde, nicht nur die der Nazi-Größen in Nürnberg, sondern auch über diejenigen, in denen es den kleinen Mördern an den Kragen ging, gegen den Verwaltungsleiter eines Kinderheims, der die Kinder von polnischen Zwangsarbeiterinnen verdursten und erfrieren ließ, gegen die Krankenpfleger, die in einem KZ russischen Kriegsgefangenen Benzin injiziert hatten, gegen andere, die Kinder mit Tuberkulose-Erregern angesteckt hatten. Oder noch nicht einmal das. Es reichte, den geflüsterten Gesprächen im Präsidium zu lauschen. Welcher Beamte der Gestapo sich abgesetzt hatte und wo er nun angeblich unter neuem Namen lebte.

Dietrichs seufzte. Vermutungen und Hypothesen. Was er nicht hatte, waren Beweise. Zeugenaussagen, Geständnisse.

Er stand auf und streckte die Beine, die vom langen Sitzen auf einem flachen Trümmerblock steif waren.

Auf dem Hof vor der Kohlenwäsche, nahe bei den Bahngleisen, an die hundert Meter entfernt von seinem Posten bewegte sich etwas. Dietrichs konnte die Umrisse in dem hellen Hof erkennen: eine schlanke, nicht allzu große Gestalt, die den Pfad über das Trümmerfeld einschlug.

Dietrichs straffte sich. Die Gestalt kam auf ihn zu. Manchmal war sie auf dem Pfad nicht zu sehen, wenn sie in die tiefen Schatten von Ruinen und Schuttbergen eintauchte. Dann wieder war sie klar und deutlich zu sehen, wenn sie in die hellen, vom Mondlicht beleuchteten Abschnitte trat. Für Grewes Kumpan war sie zu schmächtig. Hella Schrader hatte von einem großen Mann gesprochen. »Ein bisschen wie ein Bär.« Von einem Bären hatte die Gestalt auf dem Pfad nichts. Eher ähnelte sie einem Terrier. Klein und relativ flink. Ein Junge oder ein junger Mann den Bewegungen nach zu urteilen. Aber auf dem Zechengelände hatte er um diese Uhrzeit nichts verloren.

Ein gutes Stück, vielleicht dreißig Meter, vor Dietrichs Schuppen blieb er stehen. Er schien zu spähen und zu lauschen. Er musste gerade an Stratmann vorbeigekommen sein, hoffentlich hatte Stratmann mit seinem Feuereifer sich nicht irgendwie bemerkbar gemacht.

Der junge Mann machte einen unentschlossenen Eindruck. Er drehte sich um die eigene Achse, schaute in alle Richtungen. Schließlich ging er weiter. Doch diesmal waren seine Bewegungen langsamer, er sah sich beim Gehen um. Irgendetwas hatte ihn misstrauisch gemacht. Vielleicht Stratmann, vielleicht aber auch ein Geräusch oder ein Lichtreflex. Auf jeden Fall witterte er auf dem Gelände eine Bedrohung.

Er passierte Dietrichs' Platz in dem Schuppen. Dietrichs hätte ihn mit einem Satz greifen können. Ein Junge eher als ein junger Mann. Sein Gesicht konnte Dietrichs in der Dunkelheit nicht sehen. Mal sehen, wohin du willst, dachte Dietrichs und ließ ihn vorbeigehen, ohne sich zu rühren.

Nach ein paar Metern blieb der Junge abermals stehen und blickte sich wieder um. Er machte nur eine Bewegung, eine kleine Wendung des Oberkörpers, kaum wahrzunehmen. Aber es reichte. Dietrichs sah die Bewegung und wusste, was sie bedeutete: Gefahr, ich verschwinde schleunigst von hier. Er trat aus seinem Schuppen, hob seine Waffe und rief: »Stehen bleiben, Polizei. Oder ich schieße.«

Der Junge reagierte blitzschnell. Er duckte sich für einen kurzen Moment und hastete auf dem Pfad weiter davon. Dietrichs fluchte und schoss. Hoch und weit, über den Jungen hinweg, in der Hoffnung, dass der Junge stehen bleiben würde. Doch der dachte nicht daran. Er rannte über den Pfad und bog dann in einem scharfen Bogen auf das Trümmerfeld zu seiner Rechten ein. Dietrichs war klar, dass er ihn nicht mehr erwischen würde. Der Junge lief weitaus schneller als er. Er hätte ihn packen sollen, als er an ihm vorbeigegangen war.

Kremnitz kam zu ihm hinüber. Dietrichs erklärte, was er gesehen hatte.

»Warum hast du nicht noch mal geschossen?«

»Soll ich ihn erschießen? Nur weil er hier nachts unterwegs ist?«

»Immerhin ist er getürmt, oder?«

Dietrichs schüttelte den Kopf. Das war auch kein Grund. So hatte er das zumindest in den zwanziger Jahren nicht gelernt. »Verhältnismäßigkeit der Mittel« hieß das damals.

»Kein Grund, ihn zu erschießen«, gab er zurück.

Kremnitz zuckte die Schultern.

»Na ja, es war ja ohnehin nicht unser Mann.«

Damit war für Kremnitz die Angelegenheit erledigt. Dietrichs ärgerte sich. Der Junge war zum Greifen nah gewesen, aber durch sein Zögern war er entkommen. Er hätte zu gerne gewusst, was ihn in dieser Nacht auf das Gelände getrieben hatte.

42

Samstag, 23. März 1946

Samstagabend. Ausgehzeit. Edith fischte mit einem kleinen Pinsel die allerletzten Reste aus ihrem Lippenstift und verteilte sie vorsichtig auf ihren Lippen. Sie zog die Strumpfnähte gerade, bis sie schnurstracks an der Rückseite ihrer Beine hinunterliefen. Sie musste den Rücken verrenken, um das Ergebnis zu betrachten, denn einen großen Spiegel, in dem sie sich komplett hätte begutachten können, gab es in Marthas Wohnung nicht. Soweit sie sehen konnte: alles bestens, zumindest in Anbetracht der beschränkten Möglichkeiten.

Dann machte sie sich auf den Weg Richtung Innenstadt. Auf den Straßen waren immer noch Leute unterwegs, die meisten von ihnen damit beschäftigt, ihr Überleben zu organisieren. Sie zogen Bollerwagen durch die Gegend, standen an, manche drückten sich auch in Hauseingängen herum, um Geschäfte abzuwickeln, oder sie warteten auf die Straßenbahnen, die rappelvoll die Haltestellen anfuhren. Und sie liefen. Wer etwas brauchte, etwas suchte oder nur jemand anderem etwas sagen wollte, der lief, wenn er nicht gerade Glück hatte und eine der wenigen Straßenbahnen in seine Richtung fuhr.

Edith lief auch, beschwingt und gut gelaunt. Die Handtasche an ihrem Arm pendelte im Rhythmus ihrer Schritte. Die Buttergeschichte schien sich in nichts aufgelöst zu haben, die zwei Männer waren verschwunden, der eine war verhaftet worden, der andere war längst über alle Berge, wie der Polizeiinspektor Martha versichert hatte. Die Polizei machte keine Anstalten, sie wegen der Butterbezugsscheine zu bedrängen. Allem Anschein nach waren sie noch einmal davongekommen – darüber zu grübeln, warum dem so war und ob wirklich nichts mehr geschehen würde, lohnte sich nicht. Erst recht nicht heute Abend. Heute Abend ging sie aus. Wieder einmal. Ihr persönliches Fest.

Edith brauchte zwanzig Minuten, bis sie am Ziel war. Das Trümmergrundstück in der Nähe des Nordbahnhofs war eins wie viele andere, Schutt und eine übrig gebliebene Mauer, ein paar Stufen, die in die noch intakten Kellerräume führte. Vor den Stufen allerdings standen Menschen in kleinen Gruppen, die Frauen sorgfältig zurechtgemacht, die Haare zu glänzenden Tollen gedreht, die Männer in Anzügen, die Hände in den Hosentaschen vergraben, eine Zigarette nonchalant im Mundwinkel. Sie plauderten angeregt, die Frauen ein wenig spitzig, eine halbe Oktave höher als im Alltag, die Männer sonor und weltläufig, als hätten sie alles im Griff und könnten bei Bedarf der Angebeteten die Welt zu Füßen legen.

Heinz, der findige Wirt, hatte die Kellerräume ausgebaut. Er hatte Wände durchbrechen lassen – auf das bisschen Schutt kam es jetzt auch nicht mehr an – und damit eine große Tanzfläche geschaffen. Hier traf sich alles, was Vergnügen suchte. Heimgekehrte Soldaten, Arbeiter und Angestellte, viele junge und nicht mehr ganz so junge Frauen, und seit die Fraternisierungsverbote gelockert worden waren, auch britische Soldaten.

Heinz, von dem alle nur den Vornamen kannten, hatte eine Tanzkapelle aufgetan. Er hatte Musiker gefunden und sie nicht lange überreden müssen, in seinem Lokal zu spielen. Die Bezahlung erfolgte in Zigaretten, und der Klarinettist hatte ihr erzählt, dass er vor dem Krieg in einem klassischen Orchester gespielt habe. »Aber was willst du? Es bringt Geld, und Spaß bringt es auch.« Auf beides kam es ohne Frage an.

Als Edith den Kellerraum betrat, konnte sie auf den ersten Blick nichts sehen. In der Luft lag dicker Tabakdunst, und die Beleuchtung war eher spärlich. Ein knappes Dutzend Glühbirnen hing von der Decke herab. Heinz hatte sie bunt anmalen lassen, so dass der Qualm rot und gelb schimmerte und jedem Neuankömmling klarmachte, dass er in einer anderen Welt angekommen war, weit entfernt von dem Schutt und den Sorgen oben auf dem Bürgersteig.

Edith suchte sich einen Sitzplatz nah bei der Tanzfläche und schaute sich um. Ein Pulk von jungen Frauen an der Bar, herausgeputzt wie sie, ein paar Männer, ein Trupp britischer Soldaten. Ein schmaler junger Mann, der offenbar seinen Unterarm verloren hatte, trank mit zwei anderen, ein älterer saß am Ende des grob gezimmerten Tresens und hielt ein schweres Glas in den langen, schmalen Fingern. Sie winkte dem Kellner hinter dem Tresen zu, und er brachte ihr etwas zu trinken.

Der Schnaps war nicht ganz so gut wie Kasulkes Selbstgebrannter, doch tat er brav seine Wirkung. Nach ein paar Schlucken breitete sich eine warme Welle in ihrem Körper aus, sie begrüßte sie wie einen alten Freund und lehnte sich auf dem Stuhl zurück. Die kleine Tanzkapelle spielte Swing. Niggerjazz, wie der Reichspropagandaminister es noch vor einem Jahr genannt hatte. Edith hörte zu. Das Schlagzeug gab mit scharfem Blechton den drängenden Rhythmus vor, das Piano folgte munter mit einigen Volten. Immer wieder der Stoß einer Posaune, die wie ein Blitz dazwischenfuhr. Eine Klarinette schien über allem zu schweben, weich und kratzig zugleich.

Nach einer Weile stand einer der Engländer vor ihr, ein hochgewachsener Kerl, der sich vor ihr verbeugte. Edith erhob sich. Engländer waren hier das Glückslos. Wer sich einen Engländer angelte, konnte auf Zigaretten und Cadbury-Schokolade hoffen. Wer sehr viel Vertrauen in die Zukunft hatte, hoffte sogar darauf, dass John oder James einen mitnahmen in ihr Land, in dem es weit weniger Trümmer und Ruinen zu geben schien als hier. Stattdessen sanft gewellte Hügel und Dörfer mit malerischen Rosengärten, wie eine der Frauen beim letzten Mal geschwärmt hatte. Ein John oder ein James galten mithin als Haupttreffer.

Ihr hatte vor einiger Zeit ein Stephen drei Stangen Binford beschert, die sie über einige Wochen gebracht hatten. Drei Stangen Binford und ein, zwei Handvoll gelungener Nächte, in denen sich ihr Körper gestreckt, gewunden und sich auf angenehme Weise warm und lebendig angefühlt hatte, so warm und lebendig, dass alles ringsum verschwand. Stephen war wie durch eine Drehtür in ihr Leben gekommen, mit raschem Schwung, an einem Abend in der Tanzbar. Mit einer genauso schnellen Bewegung war er wieder daraus verschwunden, weil er versetzt wurde. Good bye, farewell und ein leiser Stich.

Sie tanzte mit dem hochgewachsenen Briten. Der Mann war kein schlechter Tänzer, er führte gut und roch gut, nach Seife und Tabak. Nach dem Tanz machte er Anstalten, sich an ihrem Tisch niederzulassen, und winkte den Kellner heran. Edith lehnte ab. Sie hätte nicht auf Anhieb sagen können, woran es lag. Er redete, nicht viel, jedoch genug, dass von Unhöflichkeit oder Grobheit nicht die Rede sein konnte. Vermutlich lag es an seiner Art, sich zu bewegen, die Art, wie er ihren Arm beim Tanzen hielt, sein Feuerzeug herausholte, um ihr Feuer zu geben – als ob sein Körper eine Maschine wäre, die er gekonnt steuerte, immer jedoch in der Furcht, dass sie ihm aus dem Ruder laufen könnte.

Der Brite nahm ihr die Abfuhr nicht übel und kehrte zu seinen Kameraden zurück. Einen Moment später sah Edith, dass er erneut Witterung aufnahm: Er musterte den Pulk junger Frauen an der Bar.

Vor ihr verbeugte sich ein Neuer, sie tanzte. Und trank. Wurde eingeladen, nahm an, tanzte, drehte sich. Bekam Blicke zugeworfen und schaute zurück. Tauschte Zigaretten gegen ein Glas Whisky. Rauchte. Bekam Zigaretten angeboten.

Als sie nach einer Weile ein Glas Wasser hinunterstürzte, fing sie den Blick des Einarmigen auf. Spöttisch und provokativ.

Sie schaute zurück und wandte dann langsam den Kopf ab, hob das Kinn und bot ihm ihre Halslinie zur Ansicht an. Sieh her, ich zeige dir meine verletzliche Stelle. Archaischer Gestus, du bist der Jäger, ich bin die Beute. Auf das Archaische war Verlass, der junge Mann grinste und schaute dann betont in die Gegenrichtung. Einen Augenblick später fing sie wieder seinen Blick auf. Jetzt war es an ihr, spöttisch zurückzuschauen. Kurz darauf wurde die Blicklinie unterbrochen. Der ältere Mann, der allein am Tresen gesessen hatte, kam auf sie zu und bat sie, mit ihm zu tanzen. Sie stand auf und folgte ihm, der jüngere sah ihnen zu, bis sie in der Masse auf der Tanzfläche verschwanden. Wenig später tanzte er mit einer Blondine vorbei, über ihre Schulter warf er ihr einen langen Blick zu, bis sein Gesicht wieder mit einer Drehung in der Menge verschwand.

Nach anderthalb Stunden machte die Kapelle Pause. Jetzt kam die Stunde von Heinz. Heinz legte Platten auf. Auch die hatte er organisiert. Er fing mit Evelyn Künneke an, die fragte, ob man schon mal im Dunklen geküsst habe. Hatte sie, dachte Edith, und wer es nicht hatte, würde es sehr wahrscheinlich heute noch tun. Die Andrew Sisters sangen »Bei mir bistu shein«. »Wirklich schmissig«, kommentierte eine Frau in den Dreißigern, als die ersten Takte erklangen. Edith schoss kurz durch den Kopf, woher das Lied kam und dass jetzt wahrscheinlich kaum jemand mehr »shein« sagen konnte.

Dann holte Heinz seine Schätzchen hervor. Platten, die er auf krummen Wegen aus der amerikanischen Besatzungszone bekam: Heute kam er mit einer neuen Version von »Bei mir bistu shein« um die Ecke. Kräftiger und widerspenstiger, manchmal schien die Sängerin mit den Posaunen um die Wette zu singen, oder sie sang, als ob sie selbst ein Instrument wäre. Edith hörte fasziniert zu.

Die Tanzkapelle kehrte zurück und legte wieder los. Der Junge mit dem abhandengekommenen Unterarm schaute wieder herüber, Edith schaute zurück und hielt den Blick. Keine Jagdspielchen mehr. Hier bin ich und stelle mich. Und dabei stelle ich auch dich. Auch das wirkte.

Beim zweiten Lied kam der junge Mann auf sie zu, weitaus staksiger, als er beim Tanz mit der Blondine gewirkt hatte. Der fehlende Unterarm schien ihn ein wenig aus dem Gleichgewicht zu bringen, immer wenn er den rechten Fuß aufsetzte, ging ein Stocken durch seinen Körper.

Er forderte sie auf. Er griff ihre linke Hand und zog sie auf die Tanzfläche. Sie zögerte einen Moment, bevor sie ihre Hand auf seine Schulter legte.

Sie war noch nüchtern genug, um festzustellen, dass er tanzen konnte. Sein Körper war beweglich, weitaus beweglicher, als sein unbeholfener Gang vermuten ließ, leicht und gleichzeitig präzise skandierte sein Körper den Rhythmus. Edith hielt mit. Sie tanzten, als ob da draußen nicht eine zerstörte Stadt läge. Als ob es keinen Hunger gäbe. Als ob sie nicht ein Stück Strandgut wäre, das nicht wusste, wohin. Als ob es nicht darum ginge, ihre Erinnerungen in Schach zu halten. Einen Moment dachte sie noch, dass ihr das Ganze ausnehmend gut gefiel, dann dachte sie gar nichts mehr.

Um sie herum glänzende Augen, verschwitzte Gesichter, wogende, zuckende Körper, bald verschwammen Musik, Tänzer, Licht zu einer diffusen, pulsierenden Masse.

Sie tanzten, gerieten außer Atem, tranken, tanzten wieder.

Die Rhythmen wurden langsamer. Sie bewegten sich Schulter an Schulter, Wange an Wange. Sie hätte nicht sagen können, ob er ihre Bewegungen vorausahnte und vorwegnahm oder ob sie ihm folgte, weil es ohnehin das war, was sie vorhatte. Inzwischen hatte die Tanzkapelle aufgehört, und Heinz legte wieder auf. Ein Paar sang ein Duett, der kräftige, etwas raue Alt, der ihr schon vor einer Weile gefallen hatte, und ein tiefer Bass: *You won't be satisfied until you break my heart*, sangen die beiden im Wechsel. Edith rückte noch enger an den Mann. *You won't be satisfied until the tear drops start.* Es war ein schönes und trauriges Lied über die Liebe, es meinte sie, aber es meinte natürlich noch mehr alle Paare oder noch genauer: die Liebe an sich, und das war gut so, weil man so herrlich in dem allgemeinen, großen Gefühl verschwand, das die beiden da so gekonnt besangen, dachte Edith vage.

Sie brachen zusammen auf, als der Wirt die Sperrstunde ausrief.

43

Dienstag, 26. März 1946

Auch nach zwei weiteren Nächten war Grewes Kumpan nicht auf dem Zechengelände aufgetaucht, und sie hatten die Bewachung schließlich abgeblasen. Vermutlich war der Mann schon längst über alle Berge. Trotzdem sah die Sache an diesem Dienstagmorgen besser aus. Dietrichs war fast gut gelaunt, als er den Mann im Vernehmungsraum begrüßte.

»Guten Tag, Herr Jahnke.«

Auf dem Gesicht des Mannes im Vernehmungsraum zeigte sich einen Moment lang Verblüffung.

Er entgegnete unwirsch: »Grewe, ich heiße Grewe. Jeden Tag kommt ihr mit neuen Geschichten. Vor ein paar Tagen wolltet ihr mir einen Mord anhängen, jetzt kommt ihr mit einem falschen Namen.«

Dietrichs entgegnete ruhig: »Ich glaube nicht, dass wir per Du sind, Jahnke.«

Er betrachtete den Hemdkragen seines Gegenübers, er mochte ihm nicht ins Gesicht schauen und das Mienenspiel falscher Empörung darin sehen. Die Empörung in der Stimme allerdings war nicht zu überhören.

»Hören Sie mit diesem Namen auf. Ich heiße Grewe.«

Dietrichs warf einen Blick zu Gibbson hinüber. Der Brite ähnelte heute mehr denn je einer holzgeschnitzten Statue. Er saß regungslos auf seinem Stuhl und tat so, als sehe er bei einem Schauspiel zu, das ihn gar nichts angehe. Aber er würde mitspielen.

Neben Dietrichs hatte Adelheid Beckmann Platz genommen, vor sich einen Stenoblock, dessen oberste Seite bislang fast leer war.

Dietrichs sagte in die Stille: »Und weil Sie Grewe heißen, haben Sie auch einen neuen Ausweis auf den Namen Mahlke beantragt.«

»Ich hab' keinen Ausweis beantragt. »

»Haben Sie, Jahnke, haben Sie. Dafür gibt es Zeugen.«

»Zeugen können sich irren.«

Jahnke blickte ihn an, das Kinn vorgereckt, bereit, die nächste Frage oder den nächsten Vorwurf abzuschmettern.

Dietrichs sah Jahnke kurz ins Gesicht und ließ dann den Blick zu einer zwei Daumen dicken Akte wandern, die vor Gibbson auf dem Tisch lag. Jahnke nahm ebenfalls die Akte ins Visier.

»Könnten Sie so freundlich sein, Captain, und mir die Unterlagen herüberreichen?«

Wortlos schob Gibbson ihm die Akte zu. Jahnkes Augen folgten dem grauen Aktendeckel mit dem Blick eines hypnotisierten Kaninchens. Als er jedoch bemerkte, dass Dietrichs ihn dabei beobachtete, riss er seinen Blick los.

Dietrichs schlug die Aktenmappe mit dem Emblem der amerikanischen Streitkräfte auf und strich die erste Seite glatt. Lesen musste er die Schriftstücke nicht mehr, er wusste genau, was dort vermerkt war.

»Sie sind Günther Jahnke, geboren 1913 in Bochum.«

»Nee, bin ich nicht. Ich weiß nicht, woher Sie diesen Blödsinn haben.«

»Sie haben von April 1929 bis zum April 1931 im Bergmannsheil eine Lehre als Krankenpfleger gemacht.«

Der Bleistift von Adelheid Beckmann fuhr über das Papier.

»Nee, hab ich nicht. Wovon reden Sie überhaupt? Ich war nie im Bergmannsheil. Noch nicht mal als Patient.«

»Ihnen wurde bescheinigt, dass Sie Ihre Arbeit zufriedenstellend erledigt haben. Nach Beendigung Ihrer Lehre verließen Sie das Krankenhaus.«

»Alles Quatsch.«

»Wir haben eine Personenbeschreibung, die auf Sie passt. Außerdem ein Foto.«

Dietrichs entnahm der Akte eine Fotografie. Jahnke war, obwohl einige Jahre jünger und glatt rasiert, darauf deutlich zu erkennen und trug einen hellen Kittel. Er hatte den Arm um die Schultern eines anderen Mannes, offensichtlich eines Kollegen, geschlungen. Beide hatten eine Bierflasche in der Hand und schauten in die Kamera. Beide zeigten mit breitem Lachen ihre Zähne, die des rechten waren klein und quadratisch, wie bei dem Mann im Verhörraum.

Dietrich beugte sich über den Tisch und legte das Foto vor Jahnke. Dieser warf einen Blick darauf.

»Das bin ich nicht. Alles Blödsinn. Aber Sie glauben mir ja doch nicht.«

Sein Ton war anklagend. Er richtete sich auf, stemmte die Hände auf den Tisch und wollte sich erheben.

»Kriegen Sie sich wieder ein, Jahnke. Wir fangen gerade erst an.«

Jahnke presste seinen Rücken an die Stuhllehne und musterte Dietrichs mit vorgeschobener Unterlippe.

»Sie haben anschließend in drei weiteren Krankenhäusern gearbeitet. Zweimal sind Sie wieder entlassen worden, wegen Unregelmäßigkeiten. Danach haben Sie in den Heil- und Pflegeanstalten für Geistesschwache gearbeitet, zuerst in Dortmund-Aplerbeck.«

»Was erzählen Sie da? Ich habe keine Ahnung, wie Sie auf einen derartigen Käse kommen können. Sie verwechseln mich. Wie oft soll ich das noch sagen?«

Dietrichs hob den Blick von der Akte.

»Schweigen Sie und hören Sie mir zu.«

Dietrichs fuhr fort: »Danach gingen Sie nach Hessen, von 1939 bis zum Kriegsende haben Sie in den Anstalten in Hadamar gearbeitet.«

Jahnke begnügte sich diesmal mit heftigem Kopfschütteln.

»Laut dem amerikanischen Militärstaatsanwalt wird Ihnen zur Last gelegt, an der Ermordung von polnischen und sowjetischen Zwangsarbeitern beteiligt zu sein. Gegen Sie, Herr Jahnke, liegt ein Haftbefehl vor. Ebenso wie gegen den Oberarzt der Anstalt, Dr. Gotthilf Banse, und zwei Krankenschwestern. Der erste Teil des Prozesses ist, wie Sie sicherlich wissen, vorüber. Die Amerikaner haben bei ihrem Einmarsch die Gräber gefunden und alle Beteiligten, derer sie habhaft werden konnten, vor Gericht gestellt. Der Anstaltsleiter und zwei Pfleger sind von dem amerikanischen Militärgericht im vergangenen Oktober verurteilt worden. Sie sitzen in Bruchsal ein und warten auf den Vollzug des Urteils. Tod durch den Strang.«

»Polnische und sowjetische Zwangsarbeiter«, brummte der Mann.

»476 Personen. Sie wurden in die Anstalt eingeliefert, weil sie an Tuberkulose erkrankt waren. Man ging wohl auf höherer Ebene davon aus, dass die Anstalt sich mit der Beseitigung unerwünschten Lebens schon lange hervorgetan hatte, und übergab ihr auch die Zwangsarbeiter.«

Die Anstalten für Geisteskranke in Hadamar waren berüchtigt. Viele Jahre waren sie Anlaufpunkt für Transporte von Patienten aus den Pflegeanstalten im weiteren Umkreis gewesen, die dort vergast und anschließend verbrannt worden waren. »So blöd wie du bist, kommst du bald nach Hadamar in den Backofen«, war eine stehende Redewendung, die Kinder drohten einander beim Spielen damit.

»Sie sollen zusammen mit den anderen Ärzten und Pflegern den Kranken sogenannte Sterbehilfe-Spritzen verabreicht haben, erst mit Luminol, später, als die Medikamente knapp wurden, mit Luft.«

»Ich weiß nicht, wovon Sie reden.«

Der Mann verschränkte wie beim letzten Verhör die Arme vor der Brust und schwieg.

»Wenn die übrigen gesuchten Ärzte und Pfleger gefunden sind, soll ihnen ebenfalls der Prozess wegen der ermordeten Zwangsarbeiter gemacht werden.«

Dietrichs fügte hinzu: »Wahrscheinlich werden Sie sich irgendwann auch für die Morde an den Geistesschwachen verantworten müssen.«

»Geistesschwache«, murmelte Jahnke verächtlich. »Ich hab nichts damit zu tun. Der da auf dem Foto bin ich nicht.«

Zum ersten Mal in diesem Gespräch äußerte sich Gibbson: »Sie sollten sich an dieses Fest erinnern. Sie begingen immerhin einen Jubeltag. Anlass für die große Freude, die auch aus Ihrem Gesicht spricht, war, dass Sie und Ihre Kollegen zügig eine Zielmarke erreicht hatten: den zehntausendsten Toten der Anstalt. Soweit ich informiert bin, zeigte sich die Anstaltsleitung darüber höchst zufrieden und spendierte jedem der Angestellten eine Flasche Bier.«

Die Stimme des Briten war spröde vor Verachtung.

»Das können Sie nicht beweisen. Alles erstunken und erlogen.«

Gibbson würdigte ihn keines Blickes, sondern stand auf und ging mit schweren Schritten hinaus, als ob er es nicht aushalten würde, mit ihm in einem Raum zu sein. Der Brite machte seine Sache gut. Der Moment war nicht schlecht gewählt. Dietrichs hatte vor dem Verhör vorgeschlagen, dass Gibbson ihn allein mit Jahnke sprechen ließ, und der britische Offizier war einverstanden gewesen.

Dietrichs wartete, bis die Tür hinter ihm ins Schloss gefallen war und die Schritte des Briten sich über den Flur entfernt hatten.

»Tja, schlimme Sache«, sagte er in die Stille hinein.

»Was heißt hier schlimme Sache? Nichts davon hat etwas mit mir zu tun.«

»Ganz schlimme Sache«, wiederholte Dietrichs und schüttelte bedauernd den Kopf. Er ließ offen, ob er die Morde in Hadamar meinte oder die Lage, in der sich Jahnke nun befand.

Jahnke stierte vor sich auf den Tisch. Als er den Kopf wieder hob, war sein Blick verschlagen.

»Schlimme Sache«, echote Jahnke. »Wirklich schlimm.«

Jahnkes Ton ließ nichts offen. Die schlimme Sache war, dass er jetzt hier saß.

Dietrich rückte die Akte vor sich gerade.

»Wir werden den Amerikanern mitteilen, dass wir Sie gefunden haben.«

Er schaute Adelheid Beckmann an und schüttelte leicht den Kopf.

Sie verstand und legte den Bleistift nieder. Der Stift klackte leise auf die Holzplatte des Tisches. Sie faltete die Hände und saß mit geradem Rücken auf ihrem Stuhl. Dietrichs lehnte sich entspannt zurück und streckte die Beine aus. Die Atmosphäre im Raum hatte sich verändert, das schien auch Jahnke zu registrieren.

Dietrichs sagte: »Die Amerikaner werden bald einen Auslieferungsantrag stellen, wir werden diesem Antrag zügig stattgeben und Sie nach Wiesbaden überstellen.«

Der Mann kratzte an einer verschorften Stelle an seinem Kinn und schien nachzudenken. Er leckte sich über die Lippen, bevor er sagte: »Brauchen Sie mich hier denn nicht mehr?«

»Sie? Nein. Wieso?«

Der Mann blickte ihn listig an.

»Na ja, vielleicht bin ich ja wichtig. Für Ihre Ermittlungen.«

Er hob den Brustkorb und blähte sich auf. Wichtig für Ihre Ermittlungen.

»Sie haben keine Aussagen gemacht, die für uns irgendwie von Bedeutung wären. Bislang wenigstens nicht.«

»Und wenn ich etwas von Bedeutung sage?«

Dietrichs drehte die Augen gelangweilt zur Decke.

»Kommt drauf an.«

»Sagen wir, etwas, das Ihnen wirklich weiterhilft.« Verschlagen und drängend.

»Das müssten wir dann sehen.«

»Nehmen wir mal an, es ist von Bedeutung für den Fall. Von außerordentlicher Bedeutung.«

»Von außerordentlicher Bedeutung«, wiederholte Dietrichs gedehnt. »Sollte es tatsächlich von außerordentlicher Bedeutung sein, würden wir Sie erst ausliefern, wenn das Verfahren hier abgeschlossen ist. Immer vorausgesetzt, dass uns Ihre Aussage nützt.«

Adelheid Beckmanns Hände lagen immer noch reglos neben dem Block.

»Das wird sie, da können Sie Gift drauf nehmen.«

Dietrichs suchte im Gesicht des Mannes nach einem Anzeichen dafür, dass er seinen sprachlichen Lapsus bemerkt hätte, das war offenbar nicht der Fall, denn Jahnke nickte eifrig und setzte bekräftigend hinzu: »Verlassen Sie sich drauf.«

Jahnke schien zu überlegen. Nach einer Weile sagte er: »Gut, aber wenn Sie mich später ausliefern, bringen die Amerikaner mich eben später um.«

»Kann schon sein.«

Dietrichs beugte sich vor. Als er sicher war, Jahnkes volle Aufmerksamkeit zu haben, sagte er leise: »Wer weiß, vielleicht sieht das Ganze in ein paar Jahren ganz anders aus. Dann hat sich vielleicht die Aufregung wieder gelegt. Die Aufregung um diese sogenannten Verbrechen gegen die Menschlichkeit, wie es seit Neustem heißt.«

Jahnkes Blick klebte an seinen Lippen. Er beugte sich ebenfalls vor.

»Sogenannte Verbrechen gegen die Menschlichkeit«, wiederholte er. Jahnke leistete sich ein kleines verschwörerisches Lächeln. Er schien anzubeißen. Dietrichs sah zu, dass er nicht übertrieb. Kühl sagte er: »Die Besatzer wollen eine neue deutsche Justiz aufbauen. Sie werden immer mehr Fälle an deutsche Gerichte übergeben. Und wer weiß, in zwei oder drei Jahren werden Sie für die Sache in Hadamar vielleicht vor ein deutsches Gericht gestellt werden.«

Er machte eine Pause. Damit seine nächsten Worte auch ganz sicher ankamen, sagte er langsam: »Ich könnte mir vorstellen, dass Sie da auf mehr Verständnis und eine entsprechende Nachsicht hoffen können. So lange bleiben Sie hier.«

Stille breitete sich wieder aus. Dietrichs war sich sicher, dass seine Botschaft angekommen war. Jahnke war dabei, den Köder zu schlucken. Sie tauschten: die Aussicht auf einen Prozess mit milden deutschen Richtern gegen ein Geständnis.

Nach einer Weile sagte Jahnke klagend: »Aber dieser Brite will mich bestimmt sofort ausliefern.«

Ruhig antwortete Dietrichs: »Er ist Polizist. Und ein Polizist will, dass zuerst der Fall in seinem Revier gelöst wird.«

Dietrichs hatte den Eindruck, geradewegs zu sehen, wie es hinter Jahnkes Stirn arbeitete. Jahnke wog Risiken gegeneinander ab und suchte nach Ösen und Winkeln. Augenscheinlich fand er keine, denn er sagte schließlich: »In Ordnung.«

»Gut. Ich denke, Captain Gibbson sollte hören, was Sie uns zu erzählen haben. Was Sie uns Bedeutungsvolles zu sagen haben.«

Er nickte Jahnke aufmunternd zu. Ein komplizenhaftes Lächeln erschien auf Jahnkes Gesicht. Dietrichs stand auf und bat den Polizisten, der draußen auf dem Flur wartete, den Briten zu holen. Nachdem Gibbson wenige Minuten später hineingekommen war und wieder am Tisch saß, begann Jahnke zu reden.

44

Dienstag, 26. März 1946

Es gab wieder Ärger. Von einer Seite, mit der Martha nicht gerechnet hatte. Obwohl – wenn sie es sich recht überlegte, hätte sie es ahnen müssen. Sie liefen herum und verkauften schwarz ihre Butter, da war es sonnenklar, dass es irgendwann Schwierigkeiten geben würde. Die gab es jetzt tatsächlich. Nicht mit der Polizei. Auch nicht mit dem Kerl, der der Polizei entwischt war. Und auch nicht mit Elli Kasulke. Eine ihrer Butterkundinnen hatte an der falschen Stelle geplaudert. Damit hätten sie rechnen müssen. Ihr Butterhandel lebte von der Mund-zu-Mund-Propaganda, und dass die Botschaft auch mal an die Falsche kommen würde, war im Grunde genommen nur eine Frage der Zeit gewesen. Nicht anders zu erwarten. Sonnenklar. Hinterher war man immer schlauer.

Als Martha am Dienstagmorgen auf dem Weg zur Arbeit war, kam Gertrud Lohmann aus ihrem Milchladen geschossen. Wie ein geölter Blitz, dachte Martha und nickte ihr kurz zu. Mehr an Grüßerei gab es für die Lohmann nicht. Normalerweise grüßte die Lohmann auf dieselbe Weise zurück und reckte sich noch ein bisschen in die Höhe, um besser auf Martha herabschauen zu können.

Aber heute Morgen lief sie neben Martha her und fing an zu plauschen, als wären sie die besten Freundinnen. Bei Martha sprangen sämtliche Alarmleuchten auf Rot. Die Lohmann redete drei Sätze über das Wetter, dann kam sie zur Sache.

»Ich habe gehört, ihr verkauft Butter.«

»Butter? Wir? Wie kommst du denn darauf?«

Martha stellte sich vorsichtshalber dumm.

Die Lohmann lächelte schmallippig.

»Das spricht sich so rum. Muss es ja auch. Ihr könnt ja kein Schild raushängen: ›Butter im Sonderangebot.‹«

»Ich hab' keine Ahnung, wovon du sprichst. Du solltest nicht alles glauben, was die Leute so erzählen.«

Erst einmal weiter dumm stellen, dachte Martha. Vielleicht kam sie ja damit durch.

»Versuch nicht, mich für blöd zu verkaufen. Ich weiß, was ich weiß.«

Wie sie auch gewusst hatte, dass Kowalski Radio London gehört hatte. Was im Übrigen ebenfalls gestimmt hatte. Martha hatte manchmal die fremde Stimme durch die Wände gehört. Was die Lohmann mit ihrem Wissen gemacht hatte, hatte schlimme Folgen gehabt. Kowalski war abgeholt worden, und seine Frau hatte ein halbes Jahr später ein Schreiben bekommen, in dem stand, dass ihr Mann tot war und sie die Begräbniskosten übernehmen sollte.

Auf keinen Fall irgendetwas zugeben. Wer wusste schon, was die Lohmann daraus machte. Ihr Magen zog sich vor Angst zusammen.

»Red keinen Quatsch – du weißt nichts.«

»So, meinst du? Das kannst du ja dann später der Polizei erzählen.«

Die Lohmann drohte ihr tatsächlich mit der Polizei. Wenn sie allerdings wirklich zur Polizei gehen wollte, würde sie das vorher nicht ankündigen. Bei Kowalski hatte sie vorher nichts gesagt. Wenn sie sie anzeigen wollte, würde sie das ganz stiekum machen, heimlich, still und leise.

Martha hielt auf dem Bürgersteig an und sah der Milchhändlerin ins Gesicht.

»Was willst du?«

Gertrud Lohmann war ebenfalls stehen geblieben.

»Schwarzhandel schadet uns allen. Er entzieht dem legalen Markt Waren.«

Jetzt fing die Lohmann an, herumzuschwafeln. Sie gab wieder, was auf den Plakaten stand, die vor dem Schwarzhandel warnten.

»Außerdem ist der Schwarzhandel zum Nachteil der ehrlichen Händlerinnen.«

»So? Das ist ja was ganz Neues.« Zu der Angst in ihren Eingeweiden gesellte sich Zorn. »Manch eine macht einen guten Schnitt, wenn sie die Milch ordentlich mit Wasser verlängert. Oder die Butter streckt. Und das Übriggebliebene abzwackt und unter der Ladentheke verkauft.«

»Redest du von mir?«, fragte die Lohmann. Sie funkelte sie an.

Martha hätte am liebsten »Ja, von wem denn sonst?« gebrüllt, aber langsam fingen einige Leute an, nach ihnen zu schauen. Die Frau, die auf der anderen Straßenseite im Fenster lag, musterte sie interessiert, und ein älterer Mann drehte den Kopf nach ihnen, während er seinen Handkarren weiter über die Straße zog.

Die Lohmann schien die Aufmerksamkeit, die sie erregten, ebenfalls mitzubekommen, jedenfalls zog sie sie am Ärmel ein Stück weiter den Bürgersteig entlang. Als sie außer Hörweite der Frau im Fenster waren, sagte sie leise und ruhig: »Ich hätte gerne einen Anteil.«

Darauf lief es also hinaus. Getrud Lohmann versuchte sie zu erpressen.

»Du gibst mir einen Teil deiner Butter, und ich beteilige dich am Erlös. Vierzig Prozent.«

Das Angebot war eine Unverschämtheit. Sie sollten der Lohmann ihre Ware überlassen, und die wollte mehr als die Hälfte des Gewinns einstreichen.

Martha schüttelte den Kopf.

»Das ist Erpressung«, sagte sie wütend. Dann verlegte sie sich wieder aufs Leugnen.

»Zum hundertsten Mal: Ich habe keine Butter.«

Die Lohmann tat so, als würde sie sie nicht hören.

»Du musst sie ja irgendwo aufbewahren, deine Butter. Da, wo es kühl und dunkel ist. Vielleicht in eurem Keller. Das kann die Schwarzmarktbekämpfung dann herausfinden.«

Das wurde immer besser. Sie drohte ihr mit einer Hausdurchsuchung. Martha hielt die Luft an. Vielleicht hatte sie ja durch ihre Denunziationen beste Kontakte. Martha schluckte.

»Du hast die Wahl.«

Die Lohmann säuselte. Du hast die Wahl. Das Säuseln bewirkte, dass die Wut größer wurde als die Angst.

»Schick sie mir ruhig, deine Polizisten. Darin bist du ja ganz groß.«

Die Lohmann zog wütend die Augenbrauen zusammen.

»Noch was. Du sagst deiner Nachbarin, der Kowalski, dass sie mich ordentlich grüßen soll. Seit der Krieg zu Ende ist, hat sie die Nase ganz weit oben.«

Martha lachte überrascht auf. Das war wirklich ein starkes Stück. Sie sollte nicht nur ihre Butter für weniger als die Hälfte des Preises abgeben, jetzt sollte sie Maria Kowalski auch noch dazu bringen, die Lohmann freundlich zu grüßen. Sie konnte sich schon denken, was ihre Nachbarin davon halten würde. Nämlich gar nichts. Keine Macht der Welt würde sie dazu bringen, freundlich zu derjenigen zu sein, die ihren Mann ins KZ gebracht hatte.

Giftig sagte sie: »Sonst noch was? Soll ich vielleicht zu den Tommies gehen und dich für irgendeinen Orden vorschlagen?«

Die Lohmann schüttelte sacht den Kopf. Sie tat so, als hätte sie den Spott nicht gehört.

»Das ist nicht nötig. Aber das mit der Butter und das mit der Kowalski wirst du machen.«

Jetzt war es an Martha, den Kopf zu schütteln.

»Kommt überhaupt nicht infrage«, sagte sie.

»Wart's nur ab«, erwiderte die Lohmann. »Wegen Schieberei ist manch einer für lange Zeit hinter Gitter gewandert.« Mit heuchlerischer Besorgnis fügte sie hinzu: »Was soll da nur aus deiner Kleinen werden?«

Martha musste sich zusammenreißen, um ihr keine Ohrfeige zu verpassen. Verdient hätte sie es auf jeden Fall.

»Bis die Tage dann«, verkündete die Lohmann. Sie klang unwahrscheinlich zufrieden, wahrscheinlich waren die Angst und die hilflose Wut auf ihrem Gesicht unverkennbar, dachte Martha. Die Lohmann reckte sich noch einmal in die Höhe. Dann machte sie auf dem Absatz kehrt, um in ihr Geschäft zurückzukehren. Martha sah fassungslos hinter ihr her.

Da war er, der neue Ärger.

45

Dienstag, 26. März 1946

»Er war es.«

Obwohl Dietrichs genau verstanden hatte, was gemeint war, fragte er nach: »Wer war was?«

»Mein Kumpel. Er hat Kasulke getötet.«

Jahnke fing an zu erzählen.

»Mein Kumpel war es, er hat Kasulke getötet.«

Damit hatte Dietrichs gerechnet. Jahnke würde so viel Schuld wie möglich auf seinem Kumpel abladen und so wenig wie möglich sich selbst belasten. Wenn sie den Mann gefunden hatten, konnten sie beide Aussagen gegeneinanderstellen. Inzwischen wussten sie auch seinen Namen. Die Amerikaner hatten mit Jahnkes Akte eine zweite mitgeschickt, die Akte eines Dr. Gotthilf Banse. Banse war der stellvertretende ärztliche Leiter der Anstalt gewesen. Ihm wurde zur Last gelegt, die Ermordung der Zwangsarbeiter organisiert zu haben. Auf dem Foto in der Akte war ein großer, kräftiger Mann mit straff zurückgekämmtem Haar zu sehen, der lässig in einem weißen Kittel an einem Schreibtisch lehnte und eine Zigarette rauchte. Overdieck hatte ihn erkannt. »Das ist der Zweite, der bei mir einen Personalausweis beantragt hat. Auf den Namen Dr. Moormann. Dasselbe Gesicht, auch wenn er ein paar Kilos verloren hat«, hatte Overdieck gesagt. »Hoffentlich haben Sie ihn bald«, hatte er besorgt hinzugefügt.

Jahnke redete weiter.

»Ein Kerl hat auf dem Zechengelände herumgeschnüffelt, so ein Frauentyp, groß, dunkle Haare, sah aus wie ein Schauspieler«, sagte er. »Wir haben gesehen, wie er auf der Zeche unterwegs war, in jeden

Schuppen hat er geguckt. Bis wir ihn uns gegriffen haben. Hat gesagt, er würde uns suchen, weil sein Chef gern mit uns sprechen wollte. Wer denn sein Chef wäre, haben wir gefragt. Kasulke, hat er gesagt. Kasulke wollte uns sprechen, und deshalb hätte er uns gesucht.«

»Nicht umgekehrt? Sie haben ihn gesucht, weil Sie wussten, dass Kasulke die Adressen hatte und so Ihre neuen Namen kannte?«

»Nee, ganz bestimmt nicht. Kasulke hat uns gesucht, nicht umgekehrt. Wollen Sie nun die Geschichte hören, oder wollen Sie mir immer nur unterstellen, dass ich lüge?«

Jahnke sprach im Tonfall des Lügners, der beleidigt ist, weil ihm nicht geglaubt wird, wenn er einmal die Wahrheit sagt. Ruhiger fuhr er fort: »Er wollte mit uns ins Geschäft kommen. Wollte uns Alkohol abkaufen. Wir sollten uns abends in einer Laube treffen, im Schrebergarten an der Hattinger Straße. Er hat da auf uns gewartet. Der Schönling, der hinter uns herspioniert hat, war auch dabei.«

Hans Pöhler, Kasulkes rechte Hand.

»Kasulke saß am Tisch und hat uns begrüßt: ›Da seid ihr ja endlich. Schön, euch kennenzulernen.‹ Höflich, als ob wir auf 'ner feinen Feier wären. Wir haben uns hingesetzt und unsere Schnapspulle rausgeholt. Alles ganz friedlich. Dann ist Kasulke ungemütlich geworden. Hat sich aufgekröppt. Wollte nichts von Geschäften wissen, hat nur noch gefragt, was wir mit Heinrich gemacht hätten. Was für'n Heinrich, hab' ich gesagt. Da wurd' er dann richtig sauer. Sauer und fies. Er schneidet mir die Eier ab, hat er gesagt, wenn ich ihn weiter verscheißer. Der Schönling ist auf einmal aus der Ecke gekommen und hat die Tür zugehalten. Sollte wohl so eine Art Falle werden. Hat ihm aber nichts genutzt, dem Kasulke. Mein Kumpel, der Doktor, war nämlich schlauer.«

Er biss sich auf die trockenen Lippen, als er seinen Schnitzer bemerkte, und redete eilig weiter.

»Wer weiß, was die mit uns vorhatten. Mein Kumpel hat gesehen, dass bei der Petroleumlampe der Deckel nicht richtig zugeschraubt war. Als es dann eng für uns wurde, hat er sich die Lampe geschnappt und das Petroleum über Kasulke gekippt. Das Zeug fing schon an zu brennen, als es aus der Lampe lief. Der Schönling hatte seine Finger ruckzuck an seiner Pistole, aber ich bin dazwischen und hab ihm einen Stuhl über den Kopf gehauen. Der ist sofort in die Knie. Mein Kumpel hat noch etwas von dem Hochprozentigen über Kasulke geschüttet, und wir sind raus. Mein Kumpel war so schlau und hat die Tür von außen verriegelt, damit die nicht hinterher können. Wir haben zugesehen, dass wir Land gewinnen.«

Der schmutzigste Teil in Jahnkes Geschichte fiel seinem Kumpel zu: Er hatte Kasulke angegriffen und die Schrebergartenhütte zugesperrt, so dass sie dort verbrannten. Jahnke hatte lediglich zugegeben, dass er Kasulkes Leibwächter mit einem Stuhl eins über den Kopf gegeben hatte, weil er annahm, dieser würde seine Pistole ziehen. Das würde vielleicht sogar als Notwehr durchgehen.

»Und Steinhoff?«

»Geschäfte. Wir ham ihm Alkohol versprochen. Viel Alkohol. Er hat uns dafür einen kleinen Gefallen getan.«

Jahnke sah ihn mit seinen blauen Augen treuherzig an.

»Warum haben Sie ihn getötet?«

»Das haben wir nicht. Ehrlich. Wir haben uns getroffen und unseren Tauschhandel durchgezogen. Es lief alles wie am Schnürchen.«

»Wie am Schnürchen? Steinhoff lag am Ende tot in einem Bombentrichter.«

»Damit haben wir nichts zu tun. Ehrlich!«

Wieder ein treuherziger Blick aus blauen Augen. Dietrichs zog die Mundwinkel herab und machte Anstalten aufzustehen.

Eilig sagte Jahnke: »Wir haben später gesehen, dass er in dem Krater lag und das Mädchen mit ihm redete.«

»Was wollten Sie von dem Mädchen? Sie haben ihr mehrmals aufgelauert.«

»Reden. Wir wollten natürlich wissen, was er ihr da ins Ohr geflüstert hat. Ob er was über unsere Geschäfte verraten hat. Also haben wir schön gewartet, bis sie uns mal über den Weg lief. Damit sie uns erzählt, was er gesagt hat, bevor er den Löffel abgegeben hat.«

»Halten wir also fest: Sie wollten herausbekommen, ob die Kleine etwas wusste, das Sie in Schwierigkeiten bringen würde. Vielleicht hat er ihr ja verraten, dass Sie für seinen Tod verantwortlich sind.«

»Mein Kumpel wollte unbedingt mit ihr reden. Wollte wissen, was mit den Adressen ist. Ob Steinhoff uns vielleicht verraten hat. Wir hätten ihr lieber …«

Er brach ab.

»… gleich eins über den Schädel ziehen sollen«, vollendete Dietrichs den Satz für ihn.

»Nein, das wollte ich nicht sagen. Das ist eine böse Sache, Kommissar, die Sie mir da unterstellen.«

Jahnke setzte wieder seine Unschuldsmiene auf, doch er veränderte abrupt seinen Ausdruck, als er Dietrichs' Blick bemerkte.

»Heinrich Steinhoff, warum habt ihr ihn umgebracht?«

»Haben wir nicht.«

»Nicht schon wieder dasselbe Spiel, Jahnke.«

»Wirklich nicht, Herr Kommissar. Ich hab' Ihnen alles erzählt, was ich weiß.«

Dietrichs griff nach dem Wasserglas, das Adelheid Beckmann ihm auf den Tisch gestellt hatte, trank einen Schluck, dann richtete er seine Aufmerksamkeit wieder auf den Mann vor ihm.

»So geht das nicht, Jahnke. Ich überstelle Sie sofort den Amerikanern. Per Express und als Geschenk, ohne dass die Amis überhaupt einen Antrag gestellt haben.«

»Hören Sie, wir haben Steinhoff …«

»In fünf Stunden sind Sie in Wiesbaden, beim amerikanischen Militärgericht.«

Falls wir genug Sprit haben, setzte er in Gedanken hinzu.

»Wir haben Steinhoff nichts getan. Warum sollten wir? Wir brauchten ihn doch noch.«

»Wieso? Er hatte Ihnen doch gegeben, was Sie wollten.«

»Ja, aber wir hatten längst noch nicht die Ausweise.«

»Dafür benötigten Sie Steinhoff nicht mehr.«

Als Jahnke schwieg, fügte Dietrichs hinzu: »Ich schätze, der Fahrer schafft es auch in vier Stunden, wenn er ordentlich Gas gibt.«

Jahnke warf einen Hilfe suchenden Blick zu dem britischen Offizier, doch der betrachtete ihn mit kühlem Interesse. Wie man ein besonders ekelhaftes, jedoch aus irgendwelchen Gründen interessantes Insekt betrachtet, dachte Dietrichs.

»Los, Jahnke. Sagen Sie uns die Wahrheit.«

Jahnke kratzte sich am Kinn.

»Jahnke, Sie strapazieren meine Geduld.«

Jahnke hatte erneut die Arme vor der Brust gekreuzt und schob die Unterlippe vor.

Dietrichs wandte sich Adelheid Beckmann zu, deren Stift eilig über das Papier fuhr.

»Haben Sie alles protokolliert?«

»Ja, Herr Oberinspektor.«

»Gut, dann ist das Gespräch hier beendet.«

»Warten Sie. Ja, er ist gefallen. Gefallen und mit seinem Kopf auf einen Stein geknallt.«

»Gefallen? Einfach so?«

»Ich habe ihn gestoßen. Aus Versehen. Es war ein Unfall.«

»Aus Versehen?«

»Ja. Ich weiß auch nicht, wie es dazu kam. Er hat etwas gesagt, was mich aufgeregt hat, und da habe ich ihn ein bisschen geschubst, und er ist gefallen.«

Die Kopfverletzung konnte auch von einem Sturz herrühren, hatte Hiesken gesagt.

»Er ist runtergefallen«, sprach Jahnke weiter. »In den Krater hinein.«

»Sie wollten ihn töten.«

»Nein. Ich war wütend, aber es war ein Unfall. Ich habe ihn gestoßen, und dann ist er gefallen. In den Krater rein. Irgendwo da hat er sich den Kopf angeschlagen.«

Möglicherweise hatte Jahnke einen Stein oder einen anderen Gegenstand genommen und zugeschlagen, und sie hatten Steinhoff dann in den Krater gestoßen und er war bis auf den Grund gerollt und gerutscht.

»Wo hat er sich den Kopf angeschlagen?«

»Im Bombenkrater. An einem Stein.«

Dietrichs fragte nach Einzelheiten: Wie Steinhoff gefallen sei, ob er sich im Fallen gedreht habe, ob er bei den Ziegelsteinen liegen geblieben sei.

»Er ist in den Krater gefallen und rums, hat er sich den Schädel angeschlagen.« Nein, gedreht habe er sich nicht. Jahnke antwortete willig.

Seine Geschichte war nicht schlecht, sie lief auf einen Unfalltod hinaus, mit dem er glimpflich davonkommen würde. Allerdings würden sie alles daransetzen, Unwahrheiten und Lücken aufzudecken. Jahnke hatte zugegeben, an dem Nachmittag mit Steinhoff eine Auseinandersetzung gehabt zu haben. Was an seiner Schilderung stimmte und was nicht, würde Dietrichs herausfinden, wenn er mit dem Arzt und mit Jürgens sprach. Das Ganze ließ sich nicht schlecht an. Er hatte eine Geschichte, und was daran wahr war und was nicht stimmte, würde er noch herausbekommen.

Dietrichs sah zu Gibbson hinüber, der keine Miene verzogen hatte. Dietrichs stand auf und holte den Polizisten herein, der vor der Tür wartete.

»Abführen!«, wies er ihn an.

46

Dienstag, 26. März 1946

Ihre Mutter machte sich über irgendetwas Sorgen. Das war nicht zu übersehen. Sie schlurfte nicht nur wortkarg in der Küche herum, das tat sie meistens, wenn sie von der Arbeit kam. Auch dass sie aufpassen musste, um sich nicht eine gereizte Bemerkung oder ein übertriebenes Stöhnen einzufangen, war nichts Neues. »Pass doch auf!«, »Wo hast du bloß deine Gedanken?«, »Jetzt reiß dich mal zusammen!«. All das sagte sie ständig, wenn sie müde war. Aber dass sie selbst nicht aufpasste, den Kessel ohne Wasser auf den Herd setzte und sich fast die Hand verbrannte, als sie den heißen Behälter von der Kochstelle nehmen wollte, war etwas Neues. Genauso, dass sie sich in den Finger schnitt, als sie mit dem Brotmesser ihre schnurgeraden Scheiben von dem mickrigen Brotlaib heruntersäbelte.

Sie steckte den blutigen Finger in den Mund und sog daran, während Hella in der Schublade nach Verbandszeug kramte und nach einigem Suchen noch etwas weißen Mull fand.

Mit einer steilen Falte zwischen den Brauen ließ ihre Mutter sich von ihr verbinden. Dabei hagelte es wieder gereizte Zurechtweisungen. »Fester!« »Wie lange soll das noch dauern?« Endlich saß der Verband.

Hella hatte mehrmals zu Edith geschaut, um zu sehen, ob sie wusste, was mit ihrer Mutter los war. Edith gab vor, ihre Blicke nicht zu bemerken. Nur einmal, als Martha ganz offensichtlich in eine andere Richtung schaute, hob sie fragend die Brauen und rollte die Augen. Sie hatte offenbar auch keine Ahnung, was mit Martha los war.

Beim Essen machte Edith ein paar Versuche, die Stimmung etwas aufzuheitern. Sie erzählte davon, dass in Berlin wieder ein Film gedreht werden sollte. »In den Trümmern drehen sie«, erklärte Edith. Hella fragte, worum es denn gehe, ob es eine Liebesgeschichte sei oder etwas richtig Spannendes. »Eher spannend, mit einer traurigen Liebesgeschichte, glaube ich«, erklärte Edith.

Ihre Mutter sagte nichts dazu, sondern schaufelte schweigend ihre Steckrübensuppe in sich hinein. Danach schien sie ungeduldig darauf zu warten, dass Hella und Edith ebenfalls ihre Teller leerten. Kaum war der letzte Löffel in Hellas Mund verschwunden, sagte sie: »Und nun ab ins Bett, Frollein!«

Hella protestierte, schließlich war es gerade erst sieben.

»Ist mir egal. Guck in deine Schulbücher.«

Hella kannte den Ton. Schmeicheleien oder Proteste waren hier die reinste Zeitverschwendung. Also packte sie ihre Sachen und verschwand im Schlafzimmer. Dort rumpelte sie laut herum, putzte sich an dem kleinen Waschbecken die Zähne, rückte einen Stuhl, sprang ins Bett, damit es ordentlich knarzte und die beiden in der Küche es hören konnten.

Dann stieg sie lautlos von der Matratze und schlich zu der Tür, die Schlafzimmer und Küche voneinander trennte. Sie linste durch das Schlüsselloch.

Wie sie vermutet hatte: Ihre Mutter hatte irgendwelche Sorgen und wollte mit Edith allein sprechen. Sie hatte sich ziemlich nah zu ihr an den Küchentisch gesetzt und redete auf sie ein. Hella presste ihr Ohr an die Tür. Martha hatte jedoch die Stimme gesenkt, Hella konnte nur ihren Redefluss hören, ein flinkes Plätschern, aus dem ab und an ein empörtes »Stell dir vor« oder »die blanke Unverschämtheit« hervorstach. Worum es ging, konnte sie nicht verstehen. Irgendjemand oder irgendetwas machte ihrer Mutter Angst.

Edith sagte erst mal so gut wie nichts, ab und zu schien sie eine Frage einzuwerfen, die mit erneutem empörtem Gemurmel beantwortet wurde.

Dann herrschte einen Moment lang Schweigen. Schließlich sagte Edith in normalem Tonfall: »Und wenn du dich darauf einlässt?«

»Kommt nicht in die Tüte«, antwortete Martha laut und fing wieder an, leise zu schimpfen. Von Edith kam immer mal wieder ein lang gezogenes Mmm.

Hella begann sich zu ärgern. Am liebsten hätte sie die Tür aufgerissen und die beiden angeschrien, dass sie mit ihr reden und sie nicht wie ein kleines, dummes Kind behandeln sollten. Aber das würde nichts nützen. Ihre Mutter würde sie ins Bett zurücktreiben, und von Edith war keine Hilfe zu erwarten.

Trotzdem machte sie die Tür auf. Die beiden fuhren auseinander, als wären sie ertappt worden.

»Ich hab Durst«, sagte Hella. Der bewährte Trick seit Jahren. Martha stand auf und drückte ihr gereizt ein Glas Wasser in die Hand. »Da, nimm's mit rüber.«

Versuch gescheitert, sie hatte nichts in Erfahrung gebracht. Hella schlappte wieder ins Schlafzimmer und ließ sich auf die Matratze fallen, die wie geplant laut quietschte. Dann schlüpfte sie leise aus dem Bett, schlich zur Tür und nahm ihren Horchposten wieder ein.

Diesmal war es Edith, die redete. Sie schien Martha etwas zu erklären, was es war, konnte Hella nicht verstehen. Sie hörte nur Martha laut sagen: »Eine gute Idee.«

Sie tuschelten wieder. Irgendwie schienen sie sich nicht einig zu sein, denn das Tuscheln wurde zu einem Zischen. Schließlich sagte Martha ganz laut: »Ja, ich will, dass du mit ihr redest.«

Edith seufzte laut und vernehmbar. Hella drückte ihr Ohr fester an die Tür, ihre Haarspange kratzte auf dem Holz. Martha hatte wohl etwas gehört, denn sie schob ihren Stuhl zurück und stand auf.

Hella flitzte zurück ins Bett – gerade noch rechtzeitig. Ihre Mutter öffnete die Schlafzimmertür und fragte: »Schläfst du schon?«

Hella atmete tief und gleichmäßig.

47

Mittwoch, 27. März 1946

Der englische König schaute ihn aus schmalem Gesicht an, die Brust ordenbehängt und in der Hand ein Zepter. Neben dem König stand Gibbson, sein Gesicht war ebenso schmal wie das des Monarchen, aber in der Morgensonne waren die Falten um den Mund viel eingekerbter als die des Monarchen. Gibbson betrachtete ihn ebenfalls, fast zufrieden, wie es Dietrichs schien.

Nach dem Verhör am Vortag hatte sich die Nachricht, dass sie einen von der amerikanischen Militärpolizei gesuchten Verbrecher gestellt hatten, wie ein Lauffeuer im Präsidium verbreitet. Die Kollegen gratulierten ihm unentwegt.

Kremnitz war schon gestern Nachmittag zu ihm gekommen und hatte sich von ihm die ganze Geschichte haarklein erzählen lassen. Er hatte ihm aufmerksam zugehört und sich entgegen seiner Gewohnheit jeden Hinweis auf eine seiner Heldentaten verkniffen.

»Echte falsche Pässe, nicht schlecht. Besser als die Fälschungen, die wir bei unseren Razzien kassieren«, kommentierte er, als Dietrichs ihm von dem Handel zwischen Overdieck und Jahnke erzählte. Dietrichs Bericht fiel kürzer und dürrer aus als Kremnitz' Erzählungen, keine ausgeschmückten Beschreibungen, keine Kunstpausen, die die Spannung hinauszögerten, keine gut platzierten Pointen. Kremnitz war trotzdem beeindruckt und schlug ihm auf die Schulter: »Respekt, Dietrichs, Respekt.«

Jetzt stand Dietrichs vor Gibbson und erstattete Bericht. Diesmal nicht mit leeren Taschen. Ganz im Gegenteil.

»Ich habe Jahnke gebeten, mir den Stein zu zeigen, auf den Steinhoff angeblich gefallen ist. Das hat er getan, es handelt sich dabei um ein Mauerstück. Jürgens hat es sichergestellt und untersucht. Blutspuren sind nicht nachzuweisen, doch es ist möglich, dass der Regen sie abgewaschen hat. Aber zwei weitere Indizien sprechen dafür, dass wir einen Fall auf das Mauerstück als Todesursache ausschließen können. Die Wunde an Steinhoffs Kopf passt nicht dazu. Egal, wie er gefallen ist, die Wunde hätte er sich mit den Backsteinen nicht zuziehen können. Hiesken ist da sicher. Der Winkel stimmt einfach nicht. Zudem müssten sich Teilchen des Backsteins in den Wundrändern oder im Knochen finden, wenn die Verletzungen wirklich von dem Stein stammen sollten. Hiesken hat nichts Derartiges gefunden. Jahnkes Geschichte von einem Fall, den er nicht beabsichtigt hat, stimmt nicht. Nach einer fahrlässigen Tötung sieht das nicht aus.«

Genauso wenig hatte Hellas Socke die Wunde verursachen können. Es war ein glatter, fester Gegenstand gewesen, ein Rohr, ein runder Stein, ein glatter Holzschläger. Auch das sagte er Gibbson.

»Das war gute Arbeit.«

Dietrichs sah Gibbson zum ersten Mal lächeln. Ein Lob. Dietrichs lächelte zurück, während er gleichzeitig dachte: Lob ist eine flüchtige Angelegenheit.

Dann fragte er: »Sie haben die Amerikaner benachrichtigt, oder?«

»Selbstverständlich.«

Dass Gibbson den Amerikanern Bescheid sagen würde, war von vorneherein klar gewesen. Jahnke würde in Wiesbaden der Prozess gemacht werden, vermutlich würde man ihn zum Tode verurteilen.

»Gut«, sagte Dietrichs.

Er erntete einen erstaunten Blick des britischen Offiziers.

»Ich freue mich, dass Sie meine Handlungen billigen.«

Gibbsons Gesicht war wieder ausdruckslos, deshalb konnte Dietrichs nicht sagen, ob der Brite ihn ironisch auf seinen Platz verwies oder ob Gibbson es ernst meinte und sich bloß wieder einer seiner antiquierten Ausdrücke bedient hatte.

Vorsichtshalber nickte er.

Gibbsons Mundwinkel hoben sich an diesem Tag ein zweites Mal. Dann senkte er wieder den Blick auf seine Akten. Dietrichs begriff, er war entlassen, und verabschiedete sich.

Gute Arbeit, murmelte er vor sich, als er auf den Flur trat. Tatsächlich war das Ergebnis passabel, dachte Dietrichs: Sie hatten einen gesuchten Kriegsverbrecher gefunden und waren dabei, den Tod von Steinhoff, Kasulke und Pöhler aufzuklären. Alles in bester Ordnung. Es lief wie geschmiert, wie seine Züge, deren Räderwerk er gestern noch geölt hatte, damit sie auf der Modellbahnplatte ruhig ihre Bahnen zogen.

Auf dem Flur kam ihm Runge entgegen.

»Na, Dietrichs, alles in Butter? Alle Lorbeeren einkassiert bei unseren neuen Herren?«

»Nur kein Neid, Runge, nur kein Neid.«

Dietrichs fiel die verschobene Akte auf seinem Schreibtisch wieder ein. Adelheid Beckmann hatte gesagt, sie habe die Akte nicht in der Hand gehabt. Ob Runge darin herumgeschnüffelt hatte, während Beckmann nicht da war? Um zu sehen, was Dietrichs tat, und um ihm gegebenenfalls Fehler nachzuweisen? Nun, das war jetzt egal.

Runge zog die Oberlippe auf der linken Seite hoch, so dass Dietrichs seinen Eckzahn sehen konnte. Wie ein Hund, der seine Lefzen hochzieht: Irgendwann beiß ich mal zu.

Dietrichs ignorierte ihn. Sollte er so viele Grimassen schneiden, wie er wollte. Er würde ihn allerdings im Auge behalten.

Als Runge verschwunden war, kamen Jürgens und Hackfeld um die Ecke.

»Glückwunsch, Dietrichs. Hab schon gehört.« Jürgens preschte voran. Jürgens mit seinem ständigen Bedürfnis dazuzugehören. Jetzt strahlte er ihn an wie ein Weihnachtsbaum.

Hackfeld zog nach. »Glückwunsch. Saubere Arbeit.«

Dietrichs nickte. »Danke, Kollegen.« Noch ein Lob. Heute kam es wirklich dicke.

»Da merken die endlich mal, dass wir was von Polizeiarbeit verstehen.« Jürgens grinste über das ganze Gesicht. »Schnappen denen die Verbrecher, die sie mit ihrer Militärpolizei nicht kriegen.«

»Erzähl keinen Stuss. Wir haben hier den Täter in einem Mordfall gesucht.«

»Und ihn erwischt«, erklärte Jürgens.

Dietrichs zuckte mit den Schultern. »Sieht so aus.«

Die ganze Schulterklopferei machte ihn müde. Lob und Anerkennung waren gut, aber er war zu lange im Dienst, als dass er nicht gewusst hätte, dass beides schnell vorüber sein konnte. Wer heute gefeiert wurde, konnte morgen schon weg vom Fenster sein. Das ging oft beängstigend schnell. Wie bei Kleinert, der vor 33 als vielversprechender Polizeiassistent galt. Dem hatten die Kollegen plötzlich die kalte Schulter gezeigt. Von einem auf den anderen Tag war er nur noch der Sozi, der bald entlassen werden würde.

Er verabschiedete sich und steuerte auf sein Büro zu. Kaum hatte er die Tür zu seinem Vorzimmer geöffnet, trat Kleinert aus seinem Dienstzimmer und begrüßte ihn.

»Ah, Dietrichs. Ich hab schon auf dich gewartet. Hier ist ja eine Menge passiert, während ich krank war.«

Genesen und in Plauderlaune. Der Nächste, der ihm Fragen stellen würde. Dietrichs hielt ihm die Tür auf, und sie betraten sein Vorzimmer. Beckmanns Stuhl war leer. Ihre Schreibmaschine stand mit einem eingespannten Papierstück auf dem Tisch, und ihr Mantel hing an der Garderobe, vermutlich war sie irgendwo im Haus unterwegs, ohne die Tür abzuschließen. Dietrichs dachte wieder an Runge, der hier vermutlich einfach hineinspaziert war und in seiner Akte geschnüffelt hatte.

Kleinert ließ sich auf den Besucherstuhl vor Dietrichs Schreibtisch fallen. Dietrichs lehnte sich an die Tischkante und erzählte. Als er seinen Bericht mit den Worten »So ist es gelaufen« abschloss, gratulierte Kleinert ihm nicht.

Stattdessen fragte er: »Jahnke hat dir wirklich abgenommen, dass du ihn nicht an die Amerikaner auslieferst?«

»Sieht so aus.«

Offenbar hatte er überzeugend den Gesinnungsfreund gegeben.

»Und du hast ihm tatsächlich erzählt, dass er vor deutschen Gerichten wegen der Morde in der Krankenanstalt nicht viel zu befürchten haben wird? Als mehrfacher Mörder?«

»Klar. Warum nicht? Angst hatte er vor allem vor den Amerikanern.«

»Du meinst, deutsche Gerichte würden ihn laufen lassen?«

Kleinert konnte es nicht fassen.

Dietrichs zuckte mit den Schultern. Wer konnte das wissen? Die Briten hatten die meisten Richter in ihren Ämtern gelassen. Genauso wie sie die meisten Polizisten in ihren Ämtern gelassen hatten. Woher sollten sie auch neue nehmen? Gut, es gab einige Kollegen wie Kleinert, die 33 entlassen worden waren und nun wiedereingestellt wurden, aber das war gerade mal eine Handvoll.

»Nein, das wird sicher anders laufen. Ganz bestimmt.«

Kleinert beantwortete seine Frage selbst. Hinter jedem der beiden Sätze war ein Punkt zu hören, ein dicker, fetter Punkt, mit dem er sich selbst überzeugen wollte. Ein Sozi eben, dachte Dietrichs.

Kleinert stand auf, er trat ans Fenster und sah auf das halb fertige Bergbaumuseum hinunter.

»Wir werden dieses Land neu aufbauen, und es wird besser werden.«

Wieder ein Punkt. Noch dicker als der erste.

Kleinert hätte sich bestens mit Emma verstanden. Emma, die immer meinte, dass man sich nicht einfach mit dem Gegebenen abfinden sollte.

Dietrichs hörte, wie nebenan jemand das Vorzimmer betrat. Einen Augenblick danach stand Adelheid Beckmann im Türrahmen.

»Da sind Sie ja, Herr Oberinspektor. Ich habe Sie im Haus gesucht«, sagte die Beckmann vorwurfsvoll. Und die Vorzimmertür nicht abgeschlossen, dachte Dietrichs, ohne es laut auszusprechen. Er würde ihr den Kopf waschen, wenn Kleinert fort war.

Sie wedelte mit einem ihrer selbst geschnittenen Notizblätter herum.

»Paul Overdieck hat angerufen. Er möchte eine Aussage machen. Er bittet dringend darum, dass Sie ihn zu Hause aufsuchen.«

Overdieck bittet darum. Was wollte er jetzt von ihnen? Dachte er etwa, sie hätten nichts Besseres zu tun, als ihm einen Besuch abzustatten?

»Sonst noch etwas?«, fragte er die Beckmann.

»Inspektor Kremnitz hat Sie sprechen wollen.«

»Hat er gesagt, weshalb?«

»Nein, er würde es Ihnen selbst sagen, wenn er Sie das nächste Mal antrifft.«

»Hat Overdieck gesagt, warum er nicht herkommen will?«

»Er will nicht aus dem Haus, weil es ihm draußen zu unsicher ist, sagt er. Angeblich beobachtet ihn jemand, der nur darauf wartet, dass er das Haus verlässt.«

Dietrichs seufzte.

48

Mittwoch, 27. März 1946

Eine halbe Stunde später drückte Kleinerts Zeigefinger auf den Knopf unter dem Pappschild mit Overdiecks Namen. Der Klingelton hallte durchs Haus. Overdieck würde eine kleine Weile brauchen, wenn er aus seiner Mansarde durch das gesamte Haus hinunterlief. Sie warteten. Schließlich drückte Kleinert erneut. Lang und anhaltend. Wieder war nur der schrille Ton der Türklingel zu hören.

Kleinert sagte: »Wenn er tatsächlich Angst hat, wird er nicht jedem x-Beliebigen die Tür aufmachen.«

Dietrichs trat ein paar Schritte zurück. Im Erdgeschoss waren die Fensterläden geschlossen. Er legte den Kopf in den Nacken und blickte zu den Fenstern im ersten Stock und den Mansarden im Dachgeschoss hoch. Blanke Scheiben blitzten in der Sonne. Wer immer hinter einer von ihnen stand, konnte ihn bestens sehen, wie er da auf dem Weg aus dicken Steinplatten stand, der zum Haus hinführte. Dietrichs beschirmte seine Augen mit der Hand und versuchte seinerseits auszumachen, ob jemand hinter den Dachfenstern lauerte. Von einem Overdieck, der hinunterspähte, um zu sehen, wer ihn da besuchte, war nichts zu entdecken.

Kleinert drückte ein drittes Mal auf den Klingelknopf. Dann zuckte er mit den Schultern.

»Schauen wir uns mal um«, sagte Dietrichs und schob seinen Hut wieder zurück.

Sie nahmen den Kiesweg, der auf der linken Seite des Eingangs in den Garten und zum hinteren Teil der Villa führte. Der Weg verlief zwischen hohen Rhododendronbüschen und der mit Efeu bewachsenen Hauswand, so dass sie durch einen schattigen Tunnel aus immergrünem Blattwerk gingen. Auch hier waren die Fensterläden im Erdgeschoss verschlossen. Dietrichs erinnerte sich daran, dass das Haus quasi leer stand. Overdieck und seine Mutter waren die einzigen Bewohner. Er wunderte sich wieder einen Moment lang darüber, wie die Villa einer Beschlagnahmung oder einer Einquartierung entgangen war.

An der Hinterseite des Hauses führten von Flechten und Moos grüne Stufen neben einem ausladenden Busch zu einer Terrasse hinauf, dick und solide wie die Steinplatten vor dem Haus.

»Sieht aus, als ob niemand da wäre«, bemerkte Kleinert, der voranging, und betrat die Terrasse. Was du nicht sagst, dachte Dietrichs und brummte Zustimmung.

Plötzlich blieb Kleinert abrupt stehen, zog scharf die Luft durch die Zähne ein und griff an sein Holster. Dietrichs hielt ebenfalls an. Seine Muskeln spannten sich, und er versuchte an Kleinert vorbei auf die Terrasse zu spähen. Einen Augenblick später lachte Kleinert erleichtert.

»Nur eine Gardine«, sagte sein Kollege verlegen.

Dietrichs entspannte sich und unterdrückte ein Stöhnen, als er sah, was Kleinert erschreckt hatte. Aus einer geöffneten Terrassentür wehte ein langer, weißer Store hervor, er bauschte sich im Wind und wölbte sich wie ein Segel über den Steinplatten der Terrasse. Kleinert war kurz davor gewesen, eine Gardine zu erschießen.

Kleinert ließ seine Hand wieder sinken, den Kopf knallrot. Dietrichs tat so, als hätte er den Griff zur Waffe nicht bemerkt.

Kleinert beugte sich vor, um das zersplitterte Holz an Tür und Laden in Augenschein zu nehmen. »Aufgehebelt«, sagte er knapp und immer noch etwas verlegen.

Möglicherweise Einbrecher, dachte Dietrichs, die aufgrund der geschlossenen Läden angenommen hatten, dass niemand zu Hause war, und ihr Glück versucht hatten. Die Terrasse war wegen des dichten

Rhododendrongebüsches kaum einsehbar – ideale Bedingungen, wenn man ungestört Kaffee trinken oder unbehelligt ein Fenster aus den Angeln heben wollte.

Er dachte kurz daran, seine Pistole zu ziehen, doch dann würde Kleinert dasselbe tun, und die Idee, mit einem nervösen Kleinert mit gezückter Dienstwaffe das Haus zu durchsuchen, behagte ihm gar nicht. Daher schob er bloß vorsichtig den flatternden Store zur Seite, machte einen Schritt über den Fensterrahmen und kam in ein Wohnzimmer. In dem spärlichen Licht, das durch die aufgebrochene Tür und die schmalen Ritzen zwischen den Lamellen der Läden einfiel, sah er mit hellen Tüchern verhängte Möbel. Niemand hatte sich die Mühe gemacht, die Tücher zurückgeschlagen, um Schränke und Regale zu durchwühlen.

Er durchquerte das Zimmer. Durch die offene Tür des Esszimmers war wieder das Bild mit den toten Tieren über dem Tisch zu sehen. In der Halle blieb er stehen.

Er legte den Finger an die Lippen, und sie lauschten in die Stille. Die Luft schien im Haus zu stehen. In der Helligkeit, die durch das Oberlicht in die Halle fiel, schwebten fast reglos ein paar Staubpartikel. Dann rief er nach Overdieck. Seine Stimme stieg durch den hohen Raum, und als sie verhallt war, hatte er den Eindruck, dass es noch stiller war als zuvor. Das Einzige, was er hörte, war Kleinerts leises Atmen.

Dietrichs setzte sich in Bewegung. Die Treppe in den ersten Stock nahm er mit großen Schritten. Auf Anhieb erwischte er die Tür zum Treppenaufgang für die Dienstbotenmansarden. Er stieg eilig hoch, auch wenn er sich sagte, dass durch Hetze in der Regel nichts zu gewinnen und nichts zu verhindern war. Dicht hinter sich hörte er Kleinert die Treppe hinauftraben.

Im Dachgeschoss hielt Dietrichs kurz an, um Luft zu holen. Vor ihm lag der lange Flur, von dem die Mansardenzimmer der Dienstboten abzweigten. Paul Overdiecks Zimmer lag hinter der dritten Tür auf der rechten Seite, zum Park hin.

Mit ein paar langen Schritten durchquerte Dietrichs den Flur. Die Tür zu Overdiecks Zimmer war nicht ins Schloss gezogen, sondern nur angelehnt.

Er gab dem Türblatt mit dem Ellenbogen einen schwachen Stoß. Sie schwenkte sacht ins Rauminnere und stieß mit einem sanften Knall an irgendetwas. Der Kleiderschrank, dachte Dietrichs.

Dietrichs blickte ins Zimmer. Der klapperige Tisch stand immer noch inmitten des Zimmers, mit einigen Büchern, der Stuhl war zurückgeschoben, als wäre Overdieck nur einmal kurz aufgestanden. Von Overdieck selbst allerdings keine Spur. Irgendwo im Haus musste er sein.

Sie machten sich auf die Suche. Sie begannen mit den Mansardenzimmern; in dem Raum neben Overdieck schien seine Mutter zu leben, die anderen Zimmer waren mit ausrangierten Gegenständen vollgestellt. »Die beiden wohnen tatsächlich in zwei Zimmern, während das gesamte Haus leer steht«, kommentierte Kleinert. »Dabei sind die Besitzer gar nicht da.« Dietrichs überging seine Bemerkung. Ihm war nun wirklich nicht danach, sich über Raumaufteilungen, Besitzverhältnisse und vielleicht auf Ewigkeit eingepflanzten Gehorsam Gedanken zu machen.

»Wir nehmen uns den ersten Stock vor.«

Dietrichs hatte gerade das erste Schlafzimmer in Augenschein genommen und stand wieder neben Kleinert im Flur, als dieser sagte: »Ich höre was.« Sie lauschten beide.

»Wasser«, sagte Kleinert. »Da läuft Wasser.«

Kleinert hatte recht, irgendwo im Haus rauschte Wasser. Sie gingen dem Geräusch nach, es kam aus einem Raum am Ende des Flurs. Dietrichs zog einen Handschuh über und drückte vorsichtig die Türklinke hinunter. Sie sahen in ein hellgrün gekacheltes Badezimmer, das Wasser lief aus dem Wasserhahn in ein Waschbecken an der linken Wand.

Overdieck lag vor der Badewanne. Zusammengekrümmt und das Gesicht in Richtung der Deckenlampe gewandt. Er trug einen Bademantel und war offensichtlich dabei gewesen, sich zu rasieren. Die linke Hälfte seines Gesichts war glatt und hell, hier hatte Overdieck schon mit dem Rasiermesser in seiner Hand Seifenschaum und Bartstoppeln abgeschabt. Die rechte war noch mit aufgeschäumter Seife bedeckt, allerdings war der Schaum nicht mehr grauweiß, sondern rosarot. Das Rosarot wurde an den Stellen dunkler, an denen das Blut aus dem Loch an seiner Schläfe ausgetreten und über das Gesicht gelaufen war. Zum Teil war es in seinem Bademantel versickert, ein anderer Teil hatte sich auf dem ebenfalls grünen Badevorleger verteilt und bildete eine rot schimmernde Pfütze auf dem grauen Fußboden.

Hinter Dietrichs Rücken schnappte Kleinert nach Luft.

Banse, dachte Dietrichs. Der flüchtige Banse hatte Overdieck gefunden. Er hatte das Haus beobachtet, auf einen günstigen Moment gewartet und hatte den Beamten getötet. Sie hatten den Eingang zu dem Lager überwacht, jedoch nicht Overdiecks Haus. Hätten sie jemanden vor Overdiecks Haus postiert, wäre Banse ihnen in die Arme gelaufen, sie hätten ihn festgehalten, und Overdieck wäre noch am Leben. Stattdessen hatten sie auf dem Zechengelände gelegen und darauf gewartet, dass er sich Schnaps holen würde. Hätte, hätte. Sinnlose Spekulationen.

Dietrichs holte tief Luft. Er drehte sich zu Kleinert um: »Wir brauchen Jürgens mit seiner Spurensicherung.«

* * *

Drei Stunden später kam Jürgens in Dietrichs' Büro, um Bericht zu erstatten.

Zuvor hatten Dietrichs und Kleinert eine Runde durch die Zimmer der Villa am Stadtpark gemacht. Es gab nichts, was auf einen Diebstahl hindeutete. Auch sah es nicht so aus, als ob Overdieck einen Einbrecher überrascht hätte. Overdieck hatte sich offenbar friedlich im Badezimmer der Herrschaften rasiert und war dabei erschossen worden. Allem Anschein nach war der Eindringling mit dem Ziel in das Haus eingebrochen, Overdieck zu töten.

Overdiecks Mutter war nicht im Haus gewesen, sie schien für ein paar Tage verreist zu sein. Im Eisschrank hatten sie eine Menge vorgekochter Gerichte gefunden und einen Zettel mit Hinweisen wie für einen Halbwüchsigen: »Donnerstags Müllabfuhr, freitags neue Lebensmittelzuteilung: Marken abholen.«

»Was hast du gefunden, Jürgens?«

»Nicht allzu viel, tut mir leid. Keine brauchbaren Fingerabdrücke an der Terrassentür, keine am Holzrahmen, keine an der Badezimmertür. Es sieht so aus, als ob der Eindringling Handschuhe getragen hätte.« Er fügte hinzu: »Ihr habt ja glücklicherweise die Klinke gar nicht angefasst.«

»Ja, richtig schlau von uns«, murmelte Kleinert. »Hättest du nicht gedacht, was?«

Dietrichs unterdrückte einen Seufzer. Kleinert war empfindlich, überall witterte er Kritik, den Hinweis darauf, dass er nicht auf dem Laufenden war, weil ihm viele Berufsjahre fehlten.

Jürgens warf ihm einen irritierten Blick zu und redete weiter.

»Wir haben es also nicht mit einem Gelegenheitsdieb zu tun, sondern mit jemandem, der sich darum bemüht hat, keine Spuren zu hinterlassen.«

Die Schlussfolgerung, die so offensichtlich auf der Hand lag, kam bei Kleinert nicht gut an. Kleinert holte schon Luft, doch Dietrichs kam ihm zuvor.

»Wir können also ausschließen, denjenigen über seine Fingerabdrücke zu identifizieren. Weitere Spuren?«

»Am Griff der Terrassentür dasselbe: Spuren von Handschuhfingern, die ältere Spuren verwischt haben. Keine Fußspuren im Haus. Die Böden sind sauber, da gibt es keine Staubschicht, in der jemand ein paar Trittspuren hinterlassen könnte.«

Für den sauberen Boden war Overdiecks Mutter verantwortlich. Sie mussten sie so schnell wie möglich finden und mit ihr sprechen. Sobald Beckmann die Adressen herausgefunden hatte, würde sie die Besitzer der Villa und Overdiecks übrige Familie kontaktieren.

Jürgens fuhr fort: »Was die Kugel angeht: Kaliber 9 mm kurz. Passt in alles Mögliche.«

Das stimmte. Beispielsweise in seine Walther PPK, die er seit gut vier Wochen wieder in seinem Holster trug. Über Entfernung wollte Jürgens noch nichts sagen.

»Ich weiß erst Genaueres, wenn Hiesken die Obduktion macht und ich den Schusskanal sehe«, verkündete er.

Dietrichs bedankte sich, Jürgens trollte sich zufrieden.

»Dass Banse eine Waffe hat, wäre etwas Neues, oder?«, sagte Kleinert, als Jürgens die Tür hinter sich zugezogen hatte.

Dietrichs knurrte zustimmend. Kleinert hatte recht. Steinhoff war erschlagen worden, und auch Jahnke hatte nicht erwähnt, dass Banse eine Schusswaffe besaß. Ganz im Gegenteil: Banse hatte mit einer Petroleumlampe um sich geworfen. Was er wohl kaum getan hätte, wenn er einen Revolver oder eine Pistole gehabt hätte.

Eine Schusswaffe hätte er sich theoretisch auch später besorgen können. Schusswaffen waren verboten, doch auch die konnte man schwarz kaufen. Waffen waren allerdings heikel. Die Briten verstanden bei illegalem Waffenbesitz keinen Spaß. Im vergangenen Sommer hatte im Präsidium die Geschichte des Grevener Gendarmerie-Kreisführers die Runde gemacht, der in seinem Garten Waffen aus den Beständen seines Amts vergraben hatte, statt sie den Briten auszuhändigen. Fremdarbeiter hatten die Waffen gefunden, der Mann wurde verhaftet und zum Tode verurteilt.

Kleinert sagte: »Warum sollte Banse das überhaupt tun? Er konnte doch davon ausgehen, dass Overdieck alles über den Fall gesagt hat. Das Geschäft mit den Ausweisen war gelaufen.«

Genau das hatte Dietrichs sich auch gedacht und Overdieck beruhigt. Es bestehe keine Gefahr mehr für ihn. Offenbar hatte er sich geirrt.

»Wer weiß, wovon Banse ausgegangen ist«, sagte Dietrichs knurrig.

Kleinert ließ nicht locker. Er hatte sich auf den Stuhl vor seinem Schreibtisch gepflanzt, als ob er dort für immer bleiben wollte. Dort bleiben und mit ihm über den Fall reden wollte. Das hatte ihm gerade noch gefehlt. Jemand, der Fragen stellte und verhinderte, dass er die Dinge mit sich ausmachte.

»Nehmen wir an, es war Banse. Warum hat er so lange gewartet?«, fragte Kleinert weiter.

Weil sich die günstige Gelegenheit erst jetzt ergeben hatte, da die Mutter verreist war. Weil er sich dachte, dass sich die Aufregung jetzt gelegt hatte und niemand mehr mit ihm rechnete, weder Overdieck noch die Polizei. Auf der anderen Seite war jeder Tag in der Stadt für Banse ein Risiko. Und ein noch größeres Risiko war es, auf dem Schwarzmarkt nach einer Waffe zu suchen.

Dietrichs zuckte mit den Schultern. Sein Kopf war müde, und er ärgerte sich über sich selbst. Er hätte das Haus bewachen lassen sollen. Waffe, sagte ihm sein müder Kopf durch all den Ärger hindurch. Mehr sagte ihm sein müder Kopf leider nicht.

Er wandte sich an Kleinert: »Wir werden weiter die Nachbarn befragen, möglicherweise hat jemand etwas gesehen oder gehört.«

»Was machen wir mit den Engländern?«, fragte Kleinert.

Kleinert hatte recht. Die Hälfte der Häuser hatte die Army beschlagnahmt. Zu den Engländern konnten sie nicht einfach marschieren und Fragen stellen, dazu brauchten sie die Militärpolizei.

»Ich werde mit Gibbson sprechen.«

Er bat Kleinert, eine Liste der Häuser zu erstellen, später würden sie sich auf den Weg machen und mit den Anwohnern sprechen.

Waffe. Plötzlich wusste er Bescheid. Dietrichs stand auf und rief ins Vorzimmer: »Frau Beckmann, der Bericht von Brandmeister Nolte über den Brand im Schrebergarten. Und das Protokoll von Jahnkes letztem Verhör.«

Einen Augenblick später stand die Beckmann mit den Unterlagen in der Tür.

Dietrichs fuhr mit dem Finger die getippten Zeilen entlang. Da stand es schwarz auf weiß, in Beckmanns sauber getipptem Protokoll: Jahnke hatte ausgesagt, dass Pöhler sie mit einer Pistole bedroht hatte. Andererseits tauchte keinerlei Schusswaffe im Untersuchungsbericht der Feuerwehr auf, an der Brandstelle war also keine gefunden worden. Möglicherweise hatte Banse die Pistole gegriffen und mitgenommen, als sie die Laube verließen.

Er klappte den Aktendeckel zu und machte sich auf den Weg zu Gibbson.

49

Mittwoch, 27. März 1946

In Gertrud Lohmanns Milchladen herrschte dichtes Gedränge. Es roch nach feuchten Mänteln, ungewaschenen Körpern und vor allem nach frischer Milch. Frauen und Kinder standen dicht an dicht, mit Blechkannen und Töpfen ausgerüstet, um etwas von der neuen Lieferung zu ergattern. Die Lohmann und ein blasses junges Mädchen, dem Aussehen nach ihre Tochter oder eine nahe Verwandte, bedienten hinter der Theke. Mit Schöpfkellen fuhren sie in einen blechernen Bottich, teilten Milch aus, kassierten Geld und nahmen Lebensmittelmarken entgegen. Kaum jemand beschwerte sich, die Leute nahmen zufrieden ihre Milch in Empfang und trugen sie vorsichtig hinaus. Im Laden herrschte eine stille Festtagsstimmung. Sie hatte offensichtlich einen glücklichen Moment erwischt, dachte Edith. Die Leute bekamen etwas, das knapp war, was sie dringend brauchten und eine Erleichterung für die nächsten Tage versprach. Ein halbwüchsiges Mädchen trug ihre Kanne wie einen Tabernakel oder ein anderes heiliges Gefäß vor sich her und wirkte wie eine etwas zerzauste Priesterin, die langsam und würdevoll über die blau-weißen Fliesen des Milchladens schritt wie über den geweihten Boden eines Tempels.

Edith stellte sich hinten an und wartete, bis sie an der Reihe war.

»Ich will mit Ihnen reden«, sagte sie, als sie vor Gertrud Lohmann stand.

»Ist jetzt ein bisschen ungünstig«, entgegnete die Lohmann nicht unfreundlich. »Sie können hinten warten.«

Sie hob die Klappe neben der Verkaufstheke hoch und winkte

Edith in ein Hinterzimmer mit einem großen Spülbecken in der Ecke und Regalen voll mit Weißblechkannen und Glasflaschen. Eine Tür führte in den Hinterhof. Edith setzte sich an den Tisch in der Mitte des Raums.

Natürlich hatte sie gehen müssen, Martha hatte sie gedrängt: »Ehrlich, die Idee ist gut. Da gibt's nichts. Ich weiß aber nicht, ob ich das so hinkriege.« Damit hatte sie vermutlich recht, aber mindestens genauso wichtig war, dass Martha im Hintergrund bleiben wollte. Sich selbst und Hella aus der Schusslinie heraushalten wollte. Das bedeutete aber zugleich, dass Edith, die die Lohmann gar nicht erwähnt hatte, ins Visier der Milchhändlerin rutschte. Also hatten sie sich ein wenig gestritten, und schließlich hatte Edith sich bereit erklärt zu gehen. Unter der Bedingung, dass ihr Anteil erhöht wurde. Geringfügig erhöht wurde, um ehrlich zu sein. Jetzt saß sie hier und sollte Gertrud Lohmann davon abbringen, sie weiterhin zu erpressen.

Es dauerte nicht lange, da schlugen die Kellen immer häufiger gegen den Blechboden des Bottichs, und das Gemurmel im Laden wurde zunehmend lauter und gereizter. Zweifel an der Abmessung und der Qualität der Milch wurden geäußert – das Milchwunder näherte sich seinem Ende. Schließlich hörte sie, wie die Lohmann die letzten Kunden, die leer ausgegangen waren, wegschickte und dafür mit ein oder zwei herzhaften Beschimpfungen bedacht wurde. Das Wunder war endgültig vorüber.

Einen Augenblick später erschien Gertrud Lohmann und setzte sich zu ihr.

»Also, ihr habt es euch überlegt«, sagte sie geschäftsmäßig.

»So würde ich das nicht ausdrücken«, entgegnete Edith.

Die Lohmann war erstaunt.

»Ah ja?«, fragte sie.

»Wir haben keine Butter«, sagte Edith.

»Komm mir nich' wieder mit der Leier«, sagte die Lohmann. Edith konstatierte, dass sie anfing, sie zu duzen, aus Zorn oder weil sie beide ein schmutziges Geschäft besprechen wollten. Sie sprach ungerührt weiter.

»Aber nehmen wir einmal an, wir hätten welche.«

Sie erntete einen interessierten Blick.

Weiter kam Edith nicht, da an der Hintertür ein dünnes Mädchen mit struppigem Haar erschien. Um einiges jünger als Hella, vielleicht gerade mal sechs oder sieben Jahre alt. Sie gab der Milchhändlerin eine angestoßene Metallkanne, die prompt mit Milch aus einem Gefäß auf dem Abtropfbrett gefüllt wurde.

»Danke«, sagte das Mädchen und verschwand durch die Hintertür.

Gertrud Lohmann verschenkte Milch. Edith dachte wieder an ihren Vater. An seine Großzügigkeit, die schmalen Hände, die dem einen oder anderen Kind Blockmalz über die Theke reichten, über dieselbe Theke, über die er sich lehnte, um Denunziationen in Empfang zu nehmen und weiterzureichen. Sie hatte erst verstanden, worum es ging, als sie die Leiche eines siebzehnjährigen Deserteurs an einem Baum hatte baumeln sehen, um den Hals ein Schild: »So sterben Verräter«. Die Feldjäger hatten ihn erwischt, dank eines Hinweises aus der Bevölkerung, wie sie verlauten ließen. Edith hatte auf einmal gewusst, woher der Hinweis gekommen war. Sie hatte ihren Vater danach gefragt. Er hatte ihr etwas von Recht und Gesetz erzählt und davon, dass jetzt alle zusammenstehen müssten, um nicht den Bolschewiken in die Hände zu spielen. Und deshalb tue er schon seit Jahren, was in seiner Macht stehe, und leite alles weiter, was ihm an Verrat und Zersetzung zu Ohren komme. Am Ende hatte er selbst an einem Balken im Keller gebaumelt. Im Grunde hatte sie ihr Zuhause zweimal verloren: einmal durch die Flucht, zum zweiten Mal dadurch, dass sie begriffen hatte, dass die heile Welt eine Welt aus Pappmaschee war, freundliche Kulissen, die sie für die Wirklichkeit gehalten hatte.

Edith kam wieder auf ihr Anliegen zurück.

»Nehmen wir einmal an, wir hätten welche. Wir hätten sie sicher nicht auf legale Weise bekommen.« Sie lächelte kurz. »Denn eine Kuh haben wir nicht im Hinterhof stehen, wir schlagen auch keine Butter in Marthas Wohnung.«

Sie hatte die ungeteilte Aufmerksamkeit der Lohmann.

»Auf nicht legale Weise. Ein krummes Geschäft. Genauer: Ein krummes Geschäft im großen Stil. Hinter krummen Geschäften im großen Stil stehen meist mächtige Leute. Viel mächtiger als Martha. Viel mächtiger als ich. Diese mächtigen Leute mögen es gar nicht, wenn man sich in ihre Geschäfte einmischt.«

Die Lohmann sagte gar nichts. Sie starrte sie nur aus zusammengekniffenen Augen an. Edith war sich nicht sicher, ob ihr Bluff funktionieren würde.

»Mächtige Leute, die keinen Spaß verstehen«, schickte sie hinterher.

Die Lohmann schüttelte den Kopf.

»Erzähl keinen Käse. Ihr habt die Butter irgendwo aufgetan und verhökert sie jetzt.«

Edith lächelte milde. »Irgendwo aufgetan. Wie sollte Martha irgendwo Butter auftun? Oder ich?«

»Eingetauscht. Gegen Zigaretten, die von irgendwoher stammen.«

Die Lohmann spielte auf ein Gerücht an, das im Viertel herumging und besagte, sie bekäme Zigaretten aus nicht ganz ehrenwerten Quellen.

Edith ließ ihr Lächeln verschwinden und sagte eiskalt: »Zigaretten von irgendwoher, was meinen Sie damit?«

»Das eine oder andere hört man hier so.«

»Sie sollten nicht alles glauben, was man Ihnen erzählt. Ich wäre an Ihrer Stelle etwas vorsichtiger.«

»Wieso dat denn?«

»Wieso? Das liegt doch wohl auf der Hand. Die wirklich wichtigen Dinge registrieren Sie nicht.«

»Was für wichtige Dinge?« Die Lohmann biss an, stellte Edith zufrieden fest.

»Wir haben hier in den letzten Wochen drei Tote gehabt. Drei Menschen, die irgendjemand getötet hat.«

»Was soll das mit eurer Butter zu tun haben?«

Edith lächelte nachsichtig.

»Wir haben keine Butter, wie gesagt. Doch ich könnte mir vorstellen, dass bei einem Butterhandel ab einer gewissen Größenordnung einiges auf dem Spiel steht. Da gibt es ganz andere Mächte im Hintergrund, Schieberbanden, mit denen ich mich nicht auf ein Kräftemessen einlassen würde.«

Gewisse Größenordnung, andere Mächte im Hintergrund, Schieberbanden. Das alles klang vage und bedrohlich. Edith hoffte, dass die Mischung ihre Wirkung tun würde. Sie fuhr fort und benannte das Ergebnis der dunklen Machenschaften. Diesmal konkret und fassbar, allen bekannt.

»Kasulke und sein Helfer sind tot. Womit Kasulke sein Geld verdient hat, haben Sie ja vielleicht auch gehört.«

Getrud Lohmann schien hin und her zu überlegen.

»In einer Schrebergartenhütte verbrannt«, fügte Edith hinzu. »Kaum mehr zu erkennen, nach allem, was man hört. Da hat jemand überhaupt keine Skrupel.«

Sie sah sich in dem Zimmer um, als wollte sie abschätzen, wie schnell der Raum brennen würde.

Dann sagte sie: »Das Ganze ist mindestens drei Nummern zu groß für Sie.«

Sie biss sich auf die Unterlippe, um nicht zu kichern. Dasselbe hatte die Frau am Milchhof zu ihr gesagt. Tatsächlich war dieser verflixte Butterhandel um einige Nummern zu groß für sie gewesen. Deshalb saß sie jetzt im Hinterzimmer eines Milchladens und bemühte sich nach Kräften, eine Milchhändlerin aufs Glatteis zu führen.

Ob sie damit Erfolg hatte, war schwer zu sagen. Gertrud Lohmann thronte wie versteinert auf ihrem Stuhl und grübelte. Schließlich stand sie auf und öffnete die Hintertür für sie.

Edith stand auf, beim Hinausgehen sagte sie: »Damit hat sich die Angelegenheit wohl erledigt, denke ich.«

Gertrud Lohmann antwortete nicht, sondern verriegelte die Tür hinter ihr.

50

Mittwoch, 3. April 1946

Nichts. Dietrichs hatte wieder den Eindruck, vor einer dicken Wand zu stehen. Eine Woche war seit Overdiecks Tod vergangen. Dietrichs saß an seinem Schreibtisch und ließ die Befragungen der letzten Tage Revue passieren.

Hiesken hatte herausgefunden, dass Overdieck ungefähr eine Stunde vor ihrem Eintreffen erschossen worden war, und so hatten sie die Anwohner in der Straße befragt, ob sie am frühen Mittwochvormittag jemanden in der Nähe gesehen hatten.

Die Leute in den Villen um den Stadtpark waren redseliger als in dem Arbeiterviertel in Hamme.

Eine Frau, die zwei Häuser entfernt von Overdieck wohnte, in einer hübschen Villa mit einer Art Fachwerk im ersten Stock, hatte ihn hereingebeten und ihn in ein vornehmes Wohnzimmer geführt. Glänzende Holzmöbel, eine Vitrine mit Kristallgläsern. Sie wusste zu berichten, dass die Tenberges schon seit zwei Jahren nicht mehr in dem Haus wohnten.

»Die Tenberges sind nach dem ersten Bombenangriff aufs Land gegangen. Hier, in der Stadt, war man ja seines Lebens nicht mehr sicher.«

Gesehen hatte sie nichts.

»Ich verkneife mir den Blick aus dem Fenster. Soll ich mir etwa die Fräulein anschauen, die mit den Engländern poussieren? Unten in der Bergstraße vor dem Offizierscasino stehen sie regelrecht Schlange, die Damen. Schamlos wie die Hündinnen. Und dann geht es ab in den Stadtpark.«

Sie sah Dietrichs an, als ob sie ihn persönlich für all das verantwortlich machen würde.

Im Haus gegenüber beklagte sich die Besitzerin über die Flüchtlinge, die bei ihr einquartiert waren.

»Gesindel aus dem Osten, lauter Habenichtse. Verdreckt und verlaust, kann ich Ihnen sagen. Die hat mir das Wohnungsamt ins Haus gesetzt. Kurz vor dem Zuzugsstopp! Der gesamte erste Stock ist voll mit denen. Ich schließe jetzt hier unten alles ab und achte darauf, dass keiner von denen lange Finger macht. Da schaue ich natürlich nicht aus dem Fenster, um zu sehen, was auf der Straße los ist.«

Dietrichs hatte die Flüchtlinge befragt. Im ersten Stock, eine Gruppe von Frauen und Kindern, insgesamt elf Personen, die sich auf die vier Zimmer der Etage zu verteilen schienen. Sie hatten es sich, so gut es ging, eingerichtet. Im Wohnzimmer spannten sich von Bücherregal zu Bücherregal Wäscheleinen, von denen Strümpfe und Leibwäsche baumelten, im Kamin stand eine Brennhexe, zwei rote Plüschsessel waren zusammengeschoben und bildeten die Lagerstatt für einen hinfälligen Greis.

Die Frauen drehten sich zu ihm und betrachteten ihn misstrauisch, als er seinen Polizeiausweis zückte.

»Weisen Sie uns jetzt woanders ein?«, fragte eine hochgewachsene Frau mittleren Alters, die dünnen Haare waren zu einem straffen Knoten gezwirbelt, so dass ihr ohnehin schon hageres Gesicht fast wie ein nackter Schädel aussah. Dem Klang nach Oberschlesien, dachte Dietrichs und erklärte, dass er von der Kripo komme. Das machte die Sache nicht besser.

»Hat sie uns angezeigt, weil wir etwas gestohlen haben?«, fragte wieder die Frau mit dem Knoten. Sie schien hier die Wortführerin zu sein. Dietrichs brauchte nicht danach zu fragen, wen sie mit »sie« meinte. Er ließ sich ihre Papiere zeigen. Flüchtlinge aus Breslau, Großeltern, Tochter und zwei Schwiegertöchter, eine erwachsene Enkelin und ein halbwüchsiger Junge, zwei kleine Jungen und ein kleines

Mädchen. Bei dem alten Mann stand im Ausweis: Spielzeugfabrikant. Dietrichs dachte kurz, dass die Familie vermutlich unter ganz anderen Umständen gelebt hatte als jetzt.

Die Wortführerin war eine der Schwiegertöchter. Als er danach fragte, ob sie jemanden gesehen hätten, der in der letzten Zeit das Haus der Tenberges beobachtet oder sich am Mittwochmorgen Einlass verschafft hätte, antworteten sie willig. Niemand hatte einen Beobachter bemerkt. Was den Dienstagmorgen anging, erhielt er eine Reihe von Auskünften. An dem Vormittag waren an dem Haus zwei englische Offiziere vorbeigelaufen, die vermutlich in den Villen am oberen Ende der Straße einquartiert waren. Einer der Jungen hatte Autos gesehen, zwei britische Jeeps, dazu einen Mann auf einem voll beladenen Fahrrad, der am Haus vorbeigefahren sei. Die alte Frau berichtete von zwei Männern mittleren Alters mit Hut, die an dem Haus geschellt hätten.

»Ungefähr so gekleidet wie Sie«, sagte die alte Dame. Dietrichs wollte gerade um eine genauere Beschreibung der beiden bitten, als sie hinzufügte: »Sie haben ziemlich lange vor dem Haus gestanden, der eine ist sogar ein Stück zurückgegangen, und hat nach oben, zu dem Dach oder zu den Fenstern geschaut.«

Dietrichs freute sich einen Wimpernschlag lang. Zwei Männer, die das Haus angeschaut hatten, herausfinden wollten, ob sich hinter den Fenstern jemand zeigte. Zwei Personen. Dann aber begriff er, wen die alte Dame beobachtet hatte. Um sicherzugehen, fragte er: »Um welche Zeit haben Sie die beiden Männer bemerkt?«

»So gegen elf Uhr.«

Die Befragung der britischen Offiziere, die in der Straße einquartiert waren, war nicht erfolgreicher verlaufen: Niemand – außer Kleinert und ihm – war bei dem Haus gesichtet worden. Das musste nicht unbedingt bedeuten, dass der Täter nicht durch die Straße gekommen war. Andererseits konnte er auch gut vom Stadtpark aus durch den Garten zur Terrasse gelangt sein. Für sie hieß es nur: Sie hatten keinen Anhaltspunkt.

Overdiecks Mutter war immer noch nicht wiederaufgetaucht. Wohin sie gefahren war, war nicht herauszufinden. Sie hatte keine Angehörigen in Bochum, ihre Verwandten im Münsterland hatten schon lange nichts von ihr gehört, und ihre Dienstherren, die sie nach einigem Suchen auf einem Bauernhof im Sauerland gefunden hatten, wussten ebenfalls nichts von ihr. Also blieb ihnen nichts anderes übrig, als darauf zu warten, dass sie zurückkehrte.

Was das Haus anging, hatten sie inzwischen herausgefunden, dass die kleine Villa erst beschlagnahmt werden sollte, doch als die Briten sie dann doch nicht requirierten, hatte es keine Meldung ans Wohnungsamt gegeben. Daher stand die Villa monatelang fast leer. Dietrichs hatte die Information weitergeben.

Auch von Banse keine Spur. Nichts.

Falls es überhaupt Banse gewesen war. Er hörte wieder Kleinerts Bemerkung: »Overdieck hat in diesem Fall alles gesagt.« Der Satz wiederholte sich wie eine Schallplatte, die man immer wieder abspielte. Dietrichs fragte sich müde, warum die Platte in seinem Kopf ablief. Weil er wollte, dass Banse es nicht gewesen war? Damit er sich nichts vorwerfen musste? Dietrichs schüttelte den Kopf. Das hatte ihm gerade noch gefehlt. Eine endlose Platte aus schlechtem Gewissen. Die Platte drehte sich trotzdem weiter. Overdieck hat in diesem Fall alles gesagt. In diesem Fall. In diesem Fall. Die Konturen der Wörter wurden schärfer. In dem Fall. Die Schleife hatte nichts mit Vorwürfen, Rechtfertigungen oder einem schlechten Gewissen zu tun. Die Schleife lieferte ihm etwas Besseres. Einen Anhaltspunkt. In dem Fall. In diesem Fall. Was, wenn es noch andere Fälle gab?

* * *

Am nächsten Morgen stattete Dietrichs dem Meldeamt einen neuen Besuch ab. Diesmal war Kleinert bei ihm.

Poschke, Overdiecks Kollege, stand wieder in Hemd und Strickjacke hinter der Theke des Amtes. Er war alles andere als entzückt, sie zu sehen. Missmutig grummelte er: »Herr Oberinspektor, Sie schon wieder.«

»Richtig. Wir schon wieder. Wir möchten die Fälle sehen, für die Overdieck verantwortlich war.«

Poschke hob den rechten Arm und deutete mit großzügiger Gebärde auf die hintere Wand mit den Aktenschränken. Heute waren die Holzrollos hochgezogen, so dass Dietrichs die vielen Karteikästen sehen konnte, die sich übereinandertürmten.

»M bis Z, bitte schön.«

Er schlurfte zu der Klappe in der Theke und hob sie mit seinem verbliebenen Arm hoch, um Kleinert und Dietrichs durchzulassen.

»Am besten schauen Sie selber nach.«

Poschke hatte auf gut die Hälfte aller Kästen gedeutet, Karteikästen aus lackiertem braunem Holz, jeder mit einem Etikett versehen, das angab, welche Buchstaben hier behandelt wurden. Dietrichs überschlug die Anzahl: M bis Z waren an die dreißig Kästen.

Poschke hatte sich wieder an seinen Schreibtisch verzogen und begann, Papiere zu stempeln. Wobei stempeln noch milde ausgedrückt war, dachte Dietrichs. Mit grimmigem Gesicht knallte Poschke den Stempel auf das Papier. Ich habe zu tun, sagten Gesicht und Stempel.

»Poschke«, sagte Dietrichs.

Der Beamte hielt in seiner Stempelbewegung inne.

»Sie haben doch die Durchschläge der Anträge archiviert.«

»Ja, Herr Oberinspektor. Haben wir. Machen wir seit 38, seit die Kennkartenpflicht eingeführt wurde. Damit wir sehen können, wer eine Kennkarte hat und wer noch keine hat. Damit wir den Überblick haben.«

»Bringen Sie mir bitte die Durchschläge aller Anträge von M bis Z.«

Poschke schlurfte wortlos zu einem Regal, lud vier Aktenordner auf ein Wägelchen und brachte sie zu Dietrichs. Die Beschriftung der Rücken besagte, dass die Ordner die drei Quartale aus dem Jahr 45 enthielten sowie das aktuelle Jahr. Auf seine Frage hin erklärte ihm Poschke, dass Overdieck erst seit April 45 auf dem Amt hier gearbeitet hatte.

»Nach der zweiten Aprilwoche hatten wir ein paar Tage zu, da sind die Amerikaner hier einmarschiert. Aber Mitte Mai haben wir wieder aufgemacht«, erklärte Poschke.

»Na, das scheint ja ein reibungsloser Übergang gewesen zu sein«, kommentierte Kleinert. »Drei, vier Wochen das Amt zu, und dann geht es weiter wie gehabt.«

Dietrichs öffnete einen Ordner. Jeder war randvoll mit Anträgen. Anträge auf Pässe, Anträge auf Personalausweise. Darunter war vielleicht der Antrag von irgendjemandem, dem Overdieck auf dieselbe Weise wie Jahnke und Banse zu gefälschten Papieren verholfen hatte.

»Da liegen Sie aber falsch«, entgegnete Poschke und setzte sich wieder hinter seinen Schreibtisch. »Von wegen reibungslos. Neue Kennkarten, die jetzt Personalausweise heißen. Im Passamt sind alle Unterlagen über die Wupper gegangen. Nix mehr da. Alles futsch. Blieb dann alles bei uns hängen. Von wegen reibungslos.«

Kleinert konnte nicht mehr an sich halten. »Mann, da ist das ganze Regime untergangen, wir können jetzt neu anfangen, und Sie kleben an Ihren Akten.«

»Ach«, sagte Poschke und widmete sich wieder seinen Stempeln. »So einer«, murmelte er dann leiser.

»Was für einer?« Kleinert fing an, sich zu empören.

Poschke sah von einem zum anderen. Dann sagte er: »Nichts für ungut. Ich habe nichts gesagt.«

Bevor Kleinert zu einer Erwiderung ansetzen konnte, sagte Dietrichs in scharfem Ton zu Poschke: »Dann sagen Sie auch nichts mehr.«

Kleinerts Drang zu politischen Diskussionen ging Dietrichs auf den Senkel, da er davon ausging, dass sie sinn- und folgenlos waren, wenngleich er zugeben musste, dass Kleinert im Fall Poschke nicht ganz unrecht hatte. Doch sie hatten jetzt dringendere Probleme, als sich mit einem beschränkten Beamten herumzuschlagen. Er legte die Hand auf die Akten.

»Die nehmen wir mit.«

Poschke öffnete den Mund, Dietrichs erwartete einen Protest, doch nach einer Sekunde des Zögerns sagte Poschke: »Dafür hätte ich gerne eine Quittung.«

»Schicken wir Ihnen zu«, erklärte Dietrichs. Er schob Kleinert zwei Ordner zu und klemmte sich die übrigen beiden unter den Arm.

Gemeinsam verließen sie das Amt.

* * *

Eine halbe Stunde später saß Dietrichs wieder hinter seinem Schreibtisch und schlug eine Seite des dünnen Durchschlagpapiers um. Zartes, fast durchsichtiges Papier. Durchschläge über Durchschläge. An die dreihundert. Wenn sie wissen wollten, ob Overdieck weiteren Personen falsche Papiere besorgt hatte, mussten sie alle diese Namen hier überprüfen. Die Personen aufsuchen, ihre Identität feststellen, indem sie sich andere Papiere – Geburtsurkunden, Heiratsurkunden – zeigen ließen. Schauen, ob ihre Angehörigen ihre Identität bestätigten. Hinter irgendeinem dieser Namen verbarg sich vielleicht Overdiecks Mörder.

Für die Überprüfung würde er noch ein paar Männer brauchen. Dietrichs erhob sich, um sich auf den Weg zu Farnow zu machen. Doch Adelheid Beckmann kam ihm zuvor, sie hatte eine Nachricht für ihn.

»Captain Gibbson will Sie sehen«, erklärte sie. »Es ist dringend.«

Dietrichs seufzte.

51

Mittwoch, 3. April 1946

Sie hatte den Mann aus dem Tanzschuppen nicht mehr wiedergesehen. In der Nacht waren sie in seine Wohnung gegangen, ein einzelnes Zimmer in einem der Häuser im Viertel hinter dem zerstörten Theater. Ein Name. Peter. Mehr nicht. Er sagte ihn ihr, ohne dass sie danach fragte. Nie sollst du mich befragen, woher ich kam der Fahrt.

Peter war ein guter Liebhaber. Die Ungelenkigkeit, mit der er sich beim Gehen bewegte, verschwand nicht nur auf der Tanzfläche, sondern auch im Bett. Dort war er offenbar mit seinem Körper einverstanden, ließ ihm freien Lauf, der Körper dankte es ihm und verwandelte sich zu einem harmonischen Ganzen, das von sich aus ohne Zögern, ohne Mühe das Richtige tat. Ihr Körper hatte prompt und vergnügt geantwortet. Eine lange und beschwingte Nacht.

Edith lächelte in der Erinnerung daran. In der Morgendämmerung war sie wieder in Marthas Wohnung zurückgekommen.

Ein paar Tage später war sie noch einmal im Tanzschuppen gewesen, doch er war nicht aufgetaucht. Sie hätte sich daranmachen können, das Haus zu suchen, schauen, ob sie die Straße und das Haus in der Ruinenlandschaft wiederfand, doch das würde sie nicht tun. Es war die eine Nacht gewesen, und sie hatte nicht vor, in hellem Tageslicht an seiner Wohnungstür zu stehen, ihn von der Schwelle anzusehen, wie er seinen Ofen befeuerte oder seine Schuhe putzte, und zu erklären: »Da bist du ja. Endlich habe ich dich gefunden.«

Wozu auch? Die Nächte waren, wie sie waren, weil keiner den anderen nach dem Namen fragte, weil keiner irgendeine Zukunft plante, sondern einfach die Gegenwart nahm, wie sie war. Wer weiß, vielleicht traf sie ihn noch einmal. Das würde sich zeigen.

Ihre Hände sortierten mechanisch den Löwenzahn, den Hella angebracht hatte.

»Verdammt!«

Marthas Kopf tauchte rot unter dem Spülstein auf. Sie kniete auf dem Küchenboden, in der Hand hielt sie eine Rohrzange, die sie von Witulla geborgt hatte.

»Ich bekomme den verdammten Ring nicht auf.«

Martha setzte die Zange von Neuem an. Diesmal lehnte sie sich vor und gab das Gewicht ihres Oberkörpers auf die Zange, die den widerspenstigen Ring, der Siphon und Abflussrohr verband, gefasst hielt. Der Ring gab seinen Widerstand auf, denn Martha murmelte befriedigt: »Na also.« Wasser tröpfelte in den Eimer unter dem Spülbecken, und Martha hielt das gekrümmte Rohr in der Hand. Sie machte sich daran, mit einem Schraubenzieher im Siphon herumzustochern, um die Verstopfung des Abflusses zu beseitigen. Als sie den Siphon in den Eimer plumpsen ließ, klopfte es an der Tür. Edith öffnete.

Im Flur stand ein Schupo, ein dünner Kerl mit rötlichem Haar, der in einer umgefärbten Wehrmachtsuniformjacke steckte und eine Armbinde mit der Aufschrift M. R. Polizei trug.

»Martha Schrader?«, fragte er.

»Nein, das bin ich nicht«, sagte Edith. Sie vermied es, auf Martha zu zeigen, auch wenn der Schupo sie durch die Tür deutlich sehen musste.

»Ich bin Martha Schrader.«

Martha war aufgestanden und kam auf den Schupo zu, bereit, ihm mit ihrem gedrungenen Körper den Zugang zur Wohnung zu verwehren. Wenn der Schupo sie wegen des Butterhandels mitnehmen wollte, würde Martha das nicht verhindern können, indem sie die Hände in die Hüfte stützte und sich so breit wie möglich machte.

»Worum geht's?«, fragte Martha ruppig. Hinter der Ruppigkeit steckte Angst, das war selbst Marthas Rücken anzusehen, den hochgezogenen Schultern und der besenstielgeraden Wirbelsäule.

»Ich habe ein Schreiben für Sie. Wenn Sie mir den Empfang quittieren wollen.«

Der Schupo holte einen schmalen Umschlag aus seiner Uniformtasche und streckte ihn Martha entgegen. Martha beäugte den Umschlag und machte keine Anstalten, ihn zu nehmen. Der Umschlag hing einen Moment lang an der Hand des Polizisten in der Luft. Erst als der Schupo noch einmal sagte: »Für Sie!«, griff sie danach und steckte ihn in ihre Schürzentasche.

Der Polizist förderte ein Formular und einen Stift aus seiner Jacke zutage.

»Bitte unterschreiben«, sagte er.

»Auf dem Küchentisch.«

Edith verbiss sich ein Kichern. Wenn der Polizist kurz angebunden sein konnte, konnte Martha Schrader das auch.

»Hier!« Der Schupo deutete auf eine Stelle auf dem Blatt.

Martha unterschrieb, ohne das Formular durchzulesen, und drückte das Blatt dem Polizisten in die Hand. Er gab ihr einen Durchschlag, tippte an seine Mütze und ging.

Sobald sie die Tür hinter ihm geschlossen hatte, riss Martha den Umschlag auf. Sie las, ihre Lippen bewegten sich, und eine tiefe Falte erschien zwischen ihren Brauen.

»Ich soll mit Hella zum Präsidium kommen. Am vierten April.« Sie überlegte kurz.

»Morgen«, sagte sie dumpf. »Mit Hella. Wahrscheinlich wollen sie uns wegen der Butter drankriegen. Mich und Hella.« Genauso dumpf und tonlos. »Von wegen vergessen. Die vergessen nichts.«

Dann sagte sie: »Warum wollen sie dich nicht sehen? Ich meine, du warst doch auch …«

Martha lief rot an.

»Auch beteiligt, meinst du?« Edith vollendete den Satz für sie.

»Ich mein', es ist ja gut, dass sie dich vergessen haben«, erklärte Martha eilig. Zu wünschen, dass sie Edith ebenfalls erwischten, ging eindeutig gegen Marthas Ehrenkodex. Sie hatte keine Probleme damit, Edith zu bitten, die risikoreichen Gänge für sie zu erledigen, aber sich zu empören oder gar Neid zu zeigen, wenn Edith davonkam, sie jedoch nicht, war nicht in Ordnung.

Sie las das Schreiben noch einmal. Edith wartete geduldig und sah zu, wie Marthas Augen über die Zeilen glitten, stehen blieben und noch einmal zurückgingen. Schließlich sagte sie: »Ich glaube, es geht um was anderes. Lies du mal.«

Martha reichte ihr das Papierstück, ein dünnes amtliches Formular. Edith überflog es.

Vorsichtig sagte sie: »Du hast recht. Das kommt nicht von der Schwarzmarktbekämpfung. Es geht um den Toten in den Ruinen. Tötungsdelikt steht hier. Hella und du, ihr sollt als Zeuginnen aussagen, und eure Aussage soll noch einmal zu Protokoll genommen werden.«

»Warum? Wir haben doch schon alles gesagt. Vielleicht ist es ein Trick?« Martha runzelte besorgt die Stirn. Dann sagte sie: »Die brauchen keine Tricks. Die kommen einfach und nehmen uns mit. Wenn die so was vorhaben, brauchen die keine feinen Briefe zu schreiben. Dann nehmen die uns einfach mit.«

Die Logik war unwiderlegbar.

Martha faltete das Papier zusammen und steckte es in ihre Handtasche.

»Da kommen wir nicht drum rum. Die stehen sonst hier auf der Matte und holen uns.«

Sie ließ den Verschluss der Handtasche zuschnalzen und hängte sie mit den Tragriemen über die Stuhllehne, bereit für den morgigen Gang zum Polizeipräsidium.

»Wir müssen nur drauf achten, was wir sagen. Wenn die alles aufnehmen und tippen.«

Damit hatte Martha zweifellos recht.

»Wir können vielleicht die Butterscheine einfach rauslassen«, sagte Martha jetzt. »Nur von dem Toten erzählen und dem Mantel. Und den Männern, natürlich.«

Martha stöhnte. Wieder Geschichten zu erzählen, wieder darauf zu achten, was sie sagen würde, behagte ihr offensichtlich gar nicht.

Edith tat, was sie immer tat, seit sie bei Martha wohnte. Sie hörte zu, bestärkte und bestätigte, wie ein Spiegel, der ein mattes Bild mit viel schärferen Konturen zurückwarf, so dass der andere das Gefühl bekam, er sehe nun viel klarer.

»Genauso würde ich es machen«, sagte sie. »Lass die Butterscheine einfach raus. Selbst wenn es dem Polizeiinspektor nur um den Mord an dem Mann geht, ist es nicht sonderlich günstig, wenn diese Schwarzmarktgeschichte in den Akten erscheint.«

Martha nickte grimmig.

»Genau das meine ich. Da kommt dann irgend so ein Übereifriger vorbei und geht der Sache nach. Oder der Polizeiinspektor überlegt es sich anders, und wir landen doch noch im Gefängnis.«

Sie überlegte und schien sich ihre Geschichte zurechtzulegen. Ediths Gedanken schweiften ab, weg von Martha und ihren Problemen. Vielleicht sollte sie doch noch einmal nach Peter Namenlos suchen. Auf Gelegenheiten musste man nicht unbedingt warten, Gelegenheiten konnte man auch schaffen.

Martha sagte: »Zu dumm, dass dieser Polizeiinspektor auf uns gekommen ist. Alles nur, weil ihm diese bekloppte Elli Kasulke erzählt hat, dass wir Kasulke Butterscheine verkauft haben.«

Nach einer Pause fügte sie hinzu: »Rabenaas.«

52

Mittwoch, 3. April 1946

Beklommen machte sich Dietrichs auf den Weg zu Gibbson. Der Brite wollte ihn dringend sprechen. Was er wohl von ihm wollte? Vermutlich einen Bericht zum Ermittlungsstand in Sachen Mordfall Overdieck. Allzu viel, was er präsentieren konnte, hatte er nicht. Vier Aktenordner und eine Idee für die Suche nach weiteren Verdächtigen.

Gibbson saß hinter seinem Schreibtisch, seinen König hinter sich und vor sich einen dicken, braunen Umschlag, aus dem vermutlich die eng beschriebenen Papierseiten vor ihm stammten. Ein langer, maschinengeschriebener Brief, keine Akte, kein amtliches Dokument, dachte Dietrichs. Gibbson betrachtete ihn mit kühler Distanz.

»Mir ist ein Schreiben zugegangen«, erklärte er.

Nun, das war offensichtlich. Dietrichs nahm zur Kenntnis, dass vorerst von ihm kein Rapport gewünscht wurde, und war erleichtert.

Gibbson griff nach dem Blatt und sagte: »Ich darf Sie noch einmal darauf hinweisen, dass Sie alles, was Sie jetzt erfahren, vertraulich behandeln.«

»Selbstverständlich, Captain.«

Dietrichs sah zu, dass seine Stimme so neutral klang wie die des Briten. Alles, was er bei seiner Arbeit erfuhr, war vertraulich. Das wusste er, das wusste Gibbson. Diesmal schien es etwas besonders Heikles zu sein. Etwas Heikles, das offenbar erst einmal allein für seine Ohren bestimmt war, denn Gibbson hatte nur ihn rufen lassen. Seine Erleichterung verflog.

»Vor einer Stunde hat mich hier eine Dame aufgesucht. Sie hat an der Pforte darauf bestanden, mit einem Engländer zu sprechen. Nur mit einem Engländer. Es gehe um ein Verbrechen. Sie hat einige Zeit benötigt, um den Pförtner zu überzeugen, doch schließlich wurde sie hier vorstellig.«

Eine Dame, die sich an den englischen Polizeioffizier gewandt hatte. Dietrichs hatte nicht die leiseste Ahnung, um wen es sich handeln konnte. Edith Marheinecke, die wieder eine Idee hatte und sie lieber dem britischen Polizeioffizier mitteilte statt ihm? Auf sie traf die Bezeichnung »Dame« noch am ehesten zu. Martha Schrader oder Elli Kasulke? Keine von beiden war eine Dame. Aber vielleicht bezeichnete Gibbson alle Frauen als Damen.

»Die Dame hat mir das Schreiben hier übergeben, mit den Worten, dass sie es nur mir geben wolle. Weil ich – ich zitiere – ganz bestimmt keinen Dreck am Stecken habe, hat sie gesagt. Dreck am Stecken.«

Einen kurzen Augenblick lang hatte Dietrichs das Gefühl, der Brite amüsiere sich über sein sprachliches Fundstück, doch dann begriff er: Bei den deutschen Polizisten mit Ausnahme von Kleinert bestand die Möglichkeit, dass sie Dreck am Stecken hatten. Was immer das sein mochte. Das war wirklich eine heikle Angelegenheit.

Vorsichtig fragte er: »Wer war denn die Dame?«

»Marianne Overdieck, geborene Schlosser.«

»Paul Overdiecks Mutter«, sagte Dietrichs.

»Ja, in der Tat.«

Dietrichs fragte nicht weiter. Gibbson würde ihm sowieso gleich erklären, worum es ging.

Gibbson erklärte nichts. Er setzte eine Brille auf und las vor.

»Ich, Paul Overdieck, geboren am 31. 8. 1921 in Hattingen, versichere hier an Eides statt folgenden Sachverhalt, der sich am frühen Abend des 28. Septembers 1945 ereignete.«

Ein Sachverhalt, der sich ereignete. Dietrichs stellte fest, dass Overdiecks schriftliche Formulierungen auch etwas Musterschülerhaftes hatten, pompös und etwas schief.

»Seit meiner Rückkehr aus dem Lazarett im Januar 1945 arbeite ich wieder als Verwaltungsbeamter im Einwohnermeldeamt, da die Arbeit des Einwohnermeldeamtes und der örtlichen Meldestellen nach einer kurzen Unterbrechung durch den Einmarsch der Amerikaner fortgesetzt wurde, um die öffentliche Ordnung aufrechtzuerhalten. Allerdings unter erheblichen Schwierigkeiten, zumal die zentralen Meldedateien beim Einmarsch der Amerikaner zerstört wurden. Stets habe ich meine Aufgabe nach bestem Wissen und Gewissen erfüllt.«

Hier hob Gibbson kurz den Blick und sah Dietrichs über den Rand seiner Brille an. Dietrichs zog die Augenbrauen hoch. Bestem Wissen und Gewissen. Weder mit Overdiecks Wissen noch mit seinem Gewissen war es weit her, beides war in einem kläglichen Zustand.

»Am 28. September wurde ich polizeilicherseits darum gebeten, eine Kennkarte im Eilverfahren auszustellen. Es gehe um eine brisante und äußerst wichtige Angelegenheit.«

Dietrichs horchte auf. Er begann zu ahnen, worum es hier gehen könnte. Dreck am Stecken. Polizeilicherseits. Das klang nicht gut. Gibbson las weiter.

»Ich wies darauf hin, dass mir die Befugnisse fehlten, da ich nur Anträge bearbeite und weiterleite. Dem wurde mit dem Hinweis auf die besondere Dringlichkeit begegnet. Der Beamte legte mir eine Meldebescheinigung mit dem Namen Herrmann Krug vor und bat mich, für die Person eine Kennkarte auszustellen. Als ich darauf hinwies, dass sich in unseren Meldeunterlagen keine Person dieses Namens befinde, erklärte der Beamte, dass die Schlamperei in dieser Behörde unglaublich sei und ich mit dem Schlimmsten rechnen müsse, wenn ich nicht unverzüglich die Beantragung einer Kennkarte in die Wege leiten würde. Ich folgte dem Befehl, und es gelang mir, dem zuständigen Kollegen im Passamt diese Dringlichkeit zu vermitteln. So konnte ich dem Beamten zwei Wochen später eine provisorische Kennkarte aushändigen.«

Gibbson hörte auf zu lesen und fragte: »Was halten Sie davon?«

»Möglich ist es. Overdieck hat eine ähnliche Strategie benutzt wie bei Moormann und Mahlke. Antragstellung im örtlichen Meldeamt, legale Ausfertigung der Kennkarte, das Ganze diesmal besonders dringlich.«

Er hatte recht gehabt: Es gab noch mindestens einen weiteren Fall, in dem Overdieck falsche Papiere ausgestellt hat.

Gibbson sagte nichts, sondern betrachtete ihn abwartend. Dietrichs wusste, warum. Er hatte die Frage nur zum Teil beantwortet, war lediglich auf das Verfahren eingegangen und hatte den heiklen Punkt umschifft. Er holte tief Luft und sagte: »Allerdings klingt die Sache mit dem Polizisten sonderbar.«

»Wieso? Meinen Sie, dass ein Polizeibeamter nicht mit einer solchen Bitte an Overdieck herantreten würde?«

Dietrichs hatte das Gefühl, sich auf dünnem Eis zu bewegen. Die Frage war doppelbödig. Fragte ihn Gibbson, ob ein solches Prozedere bei der Polizei üblich war? Das war es natürlich nicht. Oder stellte Gibbson ihn auf die Probe? Setzte er voraus, dass eine solche Bitte illegal, wenn nicht kriminell war, und wollte nun herausfinden, ob Dietrichs bereit war, über illegales und kriminelles Verhalten seiner Kollegen zu reden?

»Nun«, sagte er vorsichtig. »Sagen wir, das Verfahren ist ausgesprochen merkwürdig. Wenn ein Beamter Ausweispapiere benötigt, für eine verdeckte Ermittlung oder was auch immer, wendet er sich nicht an die Meldestelle. Das ist nicht der korrekte Weg. Und er war es auch nie.«

Weder der korrekte Weg noch der kürzeste. Im Grunde wäre es einfacher gewesen, sich direkt an das Passamt zu wenden, das zum Bereich der Ortspolizei gehörte und im Präsidium war. Der Polizist hätte nur eine Treppe tiefer gehen müssen, doch dort hätte man ihn erkannt und sich an seinen Namen erinnert. Sich daran erinnert, wer ganz dringend im September 45 neue Papiere brauchte.

»Overdieck nennt im Folgenden das Geburtsdatum, auf das die Kennkarte ausgestellt worden ist: 28. 8. 1922. Er hat zusammen mit Ihrem Goethe Geburtstag.«

Dietrich rechnete nach. Ein Pass für einen jungen Mann. Einen Mittzwanziger. Einen Mittzwanziger, der sich abgesetzt hat.

Gibbson senkte den Blick wieder auf das Schreiben und las weiter.

»Nach längerem Nachdenken bin ich zu dem Schluss gekommen, dass die Handlung des Polizeibeamten den Rahmen des gesetzlich Zulässigen verlässt.«

Diese Einsicht hatte Overdieck jedoch nicht davon abgehalten, das Ganze mindestens noch einmal zu praktizieren, gemeinsam mit Steinhoff, um an die Alkoholvorräte zu kommen und seinen Traum von der Kneipenkette zu verwirklichen.

»Der Text endet mit den Worten: ›Aus diesem Grund habe ich die Vorkommnisse aufgezeichnet, ich hoffe damit, bei einer eventuellen Strafverfolgung dienlich zu sein.‹«

»Woher hatte Overdiecks Mutter das Schreiben?«, fragte Dietrichs

»Ihr Sohn hat es ihr gegeben. Mit der Bitte, das Dokument im Fall seines Todes einem Besatzungsoffizier im Präsidium zu geben. Nur einem Besatzungsoffizier.«

Der keinen Dreck am Stecken hat, fügte Dietrichs stumm hinzu.

»Eine Art Lebensversicherung«, murmelte er.

»Eine Art Lebensversicherung, die ihm nicht das Leben gerettet hat«, stimmte der Brite zu. »Er schreibt auch über sein Geschäft mit Jahnke und Banse.«

»Und?«, fragte Dietrichs. »Was schreibt er darüber?«

»Er beschreibt es so, wie er selbst und Jahnke ausgesagt haben.« Gibbson fügte hinzu: »Das Schreiben ist datiert. Auf den 14. März dieses Jahres.«

Er sah ihn an, und Dietrich verstand, dass es nun an ihm war, eine Schlussfolgerung zu ziehen.

»Er hat es zwei Tage nach Steinhoffs Tod aufgesetzt«, sagte er. »Ihm ist vermutlich klargeworden, worauf er sich eingelassen hat, und hat es mit dieser Art von Lebensversicherung versucht.«

»Das deckt sich mit meinen Vermutungen.«

Schön, dachte Dietrichs. Das war noch der harmlose Teil. Das dicke Ende kommt noch.

»Aus Overdiecks Erklärung geht hervor, dass ein Polizist beteiligt ist. Ein Angehöriger der Kriminalpolizei«, sagte Gibbson sachlich.

»Oder jemand, der sich als Kripobeamter ausgegeben hat«, sagte Dietrichs fast automatisch.

»Richtig«, entgegnete Gibbson ironisch. »Vermutlich hat sich ein dunkler Fremder schuldig gemacht, den niemand kennt.«

Dietrichs sagte nichts mehr. Es war unwahrscheinlich, aber nicht unmöglich, dass jemand sich mit einer gestohlenen Polizeimarke an Overdieck gewandt hatte.

»Ein Polizist wie Sie«, sagte Gibbson jetzt.

Dietrichs musste sich beherrschen, um nicht zusammenzuzucken. Was sollte das nun wieder? Ging es gar nicht darum, dass er Gibbson bei der Suche nach dem Kriminalbeamten half? Saß er hier, weil der Public Safety Officer ihn verdächtigte? Und überprüfte nun seine Reaktionen? Das hatte ihm gerade noch gefehlt.

Gibbson redete weiter: »Sie hätten durchaus die Gelegenheit gehabt. Sie suchen Overdieck auf, erschießen ihn, ohne zu zögern. Das würde im Übrigen auch erklären, warum Overdiecks Lebensversicherung wirkungslos war: Sie haben ihm keine Zeit gelassen, Ihnen zu sagen, dass es sie gab. Später kommen Sie zurück und finden ihn tot auf.«

Dietrichs war perplex. Meinte der Brite das ernst? Er geht zu Overdieck, erschießt ihn und taucht kurz danach mit Kleinert wieder dort auf?

Fast amüsiert sagte er: »Sie trauen mir eine gehörige Portion Kaltblütigkeit zu.«

»Schließlich sind Sie Polizist. Sie haben sicherlich in Ihrer Ausbildung gelernt, Ihre Regungen in Zaum zu halten.«

Regungen in Zaum halten. Nun, das konnte er meistens. Ruhig entgegnete er:

»Ich heiße aber nicht Krug.«

»Natürlich nicht. Es wäre ein ziemlicher Schildbürgerstreich, sich mit einem falschen Namen an einem Ort zu präsentieren, an dem man zuvor unter einem anderen Namen bekannt war. Nein, ich gehe davon aus, dass der Ausweis für jemand anderen bestimmt war. Wenn Sie ihn für sich selbst beschafft hätten, um sich abzusetzen, wenn der Boden zu heiß für Sie wird, hätten Sie zudem ein anderes Geburtsjahr wählen müssen.«

Die Überlegungen waren durchaus folgerichtig. Abgesehen davon, dass er nicht derjenige war, der Ausweise für jemand Dritten besorgt hatte. Wie kam Gibbson dazu, ihn zu verdächtigen?

Gibbson fuhr fort: »Außerdem haben Sie dieses Manöver mit den falschen Ausweisen und dem Einwohnermeldeamt durchschaut. Mit einem hohen Maß an Vorstellungskraft, so hoch, dass es fast an Zauberei grenzt. Als ob Sie zuvor schon davon gewusst hätten.«

Auslöser für seine Entdeckung waren die Worte von Edith Marheinecke gewesen, ihre Bemerkung über leere Hüllen, die sich wie ein Kleidungsstück überstülpen lassen. Er sah wieder die Frau in der Küche vor sich, sie wedelte mit einer Bluse in der ärmlichen Wohnküche herum und redete über Hüllen und falsche Identitäten. Doch das war nichts, was er dem Engländer erklären wollte.

»Der Weg zur Meldestelle war nicht so abwegig, ich würde hier nicht von einem großen Maß an Vorstellungskraft oder sogar Zauberei sprechen.«

Vermutlich wäre er auch ohne Edith Marheinecke darauf gekommen. Hoffte er zumindest. »Wenn ich es gewesen wäre, hätte ich um Paul Overdieck einen großen Bogen gemacht. Ich hätte ihn ganz sicherlich nicht als Zeugen ins Präsidium geholt und hier verhört.«

Der Brite schwieg und wiegte den Kopf, als wolle er den Gedanken von allen Seiten betrachten. Das starre Gesicht pendelte auf dem langen Hals hin und her wie bei einem um sich schauenden Kranich, und Dietrichs war plötzlich klar, dass der Mann Theater spielte. Er hatte ihn nicht in Verdacht, sondern spielte ein Spielchen mit ihm.

»Exakt«, sagte der Brite. »Genau das spricht für Sie.«

»Bedeutet das, dass ich doch nicht Ihr Verdächtiger Nummer eins bin?«

Auf dem hölzernen Gesicht zeigte sich ein Lächeln.

»Ja, was mich durchaus freut.«

Und mich erst, dachte Dietrichs und verzog keine Miene. Er hatte das Gefühl, irgendeinen Test bestanden zu haben, wieso und warum war ihm nicht klar. Was jedoch sonnenklar war: Gibbson brauchte ihn, er hatte zwar Zugriff auf die neu angelegten Personalakten, aber wusste nicht viel über die einzelnen Beamten und ihre Geschichten.

Ein Polizist, der einen falschen Pass besorgt hatte und 45 vermutlich bei der Kriminalpolizei war. Das traf unter anderem auf Runge, Hackfeld, Kremnitz und Stratmann zu. Kleinert wurde erst später wiedereingestellt, auch Jürgens war später gekommen. Farnow kam ebenfalls infrage, wenngleich er nicht bei der Kripo war; er konnte sich jedoch als Kripobeamter ausgegeben haben. Er selbst war ebenfalls 45 bei der Kripo gewesen. Aber ihn hatte Gibbson ja aussortiert, weil er nicht infrage kam, da er derjenige gewesen war, der die Verbindung zu Overdieck erst hergestellt hatte. Stratmann war der Einzige, auf den das Geburtsdatum halbwegs zutraf, doch das war nicht von Bedeutung, wenn sie davon ausgingen, dass der Pass für jemand anderen war.

»Ich hoffe, der berühmte preußische Korpsgeist hindert Sie nicht daran, Ermittlungen zu führen.«

Korpsgeist. Den hatte er nun wirklich nicht. Als Preuße hatte er sich auch nie betrachtet. Trotzdem war ihm das Ganze ausgesprochen unangenehm.

Dietrichs dachte an die verschobene Akte auf seinem Schreibtisch. Irgendeiner seiner Kollegen hatte sich für die Ermittlungen zu seinem Fall interessiert. Er hatte Runge in Verdacht, weil er vermutet hatte, dass der sehen wollte, ob er sich einen Fehler leisten würde. Runge hatte einige Freunde bei der Gestapo, und Dietrichs hatte stets vermutet, dass er den Herren in den schwarzen Ledermänteln ab und an einen Tipp gab. Vielleicht hatte sich Runge aus einem ganz anderen Grund für die Akten interessiert. Er wollte in Erfahrung bringen, ob sie dabei waren, Overdieck und seiner Ausweisproduktion auf die Schliche zu kommen, oder ob Overdieck von sich aus über den gefälschten Ausweis gesprochen hatte. Dietrichs antwortete.

»Meine Aufgabe ist es, Täter zu ermitteln. Egal, wer es ist.«

Eine Antwort wie aus dem Lehrbuch, dachte Dietrichs. Wie Gibbson sie erwartet hatte und die er jetzt mit knappem Nicken quittierte.

Einer plötzlichen Eingebung folgend fragte er: »Nennt Overdieck in seinem Schreiben andere Namen?«

»Schmittbauer. Nachdem er den Namen genannt hat, auf den der Ausweis ausgestellt ist, behauptet er, dass er für einen Mann namens Schmittbauer bestimmt war.«

Dietrichs riss sich zusammen, um nicht laut aufzustöhnen.

53

Mittwoch, 3. April 1946

Natürlich wusste Dietrichs, wer Schmittbauer war. Groß, schlank, dunkelhaarig, Kriminalassistent mit einer wasserdichten nationalsozialistischen Gesinnung. Dazu ehrgeizig und eifrig, hinter jedem Baum vermutete er einen Roten oder einen Saboteur. Sobald sich eine Möglichkeit geboten hatte, war er zur Gestapo gegangen.

»Um das Land von unseren Feinden im Inneren zu reinigen und die Volksschädlinge auszumerzen, die uns um den Sieg bringen wollen«, hatte er den älteren Kollegen schon verkündet, als er noch Kriminalassistentenanwärter war, das blasse, sommersprossige Gesicht ernst und das Kinn energisch vorgereckt. Dietrichs kannte ihn seit einer Ewigkeit.

Als Heranwachsender war er häufiger in seiner HJ-Uniform im Präsidium erschienen, um seinen Stiefvater abzuholen, der mächtig stolz auf den großen Jungen gewesen war.

»Das ist so 'n richtig Fixer, mein Junge. Schwer auf Draht.«

Wenn es sich ergeben hatte, hatte er Kollegen herangewinkt, und der Junge durfte bei dieser Gelegenheit von seinen Erfolgen erzählen. Gute Noten, Stadtmeister im 800-Meter-Lauf, Kameradschaftsführer, Scharführer bei der HJ. Der stolze Vater hatte danebengestanden, aufmunternd genickt und seine eigenen Redebeiträge auf ein paar beifällige Bemerkungen beschränkt.

Der Junge wurde größer, und die Besuche wurden seltener. Irgendwann, kurz vor dem Einmarsch in die Sowjetunion, hieß es: »Hat jetzt sogar Abitur gemacht. Und danach geht er auf die Polizeischule. Kommt zu uns.« »Jahrgangsbester in der Polizeischule« war dann der nächste Erfolg, der strahlend verkündet wurde. Dietrichs erinnerte sich daran, dass sie im Frühjahr 43 in der Kantine gesessen hatten. Da hatte Klaus Schmittbauer schon die SS-Uniform getragen, und zur Kripo hatte er nicht mehr kommen wollen. »Bei den Noten und Beurteilungen wäre die Kripo kein Problem. Aber er will nicht zu uns.«

»Nee?«, hatte ein Kollege gefragt. »Hat was anderes vor«, bekam er zur Antwort. Nichts Dolles, hatte Dietrichs aus dem Tonfall geschlossen. »Gestapo.« Kurz und knapp, enttäuscht, dass Schmittbauer keine Anstalten machte, in die Fußstapfen seines Stiefvaters zu treten. Nichts mit Kripo. Gestapo.

Der andere hatte gegrinst und erklärt: »Na bravo, das ist doch was Gescheites.«

Dietrichs hatte gefunden, dass es alles andere als gescheit war. Die unteren Chargen waren Schläger und Schnüffler, die oberen die Chefs von Schlägern und Schnüfflern. Außerdem hatte er sich gedacht, dass es mit dem Tausendjährigen Reich über kurz oder lang vorbei sein würde. Stalingrad war Ende Januar gefallen, und danach hatte es in den Erklärungen aus Berlin nur noch so von Worthülsen wie »heiligem Schauder«, »hingebungsvollem Kampf«, »größtem Heldentum« und »letztem Blutstropfen« gewimmelt, und Dietrichs hatte noch nicht einmal Emmas Atlas gebraucht, um zu verstehen, dass der Krieg verloren gehen würde und daher die Gestapo nicht der beste Weg war, den man einschlagen konnte. Gesagt hatte er nichts. Natürlich nicht.

Der junge Mann hatte allerdings von seinem Einsatz bei der Gestapo profitiert, er war trotz seines niedrigen Alters für unabkömmlich erklärt worden und wurde nicht eingezogen. Dietrichs war ihm aus dem Weg gegangen, wie den anderen Gestapo-Leuten auch. Danach gab es noch zwei stolze Berichte über Beförderungen. Seit im letzten Frühjahr die Amerikaner in die Stadt marschiert waren, sprach niemand mehr über Klaus Schmittbauer oder die anderen Gestapobeamten. Sie waren von der Bildfläche verschwunden. Aus den Augen, aus dem Sinn. Dietrichs war davon ausgegangen, dass Schmittbauer sich mit den anderen abgeseilt hatte.

Er registrierte, dass Gibbson ihn interessiert betrachtete.

»Sie kennen diesen Schmittbauer«, stellte der Brite fest.

»Ja«, sagte Dietrichs. »Ein Angehöriger der Gestapo.«

Er erzählte, was er über Schmittbauers Karriere wusste.

»Die Herren von der Gestapo haben ihre Archive vernichtet, bevor unsere amerikanischen Verbündeten eingerückt sind. Wohlweislich. Und sie hatten allen Grund, das Weite zu suchen.«

Das konnte Gibbson laut sagen. Wer in der Gestapo war, konnte im Polizeidienst nicht mehr arbeiten. Nicht mehr unter seinem eigenen Namen. Und wer an irgendwelchen Verbrechen beteiligt war – an Exekutionen von Gefangenen beispielsweise –, tat gut daran, unterzutauchen, weil die Besatzer anfingen, nach den Tätern zu suchen. Schmittbauer war untergetaucht, wie die übrigen.

Dietrichs erinnerte sich wieder an die Wochen im letzten April. Die Amerikaner waren vorgerückt, trotz aller Durchhalteparolen war klar, dass sie das Ruhrgebiet erobern würden, in einer Zangenbewegung von Süden und von Norden. »Die Gestapo soll ihre Keller räumen, Befehl von oben«, hatte einer der Kollegen in der Kantine gesagt. Dietrichs hatte es gehört, als er mit seinem Tablett hinter ihm stand und sein Essen in Empfang genommen hatte. Was sie unter »räumen« verstanden, hatte Dietrichs geahnt, und er hatte auf die graue Suppe gestarrt, in der drei Erbsen herumdümpelten und die Bezeichnung »Erbsensuppe« auf der Anschlagtafel rechtfertigten. Mit der Zeit hatte er ein Gespür dafür entwickelt, wann es günstig war, besonders gründlich wegzuhören, sich nichts anmerken zu lassen und einen großen Bogen um die betreffende Angelegenheit zu machen.

Dietrichs fragte sich, ob Schmittbauer bei den Exekutionen im Stadtpark dabei gewesen war, den Arm mit der Pistole gerade gestreckt, das sommersprossige Kinn vorgestreckt, bereit, die Volksschädlinge auszumerzen. Wahrscheinlich ja. Was immer er auch getan hatte, er hatte es offenbar für nötig befunden, sich abzusetzen. Und dabei hatte ihm jemand geholfen.

»Und diesem Schmittbauer hat jemand geholfen. Ein Freund unter den Kollegen«, sagte Gibbson.

»Vielleicht ist er auch selbst zu Overdieck gegangen«, hörte Dietrichs sich sagen.

»Nein, das geht aus Overdiecks Schreiben nicht hervor. Es gab einen Mittelsmann. Overdieck ist da ganz eindeutig.«

»Wie ist Overdieck auf den Namen Schmittbauer gekommen?«

»Das steht hier nicht. Vielleicht hat er ihn auf dem Passbild erkannt.«

Das war gut möglich. In dem Fall hatte er sein Wissen schön für sich behalten. Hier war er zumindest klug und vorsichtig gewesen. Allerdings nicht klug und vorsichtig genug, um die Finger von derartigen Geschäften zu lassen. Dietrichs dachte an den Leichnam vor der Badewanne.

Gibbson kam auf sein Thema zurück.

»Der Mittelsmann.«

Korpsgeist. Sich gegenseitig den Rücken freihalten. Sich aufeinander verlassen. So hieß es zumindest auf den Fluren und in der Kantine. Einer für alle, alle für einen. Wer sich nicht daran hielt, hatte es nicht leicht. Dem schlug der Herdengroll entgegen, der sich vielleicht in der ein oder anderen Sabotage – eine verheimlichte Information, eine unterlassene Handreichung – zeigte. Er hatte versucht, sich herauszuhalten, nicht anzuecken, keinem auf die Füße zu treten. Schön in der zweiten Reihe stehen zu bleiben.

Eine Hand wäscht die andere. Als er angefangen hatte, Informationen über Heinrich Steinhoff einzuziehen, während er schon längst bei Farnow die Zusammenstellung einer Ermittlungskommission hätte beantragen sollen, war er zu Kremnitz gegangen und hatte ihn informell nach Steinhoffs möglichen Schwarzmarktkontakten gefragt. Ein Auge zudrücken, wenn ein Kollege nicht der Dienstordnung entsprechend handelte.

Aber hier ging es nicht um einen Verstoß gegen die Dienstordnung. Es ging wahrscheinlich um Mord. Und das ließ sich nur feststellen, wenn er redete. Deshalb sagte Dietrichs: »Freunde hat er nicht. Eher Verwandte.«

Gibbson blickte ihn an.

»Er ist Kremnitz' Stiefsohn.«

54

Donnerstag, 4. April 1946

»Autsch.«

Martha nestelte an ihrem Rockbund herum und versuchte, eine Sicherheitsnadel durch das dicke Gewebe zu zwängen. Das war jedoch schiefgegangen, und die Nadelspitze war in ihrem Daumen gelandet.

Martha saugte den Blutstropfen ab und machte sich erneut daran, den zu weiten Bund mithilfe der Sicherheitsnadel enger zu machen.

»Das Ding rutscht mir glatt runter.«

Edith saß in Pantoffeln am Küchentisch und betrachtete die beiden, wie sie sich fein machten. Ausgehfein. Stadtfein. Polizeifein.

Martha hatte aus ihrem Schrank eine Bluse hervorgezaubert, die vor fünfzehn Jahren einmal modern gewesen war, dazu den Rock, mit dem sie sich gerade abmühte, und eine längere Jacke, die aus derselben Zeit stammte.

»So«, knurrte sie zufrieden. Sie strich den Rock glatt und richtete den Kragen ihrer Bluse, bevor sie in die Jacke schlüpfte.

Dann wandte sie sich an Hella. »Bist du immer noch nicht fertig?«

Gereizt musterte sie ihr Kind, das sich gerade den zweiten Zopf flocht.

»Guck dir mal den Scheitel an! Schief wie sonst was. Gib' mal her.«

Sie löste die beiden Zöpfe, den halb fertigen und den fertigen, griff nach der Bürste und zog sie kräftig durch die Haare.

»Au, es ziept.«

»Dann ziept es eben.«

»Wieso müssen wir uns eigentlich extra schick machen? Sie kennen uns doch schon.«

Martha zerrte die Bürste durch Hellas Haare.

»Ja, aber da haben sie uns einfach mitgenommen. Heute sind wir bestellt, und da gehen wir manierlich hin. Nicht wie das letzte Gesocks. Ob es uns passt oder nicht.«

Es passte ihr nicht, das war nicht zu übersehen. Doch wenn sie schon gehen mussten, um irgendwelche Protokolle zu unterschreiben und weitere Fragen zu beantworten, dann zumindest ordentlich angezogen.

Sie legte die Bürste auf den Tisch und nahm den Kamm.

»Wir gehen da hin«, wiederholte sie. »Und dann gehen wir wieder nach Hause.« Ihre Stimme stieg ein wenig an.

»Falls sie uns wieder nach Hause lassen«, tönte Hella mit der Zielsicherheit von Halbwüchsigen, die genau wissen, wo die Wunden sind, in die sie ihren Finger legen können.

»Quatsch. Warum sollten sie uns nicht nach Hause lassen?«

»Was weiß ich? Vielleicht behalten sie uns einfach da. Bei denen weiß man nie.«

Treffer, dachte Edith. Martha presste die Lippen zu einem Strich. Mit dem Kamm ratschte sie über den Hinterkopf ihrer Tochter und zog einen Scheitel.

Hella stöhnte laut auf. Doch das half nichts.

»Hör auf zu jammern«, sagte Martha und flocht energisch zwei Zöpfe, wobei sie kräftig an den Haaren zog.

Hella schnitt eine Grimasse und sah von weiteren Schmerzäußerungen ab.

Martha versah die Zöpfe mit Schleifen, deren Band sie extra gebügelt hatte, und sorgte dafür, dass sie gleichmäßig über die Schultern nach vorn hingen.

»Fertig. Halt, warte.«

Martha zog ein Taschentuch aus dem Rock hervor, faltete es auseinander und hielt es Hella vor den Mund.

»Spuck mal drauf.«

Hella spuckte folgsam, und Martha rieb energisch an einem Fleck auf ihrer Wange herum.

Auch jetzt beschwerte Hella sich nicht, wenngleich die Stelle durch das kräftige Reiben sofort knallrot wurde.

»So«, sagte Martha zum zweiten Mal an diesem Morgen mit grimmiger Zufriedenheit.

Sie trat an den Spiegel und platzierte einen Hut auf ihrem Kopf.

»Wir können.«

Die beiden verließen die Wohnung, und Edith war dankbar für die Ruhe, die sich nach ihrem Abgang ausbreitete.

* * *

Sie saßen zu viert in Farnows Dienstzimmer. Farnow auf der langen Seite seines Besprechungstisches, einem schweren Eichentisch. Rechts von ihm hatte Gibbson Platz genommen, Dietrichs saß links von ihnen an der kurzen Seite, und den Platz gegenüber von Farnow und Gibbson hatten sie Kremnitz zugewiesen.

Dietrichs konfrontierte Kremnitz mit den Vorwürfen. Der Chef der Schwarzmarktbekämpfung hörte zu, erst mit höflichem Staunen, als würde Dietrichs eine sonderbare Geschichte zum Besten geben, die in keiner Weise etwas mit ihm zu tun hätte. Als Dietrichs dann über Overdiecks eidesstattliche Erklärung sprach, veränderte sich sein Gesichtsausdruck schlagartig. Mit gerunzelter Stirn hörte er zu und schließlich fing er an, seinen Stiefsohn zu verteidigen.

»Selbst wenn er bei irgendeiner unschönen Sache dabei gewesen wäre, im Stadtpark oder sonst wo – der Junge hätte einen Befehl befolgt. Die Amerikaner fackeln nicht lang. Wer weiß, sie hätten ihm irgendetwas angehängt und ihn an die Wand gestellt.«

Kremnitz fuhr sich mit der Hand durch die dunklen Haare, wie eh und je. Aber Ton und Blick waren anders als sonst. Hier sprach nicht mehr der selbstsichere Kremnitz, der sich mit seinen Erfolgen brüstete, sondern Kremnitz wollte Verständnis.

»Er hatte doch sein ganzes Leben noch vor sich«, sagte er jetzt.

»Die Toten im Stadtpark hatten auch noch ein Leben vor sich«, hörte Dietrichs sich sagen.

»Mein Gott, das waren Gefangene der Gestapo. Die waren ohnehin mehr tot als lebendig. Ein paar Rote, zwei Fremdarbeiter. Auf die kommt es nun wirklich nicht mehr an. Falls er überhaupt dabei gewesen ist.«

Kremnitz sah ihn an, als ob ihm an seinem Verständnis besonders viel gelegen wäre.

»Was immer er getan hat, es war ein Befehl. Ein Befehl, Dietrichs. Ein blödsinniger Befehl, du weißt ja, wie das mit Befehlen ist. Man knurrt vielleicht, man denkt sich seinen Teil, aber man befolgt sie.«

Oder man lässt es bleiben, dachte Dietrichs. Man meldet sich nicht freiwillig, man drängt sich nicht in die Gestapo, man ist nicht bei jedem Mist in der ersten Reihe dabei.

Er schüttelte den Kopf.

»Man befolgt Befehle«, ließ Gibbson sich vernehmen. »Vor allen Dingen wenn es sich um einen willkommenen Befehl handelt, der einen Nutznieß verspricht.«

»Was meinen Sie damit?« Kremnitz sah Gibbson verblüfft an.

»Die Erschießungen in den letzten Kriegstagen waren für die Beamten sehr nützlich, denn sie mussten fürchten, dass sie vielleicht bald einmal für Folterungen, Misshandlungen und Morde zur Rechenschaft gezogen werden würden. Mit den Erschießungen haben sie mögliche Zeugen beseitigt. Die meisten sind noch im letzten Frühjahr verschwunden. Nur ihr Stiefsohn nicht, warum auch immer. Bis Sie ihm einen Pass besorgt haben.«

Farnow meldete sich zu Wort: »Sie haben Overdieck erschossen, damit er nichts über die Herstellung des falschen Passes aussagen kann.«

Kremnitz grinste. Sobald es nicht mehr um seinen Stiefsohn ging, war der alte Kremnitz wieder da. Selbstsicher und siegesgewiss.

»Können Sie mir das beweisen?«

Er strich sich wieder über seine schwarzen Haare und sah sie beide spöttisch an. Gibbson nickte Dietrichs zu, und Dietrichs wusste, dass er antworten sollte.

»Selbstverständlich. Du hattest allen Grund, ihn zu töten.«

Kremnitz bleckte die weißen Zähne.

»Wenn ihr dem kleinen Klugscheißer glaubt …«

Gibbson sagte: »Wir haben alle Veranlassung dazu, dem kleinen Klugscheißer zu glauben.«

Alle Veranlassung dazu, schönstes Behördendeutsch, dachte Dietrichs. Klugscheißer eher nicht.

»Du hast dich lebhaft für den Fall interessiert.«

Kremnitz lachte.

»Na klar. Berufliches Interesse. Das macht mich lange noch nicht zum Verdächtigen.«

»Du hast versucht, Einblick in unsere Protokolle zu bekommen.«

Nachdem Kremnitz mitbekommen hatte, dass Overdieck in den Fall verwickelt war, musste er hellhörig geworden sein. Dietrichs war sich sicher, dass er in sein Büro gegangen war, als Adelheid Beckmann wieder einmal die Tür aufgelassen hatte, um herauszufinden, was Paul Overdieck zu Protokoll gegeben hatte. Er hatte die Akten auf seinem Schreibtisch gelesen und nicht wieder richtig zurückgelegt. Solange sie nach Schwarzmarkthändlern suchten, musste er sich keine Sorgen machen. Doch als die Passgeschichte ans Licht gekommen war, wurde die Sache brenzlig für ihn. Dietrichs hatte Kremnitz selbst von Overdiecks Geschäft erzählt.

»Warum sollte ich in deinen Protokollen herumschnüffeln? Man hört ja sowieso von deinen Erfolgen. Dein toller Fang hat sich ja im ganzen Präsidium herumgesprochen. Ein von den Amis gesuchter Verbrecher. Verbrechen gegen die Menschlichkeit.«

Er nickte mit gespielter Begeisterung. Kremnitz wollte kein Verständnis mehr. Ironisch sagte er: »Tüchtig, tüchtig.«

Dietrichs sah ihn gelassen an. Kremnitz' Sarkasmus ließ ihn völlig kalt. Er hielt sich keinesfalls für einen großartigen Kriminalisten. Er tat, was er konnte, zählte zwei und zwei zusammen, aber zu Eitelkeit oder Einbildung hatte er nun wahrhaftig keinen Grund. Dazu hatte er zu viele Fehler gemacht.

Er sagte: »Du hast befürchtet, dass Overdieck über kurz oder lang auch über seine anderen Fälschungen sprechen würde.«

»Und auf den bloßen Verdacht hin habe ich ihn getötet?«

»Du wusstest, dass wir noch einmal zu ihm wollten. Du warst im Vorzimmer, als Overdieck angerufen hat, und hast das Gespräch mitgehört. Du wusstest auch, dass dir nur noch wenig Zeit blieb. Womit du nicht gerechnet hast, ist seine eidesstattliche Erklärung.«

Dietrichs warf aus den Augenwinkeln einen Blick auf Gibbson. Der Brite saß wie immer steif neben ihm.

»Lassen Sie sich von dem Inspektor die Dienstwaffe geben.«

Dietrichs streckte wortlos die Hand aus.

Kremnitz griff in sein Schulterholster, und Dietrichs hatte einen Augenblick lang die Befürchtung, er würde die Waffe auf sie richten, um dann zu verschwinden. Doch Kremnitz legte sie auf die Schreibtischplatte und gab ihr einen kleinen Stoß, so dass sie zu Dietrichs hinüberrutschte. Dietrichs holte eins seiner Taschentücher hervor und schlug sie darin ein, ohne das Metall zu berühren.

»Kannst sie ja ballistisch untersuchen lassen.«

Genau das hatten sie vor. Kremnitz lehnte sich in seinem Stuhl zurück.

»Tjaaa. Es war so …« Kremnitz dehnte das Wort, dann machte er eine seiner Kunstpausen. Er setzte wieder ein: »An dem Tag …«

Plötzlich sprang er auf, griff die Kante des Tisches und kippte ihn mit aller Macht nach vorne. Der schwere Tisch landete auf Farnows und Gibbsons Oberschenkeln, eine Ecke traf Dietrichs Knie. Er nahm sich zusammen, um nicht aufzuschreien.

Kremnitz riss hinter Dietrichs Rücken die rechte Seitentür des Büros auf, die zu einem unbesetzten Vorzimmer führte, und verschwand. Dietrichs wusste, dass sich dahinter eine Reihe von Zimmern auftat, die alle durch Seitentüren verbunden waren. Kremnitz konnte jetzt parallel zu dem langen Flur, von Verbindungstür zu Verbindungstür, durch die Büros laufen. Irgendwann musste er jedoch wieder auf den Flur hinaus, wenn er das Gebäude nicht mit einem kühnen Satz aus einem Fenster im ersten Stock verlassen wollte.

Gibbson war aufgestanden und um den Besprechungstisch herumgelaufen und rüttelte an der Türklinke der Seitentür. Vergeblich. Kremnitz hatte den Riegel auf der anderen Seite vorgelegt.

Farnow stemmte die Tischplatte hoch. Dietrichs rieb sich das Knie und humpelte hinter Gibbson her, der inzwischen auf den Gang gestürmt war. In seinem Rücken hörte er, wie Farnow aufstand.

* * *

Hella betrachtete die Eingangshalle des Präsidiums. Als sie das letzte Mal hier war, waren sie nicht durch den Haupteingang gekommen, sondern das Polizeiauto war auf den Hof gefahren, und sie waren von dort in das Gebäude gelangt.

Ihre Mutter sprach mit dem Pförtner, einem älteren Polizisten in Uniform.

Im Grunde sah es hier nicht aus wie in einem Polizeipräsidium. In der großen Halle gab es grünblaue Wandfliesen, wie in einer Badeanstalt. Doch anders als in einer Badeanstalt waren sie nicht glatt, sondern hatten Muster. Linien und kurze Striche, manchmal sahen sie aus wie Blätter. Im Sonnenlicht schimmerten die Fliesen wie die Schlieren in besonders wertvollen Murmeln. Der Fußboden bestand aus vielen kleinen quadratischen Kacheln in Braunrot und Graublau, die zu einem komplizierten eckigen Muster gelegt waren. In der Mitte hing eine riesige Lampe, viele Glühbirnen an nackten Eisenstäben, darunter eine dicke Eisenkugel. Die Lampe hing etwas schief, und richtig schön war sie auch nicht. Keine Kristalle, die glitzerten und glänzten wie bei einem Kronleuchter, stattdessen viele langweilige Glühbirnen, wie sie auch bei ihnen zu Hause von der Decke hingen. Keine Verschönerung. Aber groß war der Leuchter, größer als sie selbst, größer als ein erwachsener Mann war das Ding. Die Riesenlampe hatte Platz, weil der Raum hoch war, er ging bis in den ersten Stock hinauf. Oben im ersten Stock gab es rundherum Öffnungen, die auf die große Eingangshalle hinausgingen und mit ihren Brüstungen wie kleine Balkone aussahen. Auch die Balkone waren mit den grünblauen Fliesen umrandet, die glänzten, wo die Sonne hinfiel.

»Durchs Treppenhaus dahinten in den ersten Stock.«

Ihre Mutter kam auf sie zu, gemeinsam stiegen sie die Treppen hoch. An das Treppenhaus konnte Hella sich noch erinnern, weil sie sich damals schon gewundert hatte, wie viel Platz Treppen einnehmen konnten. Wahrscheinlich würde ihre ganze Wohnung in das Treppenhaus hineinpassen.

Ihre Mutter sagte nichts und ging mit energischen Schritten neben ihr. Ihr macht mir keine Angst, sagten die klappernden Absätze, der gerade Rücken und die Handtasche, die genau in der Mitte des Arms hing und mit jedem Schritt vor- und zurückschwang. Ihr macht mir keine Angst. Was man genau genommen immer dann sagte, wenn man eigentlich Angst hatte, dachte Hella.

Sie selbst hatte keine Angst. Edith hatte das Schreiben von der Polizei betrachtet und erklärt, dass es nur um den Mord an dem Toten in der Zeche ging.

Wie beim letzten Mal war es auf dem Gang ziemlich still, hinter manchen Türen waren gedämpfte Stimmen zu hören, hinter einer hieb jemand in eine Schreibmaschine. Hella überlegte kurz, ob es ein Bürofräulein war oder ob ein Polizist in Uniform auf der Maschine herumklapperte.

Als sie um eine Ecke bogen, sprang eine der Türen auf, und ein

Mann in einem braunen Anzug stürzte auf den Flur. Sie erkannte ihn: Es war der Polizist, der sie in das Polizeiauto verfrachtet hatte, als die Polizei in den Trümmern die beiden Männer gejagt hatte.

»Ach, du bist das«, sagte er zur Begrüßung. Er lachte sie freundlich an und zeigte seine weißen Zähne.

»Dietrichs wartet schon auf dich. Komm, ich bring' dich und deine Mutter zu ihm.«

Er legte ihr den Arm um die Schultern.

»Hier lang. Wir müssen den Gang wieder zurück.«

»Der Pförtner hat uns gesagt, Zimmer 114.«

Ihre Mutter hatte laut gesprochen. Sie stemmte die Beine auf den roten Fußboden, ihre Hände lagen auf der Höhe ihres Rockbundes übereinander, die Tasche baumelte vor ihrem Bauch. Sie machte ihr Darauf-lasse-ich-mich-nicht-ein-Gesicht. Hella fürchtete, dass ihr das hier nicht viel nutzen würde. Der Polizist sagte etwas ungeduldig: »Das Zimmer kann derzeit nicht benutzt werden. Kommen Sie mit.«

Der Arm in dem braunen Anzugärmel drückte gegen ihre Schultern, bis sie sich umdrehte, dann schob er sie den Flur entlang, wie er sie auch in das Polizeiauto geschoben hatte. Ihre Mutter folgte.

Er schien es eilig zu haben, die Gesten waren ruhig, aber er war schnell unterwegs, mit großen Schritten hastete er über den Flur, sie musste sich sputen, wenn sie mit ihm Schritt halten wollte.

Hella wartete darauf, dass ihre Mutter ihm erklärte, dass sie ein wenig zu früh gekommen waren und es daher gar keinen Grund zur Eile gebe, doch das tat sie nicht. Stattdessen klapperte sie jetzt neben ihnen her, den Blick starr geradeaus gerichtet.

»Wieder die Treppen runter?«, fragte sie bloß, als sie im Treppenhaus angelangt waren.

Der dunkelhaarige Polizist antwortete nicht.

* * *

»Sägen Sie ihm den Weg ab«, hatte Gibbson gesagt. Erst hatte Dietrichs gestutzt, dann hatte er begriffen, was Gibbson meinte, und war linksherum, durch den Gang auf der anderen Seite des Gebäudes, in Richtung Treppenhaus geeilt, um Kremnitz den Weg nach unten abzuschneiden. Hinter sich hörte er Rufe und Pfiffe.

Die Treppen lagen leer vor ihm, aus dem Foyer waren klackernde Schritte, harte Absätze auf den steinernen Fliesen, zu hören. Dietrichs stürzte zu der Balustrade, die auf das zweigeschossige Foyer hinausging. Unten ging Kremnitz mit zwei Zivilisten, einer Frau mit Topfhut und einem bezopften Mädchen, um dessen Schultern er einen Arm gelegt hatte. Dietrichs fluchte, er hatte glatt vergessen, dass er die Schrader und ihre Tochter heute noch einmal vorgeladen hatte.

»Kremnitz«, rief er von oben.

Kremnitz drehte sich um und sah hinauf.

»Lass das Mädchen los und komm her.«

Kremnitz lachte.

»Vergiss es.«

Kremnitz schob das Mädchen vor sich und zog mit der anderen Hand eine Waffe hervor, die er ihr an den Kopf setzte. Eine zweite Waffe. Dietrichs schluckte.

In den anderen Öffnungen, die zur Halle hinuntergingen, erschienen Kollegen. Dietrichs erkannte Runge und Stratmann.

»Lass sie los und verschwinde«, rief Dietrichs hinunter.

Er sah dem Mädchen ins Gesicht. Ihr Ausdruck überraschte ihn. Das Gesicht zeigte nicht Angst, wie er erwartet hatte, sondern Überdruss. Und noch etwas anderes, das Dietrichs einen Schrecken einjagte: Entschlossenheit. Entschlossenheit war grundsätzlich gut, in einer solchen Situation konnte Entschlossenheit jedoch fatale Folgen haben.

Kremnitz rief: »Das hättest du wohl gerne. Sobald ich sie loslasse, stürzt sich einer von euch auf mich. Oder er erschießt mich.«

»Nein, das tun wir nicht. Du kannst gehen.«

Kremitz lachte wieder. »Bravo, Dietrichs. Prima Versuch. Ich bin mindestens genauso lange Polizist wie du und weiß, wie der Hase läuft. Sobald ich dieses reizende Geschöpf hier freigebe, bin ich dran.«

Kremnitz hatte recht. Solange er das Mädchen vor sich hielt, würde niemand auf ihn schießen.

In einer der anderen Öffnungen, auf der linken Seite des Foyers, bewegte sich etwas. Stratmann, der seine Dienstwaffe zückte. Das hatte gerade noch gefehlt. Einer von den Eifrigen, die immer für Ärger sorgten.

Kremnitz musste die Bewegung auch bemerkt haben, denn er drehte den Kopf um neunzig Grad.

»Stratmann, tu die Waffe weg, du schießt dir noch in den eigenen Zeh«, rief er zu seinem Untergebenen hinauf. Kremnitz provozierte Stratmann. Schlecht, ganz schlecht. Stratmann lief rot an.

Das Mädchen stand vor Kremnitz, im Gesicht immer noch Entschlossenheit. Sie verlagerte ihr Gewicht auf einen Fuß.

»Lassen Sie sie los, oder ich schieße«, rief Stratmann.

Dann passierten mehrere Dinge gleichzeitig. Hella Schrader trat Kremnitz mit aller Macht auf den Fuß. Ihre Mutter schrie. Stratmann hob die Pistole. Dietrichs hielt die Luft an. Stratmann drückte ab. Zwei Schüsse fielen.

Stratmann, du bist ein Vollidiot, dachte Dietrichs. Er spähte nach unten, um herauszufinden, ob jemand von den Schüssen getroffen worden war.

Das Mädchen hatte sich aus Kremnitz' Griff herauswinden können. Die Kleine stand am Eingang des Foyers, neben ihrer Mutter, die sie umklammerte. Kremnitz stand noch immer in der Mitte des Raumes, die Füße fest auf den Boden gestemmt, die Waffe in der Hand, als das Getöse begann. Er wendete das Gesicht zur Decke, doch es war zu spät.

Die Eisenverstrebung, an der die riesige Lampe hing, verlor nun endgültig ihren Halt in dem bröckeligen Mauerwerk. Der schwere

Lüster löste sich von der Decke und fiel wie ein Senkblei nach unten. Putzplacken und Mauerwerk kamen mit herunter und schlugen krachend auf den Fliesen der Eingangshalle auf. Der Lüster dagegen landete nicht auf den Fliesen. Der eisernen Kugel am unteren Ende konnte Kremnitz noch ausweichen, sie traf ihn lediglich an der Schulter, nicht in dem nach oben gewandten Gesicht. Doch dann begrub ihn die riesige Lampe, die nach Dietrichs Schätzungen zwei Zentner wiegen mochte, unter sich. Mit einem Knallen zerplatzten einige der Birnen auf dem gefliesten Mäander der Halle. Von oben folgten Ziegelsteine aus dem brechenden Mauerwerk und eine Wolke von Staub.

»Es war ein Warnschuss«, rief Stratmann und fuchtelte mit seiner Waffe herum. »Ich habe einen Warnschuss abgegeben. Ich habe nur an die Decke geschossen. Wer kann denn ahnen, dass das ganze Ding komplett runterkommt.«

55

Donnerstag, 4. April 1946

»Ich hab' gedacht, mich laust der Affe. Ein Mordsgeschepper. Da kommt diese Riesenlampe runtergekracht. Als ob wieder eine Bombe eingeschlagen hätte.«

Martha stieß eine Nadel durch den Stoff.

»Der Polizist, der darunter lag, war tot. Die Sanitäter haben ihn rausgeholt und ihm dann ziemlich schnell ein Tuch über das Gesicht gelegt.«

Sie ließ ihre Näharbeit sinken. Leise sagte sie: »Das war haarscharf. Fast hätte es uns erwischt. Ein Polizist. Stell dir vor. Er hat Hella gepackt und vor sich gehalten, damit die anderen Polizisten ihn nicht erschießen.«

Sie nahm ihre Näharbeit wieder auf.

»Dass die sich auch gegenseitig erschießen, war mir neu.«

Sie schnitt den Faden ab und sagte: »Wir wollten nach Hause gehen, weil erst mal keiner nach uns geguckt hat. Aber als wir gerade zur Tür rauswollten, hat der andere Polizist uns gesehen und uns ausgefragt. Was passiert ist, wieso wir mit dem toten Polizisten gegangen sind. Dann hat er uns erst mal gehen lassen. Nächste Woche sollen wir noch mal hin.«

Schere und Nähzeug wurden im Korb verstaut.

»Als ob ich nichts Besseres zu tun hätte.«

Martha kniff die Lippen zusammen. Dann wandte sie sich den naheliegenden Fragen zu: »Wir müssen die Butterlieferung fertig machen.«

Sie stand auf und verschwand in ihrem Schlafzimmer.

»Die letzte«, sagte sie, als sie nach einem Augenblick zurückkam und den eingewickelten Butterklumpen auf den Tisch legte. Sie schlug das Papier zurück und setzte das Messer an. Doch bevor sie die gelbe Masse zerteilte, hielt sie inne.

»Ich hab' Elli Kasulke getroffen. Besser gesagt, sie hat mich auf der Straße abgepasst.«

Das Messer fuhr durch die Butter.

»Sie hat gesagt, sie hätte den Kripomann hierhergeschickt, weil sie wollte, dass wir ihm von den beiden Männern erzählen. Damit die Polizei Kasulkes Mörder findet, sagt sie. Sie hätte vor den Kerlen eine Riesenangst gehabt. Und dass es ihr leidtäte, hat sie gemeint. Ich habe ihr gehörig die Meinung gesagt. Sie hätte ihn auch anders auf die Kerle hetzen können, ohne uns da reinzuziehen.«

Genau genommen hatte die Kasulke den Polizisten zu Edith geschickt. Und das nicht nur, um ihn auf die Spur von Kasulkes Mördern zu bringen, dachte Edith. Laut sagte sie: »Auf diese Art musste sie der Polizei nichts von den Schwarzmarktgeschäften erzählen und hat verhindert, dass die Polizisten darin herumstochern.«

Martha nickte und zerteilte den Butterklumpen in kleine Portionen. Edith sah ihr zu. Das war noch nicht alles. Edith ahnte, was als Nächstes kommen würde. Elli Kasulke entschuldigte sich nicht, weil ihr Gewissen sie drückte. Elli Kasulke verband mit einer Entschuldigung sicher noch andere Absichten.

»Dann hat sie noch mal gesagt, dass es ihr leidtäte, und dass ich dir das auch sagen soll.«

Das kam ja richtig von Herzen – eine Bitte um Verzeihung über einen Vermittler.

Martha setzte die Butterstückchen auf knittrige Papierstücke.

»Sie hat gefragt, ob ich weiter für sie Butter verkaufen will.«

»Das wollte sie also«, bemerkte Edith. »Daher hat sie Asche auf ihr Haupt gestreut.«

»Genau«, knurrte Martha. »Rabenaas.«

Elli Kasulke führte offenbar die Geschäfte ihres Mannes weiter, kein Wunder, dass sie vermeiden wollte, dass die Polizei sich allzu sehr dafür interessiert.

»Offenbar ist sie dabei, sich Leute für den Vertrieb ihrer Ware zu suchen«, sagte Edith leichthin.

»Ohne mich«, sagte Martha. Sie holte die Waage hervor und wog die Stückchen ab.

Elli Kasulkes Angebot war eine Gelegenheit. Allerdings keine besonders gute Gelegenheit. Sie hatte, ohne zu zögern, den Polizisten zu ihnen geschickt, um ihre Geschäfte zu retten.

Edith betrachtete Martha. Die Falte über Marthas Nase vertiefte sich, während sie die Butterstückchen abwog. Martha schien das Angebot in Erwägung zu ziehen. Dann bemerkte sie Ediths Blick.

»Hör auf, mich anzustarren. Ich mach's nicht. Warum sollte ich?«

Weil die Lebensmittel knapp waren, weil sie Geld brauchte, weil Elli Kasulke zwar ein Rabenaas war, aber auch eine Geschäftsfrau. Und vor allem, weil sie Hella großziehen wollte.

»Ich mach's nicht«, murmelte Martha und wickelte langsam das letzte Stück Butter ein. Die steile Falte stand immer noch auf ihrer Stirn. Sie schaute Edith an, als ob sie einen Ratschlag wollte, einen kleinen Stoß in die eine oder andere Richtung.

Edith hob die Schultern und sagte: »Tu's oder tu's nicht. Deine Entscheidung.«

Martha seufzte. Dann schaute sie Edith an: »Irgendwie werden wir uns schon durchschlagen, wir drei. Du, Hella und ich.«

Sie nickte ihr zu, um ihre Worte noch einmal zu bekräftigen.

Da war es wieder, das Wir. Diesmal ohne ersichtliche Absichten, kein Wir, um sie dazu zu bringen, mit Kasulke zu schachern oder zum Milchhof zu gehen. Edith merkte, dass sie gerührt war.

Sie würden sich durchschlagen. Das Wir würde nicht ewig halten, natürlich nicht. Eines Tages würde sie vermutlich selbst gehen.

Sie war noch einmal davongekommen, mit ein paar Beulen. Aber sie lebte noch. Sie saß in dieser Küche, die alles andere als luxuriös war, und lebte noch. Sie konnte sich freuen, gerührt sein und Pläne machen. Entscheidungen treffen, richtige oder falsche. Sie dachte einen Moment lang an Peter. Sie war immer noch lebendig. Es war an der Zeit, dass sie herausfand, was sie mit diesem Leben machen wollte, das sie immer noch hatte.

Martha packte die Butter weg und brummte: »Mal sehen.«

56

Mittwoch, 11. April 1946

Der Transformator klemmte. Dietrichs drehte vorsichtig an dem Rädchen aus Bakelit, vor und zurück, bis sich der Drehknopf wieder bewegen ließ. Surrend fuhr die Lok an und nahm die Kurve am rechten Ende der Platte, bevor sie in den Tunnel einbog. Die anderen Lokomotiven setzten sich ebenfalls in Bewegung und begannen, ihre Kreise auf der Platte zu ziehen. Sie würden an keiner Stelle zusammenstoßen, dafür hatte Dietrichs gesorgt. Die Weichen waren richtig gestellt, die Züge hatte er so platziert, dass sie einander nicht ins Gehege kamen.

Die Züge fuhren tuckernd Runde um Runde. Zehn Minuten hatte er noch, danach wurde in seinem Stadtteil an diesem Abend der Strom abgestellt. Er dachte an den Nachmittag im Präsidium.

Farnow hatte zu den Kollegen gesprochen, eine knappe Woche nach Kremnitz' Tod. Die gesamte Belegschaft der Kripo, einschließlich Sekretärinnen, war angetreten und saß aufgereiht vor dem Polizeichef. Gibbson hatte ihm das Feld überlassen und sich in die letzte Stuhlreihe im Sitzungssaal verzogen. Farnow hatte seine Sache nicht schlecht gemacht. Knapp den Fall skizziert, von Trauer und Tod gesprochen, vom Verlust eines beliebten Kollegen. Bei diesem Teil erntete er zustimmendes Nicken aus sämtlichen Sitzreihen. Dann kam das Aber: Kremnitz' Verbrechen, der Mord an Overdieck, die Fluchthilfe, das Besorgen von gefälschten Dokumenten. Ab und zu hatte Farnow zu dem britischen Offizier in der letzten Reihe geschaut, als ob er sich versichern wollte, dass der Brite mit seinen Worten einverstanden war. Farnow führte aus, was Kremnitz getan hatte, er ließ keinen Zweifel daran, dass die Beweislast gegen Kremnitz erdrückend war, auch wenn er nicht ins Detail ging. Dietrichs kannte die Details: Kremnitz hatte den Schuss aus der Waffe abgegeben, die er im Foyer gezogen hatte. Er war tatsächlich so tollkühn gewesen, kurz vor ihnen bei Overdieck vorbeizugehen und ihn zu töten, damit Overdieck nicht mehr die Geschichte von Schmittbauers Pass erzählen konnte.

Kremnitz war kein fanatischer Nazi gewesen. Für die Hundertprozentigen hatte er nur Spott übriggehabt, den er äußerte, wenn er meinte, dass niemand ihn melden würde. Kremnitz war ein Korken, der immer oben schwamm. Die Tatsache, dass er oben blieb, hatte er seiner Gewitztheit zugeschrieben. Anpassungsfähigkeit für Klugheit gehalten. Ein Korken, der immer oben schwamm und immer mit dem Strom. Zu den Erschießungen im Stadtpark hatte er gesagt: Ein paar Rote, zwei Fremdarbeiter, mehr tot als lebendig, auf die kommt es nun wirklich nicht mehr an. Aber das war grundfalsch. Natürlich kam es auf die an. Auf jeden Einzelnen. Darum gab es Polizeiarbeit.

Dietrichs selbst war von Farnow mit lobenden Worten bedacht worden. Nicht übertrieben viele, was Dietrichs angemessen fand. Schließlich hatte sie Overdiecks Schreiben zu Kremnitz geführt und nicht seine großartigen Ermittlungen. Dietrichs machte sich nichts vor. Er war kein genialer Ermittler, er tat, was er tun musste, und er tat es, wie es ihm gut und richtig erschien.

Totenstille hatte im Saal geherrscht, als es darum ging, dass Kremnitz dazu beigetragen hatte, Verbrechen zu vertuschen, die Polizisten begangen hatten. Einen Augenblick lang war kein Hüsteln, kein Stühleknarzen, kein Kleiderrascheln zu hören. Wieso war klar. Alle wussten, vage oder genauer, von Morden wie denen im Stadtpark, von Leuten, die die Gestapo in den letzten Kriegstagen ohne Prozess liquidiert hatte, von politischen Häftlingen, die ein Verhör nicht überlebt hatten. Vielleicht auch von den Polizeibataillonen im Osten, über die gemunkelt wurde, dass sie Tausende von Juden erschossen hätten.

Dann sprach Farnow über den Aufbau einer neuen Polizei, die

Dienst am Bürger leisten sollte. Politisch unabhängig, integer. Recht und Gesetz verpflichtet, die für alle gleichermaßen galten. Die Kollegen hatten ganz unterschiedlich reagiert. Bei Kleinert zufriedenes Nicken. Da war er, der Neuanfang, von dem Kleinert sich so viel erhoffte. Starre Gesichter bei Runge und Hackfeld. Warten wir ab, ob der Sturm an uns vorüberzieht, bis dahin halten wir die Füße still, sagten die Gesichter. Verstohlenes Umsichblicken bei Jürgens, der offenbar herausfinden wollte, wie seine Kollegen sich verhielten. Stratmann hatte dagesessen wie ein Schießhund, den Kopf aufmerksam erhoben, die Hände auf den Knien. Zustimmendes Nicken, wenn es um Pflichterfüllung, Recht und Ordnung ging.

Und er selbst?

Dietrichs sah wieder den Zügen zu. Zum zehnten Male rollte die Lok auf das weiß getünchte Bahnhofsgebäude zu. Er drehte den Schalter, um die Geschwindigkeit zu verringern. Was Farnow gesagt hatte, gefiel ihm. Natürlich würde die Welt auch in Zukunft nicht so aussehen wie seine Eisenbahnplatte. Ordentlich, überschaubar und in jeder Hinsicht korrekt, mit exakt gestellten Weichen und Figuren, die alle da standen, wo er sie platziert hatte. Aber er hatte das Gefühl, dass die Richtung stimmte.

In der ersten Reihe zu stehen gefiel ihm immer noch nicht. Doch wenn er schon dort stand – und danach sah es im Moment aus –, konnte er das Beste daraus machen.

Kurz sah er Emmas Gesicht auf sich zukommen, sie lächelte, ihre Wange streifte seine. Gesicht und Berührung verschwanden.

Dietrichs schaltete den Transformator aus.

57

Samstag, 21. April 1946

»Na?«

Hella sagte auch »Na?« und wusste nicht richtig, was sie weiter sagen sollte. Sie war auf dem Zechengelände unterwegs, um zu schauen, ob sie noch etwas Brauchbares auftreiben konnte.

»Lange nich gesehen.«

Emil kramte seinen Tabakbeutel hervor und drehte sich eine Zigarette.

»Willst du?«

Er hielt ihr die frisch gedrehte Zigarette hin. Als Hella den Kopf schüttelte, sagte er: »Stimmt, du rauchst ja nicht.«

Hella überlegte einen winzigen Augenblick, ob er sie nun für ein Kleinkind hielt, doch das schien nicht der Fall zu sein. Sie war einfach jemand, der nicht rauchte.

Emil rauchte und blies den Qualm in die Luft.

»War 'ne Menge los bei euch, hab ich gehört«, sagte er.

»Kann man wohl sagen.«

»Was ist denn passiert?«, fragte er.

»Es gab ein riesiges Tohuwabohu bei der Polizei. Fast hätte es uns erwischt, mich und meine Mutter.«

Emil sah sie interessiert an.

»Ich kann's dir erzählen, wenn du willst«, sagte Hella und achtete darauf, dass sie nicht allzu erfreut klang, sondern so, als ob es nichts Besonderes wäre. Sie steuerten auf eine Ziegelmauer zu, vor der ein dicker Mauerblock lag. Hella lehnte sich an die warme Wand und streckte die Beine aus, Emil setzte sich neben sie. Dann erzählte sie.

Von ihrem Besuch bei der Polizei, von dem Kripobeamten, den sie auf dem Flur getroffen hatten und der es plötzlich ganz eilig gehabt und sie schließlich wie einen Schutzschild vor sich gehalten hatte. Von dem riesigen Leuchter im Präsidium, der heruntergekracht war und den Polizisten erschlagen hatte. Von der Aufregung danach, dem Durcheinander, von den Befragungen, in denen sie alles mindestens dreimal erzählt hatten. Von der Angst, die sie gehabt hatte, sagte sie nichts, auch nichts davon, dass sie dem Polizisten auf den Fuß getreten hatte, weil sie unbedingt wegwollte.

Emil war beeindruckt.

»Ein Polizist«, kommentierte er. »Kaum zu fassen.«

»Er hat irgendwas verbrochen und wollte sich davonmachen«, erklärte Hella. »Das hat mir zumindest einer von den Kripoleuten erzählt. Der, der mich damals wegen dem Toten auf dem Gelände ausgefragt hat.«

Emil murmelte wieder: »Ein Polizist. Unglaublich.«

Hella fand es gar nicht so unglaublich. Warum sollten Polizisten keine Verbrechen begehen? Es waren auch Polizisten gewesen, die Kowalski abgeholt hatten. Es war besser, sich vor ihnen in Acht zu nehmen. Sie überlegte noch, ob sie Emil das alles sagen sollte, doch der kam ihr zuvor. Er fragte sie nach den beiden Männern.

»Welche Männer?«

»Die hinter dir her waren.«

Sie hatte eine Menge zu erzählen und freute sich darüber.

»Den einen haben sie verhaftet. Der andere ist abgehauen, als er merkte, dass die Polizei wirklich anrückte. Erst wollten sie mir nicht glauben, als ich gerufen habe: ›Die Polizei kommt!‹ Wie in dem Märchen mit diesem Jungen, der immer ruft: ›Der Wolf kommt, der Wolf kommt!‹ und sich darüber freut, dass die Leute angerannt kommen, um ihn zu retten. Und wenn der Wolf wirklich da ist, hilft ihm keiner mehr. So ähnlich. Nur dass die die Wölfe waren und mich beinah gefressen hätten.«

Sie kicherte. Etwas ernster sagte sie: »Komisch, dass die Polizei gerade im richtigen Moment aufgetaucht ist.«

»Tja. Ein Wunder. Wie heißt es so schön? ›Ich weiß noch, es wird einmal ein Wunder gescheh'n‹.«

Emil pfiff die ersten Takte des Liedes und rekelte sich in der Sonne.

»Als ob die Polizei gewusst hätte, dass sie sie dort finden würden«, sagte Hella.

Emil grinste.

»Dass sie dir wieder auf dem Schulweg auflauern würden, war doch klar. Also hat jemand ihnen gesagt: ›Behaltet mal den Schulweg von der kleinen Schrader im Auge. Dann kriegt ihr zwei Verbrecher.‹ Hat ja auch prima geklappt.«

Emil blies eine Rauchwolke in die Luft und sah ihr nach. Sie schwebte nach links und löste sich über einem Schutthaufen auf. Er guckte sie von der Seite an. Um sicherzugehen, dass ich es kapiert habe, dachte Hella. Natürlich hatte sie es kapiert. Sie war ja nicht blöd. Der Jemand, dem die Polizei den Tipp verdankte, war Emil.

Sie grinste zurück, damit Emil seinerseits begriff, dass sie verstanden hatte. Dann sagte sie: »Sie können dir also nicht mehr in die Quere kommen. Der Große ist sicher über alle Berge, hat der Kripomann gesagt.«

»Genau. Mir sollte man nicht in die Quere kommen.«

Er blinzelte in die Sonne.

Hella sagte: »Und sie funken dir bei deinen Geschäften nicht mehr dazwischen.«

Hella dachte an den Rucksack voller Schnapsflaschen, mit dem er bei ihr erschienen war, als sie krank im Bett lag.

Emil verzog das Gesicht, als ob er plötzlich Bauchschmerzen bekommen hätte oder ein fauler Zahn sich melden würde.

»Mit meinen Geschäften ist ohnehin Essig.«

Er drückte seine Zigarette aus. »Was soll's«, sagte er. Er ärgerte sich. Hella wechselte das Thema.

»Weißt du, einer der Kripoleute, ein Tommy, hat gedacht, dass ich den Mann in den Trümmern umgebracht hätte.«

»Du?«

Hella lachte und warf einen ihrer Zöpfe über die Schulter.

»Ja, ich. Er kam mit einer irren Theorie.« Theorie war ein Edith-Wort. Edith redete davon, dass Leute Theorien hatten, und war der Ansicht, dass sie damit meistens falschlagen.

»Ich hätte ihn da runtergeschubst und ihm anschließend eins über den Kopf gegeben, damit ich ihm in aller Ruhe seinen Mantel klauen könnte. So ein Quatsch! Als ob ich einen erwachsenen Mann von einem Leitungsrohr schubsen würde. Schon mal gar nicht, wenn er einen halben Meter größer ist als ich.«

»Du musst ihn bloß überrumpeln. Du stehst beispielsweise auf der Erde, er da oben auf einem dicken Leitungsrohr. Da steht er sowieso schon wackelig. Du haust ihm in die Kniekehlen, volle Lotte. Er fängt an zu torkeln, vielleicht fällt er runter. Wenn nicht, stößt du ihn. Bevor er mitkriegt, was los ist, ziehst du ihm eins über. Aus die Maus.«

»Aber ich würde doch niemanden umbringen!«

»Und wieso nicht?«

»Weil man keine Leute umbringt, nur weil man etwas von ihnen haben möchte.«

Emil zog die Mundwinkel nach unten.

»Wenn es aber eigentlich dir gehört. Und jemand es dir wegnimmt, und du siehst, dass er es jemand anderem gibt. Obwohl es deins ist! Aber das verstehst du wahrscheinlich nicht.«

Hella wollte sich aufregen, weil er wieder so tat, als wäre sie ein kleines Mädchen, das von nichts eine Ahnung hatte. Doch dann wurden ihr schlagartig zwei Dinge klar: Der Junge redete viel zu genau über glitschige, nasse Eisenrohre und Knie, die man ganz prima mit einem Schlag treffen konnte. Die zweite Sache, die sie begriff, war, dass sie nicht mit ihm darüber sprechen sollte. Es war besser, wenn er sie weiterhin für ein kleines Mädchen hielt, das von nichts eine Ahnung hatte. Viel besser.

Hella sah in Richtung der Sonne, die tief im Westen, weit hinter dem Bahndamm, versank. Sie stand auf und schüttelte den Staub von ihrem Rock.

»Ich muss nach Hause. Sonst kriege ich Ärger.«

Sollte er ruhig denken: Die Kleine muss nach Hause, zu Mutti.

Er nickte und kramte seinen Tabakbeutel hervor.

»Bis die Tage mal.«

»Bis die Tage.«

Sie machte sich auf, lief über den Trampelpfad und kletterte auf eine Rohrleitung. Dort drehte sie sich um und sah ihn immer noch vor dem Schuppen sitzen. Dann balancierte sie über die Leitung, die Arme zur Seite gestreckt.

NACHWORT

Die erste Idee zu diesem Roman entstand bei einem Familienfest, im Gespräch mit einer älteren Verwandten, die von ihrer Jugend nach dem Krieg im Ruhrgebiet erzählte. Ich begann, mich wieder an die Geschichten zu erinnern, die ich in meiner Kindheit in den sechziger und siebziger Jahren gehört hatte, von Bombennächten, Spielen in den Trümmern, den liebevoll gefütterten und zu Weihnachten auf den Tisch gebrachten Kaninchen, der Verblüffung beim Einmarsch der US-Amerikaner. Und ich fragte mich auch, fünfzig Jahre später als Erwachsene, was nicht erzählt worden war.

Ich fing an, Geschichten und Geschichte zusammenzubringen: historische Fachbücher, alte Tageszeitungen und Romane zu lesen, Zeitzeugen zu befragen, Bildmaterial zu sichten und alte Stadtpläne zu studieren. Herausgekommen ist dabei wieder eine Geschichte: der vorliegende Kriminalroman.

Die Figuren dieser Geschichte sind erfunden, ebenso die Handlung. Ein Teil der Orte existiert tatsächlich, andere – wie beispielsweise die Kneipe am Moltkemarkt, der heute Springerplatz heißt – entstammen ebenfalls meiner Fantasie.

Bei der Recherche und auch beim Schreiben hat mir eine ganze Reihe von Menschen geholfen, denen an dieser Stelle herzlich gedankt sei.

Marianne Schütz und Karl-Heinz Hofmann haben mich an ihren Erinnerungen an ihre Kindheit und Jugend im Ruhrgebiet teilhaben lassen, Marianne Schütz verdanke ich einiges zum Thema Marken und Bezugsscheine.

Markus Lutter hat mir das Bildarchiv der Stadt Bochum geöffnet und mir manchen nützlichen Hinweis gegeben. Mit Guido Meng von der Pressestelle des Polizeipräsidiums Bochum war ich im Gebäude unterwegs und wurde mit Materialien zur Geschichte des Hauses und der Polizei versorgt. Polizeihauptkommissar a. D. Peter Hübner hat mir die eine oder andere Frage zur Geschichte der Bochumer Polizei beantwortet.

Bei der Recherche habe ich zahlreiche Fachbücher gelesen. Hilfreich für alles, was Kontinuitäten und Brüche beim Aufbau der Polizei in Nordrhein-Westfalen anging, war mir die Dissertation von Stefan Noethen *Alte Kameraden und neue Kollegen.* Über das Bochum der Nachkriegszeit verdanke ich viel den Dokumentationen von Johannes Volker Wagner und dem Bildband von Monika Wiborni.

Dr. Karin Hopfe, Daniela B. Robischon, Angelica Stietz und Angelika Gugau haben mit großer Geduld den Text in seinen verschiedenen Versionen gelesen und mit kritischen Anmerkungen, Anregungen und aufmunternden Worten nicht gespart. Und von Rosa Ribas habe ich eine Menge über das Schreiben von Romanen gelernt.

Sämtliche Fehler, Ungenauigkeiten und Unrichtigkeiten gehen natürlich auf mein Konto.